Chloe Palov

DIE SAAT DES FEUERS

Buch

Edie Miller stockt der Atem, als der Kurator des Washingtoner Hopkins Museums vor ihren Augen wegen einer antiken hebräischen Brustplatte kaltblütig ermordet wird. Und das Schlimmste ist, dass der Killer weiß, dass es einen Zeugen gibt. Edie bittet den Historiker und ehemaligen MI5-Agenten Caedmon Aisquith um Hilfe. Gemeinsam kommen sie einer Verschwörung fundamentalistischer Christen und Juden auf die Spur, die mit der mächtigsten Waffe der Antike – der Bundeslade – die Moslems aus dem Heiligen Land vertreiben wollen.

Autorin

Chloe Palov wurde in Washington, D. C., geboren. Sie hat einen Abschluss in Kunstgeschichte erworben und unter anderem in einem Museum gearbeitet. Heute wohnt sie in West Virginia.

Weitere Titel in Vorbereitung

Chloe Palov

DIE SAAT DES FEUERS

Mystery-Thriller

Aus dem Englischen
von Anita Nirschl

blanvalet

Die englische Originalausgabe erschien unter dem Titel
»Stones of Fire« bei Penguin, London.

FSC
Mix
Produktgruppe aus vorbildlich
bewirtschafteten Wäldern und
anderen kontrollierten Herkünften

Zert.-Nr. SGS-COC-1940
www.fsc.org
© 1996 Forest Stewardship Council

Verlagsgruppe Random House FSC-DEU-0100
Das für dieses Buch verwendete FSC-zertifizierte Papier
Super Snowbright liefert Hellefoss AS, Hokksund, Norwegen.

1. Auflage
Deutsche Erstausgabe Januar 2010
bei Blanvalet, einem Unternehmen der
Verlagsgruppe Random House GmbH, München.

Umschlaggestaltung: HildenDesign München
Umschlagfoto: Foto: © Valentina Kallias
Redaktion: Rainer-Michael Rahn
HK · Herstellung: RF
Satz: Uhl + Massopust GmbH
Druck und Einband: GGP Media GmbH, Pößneck
Printed in Germany
ISBN: 978-3-442-37408-3

www.blanvalet.de

1

Washington, D. C., 1. Dezember

Langsam und bedächtig fuhr der Kurator mit den Fingerspitzen über das kleine Bronzekästchen und streichelte leicht die eingravierten hebräischen Schriftzeichen. Die Liebkosung eines Liebhabers.

Mit angehaltenem Atem öffnete er die Kassette.

»*Claves regni caelorum*«, flüsterte er. Gebannt wie Eva auf den verbotenen Apfel, starrte er auf das Artefakt, das sich in dem Kästchen befand. Zwölf glänzende, in eine antike goldene Fassung gebettete Edelsteine.

Die Schlüssel zum himmlischen Königreich.

Dr. Jonathan Padgham, Chefkurator des Hopkins-Museums für Kunst des Nahen Ostens, griff in das Kästchen und nahm vorsichtig etwas heraus, das einst ein juwelenbesetzter Brustschild gewesen war. *Einst*. Vor langer Zeit. Vor mehr als dreitausend Jahren seiner Schätzung nach.

Obwohl Reste des goldenen Skapuliers immer noch schwach an der Fassung hafteten, war das Artefakt kaum noch als Brustschild erkennbar, denn die Ketten, mit denen der edelsteinbesetzte Schild ursprünglich am Körper seines Trägers befestigt wurde, waren schon seit langem verschwunden. Nur die Juwelen, in vier Reihen zu je drei Steinen angeordnet, ließen die ursprüngliche rechteckige Form des Brustschildes erahnen, der ungefähr zwölf auf zehn Zentimeter maß.

»Ganz schön fetter Klunker, was?«

Verärgert über die Störung musterte Padgham die Frau mit dem lockigen Haar, die gerade eine Kamera auf einem Stativ befestigte, und fragte sich nicht zum ersten Mal, was sie wohl geritten haben mochte, einen langen Schottenrock mit einem Paar Motorradstiefeln aus schwarzem Leder zu kombinieren.

Mit einem frechen Grinsen trat Edie Miller an seinen Schreibtisch und neigte den Kopf, um einen Blick auf das Artefakt zu werfen. Ihm war schon, kurz nachdem er in das »Land der Freiheit« ausgewandert war, klar geworden, dass die amerikanischen Frauen sich weitaus dreister als ihre englischen Geschlechtsgenossinnen verhielten. Ohne ihr Beachtung zu schenken drapierte Padgham den Brustschild auf einem quadratischen schwarzen Samttuch, damit er fotografiert werden konnte.

»Wow. Da sind ein Diamant, ein Amethyst und ein Saphir.« Während die Frau sprach, deutete sie auf jeden Stein, den sie nannte. Am liebsten hätte Padgham ihre Hand festgehalten, aus Angst, sie könnte das kostbare Artefakt tatsächlich berühren. Als freiberufliche Fotografin, die vom Hopkins-Museum beauftragt worden war, die Sammlung digital zu archivieren, war sie nicht dazu ausgebildet, mit seltenen Artefakten umzugehen.

»Und hier ein Smaragd! Was übrigens zufälligerweise mein Geburtsstein ist«, fuhr sie fort. »Was, glauben Sie, hat er? Ungefähr fünf Karat?«

»Ich habe keine Ahnung«, meinte er wegwerfend, denn Gemmologie war nicht unbedingt seine Stärke. Ihre ebenfalls nicht, vermutete er.

»Was glauben Sie, wie alt es ist?«

»Ich habe keine Ahnung«, antwortete er erneut, ohne die seltsame Elster im Schottenrock auch nur eines flüchtigen Blickes zu würdigen.

»Ich schätze, *richtig* alt.«

Um genau zu sein, stand hinter dem Alter des Brustschildes ein sehr großes Fragezeichen. Ebenso, was dessen Herkunft betraf. Obwohl er eine leise Ahnung hatte.

Wieder ließ Padgham die Spitze seines manikürten Fingers

über die eingravierten Symbole gleiten, welche die Bronzekassette schmückten, die den Brustschild beherbergt hatte. Er erkannte nur ein Wort wieder – יהוה –, das hebräische Tetragramm. Der unaussprechliche Name Gottes. Die vier Buchstaben waren als Talisman auf der Kassette angebracht worden, um die Neugierigen, die Begehrlichen und die Gierigen abzuwehren, die hinter antiken Artefakten her waren.

Wie in Gottes Namen war ein antikes hebräisches Artefakt im Irak gelandet?

Obwohl Museumsdirektor Eliot Hopkins sich sehr bedeckt gehalten hatte, war ihm entschlüpft, dass das Artefakt aus dem Irak stammte. Der alte Mann hatte Padgham mit der ersten Beurteilung des juwelenbesetzten Brustschildes beauftragt. Er hatte ihn auch ermahnt, dichtzuhalten. Padgham war kein Narr. Ganz im Gegenteil. Er wusste, dass das Artefakt auf dem Schwarzmarkt gekauft worden war.

Ein riskantes Geschäft, der Kauf gestohlener Artefakte. Vor ein paar Jahren war ein Kurator des renommierten Getty-Museums von italienischen Staatsanwälten vor Gericht gebracht worden, weil er wissentlich geklaute Artefakte gekauft hatte. Der illegale Antiquitätenhandel war ein Milliarden-Dollar-Geschäft, insbesondere da im Irak ständig Artefakte gestohlen wurden und babylonische Kunstgegenstände zurzeit an jeder Ecke auftauchten. Viele in der Museumswelt drückten gern ein Auge zu und behaupteten, dass sie dadurch die alten Kulturen bewahrten und nicht beraubten. Padgham war derselben Meinung. Denn wären die europäischen Kunstdiebe nicht gewesen, dann wären der Welt schließlich solche Schätze wie der Stein von Rosetta und die Elgin Marbles vorenthalten geblieben.

»Es fällt zu viel Gegenlicht darauf. Haben Sie etwas dagegen, wenn ich die Jalousien einstelle?«

Padgham riss den Blick von dem Artefakt los. »Hmm? Nein, nein, natürlich nicht. Das ist schließlich Ihre Bühne hier.« Er rang sich ein Lächeln ab, da er die Kooperation der Frau brauchte. Er hatte Anweisung erhalten, das Artefakt keinem der Museumsmitarbeiter zu zeigen, was auch der Grund war, warum er seine vorläufige Bewertung an einem Montag durchführte; an diesem Tag war das Museum für Besucher geschlossen, und es befanden sich keine Mitarbeiter in den Räumlichkeiten. Natürlich zählte die Fotografin nicht, da die Frau eine freie Mitarbeiterin war, die ein Brustschild nicht von einem Basrelief unterscheiden konnte. *Wem würde sie es schon erzählen?* Soweit er wusste, waren sie, abgesehen von den zwei Wächtern in Foyer des Museums, die einzigen anwesenden Personen.

Für einen kurzen Augenblick erhellte ein Blitzlicht das abgedunkelte Büro.

»Sieht gut aus«, bemerkte die Fotografin, als sie das Bild auf dem Kameradisplay begutachtete. »Ich schieße nur noch schnell ein zweites Foto zur Sicherheit.« Kaum war ein weiterer Blitz aufgeflammt, deutete sie auf die Bronzekassette. »Wollen Sie auch ein Foto von dem Metallkästchen?«

»Ist Queen Anne tot?«, entfuhr es ihm. Dann riss er sich zusammen und fügte in etwas freundlicherem Tonfall hinzu: »Wenn Sie so freundlich wären.«

Padgham trat zur Seite, und die Fotografin richtete das Stativ neu aus. Besorgt kaute er auf der Unterlippe, während er das wunderschöne Artefakt betrachtete. Als Kurator für babylonische Antiquitäten war der Brustschild in seine Obhut gegeben worden, da er in den Wüsten des Irak gefunden worden war und der Museumsdirektor annahm, dass Padgham ein bisschen mehr Informationen liefern und die vier Ws der Herkunft beantworten konnte – wer, wo, wann und warum. Doch zu Padghams Bestürzung entzogen sich ihm diese Antworten. Der Brustschild war eindeutig hebräischer Herkunft, und sein Wissen über die alten Israeliten war bestenfalls dürftig. Daher der Grund für das digitale Foto.

Wie es das Schicksal wollte, war Cædmon Aisquith, ein alter Studienkollege aus Oxford, zurzeit in Washington, um auf einer Lesereise sein neu erschienenes Buch *Isis, enthüllt* vorzustellen, eines dieser Pseudo-Geschichtsbücher, die vorgaben, die verborgenen Geheimnisse der Vergangenheit aufzudecken. Da er nicht der Typ war, der dem sprichwörtlichen geschenkten Gaul lange ins Maul schaute, hatte er sofort, nachdem er den Zeitungsbericht gelesen hatte, Aisquiths Presseagentin kontaktiert, die Nummer seines Hotels bekommen und ihn angerufen. Nach allem, was er zuletzt von ihm gehört hatte, hatte der alte Aisquith etwas Geld geerbt, sich nach Paris davongemacht und an der Rive Gauche einen antiquarischen Buchladen eröffnet. Wo er Beaujolais schlürfte und französische Nutten bumste. Der Mann sollte sich mal den Kopf untersuchen lassen.

Obwohl sie sich beinahe zwanzig Jahre lang nicht mehr gesehen hatten, war Aisquith einverstanden gewesen, sich mit ihm später an diesem Abend auf ein paar Drinks zu treffen. In der Hoffnung, sein Interesse anzustacheln – und bei der Gelegenheit ein paar Brocken an Informationen über das geheimnisvolle hebräische Artefakt zu bekommen –, hatte Padgham vor, Aisquith die digitalen Fotos per E-Mail zu schicken. Als Mann mit umfassender Kenntnis antiker Geschichte würde Cædmon Aisquith hoffentlich etwas dringend benötigtes Licht in die Angelegenheit bringen können. Und wie bei der freiberuflichen Fotografin war Padgham auch bei seinem alten Oxford-Kumpel der Meinung, dass die Geheimhaltung, die ihm vom Museumsdirektor auferlegt worden war, hier nicht galt.

»Alles fertig«, verkündete die Fotografin. Sie klappte die Digitalkamera auf, nahm ein kleines, rechteckiges Plastikteil heraus und reichte es ihm.

Er starrte das winzige Ding an. »Und was soll ich *damit* anstellen? Ich hatte Sie gebeten, ein Foto zu machen.«

»Und genau das hab ich auch gemacht. Hier ist Ihr Foto. Auf der

Speicherkarte.« Sie stopfte die Kamera in die Tasche der khakifarbenen Weste, die ihre ausgefallene Tracht abrundete.

Unverschämte Kuh, dachte Padgham. Obwohl er erst vierundvierzig Jahre alt war, kam es ihm manchmal so vor, als rauschte die moderne Welt mit all ihren technischen Taschenspielertricks in atemberaubender Geschwindigkeit an ihm vorbei.

Während sie das Stativ zusammenschob, wiederholte Padgham seine Frage. »Was muss ich damit machen?«

»Sie müssen das Foto auf Ihren Computer kopieren. Sobald Sie das getan haben, können Sie es ausdrucken, verschicken, aufhübschen, was auch immer.«

Da keiner der Mitarbeiter da war, um ihm zu helfen, musste Padgham sich ihr wohl oder übel anbiedern. »Ich wäre Ihnen sehr dankbar, wenn …«

Wie er gehofft hatte, nahm sie ihm die Speicherkarte aus der Hand, bückte sich und schob sie in den Rechner unter seinem Schreibtisch.

Er verkniff sich ein zufriedenes Lächeln und deutete auf einen Notizblock mit aufgedrucktem Museumslogo. »Ich würde die Fotos gerne per E-Mail versenden, an diese Adresse.«

»Jawohl, Sir. Ich lebe, um zu dienen.«

Padgham ignorierte ihr verärgertes Gemurmel. »Sie sind zu liebenswürdig, Miss Miller.«

»Das sagen Sie nur, weil Sie mich nicht kennen.« Sie setzte sich an seinen mit Schnitzereien verzierten Mahagonischreibtisch. »Also gut, damit ich das richtig verstehe. Sie wollen, dass ich die Fotos an einen gewissen c.aisquith@lycos.com schicke?« Als er nickte, meinte sie: »Wahrscheinlich ist es am besten, wir senden die Fotos als JPEGs.«

»Ja, nun, das überlasse ich Ihnen.«

Schnell und geschickt tippte sie auf der Tastatur drauflos, dann erhob sie sich aus seinem Sessel. »Okay, jetzt möchte ich, dass Sie Ihren E-Mail-Account öffnen.«

»Den Wunsch erfülle ich Ihnen mit Vergnügen.« Padgham setzte sich an den Schreibtisch. »Was zum Teufel noch mal!?«

»Was ist los?«

»Sind Sie denn blind, Frau? Der Bildschirm ist völlig schwarz.« Anklagend zeigte er mit dem Finger auf den Monitor.

»Beruhigen Sie sich! Kein Grund, gleich einen hysterischen Anfall zu bekommen. Da ist wahrscheinlich nur ein Kabel locker.«

»Hmm…« Er starrte unter den Schreibtisch und dann auf seine maßgeschneiderte Hose von Gieves and Hawkes. Für dieses Problem gab es nur eine einzige Lösung. »Da Sie das Problem so mühelos erkannt haben, wären Sie dann so gut und…?«

»Sie wissen schon, dass das *nicht* in meinem Vertrag steht«, brummte Edie Miller, während sie auf die Knie ging. Es war nicht genug Platz, um den Rechner hervorzuziehen, deshalb musste sie sich unter den Schreibtisch zwängen, um die Kabel zu überprüfen. Padgham warf einen Blick auf die Waterford-Glasschale auf dem nahen Wandtischchen und überlegte, dass er ihr ein in Zellophan gewickeltes Bonbon anbieten könnte. Als Belohnung für gut gemachte Arbeit.

Während die Frau unter dem Tisch leise ihre Arbeit verrichtete, hob Padgham den antiken Brustschild auf und legte ihn zurück in das gravierte Bronzekästchen.

»Ah, es werde Licht«, murmelte er einen Augenblick später, erfreut darüber, dass das vertraute Dell-Logo auf dem Bildschirm erschien.

Aus dem Augenwinkel sah Padgham, wie eine dritte Person das Büro betrat. Überrascht, einen Mann in einem grauen Overall zu sehen, der eine schwarze Sturmhaube über den Kopf gezogen hatte, verlangte er gebieterisch: »Wer zum Teufel sind Sie?«

Der Mann gab keine Antwort. Stattdessen hob er eine Pistole und richtete sie auf Padghams Kopf, den Finger am Abzug.

Der Tod kam beinahe augenblicklich. Padgham spürte einen scharfen, bohrenden Schmerz in der rechten Augenhöhle. Dann sah er eine Explosion von Farben, bevor die Welt um ihn herum in einem tiefen, undurchdringlichen Schwarz versank.

2

»Wer zum Teufel sind Sie?«

Plopp.

Krach!

Bumm.

Diese Geräusche nahm Edie Millers Gehirn in so schneller Abfolge wahr, dass ihr erst klar wurde, was passiert war, als sie Dr. Padghams leblosen Körper kaum einen Meter von ihrer Kauerposition unter dem Schreibtisch entfernt ausgestreckt auf dem Perserteppich liegen sah.

Entsetzt unterdrückte sie einen Aufschrei; ihr Herz raste wie ein entgleister Güterzug in der Brust. Und ihr Gehirn hatte eine Reihe dringender Botschaften auf Lager. *Nicht bewegen. Nicht sprechen. Nicht einmal einen Finger rühren.*

Starr vor Schreck befolgte Edie die Befehle.

Und dann verwandelte ihre Angst sich in Glück.

Mehrere Sekunden waren verstrichen, seit Dr. Padgham zu Boden gestürzt war, und sie war immer noch am Leben. *Heute ist mein Glückstag.* Der Killer hatte keine Ahnung, dass sie unter dem Schreibtisch kauerte. Sie war an drei Seiten von antikem Mahagoni umgeben, der sie vor seinem Blick verbarg. Um sie zu entdecken, müsste der Mörder sich schon bücken und unter den Schreibtisch spähen.

Von ihrem günstigen Aussichtspunkt aus sah Edie ein Paar grau gekleidete Beine näher kommen, die in hellbraunen militärartigen Stiefeln steckten. An der Seite dieser Beine hing eine große Männerhand, die eine Pistole mit aufgeschraubtem Schalldämpfer umklammerte. Als würde sie durch das Objektiv einer Kamera schauen, konzentrierte sie den Blick auf diese fleischige Faust und bemerkte dabei die haarigen Fingerknöchel und den ungewöhnlichen Silberring, der aus miteinander verbundenen Kreuzen bestand. Bei dem Gedanken, dass sie und der Killer tatsächlich zu demselben Gott beteten, musste sie sich fest auf die Lippe beißen, um nicht hysterisch aufzulachen.

Und genau in diesem Moment tat der Mörder etwas völlig Unerwartetes.

Er stieg über Dr. Padghams Leiche, legte die Pistole auf den Schreibtisch und begann, auf der Computertastatur zu tippen. Wenige Sekunden später hörte Edie ihn leise fluchen, während er eine Schublade aufriss.

Er suchte etwas.

Edie hatte kaum Zeit, diesen Gedanken zu vertiefen, denn nun griff der Mörder unter den Schreibtisch und nahm die Speicherkarte aus dem Rechner.

Mit angehaltenem Atem schickte sie ein Stoßgebet an Gott, an Jesus, an jeden, der es hören wollte, dass der Killer sie nicht bemerkte. Schließlich war es ziemlich unwahrscheinlich, dass ein Mann, der sich an seine Opfer heranschlich und sie erbarmungslos tötete, durch Flehen zu erweichen sein würde.

Sie konnte den Mörder zwar nur von der Taille abwärts sehen, doch ihr entging nicht, dass er ein Handy aus einer Halterung am Gürtel zog. Sie lauschte und vernahm sieben digitale Wähltöne. Eine örtliche Telefonnummer. Er rief jemanden im Stadtbereich von Washington, D.C., an.

»Verbinden Sie mich mit dem Colonel.« Einige Sekunden verstrichen in Schweigen, bevor er wieder zu sprechen begann. »Sir, ich habe den Brustschild. Ich habe allerdings auch ein Problem.«

Der Brustschild, erkannte sie verspätet. *Dr. Padgham war wegen des juwelenbesetzten Brustschildes ermordet worden.*

»Ich bin mir nicht sicher, aber ich glaube, die kleine englische

Schwuchtel hat Digitalfotos des Artefakts an jemanden außerhalb des Museums geschickt. Ich habe auf dem Schreibtisch ein Stativ gefunden, eine Memory Card mit Fotos des Brustschilds und eine E-Mail-Adresse.« Edie hörte, wie ein Blatt Papier von einem Block abgerissen wurde. »C.Aisquith@lycos.com.« Eine kurze Pause. Sorgfältig buchstabierte der Killer die E-Mail-Adresse. Eine weitere Pause folgte. »Nein. Die Kamera konnte ich nicht finden … Jawohl, Sir, ich habe mich um die Wächter gekümmert … Keine Sorge, Sir, ich werde meine Spuren verwischen.«

Edie hörte einen weiteren Piepton, als die Verbindung getrennt wurde. Dann vernahm sie das metallische *Zzzzipp* eines Reißverschlusses. Der Mörder steckte die Bronzekassette mit dem Brustschild in eine Art Tragetasche.

Und dann war er fort; er hatte das Büro genauso leise verlassen, wie er es betreten hatte.

Langsam zählte Edie bis zwanzig, bevor sie unter dem Schreibtisch hervorkroch. Dabei musste sie notgedrungen über Dr. Padghams Leiche klettern, einen Blick auf seine blutige, verstümmelte Augenhöhle werfen … und sich prompt übergeben. Mitten auf den Perserteppich. Nicht, dass das etwas ausmachte – der Teppich war bereits mit Blut und Gehirnmasse besudelt.

Immer noch auf allen vieren wischte sie sich den Mund am Ärmel ihres Pullovers ab. Sie hatte Jonathan Padgham nie gemocht. Doch jemand anderes hatte ihn anscheinend noch viel weniger gemocht. So wenig, dass er ihn kalten Blutes getötet hatte. *Korrektur.* Warmen Blutes. Warmen, nassen, nach Kupfer riechenden Blutes.

Edie sprang auf die Füße und griff nach dem Telefon. *Nichts als Totenstille.* Der Killer hatte die Telefonleitung gekappt. Zu ihrer Verzweiflung fiel ihr ein, dass ihr BlackBerry immer noch ans Ladegerät angeschlossen zu Hause in ihrer Küche lag. So viel zu dem Wunsch, die Cops zu ihrer Rettung zu rufen. Da der Mörder sich um die zwei Wächter im Erdgeschoß »gekümmert« hatte, wusste Edie, dass sie auf sich allein gestellt war.

Sie musste so schnell wie möglich aus dem Museum herauskommen, deshalb verließ sie das Büro und steuerte auf den Hauptflur zu. Das Hopkins-Museum war in einer vierstöckigen Beaux-Art-Villa aus dem neunzehnten Jahrhundert untergebracht, die sich im Herzen des Stadtteils Dupont Circle befand, einer lebhaften Geschäfts- und Wohngegend. Sobald sie aus dem Museum herauskam, war Hilfe in Rufweite.

Am Ende des Ganges angekommen, der zum Hauptflur führte, hielt Edie an und spähte vorsichtig um die Ecke.

»Oh Gott.«

Erschrocken erstickte Edie ein Aufkeuchen, als sie den Killer erblickte. Er war ein Koloss, ein Unhold biblischen Ausmaßes, bekleidet mit einem grauen Overall und einer schwarzen Skimaske, die er sich über den Kopf gezogen hatte, und stand vor dem Sicherheitsmonitor an der Wand neben der Tür, die aus dem Verwaltungsbereich führte. Um Zutritt zu diesem Bereich zu erhalten, musste jeder Angestellte, gleich welchen Ranges, eine persönliche Identifizierungsnummer per Tastatur ins Sicherheitssystem eingeben, eine Prozedur, die sich beim Verlassen wiederholte. Der Code aktivierte das Schloss der eindrucksvollen Stahltür. Mit diesem Computersystem war der Sicherheitsdienst des Museums in der Lage, den Aufenthaltsort aller Mitarbeiter zu kontrollieren.

Plötzlich wurde Edie klar, dass der Mörder über einen gültigen Sicherheitscode verfügen musste, um den Bürobereich betreten zu können. *Wie hatte er es geschafft, an einen Code zu kommen?*

Doch im Augenblick war das unwichtig. Das einzig Wichtige war, dass sie hier im dritten Stock zusammen mit einem Mörder festsaß. Um zum Aufzug oder zum Treppenhaus zu gelangen, musste sie durch die Stahltür. Was bedeutete, dass sie warten musste, bis er fort war. Sobald er das Gebäude verlassen hatte, konnte sie fliehen.

Während Edie zusah, wie seine übergroße Hand sich überraschend geschickt über die Tastatur bewegte, fragte sie sich, was er da tat. Sie wusste aus eigener Erfahrung, dass es nicht länger als zwei Sekunden dauerte, um einen fünfstelligen Zahlencode einzutippen und die Tür zu entriegeln, doch nach ihrer Schätzung stand der Killer nun schon gut dreißig Sekunden vor dem Monitor.

Jetzt verschwinde endlich.

»Verdammte Scheiße!«, murmelte der Killer und zog Notizblock und Bleistift aus der Brusttasche.

Als sie beobachtete, wie er etwas auf den Block kritzelte, blieb ihr entsetzt der Mund offen stehen. Obwohl der Monitor zu weit weg war, um sicher zu sein, ahnte sie, dass der Mörder sich Zugang zum Sicherheitsprotokoll verschafft hatte. Und wenn dem so war, dann bedeutete das, dass »E. Miller« soeben auf dem Monitor erschienen war. Neben ihrem Namen befanden sich das genaue Datum – 01.12.08 – und die Uhrzeit – 13:38:01 –, zu der sie den dritten Stock betreten hatte. Schlimmer noch, eine Uhrzeit, zu der sie das Stockwerk wieder verlassen hatte, fehlte.

Edie hatte schon genug Fernsehkrimis gesehen, um zu wissen, dass sie erledigt war.

Sie brauchte ein Versteck. *Sofort.* In dieser Sekunde.

Voller Panik, dass der Neandertaler im grauen Overall sie bemerken könnte, wich Edie langsam von der Ecke zurück und rannte dann, dankbar dafür, dass der scheußliche braune Teppich ihre Schritte dämpfte, den Gang entlang und an dem Büro mit der Leiche auf dem Fußboden vorbei.

Dann bog sie nach rechts in einen anderen Gang, von dem sie wusste, dass er vor der Tür eines Lagerraums endete. Vollgestopft mit Regalen, in denen sich Kisten stapelten, gab der ein hervorragendes Versteck ab.

Oder besser gesagt, er hätte ein hervorragendes Versteck abgegeben, wenn die Tür offen gewesen wäre.

Verzweifelt starrte sie die verschlossene Tür an.

Und was jetzt?

Wenn sie es schaffte, nach unten in die Ausstellungsräume zu gelangen, dann könnte sie ein Artefakt von der Wand reißen, was sofort das Alarmsystem des Museums auslösen würde. Die Polizei wäre innerhalb weniger Minuten vor Ort, vielleicht sogar innerhalb von Sekunden, wenn ein Einsatzwagen gerade zufällig in der Gegend war. Doch dazu würde sie sich erst an Dr. Padghams Mörder vorbeischleichen müssen.

Zu verängstigt, um diesen Gedanken weiter in Betracht zu ziehen, wirbelte Edie auf ihrem Stiefelabsatz herum, und dabei fiel ihr ein leuchtend rotes Schild mit fetter, weißer Beschriftung ins Auge.

Die Feuerleiter.

Voll neuer Hoffnung beim Anblick des Wortes Notausgang rannte Edie den Flur entlang. Als sie die Tür erreichte, packte sie den Türgriff, drückte und machte sich auf einen – wie sie vermutete – sehr lauten Alarm gefasst.

3

»Ich denke, Isis ist wie die vollkommene Verkörperung der Weisen Frau. Deshalb hält mein magischer Zirkel bei jedem Vollmond ein Opferritual ab, um die Macht von Isis anzurufen.«

Cædmon Aisquith blickte die gepiercte und tätowierte Sprecherin an, die eine signierte Ausgabe von *Isis, enthüllt* an die Brust gedrückt hielt.

»Erwähnen Sie zufällig die Riten der Isis in Ihrem Buch?«

Cædmon wollte schon mit einem kurz angebundenen Nein antworten, doch dann hielt er sich zurück. Seine amerikanischen Leser ließen sich im Allgemeinen in zwei Kategorien einordnen: die Gebildeten und die Dämlichen. Nicht, dass das von Bedeutung war, denn seine Presseagentin – die ihn mit der strengen Miene einer englischen Schuldirektorin beobachtete – hatte ihn angewiesen, allen Fragen, egal wie dumm oder idiotisch sie waren, gebührende Beachtung zu geben. Ganz besonders, wenn der Fragesteller bereits eine Ausgabe seines Buches gekauft hatte.

Cædmon bemühte sich um einen aufmerksamen Gesichtsausdruck. »Äh, nein. Ich bedauere, aber in dem Text sind keine magischen Rituale beschrieben. Allerdings haben Sie recht mit der Feststellung, dass Isis, wie ihre griechische Entsprechung Sophia, die Weisheit in all ihren unzähligen Formen repräsentiert.«

Nachdem er der jungen Frau ausreichend geschmeichelt hatte, bedankte Cædmon sich für ihr Interesse an antiken Mysterien und verabschiedete sich herzlich von ihr. Als jemand, der das Private vorzog, fühlte er sich in der Rolle des öffentlichen Autors unwohl und betrachtete die Signierstunden als ermüdende Übung in der Kunst des Schwatzens, einer Kunst, die er nie wirklich beherrscht hatte.

Sein Magen schmerzte von dem billigen Sekt, und seine Gesichtsmuskeln schmerzten von dem albernen Grinsen, das er zur Schau stellen musste, seit er den Bücherladen betreten hatte, deshalb war er erleichtert, als sein Mobiltelefon leise zu vibrieren begann. Der Anruf war ein perfekter Vorwand, um der schwatzenden Menge den Rücken zu kehren, die sich in den winzigen Räumen des Buchladens drängte. Um das Missfallen seiner Agentin ein wenig zu mindern, machte er großes Aufhebens darum, das Handy ans Ohr zu halten und ihr stumm zu bedeuten, dass er den Anruf unbedingt annehmen musste. Da dies die letzte Etappe einer Zwölf-Städte-Tour war, hatten sie beide genug voneinander, und Cædmon sehnte sich danach, zur stillen Eintönigkeit von Federhalter und Tinte zurückzukehren.

»Ja, hallo«, sagte er, wobei er sich wie immer ein bisschen wie ein Idiot vorkam, wenn er praktisch ins Leere sprach.

»Cædmon Aisquith?«

Nachdem er höflich die ungeschlachte Art, wie der Mann seinen Namen aussprach, korrigiert hatte, fragte er: »Wer spricht, bitte?«

Die Antwort auf diese Frage bestand aus einer langen Pause, gefolgt von einem *Klick*, als die Verbindung abrupt getrennt wurde.

»Teufel noch mal«, brummte Cædmon und nahm das Handy vom Ohr. Die Härchen in seinem Nacken sträubten sich plötzlich. Er gab niemandem seine Nummer. Mit dem beunruhigenden Gefühl, dass er von jemandem beobachtet wurde, der kein Interesse daran hatte, über antike Überlieferungen zu diskutieren oder Gratis-Blubberwasser zu schlürfen, drehte er sich um. Langsam. Ruhig. Wie ein Mann, der nichts zu befürchten hatte.

Allerdings war diese Geste eine glatte Lüge.

Mit der Erfahrung, die ihm während der elf Jahre, die er im Geheimdienst ihrer Majestät verbracht hatte, in Fleisch und Blut übergegangen war, suchte er nach dem Gesicht, das nicht in die Menge passte, nach dem verräterischen Erröten, dem schnellen, schuldigen Fortblicken. Da keine verdächtigen Typen herumlungerten, blickte er als Nächstes durch die Schaufenster, die auf die Connecticut Avenue hinausgingen. Auf den Bürgersteigen der Stadt wimmelte es von Weihnachtseinkäufern.

Nichts wirkte ungewöhnlich, und so stieß er langsam den angehaltenen Atem aus.

Alles ruhig an der Front.

Wie die meisten Männer, auf deren Kopf eine Belohnung ausgesetzt war, wusste er nicht, wie er einmal enden würde und ob nicht dieser Tag sein letzter sein würde. Er wusste nur, wenn die Schläger der Real Irish Republican Army ihn schließlich doch erwischten, dann würden sie dafür sorgen, dass er eines wahrhaft grausamen Todes starb. Auge um Auge.

Vor fünf Jahren hatte er den Tod seiner Geliebten gerächt, indem er einen Anführer der RIRA aufgespürt und den Bastard in den Straßen von Belfast getötet hatte. Solche Taten blieben nicht ungestraft. Er war gezwungen gewesen unterzutauchen und hatte die letzten paar Jahre in Paris gelebt. Als Fremder in einem fremden Land. Allerdings hatte er die Zeit weise genutzt und sein erstes Buch geschrieben, eine Abhandlung über die geheimen Traditionen der antiken Welt. Von einem Gefühl der Sicherheit eingelullt hatte er sich in dem Glauben, er wäre vom Radar der RIRA verschwunden, dagegen entschieden, ein Pseudonym zu verwenden.

Erst jetzt dämmerte es ihm, dass dieses bisschen Arroganz ihn möglicherweise teuer zu stehen kam.

Ah, die Torheit eines Erstgeborenen, der immer noch versuchte, seinen längst verstorbenen Vater zu beeindrucken.

Er überprüfte die Anruferliste seines Handys. »Rufnummer unterdrückt« leuchtete es ihm auf dem Display entgegen.

»Warum überrascht mich das nicht?«, murmelte er leise. Erneut suchte er den Bücherladen mit den Augen ab, überzeugt davon, dass er beobachtet wurde.

Dabei fiel sein Blick auf eine Ausgabe von Byron, die in einem Regal in der Nähe stand.

Denn der Engel des Todes kam mit Sturmesgewalt…

Als ihm diese lange vergessene Zeile plötzlich wieder in den Sinn kam, schluckte er ein bitteres Lachen hinunter, denn er selbst war dieser dunkle Engel gewesen. Einst. Vor langer Zeit.

Immer noch mit dem Mobiltelefon in der Hand schlenderte er zu seiner Agentin hinüber. »Mein Hotel hat mich eben angerufen«, log er ungeniert und griff dabei auf die Lektionen zurück, die er beim MI5 gelernt hatte. »Ein kleines Problem mit der Rechnung. Offenbar wurde meine Kreditkarte zurückgewiesen.« Er ließ den Blick demonstrativ durch den Buchladen schweifen, dessen Regale mit herrenlosen Champagnerflöten übersät waren. »Nachdem die Festlichkeiten sich augenscheinlich dem Ende zuneigen, haben Sie sicher nichts dagegen, wenn ich mich davonmache und mich darum kümmere.«

Seine Agentin starrte ihn durch den rubinroten Rahmen ihrer Brille an. »Soll ich für Sie bei der Rezeption anrufen?«

»Kein Problem«, entgegnete er mit einem Kopfschütteln. »Ich bin ein großer Junge. Allerdings sollte ich mich vielleicht stärken, bevor ich mich dem Drachen zum Kampf stelle.« Er nahm eine volle Champagnerflöte von einem nahen Tablett und ignorierte dabei die Tatsache, dass der Sekt schon lange schal geworden war. »Zum Wohl!«

Mit dem Glas in der Hand verabschiedete er sich von ihr, steuerte auf den hinteren Teil des Bücherladens zu und betrat einen Gang, der mit »Nur für Personal« beschildert war. Ungeniert ignorierte er die Ermahnung und ging weiter, bis er einen Raum erreichte, der mit Pappkartons vollgestapelt war. Der einzige Mensch, der sich darin befand, ein junger Mann mit strähnigen Haaren, entpackte gerade eine Palette.

Cædmon nickte ihm zu und tat so, als habe er jedes Recht, hier zu sein. »Den Ausgang, bitte.«

Der junge Mann nickte mit dem Kopf zur gegenüberliegenden Tür.

Auf der anderen Seite des Lieferanteneingangs fand sich Cædmon auf einem mit Zigarettenkippen übersäten Bürgersteig hinter dem Bücherladen wieder. Die Betonwände ringsum waren mit derben Graffiti-Zeichnungen bedeckt.

Kaum hatte sich die Tür des Ausgangs hinter ihm geschlossen, zerschlug er die Champagnerflöte an der Wand und wartete, die improvisierte Waffe in der Hand.

Komm raus, komm raus, wo immer du auch bist, höhnte er stumm, während er sich bereitmachte, gegen seine unsichtbare Nemesis zu kämpfen.

Eine geschlagene Minute verstrich in angespannter Stille.

Als er erkannte, dass er sich von seinen Ängsten hatte hinreißen lassen, stieß er ein verächtliches Schnauben aus.

»Der Geist toter Iren«, murmelte er sarkastisch und schleuderte das gezackte Glas auf den Bürgersteig.

Nachdem der Augenblick der Panik verflogen war, schlug er den Kragen seiner Jacke hoch, um die Kälte abzuhalten. Er erinnerte sich daran, ein paar Blocks entfernt einen Coffee-Shop gesehen zu haben, und da er dringend etwas Koffein brauchen konnte, wandte er sich in diese Richtung.

Obwohl er wusste, dass er unter Verfolgungswahn litt, wurde Cædmon das beunruhigende Gefühl nicht los, dass ein militanter Ire, der sich weigerte, den Frieden zu akzeptieren, ihn auf der anderen Seite des Atlantiks aufgespürt hatte. Wo er beabsichtigte, eine sehr alte, doch immer noch offene Rechnung zu begleichen.

Wer sonst hätte ihn auf seinem Handy anrufen können? Als wolle er sagen: Wir sehen dich, aber du kannst uns nicht sehen.

4

Zu Edies Überraschung ertönte kein Alarm. Nur das widerhallende *Klack* des Türgriffs, als sie den Notausgang aufstieß.

Der Killer hatte das Alarmsystem ausgeschaltet.

Von einem Schwall kalter Winterluft getroffen fand sie sich über dem Abgrund zwischen der offenen Tür und der Feuertreppe wieder, die im Zick-Zack außen an der Rückseite des Museums hinabführte. Der Fluchtweg war vollständig von schwarzem Maschendraht umschlossen und so entworfen, dass man nur von innerhalb des Museums Zugang dazu hatte, um Streuner und Diebe fernzuhalten.

Edie hatte nicht die Zeit, sich darüber Sorgen zu machen, dass es leicht schneite, dass sie keinen Mantel trug oder dass sie Höhenangst hatte. Sie trat über die Schwelle auf den Treppenabsatz, und die Feuertür fiel hinter ihr ins Schloss. Starr hielt sie den Blick auf die Gasse unter sich gerichtet, denn sie wusste, wenn sie anderswo hinsah, würde ihr schwindlig werden, oder sie würde vielleicht sogar in Ohnmacht fallen. Wie damals, als sie sich das Feuerwerk zum 4. Juli von der Dachterrasse eines Freundes aus angesehen hatte.

Sie umklammerte das Geländer so fest, dass die Fingerknöchel weiß hervortraten, und machte sich an den Abstieg. Das Geräusch ihrer Stiefel auf den Metallstufen hallte in der Gasse unter ihr wider. Unten angekommen öffnete sie die Käfigtür und trat hinaus. Ebenso wie der Notausgang oben schloss sich die Tür hinter ihr wieder und verriegelte sich automatisch.

Gehetzt und orientierungslos sah sie sich um, nicht sicher, in welche Richtung sie laufen sollte. Die Gasse wirkte wie eine bizarre Unterwelt und war vollgestopft mit Mülltonnen, Containern und geparkten Kleinbussen. An der Wand eines gegenüberliegenden Gebäudes waren Büromöbel aufgestapelt. Die Büros waren vor Kurzem neu möbliert worden, und das alte Zeug wartete immer noch darauf, entsorgt zu werden. Da es Dezember war, war jedes Fenster, das auf die Gasse hinausging, geschlossen. Und da niemand gern einen Ausblick aus der Vogelperspektive auf große blaue Mülleimer hatte, waren die Jalousien zugezogen.

Über sich hörte Edie, wie plötzlich eine Tür aufgestoßen wurde.

Der Killer hatte die Feuertreppe entdeckt.

Ohne eine Sekunde zu verlieren, duckte sie sich hinter einen Container und betete darum, nicht entdeckt worden zu sein. Wenn sie sich beeilte, konnte sie aus der Gasse fliehen, bevor er unten ankam. Doch sie konnte die Gasse nicht verlassen, ohne ins Blickfeld des Mörders zu geraten. Das ließ nur eine einzige Möglichkeit übrig – sie musste sich verstecken.

In die Schatten geduckt huschte sie zu einem knapp fünf Meter entfernten Stapel aufeinandergeworfener Stühle, deren hölzerne Armlehnen und Beine in seltsamen Winkeln in die Luft ragten. Wie ein Haufen gebrochener Knochen. Was Verstecke betraf, war dieses hier ziemlich erbärmlich, denn der Stapel würde ein Projektil nicht aufhalten. Oder eine große, fleischige Faust davon abhalten, sie zu packen. Doch es war das Beste, das sie auf die Schnelle tun konnte.

Als sie eine schmale Öffnung am Fuß des Stapels erspähte, ließ sie sich auf alle viere nieder und kroch in das Loch. Es war höchstens 50 Zentimeter hoch, und sie musste sehr vorsichtig sein. Eine falsche Bewegung, und der Möbelhaufen würde in sich zusammenstürzen. Und sie unter sich begraben. Als sie nicht tiefer in den Stapel hineinkriechen konnte, hielt sie an, zog die Beine unter den Körper und machte sich so klein wie möglich. Unsichtbar wäre besser. Besser, weil sie mit übelkeiterregender Sicherheit wusste, dass der Mann auf der Feuertreppe nicht zögern würde, sie zu töten.

Als sie das Klappern einer Metalltür hörte, spähte sie durch das Durcheinander aus Möbelstücken und beobachtete, wie der Killer die Feuertreppe verließ. Er hatte die Sturmhaube abgenommen, und Edie konnte erkennen, dass sein Haar militärisch kurz geschnitten war. Sein Gesicht war fleckig vor Wut, und er schien kurz vor einem steroidbedingten Amoklauf zu stehen.

Der Killer drehte den Kopf von einer Seite zur anderen und suchte die Gasse ab. Hinten an seinem Hosenbund konnte Edie eine große Ausbuchtung erkennen. *Die Pistole, die Dr. Padgham getötet hatte.* Methodisch wanderte der Blick des Mannes von Ziel zu Ziel: blaue Mülltonnen, grüner Kondensator, weißer Lieferwagen. Und dann fixierte sein Blick den Möbelstapel.

Das könnten sehr wohl die letzten paar Augenblicke vor meinem Tod sein.

Edie sah ihren blutenden Körper bereits vor sich, ausgestreckt unter einem Haufen weggeworfener Stühle liegend. Zweifellos wären die orange gekleideten Kerle von der Stadtreinigung diejenigen, die sie finden würden.

Mit angehaltenem Atem zählte Edie langsam von zehn rückwärts.

Zehn, neun, acht, sieben …

Plötzlich schoss der Blick des Killers zur anderen Seite der Gasse, wo eine Gruppe Recycling-Tonnen vor Dosen überquoll.

Sie war unentdeckt geblieben.

Überraschend leichtfüßig für einen so großen Mann lief der Killer bis ganz ans Ende der Gasse Richtung 21st Street, bevor er sich umdrehte und wieder zur Feuertreppe zurückging. Im gleichen Augenblick bog aus der anderen Richtung ein Streifenwagen in die Gasse. Über die Maßen erleichtert stieß Edie den angehaltenen Atem aus. Das Öffnen der Tür zur Feuertreppe hatte offensichtlich einen stillen Alarm ausgelöst und die Polizei war gekommen, um nachzusehen.

Aus irgendeinem seltsamen Grund schien das plötzliche Auftauchen des Polizeiwagens den Killer nicht im Geringsten zu beunruhigen, er hob sogar noch die Hand und winkte den Streifenwagen heran. *Warum macht er das?*, fragte sie sich. *Da könnte er ja genauso gut verkünden, dass er den Alarm ausgelöst hat.*

Wenige Sekunden später bekam sie die Antwort. Ein Polizeibeamter in Uniform stieg aus dem Streifenwagen und kam auf den Killer zu, der eine Tasche von der Schulter nahm und sie dem Polizisten reichte.

Der Brustschild.

Der Cop steckte in der Sache mit drin.

Die Kavallerie war gekommen, um sie zu töten.

»Sieht aus, als ob die Operation glatt läuft«, meinte der Polizist, während er das gestohlene Artefakt in Besitz nahm. »Wir fliegen exakt um neunzehn Uhr nach London.«

Der Killer schüttelte den Kopf. »Wir haben ein Problem. Es war noch jemand im Museum außer Padgham und den zwei Wächtern. Der kleine Scheißkerl ist über die Feuerleiter abgehauen.«

Mit einem lauten Knall schlug der Polizist mit der Faust auf die Motorhaube des Streifenwagens. »Scheiße! Jetzt sind wir am Arsch! Die englische Schwuchtel sollte doch das einzige Personal im Gebäude sein.«

»Es kommt noch schlimmer«, entgegnete der Killer. Er griff in die Brusttasche und zog den Notizblock hervor, den Edie vorhin bereits gesehen hatte. »Padgham hat womöglich Fotos des Brustschildes per E-Mail verschickt. Ich habe das Tac-Team von Rosemont informiert. Die bringen den Typ am anderen Ende von Padghams E-Mail zur Strecke.«

Während Edie den Austausch beobachtete, zwang sie sich, langsam und tief zu atmen und ihre verkrampften Beine durch schiere Willenskraft dazu zu bringen, mit dem Zittern aufzuhören, denn ihr ganzer Körper protestierte bereits dagegen, wie in eine Zwangsjacke gepfercht zu sein.

»Das sollte nur ein einfacher Rein-und-wieder-raus-Job werden«, murmelte der Cop.

»Und manchmal läuft eine Mission eben nicht so sauber ab. Wir müssen nur diesen Scheißkerl – einen E. Miller – finden und die Karre wieder aus dem Dreck ziehen.«

Danke, lieber Gott! Eine kurze Atempause. Sie dachten, sie war ein Mann. Sie würden nach einem Mann suchen, nicht nach einer Frau. Außerdem wussten sie nicht, dass Padgham die E-Mail nie abgeschickt hatte. Doch das war nicht ihr Problem. Ihr Problem war es, heil aus der Gasse herauszukommen.

»Bis jetzt hat noch niemand den Notruf gewählt.«

»Wenn dieser Miller anruft, will ich das sofort wissen.«

»Keine Sorge. Ich kümmer mich drum«, antwortete der Polizist, bevor er in den Streifenwagen stieg.

Der Kloß in Edies Magen zog sich schmerzhaft zusammen. Wenn sie sich an die Polizei wandte, würde der Killer wissen, wo sie zu finden war. Und da einer – vielleicht sogar mehrere – seiner Kumpanen eine Polizeiuniform trugen, hatte sie keine Möglichkeit, die guten Jungs von den bösen zu unterscheiden.

Verängstigter als je zuvor sah Edie zu, wie der Streifenwagen wegfuhr. Nachdem die Übergabe erledigt war, ging der Killer zum Hintereingang des Museums, tippte einen Code ein, und die verschlossene Tür öffnete sich mit einem Summen. *Gerade so, als gehöre ihm der Laden.* Dann ging Padghams Mörder zurück ins Innere des Museums.

Hastig kroch Edie rückwärts aus ihrem Schlupfloch, richtete sich auf und sog tief den Atem ein. Die Gasse stank nach Urin und vergammelndem Abfall, so stark, dass es ihr die Tränen in die Augen trieb.

Als sie ein lautes, mechanisches Rasseln hörte, wirbelte sie herum.

Auf der anderen Seite der Gasse öffnete sich langsam ein Garagentor. Sie konnte die Gasse verlassen, ohne am Museum vorbeizulaufen. Kaum tauchte ein schwarzer BMW aus der Tiefgarage auf, rannte Edie bereits auf das Tor zu. Oder versuchte es zumindest. Mit verkrampften Beinmuskeln taumelte sie humpelnd vorwärts. Der Fahrer wandte den Kopf und sah sie an – eine verängstigte Frau mit wirrem Haar und wenig anmutigem Gang – und sah sofort wieder weg.

»Offensichtlich einer der Teilnahmslosen«, murmelte Edie dumpf, während sie in die Tiefgarage huschte.

Als sie einen Aufzug sah, hielt sie darauf zu, und erst als sie sicher im Innern des Lifts war und sich die Türen hinter ihr schlossen, erlaubte sie sich ein erleichtertes Seufzen. Obwohl es tatsächlich eher ein erleichtertes Zusammensacken war, denn ihr Körper gab nach wie der einer alten Frau, da ihre Beine ihr Gewicht kaum noch tragen konnten.

Wenige Sekunden später öffneten sich die Aufzugtüren in etwas, das wie die Eingangshalle eines exklusiven Apartmentgebäudes aussah. Direkt vor ihr lockte eine doppelte Glastür. Von einem plötzlichen Anfall von Heiterkeit erfasst humpelte sie auf die wunderschönen Türen mit ihren wunderschönen, großen Messinggriffen zu, stieß die rechte Tür weit auf und hielt sich nur mit Mühe davon ab, einen Postboten zu umarmen, der im Vorraum gerade damit beschäftigt war, Briefe in eine Reihe identisch aussehender Briefkästen zu stecken. Stattdessen lächelte sie ihn an. Mit einem breiten, zahnreichen Froh-am-Leben-zu-sein-Lächeln.

Im selben Augenblick hielt ein Taxi vor dem Apartmentgebäude.

Endlich frei. Danke, Allmächtiger Gott, endlich frei.

5

Rosemont Security Consultants,
Watergate-Gebäudekomplex

Wie ein Mann, der soeben in den kühlen Wassern des Jordan getauft worden war, starrte Stanford J. MacFarlane, pensionierter Colonel des United States Marine Corps, den juwelenbesetzten Brustschild an.

Die Steine des Feuers.

Wohl eines der heiligsten aller biblischen Reliquien, übertroffen nur von der Bundeslade und dem Heiligen Gral.

Meine Augen sahen die Herrlichkeit der Ankunft des Herrn.

Stan MacFarlane wusste aus seinen Bibelstudien, dass die zwölf eingefassten Steine ursprünglich Luzifer anvertraut worden waren, als dieser noch der Liebling Gottes gewesen war. Nach seiner Verstoßung aus dem Himmelreich nahm Gott die Steine wieder an sich und gab sie später Moses, der daraufhin nach Gottes genauer Anweisung den Brustschild anfertigte. Der nur vom Hohepriester der Juden getragene Brustschild wurde als die *Steine des Feuers* bekannt und ruhte verborgen in den heiligen Räumen des Tempels von Jerusalem, bis der von den Babyloniern geplündert wurde, als Nebukadnezars Armee die Heilige Stadt im sechsten Jahrhundert v. Chr. einnahm. Während der nächsten sechsundzwanzig Jahrhunderte blieb die Reliquie in den Wüsten Babylons, des heutigen Irak, verborgen. So mancher Schatzjäger hatte bei dem Versuch, den Brustschild zu finden, sein Leben gelassen, da er zu spät erkannte, dass die Kalifen, Sultane und Diktatoren, die Mesopotamien regierten, fremden Eindringlingen nicht gerade wohlgesonnen waren.

All das änderte sich, als die amerikanische Armee in Bagdad einmarschierte.

Da er wusste, dass er einen Experten brauchte, hatte Stan einen irakischen Archäologen angeheuert, der mehr Interesse daran hatte, Geld zu machen, als die Kulturgüter seines Landes zu schützen. Vor der Eroberung war der Archäologe Leiter einer Ausgrabungsstätte gewesen, in der eine geheime Kammer mit antiken hebräischen Gegenständen entdeckt worden war. Stan war überzeugt davon, dass diese Gegenstände zu den heiligen Reliquien gehörten, die aus dem Tempel gestohlen worden waren, und dass weitere Ausgrabungen die Steine des Feuers zu Tage fördern würden. Doch er war nicht der Einzige, der nach dem Brustschild suchte. Eliot Hopkins, Direktor des Hopkins-Museum für Kunst des Nahen Ostens, war ihm zuvorgekommen. Stan würde sich die Reliquie nicht ein zweites Mal entgehen lassen, deshalb beauftragte er seinen zuverlässigsten Gehilfen, den Brustschild zu besorgen.

Nur, dass seinem zuverlässigen Gehilfen ein sehr dummer Fehler unterlaufen war.

»*Und die Schlange stieß aus ihrem Rachen Wasser aus wie einen Strom hinter der Frau her*«, zischte er den Mann an, der in Habachtstellung mit rotem Kopf vor ihm stand. Mit wachsender Wut starrte er seinen Untergebenen an. »Raus mit der Sprache, Gunny, wie ist Ihnen dieses Miller-Weibsstück entwischt? Glauben Sie, der Teufel hat sie auf seinem Boot mitgenommen?«

Der reuige Sünder, der ehemalige Gunnery Sergeant Boyd Braxton, schüttelte den Kopf. »Ich sagte es Ihnen bereits, Sir. Ich weiß nicht, was passiert ist. Ich wusste nicht einmal, dass sie eine Frau ist, bis ich ihre Handtasche im Museum fand.«

»Das schwache Geschlecht, und dennoch ist sie Ihnen entkommen.« MacFarlane trat auf den Gunnery Sergeant zu und bohrte ihm den Finger in die Brust. »Junge, Sie werden sich doch hoffentlich nicht von einem Weibsstück auf der Nase herumtanzen lassen, oder? Ich würde Sie nur äußerst ungern für einen Schlappschwanz halten.«

»Nein, Sir. Darüber brauchen Sie sich keine Sorgen zu machen, Sir.«

»Gehen Sie besser auf Nummer sicher, Gunny!«

Nachdem er seinen Untergebenen ausreichend gemaßregelt hatte, trat Stan MacFarlane einen Schritt zurück. Solche Disziplin war notwendig, um die Ordnung in der Truppe aufrechtzuerhalten. Eine Lektion, die er während seiner einunddreißig Jahre im Corps gelernt hatte.

Als er aus dem Dienst ausgeschieden war, hatte er den Rang eines Colonels innegehabt, und er würde immer noch die Uniform tragen, wenn seine Karriere nicht vor zwei Jahren abrupt von der Gruppe Pentagon-Wachhunde namens *Freedom Now!* aus den Angeln gehoben worden wäre, einer gottlosen Intrige von linksgerichteten Anwälten und Aktivisten. Sie hatten ihn aufs Korn genommen, kurz nachdem er in den Stab des Unterstaatssekretärs für Nachrichtendienste im Verteidigungsministerium befördert worden war. Heuchler, die sie alle waren, hatten sie behauptet, die Glaubensfreiheit innerhalb des US-Militärs schützen zu wollen. Weil er Gottes Wort strikt befolgte, hatte *Freedom Now!* ihn als religiösen Fanatiker gebrandmarkt, dessen Ziel es wäre, das gesamte US-Militär zum evangelikalen Glauben zu bekehren.

Stellt euch nur vor, ihr gottlosen Hippies! Es ist bereits in vollem Gange.

Als *Freedom Now!* Wind von seinen wöchentlichen Gebetsstunden bekam, die er im Speisesaal der Führungskräfte abhielt, verloren sie keine Zeit, Alarm zu schlagen, und schafften es dabei irgendwie, ein Foto, das ihn in einem Gebetskreis mit anderen uniformierten Offizieren zeigte, in ihre blütenweißen Hände zu bekommen. Das Foto schaffte es sogar auf die Titelseite der *Washington Post*. Im dazugehörigen Artikel behaupteten einige untergeordnete Offiziere, er habe sie persönlich belästigt, indem er ihnen sagte, sie würden auf ewig in der Hölle schmoren, wenn sie die Gebetsstunden nicht besuchten.

Die Geschichte war ein gefundenes Fressen für linke Experten, Washingtoner Politikfritzen und Militärgegner. Kurz darauf war ihm die Befehlsgewalt entzogen worden.

Doch die Wege des Herrn sind unergründlich.

Kaum hatte der Rummel nachgelassen, gründete Stan Rosemont Security Consultants. In den letzten Jahren waren private Militärunternehmen zu einer Söldnermacht hinter dem US-Militär aufgestiegen, mit zehntausenden privaten Kämpfern allein im Irak. Durch seine Spitzenkontakte zum Pentagon verdiente er bald haufenweise Geld. Inzwischen verfügte Rosemont über zwanzigtausend Mitarbeiter, durchwegs ehemalige Mitglieder von Spezialeinheiten. Als Anführer dieser schwerbewaffneten Schar stellte Stan sicher, dass sich kein Pluralist, Atheist oder Agnostiker unter ihnen befand. Heilige Krieger, jeder einzelne von ihnen.

»Sir, was soll ich nun mit dieser Frau machen?«

MacFarlane musterte seinen Untergebenen. Der ehemalige Gunnery Sergeant war ein Mitglied seiner handverlesenen Prätorianergarde. Dieses Elite-Team, seine Augen und Ohren in der Hauptstadt des Landes, war überall in den Vollzugsbehörden der ganzen Stadt vertreten. Während er darüber nachsann, wie dieser Schlamassel am besten zu bereinigen war, öffnete er die Tasche aus dem Museum und holte ein ledernes Portemonnaie heraus. Einige Sekunden lang starrte er auf das Führerscheinfoto einer siebenunddreißigjährigen Frau mit lockigem Haar.

»Sie haben gehört, was Gunny gesagt hat … Was sollen wir mit Ihnen machen, Eloise Darlene Miller?«, murmelte er nachdenklich.

Eine schnelle Hintergrundüberprüfung hatte ergeben, dass diese Miller 1991 verhaftet worden war, weil sie gegen den Zweiten Golfkrieg protestiert hatte. In Stans Augen machte sie das zu einer Chardonnay schlürfenden, Bäume umarmenden Linken. Wie die Bastarde, die seine Militärkarriere ruiniert hatten.

Nichts geht über ein »schreckliches flinkes Schwert«, um eine ungebärdige Frau in ihre Schranken zu weisen.

»Irgendetwas darüber, wo dieser...« Stan warf einen Blick auf den Namen, der auf ein Blatt Papier gekritzelt war. »Cædmon Aisquith sich aufhält?« Eine entsprechende Hintergrundüberprüfung hatte bemerkenswert wenig Informationen zu Tage gefördert, was Stan veranlasst hatte, seine Leute vom Informationsdienst noch tiefer graben zu lassen.

»Aisquith hat es geschafft, sich unbemerkt aus dem Bücherladen zu verdrücken. Wir behalten sein Hotel scharf im Auge, aber er ist noch nicht dort aufgetaucht«, erstattete ihm der Sergeant Bericht.

»Hmm.« Gedankenverloren drehte Stan MacFarlane den silbernen Ring an seiner rechten Hand, dessen ineinander verschlungene Kreuze über die Jahre glatt gerieben worden waren. »Dieser Aisquith ist ein weiteres loses Ende, das wir uns nicht leisten können.«

»Ich höre, Colonel.«

»Dann hören Sie gut zu.« Stanford MacFarlane sah seinem Untergebenen fest in die Augen, damit es keine Missverständnisse geben würde. »Sie werden ihn suchen. Sie werden ihn finden. Und Sie werden ihn vernichten.«

Offensichtlich war der Befehl ganz nach seinem Geschmack, denn der Gunnery Sergeant lächelte. »Bis Tagesende, Sir.«

6

Mit einem Gefühl, als hätte sie gerade fünfzehn Runden gegen einen Schwergewichtsmeister durchgestanden, quälte Edie Miller sich aus dem Taxi, zog einen zerknitterten Zehn-Dollar-Schein aus der Rocktasche und reichte ihn dem Fahrer. Wenn der dunkelhäutige Mann mit dem Turban es seltsam fand, dass sie ihn in der Gasse hinter ihrem Reihenhaus hatte halten lassen, anstatt sie vor der Tür abzusetzen, dann ließ er es sich nicht anmerken.

Erleichtert darüber, wieder auf vertrautem Boden zu sein, hob

Edie müde die Hand und bedeutete dem Taxifahrer, dass er das Wechselgeld behalten sollte. Eine kleine Entschädigung dafür, dass er sie in Sicherheit gebracht hatte. Der Fahrer des pflaumenfarbenen Taxis war ihr wie ein Geschenk des Himmels erschienen. Ihr Mini Cooper, ihre Handtasche und ihre Schlüssel hatte sie im Museum zurückgelassen. Doch sie war mit dem Leben und ihrer Digitalkamera davongekommen, die sie in ihre Westentasche gestopft hatte, unmittelbar bevor Jonathan Padgham ermordet worden war. Und das war alles, was zählte.

Was für ein Albtraum, dachte sie, immer noch völlig betäubt. *Was für ein unwirklicher, unglaublicher Albtraum.* Die Cops waren tatsächlich in den Mord eingeweiht. Obendrein hatte sie keine Ahnung, wie viele Leute noch in den Diebstahl des Brustschilds verwickelt waren. Alles, was sie wusste, war, dass sie keine Skrupel hatten zu morden, um ihr Ziel zu erreichen. Und im Moment war es ihr Ziel, »den Karren aus dem Dreck zu ziehen«.

Mit einem Schaudern bückte sie sich und hob eine längst vertrocknete Chrysantheme aus einem Terrakottatopf, packte sie am Stamm und schüttelte einen Schlüssel aus dem Klumpen brauner Erde. Mit einem schnellen Blick hinter sich eilte sie die Hinterhoftreppe hoch, schloss die Hintertür auf und trat in ihre Küche.

Spirulina-Algen. Gerstengras. Flohsamenschalen. Ihr Blick fiel auf die Küchenzeile und die dort säuberlich aufgereihten Behälter mit übel schmeckenden Nahrungsergänzungsmitteln, die für ein langes Leben sorgen sollten, und lachte laut los. Reine Zeitverschwendung, wenn der Sensenmann im grauen Overall an die Tür klopfte. Obwohl sie nichts anderes tun wollte, als eine ganze Ladung Häagen-Dazs-Eiscrem zu verdrücken, blieb ihr dazu keine Zeit. Sie musste schnell ihre Sachen packen und verschwinden. Bevor sie sie fanden. Bevor sie mit ihr machten, was sie mit Jonathan Padgham gemacht hatten.

Edie riss eine Einkaufstasche aus Leinen von einem Haken an der Rückseite der Küchentür, öffnete das Gefrierfach und nahm eine Packung Spinat heraus. Ohne sich die Mühe zu machen, die Packung zu öffnen, stopfte sie sie in die Tasche. Sie hatte schon in zartem Kindesalter gelernt, wie wichtig es war, einen Vorrat an Bargeld zur Hand zu haben, und deshalb stets fünftausend Dollar im Gefrierfach versteckt. Nachdem sie das Geld verstaut hatte, schnappte sie sich eine alte Motorradjacke vom nächsten Kleiderhaken, zog die blutverschmierte khakifarbene Fischerweste aus, stopfte sie in die Tasche und schlüpfte hastig in die Motorradjacke.

Dann eilte sie den Flur entlang in das kleine Arbeitszimmer an der Vorderseite des Hauses. Sie riss einen Aktenschrank auf und blätterte durch die abgegriffenen Aktenmappen, bis sie den Ordner fand, der mit »Persönliche Dokumente« beschriftet war. Darin befanden sich ihr Pass, ihre Geburtsurkunde, die Unterlagen über das Haus, das Ergebnis ihres letzten Gebärmutterhalsabstrichs und eine beglaubigte Kopie ihrer College-Zeugnisse. Kurzerhand versenkte sie den gesamten Inhalt des Ordners in der Leinentasche.

Gerade, als sie nach oben laufen wollte, um ihre Körperpflegeartikel zu holen, ließ ein Geräusch von draußen sie innehalten und als sie aus dem Fenster blickte, sah sie einen dunkelblauen Ford Saloon vor ihrem Haus halten. Hinter dem Steuer saß der Killer mit dem kurzrasierten Schädel. Und neben ihm der korrupte Cop.

Schnell wich sie vom Fenster zurück.

Der Killer musste ihre Tasche gefunden haben.

Da sie wusste, dass ihr nur noch wenige Sekunden blieben, um durch die Hintertür zu fliehen, schloss Edie den Aktenschrank, schlang sich die Leinentasche über die Schulter und lief in die Küche zurück, wo sie ihr BlackBerry aus dem Ladegerät riss. Dann schnappte sie sich einen Schlüsselbund aus einer bunten Keramik-Obstschale, Souvenir eines Urlaubs in Marokko.

Mit den Schlüsseln in der Hand verließ sie das Haus durch die Hintertür, wobei sie sich noch einen Augenblick Zeit nahm abzuschließen. Sie wollte nicht, dass irgendjemand erfuhr, dass sie zu Hause gewesen war. Dann schlich sie auf Zehenspitzen die Außentreppe hinunter, die in die Gasse unter ihr führte. Lauschend hielt sie einen Augenblick lang inne. Sie hörte spanische Musik aus dem Mietshaus gegenüber dringen. Aber keine Stimmen aus ihrem Haus. *So weit, so gut.*

Da sie nicht wusste, wie lange ihr Glück anhalten würde, quetschte Edie sich an dem geparkten Jeep Wrangler ihres Nachbarn vorbei und huschte die angrenzende Treppe zu seinem Haus hoch. Garrett war geschäftlich in Chicago. Er war oft geschäftlich in Chicago. Und wenn er dort war, goss sie seine Pflanzen und fütterte die Katze. Jeder von ihnen besaß die Wohnungsschlüssel des anderen.

Dankbar für das gut geölte Schloss öffnete sie die Hintertür und hastete hinein, wobei sie die große gelbe Katze ignorierte, die am Küchenfenster schlief. Dann rannte sie den Flur entlang ins Wohnzimmer und postierte sich am Schiebefenster, das auf die Straße hinausging.

Versteckt hinter den Falten eines bodenlangen Samtvorhangs zog sie den violetten Stoff ein paar Millimeter zur Seite und spähte durch den entstandenen Spalt.

Die beiden Männer waren bereits aus dem Ford ausgestiegen, und der Polizist ging auf ihre Veranda zu.

Edie hielt den Atem an, als er an die Tür hämmerte.

»Aufmachen! Polizei!«

Als er keine Antwort erhielt, hämmerte er erneut an die Tür.

Dann tat er genau das, was Edie erwartete – er schloss ihre Wohnungstür mit dem Schlüssel auf, den der Killer zweifellos im Museum in ihrer Tasche gefunden hatte.

Durch die Wand, die die beiden Wohnungen voneinander trennte, konnte Edie den leisen Widerhall seiner Schritte hören, als er ihre hölzerne Treppe hochstürmte. Gefolgt vom Schlagen mehrerer Türen. Dann polterte er wieder die Treppe hinunter. Sie war sich nicht sicher, doch sie glaubte zu hören, wie die Hintertür geöffnet wurde. Während der ganzen Zeit hielt der Killer neben dem Ford Ausschau.

Wenige Augenblicke später kam der Polizist wieder aus dem Haus.

»Sie ist nicht hier gewesen«, verkündete er seinem Partner, der sich zu ihm auf die Veranda gesellt hatte. Wie sie so Seite an Seite standen, konnte Edie erkennen, dass die beiden Männer nahezu gleich groß waren, beides regelrechte Riesen.

»Sicher?«

Der Cop nickte. »Im Bad ist nichts angerührt worden. Ich kann mir nicht vorstellen, dass eine Tussi ohne ihren Rasierer und ihr Make-up-Täschchen abhaut.«

»Scheiße! Wo zum Teufel steckt sie?«

»Keine Ahnung. Der Hintergrundüberprüfung nach hat sie keine lebenden Verwandten, und es gibt anscheinend auch keinen Lebensgefährten auf der Bildfläche.«

Edie packte den Vorhang fester. Sie konnte nicht glauben, was sie da eben gehört hatte. Sie hatten ihren privaten Hintergrund überprüft. Sie wussten alles über sie. Über ihre Freunde. Ihre Familie. Oder den Mangel daran. Alles. Die hielten alle Karten in der Hand, und sie … Sie machte sich beinahe in die Hose.

Selbst wenn sie sich in Garretts Haus versteckte – und der Gedanke daran war schrecklich verlockend – vermutete sie, dass sie früher oder später an die Tür klopfen würden. Und da sie keinen Schlüssel hatten, würden sie sie wahrscheinlich eintreten, wenn niemand aufmachte.

»Wo zum Teufel steckt sie?«, knurrte der Killer wieder.

»Keine Sorge. Wir finden sie. Ohne ihre Geldbörse kommt sie nicht weit.«

»Sei dir da nicht so sicher. Sie ist schließlich auch aus dem Museum rausgekommen, nicht wahr?«

Der Cop grinste. »Hey, häng das nicht mir an. Soweit ich mich erinnere, ist das in deiner Schicht passiert, nicht in meiner.«

Der Killer quittierte das mit einem wütenden Blick. Von den beiden war er eindeutig der Furchteinflößendere. »Du hast die erste

Wache. Ich will es sofort wissen, wenn die Schlampe auftaucht«, knurrte er, bevor er die Stufen hinunterstampfte. Der zur Wache verdonnerte Polizist blieb auf der Veranda zurück.

Einige Augenblicke später, als sie eine weiße Rauchwolke aus dem Auspuff des Ford aufsteigen sah, ließ Edie den Vorhang los.

Zeit war plötzlich ein kostbares Gut, deshalb eilte sie in die Küche, riss eine Schranktür auf, schnappte sich eine Bratpfanne vom Regal, füllte sie mit Katzentrockenfutter und stellte sie auf den Boden. Dann holte sie aus demselben Küchenschränkchen eine große Rührschüssel, füllte sie mit Leitungswasser und platzierte sie neben dem Futter. Sie nahm an, das würde reichen, bis Garrett am Wochenende zurückkam.

Während sie die Hintertür hinter sich zusperrte, betete sie, dass Garrett den Jeep aufgetankt hatte, bevor er nach Chicago gefahren war. Neben den Schlüsseln für sein Haus besaß sie auch die Schlüssel für seinen fahrbaren Untersatz. Und dieser fahrbare Untersatz war ihre Fahrkarte aus der Stadt.

Sie schloss die Fahrertür des schwarzen Wrangler auf, glitt hinters Steuer und warf ihre Tasche auf den Beifahrersitz. Als sie den vom auftauenden Spinat herrührenden großen, feuchten Fleck auf der Tasche bemerkte, erfasste sie eine Flut von Erinnerungen. Daran, mitten in der Nacht vor dem Vermieter zu flüchten. Vor dem Gerichtsvollzieher. Dem gewalttätigen Freund. Dem Junkie, der einen Schuss brauchte. Das waren täglich die Kleindarsteller in dem erbärmlichen Lebensdrama ihrer Mutter gewesen. Die Erinnerungen brachen über sie herein, als habe man sie gerade in eiskaltes Wasser getaucht. Dreißig Jahre waren vergangen, und sie war noch immer das verängstigte kleine Mädchen, das sich auf dem Rücksitz des alten Buick Le Sabre ihrer Mutter zusammenkauerte.

Mit heftig zitternden Händen starrte Edie das Lenkrad an. Dann versuchte sie, den Schlüssel ins Zündschloss zu stecken, doch sie schaffte es nicht. Das Metall glitt immer wieder von der Lenksäule ab. Sie hatte damals nicht gewusst, wie sie mit der Angst fertig werden sollte. Und sie wurde auch jetzt nicht damit fertig.

Atme, Edie, atme! Ein und aus. Lange, langsame, tiefe Atemzüge. Dadurch wirst du die Angst nicht überwinden, aber du wirst sie verdrängen. Gerade so weit, dass du den Schlüssel ins Zündschloss stecken und den Wagen anlassen kannst.

Wie eine verlorene Seele gehorchte sie der Stimme in ihrem Kopf. Sie atmete tief ein und sagte sich, dass sie es schaffen konnte. Sie konnte diesen Bastarden entkommen. Im Laufe von zwei Jahren war sie aus vier verschiedenen Jugendheimen entkommen. Das hier war nicht anders.

Nachdem sie ein viertes Mal ein- und ausgeatmet hatte, war sie in der Lage, den Jeep zu starten.

Dann warf sie einen Blick auf die Tankanzeige.

Danke, Garrett! Ich bin dir echt was schuldig.

Sie fuhr zum Ende der Gasse, dann bog sie links ab. Nicht zu schnell. Nicht so langsam. Sie wollte nicht, dass sich irgendjemand später daran erinnerte, den Jeep gesehen zu haben. Leichte Schneeflocken begannen auf die Windschutzscheibe zu fallen, also stellte sie die Scheibenwischer an, immer noch mit tiefen, kontrollierten Atemzügen.

An der Ecke 18th und Columbia bremste sie an einer roten Ampel und blickte nervös nach links und rechts. An der Straßenecke, die dem Jeep am nächsten war, drängte sich eine Gruppe Latinos vor einer Wechselstube. An der gegenüberliegenden Ecke war der Besitzer des altmodischen salvadorianischen Cafés La Flora dabei, die Läden der Fenster zur Straße hinaus zu schließen. Edie war ein häufiger Gast, erst heute Morgen hatte sie dort auf ein schnelles Frühstück aus *frijoles* und Eiern vorbeigeschaut.

Als er sie sah, hob Eduardo grüßend die Hand.

Widerstrebend winkte Edie zurück, wobei sie hoffte, *betete*, dass die Polizei um das La Flora einen Bogen machen würde, wenn sie die Gegend abklapperte.

Die Tatsache, dass kein dunkelblauer Ford in Sicht war, schenkte ihr ein wenig Trost. Sie legte den ersten Gang ein und steuerte den Jeep die 18th Street hinunter, dann langte sie hinüber auf den Beifahrersitz und holte ihr BlackBerry aus der Tasche. Sie musste sich mit C. Aisquith in Verbindung setzen. Sein und ihr Leben waren in großer Gefahr. Sie wusste nicht, ob er oder sie ein Ortsansässiger war, wusste gar nichts über ihn oder sie. Sie kannte nur die E-Mail-Adresse der geheimnisvollen Person. Hoffentlich saß C. Aisquith gerade an einem Computer. Und hoffentlich befand sich dieser Computer hier in der Nähe. Andernfalls wäre das, was sie gleich tun würde, eine kolossale Verschwendung kostbarer Zeit. Und Zeit war etwas, wovon sie im Augenblick nicht gerade viel zur Verfügung hatte.

Wie die meisten Stadtbewohner, die gezwungen waren, ihr Auto als mobiles Büro zu nutzen, konnte Edie gleichzeitig Auto fahren, Textnachrichten tippen und Kaugummi kauen. Mit um das Lenkrad geschlungenen Armen bewegte sie flink die Daumen über die Tastatur und drückte auf »Senden«, als sie mit der E-Mail fertig war.

»Er wird glauben, ich bin eine Verrückte«, murmelte sie, denn wenn sie an seiner Stelle wäre, wenn sie die Empfängerin dieser hastig aufgesetzten Nachricht wäre, dann wäre das genau das, was sie glauben würde.

Sie warf einen Blick in den Rückspiegel, doch ihre Sicht wurde von einem orange-weißen Möbelwagen blockiert, der dicht hinter ihr fuhr.

Von dem schrillen Klingelton aufgeschreckt starrte sie zögernd auf das BlackBerry in ihrem Schoß, und die Worte »Rufnummer unterdrückt« jagten ihr einen unheilvollen Schauer über den Rücken. Sie schüttelte die – wie sie hoffte – unbegründete Angst ab und griff nach dem kabellosen Kopfhörer der Freisprechanlage.

»H-hallo.«

»Miss Miller, wie schön, Sie zu erreichen«, säuselte eine männliche Stimme ihr ins Ohr.

Den samtweichen Südstaatenakzent kannte Edie nicht.

»Wer spricht da?«

»Ich will Ihnen nichts Böses, Miss Miller. Ich bin nur jemand, der sehr an Ihrer Sicherheit und Ihrem Wohlergehen interessiert ist.«

Edie riss sich den Kopfhörer vom Ohr.

Oh Gott!

Sie hatten sie gefunden.

7

Cædmon Aisquith öffnete die Tür des Starbucks-Restaurants, und das einladende Aroma von frisch gemahlenem Kaffee und Zimt-Scones schlug ihm entgegen.

Die Annehmlichkeiten des zivilisierten Lebens.

Solche Düfte ließen einen vergessen, zumindest vorübergehend jedenfalls, dass man in einer höchst unzivilisierten Welt lebte. Einer Welt, in der brutale Gewalttaten mit erschreckender Regelmäßigkeit verübt wurden.

Als Cædmon das Ende der Schlange erreicht hatte, bestellte er einen Hazelnut Coffee, wobei er sich fragte, wer zum Teufel es für eine kluge Idee gehalten hatte, diese kleine Größe Grande zu nennen. Es ließ ihn an einen unsicheren Typen denken, der die Länge seines besten Stücks beschrieb.

Mit dem Becher in der Hand sah er sich in dem mit kleinen Bistrotischen gut gefüllten Café um, jeder Gast eine Insel für sich. Als er ein ansprechend aussehendes einsames Inselchen erspähte, schritt er darauf zu und setzte sich ans Fenster. Von seiner Position aus konnte er gleichzeitig ein Auge auf die Fußgänger vor dem Fenster haben und jeden einzelnen Gast beobachten, der den Laden betrat. Obwohl er versuchte, seine Nervosität abzuschütteln, beunruhigte ihn der anonyme Anruf, den er im Buchladen erhalten hatte, immer noch.

Da er wusste, dass die Iren ein hartnäckiger Haufen waren, nahm er sein Handy und legte es gut sichtbar vor sich auf den Tisch. Wenn sie sich noch einmal mit ihm in Verbindung setzten, dann war er bereit.

Gott! Der Gedanke, dass er nach so vielen Jahren immer noch die alten Schlachten kämpfte.

Da die Regeln guten Benehmens auf dem amerikanischen Kontinent nicht so strikt befolgt wurden, tunkte er sein Scone in den Kaffee und nahm betont gleichgültig einen Bissen. Dann, während er vorgab, völlig in Scone und Kaffee vertieft zu sein, sah er verstohlen aus dem Fenster. Von seinem Aussichtspunkt aus hatte er freie Sicht über alle vier Spuren der Connecticut Avenue hinweg bis zur Church of Scientology, die sich zwischen die Bäume auf der anderen Seite schmiegte. Müßig fragte er sich, wie lange die Ehe von Tom Cruise und Katie wohl …

»Teufel noch mal«, murmelte er, als er sich dabei ertappte, wie er über belangloses Zeug nachgrübelte.

Obwohl es bei weitem besser war, über belangloses Zeug als über alte Erinnerungen nachzugrübeln.

Der Name der besagten Erinnerung war Juliana Howe. Jules, eine Reporterin für BBC, war ein Medienliebling gewesen und hatte sich durch ihre gewagte Berichterstattung einen Namen gemacht.

Wie es das Schicksal wollte, begann ihre Beziehung als eine routinemäßige Undercover-Operation. Als der MI5 davon Wind bekam, dass Juliana Howe mit einer nordafrikanischen Terrorzelle in Verbindung stand, schickten sie ihn, um die Situation einzuschätzen und ihre Quelle aufzudecken. Cædmon, in der Rolle eines zerstreuten, aber seriösen Inhabers einer Buchhandlung im Stadtteil Charing Cross, arbeitete sechs Monate an dem Fall. Behutsam wie ein Konditor, der Schicht um Schicht eine Hochzeitstorte verziert, gewann er Julianas Vertrauen bei Drinks im Fox and Hounds,

Verabredungen zum Dinner im Le Caprice und Abenden in Covent Garden. So entstand die Legende von Peter Willoughby-Jones. Cædmon wurde zu einem Mann, der einer Hintergrundüberprüfung des MI5 zufolge auf die wohlerzogene und gebildete Juliana Howe größtmöglichen Eindruck machen würde.

Er wurde aber auch zu einem Geheimdienstmitarbeiter, der die unverzeihliche und tragische Sünde beging, sich in seine Zielperson zu verlieben. Tragisch deshalb, weil das Objekt seiner Zuneigung ihn immer nur als Peter Willoughby-Jones kennen würde. Aufgrund ihres Berufes hielten die Hintergrundermittler im Thames House Juliana Howe für ein hochgradiges Sicherheitsrisiko. Was bedeutete, dass er ihr niemals seine wahre Identität enthüllen konnte.

Nachdem die nordafrikanische Zelle hinter Schloss und Riegel gebracht worden war, führte Cædmon seine Beziehung mit Juliana fort, denn er war nicht in der Lage, sie aufzugeben. Er versicherte seinen Vorgesetzten, dass es noch weitere Informationen zu sammeln gab, dass es sich auszahlen würde, in täglichem Kontakt mit einer Enthüllungsreporterin der BBC zu stehen. Als die Real Irish Republican Army eine Bombe vor dem Gebäude der BBC hochgehen ließen, war der Chef seiner Abteilung plötzlich einverstanden. Doch die verdammten Bastarde der RIRA begnügten sich nicht damit, an diesem Punkt aufzuhören. Darauf versessen, ganz London zu terrorisieren, zündeten sie in jenem Sommer noch mehr Bomben, darunter eine weitere bei der BBC.

Diese Bombe nahm ihm die Frau, die er über alles liebte. Und weil ein Mann, der sein Herz verloren hat, zu einem herzlosen Bastard wird, nahm Cædmon es auf sich, dieses schreckliche Unrecht zu sühnen. Nachdem er Timothy O'Halloran, den RIRA-Anführer, der für die Bombenattentate verantwortlich war, zur Strecke gebracht hatte, brachte er Wochen in einem Zustand völliger Trunkenheit zu, wie ein Säufer auf einem Kupferstich von Hogarth. Der Schmerz war unerträglich, und ihm wurde klar, dass O'Halloran zu töten die Dämonen dieser schicksalhaften Explosion nicht hatte vertreiben können. Es hatte nur seinen Durst nach Rache befriedigt. Doch Rache brachte keinen Trost. Oder Erlösung. Es zeigte ihm nur, dass er in der Lage war zu töten.

Keine leichte Erkenntnis für einen Menschen.

Als er endlich wieder nüchtern und klaren Sinnes wurde, fand er heraus, dass der MI5 die Seinen nicht im Stich ließ, ganz gleich, welche Verfehlung sie begangen hatten. Doch er bestrafte sie. Man degradierte ihn dazu, ein Unterschlupfquartier in Paris zu unterhalten, und es dauerte noch fünf Jahre, bis er aus dem Dienst entlassen wurde. Endlich ein freier Mann.

Cædmon warf einen Blick auf das Handy auf dem Tisch und dachte an den Anruf von vorhin. Vielleicht war es voreilig von ihm gewesen, die alten Bande zu zerschneiden.

»Ein bisschen spät dafür, alter Junge«, murmelte er, was ihm einen bedeutsamen Blick von einer pferdegesichtigen Frau am Nebentisch einbrachte. Er lächelte entschuldigend. »Beachten Sie mich gar nicht. Ich neige dazu, vor mich hin zu brabbeln, wenn ich in Gedanken bin.«

»Freut mich zu hören, dass ich nicht die Einzige bin, die mit sich selbst redet.« Sie hielt seinen Blick. Ein Angebot.

»Ja, durchaus.« Sein Handy klingelte leise und informierte ihn über eine empfangene E-Mail. Erleichtert darüber, sich elegant aus der Affäre ziehen zu können, nahm er das Gerät in die Hand. »Entschuldigen Sie, ich muss mich ums Geschäft kümmern.«

»Oh, natürlich.« Seine Nachbarin errötete bis unter den ergrauenden Haaransatz und interessierte sich plötzlich intensiv für den Plastikdeckel ihres Kaffeebechers.

Cædmon öffnete seinen E-Mail-Ordner und starrte auf den Eintrag. Nachdenklich trommelte er mit den Fingern auf den Tisch. Er konnte sich nicht erinnern, seine E-Mail-Adresse jemandem namens Edie Miller gegeben zu haben. Obwohl das nicht bedeuten musste, dass seine Presseagentin sie nicht an jemanden bei der

Signierstunde weitergegeben hatte. Da er annahm, dass das der Fall war, öffnete er die E-Mail, statt sie einfach zu löschen, und seine Augen wurden schmal. Die Nachricht war nicht, was er erwartet hatte.

Von: Edie Miller
An: c.aisquith@lycos.com
Datum: 01.12.08 14:16:31
Betreff: GEFAHR!!

dringend muss sie HEUTE treffen im NGA cascade cafe warte bis
sie zumachen ihr leben in gefahr ☠ meins auch
ps bin nicht verrückt

edie103@earthlink.net

»Ach, tatsächlich«, murmelte er, als er das Postskriptum las.

8

Edie Miller setzte sich den Knopf des kabellosen Headsets wieder ins Ohr.

Sie würde nicht davonlaufen. Sie würde sich nicht verstecken.

Sie würde sich doof stellen.

»Meine Sicherheit und mein Wohlergehen? Hm, na so was, ich habe keine Ahnung, w-wovon Sie sprechen. Mir geht es gut.« Ihre Stimme zitterte merklich, denn die gespielte Unerschrockenheit wollte sich nur langsam einstellen.

»Kommen Sie, Miss Miller. Spielen wir keine Spielchen miteinander«, durchschaute der Anrufer sie mühelos. »Wir wissen beide, dass Sie heute im Hopkins-Museum waren.«

Ihre Hände begannen zu zittern, und der Jeep geriet aus der Spur. Ein UPS-Lieferwagen links von ihr hupte, worauf Edie wieder einscherte. Sie setzte den Blinker und steuerte den Jeep auf die innere Spur des Dupont Circle.

Auf Eis. Du musst die Angst auf Eis legen.

»Natürlich war ich im Museum«, antwortete sie. Die besten Lügen waren die, die der Wahrheit am nächsten kamen. »Ich bin jeden Montag im Museum. Das ist der einzige Tag der Woche, an dem ich Fotos der Sammlung machen kann. Aber das wissen Sie ja bereits.« Sie stieß einen theatralischen Seufzer aus, in der Hoffnung, dass sie wie eine erschöpfte und resignierte Arbeiterameise klang. »Linda von der Lohnbuchhaltung droht mir schon seit Wochen, mich zu melden, weil ich nicht stemple, wenn ich das Museum verlasse. Ich weiß, ich weiß. Echt schlechte Angewohnheit. Schätze, ihr Jungs von der Buchprüfung habt mich jetzt doch noch erwischt, nicht wahr?«

»Ist es ebenfalls eine Angewohnheit von Ihnen, das Museum über die Feuertreppe zu verlassen?«

»Oh je … er-*wischt*!« Nervös lachte sie. Die Lügen überschlugen sich. »All diese rauchfreien Gebäuden machen es für uns Süchtige immer schwerer, an unsere Dosis Nikotin zu kommen.«

»Und was ist mit Ihrer Tasche? Sie haben sie auf dem Schreibtisch liegen lassen. Ist das eine weitere Ihrer schlechten Angewohnheiten?«

Edie trat auf die Bremse, um einem geradezu lächerlich langen Stretch-Hummer auszuweichen. »Ja, nun, was soll ich sagen? Zerstreut ist mein zweiter Vorname.«

»Laut Ihres Führerscheins ist Ihr zweiter Vorname Darlene. Bezauberndes Foto, möchte ich hinzufügen. Aber ich hatte schon immer eine Schwäche für Mädchen mit lockigen Haaren.«

Edie zermarterte sich das Gehirn nach einer Antwort, denn langsam gingen ihr die Lügen aus.

Fest entschlossen, nicht wie Jonathan Padgham zu enden, verlieh sie ihrer Stimme eine gehörige Dosis vorgetäuschter Ungläubigkeit. »*Sie* haben mein Portemonnaie? Gott sei Dank! Ich hatte mich schon gefragt, wer ... Sie werden doch so liebenswürdig sein und es zurückgeben, nicht wahr? Es wäre furchtbar ärgerlich, alle meine Karten sperren lassen zu müssen.«

»Kein Grund zur Sorge. Ich habe mir bereits die Freiheit herausgenommen, Ihre Kreditkarten sperren zu lassen. Ich habe auch Ihr Girokonto und Ihr Sparkonto abgeräumt. Meine Güte, was für ein sparsamer Pfennigfuchser Sie doch sind! Sie haben fast dreißigtausend Dollar angehamstert.«

Die haben meine Konten abgeräumt. Wie in Gottes Namen waren sie an die Sicherheitscodes für ... Der korrupte Cop. Er hatte sicher Zugang zu weiß Gott was für Daten. Ihrer Handynummer. Ihrer Sozialversicherungsnummer. Jeder computergestützten Big-Brother-Datenbank unter der Sonne.

»Ich würde Ihnen mit Freuden eine Belohnung zahlen, wenn Sie mir mein Portemonnaie zurückgeben«, kämpfte sie um einen Halt, einen Strohhalm, *irgendetwas*, an dem sie sich festhalten konnte. »Ich wäre Ihnen auch sehr dankbar, wenn Sie die Lohnbuchhaltung nicht wissen lassen, dass ich heute ein paar Stunden früher gegangen bin. Ich hatte mörderische Kopfschmerzen und ...«

»*Du sollst nicht lügen*!«, bellte ihr der Anrufer ins Ohr. Einen Sekundenbruchteil später, so als habe er sein Temperament wieder gezügelt, sagte er ruhig: »So unterhaltsam Ihre Lügen auch sein mögen, ich bin sie langsam leid, Miss Miller.«

»Lügen? Was für Lügen?« Als darauf nur Schweigen folgte, meinte sie: »Hören Sie, Sie verwechseln mich mit einer anderen Verdächtigen in der Gegenüberstellung.« Als sich die Stille hinzog, fügte sie hinzu: »Das war ein Witz!« *Nach dem Motto: Leute, die etwas zu verbergen haben, können keine Witze machen.*

»Ein Postbote in dem Appartementgebäude hinter dem Museum hat Sie, in dem Glauben, er erfülle seine Bürgerpflicht, anhand Ihres Führerscheinfotos identifiziert. Sehen Sie? Wir wissen alles über Sie, Miss Miller. Wir wissen auch, dass Sie im Museum waren, im dritten Stock, als Dr. Padghams unglückliches Ende ihn ereilte.«

Unglückliches Ende? Meinte dieser Kerl das ernst? Jonathan Padgham war das komplette Gehirn aus dem Schädel geblasen worden. So viel zum Thema saubere Arbeit.

»Wer sind Sie?«

»Wer ich bin, ist unwichtig.« Dann wurde die Stimme des Anrufers eine beängstigende Oktave tiefer. »Vielleicht sollte ich an dieser Stelle erwähnen, dass Sie zwar davonlaufen, sich aber nicht verstecken können.«

Edie sah in den Rückspiegel.

Geländewagen, Autos, Taxis und Lieferwagen jeder Couleur.

Aber kein dunkelblauer Ford.

Und keine Streifenwagen.

Sie beschloss, es darauf ankommen zu lassen.

»Ein Wort zur Warnung, Kumpel. Wenn man einer Frau Angst einjagen will, dann sind Klischees üblicherweise nicht besonders wirkungsvoll. Und was Drohungen angeht, da hab ich auch eine für Sie … Rufen Sie mich noch einmal an, und ich werde keine *Sekunde* zögern, zum FBI zu gehen. Normalerweise würde ich ja die Bullen rufen, aber ich vermute, ich käme wohl nicht mehr lebend aus der Polizeiwache raus. Ich kann mir die Schlagzeile lebhaft vorstellen. ›Edie Miller, Opfer eines bedauernswerten Unfalls, rutscht auf dem frisch gewischten Fußboden des Polizeipräsidiums aus und schlägt sich den Schädel ein.‹ Was denken Sie? Klingt das in etwa richtig so?«

»Ich bin mir sicher, das FBI ist viel zu beschäftigt damit, Terrorzellen des Dschihad aufzuspüren, um Ihren Anruf entgegenzunehmen, geschweige denn Ihnen auch nur eine Sekunde lang zuzuhören.«

»Ach, aber wie Sie schon sagten, ich bin die einzige überlebende Zeugin einer brutalen Hinrichtung. Einer Hinrichtung, an der ein gut organisierter Kunstschmugglerring beteiligt ist«, legte sie alle ihre Karten auf den Tisch. »Ich denke, die Anzugträger beim FBI werden mir mit Freuden ein paar Minuten ihrer Zeit erübrigen.«

»Woher wollen Sie wissen, dass wir nicht auch das FBI infiltriert haben?«

Das tat sie nicht. Und der eingebildete Bastard wusste das.

»Was wollen Sie von mir?«

»Nur reden. Die Situation klären, um Ihre unbegründeten Ängste zu mildern. Ich habe sehr tiefe Taschen, Miss Miller, und wäre nur zu gerne bereit, den Kontostand Ihrer beiden Bankkonten zu verdreifachen.«

Ja, klar. Irgendetwas sagte ihr, dass sie niemals auch nur einen Cent sehen würde.

Sie trat aufs Gas und zog den Jeep über eine Spur, dann noch eine, und verließ den Kreisverkehr an der Massachusetts Avenue.

»Sie wollen reden? Fein. Ich habe Ihnen nur eine einzige Sache zu sagen …« Sie zog die Stille noch ein paar Sekunden in die Länge, dann schrie sie: »Fahren Sie zur Hölle!«

Heftig riss sie sich das kabellose Headset vom Ohr und schleuderte es in Richtung ihrer Tasche.

Zitternd – nicht wie Espenlaub, sondern wie ein ganzer windgeschüttelter Wald von Espen – hielt sie den Blick fest auf die Straße gerichtet, und die vertrauten Reiterstatuen wischten an ihr vorbei, während sie durch den Scott Circle und die Unterführung am Thomas Circle fuhr. Dann bog sie rechts in die 11th ab, folgte ihr ein paar Blocks und bog dann links in die Pennsylvania. In einiger Entfernung ragte das Kapitol auf.

Der Schnee fiel nun heftiger. Ohne es richtig zu registrieren, drehte sie die Heizung auf.

An der 4th Street fuhr sie rechts, das Ostgebäude der National Gallery of Art zu ihrer Linken, das Westgebäude zu ihrer Rechten. Ohne sich die Mühe zu machen zu blinken, bog sie scharf rechts in die kreisförmige Auffahrt neben dem Museum und stellte den Jeep auf dem ersten verfügbaren Parkplatz ab, den sie finden konnte, direkt hinter einem schneebedeckten Lexus. Es war ein hervorragender Parkplatz, nur wenige Schritte vom Eingang des Westgebäudes entfernt. Es war außerdem ein Parkplatz, der für Museumsmitarbeiter reserviert war.

»Dann verklagt mich doch«, murmelte sie. Es schneite, und sie hatte keine Zeit, einen öffentlichen Parkplatz zu finden, denn die Mall war trotz des schlechten Wetters überfüllt, also riss sie den Schlüssel aus dem Zündschloss, warf ihn in die Tasche und stieg aus dem Jeep.

Die National Gallery of Art war der öffentlichste Ort, den sie sich als Versteck vorstellen konnte. Sie war eines der größten Marmorgebäude der Welt und strahlte eine Aura von Stärke und Sicherheit aus. Und überall waren Wachen. Jede Menge davon. Während sie auf die übergroßen Eingangstüren zulief, versuchte sie, nicht an die toten Wächter im Hopkins-Museum zu denken.

Sie öffnete die Tür und sah dabei auf die Uhr. 14:30. Das Museum war noch zweieinhalb Stunden geöffnet. Genug Zeit, um sich ihren nächsten Schritt zu überlegen. Hoffentlich hatte C. Aisquith ihre E-Mail erhalten und war bereits auf dem Weg zum Museum.

An der Rezeption öffnete Edie ihre Tasche, und der inspizierende Wächter warf nur einen flüchtigen Blick auf den Inhalt. Wenn er die Packung Spinat bemerkt hatte, dann ließ er es sich nicht anmerken. Nicht gerade beeindruckt von den Anti-Terror-Sicherheitsmaßnahmen des Museums schlang Edie sich die Tasche wieder über die Schulter.

Da sie mit dem Lageplan des Museums vertraut war – sie hatte viele Stunden damit zugebracht, die Ausstellungen anzusehen, als sie vor fast zwanzig Jahren nach Washington gezogen war –, nahm Edie die Rolltreppe und fuhr ein Stockwerk tiefer in die unterirdische Halle, die die beiden Flügel miteinander verband. An der Skulptur von Henry Moore am Fuß der Rolltreppe vorbei betrat sie den Souvenirladen, durch den man in den Cafeteria-Bereich kam. Unablässiges gedämpftes Stimmengewirr umfing sie. Menschen, die sich unterhielten. Menschen, die mit dem Handy telefonierten. Menschen, die sich poetisch über die wunderschönen Weihnachtskarten ausließen. Das Gewirr all dieser Stimmen wirkte tröstlich und versicherte Edie, dass sie endlich in Sicherheit war.

Sie erreichte das Cascade Café und stellte sich neben den sprudelnden Wasserfall, der dem Café seinen Namen gegeben hatte. Hinter einer riesigen Glasscheibe floss hochgepumptes Wasser unablässig eine Wand aus geriffeltem Granit herab. Die schützende Glaswand stellte ein Stockwerk unter der Erde die einzige Tageslichtquelle der Halle dar, und Edie konnte den winterlich grauen Himmel über sich sehen.

Während der nächsten fünfzehn Minuten musterte sie sorgfältig jeden einzelnen Museumsbesucher, der die Halle betrat. Teenager in GAP. Frauen in Gucci. Museumsmitarbeiter in eintönigem Grau. Und dann sah sie ihn, einen großen, rothaarigen Mann um die vierzig, der eine deutliche Selbstsicherheit ausstrahlte. Anhand seiner Kleidung – einem teuren marineblauen Wollsakko, cremefarbenem Zopfmusterpullover, schwarzen Lederschuhen kombiniert mit blauen Jeans – ging sie davon aus, dass er Europäer war.

Der rothaarige Mann blieb in der Mitte der überfüllten Halle stehen, wandte den Kopf, sah sie an, hielt ihren Blick und sah dann wieder fort.

Entschlossen schritt Edie auf ihn zu. Nachdem sie einen Sommer lang Timeshares in Florida verkauft hatte, scheute sie sich nicht davor, fremde Menschen anzusprechen.

Der Blick des Rothaarigen schweifte zurück in ihre Richtung, und ein fragender Ausdruck lag auf seinem Gesicht.

»C.Aisquith@lycos.com?«

Er nickte, blaue Augen musterten sie. »Und Sie müssen Edie103@earthlink.com sein. Normalerweise würde ich sagen: ›Erfreut, Sie kennenzulernen‹, aber in Anbetracht des düsteren Inhalts Ihrer elektronischen Nachricht wäre das möglicherweise ein wenig verfrüht.«

Ebenso wie Jonathan Padgham hatte er einen kultivierten englischen Akzent.

»Ich bin neugierig. Wie haben Sie mich erkannt? Hier müssen wohl an die hundert Menschen herumlaufen.«

»Zufallstreffer«, antwortete sie schulterzuckend. »Das und die Tatsache, dass Sie die gleiche britische Ich-bin-so-viel-besser-Ausstrahlung haben, wie Dr. Padgham sie hatte.«

Einer seiner Mundwinkel zuckte nach oben. »Hatte? Ich kann mir nicht vorstellen, dass der alte Padge sich so sehr verändert haben soll.«

Edie schluckte. Der Augenblick der Wahrheit war viel zu plötzlich gekommen.

»Ich sagte ›hatte‹ aus gutem Grund. Er ist tot. Jonathan Padgham wurde vor etwas mehr als einer Stunde getötet. Und zu meinem Pech bin ich die einzige Zeugin des Mordes.«

9

»… und wenn sie uns finden, dann werden wir beide uns wünschen, wir hätten uns in weiser Voraussicht schon mal einen Grabstein und einen Platz auf dem Friedhof besorgt.«

Einige Augenblicke lang starrte Cædmon Aisquith die paranoide, präraffaelitische Schönheit an, die vor ihm stand. Wie ein verrückter Dirigent benutzte sie ihre Hände, um die unsinnigen Worte zu unterstreichen, die ihr über die spröden Lippen kamen.

»Warum haben Sie sich mit mir in Verbindung gesetzt? Warum sind Sie nicht zu den Behörden gegangen?« Er sprach ruhig, denn er wollte nicht den Ausschlag geben, dass sie sich von verrückt in absolut völlig übergeschnappt verwandelte.

»Weil die Behörden in dem Mord mit drinstecken, deshalb. Und sie glauben fälschlicherweise, dass Dr. Padgham Ihnen, unmittelbar bevor er starb, eine E-Mail geschickt hat«, antwortete sie. Ganz eindeutig war sie nicht in der Lage, in verständlichen Sätzen zu sprechen. »Deshalb wollen sie Sie töten. Und vertrauen Sie mir, Sie zu töten, wäre für diese Typen ein Kinderspiel. Wie der Sensenmann, der diesen Duracell-Hasen einfach aus dem Hut zaubert.«

»Mmmm.« Er fragte sich, ob sie vielleicht irgendwelche halluzinogenen Drogen genommen hatte.

»Ist das alles, was Sie zu sagen haben?«

»Ich könnte sagen, dass Sie einen Hang zu durcheinandergewürfelten Metaphern haben.«

»Hören Sie, ich meine es todernst. Mit Betonung auf *Tod*, nur für den Fall, dass Sie zu beschränkt sind, die Botschaft zu kapieren. Sie glauben mir immer noch nicht? Schön. Ich habe den Beweis gleich hier.«

»Tatsächlich?«

Sie fing an, in der Tasche zu wühlen, die ihr von der lederbekleideten Schulter hing. Als er verstohlen hineinlugte, erhaschte er einen Blick auf etwas, das wie eine Aktenmappe und eine Packung gefrorenes Gemüse aussah.

Es war klar wie Kloßbrühe: Die Frau war völlig durchgeknallt.

Mit entschlossenem Gesichtsausdruck zog sie eine khakifarbene Weste aus der Tasche und schwenkte das Kleidungsstück vor seinem Gesicht herum. »Die hab ich getragen, als Dr. Padgham ermordet wurde. Dann musste ich über seine Leiche klettern …« Ihre Brust hob und senkte sich unübersehbar. »Das ist sein Blut, das da auf der Vorderseite.«

»Darf ich?« Cædmon berührte den Blutfleck und stellte überrascht fest, dass er noch feucht war.

Wären da nicht der immer noch klebrige Blutfleck und der schwache Geruch nach Erbrochenem gewesen, hätte er die Frau nicht ernst genommen. Stattdessen zog er sein Handy aus der Brusttasche.

»Was tun Sie da?« Edie Miller packte ihn verzweifelt am Arm, um ihn daran zu hindern, das Mobiltelefon ans Ohr zu halten. »Wenn Sie die Polizei rufen, dann sind wir so gut wie tot!«

»Wenn Sie so liebenswürdig wären, mich loszulassen? Ich rufe Padgham an.« *Und gehe dabei hoffentlich diesem Wahnsinn auf den Grund.*

»Tun Sie sich keinen Zwang an«, murmelte sie und ließ ihn los.

Er hatte Padges Handynummer bereits gespeichert, deshalb konnte er den Anruf schnell tätigen. Er ließ es fünfmal klingeln, dann legte er auf, als eine automatische Ansage abzuspielen begann.

»Wie es scheint, hat der alte Knabe sein Handy ausgeschaltet.«

»Falsch!«, kreischte Edie Miller, was ihr einige Seitenblicke von Passanten einbrachte. »Der alte Knabe liegt unter seinem Schreibtisch in einer Pfütze seines eigenen Blutes.«

Besorgt, dass sie weiter unwillkommene Aufmerksamkeit auf sich ziehen könnte, deutete er auf ein paar Tische in der Nähe. »Ich bin bereit, Ihnen zuzuhören, vorausgesetzt, Sie bleiben ruhig. Verstanden?«

Sie nickte, wobei sie es tatsächlich schaffte, zerknirscht auszusehen.

»Nun gut. Bitte setzen Sie sich, während ich uns etwas Kaffee besorge. Es sei denn natürlich, Sie bevorzugen Tee.«

»Nein. Kaffee ist in Ordnung.« Sie warf einen Blick auf die Espressobar in der Nähe. »Ein Cappuccino wäre besser.«

»Zur Kenntnis genommen. Ich bin gleich zurück.«

Aisquith sah ihr nach, wie sie wie ein folgsames Kind zu einem kleinen Tisch neben der Espressobar schlurfte. Nachdem sie sich hingesetzt hatte, nahm sie die Tasche von der Schulter und presste sie an die Brust. Obwohl die Fülle dunkelbrauner Korkenzieherlocken ihr prächtigster Vorzug war, waren es die tief liegenden braunen Augen, die seine Aufmerksamkeit fesselten. Betont von geraden Brauen, verlieh diese Kombination ihr eine ernste Ausstrahlung, die in völligem Gegensatz zu ihrer energischen Persönlichkeit stand. Und in völligem Gegensatz zu ihrer exzentrischen

Kleidung – einer ledernen, schwarzen Motorradjacke, klobigen schwarzen Stiefeln und einem langen Rock in violett und rot gemustertem Schottenkaro.

»Gott steh mir bei, einer verrückten Jungfer in Nöten zu Hilfe zu kommen«, murmelte er vor sich hin.

Nachdem er einen Cappuccino und einen Hazelnut Coffee bestellt hatte, bezahlte er den Kassierer. Er holte die Kaffeebecher ab, schnappte sich ein paar Päckchen Zucker, Dosenmilch, Plastiklöffel und Papierservietten und stopfte sie in die Jackentasche. Sekunden später bahnte er sich, einen Kaffeebecher in jeder Hand, seinen Weg zum Tisch.

»Ich wusste nicht, wie Sie Ihren Kaffee trinken, also habe ich es lieber ein bisschen übertrieben.« Er ließ alles in der Mitte des Tisches fallen.

Seine sichtlich niedergeschlagene Begleitung nahm sich zwei Päckchen Zucker. »Ich versüße mir die Sache gern mit etwas Zucker«, bemerkte sie, während sie die Päckchen hin- und herschüttelte. Dann riss sie sie auf und schüttete den Inhalt in ihre Tasse. »Wissen Sie, mir ist gerade aufgefallen, dass ich nicht einmal Ihren Vornamen kenne.«

»Cædmon«, antwortete er, und sah, wie sie die Brauen hochzog, als sie den ungewöhnlichen altenglischen Namen hörte. Das war die Methode seines Vaters gewesen, einen Mann aus ihm zu machen, indem er ihn zwang, sich schon in zartem Kindesalter gegen die Hänseleien der Schulhofschläger behaupten zu müssen.

»Ich dachte, die Engländer wären allesamt Teetrinker.«

»Gerüchten zufolge bin ich so etwas wie ein Ikonoklast.« Er öffnete ein Päckchen Kaffeesahne und goss einen Klecks in seine Tasse. Dann begann er mit seinem Verhör. »Wie kam es denn dazu, dass Sie Zeugin dieses *angeblichen* Mordes wurden?«

»Sie sind eine harte Nuss, nicht wahr? Obwohl ich annehme, dass ich das an Ihrer Stelle auch wäre. Um Ihre Frage zu beantworten: Ich arbeite als freiberufliche Fotografin für das Hopkins-Museum.

So kam es dazu, dass ich den Mord beobachtete.« Sie wollte gerade den Becher an die Lippen führen, stellte ihn dann aber plötzlich wieder auf den Tisch. »Bevor ich Ihnen erzähle, was passiert ist, muss ich wissen, in welcher Eigenschaft Sie Dr. Padgham kannten«, forderte sie abrupt mit entwaffnendem Mangel an Subtilität.

»Wir haben zusammen in Oxford Cricket gespielt. Und wie es so oft bei Jugendfreunden vorkommt, haben wir im Laufe der Zeit den Kontakt zueinander verloren. Als Padge erfuhr, dass ich mich in Washington auf der letzten Etappe einer Lesereise befand, rief er mich an. Er schlug vor, dass wir uns auf ein paar Drinks treffen. Über alte Zeiten reden, so etwas in der Art. Zufrieden?« Als sie nickte, meinte er: »Jetzt sind Sie an der Reihe, Miss Miller.«

»Vor einem Monat beauftragte mich Eliot Hopkins, die gesamte Museumssammlung zu fotografieren und digital zu archivieren. Ich arbeite montags, weil das Museum da für die Öffentlichkeit geschlossen ist.«

»Wodurch Sie ungestört Ihre Fotos schießen können«, folgerte er.

»Genau. Aber heute war es nicht wie sonst.«

»Weshalb?«

»Dr. Padgham war in seinem Büro. Er ist sonst montags *nie* in seinem Büro.«

»War sonst noch jemand im Museum?«

»Zwei Wächter waren unten im Hauptfoyer, wie gewöhnlich.« Sie warf ihm einen durchdringenden Blick aus tiefliegenden braunen Augen zu. »Sie hören mir schon aufmerksam zu, ja?«

»Ja, ja«, versicherte er ihr. »Bitte, fahren Sie fort.«

»Ungefähr gegen halb zwei rief Dr. Padgham an und bat mich, nach oben in die Verwaltungsräume zu kommen.«

»Warum hat er das getan?«

»Er wollte, dass ich ein paar Fotos für ihn mache. Ich hatte den Eindruck, dass es sich um ein besonderes Projekt handelte. Deshalb war er an seinem freien Tag im Büro. Gehorsamer Ergebener, der ich bin, ging ich hoch in den dritten Stock und schoss die Fotos. Ich war schon dabei, sein Büro zu verlassen, als ein Kabel an seinem Computer locker wurde. Dr. Padgham beschwatzte mich, unter den Schreibtisch zu kriechen und das Kabel wieder einzustecken.«

Cædmon nickte. »Also *das* klingt ganz nach dem Padge, den ich kenne und liebe.«

»Den Sie *kannten und liebten*. Ich sagte Ihnen doch, er ist …«

»Ich weiß. Kein Grund, das Thema überzustrapazieren.«

»Kein Grund, so griesgrämig zu sein«, konterte sie, was bewies, dass sie kein schüchternes Pflänzchen war. »Jedenfalls war ich immer noch unter dem Schreibtisch, als ein Mann in Dr. Padghams Büro kam und ihm aus kürzester Entfernung in den Kopf schoss.« Während sie sprach, fingen ihre Hände an zu zittern, und sie schlang sie um ihre Tasse. »Er war sofort tot. Der Mörder hatte keine Ahnung, dass ich unter dem Tisch war … dass ich alles mit angesehen hatte.«

Cædmon starrte die gelockte Schönheit an, die ihm gegenübersaß, und widerstand dem Drang, sie an sich zu ziehen und das angstvolle Zittern zu beruhigen, das von ihren Händen auf den gesamten Oberkörper übergriff.

»Wie sind Sie entkommen?«

»Ich bin die Feuertreppe runtergeklettert und habe mich in der Gasse versteckt. Da sah ich, wie der Killer mit einem Polizisten redete. Und an *dieser* Stelle wird die Geschichte noch schlimmer.« Sie sah ihm mit beunruhigend festem Blick in die Augen. »Der Killer und der Cop stecken unter einer Decke.«

»Haben die beiden Sie in der Gasse gesehen?«

»Nein. Aber das macht keinen großen Unterschied, denn der Killer hatte sich bereits Zugang zum Sicherheitsprotokoll des Museums verschafft. So haben sie herausgefunden, dass ich zum Zeitpunkt des Mordes im Gebäude war. Deshalb suchen sie nach mir.«

»Könnten Sie den Mann identifizieren?«

»Den Mörder«, korrigierte sie. »Zuallererst einmal hatte er einen militärischen Kurzhaarschnitt. Und er war groß. *Richtig* groß.

Steroidmäßig groß«, fügte sie hinzu, wobei sie mit den Händen Größe und Gewicht andeutete. Wenn man ihren Gesten Glauben schenken konnte, dann hatte der Mörder eine unwahrscheinliche Schulterbreite von fast eineinhalb Meter. »Das ist alles, woran ich mich erinnern kann.«

»Ich verstehe.«

»Warten Sie!«, rief sie plötzlich und verschüttete ihren Cappuccino, als sie vor Aufregung gegen den Tisch stieß. »Er trug einen ungewöhnlichen silbernen Ring an der rechten Hand.« Sie wühlte in ihrer Tasche und förderte ein zerknittertes Blatt Papier zu Tage. »Haben Sie einen Stift?«

Wortlos langte er in seine Brusttasche. Sie nahm seinen Kugelschreiber und zeichnete ein kompliziertes Muster auf. Mit zur Seite geneigtem Kopf begutachtete sie ihr Kunstwerk, bevor sie das Blatt Papier in seine Richtung schob.

»Tut mir leid, aber ich bin Fotografin, keine Künstlerin.«

Cædmon betrachtete die Zeichnung und erkannte das Muster sofort.

»Wie interessant … Das ist ein Jerusalemkreuz. Auch bekannt als das Kreuz der Kreuzritter. Die vier Taukreuze repräsentieren das Alte Testament. Das sind diese T-förmigen Elemente.« Er deutete auf die Balken des größeren Kreuzes in der Mitte. »Und die vier kleineren griechischen Kreuze sind das Neue Testament. Sind Sie sicher, dass das das Symbol auf dem Ring des … äh, Mörders war?«

Sie nickte. »Ist das von Bedeutung?«

»Das war es für die mittelalterlichen Ritter, die das Heilige Land eroberten«, informierte er sie. Er war mit dem Thema wohlvertraut, da er während seiner Zeit in Oxford ein Interesse für die Tempelritter entwickelt hatte. Ein obsessives Interesse, wie sich herausstellte. Eines, das ihn letztlich seine akademische Karriere gekostet hatte. »Im zwölften Jahrhundert diente dieses spezielle Kreuz als Wappen für das kurzlebige Königreich Jerusalem. Obwohl die europäischen Ritter …« Verlegen räusperte er sich. »Entschuldigen Sie. Ich schweife ab. Erinnern Sie sich sonst noch an etwas?«

Edie Miller zog die Unterlippe zwischen die Zähne, wodurch er sehen konnte, dass sie leicht schiefe Schneidezähne hatte. Und volle, schöne Lippen.

»Nein, tut mir leid. Aber Sie glauben mir doch, oder? Dass Dr. Padgham ermordet wurde?«

Unsicher, was er von ihrer fantastischen Geschichte halten sollte, schüttelte er den Kopf. »Warum in Gottes Namen sollte dieser maskierte Mann Jonathan Padgham umbringen? Padge war so harmlos wie ein sprichwörtliches Lamm. Nervig manchmal, das muss ich zugeben, aber völlig harmlos.«

Lang und fest starrte sie ihn an. Als hätte er gerade etwas völlig Dummes gefragt.

»Er wurde wegen des Artefakts getötet.«

»Artefakt? Das ist das erste Mal, dass Sie ein Artefakt erwähnen.«

Ein verwirrter Ausdruck trat in ihre Augen. Eine Sekunde später schüttelte sie den Kopf. »Oh Gott, das tut mir leid. Es ist so viel passiert. Ich bringe alles durcheinander. Als hätte mein Gehirn eine Art Kurzschluss.«

Wieder war er in Versuchung, sie in seine Arme zu ziehen. Auch wenn ihre Seelenqual nur eingebildet sein mochte, ihre Panik wirkte echt genug.

»Trinken Sie noch etwas Kaffee.«

Sie schluckte den Rest ihres Cappuccinos. Als er einen schwachen braunen Streifen an ihrer Oberlippe bemerkte, nahm er ohne nachzudenken eine Serviette und wischte den Fleck fort. Dann, schuldbewusst wegen dieser Übertretung, knüllte er die Serviette zu einer Kugel und warf sie auf den Tisch.

»Dr. Padgham war gerade dabei, Ihnen ein digitales Foto von dem Artefakt zu schicken, als er getötet wurde. Als der Mörder ging, nahm er das Artefakt mit.«

»Ein digitales Foto? Warum sollte er das tun?«

Sie öffnete die Tasche und holte ihre Kamera hervor. »Das hat er nicht gesagt. Aber ich habe sicherheitshalber eine Kopie des Fotos im internen Speicher der Kamera abgespeichert. Hier.« Sie schob ihm die Kamera zu. »Das ist das Artefakt.«

Cædmon hielt die Kamera ein paar Zentimeter vors Gesicht und betrachtete das Digitalfoto. Der Atem stockte ihm, und ihre haarsträubende Geschichte ergab plötzlich einen Sinn.

»Teufel noch mal … Ich kann's nicht glauben. Ich kann es absolut nicht glauben«, flüsterte er, unfähig, den Blick von dem Foto abzuwenden.

»Ihrem entsetzten Gesichtsausdruck entnehme ich, dass das Artefakt wertvoll genug ist, dass es jemand stehlen wollte.«

»Mit absoluter Sicherheit.«

»Und was ist mit Töten? Ist es wertvoll genug, dass jemand dafür töten würde?«

Er ließ die Kamera sinken, sich überdeutlich bewusst, dass Edie Miller sich in höchster Gefahr befand.

»Oh, ich denke, eine ganze Menge Menschen würde dafür töten, um in den Besitz der sagenumwobenen Steine des Feuers zu kommen.«

10

»Es wird in diesen letzten Tagen viele Verführer geben und viele falsche Propheten und viele, die ihnen folgen werden: Denn viele Verführer sind in die Welt hinausgegangen.«

Mit ehrfürchtiger Sorgfalt schloss Boyd Braxton das Buch und legte es zurück ins Handschuhfach. Die Bibel des Kriegers, in Leder gebunden und mit goldgeprägtem Emblem der Rosemont Security Consultants, war ihm von Colonel Stanford MacFarlane persönlich übergeben worden. Und obwohl Boyd es entsetzlich eilig hatte, sagte der Colonel stets, dass es wichtig war, dem Allmächtigen die gebührende Ehre zu erweisen.

Er griff unter die Bibel, holte eine polizeiliche Genehmigung heraus und legte sie auf das Armaturenbrett des Ford. Die Genehmigung gab ihm das Recht, überall in der Stadt zu parken. Es war egal, dass er nicht bei der Truppe war. Er sah aus wie ein Polizist. Und er fuhr ein Polizeiauto. Niemand würde zweimal darüber nachdenken.

Direkt vor ihm, bedeckt von einer dünnen Schicht frisch gefallenen Schnees, parkte ein schwarzer Jeep Wrangler. Genau, wie er gedacht hatte, war die Schlampe aus ihrem Versteck gekrochen, kaum dass er von ihrer Fußmatte verschwunden war.

»Blöde Fotze«, murmelte er, während er aus dem Ford stieg und zum Jeep hinüberging. Er bückte sich und klemmte einen magnetischen Peilsender an den Unterboden. Nun konnte er jede Bewegung des Fahrzeugs auf seinem Handy verfolgen.

»Du Schlampe hast mich verdammt noch mal beinahe meinen Job gekostet«, knurrte er, während er auf das Museum zuging.

Und die rechte Hand von Colonel Stan MacFarlane bei Rosemont Security Consultants zu sein, war ein Job, den er sehr ernst nahm. Genauso wie er seine Dienstperiode beim US Marine Corps sehr ernst genommen hatte. Er trug sein Haar immer noch in einem kurzen Bürstenschnitt, nachdem er fünfzehn Jahren in der Green Machine gedient hatte. Nun diente er Stan MacFarlane. Wenn der Colonel nicht gewesen wäre, würde er jetzt Gefängnisfraß futtern und mit den Brüdern im Staatsgefängnis Gewichte stemmen. Ohne Chance auf Bewährung.

Geschworene hatten nicht viel übrig für Gunnery Sergeants, die ihre Frau und ihr Kind ermordet hatten.

Ganz ähnlich wie an jenem schwarzen Tag vor vier Jahren hatte er auch heute im Hopkins-Museum gewaltig Mist gebaut.

Doch er würde es bald wiedergutmachen und dem Colonel beweisen, dass er immer noch ein harter Kämpfer war. Dass er immer noch sein Vertrauen verdient hatte. Dass er immer noch ein heiliger Krieger war.

Boyd stieß die Glastür des Eingangs an der 4th Street auf und betrat die National Gallery of Art.

Wunderschön. Kein Metalldetektor in Sicht. Das KA-BAR-Messer und die Pistole, eine Heckler & Koch MK23, würden unentdeckt bleiben.

Als wäre er im Dienst, ging er zur Rezeption hinüber. Der Sicherheitsdienst bestand aus nicht viel mehr als einem stoffbedeckten Tisch, der mit zwei Wach-und-Schließ-Fuzzis bemannt war. Er öffnete den Aufschlag seines Ledermantels und zeigte eine sehr offiziell aussehende Polizeimarke.

»Gibt es ein Problem, Detective Wilson?«, fragte der grauhaarige Wächter und straffte die Schultern.

»Ich suche jemanden. Haben Sie diese Frau gesehen?« Boyd hielt ein Foto einer gewissen Eloise Darlene Miller hoch.

Der Wächter griff nach der Lesebrille, die er um den Hals hängen hatte. Nach einigen Sekunden sorgfältiger Musterung meinte er: »Ja, noch gar nicht allzu lange her, ehrlich gesagt. Wenn ich mich nicht irre, ist sie in die Halle hinuntergegangen.«

Boyd war noch nie zuvor in der National Gallery of Art gewesen, deshalb sah er sich in dem höhlenartigen Foyer mit den Marmorwänden um. »Wo ist die Halle?«

»Am Fuß der Rolltreppe«, antwortete der Wächter und deutete dabei zur anderen Seite des Foyers. »Wollen Sie, dass ich das Sicherheitsteam des Museums alarmiere?«

»Nicht nötig. Sie ist nicht gefährlich«, versicherte er dem Wachmann. »Wir müssen ihr nur ein paar Fragen stellen.« Boyd steckte das Foto zurück in die Manteltasche und steuerte auf die Rolltreppe zu.

Unten angekommen nahm er unbeeindruckt die weiße Skulptur zur Kenntnis.

»Wenn das Kunst ist, dann bin ich Leonardo Leck-mich da Vinci«, murmelte er. Die Skulptur sah ein wenig wie der Backenzahn aus, den er einmal einem betrunkenen Matrosen ausgeschlagen hatte. Er hatte diesen Zahn jahrelang als Glücksbringer behalten, denn das war seine erste richtig beachtenswerte Schlägerei gewesen.

Als er einen schwach beleuchteten Souvenirladen betrat, sah Boyd, dass der Ort vor Menschen nur so wimmelte. Menschen, die Rollstühle schoben, Menschen, die Kleinkinder hinter sich herzogen, Menschen, die in Handys quasselten. Wo er auch hinsah, wanderten Menschen herum wie verlorene Schafe. *Perfekt.* Niemand würde sich später erinnern können, wer was wann getan hatte. Große Menschenmengen waren die beste Tarnung, die ein Jäger haben konnte.

Während er an einem Ständer mit Karten vorbeikam, auf denen eine Weihnachtskrippe abgebildet war, machte er sich in Gedanken eine Notiz, dass das hier ein guter Platz für seine Weihnachtseinkäufe wäre. Nicht, dass diese gottlosen Leute je die Bedeutung von Weihnachten verstehen würden. Oder irgendein anderes Ereignis, das in der Bibel beschrieben war. Heutzutage verdrehten die Menschen das Wort Gottes ins Allgemeine und vergaßen, dass der biblische Text keinen weichgespülten esoterischen Interpretationen unterlag.

Nur ein verblendeter Narr würde das Wort Gottes umdeuten.

Das hatte der Colonel ihn gelehrt. Der Colonel hatte ihn eine Menge Dinge gelehrt seit dem Tag vor vier Jahren, als er ihm befohlen hatte, vor dem Allmächtigen auf die Knie zu fallen. Da er noch niemals zuvor gebetet hatte, war Boyd misstrauisch gewesen, aber sobald er die anfängliche Verlegenheit überwunden hatte, entdeckte er, wie leicht es war, Gott um Vergebung zu bitten. Und einfach so, in einem einzigen, das Leben verändernden Augenblick, waren ihm alle seine Sünden vergeben worden, die vergangenen und die gegenwärtigen. Die Bars, die Bordelle, die Schlägereien, alles vergeben. Ebenso der Mord an Frau und Kind.

Obwohl es ein täglicher Kampf war, bemühte er sich nach Kräften, ein vollkommener heiliger Krieger zu sein. Er trank nicht. Rauchte nicht. Bewahrte seinen Körper als Tempel des Herrn. Er wünschte sich, er würde nicht fluchen, aber nachdem er bereits im Alter von siebzehn Jahren ins Corps eingetreten war, erwies sich das als eine Angewohnheit, die schwer abzulegen war.

Es gibt immer die Möglichkeit zur Verbesserung, dachte er, als er den Souvenirladen verließ und das Cascade Café betrat.

Er blieb stehen und filzte den Ort mit den Augen.

Sie war hier, irgendwo in der Menge. Ihre Angst würde sie aus der Masse hervorstechen lassen, sie hatte eine eigene Energie. Einen eigenen Gestank, sozusagen. Wie eine Zielscheibe würde ihre Angst ihn zu ihr führen.

Aber zuerst musste er sich absichern.

Als er einen großen, bierbäuchigen Hausmeister sah, der lustlos einen gelben Putzeimer auf Rädern vor sich herschob, wusste Boyd, dass er den richtigen Mann gefunden hatte. Zehn Jahre lang hatte sein Vater einen ähnlichen Eimer vor sich hergeschoben. Deshalb wusste Boyd, dass Wartungs- und Reinigungskräfte jeder Art für den Rest der Welt unsichtbar waren. Die meisten Menschen schenkten ihnen nicht einmal ein höfliches Hallo, geschweige denn auch nur einen Seitenblick. Erfreut darüber, dass die Operation so glatt lief, folgte er dem Mann durch eine Tür mit der Aufschrift Reinigungspersonal.

Tatsächlich dachte er an seinen Daddy – ein mieser, betrunkener Bastard bis zu dem Tag, an dem er starb –, als er den nichts ahnenden Putzmann mit einem einzigen, gut gezielten Schlag bewusstlos schlug. Da Boyd nicht an Zufälle glaubte, erkannte er das zufällige Auftauchen des Mannes als das, was es war – ein Geschenk Gottes.

11

»Seit ihrer Erschaffung vor ungefähr 3500 Jahren haben die Steine des Feuers Unzählige das Leben gekostet.«

»Einschließlich Jonathan Padgham«, bemerkte Edie spitz.

»Leider tendiere ich dazu, Ihnen zuzustimmen.«

»Nun, das wird auch langsam Zeit. Die meisten Leute, denen man erzählt, dass ihr Leben in Gefahr ist, sind bereit, einem im Zweifelsfall zu glauben.«

Seine roten Augenbrauen zogen sich zusammen. »Und warum ist *mein* Leben in Gefahr? Ich verstehe ja, warum dieser maskierte Killer hinter Ihnen her ist, da Sie ja schließlich Padges Mord beobachtet haben. Aber ich bin in keiner Weise in dieses ruchlose Komplott verwickelt.«

»Falsch gedacht, C.Aisquith@lycos.com. Der Killer glaubt fälschlicherweise, dass Dr. Padgham Ihnen Fotos des Artefakts gemailt hat.« Edie deutete mit dem Kinn auf die Kamera, die er immer noch in der Hand hielt.

Cædmon betrachtete die Kamera einige Sekunden lang, einen nachdenklichen Ausdruck auf dem Gesicht. »Das kann nur eines bedeuten. Die Diebe wollen nicht, dass irgendjemand von der Existenz des Artefakts weiß. Da die Entdeckung der Steine des Feuers internationale Schlagzeilen gemacht und alle Bibelexperten in helle

Aufruhr versetzt hätte, müssen wir annehmen, dass das Artefakt durch die Hintertür ins Hopkins-Museum gekommen ist.« Mit gedankenvoller Miene schüttelte er langsam den Kopf. »›*Der vollkommene Schatz seines Augenlichts, verloren*‹.«

»Wollen Sie damit sagen, was ich glaube, dass Sie sagen wollen … dass das Artefakt aus seinem Ursprungsland herausgeschmuggelt und auf dem Schwarzmarkt verkauft wurde?« Als er nickte, meinte Edie: »Nun, das würde erklären, warum der Brustschild nicht in der dauerhaften Sammlung des Museums aufgelistet ist. Da ich die Sammlung archiviere, habe ich eine Liste, in der jedes antike Was-auch-immer im Besitz des Hopkins aufgeführt ist. Der Brustschild war definitiv *nicht* auf der Liste. Warum nennt man ihn eigentlich *Steine des Feuers*?«, fragte sie plötzlich. Sie begann langsam zu vermuten, dass er mehr wusste, als er bislang zugegeben hatte.

Cædmon Aisquith riss den Blick von dem digitalen Foto los. »Der Name wurde zum ersten Mal im Alten Testament vom Propheten Esra genannt. Tatsächlich ist die Reliquie unter einer ganzen Menge von Namen bekannt. Die alten Hebräer nannten sie Urim und Thummim. Es gibt auch einige biblische Erwähnungen – als Brustschild des Hohepriesters oder als die Juwelen Gottes.«

»Die Steine des Feuers. Urim und Thummim. Diese Namen sagen mir gar nichts. Ich komme mir vor, als hätten sich die Fahrstuhltüren gerade geöffnet, und ich befinde mich im Erdgeschoss des Turms zu Babel.«

»Vielleicht sollte ich noch einmal von vorne anfangen.« Cædmon schob seine leere Kaffeetasse zur Seite und positionierte die Kamera in der Mitte des Tisches, damit sie das Foto des juwelenbesetzten, goldenen Brustschildes deutlich sehen konnte. »Unter Berücksichtigung dessen, dass alles, was ich gleich sagen werde, nur Spekulation ist, glaube ich, dass dieses Artefakt«, er deutete auf das Bild in der Kamera, »oder *askema*, wie es im Hebräischen heißt, möglicherweise tatsächlich der Brustschild ist, den der levitische Hohepriester trug, wenn er die heiligen Tempelrituale durchführte. Was diesen Brustschild zu einem absolut unschätzbaren Wert macht, ist die Tatsache, dass er von Moses höchstpersönlich so angefertigt wurde, wie Gott es ihm befahl. Wenngleich er auch nicht tatsächlich von Gottes Hand geschaffen wurde, so ist der Brustschild dennoch Gottes Design.«

Edie, die bis zu diesem Moment geschwiegen hatte, schüttelte stur den Kopf. »Aber ich habe ihn mit eigenen Augen gesehen. Es war nur … nur ein alter Brustschild. Sie glauben doch nicht wirklich, dass *das* von Gott entworfen wurde?« Sie tippte auf das Kameradisplay.

»Wer bin ich, dass ich die Propheten des Alten Testaments anfechten würde? Die Bibel ist voll von Ungläubigen, die vom Zorn Gottes niedergeschmettert wurden.« Diese drollige Bemerkung ließ Edie ein wenig zweifeln, was Cædmon Aisquith tatsächlich glaubte.

»Da von dem ursprünglichen Brustschild nichts mehr übrig ist als zwölf Steine und ein paar Stückchen Gold, wie können Sie da so sicher sein, dass er echt ist?«

»Das Artefakt ließe sich mühelos anhand der ausführlichen Beschreibung im Buch Exodus authentifizieren. Als Rechteck angelegt, bestand es ursprünglich aus miteinander verschnürten goldenen Leinenstücken, besetzt mit zwölf Juwelen in vier Reihen zu je drei Steinen.« Cædmon schnappte sich dasselbe Blatt Papier, das sie vorhin benutzt hatte, um das Jerusalemkreuz zu zeichnen, und skizzierte einen Entwurf. »Basierend auf den Berichten im Buch Exodus glaube ich, dass der Brustschild in etwa so ausgesehen haben musste.« Er schob die Zeichnung in ihre Richtung.

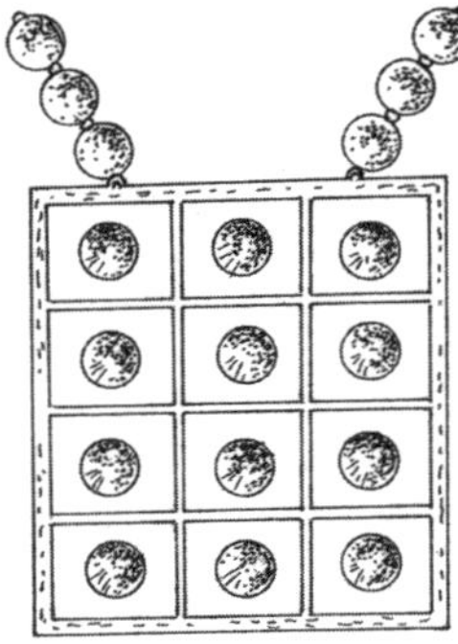

»Wie Sie sehen können, sind meine künstlerischen Fähigkeiten bestenfalls rudimentär. Wie es auch sein mag, jeder der zwölf Edelsteine besaß göttliche Macht. In der ersten Reihe waren es ein Karneol, ein Topas und ein Granat…« Während Cædmon sprach, schrieb er sorgfältig den Namen jedes Edelsteins nieder. »In der zweiten Reihe ein Smaragd, Saphir und Diamant; in der dritten ein Hyazinth, ein Achat und ein Amethyst; und schließlich, in der vierten Reihe, Beryll, Onyx und Jaspis. Ziemlich funkelnd, nicht wahr?« Er lächelte leicht, was Edie bewusst machte, dass er ein gut aussehender Mann war. Sie stand normalerweise nicht so sehr auf Rothaarige, aber dieser Mann, der ihr gegenübersaß, hatte etwas einzigartig Anziehendes an sich. Und der Akzent schadete ebenfalls nicht.

Ihr Blick wanderte zwischen dem Digitalfoto und der Zeichnung hin und her, und plötzlich konnte sie erkennen, wie schön das Artefakt vor Ewigkeiten gewesen sein musste. »Hat die Tatsache, dass es zwölf Steine sind, irgendeine Bedeutung?«

»Eine entscheidende Bedeutung«, antwortete Cædmon. »Die Zahl zwölf symbolisiert die Vollendung des heiligen Kreises. In der Tora, den ersten fünf Büchern des Alten Testaments, steht geschrieben, dass die zwölf Steine für die zwölf Stämme Israels stehen. So wie jeder Stamm eine besondere Funktion hatte, zum Beispiel waren die Leviten die Priesterkaste, so symbolisierte jeder der zwölf Steine eine verborgene Wahrheit oder Tugend.«

»Da der Smaragd mein Geburtsstein ist, weiß ich, dass er Unsterblichkeit symbolisiert.«

»Welche Ironie, dass das Artefakt auf mysteriöse Weise auftaucht, nachdem es so viele Jahrhunderte lang verborgen war, angeblich für immer verloren.« Der ehrfurchtsvolle Ausdruck, den Edie bemerkt hatte, als Cædmon zum ersten Mal das Foto gesehen hatte, kehrte zurück. »Wenn das Artefakt für echt befunden werden kann, wäre das eine wahrhaft erstaunliche Entdeckung. Die Steine des Feuers verschwanden schon vor mehreren tausend Jahren aus den Seiten der Bibel.«

Schweigend saßen sie da. Irgendwo im Café wurde chinesisches Essen serviert. Edie konnte wok-gegartes Gemüse und Sojasauce riechen und schluckte einen unangenehmen Kloß in ihrer Kehle hinunter.

»Bibelexperten zufolge verschwand der Brustschild während der babylonischen … Geht es Ihnen gut?«

»Nein, mir geht's …« Sie wollte schon lügen, doch stattdessen sagte sie: »Ich bin ängstlich, hungrig und erschöpft. Suchen Sie sich was davon aus.«

»Möchten Sie gerne etwas essen?« Er deutete auf die Kuchen und Desserts am Tresen der Espressobar.

»Ich verzichte auf die Desserts. Aber wenn es Ihnen nichts ausmacht, mir noch einen Cappuccino zu holen …«

»Mit Vergnügen.«

Mit einer Entschuldigung stand Cædmon vom Tisch auf, und Edie folgte ihm mit den Blicken. Obwohl er mit ordentlichem englischem Akzent sprach und einen ordentlichen englischen Namen, wenn auch einen antiquierten, hatte, ließen Cædmon Aisquiths rotes Haar, die blauen Augen und seine Größe den Schotten in ihm vermuten. Einen wirklich klugen Schotten. Der Mann, der an der Espressobar stand, war ein Ein-Mann-Expertengremium. Diese Intelligenz machte sie zugegebenermaßen an, schließlich war das Gehirn das erotischste Organ, das ein Mann haben konnte. Wenn sie und der Brite mit dem seltsamen Namen sich unter anderen Umständen kennengelernt hätten, könnte sie sich mühelos vorstellen, ihn um eine Verabredung zum Essen zu bitten.

Als Cædmon zurückkehrte und eine dampfende Tasse Cappuccino vor ihr abstellte, lächelte Edie dankbar.

»Sagen Sie mir, als Sie die Steine des Feuers gesehen haben, ist Ihnen da etwas Ungewöhnliches, etwas Seltsames oder sogar Geheimnisvolles aufgefallen?«

Sie dachte einen Augenblick über die Frage nach. »Nein. Hätte mir etwas Ungewöhnliches auffallen sollen?«

»Schwer zu sagen. Manche Bibelexperten glauben, dass der Hohepriester, sobald er den Brustschild trug, die Zukunft vorhersehen konnte, so als habe die Hand Gottes für einen Moment den Vorhang der Zeit zurückgezogen.«

»Also wurde der Brustschild als eine Art Weissagungswerkzeug verwendet?«

»Nur in zweiter Linie. Die wichtigste Funktion war die einer direkten Verbindung zwischen dem Hohepriester und Gott.« Cædmon machte eine kleine Pause, um das Detail wirken zu lassen. Oder vielleicht überlegte er, wie viel mehr er enthüllen sollte. Offensichtlich war er zu einer Entscheidung gelangt, denn er fuhr fort: »Namentlich benutzte der Hohepriester den Brustschild, um das göttliche Feuer zu kontrollieren und zu nutzen, das der Lade innewohnte.«

Edie, die gerade einen Schluck von ihrem Cappuccino hatte nehmen wollen, ließ die Tasse sinken.

»Die Lade? Sie meinen die Bundeslade?«

»Genau die.«

12

»› *... und gelobt sei Gott der Höchste, der deine Feinde in deine Hand gegeben hat!*‹ Gelobt sei Gott, Gelobt sei Gott«, flüsterte Boyd Braxton, nachdem er seine Lieblingsstelle aus der Bibel zitiert hatte. Er knöpfte das dunkelblaue Hemd des Gebäudereinigers zu, öffnete den Reißverschluss der billigen Polyesterhose und stopfte sich die Hemdzipfel in den Hosenbund. Dann, um kein Risiko einzugehen, umfasste er abergläubisch seine Hoden. »Du hast es drauf, BB! Du hast es drauf!«

Schon wenige Wochen nachdem er aus dem Ausbildungslager raus war, hatten seine Kumpel im Offizierskasino angefangen, ihn BB zu nennen. BB wie Big Bang. Weil er härter saufen, kämpfen und ficken konnte als jeder andere in der Einheit. Der Teil mit dem Kämpfen hatte ihn öfter in die Arrestzelle gebracht, als er sich erinnern konnte, da Boyd mit dem mörderischen Temperament seines Vaters geschlagen war. Der Colonel sagte, sein Temperament war das Kreuz, das er zu tragen hatte. Wie Jesus, der ein hundert Pfund schweres Stück Holz den ganzen Weg bis nach Golgatha hatte tragen müssen. Es war ein täglicher Kampf. Manchmal gewann er ihn. Manchmal verlor er.

Ein kurzer Blick auf das Namensschild, das auf die Vorderseite der passenden blauen Jacke genäht war, zeigte, dass der Name des Schwarzen, der zu seinen Füßen ausgestreckt lag, Walter Jefferson lautete. Blut sickerte ihm aus dem Kopf und tropfte aus seiner Nase. Der Putzmann hatte sich den Riechkolben gebrochen, als er zu Boden gegangen war.

»Tut mir echt leid«, kicherte Boyd bei dem Gedanken, dass es mehrere Stunden dauern würde, bis der Mann wieder aufwachen würde. Da der Colonel unmissverständlich darauf bestanden hatte, dass alles nach Plan verlaufen sollte, hatte Boyd dem Mann vorsorglich noch einen schmutzigen Lappen in den Mund gestopft.

Dann verschnürte er ihn wie eine große Weihnachtsgans, indem er ihm Hände und Füße mit einem Gürtel fesselte. Er hatte die Sache im Hopkins-Museum verbockt, aber dieses Mal würde es keine idiotischen Fehler geben.

Boyd schob das Magazin in die Pistole. Fünfzehn Patronen. Er brauchte nur eine, um diese Miller zu töten, aber es war immer eine gute Idee, zusätzliche Munition zu haben. Nur für den Fall. Mit schnellen und routinierten Bewegungen schraubte er einen Schalldämpfer auf das Ende des Laufes. Dann steckte er die Mark 23 hinten in seinen Hosenbund, sodass die verräterische Ausbuchtung von der Jacke verdeckt wurde. Neben die Pistole schob er das Lederfutteral mit seiner bevorzugten Ersatzwaffe, einem Ka-Bar-Messer. Mit dem Ka-Bar konnte man einen Mann schneller in Scheibchen schneiden als er »Holla, die Waldfee!« sagen konnte. Oder eine Frau. Boyd hatte in seinem Leben schon mehr als eine Schlampe umgebracht.

Fertig ausgerüstet schnappte er sich den Wischmop und steuerte mit dem gelben Putzeimer auf die geschlossene Tür des Lagerraums zu. Schmutziggraues Wasser schwappte über den Rand, und Boyd verlangsamte seine Geschwindigkeit. Nachdem er die Tür geöffnet hatte, rollte er den Eimer über die Schwelle und griff nach dem Schlüsselbund, der von seinem Gürtel baumelte, um seine Spuren zu verwischen. Es waren ein paar Versuche nötig, aber er fand den richtigen Schlüssel und schloss Walter Jefferson sicher ein. Seine eigenen Kleider versteckte er, zu einem Knäuel in seiner Lederjacke zusammengerollt, unter einer Bank in der Nähe. Während er sich der überfüllten Halle näherte, beobachtete er die plappernden Horden von Touristen. Wieder dachte er bei sich, dass sie eine gute Deckung abgaben. Sein Plan war es, die Schlampe zu töten, die unregistrierte Waffe in den Eimer voll Wasser zu werfen und seinen haarigen Hintern aus dem Gebäude zu schaffen, bevor irgendjemand begriff, was geschehen war.

Während er seinen Eimer vor sich herschob, konnte Boyd sehen, dass niemand ihm die geringste Aufmerksamkeit schenkte. Wie er erwartet hatte, war er nur ein großer, blauer Geist.

Perfekt. Er liebte es, wenn alles glatt lief.

Denn, Gott steh ihm bei, er wusste, wie es sich anfühlte, wenn der verdammte Boden unter einem nachgab. Wenn man in der Scheiße versinkt, ohne eine rettende Boje in Sicht. So war es damals 2004 gewesen, als er von seinem ersten Einsatz im Irak zurückgekommen war.

Falludschah. Was für ein verfluchtes Scheißloch.

Jede Nacht wachte er in kaltem Schweiß gebadet auf. Einmal hatte er tatsächlich ins Bett gepinkelt. Wenn seine Frau Tammy ihn auch nur mit ihrem nackten Bein streifte, saß er kerzengerade im Bett und griff nach seiner M16. Nur, dass er sein Gewehr nicht hatte. Er hatte nicht einmal eine verdammte Handfeuerwaffe. Tammy ließ nicht zu, dass er irgendeine geladene Waffe ins Haus brachte, wegen ihres Babys Ashley. Der sechs Monate alte Säugling schrie die ganze Nacht. Genau wie diese verdammten Kameltreiberbabys in Falludschah. Eines Nachts hielt er Ashleys Gebrüll nach einer Milchzitze nicht länger aus. *Konnte das Balg denn nicht einfach die Scheißklappe halten?!* Mit jedem ohrenbetäubenden Schrei wurde das Pochen in seinem Schädel lauter. Und immer lauter.

Und dann wurde alles unheimlich still, nachdem er Ashleys Schreie mit einem Kissen erstickt hatte.

Genau wie das Baby in Falludschah.

Ungefähr in diesem Augenblick kam seine Frau ins Zimmer gerannt, sprang ihm auf den Rücken und grub ihm die Zähne in den Hals. Die Schlampe hatte es auf seine Schlagader abgesehen, er hatte keine andere Wahl, als die tollwütige Fotze von seinem Rücken zu schleudern. Sie schlug mit dem Kopf gegen einen Schaukelstuhl, und die Wucht des Aufpralls tötete sie praktisch auf der Stelle. Da er nicht wusste, was er tun sollte, rief er Colonel MacFarlane an. Als wäre er sein eigen Fleisch und Blut, nahm der Colonel alles selbst in die Hand und verschaffte ihm ein wasserdichtes Alibi, indem er es wie einen missglückten Raubüberfall aussehen ließ. Die örtliche Polizei kaufte ihnen die Story ab. Sogar die Schwachköpfe der *Daily News* kauften sie ihnen ab. Die Zeitung vermutete, dass die Tat Teil einer Einbruchserie war, die von drogenabhängigen Junkies auf der Suche nach schnellem Bargeld verübt worden war: Kriegsheld von Tragödie heimgesucht.

Der Colonel sagte das Gleiche. Nur ging er noch einen Schritt weiter. Er sagte, dass Gott verstand, was es bedeutete, ein Krieger zu sein, von einer hart umkämpften Schlacht heimzukehren, nur um das Böse abzuwehren. Colonel Stan MacFarlane war ein großer und guter Mann, und Boyd schuldete ihm etwas. Jede Menge. Nicht nur, weil er ihm den Arsch gerettet hatte, sondern weil er ihm den Weg gezeigt hatte. Weil er ihn in Gottes Schoß geführt hatte. Und als die kleinen Wichser im Pentagon diesen großen und guten Mann aus dem Corps jagten, ging Boyd mit ihm.

Boyd schob den gelben Eimer vor sich her und suchte die Menge mit den Augen ab. Beim schwachen Geruch von wok-gebratenem Schlitzaugenfraß rümpfte er die Nase.

Die Schlampe ist hier. Irgendwo in der Menge.

Er würde sie schon finden. Und wenn er das tat, dann gab es ein Schützenfest wie in einer Kameltreiberbaracke.

13

»… die Geschichte der Bundeslade ist ein opernhaftes Drama, aufgeführt auf der Bühne des biblischen Heiligen Landes«, fuhr Cædmon in Antwort auf Edie Millers Frage fort.

»Opernhaft? Denken Sie nicht, dass Sie da etwas zu dick auftragen?«

»Nicht im Geringsten. Wie Sie zweifellos wissen, war die Bundeslade, oder *aron habrit* auf Hebräisch, eine verzierte Truhe, gut über einen Meter lang, einen dreiviertel Meter breit und einen dreiviertel Meter hoch …« Während er sprach, breitete Cædmon die Arme erst in die eine Richtung, dann in die andere aus und zeichnete die Abmessungen in die Luft. »… und mit gehämmertem Gold ausgekleidet. Aber was Sie vielleicht nicht wissen: Die Bundeslade war *genauso* wie eine ägyptische schreinförmige Barke konstruiert.«

»Wie diese goldenen Kisten, die ich letztes Jahr auf der Tutanchamun-Ausstellung gesehen habe, richtig?«

»Sogar bis auf den goldenen Rand an der Oberseite und die geflügelten Figuren, die den Deckel zierten. Darüber hinaus hatten sowohl die ägyptische Barke als auch die Bundeslade den gleichen Zweck: ihre jeweiligen Gottheiten zu beherbergen.«

Sie runzelte die Brauen. »Aber ich dachte, die Bundeslade war der Aufbewahrungsort für die Zehn Gebote. Wollen Sie damit sagen, dass die Bundeslade eine Art magischer Gott-aus-der-Kiste war, wie in diesem Film *Jäger des verlorenen Schatzes*?«

Erheitert über diese Frage lachte Cædmon glucksend. »So wie die heilige ägyptische Barke die Macht und Majestät von Aton beherbergte, so beherbergte die Bundeslade die Macht und die Herrlichkeit Jehovahs. Und die einzige Möglichkeit, all diese kosmische Macht kontrollieren zu können, bestand darin, dass der Hohepriester sich mit den Steinen des Feuers schützte.«

Seine Begleiterin hob ihre dampfende Tasse an die Lippen und nahm sich einige Augenblicke Zeit zu verdauen, was er gerade gesagt hatte. Während sie das tat, beobachtete Cædmon die Menschenmenge. Nichts wirkte ungewöhnlich, sein Blick streifte einen Mann, der einen Achtzigjährigen im Rollstuhl schob, einen Gebäudereiniger, der einen gelben Eimer schob, und eine gestresste Mutter, die einen Kinderwagen schob. Flüchtig bemerkte er zwei Jugendliche, das Mädchen mit pinkfarbenen, der Junge mit getigerten Haaren, die in einer leidenschaftlichen Umarmung versunken bei der massiven Glaswand vor dem Wasserfall standen.

»Okay, wir wissen, was mit dem Brustschild passiert ist: Er wurde von Nebukadnezar beschlagnahmt, in Babylon versteckt und kürzlich wiederentdeckt und aus dem Irak geschmuggelt«, sagte Edie und zog seine Aufmerksamkeit wieder auf die vorliegende Angelegenheit. »Aber was geschah mit der Bundeslade?«

Ah, eine Frau nach meinem Herzen.

»Irgendwann nach dem Bau von Salomons berühmtem Tempel verschwindet die Bundeslade aus den Seiten der Bibel. Ob erbeutet, zerstört oder verborgen, ihr gegenwärtiger Aufenthaltsort ist unbekannt.«

Sie verschränkte die Arme vor der Brust. »Nun ja, ich denke, mich erinnern zu können, dass Sie das Gleiche auch über die Steine des Feuers gesagt haben, aber der Brustschild hat es geschafft, auf mysteriöse Weise aufzutauchen. Und deshalb sind Sie und ich nun in ernsthafter Gefahr.«

Aus dem Augenwinkel bemerkte Cædmon, dass der Gebäudereiniger, der den gelben Eimer schob, sich plötzlich in ihre Richtung gewandt hatte.

Seltsam, dass der Mann Militärstiefel trug.

Außerdem war der Mann ein muskelbepackter Goliath. *»Er war groß. Richtig groß. Steroidmäßig groß.«*

Als ihm Edies vorherige Beschreibung von Padghams Mörder wieder in den Sinn kam, lief Cædmon ein prickelnder Schauer über den Nacken.

»Ich fange an, Ihre Einschätzung zu teilen«, murmelte er, die Augen immer noch auf den Riesen geheftet. Der Mann ließ den Wischmop los und griff hinter seinen Rücken.

In diesem Augenblick sah Cædmon das Aufblitzen eines silbernen Rings.

Im nächsten Augenblick sah er den dunklen Schatten einer …

Er kniff die Augen zusammen, und der Gegenstand wurde deutlich.

Teufel noch mal! Der Mann hatte eine Waffe!

14

Es blieb keine Zeit zum Nachdenken. Mit einer einzigen kräftigen Bewegung stieß Cædmon den Tisch beiseite, warf sich auf Edie Miller und riss sie beide zu Boden.

Die Kugel traf den umgestürzten Tisch und prallte an der steinernen Tischplatte ab. Mit seiner weiblichen Begleitung im Schlepptau hechtete Cædmon hinter eine nahe Säule. Die zweite Kugel traf einen metallenen Blumentopf – *pling!* –, weniger als einen Meter von ihrer Kauerstellung entfernt.

Eine Frau in der Menge fing wild an zu schreien.

Ein Mann rief rau: »Er hat eine Waffe!«

Ein anderer schrie: »Das ist ein verdammter Terrorist!«

Mehrere andere Menschen stimmten in diese Kakophonie der Angst ein.

Ohne auf eine dritte Kugel zu warten ging Cædmon in die Offensive. Er streckte den rechten Arm aus und packte einen Servierwagen mit schmutzigem Geschirr, der neben der Säule abgestellt war. Mit mächtigem Schwung schleuderte er den Wagen vorwärts. Teller krachten zu Boden. Ein klirrendes Ablenkungsmanöver.

Der Schütze hatte die Bewegung bemerkt, wirbelte auf dem Absatz herum und feuerte reflexartig einen dritten Schuss ab. Das Geschoss traf die Glasscheibe vor dem herabstürzenden Wasserfall, und das Glas zerbarst unter der Wucht. Wasser schoss in die Halle.

Das Chaos wurde schlimmer, Menschen rannten blindlings in alle Richtungen.

Panzerbrechende Geschosse, dachte Cædmon entsetzt. *Das war mit Sicherheit Panzerglas. Der Mann verwendet verdammte panzerbrechende Geschosse!*

Edie, von seinem Gewicht flach zu Boden gepresst, kreischte ihm ins Ohr. Cædmon hob den Kopf und suchte in der panikerfüllten Menge nach dem bewaffneten Riesen.

Der Schütze war nirgends zu sehen. Alles, was blieb, war der gelbe Eimer, aus dessen trüben Tiefen der hölzerne Griff eines Wischmops ragte. Er war vom Tatort geflohen. Oder er hatte sich in eine andere Feuerposition gebracht. So oder so blieben ihnen nur Sekunden, um aus der Halle zu fliehen.

Er stemmte sich auf die Knie und riss Edie dabei mit sich vom Fußboden hoch.

»Was geschieht hier?«, fragte sie mit erstickter Stimme.

»Padghams Mörder hat uns gerade einen Besuch abgestattet.«

»Oh Gott! Wir kommen hier nicht mehr lebend raus!«

Als Cædmon plötzlich klar wurde, dass er es vielleicht bald mit einer hysterischen Frau zu tun bekommen könnte, packte er sie grob an den Schultern. »Wir *werden* entkommen. Aber nur, wenn Sie ruhig bleiben und *genau* tun, was ich sage. Verstanden?« Als er keine Antwort erhielt, schüttelte er sie. Heftig. »Verstanden?«

Sie nickte. Zufrieden mit der stummen Antwort – ihre Meinung war unnötig und unerwünscht –, begutachtete er den Schaden. Die Menge – manche rannten, viele kauerten auf dem Boden – hatte sich in eine schreiende, kreischende Masse kollektiver Hysterie verwandelt. Ein zum Leben erwachtes Gemälde von Bosch.

Cædmon richtete den Blick erst hierhin, dann dorthin, um abzuschätzen, wie sie sich am besten durch das Durcheinander kämpften. Rechts befand sich ein tunnelartiger Korridor, links der Souvenirladen. Mit der schwachen Beleuchtung und den zahllosen Ausstellungsvitrinen bot der Souvenirladen die beste Deckung. Er packte Edie bei der Hand und rannte in diese Richtung.

»Wohin laufen wir?«, wollte sie keuchend wissen, während sie mit ihm Schritt hielt.

Er wich einem Museumsangestellten aus, der tatsächlich versuchte, die aufgeschreckte Horde zu dirigieren, wie ein Verkehrspolizist, der die Autos nach einer Massenkarambolage weiterwinkt.

»Wir laufen so weit wie möglich von dieser verrückten Menge weg«, informierte er sie; dabei musste er schreien, um über den

Lärm hinweg gehört zu werden. Über einem Verkaufstresen sah er einen schwarzen Trenchcoat hängen, den sein Besitzer bei der überstürzten Flucht zurückgelassen hatte, und schnappte ihn sich im Vorbeilaufen. Dann duckte er sich hinter eine dicke Säule.

»Schnell! Ziehen Sie das an!« Kurzerhand schob er seiner Begleiterin den Mantel vor die Brust.

»Warum sollte ich …«

»Ihre Aufmachung ist zu auffällig. Das macht Sie zu einem leichten Ziel.«

Edie nahm die Tasche von der Schulter und steckte die Arme in die Ärmel des Trenchcoats. »Mit Ihren roten Haaren stechen Sie aber selbst auch ein wenig hervor.«

»Schon begriffen.« Während er sprach, zog Cædmon im Vorbeilaufen einem asiatischen Teenager mit Brille die Mütze vom Kopf. Der Jugendliche war viel zu verängstigt, um irgendetwas anderes zu tun als einfach weiterzulaufen. Nachdem Cædmon schon einige Terroranschläge der RIRA auf London überlebt hatte, wusste er, dass das Chaos die Eigenschaft hatte, selbst die Widerspenstigsten untypisch nachgiebig werden zu lassen. Er stülpte sich die grüne Kappe mit dem *patriots*-Logo in goldenen Lettern auf den Kopf, dann streckte er die Hand aus und zog die beiden Seiten des viel zu großen Trenchcoats um Edies Taille und band ihr hastig den Gürtel um.

So getarnt führte er sie im Zick-Zack durch den Souvenirladen, da das das Muster war, dem das menschliche Auge am schwierigsten folgen konnte. Hand in Hand schossen sie von Verkaufstheke zu Säule zu einem weiteren Verkaufstresen. Wenige Sekunden später kamen sie in einen hell erleuchteten Vorraum, der eine Skulptur von Henry Moore beherbergte. Schnell wog Cædmon ihre drei Möglichkeiten ab: Rolltreppe, Aufzug oder Treppe.

Stets das am wenigsten wahrscheinliche Manöver durchführen. Das ist die einzige Möglichkeit, einem entschlossenen Feind zu entkommen.

Die Lektion seiner MI5-Ausbilder war Cædmon noch gut im Gedächtnis, deshalb packte er Edie bei der Schulter und wirbelte sie zur Treppe herum.

»Aber es geht schneller, wenn wir die Rolltreppe nehmen.«

»Schneller vielleicht, aber auch weit gefährlicher.«

Seite an Seite hasteten sie die Stufen empor. Der Treppenaufgang war völlig verlassen, im Gegensatz zu der überfüllten Rolltreppe auf der anderen Seite des Vorraums, auf der die Menschen sich wie in Panik geratene Schafe drängten.

Oben angekommen fanden sie sich in einem großen Vestibül wieder, das von zwei Pumas aus Bronze bewacht wurde. Auf der gegenüberliegenden Seite des Vestibüls öffneten sich die Türen des Aufzugs und ein halbes Dutzend Besucher mit entsetzten Gesichtern strömte heraus. Ein paar Schritte entfernt erblickte er die öffentlichen Toiletten, deren Türen mit weiblichen und männlichen Symbolen gekennzeichnet waren. Direkt hinter den Pumas befand sich der Ausgang zur 4th Street, wo sich ein regelrechtes Chaos abspielte. Panische Museumsbesucher rannten hin und her, überforderte Wächter versuchten, sie durch die Pforte zu schleusen.

Wie todgeweihte Fische in einem Goldfischglas.

Leichte Beute für eine hungrige Katze.

Nachdem er die Situation abgeschätzt hatte, packte Cædmon Edie bei der Hand und zog sie zu den Toiletten. Mit der Schulter stieß er die Schwingtür auf und zog seine Begleiterin ins Damenklo.

»Was tun Sie da?«, schrie sie, und das Echo hallte von den blendend weißen Fliesen wider.

»Ihnen das Leben retten, würde ich sagen.«

»Aber Sie sind ein Mann! Sie dürfen hier nicht rein!«

Ohne ihr Beachtung zu schenken, überprüfte er die Örtlichkeiten.

Sechs Kabinen. Fünf Waschbecken. Keine Benutzer.

Er stieß eine der mittleren Kabinentüren auf.

»Haben Sie gehört, Cædmon? Ich sagte, Sie dürfen nicht …«

»Würden Sie sich vielleicht bitte beruhigen?« Er schob sie in die Kabine und folgte ihr. »Und seien Sie ein bisschen leiser. Sich aufzuregen, macht alles nur noch schlimmer, als es ohnehin schon ist.«

Mit unerschütterlichem Gesichtsausdruck protestierte sie weiter. »Aber das hier ist die Damentoilette.«

»Und genau deshalb habe ich sie dem Klo für kleine Jungs vorgezogen. Nur eine Vermutung, aber ich bezweifle ernsthaft, dass unser testosterongesteuerter Angreifer daran denken wird, hier drin nach uns zu suchen. Zumindest für den Moment sind wir in Sicherheit.«

»Und zusammengequetscht wie Erbsen in einer Porzellanschote«, murmelte sie und verdrehte ungeschickt den Oberkörper, während sie breitbeinig über der Toilettenschüssel stand. Die Kabine war schon kaum breit genug, um einer Person Platz zu bieten, geschweige denn zwei.

Nachdem Cædmon die Kabinentür verriegelt hatte, zog er einen Museumsführer aus der Jackentasche, den er eingesteckt hatte, als er das Museum betreten hatte.

»Was jetzt?«

»Jetzt überlegen wir, wie wir unsere Nemesis am besten überlisten können.« Er faltete den Plan auseinander und hielt ihn vor sich. Edie, die auf Zehenspitzen stehen musste, lugte ihm über die Schulter. »Laut Plan gibt es fünf mögliche Ausgänge aus dem Museum.«

»Der nächste ist keine fünfzehn Meter von hier entfernt. Das ist der, an dem wir gerade vorbeigekommen sind.« Sie langte über seiner Schulter und tippte mit dem Finger auf den nächstgelegenen Ausgang. »Genau hier. Der Ausgang zur 4th Street. Mein Jeep steht vor der Tür. Wir könnten innerhalb von Sekunden hier raus sein.«

Cædmon lehnte ihren Vorschlag mit einem schroffen Kopfschütteln ab. »Ich habe Grund zur Annahme, dass Ihnen jemand zum Museum gefolgt ist. Was bedeutet, dass der Ausgang zur 4th Street ohne jeden Zweifel entweder von dem Schützen oder einem Komplizen bewacht wird. Unser Ausgang sollte so weit wie möglich von unserer augenblicklichen Position entfernt sein.«

Sie packte ihn am Oberarm und drehte ihn ungeschickt zu sich herum. »Sind Sie verrückt? Sie sprechen vom Ausgang zur 7th Street!«, stieß sie mit einem aufgeregten Flüstern hervor. »Das ist ganz auf der anderen Seite der National Gallery of Art. Drei Blocks entfernt von hier. Wenn Sie das für einen guten Plan halten, dann sind Sie völlig wahnsinnig!«

»Ah, wie ich sehe, ist mein Ruf mir schon vorausgeeilt.«

Nun, da er seine Entscheidung getroffen hatte, faltete er den Plan wieder zusammen und steckte ihn in seine Brusttasche. Ohne sich die Mühe zu machen, sie um Erlaubnis zu fragen, durchsuchte er die Taschen von Edies geklautem Trenchcoat, förderte einen Regenhut aus schwarzem Leinen zutage und reichte ihn ihr.

»Hier, setzen Sie den auf.«

»Mmn-mmn.« Sie schüttelte den Kopf, dass die braunen Locken ihr munter um die Schultern wippten. »Ihnen mag es ja vielleicht egal sein, ob Sie Läuse bekommen, aber mir …«

»Setzen Sie ihn auf«, befahl er, wobei er ihre Unnachgiebigkeit wieder einmal für reichlich fehl am Platz hielt. »Läuse wird man mit etwas medizinischem Shampoo wieder los. Wiederauferstehung ist etwas schwieriger zu bewerkstelligen. Genau in diesem Augenblick sucht der Schütze im Museum nach zwei Zielpersonen: einem rothaarigen Typen und einer Frau mit dunklen Locken. Glauben Sie mir. Wir stecken bis zum Hals in Schwierigkeiten.«

»Um nicht zu sagen bis über Mund, Nase und Ohren«, murmelte sie, während sie ihre Locken unter den Leinenhut stopfte.

»Viel besser«, nickte er anerkennend. »Kommen Sie. Wir haben schon lange genug herumgetrödelt.« Er entriegelte die Kabinentür und stieß sie auf.

Edie starrte ihn an, und ihre Sturheit war einem Ausdruck banger Furcht gewichen.

»Glauben Sie, dass wir eine Chance haben, hier lebend wieder rauszukommen?«, flüsterte sie.

Anstatt leere Versprechungen zu machen, die er möglicherweise nicht würde halten können, meinte er nur: »Das werden wir bald genug herausfinden.«

15

Rumgemurkse.

Das war es, womit er es hier zu tun hatte, gottverdammtes Rumgemurkse. Er wusste nicht, wie die Sache so total hatte schiefgehen können.

Boyd Braxton schlüpfte in seinen schwarzen Stehkragenpullover. Der bewusstlose Walter Jefferson lag immer noch ausgestreckt auf dem Fußboden des Lagerraums. Nachdem er das Kleiderbündel aus seinem Versteck geholt hatte, war Boyd in den Lagerraum zurückgekehrt, weil er die Lage auskundschaften musste. Hektisch zerrte er sich seine schwarzen Hosen einfach über die blaue Hose, die er bereits trug. Es war ihm egal, wie er aussah. Er durfte nur *nicht* wie ein Putzmann aussehen. Zu viele Leute hatten beobachtet, wie ein Putzmann in die Menge feuerte. Er hatte nicht den Funken einer Chance, aus dem Museum rauszukommen, wenn er noch die beknackten Gebäudereinigerklamotten trug.

Boyd schob das Ka-Bar und die Mark 23 in den Hosenbund. Dann sah er auf seinem Handy nach, das er so programmiert hatte, dass er sofort gewarnt wurde, falls Edie Millers Jeep sich bewegte.

Er stieß einen Seufzer der Erleichterung aus: Der Jeep parkte immer noch vor dem Eingang.

Die Schlampe war noch im Museum. Er konnte das wieder hinkriegen. Wo auch immer die Schlampe hinging, er würde ihr folgen.

Er stieß die Tür des Lagerraums auf und trat über die Schwelle. Die Museumshalle lag direkt vor ihm.

Schnell machte er sich ein Bild von der Lage. *Zersplittertes Glas. Einige umgestürzte Tische. Ein paar zerbrochene Teller.* Menschen wateten hektisch durch das Wasser der Kaskade, das alles überschwemmt hatte. Eine schluchzende Frau in einem eng geschnittenen Anzug humpelte, behindert durch ein Paar Stilettos, an Boyd vorbei. Beinahe musste er würgen, denn das Weib stank schlimmer nach Parfüm als eine Hure in Bangkok.

Er hörte das Geheul von mindestens einem halben Dutzend Polizeisirenen. Jede Sekunde würde es hier vor Bullen wimmeln.

Zwecklos, noch länger nach dieser Miller zu suchen. Er wusste bereits, dass die Schlampe aus der Halle geflohen war, denn er hatte vorhin gesehen, wie sie mit diesem rothaarigen Bastard auf den Souvenirladen zugelaufen war.

Wer zum Teufel war der Kerl überhaupt?

Offenkundig war der Typ ein Profi. Er musste einer sein. Keiner hatte *so* schnelle Reflexe, es sei denn, er hatte sie trainiert. Vielleicht arbeitete der Hurensohn für eine Strafverfolgungsbehörde. Für wen auch immer er arbeitete, es bedeutete Ärger.

Boyd ging zu der Stelle, an der die Miller gesessen hatte, und hob ein Blatt Papier vom Fußboden auf.

»Scheiße!«

Auf dem durchgeweichten Blatt waren zwei Zeichnungen, eine von dem Artefakt, das er vorhin aus dem Hopkins gestohlen hatte, die andere von dem Jerusalemkreuz, das er, wie jeder andere bei Rosemont Security Consultants, am rechten Ringfinger trug.

Während er weiter auf das Stück Papier starrte, erblickte er aus den Augenwinkeln ein muslimisches Ehepaar. Die Frau, deren Kopf in einen Hidschab gehüllt war, schob einen Kinderbuggy, und das Kind plärrte sich die Seele aus dem Leib. Wenige Meter von ihm entfernt blieb das Paar stehen, und die Frau sah in den Kinderwagen, wodurch das Kind nur noch lauter schrie.

Das plärrende Baby im Hinterzimmer würde ihre Position verraten. Im Gebäude auf der gegenüberliegenden Straßenseite saß ein Scharfschütze, und Dutzende Scheißaraber durchstreiften in Toyota-Pickups die Straßen von Falludschah. Wenn das Balg nicht bald aufhörte zu brüllen, dann würden er und seine Männer am Ende noch ohne Kopf und ohne Eier an einer Straßenlaterne hängen. Totes Fleisch.

Boyd stiefelte ins Hinterzimmer. »He, Fatima, stopf dem Scheißbalg das Maul, verdammt noch mal!«, zischte er.

Die in einen großen, schwarzen Tschador gehüllte Frau starrte ihn an. Als wäre er ein beschissener Marsmensch oder so was.

»Also gut, scheiß drauf!« Er hatte es satt, seinen Arsch für diese undankbaren, gottlosen Leute hinzuhalten.

Mit einem Satz sprang er vor und schlitzte der schwarz verhüllten Frau die Kehle auf. Dann riss er ein Kissen vom Bett und drückte es dem brüllenden Balg aufs Gesicht.

Das Stück Papier in Boyds Hand begann zu zittern, als sein Kopf plötzlich in einer Supernova aus Schmerz explodierte.

Babys schrien. Frauen schrien. Jeder Scheißkanake hier schrie. Herrgott, man könnte meinen, er hätte jemanden umgebracht. Als wär das hier ein gottverdammtes Kriegsgebiet oder so was. *Das hier* war gar nichts. Ein kleiner öffentlicher Tumult. Ein Putzmann, der durchgedreht war. Nur, dass diesmal hier keiner umgebracht worden war.

Und genau das war das Problem. Irgendjemand sollte jetzt eigentlich tot sein.

»Tötet sie. Tötet sie alle. Gott wird die Seinen schon erkennen.« War es nicht das, was der Colonel immer sagte?

Immer noch den Blick auf das muslimische Paar und sein schreiendes Baby geheftet, griff Boyd nach hinten und schloss die Hand um den Griff der Waffe. Langsam zog er die Mark 23 aus dem Hosenbund. *Papa Bär, Mama Bär und Baby Bär.* Eins, zwei, drei.

Doch kaum hatte er die Pistole herausgezogen, begann sein Handy an seiner Brust zu vibrieren.

Boyd schob seine Kanone wieder zurück in den Hosenbund, wandte sich von dem Paar und seinem plärrenden Balg ab und griff nach seinem Telefon. Auf dem Display stand »RSC«. Rosemont Security Consultants.

»Bockmist.«

Das war der Colonel, der nach einem Statusreport verlangte.

Mit dem Gefühl, ein kompletter Versager zu sein, drückte er den Knopf. Da der Colonel das, was er als Umschweife bezeichnete – und was Boyd und jeder andere mit einem Highschool-Abschluss um den heißen Brei herumreden nannte –, nicht ausstehen konnte, hielt er sich nicht lange mit Höflichkeitsfloskeln auf. Stattdessen sagte er einfach: »Wir haben ein Problem, Sir. Die Zielperson ist entkommen. Der Laden hat sich in einen absoluten Affenzirkus verwandelt, und die Cops sind gerade aufgetaucht.«

Die Antwort auf diesen Statusreport war sekundenlanges Schweigen, und Boyd machte sich innerlich bereits darauf gefasst, dass ihm gleich gehörig der Arsch aufgerissen wurde.

»Ist diese Miller noch auf dem Gelände?«, fragte der Colonel, und sein ruhiger Tonfall traf Boyd unvorbereitet. Normalerweise rief derartige Pfuscherei einen Zorn hervor, der nur vom Zorn Gottes des Allmächtigen übertroffen wurde.

»Ich gehe davon aus, Sir. Ihr Jeep steht immer noch vor dem Eingang. Ich fand ein Blatt Papier mit zwei Zeichnungen – eine von dem Artefakt, die andere von einem Jerusalemkreuz. Und noch eine Sache, Sir …« Er zögerte, da er wusste, dass der Colonel ihm die Eier abreißen würde. »Sie hat sich mit jemandem zusammengetan. Einem großen Typ mit roten Haaren. Ich bin mir nicht absolut sicher, aber er könnte ein Profi sein. Was soll ich unternehmen, Sir?«

Weiteres Schweigen folgte, dann hörte Boyd im Hintergrund mehrere leise Stimmen. Der Colonel hatte ihn auf Freisprecher geschaltet. Dann hörte er etwas, das sich anhörte, als würde ein Aktenordner geöffnet.

»Gunnery Sergeant?«

»Ja, Sir.«

»Halten Sie sich für weitere Anweisungen bereit.«

16

Colonel Stanford MacFarlane nahm sich einen Augenblick Zeit, das Dossier noch einmal durchzusehen, das ihm gerade gereicht worden war. Den Rücken seinem Stabschef zugewandt, zog er unauffällig seine Lesebrille aus der Brusttasche. Schwächen jeder Art waren ihm verhasst, ganz besonders seine eigenen. Obwohl er körperlich fit war, gab es Tage, an denen er jedes einzelne seiner dreiundfünfzig Jahre spürte.

Er rückte die Lesebrille auf der Nase zurecht und warf einen Blick auf die Akte. Durch seine Kontakte innerhalb des Nachrichtendiensts des Verteidigungsministeriums hatte er es geschafft, ein vollständiges Dossier über einen gewissen Cædmon St. John Aisquith zu erhalten.

Sorgfältig musterte er das Foto, das mit einer Büroklammer an die rechte obere Ecke geheftet war. *Rotes Haar. Blaue Augen. Helle Haut.* Als Nächstes warf er einen Blick auf die körperlichen Angaben. *1,92 m, 86 kg.* Es lag nahe, dass Aisquith der »große Typ mit roten Haaren« bei dieser Miller in der National Gallery of Art war.

Dann überflog er das Material über seinen persönlichen Hintergrund. *Geb. 2.2.67, Eton. Queen's College, Oxford. Abschluss in Mediävistik. 1995 Rekrutierung* MI5. *2006 offizielle Entlassung.*

MacFarlanes Schultern sanken unmerklich, als ob eine schwere Last sie niederdrückte.

Warum gerade jetzt, Gott? Warum das, wenn der Erfolg zum Greifen nah ist?

Immer noch mit dem Aktenordner in der Hand ging MacFarlane zu der gläsernen Schiebetür hinter seinem Schreibtisch, öffnete sie und trat auf den Balkon hinaus. Schnee fiel sanft auf den Mittagsverkehr zehn Stockwerke weiter unten auf der Virginia Avenue und verlieh der Straße durch die Decke aus jungfräulich weißen Flocken etwas Himmlisches. Zu seiner Linken konnte er hoch über der Stadt die majestätischen grauen Turmspitzen der National Cathedral sehen, zu seiner Rechten die majestätische weiße Spitze des Washington Monument.

Gott zuerst. Dann das Vaterland.

Nach diesen Worten lebte er.

Für diese Überzeugung war er bereit zu sterben.

Wieder warf er einen Blick auf den Aktenordner. MI5 war der britische Geheimdienst. *Regnum Defende.* Verteidiger des Königreichs.

Wie hatte diese Miller die Bekanntschaft eines ehemaligen britischen Geheimdienstmitarbeiters gemacht?

Der tote Kurator war Brite gewesen. Vielleicht hatte er das Treffen arrangiert.

Aber warum? Und wie kam es, dass Aisquith und diese Frau von den Steinen des Feuers und dem Jerusalemkreuz wussten?

MacFarlane hatte nicht gern mehr Fragen als Antworten.

Nun, da Armageddon kurz bevorstand, warum sollte Gott …

Es ist eine Prüfung, erkannte er plötzlich, und die Last hob sich von seinen Schultern. *Eine Prüfung, um dem Allmächtigen deine Würdigkeit zu beweisen. Zu beweisen, dass Gottes großer Plan dir anvertraut werden kann. Schadrach. Meschach. Abed-Nego. Wie diese heiligen Männer aus alten Zeiten wirst auch du von Gott geprüft.*

MacFarlane betrachtete die wunderschönen grauen Türme in der Ferne und brachte ein schnelles Gebet tief empfundenen Dankes dar, dankbar für die Gelegenheit, dem Herrn seinen Wert zu beweisen. Er klappte den Ordner zu, trat zurück in sein Büro und ging zum Telefontischchen hinüber.

»Hören Sie zu, Gunny«, sagte er ohne lange Vorrede. »Ich schicke ein Fünf-Mann-Team rein, einen Posten an jedem Museumsausgang. Geschätzte Ankunftszeit zwei Minuten. Sie bleiben beim Jeep. Keine Schusswaffen. Ich will Miller und Aisquith in Leichensäcken haben, bevor die Stunde um ist. Haben Sie mich verstanden, Junge?«

»Ja, Sir«, antwortete Boyd Braxton. »Aber was, wenn …« MacFarlane konnte hören, wie die Zuversicht aus der Stimme des anderen Mannes wich. »Was, wenn die zwei es schaffen, an uns vorbeizuschlüpfen?«

Wenn er auch übereifrig und über die Maßen loyal war, so fehlte dem ehemaligen Gunnery Sergeant die Fähigkeit, Entscheidungen zu treffen. Solche Männer waren gute Gefolgsleute und noch besseres Kanonenfutter, aber schlechte Anführer.

»Um sicherzugehen, dass sie nicht entkommen, will ich, dass Sie das Fahrzeug der Frau manipulieren.«

»Jawohl, Sir!«, rief Braxton mit deutlich wiedergewonnenem Vertrauen aus.

»Halten Sie mich auf dem Laufenden.«

17

Edie und Cædmon kamen aus der Damentoilette, und im selben Augenblick ging über ihnen ein Alarm los. Das durchdringende Geräusch wurde von einer sich laufend wiederholenden Tonbandnachricht begleitet. Unnatürlich ruhig verkündete die körperlose Stimme das Offensichtliche: »Der Museumsalarm wurde ausgelöst. Begeben Sie sich unverzüglich zum nächsten Ausgang. Danke.«

»Sie haben den Mann gehört. Er sagte ›zum *nächsten* Ausgang‹. Das wäre dann wohl der dort drüben.« Edie stupste ihren Begleiter in die Rippen und deutete auf den Ausgang zur 4th Street auf der anderen Seite des Vestibüls. Die Halle war immer noch voller Menschen, die schrien und drängelten, während sie auf die übergroßen Glastüren zuströmten.

»Das denke ich nicht«, meinte Cædmon hartnäckig. Er packte sie am Oberarm und zog sie zu der Treppe auf der rechten Seite.

»Was tun Sie da?«

»Wir nehmen die Treppe zum Obergeschoss des Museums.«

Edie riss ihren Arm los und starrte ihn an.

Das Hauptgeschoss des Museums? War er denn völlig irre? Sie würden sich den Weg durch zig Kunstgalerien und ein paar Skulpturenhallen bahnen müssen.

Kopfschüttelnd erhob sie Einspruch gegen die Idee. »Wir wären schneller, wenn wir auf der unteren Ebene des Museums bleiben. Im Hauptgeschoss wird das absolute Chaos herrschen.«

»Ja, das nehme ich an. Allerdings wird Chaos uns sehr nützlich sein, wenn das Untier erneut sein hässliches Haupt erheben sollte.«

Entschlossen, nicht nachzugeben, verschränkte Edie die Arme vor der Brust. »Wie oft waren Sie schon in der National Gallery of Art?«

»Das ist mein jungfräuliches erstes Mal.« Wieder nahm Cædmon sie beim Arm, diesmal aber mit merklich festerem Griff. »Wenn Sie auch zweifellos mit dem Lageplan des Museums sehr vertraut sind, so leiden Sie doch an einem verzögerten Schock. Nicht die beste geistige Verfassung, um Entscheidungen zu treffen.«

»Hören Sie, ich mag vielleicht durchdrehen, aber ich habe immer noch eine eigene Meinung.«

Ohne ihrer letzten Bemerkung Beachtung zu schenken zog Cædmon sie in Richtung Treppe. Während sie die Stufen hochliefen, stolperte Edie zweimal, und er musste sie auffangen.

Am oberen Ende der Treppe angekommen drehte sie sich zu ihm um. »Und was jetzt?«

Anstatt zu antworten ging Cædmon auf einen verlassenen Rollstuhl zu, auf dessen Rückenlehne aus braunem Leder Eigentum der NGA stand. Argwöhnisch kniff sie die Augen zusammen, als er ihn packte und auf sie zu schob.

»Den Hintern in den Stuhl«, befahl er schroff.

Sie sträubte sich. »Zweimal stolpern macht noch keinen Invaliden.«

»Der Schütze wird nach einer Frau ungefähr dieser Größe Ausschau halten.« Cædmon streckte die Hand aus und hob sie auf Höhe ihres Kopfes. »Der Schütze wird nicht nach einer Frau im Rollstuhl suchen.«

»Woher soll ich wissen, ob …«

»Hinsetzen! Bevor ich Ihnen in den Hintern trete!«

Edie tat wie befohlen, als ihr verspätet dämmerte, dass sie gerade nach Kräften dabei war, den Mann gegen sich aufzubringen, der sie vor kurzem vor der Kugel eines Killers gerettet hatte. Unter großer Gefahr für sein eigenes Leben.

Den Kopf in den Nacken gelegt sah sie zu ihm hoch. »Hören Sie, es tut mir leid, dass ich so eine Zicke bin. Ich bin einfach nur völlig verängstigt.« Und es nicht gewohnt, sich auf jemand anderes als sich selbst zu verlassen. Besonders was ihre Sicherheit und ihr Wohlergehen anbelangte. In all den Jahren hatten so viele Menschen sie im Stich gelassen.

»Sie haben jedes Recht, verängstigt zu sein«, entgegnete Cædmon, wieder ganz der höfliche Brite. Er löste die Bremse und schob den Rollstuhl vor sich her.

Edie nahm die Tasche von der Schulter und presste sie eng an die Brust. In ihren leinenen Tiefen befand sich alles, was sie brauchen würde, um diesem Wahnsinn zu entkommen.

Während Cædmon sich den Weg durch die Menge bahnte, erkannte sie, dass der Rollstuhl eine geniale Idee gewesen war, denn die Horden teilten sich vor ihnen wie das Rote Meer vor den Israeliten. Sie war Cædmons Plan, die lange Route durchs Museum zu nehmen, gegenüber misstrauisch gewesen. Vielleicht würde sich seine Route ja, wie der Rollstuhl, doch noch als gute Eingebung erweisen.

Innerhalb von Sekunden ließen sie die Galerie amerikanischer Gemälde hinter sich, und George Bellows berühmte Boxer verschwammen zu einem dunklen Schatten. Wenige Augenblicke später betraten sie den East Court Garden. Die feuchte Luft in dem höhlenartigen Raum war übelkeiterregend. Noch übelkeiterregender waren die geflügelten Putten, die rittlings auf einer riesigen Jakobsmuschel in der Mitte des Hofes saßen und denen Wasser munter über die pummeligen Füße sprudelte. Cædmon scherte nach rechts aus und an dem Springbrunnen vorbei. Als er den Stuhl an dem Säulenrundgang vorbeischob, erhaschte Edie einen Blick auf einen Obdachlosen, der tief und fest in einem schmiedeeisernen Stuhl schlief und nichts von dem Alarm und der Tonbandnachricht mitbekam, die aus den Lautsprechern dröhnte. Als sie den Hofgarten verlassen hatten, beschleunigte Cædmon das Tempo, während sie das lange Tunnelgewölbe der Skulpturhalle durchquerten. Zu beiden Seiten sah Edie in den angrenzenden Galerien vertraute bunte Bilder aufblitzen: Toulouse-Lautrec, Renoir – die Geschichte französischer Kunst des neunzehnten Jahrhunderts reduziert auf flüchtige Farbkleckse.

Direkt vor ihnen, wie mächtige alte Bäume in einem unberührten Wald, ragten die gewaltigen schwarzen Marmorsäulen der großen Rotunde empor.

»Wir können das Museum bei der Rotunde verlassen«, meinte sie, wobei sie sich in ihrem Sitz zu ihm umdrehte und in einer flehenden Geste die Hände ineinander verschränkte.

Ihr Vorschlag wurde nur durch das Geräusch des Rollstuhls beantwortet, der mit voller Geschwindigkeit weiter vorwärtsgeschoben wurde.

Als beträte man einen von Dantes tieferen Kreisen der Hölle, dachte Edie wenige Sekunden später, während sie in die von einer Kuppel überwölbte Rotunde gelangten. Wohin sie auch blickte, reihten sich Menschentrauben willkürlich zu verschlungenen Schlangen auf, die auf den Haupteingang zuwogten. Vor den Ausgangstüren tasteten uniformierte Wachen jeden einzelnen Besucher ab, bevor sie ihm erlaubten, das Gebäude zu verlassen. Edie vermutete, dass sie nach dem Schützen suchten.

»Scheint so, als führten alle Straßen nach Rom«, bemerkte Cædmon, während er den Rollstuhl vorwärtssteuerte.

Wie im Court Garden war auch die Luft in der Rotunde wegen all der Topfpflanzen feucht wie in einem Dschungel. Aus Angst, dass Padghams Mörder hier irgendwo auf der Lauer lag, zog Edie das Kinn dicht an die Brust und versuchte, sich so klein wie möglich zu machen.

Kaum hatten sie die Rotunde hinter sich gelassen, fing Cædmon an zu laufen.

Bronzeskulpturen. Flämische Stillleben. Della Robbias.

Berühmte Kunstwerke rauschten mit solch schwindelerregender Geschwindigkeit an ihr vorbei, dass Edie fürchtete, sich übergeben zu müssen.

»Ein bisschen langsamer, wenn's geht! Mir wird richtig übel von der Raserei.«

Wenn Cædmon sie gehört hatte, dann ließ er es sich nicht anmerken. Der Mann erwies sich immer mehr als Kotzbrocken.

Nachdem sie drei Viertel des Museums in weniger als zwei Minuten durchquert hatten, schob Cædmon sie in den West Garden Court, ein Spiegelbild des offenen Hofes auf der gegenüberliegenden Seite des Museums. Mit einem scharfen Schlenker nach links schaffte er es irgendwie, die Kontrolle über den Rollstuhl zu behalten, der auf einem Rad die Kurve nahm. Sekunden später sah Edie die Marmorwand, die das Ende der Haupthalle anzeigte.

»Schnell! Bremsen!«, kreischte sie, als eine lebensgroße Statue des heiligen Johannes vom Kreuz direkt vor ihr auftauchte. Heftig krallte sie sich an den gepolsterten Armlehnen fest, als Cædmon den Rollstuhl nur wenige Zentimeter vor dem ernst dreinblickenden Heiligen abrupt zum Stehen brachte.

»Teufel noch mal!« Suchend sah er sich um. »Hier sollte ein Aufzug am Ende der … Ah, ja, da ist er, Steuerbord voraus.« Cædmon schob den Rollstuhl zum Fahrstuhl, der versteckt zu ihrer Rechten lag.

Edie drückte auf den Knopf und sofort glitten die Metalltüren auf. Es war nicht genug Platz, um den Rollstuhl zu wenden, deshalb saß sie mit dem Gesicht zur hinteren Wand des Aufzugs. Innerhalb weniger Augenblicke würden sie außerhalb des Museums in Freiheit sein, denn der Ausgang zur 7th Street lag auf der unteren Ebene.

In Vorbereitung auf den letzten Ansturm der Kavallerie öffnete Edie ihre Tasche, wühlte darin herum und fand dabei die nun aufgeweichte Packung aufgetauten Spinats.

»Was tun Sie da?«

Edie bedachte Cædmon mit einem flüchtigen Blick. »Ich suche nach den Autoschlüsseln.«

»Mit Ihrem Fahrzeug zu fahren, wäre keine gute Idee.«

Sie stützte den Arm auf der Rückenlehne des Stuhls ab und drehte sich zu ihm um, sodass sie ihn ansehen konnte. »Sie machen Witze, oder? Der Jeep ist unsere einzige Fluchtmöglichkeit.«

»Woher, glauben Sie, wusste der Schütze, wo Sie sind? Ich wette, das war keine bloße Vermutung.«

»Vielleicht war es ja gut geraten. Und vergessen wir nicht den guten alten Zufallstreffer«, gab sie zurück. Dann, als sie erkannte, wie kindisch sie sich anhörte, lenkte sie ein. »Okay, er ist mir hierher gefolgt. Aber ich kann Ihnen versprechen, dass er uns nicht folgen wird, wenn wir abhauen. Ich kenne diese Stadt wie meine Westentasche. Vertrauen Sie mir, Cædmon. Ich kann uns hier rausholen.«

Sie beobachtete ihn, wie er über ihren Vorschlag nachdachte. Er war in Versuchung, das sah sie in seinen Augen.

»Da gibt es eine kleine Seitengasse einen Block vom Federal

Triangle entfernt. Wenn wir verfolgt werden, dann ist das der perfekte Ort, um sie abzuhängen.«

Die Aufzugtür öffnete sich mit einem melodischen *Pling*. Cædmon fuhr den Rollstuhl rückwärts heraus und steuerte den Ausgang zur 7th Street an, wo sich eine nahezu identische Szene abspielte, wie die, die sie in der Rotunde beobachtet hatten.

Als Edie all das hektische Durcheinander, die allgemeine Verwirrung und das absolute Chaos dort sah, stieß sie einen Seufzer der Erleichterung aus.

Das Ende war in Sicht.

18

Den Museumsplan vor der Nase überprüfte Boyd Braxton noch einmal alle Ausgänge.

Er hatte Sanchez am Ausgang zur Mall, Harliss an der Constitution, Napier auf der anderen Straßenseite am East Wing, Agee an der 4th Street und Riggins am Ausgang der 7th Street postiert. Jeder einzelne von ihnen war ein erfahrener Krieger, ausgerüstet mit einem Ka-Bar und zwei Erkennungsfotos, eines von einer Schlampe mit lockigen Haaren und eines von einem rothaarigen Bastard. *Und das Allerbeste?* Jeder von ihnen steckte in einer Polizeiuniform. Und da gerade jede Dienstmarke, die die Stadt auftreiben konnte, hier in der National Gallery of Art herumschwärmte, würde niemand auch nur einen zweiten Blick für sie übrig haben.

Nun, da die Operation angelaufen war, klemmte Boyd sich ein Kommunikationsgerät ans rechte Ohr, womit er mit allen fünf seiner Männer sprechen konnte. »Ihr habt eure Befehle. Beide Zielpersonen ausschalten. Keine Schusswaffen. Das hier soll schnell, still und tödlich ablaufen.«

»Verstanden, Boss«, antwortete Riggins stellvertretend für die Gruppe. Als Experte im Nahkampf wusste Riggins, wie man ein Messer mit tödlichem Geschick führte. Vielmehr noch, er *genoss* es, eine Klinge zu schwingen. Der Nahkampf reizte eine besondere Art von Kriegern. Die Art von Kriegern, die ihrem Opfer gerne in die Augen sahen, bevor sie zum Todesstoß ansetzten.

»Okay, Jungs. Dann lasst uns ein bisschen Spaß haben!«, grinste Boyd, überzeugt davon, dass diesmal niemand die Sache versauen würde. »Und vergesst nicht, Gott ist mit uns.«

»Amen, Bruder.« Das kam von Sanchez, einem ehemaligen Army Ranger und Afghanistan-Veteranen, der sehr erfahren darin war, die Gottlosen zu töten.

Während er auf den Ausgang zur 4th Street zusteuerte, warf Boyd einen Blick auf den Ring, den er an der rechten Hand trug. Die verschlungenen silbernen Kreuze erinnerten ihn beständig daran, dass er und seine Männer Soldaten in Gottes Armee waren. Heilige Krieger, nicht unähnlich den Kreuzrittern von einst. Der Colonel sprach oft von den Männern, die vor tausend Jahren ausgezogen waren, um das Heilige Land zu erobern: Hugues de Payns. Godefroy de Bouillon. Yves de Faillon. Boyd fühlte sich diesen Rittern von einst verbunden, die mit dem Schwert in einer Hand und der Bibel in der anderen gekämpft hatten. Mit dem Schwert hatte er viel Erfahrung, da er fünfzehn Jahre im Marine Corps verbracht hatte. Die Bibel war neu für ihn, denn sein alter Herr hatte nicht viel von der Heiligen Schrift gehalten. Tatsächlich war das Einzige, wovon Joe Don Braxton etwas gehalten hatte, eine gute Flasche Old Crow Whiskey gewesen. Und die hatte er sich beinahe jede verdammte Nacht an die Lippen gehalten. Gerüchten zufolge klemmte eine halb leer getrunkene Flasche Bourbon zwischen Joe Dons Oberschenkeln in jener Nacht, als er mit seinem Dodge-Pickup in eine Gruppe Pappeln raste.

Als er sich der Eingangshalle des Museums näherte, nickte Boyd dem Rosemont-Mann zu, der in der Nähe der Garderobe

Wache stand – Agee, ein guter Mann, wenn man in der Klemme steckte. Der stumme Gruß wurde mit einem unauffälligen Nicken erwidert.

Da er nicht bereit war, Schlange zu stehen, steckte Boyd die Hand in die Manteltasche und zog eine lederne Brieftasche heraus. Er ließ sie aufklappen und hielt die Polizeimarke demselben Wächter unter die Nase, dem er sie bereits beim Betreten des Museums gezeigt hatte.

»Detective Wilson«, grüßte ihn der Wächter. »Ganz schöne Schweinerei, die wir da am Hals haben, was?«

»Nur ein weiterer Tag in Sin City. Konnte jemand einen Blick auf den Bastard werfen, der die Schüsse abgefeuert hat?«

»Es ist tatsächlich so, dass einer der Museumsbesucher etwas davon mit seinem Handy aufnehmen konnte.«

Bei diesen Worten erstarrte Boyd.

Innerhalb weniger Stunden würde sein Gesicht auf YouTube und allen größeren Nachrichtenkanälen zu sehen sein.

»Freut mich zu hören«, erwiderte er mit einem falschen Lächeln. »Gute Arbeit, weiter so …«, er warf einen Blick auf das Namensschild des Mannes, »… Officer Milligan.« Er hatte keine Ahnung, ob Wachmänner als »Officer« angesprochen wurden, und im Augenblick war ihm das auch ziemlich egal. Mit einer Grimasse, die das falsche Grinsen ersetzte, steuerte er auf die Türen zu und schob dabei ein paar schnatternde Touristen zur Seite.

Sobald er draußen war, blieb er auf der kopfsteingepflasterten Auffahrt vor dem Eingang stehen, ignorierte den hinein- und herausströmenden menschlichen Verkehr – Cops hinein, Touristen heraus –, hob das Gesicht zum grauen Himmel empor und betete.

Lieber Gott, hilf mir, das hier in Ordnung zu bringen.

Boyd wollte den Colonel nicht enttäuschen. Er schuldete Colonel Stan MacFarlane alles, was er hatte. Manchmal, wenn seine Gedanken abschweiften, stellte er sich gerne vor, der Colonel wäre der Vater, den er nie gehabt, sich aber immer gewünscht hatte. Streng, aber gerecht. Rechtschaffen. Ein Mann, der einen nie schlug, außer, wenn er guten Grund dazu hatte.

Wie lindernder Balsam legte sich der sanft fallende Schnee kühl auf seine Stirn. Große, weiche Flocken blieben an seinen Wimpern hängen, an seinen Lippen, seiner Nasenspitze. Es erinnerte ihn daran, wie er das erste Mal Schnee vom Himmel hatte fallen sehen. Es war bei einem Einsatz in Japan gewesen. Aufgewachsen in der tiefsten Provinz in Pascagoula, Mississippi, kannte er Schnee nur aus Filmen. Er konnte sich noch gut daran erinnern, wie er dagestanden hatte, ein knallharter, gut hundert Kilo schwerer Marine, und sich am liebsten in den Schnee gelegt und wie ein Epileptiker mit Armen und Beinen gewedelt hätte, um den Abdruck eines Engels im Schnee zu hinterlassen. Wenn er so darüber nachdachte … Es hatte auch an dem Tag geschneit, an dem er das erste Mal getötet hatte. Ein rotzfrecher Japse hatte behauptet, er wolle ihn um die Sake-Rechnung prellen, und war ihm in die Gasse gefolgt, wo er ihn von hinten angriff, während er gerade pisste. Er tötete den schlitzäugigen Scheißer mit einem Ellbogenstoß, der ihm die Nase bis ins Gehirn rammte. Ein tiefroter Blutfleck auf jungfräulich weißem Schnee. Es war ein wunderschöner Anblick gewesen. Wie eine in Seide gekleidete Hure, die einladend die Beine spreizte.

Mit neuer Kraft straffte Boyd die Schultern, und das Blut strömte ihm schnell und wild durch die Adern, während er an dem schwarzen Wrangler vorbeistiefelte. Der Colonel sagte, dass Gott die Gläubigen gerne prüfte. Vielleicht ging es darum bei all diesem verdammten Herumgemurkse – er wurde geprüft.

Wenn das der Fall war, dann nur her damit!

Er war bereit für die Herausforderung.

Er öffnete den Kofferraum des Ford und nahm einen Stoffbeutel heraus. In dem Beutel befanden sich zwei Mobiltelefone, aufgewickelte Drähte, Klebeband und ein kleiner Block C4-Plastiksprengstoff. Alles, was er brauchte, um die Sache in Ordnung zu bringen.

19

Während Edie durch die Glastüren des Ausgangs zur 7ten Straße nach draußen sah, stellte sie sich die Eilmeldung der örtlichen Fernsehnachrichten vor: Amokschütze wütet in National Gallery of Art. Soeben waren Ü-Wagen von Channel 9 und Channel 4 vor dem Museum vorgefahren, und Techniker luden hastig ihre Ausrüstung aus. Während sie die Vorgänge draußen weiter verfolgte, schien es, als ob jede Menge Leute dabei waren, Ausrüstung aus offiziell aussehenden Fahrzeugen zu laden: Sanitäter mit Tragen, Feuerwehrmänner, die Äxte und Wasserschläuche stemmten, Polizisten, die orangefarbene Verkehrshütchen aufstellten. Das Museum bot eine Szenerie geschäftiger Entschlossenheit – durch eine Tür kamen Besucher nach draußen, durch eine andere Tür Rettungskräfte hinein.

Immer noch im Rollstuhl sitzend, ließ sie sich schweigend von Cædmon hinüber zu einer großen chinesischen Vase schieben, die in einer Nische stand.

»Zeit für Mylady, aus ihrer Kutsche zu steigen.«

Hastig stand Edie aus dem Rollstuhl auf. Ihre Beine waren so wackelig, dass sie sich gedankenlos an der Vase aus der Qing-Dynastie festhielt, um nicht zusammenzuklappen.

Sanft legte Cædmon ihr einen Arm um die Schultern und löste ihre Finger von dem unschätzbar wertvollen Kunstgegenstand. »So ist's recht«, flüsterte er ihr ins Ohr. »Tiefe Atemzüge, das beruhigt Ihren Pulsschlag. Jedenfalls hilft mir das immer.«

Dankbar nickte sie, überrascht über das Geständnis. Obwohl sie ihn kaum kannte, hatte sie angenommen, dass Cædmon Aisquith kaum Bedarf an solch einer Atemtechnik hätte.

»In Anbetracht des offensichtlich gut geplanten Angriffs müssen wir davon ausgehen, dass noch mehr Leute in die Sache verwickelt sind und dass unsere Gegenspieler versuchen werden, auch all unsere elektronischen Banktransaktionen zu verfolgen.« Cædmon zog seine Brieftasche aus der Hosentasche und warf einen Blick in die abgegriffene braune Lederbörse. »Ich fürchte, meine Mittel sind etwas dürftig. Fünfundsiebzig Dollar und dreihundert Euro. Wie viel haben Sie?«, fragte er frei heraus.

Die Frage traf Edie unvorbereitet. Argwöhnisch kniff sie die Augen zusammen. »Ich habe fünftausend Dollar. Was geht Sie das an?«

»Sie müssen wohl Ihr Bankkonto abgeräumt haben.«

»In gewisser Weise«, murmelte sie, da sie nicht näher darauf eingehen wollte.

»Nun gut. Ich schlage vor, wir legen uns falsche Namen zu, Mr. und Mrs. Smythe-Jones oder etwas in der Art, und mieten uns in einem Hotel ein.«

»Wir beide? In einem Hotel?« Edie hatte sich keinerlei Gedanken darüber gemacht, was geschehen würde, sobald sie das Museum verließen. Wenn überhaupt, hatte sie angenommen, dass jeder seiner eigenen Wege gehen würde. Sie war nur in die National Gallery of Art gekommen, um ihn vor der Gefahr zu warnen, nicht, um sich mit ihm zusammenzutun.

Obwohl schätzungsweise ein Körnchen Wahrheit in dem alten Sprichwort steckt, dass man zu zweit sicherer ist.

»Ja, ein Hotel«, wiederholte Cædmon. »Ich weiß nicht, wie es Ihnen geht, aber ich brauche dringend ein weiches Bett und einen harten Drink.«

»Bett und betrinken. Okay, ich bin dabei.«

Cædmon deutete auf die Menschentraube, die aus dem Museum strömte. »Sollen wir uns den Massen anschließen?«

Während sie sich der Schlange von Menschen näherten, die durchsucht wurden, musterte Edie die Menge von Besuchern, von denen die meisten sich aufgeregt darüber unterhielten, was sie gesehen hatten, was sie wussten, oder was sie gehört hatten.

Sie zupfte Cædmon am Arm. »Haben Sie gehört, was der Mann

gerade …« Mit einem Mal brach sie ab, als sie ein bekanntes Gesicht aus dem Augenwinkel erblickte.

Der korrupte Cop aus der Gasse hinter dem Hopkins-Museum.

»Links von Ihnen! Das ist der Polizeikumpel des Killers!«, zischte sie aus dem Mundwinkel heraus.

Ohne den Kopf zu drehen wandte Cædmon den Blick nach links. »Der Typ mit den mittelblonden Haaren?« Als sie nickte, fragte er: »Hat er Sie beim Hopkins gesehen?«

»Nein. Aber die haben mein Führerscheinfoto. Die wissen, wie ich aussehe.«

»Stimmt.«

Mit abwesendem Gesichtsausdruck klopfte Cædmon gegen seine Brusttasche, ganz wie ein Mann, der nach einem Kugelschreiber oder seiner Lesebrille sucht. Es dauerte einen Augenblick, bis Edie erkannte, dass er den Laden sehr sorgfältig auskundschaftete. Sein Blick schoss von links nach rechts und wieder zurück.

»In ein paar Sekunden gibt es hier eine wilde Massenpanik in Richtung Tür«, sagte er mit leiser Stimme, wobei er sie fest am Arm packte. »Seien Sie darauf gefasst, um Ihr Leben zu rennen.«

Edie nickte. Sie wusste, er meinte es wörtlich, nicht im übertragenen Sinn.

»Gütiger Gott!«, brüllte Cædmon plötzlich. »Da ist der Amokschütze! Der Mann dort bei den Aufzugtüren!«

Cædmons imposante Stimme klang wie die eines Shakespeare-Darstellers, der nach Königreichen und Pferden rief. Und so wandten sich alle Köpfe in der Eingangshalle abrupt um.

Eine Sekunde lang herrschte schockierte Stille, dann brach die Fassade geregelter Ordnung in sich zusammen. Die Besucher stürmten durch die Türen nach draußen. Die vier Museumswächter und jeder Polizist in Sicht stürmten in die entgegengesetzte Richtung zu den Aufzügen.

Auch Edie und Cædmon rannten auf die Türen zu und bahnten sich mit den Ellbogen den Weg an die Spitze der Meute.

Wenige Sekunden später waren sie in Freiheit.

»Schnell!«, befahl Cædmon und packte sie bei der Hand, während er die Stufen des Portikus an der Vorderseite des Museums hinunterlief. »Ich vermute, wir haben jeden ausgetrickst bis auf den Mann, der nach uns sucht. Was ist das da auf der anderen Straßenseite?« Er zeigte über die Übertragungswagen und Polizeiautos hinweg auf eine Gruppe blattloser Bäume an der gegenüberliegenden Seite der 7th Street.

»Das ist der Freiluft-Skulpturengarten.«

»Und in dieser Richtung?« Er deutete zur Constitution Avenue.

»Federal Triangle.«

»Gehe ich recht in der Annahme, dass dort in der Nähe eine U-Bahnstation ist?«

»Da gibt es eine, ein paar Blocks entfernt. Auf der anderen Seite des Nationalarchivs.«

»Gut.« Sie immer noch bei der Hand haltend, hastete Cædmon an einer Reihe von Polizisten vorbei, die versuchten, die Schaulustigen mit einem dünnen Streifen gelben Absperrbands zurückzuhalten.

»Für den Fall, dass Sie es vergessen haben, mein Jeep parkt …«

»Nicht jetzt!«

Sie wusste, dass es im Moment oberste Priorität hatte, dem blonden Cop zu entkommen, den sie in der Eingangshalle gesehen hatte, deshalb hielt sie den Mund. Die Einzelheiten ihres Fluchtplans konnten sie auch noch ausdiskutieren, wenn sie erst einmal weit genug vom Museum weg waren.

Cædmon übernahm die Führung. Im Laufschritt überquerten sie die 7th Street und rannten zum Skulpturengarten. Durch das spärliche Laub konnte Edie rechts von sich eine Stahlformation und links ein Bronzegebilde ausmachen. Vor ihnen lag eine Freiluft-Eislaufbahn, auf der drei Eisläufer anmutig übers Eis glitten und augenscheinlich nichts von dem höllischen Chaos auf der anderen Straßenseite zu bemerken schienen.

Cædmon hielt sich rechts von der Eislaufbahn, bog noch einmal nach rechts ab und wandte sich dann scharf nach links. Für jemanden, der sich in der Stadt nicht auskannte, manövrierte er sie äußerst geschickt durch den Skulpturengarten. Erst als sie an der Constitution Avenue herauskamen, etwa zwei Blocks vom Museumsausgang an der 7th Street entfernt, verlangsamte Cædmon seine Schritte.

Edies Lungen brannten von der eisigen Dezemberluft, und sie kam heftig nach Atem ringend abrupt zum Stehen. Als Cædmon ihr beruhigend die Hand auf die Schulter legte, warf sie sich instinktiv an seine Brust.

»Dieser C-cop hätte uns umge… Wenn Sie nicht… Dann wären wir jetzt…« Sie vergrub den Kopf an seiner Schulter. Vor Angst wirbelten ihre Gedanken wild durcheinander.

Cædmon schlang die Arme um sie. »Schhh. Alles ist gut. Wir sind außer Gefahr«, murmelte er, und sein Atem streifte warm ihre Wange.

Es dauerte eine gute halbe Minute, bis sie wieder annähernd normal atmen konnte. Verlegen darüber, dass sie sich Cædmon an den Hals geworfen hatte, löste Edie sich aus seiner Umarmung.

»Besser?«, fragte er besorgt. Abgesehen von der Tatsache, dass seine Augen eine irisierend kobaltblaue Farbe angenommen hatten, zeigte er keinerlei äußere Anzeichen von Anstrengung.

Wie ein Wackeldackel nickte sie skeptisch. Skeptisch deshalb, weil sie in der Nähe das Geheul von Sirenen hören konnte. Ein Polizeinetz wurde um die National Gallery of Art gezogen. Wenn sich das Netz weiter zuzog, könnten sie immer noch geschnappt werden.

Sie warf einen Blick auf ihre Uhr. Unglaublicherweise waren nicht mehr als fünfzehn Minuten vergangen, seit die drei Schüsse in der Cafeteria des Museums abgefeuert worden waren. Es kam ihr länger und zugleich kürzer vor, so als ob die Zeit sich gleichzeitig beschleunigt und verlangsamt hätte.

»Ich weiß nicht, wie es Ihnen geht, aber ich fühle mich, als hätte mich gerade ein Monstertornado eingesaugt, und Häuser, Kühe und Farmzäune wirbeln um mich herum.«

»Mir geht es ähnlich.« Einer seiner Mundwinkel zuckte nach oben. »So hatte ich es mir ganz gewiss nicht vorgestellt, meinen Nachmittag zu verbringen.«

»Das glaub ich gern.« Immer noch beschämt über ihr Anzeichen von Schwäche wischte sie sich ein paar feuchte Schneeflocken von den Wimpern. Der Schnee hatte nachgelassen, und ein kalter Westwind trieb vereinzelt flaumige Flocken vor sich her.

Von der Stelle, an der sie standen, schräg gegenüber des Nationalarchivs, konnten sie beide Richtungen der Constitution Avenue ausgezeichnet überblicken. Entlang der breiten Straße lagen vertraute Festungen der Vernunft – Hotdog-Verkäufer, Souvenirläden, T-Shirt-Stände, winzige Interpunktionszeichen zwischen den behäbigen Gebäudeblöcken.

Edie entschloss sich, die Führung zu übernehmen, und wandte sich nach rechts, um zu ihrem geparkten Fahrzeug zurückzugehen. Doch sie hatte kaum einen Schritt getan, als Cædmon sie am Ellbogen packte.

»Wo wollen Sie hingehen?«

»Das hatten wir doch schon besprochen. Ich gehe zu meinem Jeep. Kommen Sie mit oder nicht?«

»Es mag zwar vorteilhaft sein, ein Fahrzeug zur Verfügung zu haben, aber da gibt es auch gewisse Nachteile, die wir berücksichtigen müssen.«

Da sie unbedingt zum Jeep zurückwollte, weil das die schnellste Möglichkeit war, diesem ganzen Wahnsinn zu entkommen, straffte sie die Schultern. Kein leichtes Unterfangen, wenn man in eine Lederjacke und einen übergroßen Trenchcoat gezwängt war. »Auf drei: Schere-Stein-Papier.«

Er zog die kupferfarbenen Augenbrauen zusammen. »Wie bitte?«

»Sie haben mich schon verstanden. Da wir nur zu zweit sind,

können wir nicht abstimmen. Also entscheiden wir stattdessen mit Schere-Stein-Papier. Das kennt ihr Typen in England doch, oder etwa nicht?«

»Mit diesem Spiel bin ich vertraut. Tatsächlich wurde es Mitte des achtzehnten Jahrhunderts von Comte de Rochambeau erfunden, als Möglichkeit zur Beilegung eines …«

Edie stoppte seinen Redefluss mit einer Handbewegung.

»Mehr Information, als ich derzeit wissen muss.« Sie war es langsam leid, dass er es war, der bestimmte, wo es langging, deshalb sah sie ihm fest in die Augen. »Auf drei.«

Gleichzeitig bewegten beide die geballte rechte Faust durch die Luft.

20

Kalter, nasser Regen fiel auf das Heideland.

Eine Zeile wie aus einem viktorianischen Roman, dachte Cædmon düster, während er den Vorhang des Hotelfensters zurückzog. Nur, dass es kein Heideland war. Es war ein asphaltierter Parkplatz, umgeben von fünfundzwanzig Meter hohen Ziegelmauern und einem zwölf Stockwerke hohen Bürogebäude direkt gegenüber.

»Meine Güte, wie stilvoll«, murmelte er. Er ließ den beschichteten Vorhang fallen und trat vom Fenster fort. Da Stein von Papier geschlagen worden war, hatten sie Washington per U-Bahn verlassen und sich ein Zimmer in einem Holiday Inn auf der anderen Seite des Flusses in Arlington, Virginia, genommen. Das war nun zwei Stunden her, und er versuchte immer noch, Ordnung in das Durcheinander der Ereignisse zu bringen, die ihn in dieses eintönige Hotelzimmer mit seiner nicht gerade aufregenden Aussicht verschlagen hatten.

Er sah zu Edie Miller hinüber, die zu einer Kugel zusammengerollt auf einem der großen Betten lag, den Mund leicht geöffnet, die Augen blicklos. Einige unhöfliche Augenblicke lang betrachtete er sie und dachte bei sich, dass sie wie eine geschlossene Dahlienblüte im Frost aussah.

Da er eine Erfrischung bitter nötig hatte, schlenderte er hinüber zur Küchenzeile. Das Zimmer war mit einer Kaffeemaschine, einer Mikrowelle und einem winzigen Kühlschrank ausgestattet. Er öffnete eine Flasche Tanqueray, die er im Laden an der Ecke gekauft hatte.

»Was machen Sie?« Mit schläfrigem Ausdruck im Gesicht hob Edie den Kopf vom Kissen.

»Ich dachte, ich mache mir einen Gin Tonic.«

Die Dahlie erholte sich sofort. »Mir bitte einen doppelten.«

Er tat wie geheißen und ging mit dem Drink in der Hand hinüber zum Bett. Die Eiswürfel klirrten munter gegen das Glas, so als spotteten sie über ihre trostlose Lage. »Tut mir leid, aber die Zitronen sind ausgegangen«, meinte er, während er ihr das halb volle Wasserglas reichte.

Edie schwang die nackten Füße über den Rand des Bettes und setzte sich auf, das Glas fest in beiden Händen. »Unerlaubt abwesende Zitronen sind die geringste unserer Sorgen.«

»Das ist wahr.«

Für den Augenblick waren sie zwar in Sicherheit, doch Cædmon vermutete, dass sie von äußerst entschlossenen Gegnern gejagt wurden. Und während ihre Gegenspieler den Schatz, die aus dem Hopkins-Museum gestohlenen Steine des Feuers, bereits besaßen, schienen sie außerdem auch sehr versessen darauf zu sein, alle Spuren des Diebstahls zu verwischen.

Aber warum?

Diese Frage quälte ihn bereits die letzten zwei Stunden. Weder er noch Edie Miller kannten die Identität des Mörders von Jonathan Padgham. Noch kannten sie den gegenwärtigen Aufenthaltsort des Brustschilds.

Weshalb also eine blutrünstige Menschenjagd veranstalten?

Die Menschenjagd ließ darauf schließen, dass ihre Feinde es nicht an die Öffentlichkeit dringen lassen wollten, dass die sagenumwobenen Steine des Feuers nach mehreren tausend Jahren wiederentdeckt worden waren. Also hatten ihre Feinde ein höheres Motiv für den Diebstahl des Brustschilds, eines, das nichts mit Plündern und Profit zu tun hatte.

Gedankenverloren bemerkte er zu spät, dass er sein Glas bereits geleert hatte.

Vorsichtig, alter Junge. Diesen Drachen hast du bereits getötet.

Er musste sich etwas zurückhalten, deshalb stellte er das Glas auf der Kommode ab. Alkohol war eine verführerische Geliebte, die einen lockte, wenn man es am wenigsten erwartete.

Während sie die nackten Füßen immer noch über die Bettkante baumeln ließ, sah Edie ihn an, und ihr Ausdruck war unverblümt fragend. Da er nicht wusste, was er sagen sollte, erwiderte er ihren Blick und genoss dabei den Anblick der langen, braunen Locken, die ihr Gesicht und die Schultern wie ein ungebändigter Heiligenschein umrahmten. Die Vorzüge einer Frau zu bewundern war eine der schlichten Freuden, die einen Mann für den Augenblick Stress und Mühsal vergessen ließen. Wie kleine Knöpfe zeichneten sich ihre Brustwarzen sichtbar unter dem dünnen Gewebe ihres Seidenpullunders ab, da sie ihren dicken Pullover ausgezogen hatte.

»Ist irgendwas?«

Auf frischer Tat ertappt, sah Cædmon schnell zum Fernseher auf der anderen Seite des Raumes hinüber. Mit geröteten Wangen nahm er seinen geleerten Gin Tonic und machte großes Aufhebens darum, die Eiswürfel auf dem Boden des Glases kreisen zu lassen.

Ein plötzliches Klopfen an der Tür zerstörte den Augenblick.

»Sie glauben nicht, dass das …?«

»Nein«, entgegnete er und schritt auf die verschlossene Tür zu. Ein schneller Blick durch den Türspion bestätigte ihm, was er bereits wusste – der Portier war gekommen. Eine glückliche Unterbrechung, denn das Zimmer war aufgeladen mit sexueller Spannung.

Was hast du erwartet, wenn du mit einer bezaubernden Amerikanerin in einem Hotelzimmer Gin Tonic trinkst?

Er schloss die Tür auf und begrüßte den jungen Mann mit einem höflichen Nicken, als dieser ihm eine Papiertüte mit aufgedrucktem Holiday-Inn-Logo überreichte. Bevor er die Tüte entgegennahm, griff Cædmon in die Hosentasche und zog ein paar zerknitterte Geldscheine hervor. Nach erfolgreicher Übergabe schloss und verriegelte er die Tür wieder.

Mit einem unbeholfenen Lächeln und sich der Spannung immer noch bewusst, schwenkte er die weiße Tüte in der Luft. »Ich bringe Geschenke, mit besten Grüßen der Geschäftsleitung.«

Edie klopfte einladend auf die Matratze. »Setzen Sie sich und lassen Sie uns nachsehen, was in dem Geschenkesack steckt.«

Unsicher, was er von der Einladung halten sollte, kam er ihr folgsam nach. Er wusste, dass nach ausgestandener Todesangst jeder Mensch anders reagierte. Manche griffen zum Alkohol, andere wiederum zu Drogen, und nicht wenige hielten sich an Sex. Cædmon bevorzugte Ersteres, hatte nie Interesse an Zweitem gehabt, und war sich nicht ganz sicher, was er von Letzterem hielt. Obwohl er Edie Miller attraktiv fand, wollte er auf keinen Fall die Situation ausnutzen.

Er schüttete den Inhalt der Tüte aufs Bett. »Eine Tube Zahnpasta, zwei Zahnbürsten, Handcreme, Rasierschaum, Rasierer und, leider Gottes, nur ein Kamm. Ich fürchte, den werden wir uns teilen müssen.«

»Irgendwie gewöhne ich mich langsam ans Teilen.«

Cædmon nahm an, dass die flapsige Bemerkung sich auf die Tatsache bezog, dass das Zimmer mit einem aufgeweichten Hundert-Dollar-Schein aus ihrem »Spinat-Fonds« bezahlt worden war. Aus Sorge, dass elektronische Transaktionen nachverfolgt werden könnten, hatte er einen Zahlungsstopp über alle Kreditkarten verhängt. Überzeugt davon, dass sein Zimmer im Churchill ebenso überwacht wurde, hatte er das Hotel angerufen und sie gebeten, seine Habseligkeiten solange für ihn aufzubewahren, bis er sie wieder abholen konnte. Er hatte auch seine Presseagentin angerufen und sie darüber informiert, dass er einen Spätflug nach Paris zurück nehmen würde. Sollte man sie fragen, würde sie die Verfolger auf eine falsche Fährte locken.

»Würde es Ihnen etwas ausmachen …?« Edie schwenkte ihr Glas, um zu zeigen, dass es nachgefüllt werden sollte.

»Nicht im Geringsten.« Cædmon stand vom Bett auf, ging hinüber zur behelfsmäßigen Bar auf der anderen Seite des Zimmers und nahm im Vorbeigehen sein eigenes Glas mit.

Die Stille setzte ihm zu, deshalb ließ er sich beim Mixen der Drinks Zeit. Besorgt, dass er möglicherweise eine unsichtbare Linie überschreiten könnte, und ebenso besorgt, dass seine Begleiterin dafür empfänglich sein könnte, ging er mit dem Gin sparsam um. Sein Repertoire an Smalltalk-Themen war erschöpft, deshalb reichte er Edie wortlos ein wieder gefülltes Glas.

»Prost«, sagte er und stieß mit ihr an.

»Eigentlich wär mir eher nach Trost.« Mit deprimierter Miene hob Edie das Glas lustlos an die Lippen.

»Ich für meinen Teil ziehe es vor, das Glas halbvoll zu sehen.«

»Ist es Ihnen denn gleichgültig, dass Ihr Freund ermordet wurde?«

»Natürlich ist mir das nicht gleichgültig«, versetzte er, da er keine Lust hatte, diese Unterhaltung mit einer Frau zu führen, die er kaum kannte. »Dennoch hat mich die Erfahrung gelehrt, dass Schmerz nur noch schlimmer wird, wenn man sich darin suhlt.«

»Tue ich das denn, mich darin suhlen?«

»Nein, Sie suhlen sich nicht. Suhlen ist, wenn man das Tonicwasser weglässt.« Wie er nur zu gut wusste. In der Hoffnung, ihre Stimmung etwas aufzuheitern, meinte er: »Sein Spitzname für mich war Mercuriophilus Anglicus.«

»Ich nehme an, Sie beziehen sich auf Dr. Padgham.«

»Padge konnte sich von niemandem den Vornamen merken.«

»Vermutlich, weil er viel zu sehr mit seiner eigenen Wichtigkeit beschäftigt war.« Kaum waren Edie die Worte über die Lippen geschlüpft, schlug sie sich die Hand vor den Mund. »Gott, das war schrecklich! Es tut mir leid.« Dann, lachend: »Habe ich schon erwähnt, dass ich gemein werde, wenn ich betrunken bin? Also, was bedeutet Mercurio plapperlaplapp?«

»Es bedeutet ›englischer Quecksilber-Liebhaber‹.«

Immer noch lächelnd zog sie eine Augenbraue hoch. »Klingt ja unanständig. Will ich wirklich die Geschichte dazu hören?«

Ihm gefiel das alberne Spielchen, deshalb heuchelte er Empörung. »Ich kann Ihnen versichern, dass die Geschichte nicht annähernd so anzüglich ist, wie Sie vermuten. Zufällig ist es so, dass das chemische Element Quecksilber die gesamte Schöpfung durchdringt. In der Antike hielt man es für die geheime Essenz aller Dinge.«

Sie verzog das Gesicht. »Oh, *bit*-te! Es muss wohl in Oxford ein Seminar geben, in dem sie euch Jungs beibringen, wie ihr uns kleinen Leute mit eurem hochtrabenden Gerede beeindrucken könnt.«

»Sind Sie immer so direkt?«

»Nicht immer.« Ihre braunen Augen funkelten schelmisch. »Manchmal brauche ich auch ein bisschen Schlaf.«

Lachend warf Cædmon den Kopf in den Nacken. Ihr Humor fing an, ihm zu gefallen.

»Wissen Sie, es ist verrückt«, meinte Edie, plötzlich ernst. »All das Morden und das Chaos wegen eines alten Brustschilds.«

Er ging hinüber zu dem gestreiften Ohrensessel auf der anderen Seite des Bettes und setzte sich. »Die Steine des Feuers sind viel mehr als nur ›ein alter Brustschild‹.«

»Sie sagten etwas darüber, dass der Brustschild von Gott entworfen und von Moses gefertigt worden wäre.«

»So behaupten es eine ganze Reihe von Bibelwissenschaftlern.«

»Kommen Sie. Sie glauben doch nicht wirklich, dass der Brustschild durch göttliche Inspiration entstand?«

»Tatsächlich glaube ich, dass der Brustschild eine weitaus ...«, er machte eine kleine Pause, um nicht möglicherweise ihre religiösen Überzeugungen zu verletzen, »... *komplexere* Abstammung aufweiste, als im Alten Testament geschrieben steht.«

»Was genau meinen Sie mit ›komplex‹?« Sie hob die Beine aufs Bett und zog sie unter den Körper. »Ich dachte, es war ziemlich unkompliziert: Moses legte den Brustschild an, um die ... Wie haben Sie es genannt? ... die ›kosmische Macht‹ zu kontrollieren, die die Bundeslade beherbergte.«

»Was die Frage aufwirft: Wo hat Moses dieses Kunststück gelernt? Ich vermute schon lange, dass Moses nicht nur Ägypter, sondern auch ein ausgebildeter Magier am Hof des Pharao war.«

»Moses, der Kerl, der die Juden aus der Sklaverei führte und die bunt gemischten hebräischen Stämme befehligte, während sie vierzig Jahre durch die Wildnis wanderten, *der* Moses war ein ägyptischer Magier?«

Er nickte.

»Wissen Sie, was ich glaube, Mr. Cædmon Aisquith? Ich glaube, Sie hatten *viel* zu viel Gin. Zuallererst einmal waren die Ägypter ein Haufen Heiden. Sie hatten – sagen wir – ungefähr ein paar hundert Gottheiten.«

»Nicht annähernd so viele«, korrigierte er sie ruhig, wohl wissend, dass die Theorie, die er ihr gleich unterbreiten würde, so manchen Kirchgänger schockieren würde. »Würde es Sie überraschen zu erfahren, dass die alten Ägypter die ersten Menschen waren, die Monotheismus praktizierten? Als Aton-Kult war er mehrere Jahrzehnte lang Staatsreligion. Der Pharao Echnaton ließ öffentlich verkünden, dass Aton der einzige Gott im himmlischen Reich wäre.« Er lehnte sich vor und stützte die Unterarme auf die Oberschenkel, denn das Argument, das er gleich vorbringen würde, war entscheidend für seine Behauptung. »Aton war nicht der höchste Gott; Aton war der *einzige* Gott. Darüber hinaus glaube ich, dass Moses, oder Thutmosis, wie er am ägyptischen Hof hieß, nicht nur ein begeisterter Anhänger des Aton-Kults war, sondern dass er auch seine Überzeugungen mit denen des jungen hebräischen Glaubens verschmolz.«

Edie starrte ihn mit riesigen Augen an. »Was sagen Sie da? Dass Jehovah und der ägyptische Gott Aton ein und derselbe waren?«

21

Nicht gewillt, in diese Tiefen einzutauchen, wich Cædmon gezielt aus. »Ich sage nur, dass es Überschneidungen zwischen den beiden Religionen gibt.«

»Zum Beispiel …?«

»Zum Beispiel die Zehn Gebote, die jenen Verhaltensregeln verdächtig ähneln, die im ägyptischen Totenbuch festgelegt sind, einem Werk, das älter datiert ist als das biblische Buch Exodus. Und nicht zu vergessen die Beschneidung, ein ungewöhnlicher Brauch, um es gelinde auszudrücken. Wussten Sie, dass die Beschneidung eine rituelle Handlung innerhalb der ägyptischen Königsfamilie und ihrer Höflinge war? Andere Ähnlichkeiten beinhalten die scharfe Kritik an geschnitzten Abbildern, ein erbliches Priesteramt, Tieropfer und die Verwendung eines goldenen Schreins, um die Macht und die Majestät dessen zu beherbergen, was man nur einen sehr eifersüchtigen Gott nennen kann.« Nun, da er seine Sache vorgebracht hatte, verschränkte Cædmon die Arme vor der Brust. »Würden Sie mir nicht auch zustimmen, dass solche Ähnlichkeiten einen zum Nachdenken anregen?«

»Ja, nun … Im Moment habe ich noch genug damit zu tun, darüber nachzudenken, dass Moses ein ägyptischer Magier gewesen sein soll. Lassen Sie mich erst einmal wieder zu Atem kommen.« Edie schlürfte an ihrem Gin Tonic und zerkaute dann geräuschvoll einen Eiswürfel. »Es tut mir leid, Cædmon, aber es fällt mir schwer zu akzeptieren, dass das Judentum aus irgendeiner längst untergegangenen ägyptischen Religion entstanden sein soll.«

»Ich spreche nicht von dem Judentum, wie es heutzutage praktiziert wird. Diese Religion entstand erst im sechsten Jahrhundert v. Chr. während der babylonischen Gefangenschaft. Ich spreche von der hebräischen Religion, wie sie von der Zeit des Exodus bis zur babylonischen Gefangenschaft praktiziert wurde, einer Zeitspanne von ungefähr siebenhundert Jahren.«

»Also, was war zuerst da, die Anbetung Atons oder die Anbetung Jehovahs?«

»Ah, das Henne-Ei-Problem. Auf die gleiche Weise, wie die religiösen Praktiken der Römer das frühe Christentum beeinflussten, glaube ich, dass die versklavten Juden in Ägypten den Kult um Aton beeinflussten und ihn vielleicht sogar ins Leben riefen. Das Alte Testament erwähnt, das Moses ›in aller Weisheit der Ägypter‹ ausgebildet war.«

»Was genau bedeutet ›in aller Weisheit der Ägypter‹?«

Diese Frage war von immenser Reichweite, deshalb überlegte Cædmon sich seine Antwort gut. »Die vorgeschriebene ägyptische Bildung beinhaltete das Studium der Kristalle und Metalle, Nekromantie und die Kunst der Weissagung. Wissen, von dem Moses guten Gebrauch machte, als er die sagenumwobenen Steine des Feuers schuf.«

»Aber ich habe den Brustschild mit eigenen Augen gesehen. Es waren nur …«, sie zuckte mit den Schultern, »… zwölf Edelsteine und ein paar Stückchen altes Gold.«

»Ja, aber es sind genau diese Edelsteine, die den Steinen des Feuers ihre unermessliche Macht geben.«

»Okay, ich schlucke den Köder. Was ist so Besonderes an diesen zwölf Edelsteinen?«

»Erlauben Sie mir, meiner Antwort vorauszuschicken, dass Edelsteine nicht die inaktiven, unbelebten Gegenstände sind, für die die meisten Menschen sie halten. Tatsächlich sind Edelsteine, ebenso wie Kristalle, Energieträger. In asiatischen Kulturen kennt man solche Energie als Chi.«

»Ich habe eine Freundin, die auf Kristalle steht. Sie schwört, dass man, wenn man einen Kristall lange genug in der Hand hält, ein pulsierendes Vibrieren spürt. Ich persönlich halte das für ziemliches Esoterik-Gelaber.«

»Nicht, wenn man die Tatsache berücksichtigt, dass Kristalle dazu verwendet werden, Funkwellen zu verstärken, in einem Prozess namens Piezoelektrizität. In einem ähnlichen Verfahren benutzte man im Altertum Edelsteine und Kristalle, um Energie sowohl zu erzeugen als auch zu verstärken. Da Moses ein tief in die Mysterien des alten Ägyptens eingeweihter Hohepriester war, nutzte er sein umfangreiches Wissen über Edelsteine und Kristalle, als er die Steine des Feuers schuf. Ich möchte sogar so weit gehen, zu behaupten, dass der Brustschild nichts Geringeres ist als eine Form antiker Technologie, wobei jeder Stein eigens aufgrund seiner spezifischen Schwingungseigenschaften ausgewählt wurde.«

Edie schnaubte ungläubig. »Sie machen Witze, oder? Ich würde einen alten Brustschild kaum als technologisches Wunderwerk bezeichnen.«

»Oh, aber genau das ist es, was der Brustschild war und möglicherweise immer noch ist. Nur weil nicht ›Sony‹ draufsteht, heißt das noch lange nicht, dass es weniger hoch entwickelt ist als das Mobiltelefon in meiner Brusttasche«, konterte er, wobei er besagte Tasche tätschelte. »Die Steine des Feuers sind, selbst nach den Maßstäben des 21. Jahrhunderts, modernster Stand der Technik.«

Darüber grübelte Edie eine dürftige halbe Sekunde lang nach, bevor sie ein unverbindliches »Ha« von sich gab.

Sie langte hinüber zu dem Nachttischchen, das die beiden Betten voneinander trennte, und schnappte sich eine Tüte Oreo-Kekse. Mit beiden Händen riss sie sie auf, zog eine kleine Plastikschale fabrikverpackter, mit Chemikalien gespickter brauner Kekse heraus und bot ihm welche an.

»Nein danke«, lehnte er höflich ab.

Ihre Lippen kräuselten sich zu einem herausfordernden Lächeln. »Ach, kommen Sie, Cædmon. Probieren Sie einen, er wird Ihnen schmecken.«

Mit der Erkenntnis, wie leicht Adam sich in Versuchung hatte führen lassen, nahm er einen cremegefüllten Keks.

»Ziemlich lecker«, bemerkte er wenige Sekunden später.

Edie trennte mit einer flinken Drehbewegung die beiden Kekshälften und begann zu seiner Faszination, mit der Zunge die weiße Cremefüllung abzulecken. »Okay, nehmen wir einmal um der Argumentation willen an, dass Moses ein Mitglied der ägyptischen Priesterschaft war. Warum sollte er denn einen Haufen hebräischer Sklaven aus Ägypten führen?«

»Ihre Frage setzt voraus, dass nur die Juden Ägypten verließen.«

»Nun, wer hätte denn sonst noch mit ihnen gehen sollen?«

»All jene, die in ernster Gefahr waren, ihr Leben zu verlieren.« Er ließ diese Behauptung einen Augenblick lang wirken, bevor er hinzufügte: »Im Besonderen der gesamte Hofstaat Echnatons.«

Sie ließ den Keks sinken. »Wie bitte?«

»Sie müssen Folgendes verstehen: Als Pharao Echnaton den Bewohnern Ägyptens einen monotheistischen Glauben aufzwang, kam das einer religiösen Revolution gleich. Nicht unähnlich dem Aufruhr, der folgte, als Martin Luther zu Nagel und Papier griff. Mit einem Schlag, praktisch über Nacht, wurde der Pantheon vertrauter Götter und Göttinnen – Isis, Seth, Osiris – für null und nichtig erklärt.«

»Ich schätze, was für manche eine neue Religion war, hielten andere für ausgemachte Ketzerei«, mutmaßte Edie folgerichtig.

»In der Tat. Als Echnaton starb, fielen die Verfechter der alten Religion über den königlichen Hofstaat her. Und das mit aller Macht, möchte ich hinzufügen. Nahezu alle Spuren von Echnaton und Aton wurden aus den Annalen ägyptischer Geschichte gelöscht.«

»Was geschah mit jenen Ägyptern, die noch an Aton glaubten?«

»Sie flohen aus Ägypten, mitten in der Nacht. Eine gigantische Völkerwanderung von Sklaven und Adeligen.«

»Nun, das würde die Stelle im Buch Exodus erklären, laut der die hebräischen Sklaven angeblich ›silbernes und goldenes Geschmeide‹ mitnahmen, als sie aus Ägypten flohen. Ich meine, wie zum Teufel kam ein Haufen Sklaven an solche Schätze?«

Überrascht, dass sie in der Heiligen Schrift so versiert war, nickte er. »In Wirklichkeit waren es nicht die hebräischen Sklaven, die solchen Reichtum besaßen, sondern vielmehr die ägyptischen Adeligen, die sie auf ihrer Flucht begleiteten.«

»Und Moses führte sie ins Land Kanaan.«

»Davon bin ich überzeugt.«

»Das wäre zwar die größte Geschichte aller Zeiten, die nie erzählt wurde, aber ich brauche immer noch mehr Beweise, bevor ich jahrelang eingetrichterte Lehren der Sonntagsschule über den Haufen werfe.« Sie warf einen Blick auf den elektronischen Wecker auf dem Nachttischchen. »Zeit für die Sechs-Uhr-Nachrichten«, verkündete sie und sprang vom Bett.

Sie richtete die Fernbedienung auf den Fernseher und drückte die Power-Taste. Eine Frau im Hosenanzug und mit blonder Bobfrisur erschien auf dem Bildschirm.

»Ein Höllenszenario, das an die chaotischen Zustände in Washington infolge der Anschläge vom 11. September erinnerte, ereignete sich heute in der National Gallery of Art, als ein Terror-Schütze Museumsbesucher unter Beschuss nahm und in der unterirdischen Besucherhalle wild um sich feuerte.«

Während die Nachrichtensprecherin ihren Text ablas, wurde ein unscharfes Video des »Höllenszenarios« eingespielt, das offensichtlich von der Hand eines Amateurs aufgenommen worden war. Noch dazu von einer zitternden Hand, denn die Bilder hatten etwas äußerst Hektisches an sich. Zu Cædmons Erleichterung waren weder er noch Edie in dem Video zu sehen.

Mit offenem Mund drehte Edie sich zu ihm um. »Die verstehen das völlig falsch. Das war kein terroristischer Anschlag.« Schnell griff sie nach der Fernbedienung und schaltete auf ein anderes Programm.

»Die Schießerei in der Cafeteria des Museums war Teil eines gut koordinierten Terrorangriffs. Eine Autobombe detonierte nur wenige Meter vom Museumseingang an der 4th Street entfernt. Es gibt keine Berichte von Todesopfern, allerdings erlitten mehrere Rettungskräfte gefährliche Brandverletzungen.«

»Oh, Gott«, murmelte sie, als sie in der begleitenden Filmaufnahme den schwelenden Explosionsort sah. Mit Tränen in den Augen wandte sie sich zu ihm um. »Das ist der Jeep. Der Jeep, mit dem ich ...«

»Sagen Sie es nicht«, befahl er rau, ebenso schockiert von dem verkohlten Wrack auf dem Bildschirm. »Durch einen glücklichen Zufall sind wir dem Dämon entkommen.«

»Einen Scheißdreck sind wir, und Sie wissen das! Die werden nicht aufgeben, bis sie uns finden.« Sie biss sich in die geballte Faust, die Augen starr auf den Bildschirm geheftet.

Stumm verfolgten sie den Rest der Nachrichten, und als die Sportnachrichten kamen, schaltete Edie den Ton ab.

»Finden Sie es nicht merkwürdig, dass nichts von dem Mord an Padgham erwähnt wurde? Da liegen drei Leichen im Hopkins-Museum, und dennoch kommt davon nichts in den Abendnachrichten.«

»Ich vermute, die Leichen wurden noch nicht entdeckt.«

Sie schüttelte den Kopf. »Montags kommt die Reinigungstruppe um vier Uhr. Warum haben die nicht ...« Heftig schnappte sie nach Luft. »Oh, Gott! Vielleicht haben die auch die Reinigungstruppe umgebracht.« Sie wirbelte auf dem Absatz herum und griff nach dem Telefon. »Ich mache einen anonymen Anruf bei der Polizei und sage ihnen, dass Dr. Padgham und die zwei Sicherheitsleute ...«

Cædmon riss ihr den Hörer aus der Hand.

»Was soll das?«

»Heutzutage ist es unmöglich, wirklich anonym zu bleiben«, informierte er sie nüchtern. »Wir wissen bereits, dass die örtliche Polizei infiltriert worden ist. Wenn Sie sich mit den Behörden in Verbindung setzen, führen Sie unsere Feinde vielleicht unbeabsichtigterweise …«

»Direkt zu uns.« Mit düsterem Gesichtsausdruck ließ Edie sich aufs Bett sinken.

»Ich habe einen viel besseren Vorschlag.«

»Wenn bei dem Vorschlag nicht gerade ein Zauberstab eine Rolle spielt, dann weiß ich nicht, wie Sie die Sache besser machen wollen.«

Er ignorierte den Sarkasmus. »Ich schlage vor, wir schnüffeln ein bisschen im Internet. Höchste Zeit, dass wir unseren Feind kennenlernen.« Er nahm seine Jacke von der Lehne des Ohrensessels.

»Aber wir haben keinen Computer.«

»Stimmt, aber der Kerl unten an der Rezeption scheint entgegenkommend zu sein.«

22

»Junge, Sie können Ihren Schwanz nicht von Ihrem Arsch unterscheiden!«, brüllte Stanford MacFarlane seinen Untergebenen an.

Genau wie Custis. Wenn sein Sohn noch leben würde, dann wäre er diesen Monat achtundzwanzig Jahre alt geworden. Doch Custis war tot. Der feige Schwächling hatte sich …

MacFarlane verbannte den Gedanken in die hinterste Ecke seines Verstandes.

Die gerahmten Fotografien waren entfernt, der Name Custis Lee MacFarlane aus der Familienbibel gestrichen worden. Sinnlos, die Vergangenheit wieder hochzuwürgen. Das war aus und vorbei. Das

Einzige, worauf der Mensch Einfluss hatte, war das Hier und Jetzt. Und das auch nur, wenn es Gottes Wille war.

»Was haben Sie sich eigentlich in Ihrer hohlen Birne dabei gedacht, Gunny, einen Haufen C4 hochgehen zu lassen, ohne dass diese Miller im Wagen saß? Das sollte eine schnelle und lautlose Operation werden und kein Blinde-Kuh-Spiel.«

»Sir, der Sprengstoff war so platziert, dass er zünden sollte, sobald der Motor angelassen würde. Ich konnte nicht wissen, dass das C4 hochgehen würde, sobald der Abschleppwagen den Jeep …«

»Nun, das hätten Sie wissen müssen! Und wie konnten dieser Aisquith und die Miller sechs – ich wiederhole – sechs im Häuserkampf ausgebildeten Männern entkommen?«

»Ich weiß nicht, wie sie uns durch die Lappen gehen konnten, Sir.«

MacFarlane war schwer in Versuchung, seinem Untergebenen das Knie in den Schritt zu rammen. Als Buße für seine Sünden. Stattdessen ging er hinüber zu seinem Schreibtisch. Eine gebundene Ausgabe von *Isis, enthüllt* lag deutlich sichtbar ganz oben auf seinem Posteingangskorb. Er packte das Buch und schwenkte es vor der Nase des Gunnery Sergeant.

»Wollen Sie damit sagen, dass der Mann, der diesen Haufen Lügen geschrieben hat, sechs von Rosemonts besten Männern übertölpelt hat?« Er hatte bereits zuvor einen seiner Assistenten beauftragt, das Buch zu besorgen, denn ein Jäger musste das Naturell seiner Beute kennen, bevor er seine Fallen auslegte.

»Er ist gut, Sir. Das ist alles, was ich weiß. Riggins ist ziemlich sicher, dass sie durch den Eingang an der 7th Street entwischt sind.«

MacFarlane ließ sich von dem Bravurstück des Briten nicht täuschen. Zweifellos hatten Aisquith und diese Miller sich irgendwo verkrochen und versuchten, ihre nächsten Schritte auszuknobeln. Sie hatten Angst und wussten nicht, wem sie vertrauen konnten. Er hatte dieses Misstrauen sorgfältig geschürt, als er mit der Frau gesprochen hatte. Die Schweinerei im Hopkins-Museum war sauber beseitigt und das Fiasko in der National Gallery of Art einem schurkischen Terroristen zugeschrieben worden. Doch all das würde sich ändern, wenn Miss Miller bei der Polizei eine Aussage machte.

Verächtlich warf er das Buch zur Seite. *Es gibt einen besonderen Ort in der Hölle für Menschen, die die Lehren des einen, wahren Gottes lästern.* Bald genug würde der ehemalige Geheimagent und nun Pseudohistoriker erfahren, was wahrer Schrecken bedeutete. Aisquith spielte mit einem Feuer, das er nicht mehr löschen konnte.

Während die Sekunden stumm verstrichen, starrte Boyd Braxton ihn wortlos an, mit einem Ausdruck auf dem breiten Gesicht, als flehe er: »Helfen Sie mir, ich bin am Ertrinken!« Es erinnerte den Colonel wieder an die Nacht, in der der Gunny seine Frau und sein Kind ermordet hatte. Ein Fehler, begangen in einem Augenblick unkontrollierter Wut. MacFarlane hatte dieses verhängnisvolle Ereignis genutzt, um den schluchzenden, babygesichtigen Gunnery Sergeant Gott nahezubringen. Indem er dem Mann, der nun vor ihm stand, das Versprechen gegeben hatte, ihn nie im Stich zu lassen, hatte er in jener Nacht eine gute Tat vollbracht.

Nachdem Stanford MacFarlane nun seine Standpauke beendet hatte, deutete er auf den Parkettboden. »Auf die Knie, Junge. Es ist an der Zeit, den Allmächtigen um Vergebung anzuflehen.«

Mit einem Ausdruck der Erleichterung im Gesicht fiel Braxton gehorsam auf die Knie und beugte das Haupt zum Gebet. Als MacFarlane auf ihn herabsah, konnte er die Narben sehen, die den Schädel seines Untergebenen kreuz und quer überzogen. Diese Narben, Andenken an das Leben eines Sünders, stammten zweifellos von einer zerbrochenen Bierflasche, die mit Braxtons Kopf in Kontakt gekommen war.

MacFarlane trat etwas zurück, um dem anderen Mann genug Raum zu geben, seinen Frieden mit Gott zu machen, und ging zu einer Kiste auf der anderen Seite des Zimmers, in der die Steine des Feuers verpackt und zum Transport bereitlagen. Den Brustschild zu beschaffen war nur der Auftakt zu einer weit größeren Operation gewesen. Ein Mittel zum Zweck. Der Zweck war die Auslöschung aller Perversion, aller Zügellosigkeit.

Wie das alte Ägypten, so wandelte auch Amerika auf dem Pfad der Verdammnis, denn die Welt heute war nicht anders als in den Tagen des Pharao. Plage um Plage hatte die gottlosen Heiden heimgesucht, und keiner von ihnen war gegen sie gefeit gewesen, mit Ausnahme des gottesfürchtigen Moses und seiner Hebräer. Und nun würde diese Epoche Gottes Macht erleben wie niemals zuvor. Sein schreckliches flinkes Schwert würde herniedersausen auf die falschen Propheten, die Wohlfühl-Fernseh-Seelenklempner, die Erfolgsgurus. Jene, die die Warnungen der Propheten des Alten Testaments nicht befolgten, würden aus erster Hand erfahren, wie Gott die Sünder richtete.

Amerika war von Gottes Wort, wie es von den Propheten niedergeschrieben worden war, abgewichen, und die Nation musste die Tugend der Buße wiederaufleben lassen, denn es blieb nur noch wenig Zeit. Eine Kurskorrektur war nötig. Heilige Krieger waren nötig.

MacFarlane ging hinüber zu der gerahmten Weltkarte, die hinter seinem Schreibtisch hing. Er starrte auf Washington, D.C., dann richtete er den Blick nach Osten. Auf Jerusalem.

»Oh, heilige Stadt Zion, Gottes glitzerndes Juwel«, murmelte er. »Gott sagte, der Tempel solle wiederaufgebaut werden … und so soll es auch sein.« Mit neuer Kraft kehrte er der Landkarte den Rücken. »Erhebe dich, Junge, und fang an, dich wie der Mann Gottes zu benehmen, der du bist.«

Als Braxton sich wieder hochstemmte, kam eine körperlose Stimme aus der Gegensprechanlage. »Eliot Hopkins wurde eben ins Wartezimmer gebracht, Sir.«

Zufrieden wandte MacFarlane sich an seinen Untergebenen. »Führen Sie den Museumsdirektor in mein Büro. Und heißen Sie ihn bei Rosemont herzlich willkommen.«

23

»Wie kommt es, dass Sie so viel über Moses und seine ägyptischen Wurzeln wissen?«, fragte Edie, während sie und Cædmon darauf warteten, dass der Computer hochfuhr.

Der Nachtportier des Hotels, ein Jurastudent der nahe gelegenen George Mason University School of Law, hatte ihnen erlaubt, einen Computer im hinteren Büro zu benutzen. Der Raum war eher eine kleine Abstellkammer, in dem sich Plastikbehälter und Schachteln stapelten. Seite an Seite saßen sie vor dem Computer, Cædmon im einzigen Drehstuhl und Edie auf einem großen Plastikeimer, um im Internet auf Spurensuche zu gehen. Was Cædmon allerdings dort finden wollte, war ihr ein Rätsel.

»Während meines Studiums in Oxford habe ich mich kurz in Ägyptologie versucht«, beantwortete Cædmon ihre Frage. »Das war, bevor ich völlig von den Tempelrittern in den Bann geschlagen wurde und die Lager wechselte, wie ihr Yankees zu sagen pflegt.«

»Tempelritter? Ja, das kann ich verstehen.« Ebenfalls einen persönlichen kleinen Leckerbissen von sich preisgebend meinte sie: »Ich habe einen Master in Frauenforschung.«

Mit einem Grinsen zwinkerte Cædmon ihr zu. »Ein beinahe ebenso obskures Studienfach wie Mediävistik. Und dann machen Sie Digitalfotos im Hopkins-Museum?«

»Frau muss ja schließlich auch von etwas leben.«

Sie genoss dieses neckische Geplänkel und fragte sich, ob sich daraus etwas entwickeln würde. Wegen des beinahe geglückten Mordanschlags in der National Gallery hatten sie sich gegen getrennte Zimmer entschieden. *Würde er einen Vorstoß wagen, sobald die Bettdecken erst einmal zurückgeschlagen waren?* Sie stellte sich vor, wie es wohl sein mochte, während sie seine Hände betrachtete und das erhabene Muster der Adern darauf bewunderte. Sie hatte solche Hände schon einmal gesehen. In Florenz, an Michelangelos David.

Zugegeben, dieser intelligente, gewiefte Mann mit den männlichen Händen faszinierte sie, also beschloss sie, noch ein bisschen mehr über ihn herauszubekommen. »Sie sagten etwas darüber, dass Sie auf einer Lesereise sind.«

»Ich habe vor kurzem ein Buch über ägyptische Geheimkulte geschrieben. Was mir erlaubt, das Wort ›Autor‹ in meinen Lebenslauf aufzunehmen.«

»Dann macht Sie das also … wozu? Zu einem Historiker?«

Cædmon tippte das Benutzerkennwort ein, das ihnen der Portier gegeben hatte. »Ehrlich gesagt ziehe ich es vor, mich als Rehistoriker zu bezeichnen.«

»Das letzte Mal, als ich nachgesehen habe, hatte dieses spezielle Wort es noch nicht ins Wörterbuch geschafft.«

»Das hat es wohl auch jetzt noch nicht. Aber da es kein Wort gibt, das genau beschreibt, was ich tue, war ich gezwungen zu improvisieren.«

»Und worin genau unterscheidet sich ein Rehistoriker vom gemeinen Feld-Wald-und-Wiesen-Historiker?«

»Ein Historiker sammelt, untersucht und interpretiert die Beweisstücke, die aus der nahen und fernen Vergangenheit erhalten geblieben sind«, gab Cædmon zur Antwort, während er die Google-Startseite aufrief. »Im Gegensatz dazu enthüllt ein Rehistoriker das, was sich den Blicken verbirgt. Wissenschaft und Vermutung gehen dabei Hand in Hand.«

Sie lächelte. »Nun, Sie behaupteten ja bereits, ein Ikonoklast zu sein.«

»Ganz recht. Aber genug von mir.« Er beugte sich vor und schnappte sich einen Holiday-Inn-Notizblock, der auf dem Tisch lag. Dann zog er einen Füllfederhalter aus der Brusttasche. »Ich möchte, dass Sie mir jede sachdienliche Einzelheit der Ereignisse schildern, die Sie heute durchmachen mussten.«

»Sie meinen, im Hopkins-Museum?« Als er nickte, stützte sie das Kinn auf die geballte Faust. »Nun, ich habe Ihnen ja bereits von dem Ring mit dem Jerusalemkreuz erzählt. Aber was ich Ihnen noch nicht erzählt habe, ist, dass der Mörder gleich nach dem Mord an Dr. Padgham jemanden von seinem Handy aus angerufen hat. Ich konnte sieben Wähltöne hören, also muss es ein Ortsgespräch gewesen sein.«

Cædmon kritzelte »Washington Ortsgespräch« auf den Notizblock.

»Und ich erinnere mich daran, dass der Killer sagte, sie würden ›exakt um neunzehn Uhr nach London fliegen‹. Oder vielleicht hat der Cop London erwähnt. Ich bin mir nicht sicher. Tut mir leid. Ich erinnere mich nicht mehr genau. Nein! Warten Sie!« Aufgeregt schlug Edie mit der Handfläche auf den Tisch. »Der Mörder erwähnte einen Ort namens Rosemont.«

»Lassen Sie mich sichergehen, dass ich das alles richtig notiert habe: Washington Ortsgespräch, London neunzehn Uhr und Rosemont.« Als sie nickte, riss er das Blatt Papier vom Block.

»Und was jetzt?« Edie zog die grüne Plastiktonne näher an den Schreibtisch heran, damit sie den Computerbildschirm sehen konnte.

»Jetzt tauchen wir hinein in den Abgrund.«

Sie stieß ihm leicht den Ellbogen gegen den Arm. »Danke für das bisschen gesteigerte Dramatik. Als ob ich nicht schon genug Angst hätte.«

Cædmons Blick fiel erst auf seinen Arm, dann auf ihr Gesicht. Mehrere Sekunden lang sahen sie sich stumm in die Augen. Zwei Fremde, von drei unzusammenhängenden Hinweisen zusammengeführt.

Als Edie in Cædmons blaue Augen sah, entdeckte sie darin ein Feuer. Eine Leidenschaft. Doch wofür, davon hatte sie keine Ahnung. Geschichte. Religion. Die »okkulten Wissenschaften«. Schwer zu sagen.

Cædmon war es, der den Blickkontakt als Erster unterbrach. Er tippte »Rosemont + Washington, D.C.« in die Suchmaske. »Da der Hinweis auf London zu vage ist, fangen wir lieber damit an.«

»Wissen Sie, ich kann mich noch an die guten alten Zeiten erinnern, als jeder etwas hatte, was man ganz altmodisch als Privatsphäre bezeichnete.«

»Ja, Orwell dachte sicher nicht im Traum daran, dass Big Brother einmal als Desktop-Computer getarnt daherkommen würde.«

»Sieht so aus, als hätten wir einen Treffer«, rief sie einen Sekundenbruchteil später aus und deutete auf den Bildschirm. »Ein Wikipedia-Eintrag über Rosemont Security Consultants.« Schnell überflog sie die kurze Beschreibung, dann wandte sie sich zu Cædmon um. »Eine Art Sicherheitsfirma mit Hauptsitz in Washington.«

Cædmon klickte auf den Link. Zu seiner Enttäuschung erschien nur ein kurzer Absatz. Er klickte auf »Drucken« und der HP-Drucker erwachte surrend zum Leben.

Edie las die Einzelheiten laut vor. »›Die 2005 von Stanford MacFarlane, ehemaliger Colonel des US Marine Corps, gegründete Rosemont Security Consultants ist eines von mehreren Sicherheitsunternehmen, die infolge der Konflikte in Afghanistan und im Irak entstanden. Spezialisiert auf Sicherheitsberatung, Stabilisierungsmissionen und taktische Unterstützung hat Rosemont Sicherheitsverträge mit zweiundzwanzig Nationen weltweit.‹« Als Edie begann, diese Informationen zu begreifen, ließ sie die Schultern sinken. »Ein Sicherheitsunternehmen … Das ist eine höfliche Art zu sagen, dass Rosemont sich auf Söldner spezialisiert hat.«

»Scheint so.« Cædmon tippte einen neuen Eintrag in die Suchmaske. »Verdammt! Rosemont Security Consultants hat keine eigene Website. Obwohl mich das nicht überraschen sollte, da solche Unternehmen es vorziehen, nicht unter den Augen der Öffentlichkeit zu operieren.«

»Sie wissen, was das bedeutet, nicht wahr? Es bedeutet, wir

haben es hier nicht mit ein oder zwei bewaffneten bösen Jungs zu tun. Wir haben es mit einer ganzen Armee von …«

»Das wissen wir nicht«, warf Cædmon ein, immer noch ganz die Stimme der Vernunft. »Padghams Mörder ist vielleicht einfach nur bei Rosemont Security Consultants angestellt. Das Unternehmen hat möglicherweise gar nichts mit Padghams Ermordung oder dem Diebstahl der Steine des Feuers zu tun.«

Plötzlich fiel Edie wieder etwas ein, das sie noch nicht erwähnt hatte. Sie riss den Arm hoch und wedelte damit in der Luft herum, als wollte sie die Aufmerksamkeit des Lehrers erreichen. »Einen letzten voreiligen Sprung ins Blaue, okay? Ich erinnere mich daran, dass der Killer mit ›dem Colonel‹ sprechen wollte.« Sie riss Cædmon den Computerausdruck aus der Hand, hielt ihn ihm hin und unterstrich mit dem Zeigefinger den ersten Satz des Wikipedia-Eintrags. »Hier steht, der Mann, der Rosemont Security Consultants gegründet hat, ist ein Ex-Marine-Colonel mit Namen Stanford MacFarlane. Glauben Sie, da besteht eine Verbindung? Dass das vielleicht derjenige ist, den der Killer von seinem Handy aus angerufen hat?«

»Möglicherweise«, entgegnete Cædmon, der offensichtlich nicht gerne blindlings ins Wasser sprang. Schnell gab er »Stanford + MacFarlane« in die Suchmaschine ein. Ein Dutzend Einträge erschien, die meisten davon aus dem Jahre 2005.

»Den da«, meinte Edie. »Den Artikel der *Washington Post* vom 20. März.«

Cædmon klickte auf den Eintrag, und stumm starrten beide auf das Foto, das zu der Titelstory gehörte und eine Gruppe von Offizieren zeigte, die, manche davon in Uniform, manche in Kampfanzügen, eingehakt Arm in Arm mit ehrfürchtig gesenktem Kopf dastanden.

Edie las die Titelzeile laut vor. »Topberater des Pentagon hält wöchentlichen Gebetskreis ab. Und der Bildunterschrift nach ist der Kerl in der Mitte mit den dünner werdenden, grauen, kurz rasierten Haaren Colonel Stanford MacFarlane. Ich denke, Sie sollten das besser …«

»Yep«, meinte Cædmon und klickte auf »Drucken«.

Während die Seite ausgedruckt wurde, lasen sie stumm den Artikel. Edies Blick blieb an dem letzten Absatz haften:

»Colonel MacFarlane wurde für schuldig befunden, gegen die Militärbestimmungen bezüglich der freien religiösen Meinungsäußerung verstoßen zu haben, und wurde offiziell seinen Pflichten als geheimdienstlicher Berater des Unterstaatssekretärs im Verteidigungsministerium enthoben. In einer Pressekonferenz am gestrigen Abend verkündete Colonel MacFarlane, er plane, ein auf Aufträge im Verteidigungswesen spezialisiertes privates Sicherheitsunternehmen zu betreiben und dazu noch seine Arbeit in der religiösen Organisation ›Warriors of God‹ fortzusetzen.«

»MacFarlane mag vielleicht in Ungnade gefallen sein, aber es scheint so, dass ihm dies eine sehr lukrative Karriere im Sicherheitsgeschäft eingebracht hat.« Sie schnaubte verächtlich, denn so eine Geschichte war in Washington nichts Ungewöhnliches. »Das nennt man wohl einen Glücksfall. Soweit ich gehört habe, laufen Zehntausende von diesen bewaffneten paramilitärischen Typen im Irak herum, die meisten davon ehemalige Mitglieder von Spezialeinheiten.«

»Was noch beunruhigender ist, Colonel MacFarlane hat wahrscheinlich immer noch seine Topkontakte im Pentagon. Schließlich hat der Mann für den Unterstaatssekretär des Verteidigungsministeriums gearbeitet.«

»Ich habe keine Ahnung, wem er zu Weihnachten alles eine Karte schreibt. Alles, was ich weiß, ist, dass MacFarlane mindestens einen Mann bei der Polizei von Washington hat. Wenn wir zu den Behörden gehen, wird MacFarlane uns finden.« Mutlos starrte Edie auf den Zeitungsartikel. »Religiöse Fanatiker … Nicht gut. Versuchen Sie mal, etwas über diese Gotteskrieger, diese ›Warriors of God‹ herauszufinden, ja?« Sie tippte mit dem Finger auf den Bildschirm.

Wenige Sekunden später fand Cædmon MacFarlanes Website; die Adresse war keine andere als www.warriorofgod.com.

»Hat Gott Jonathan Padgham nicht ebenso geschaffen wie dich und mich?«, flüsterte Cædmon leise.

»Glauben Sie, dass das der Grund war, warum sie Dr. Padgham umgebracht haben? Weil er schwul war?«

Mit einem traurigen Ausdruck in den Augen schüttelte Cædmon langsam den Kopf. »Nein, ich glaube nicht, dass das der Grund war, warum sie Padge getötet haben. Obwohl das zu einer anderen Zeit, an einem anderen Ort ein ausreichender Grund gewesen sein mag, um ihm das Leben zu nehmen. Aber das war hier nicht das Motiv.«

Edie atmete ein paarmal tief ein und aus, dann öffnete sie den Mund, um zu sprechen, doch sie wusste nicht, was sie sagen sollte. Die Ereignisse des Tages hatten sich derartig überschlagen, dass sie nicht wusste, ob es ihr je gelingen würde, Ordnung in die Geschehnisse zu bringen.

»Manche mögen das«, sie deutete mit dem Kinn in Richtung Bildschirm, »ja als alltägliches Hassgerede abtun, aber mir jagt das eine Heidenangst ein.«

Die Hetzrede erinnerte sie an ihre eigene religiöse Erziehung, deshalb wandte Edie sich vom Computer ab. Ihr Großvater war ein eingefleischter evangelikaler Christ gewesen, der mit aller Inbrunst geglaubt hatte, dass die Bibel die wörtliche Niederschrift von Gottes Wort war. Und, wie die Propheten des Alten Testaments, war Großvater ein strenger Zuchtmeister gewesen, der seiner Familie täglich seine ultrakonservativen Überzeugungen von Höllenfeuer und ewiger Verdammnis eingetrichtert hatte. Als ihre Mutter es schließlich nicht mehr länger hatte aushalten können, war sie mit sechzehn von zu Hause fortgegangen. Später hatte Edie bei ihren Großeltern gelebt. Sie hatte es ein bisschen länger ausgehalten und war an ihrem achtzehnten Geburtstag mit Hilfe eines Stipendiums an die George Washington University geflüchtet. Der Tag, an dem sie den Greyhoundbus nach Norden bestiegen hatte, war der letzte Tag gewesen, an dem sie mit Conway Miller, ihrem Großvater mütterlicherseits, gesprochen hatte.

Die ersten paar Monate hatte sie halbherzig versucht, mit ihrer Großmutter in Verbindung zu bleiben, aber als ihre Briefe ungeöffnet zurückkamen, verstand sie. Sie hatte nicht nur die Familie verlassen, sie hatte die Herde verlassen. Für sie existierte sie nicht mehr. Es vergingen weitere fünfzehn Jahre, bevor sie wieder einen Fuß in eine Kirche setzte. Die Gemeinde der St. Mattie's war eine bunte Mischung aus weiblichen Priestern, schwulen Diakonen und gemischtrassigen Paaren. Menschen aller Couleur, vereint in gemeinsamer Freude. Eine gesegnete Zusammenkunft. Edie wusste nicht, ob es eine Art der Rebellion gegen die Religion ihrer Jugend war, aber sie liebte die Sonntagsgottesdienste in der St. Mattie's. Zweifellos drehte Opa sich einmal in der Woche im Grabe um.

»Wie es scheint, ist Stanford MacFarlane ein dicker Fisch in einem ziemlich trüben Teich«, meinte Cædmon und lenkte Edies

Aufmerksamkeit wieder zurück auf den Bildschirm. »Meiner Erfahrung nach sind von Hass verzehrte Menschen, die sich in den Deckmantel der Religion hüllen, die gefährlichsten Menschen der Welt.«

»Sie brauchen nur die Zeitungen zu lesen. Religiöser Fanatismus ist ein weltweites Phänomen.«

»Was die Frage aufwirft: Warum hat eine Gruppe fanatischer Christen eine der heiligsten aller Reliquien gestohlen?«

Edie zuckte die Schultern. »Ich habe keine Ahnung.«

»Ich auch nicht. Aber ich bin versessen darauf, die Antwort herauszufinden.«

24

Draußen vor dem Hotelfenster war der Tag kalt und feucht angebrochen, und kein Sonnenstrahl spendete auch nur den kleinsten Hoffnungsschimmer. Edie starrte durch die blattlosen Bäume auf die sich windende Prozession von Scheinwerfern der frühmorgendlichen Autofahrer, verloren in einer beneidenswerten Welt voller unerledigter Weihnachtseinkäufe, überfälliger Rechnungen und Weihnachtsfeiern im Büro.

Sie seufzte, und ihr Atem hinterließ einen beschlagenen Fleck auf der Fensterscheibe.

»Noch ist nicht alles verloren«, sagte Cædmon hinter ihr, und seine Stimme überraschte sie.

Edie drehte sich zu ihm um. Ihr war nicht bewusst gewesen, dass ihre trübe Stimmung so offensichtlich war. »Warum fällt es mir dann so schwer, eine Antwort zu finden, die einen Sinn ergibt? Ich weiß nicht, wie es Ihnen geht, aber ich habe mich die ganze Nacht herumgewälzt bei dem Versuch herauszufinden, warum ein ehemaliger Colonel der US Marines, der nun ein Söldnerunternehmen betreibt, Dr. Padgham ermorden lassen sollte.« Mit einer Handbewegung wehrte sie einen Einwand ab. »Ich weiß, die Steine des Feuers … Aber mussten sie deshalb gleich …«

Als sie ein dumpfes Geräusch vernahm, lief Edie zur Tür des Hotelzimmers, schloss sie auf und schnappte sich die soeben unentgeltlich gelieferte Ausgabe der *Washington Post* von der Fußmatte. Nachdem sie die Tür wieder geschlossen und verriegelt hatte, blätterte sie schnell durch die Zeitung, wobei sie die Titelstory über den terroristischen Angriff auf die National Gallery of Art ignorierte. Stattdessen suchte sie nach einer Überschrift, einem Foto, einem Artikel versteckt im Lokalteil, irgendetwas über einen dreifachen Mord im Hopkins-Museum.

»Es steht nichts in der Zeitung. Wie kann das sein? Es muss doch inzwischen jemand Dr. Padgham und die zwei toten Wächter gefunden haben.« Sie schleuderte die Zeitung auf ihr ungemachtes Bett.

»Es sind erst weniger als vierundzwanzig Stunden vergangen, seit die Morde begangen wurden«, rief Cædmon ihr ruhig in Erinnerung. Er war frisch geduscht und rasiert, was erklärte, warum er nur zur Hälfte bekleidet war und ihm das rote Haar am Kopf klebte. Das weiße Unterhemd, das er trug, ließ seine breiten Schultern und den schlanken, langgliedrigen Körperbau erkennen.

»Ja, aber die Nachtschicht müsste inzwischen die Leichen entdeckt haben. Die Wächter sollen alle dreißig Minuten ihre Runden im Museum machen. Und ich weiß mit absoluter Sicherheit, dass Linda Alvarez aus der Lohnbuchhaltung immer pünktlich um sieben Uhr ins Museum kommt. Sie muss dabei direkt an Dr. Padghams Büro vorbei, um zu …« Edie brach ab, als ihr plötzlich ein Gedanke kam. »Sobald sie das Computerprotokoll im Museum kontrollieren, wird die Polizei wissen, dass ich im Museum war, als Dr. Padgham umgebracht wurde. Was mich zu einer Täterin auf der Flucht macht.«

Um Cædmons Mundwinkel zuckte es. »Eine Täterin auf der Flucht wohl kaum.«

»Nun ja, dann eben eine mögliche Verdächtige. So nennen sie das doch immer in den Krimiserien, oder etwa nicht?« Sie starrte ihr Spiegelbild an, das ihr aus dem Wandspiegel entgegensah. Als sie fühlte, dass ihre Augen zu brennen begannen, drehte sie Cædmon den Rücken zu, aus Angst, dass der Damm brechen könnte.

Seit dem gestrigen Nachmittag kämpfte sie gegen den Ansturm der Tränen an, und sie war es müde, stark sein zu müssen. Sie wollte sich einfach nur im Bett zusammenrollen, sich die gestärkten Laken über den Kopf ziehen und sich die Augen ausweinen. Doch sie konnte es nicht. Sie kannte Cædmon Aisquith kaum, und wenn sie ihn vergraulte, dann war sie völlig auf sich allein gestellt. Wie sie es schon so lange war. Als sie noch ein Kind gewesen war, hatte ihre Mutter sie oft tagelang ignoriert.

»Es tut mir leid, dass ich so gefühlsbetont werde. Es ist nur …« Sie grub die Zähne in die Unterlippe, um die Tränen zurückzuhalten.

Wie sie so mit dem Rücken zu ihm dastand, hörte sie, dass Cædmon zu ihr herüberkam. Dann fühlte sie eine warme Hand auf der Schulter.

»Es besteht kein Grund, sich für Ihre Gefühle zu schämen.«

»Sie haben gut reden. Sie sind ja auch eine rothaarige Säule der Stärke.«

»Das ist nicht wahr.« Sanft drehte er sie zu sich um und zog sie in die Arme. Da er irgendwo um die 1,90 Meter groß war, passte ihr Kopf perfekt an seine sommersprossige Schulter.

Edie schloss die Augen und sog seine Wärme, seine Stärke in sich auf. Es fühlte sich so gut an, von ihm im Arm gehalten zu werden. Gut auf eine Weise, die sie an die schlaflose Nacht denken ließ, die hinter ihr lag. *Wie oft warst du in Versuchung gewesen, aus dem Bett zu steigen und in seines zu schlüpfen?* Zu oft, um nachzuzählen.

Besorgt, dass sie ihrem Drängen nachgeben könnte, da Sex der beste Trost von allen war, löste sie sich aus seiner Umarmung.

»Ich muss im Hopkins anrufen und herausfinden, was zum Teufel dort los ist«, sagte sie und ging hinüber zum Schreibtisch, der zwischen Fernsehgerät und Kommode eingequetscht war.

»In Anbetracht der Tatsache, dass wir ziemlich im Dunkeln tappen, halte ich das für eine kluge Idee. Aber erwähnen Sie mit keinem Wort, was Sie gestern im Museum beobachtet haben.«

Edie nickte und wählte die Hauptnummer des Museums. Dann, als das automatische System sie dazu aufforderte, tippte sie die vierstellige Durchwahlnummer der Lohnbuchhaltung ein. Eine muntere Stimme antwortete: »Linda Alvarez. Wie kann ich Ihnen helfen?« Edie gab Cædmon ein Zeichen, leise zu sein.

»Hey Linda, hier ist Edie Miller. Tut mir leid, dass ich so früh am Morgen schon nerve, aber ich habe gestern mit meiner Stempelkarte totalen Mist gebaut … Oh … wirklich? Hm.«

Edie legte die Hand über den Hörer und flüsterte: »Linda sagt, ich hätte gestern überhaupt nicht gestempelt. Aber ich weiß mit absoluter Sicherheit, dass ich es getan habe.«

Sie nahm die Hand wieder vom Hörer. »Wie dumm von mir, nicht wahr? Man sollte meinen, dass ich es nach all den Wochen eigentlich richtig machen sollte. Ich, äh, bin so schnell rein und wieder raus, dass ich wohl einfach vergessen habe, zu …«

»Fragen Sie nach Padgham«, formte Cædmon mit den Lippen.

»Ist Dr. Padgham zufällig in seinem Büro? Er hat mich gebeten, ein paar Fotos von einem besonderen Objekt zu schießen, und ich wollte nur … Oh, herrje, das ist ja schrecklich. Nun, äh, da er nicht im Museum ist, wären Sie dann so lieb und gehen schnell den Flur runter in sein Büro? Ich habe eine Tasse Kaffee über seinen Perserteppich verschüttet und wollte sichergehen, dass die Reinigungstruppe sich darum gekümmert hat … Ja, er ist schon manchmal ein bisschen zickig, nicht wahr? Danke, Linda.«

Wieder hielt Edie die Hand über den Hörer. »Das werden Sie nicht glauben. Sie behauptet, das Dr. Padghams langjähriger Partner gestern bei einem Unfall mit Fahrerflucht getötet wurde und

Dr. Padgham nach London geflogen ist, um sich um die Beerdigungsformalitäten zu kümmern.«

Cædmons blaue Augen wurden schmal. »Sie wollen es so aussehen lassen, als ob Padge noch unter den Lebenden weilt.«

Wieder bedeutete sie ihm, still zu sein. »Das ist toll. Nun, äh, ich muss los. Tausend Dank, Linda. Wir sehen uns später.«

Verblüfft legte Edie den Hörer auf.

»Was hat sie über den blutverschmierten Teppich gesagt?«, wollte Cædmon wissen.

»Linda Alvarez' Adleraugen konnten keinen Fleck auf Dr. Padghams Teppich erkennen. Keine blutigen Stückchen Gehirnmasse. Kein widerlicher Haufen Erbrochenes. Nichts als einen wunderschönen, frisch gesaugten Orientteppich.« Edie zog den Stuhl unter dem Schreibtisch hervor und ließ sich darauf sinken. Ihr Blick fiel auf Cædmons Spiegelbild im Wandspiegel. »Das ist eine Vertuschungsaktion. Eine gewaltige Wisch-alle-Spuren-weg-Vertuschungsaktion.«

»Da die Diebe auf keinen Fall wollen, dass die Polizei in die Sache verwickelt wird, werden sie sich sicher etwas ausdenken, um Padge in London sterben zu lassen. Niemand auf dieser Seite des Atlantiks würde daran zweifeln, wenn Padgham, sagen wir, gramerfüllt über den Tod seines Partners Selbstmord begeht.«

»Ich glaube, die haben Dr. Padghams Partner umgebracht.«

»Sehr wahrscheinlich haben sie das«, antwortete Cædmon, und sein forscher Akzent klang merklich gedämpft.

»Wie in Gottes Namen konnte Rosemont so eine gut organisierte Vertuschungsaktion abziehen?«

Cædmon setzte sich auf den Rand ihres Bettes. »Mit Hilfe von innen, nehme ich an. Wer ist Kapitän auf dem Schiff?«

»Dem Hopkins-Museum? Das dürfte der Direktor sein, Eliot Hopkins.«

»Rufen Sie ihn an. Bitten Sie ihn um ein Treffen heute Vormittag.«

Edie warf ihm einen langen, nachdenklichen Blick zu. »Sagen Sie mir, warum genau soll ich mich mit dem Museumsdirektor treffen?«

»In der Hoffnung, dass Mr. Hopkins ein paar interessante Informationen ausspuckt.«

»Aber was soll ich ihm sagen? Ich kann mir keinen einzigen Grund vorstellen, warum Eliot Hopkins sich zu einem Treffen mit uns bereit erklären, geschweige denn uns alles brühwarm erzählen sollte.«

»Versuchen Sie, das Problem von einem anderen Blickwinkel aus zu betrachten. Warum sollte der ehrenwerte Mr. Hopkins sich am Diebstahl eines Artefakts beteiligen, das er bereits besitzt?«

»Das ist leicht. Versicherungsbetrug. Er will die Versicherungsprämie kassieren.«

»Aber ich vermute, dass die Steine des Feuers auf dem Schwarzmarkt gekauft wurden.«

»Was bedeutet, dass das Artefakt nicht versichert war«, kam ihm Edie zuvor.

»Ergo hatte Eliot Hopkins nichts mit Padges Ermordung zu tun. Aber ich glaube, er hatte etwas mit der darauf folgenden Vertuschungsaktion zu tun.«

»Aber warum den Mord vertuschen? Das ergibt keinen Sinn.«

Cædmon schlug ein jeansbekleidetes Bein über das andere. »Was würde geschehen, wenn die Behörden entdecken, dass der Direktor des Hopkins-Museums wissentlich ein gestohlenes Artefakt aus seinem Ursprungsland herausgeschmuggelt hat?«

»Zusätzlich zu einer saftigen Geldstrafe müsste Eliot Hopkins vielleicht ins Gefängnis.«

»Und das hätte zur Folge, dass sein Name und sein guter Ruf in Stücke gerissen würden. All das macht Eliot Hopkins zu einem sehr schwachen Glied.«

»Und Sie wollen herausfinden, wer an seiner Kette zieht«, meinte Edie, als der Grund für das vorgeschlagene Treffen plötzlich einen

Sinn ergab. »Ich nehme an, es sind die Typen von Rosemont. Wahrscheinlich dieser, wie heißt er? Colonel MacFarlane. Wer sonst sollte es sein?«

Statt zu antworten, streckte Cædmon sich der Länge nach auf dem Bett aus und griff nach einem Stadtplan für Touristen, der auf dem Nachttisch lag und Teil des Willkommenspakets des Hotels war. Er faltete den Plan auseinander und breitete ihn auf dem Schoß aus. »Der National Zoo, die National Cathedral oder das Lincoln Memorial. Mit welchem davon kennen Sie sich am besten aus?«

»Dem Zoo«, antwortete sie, wobei sie sich fragte, worauf er hinauswollte. »Er liegt nur ein paar Blocks von meiner Wohnung entfernt. Wenn das Wetter schön ist, gehe ich da gerne walken.«

Cædmon faltete den Stadtplan wieder zusammen. »Dann also den National Zoo. Sagen Sie Mr. Hopkins, er soll um zehn Uhr dort sein. Pünktlich. Vergessen Sie nicht, ihm das zu sagen. Wenn man mit Dieben und Mördern spricht, ist es immer am besten, wenn man sehr bestimmt auftritt. Das ist die einzige Möglichkeit, mit einem Spielplatztyrannen fertig zu werden.«

»Das, oder ein Tritt in die Eier«, murmelte Edie, während sie zum Hörer griff.

25

Georgetown

Langsam legte Eliot Hopkins den Hörer auf.

Genauso, wie von den Monstern bei Rosemont Security Consultants vorhergesagt, hatte Edie Miller mit ihm Kontakt aufgenommen.

Das erste Teilchen eines sehr komplizierten Puzzlespiels hatte seinen Platz gefunden.

Er seufzte, ein langgezogener Atemzug, der sich zu gleichen Teilen aus Bedauern und Schmerz zusammensetzte. Bedauern, weil er die etwas schrullige und unkonventionelle Miss Miller mochte. Schmerz wegen seiner gebrochenen Rippe, die er einem muskelbepackten Goliath mit missverstandenem Sinn für Höflichkeit zu verdanken hatte. Der Unhold hatte gegrinst und »Wie geht's?« gefragt, nachdem er ihm den unerwarteten Schlag versetzt hatte. Die Männer von Rosemont wollten seine Kooperation. Und sie hatten sich seiner Kooperation auf die primitivste Art und Weise versichert.

Warum verhandeln, wenn man auch Fäuste und Drohungen benutzen konnte, um das gleiche Ziel zu erreichen?

Während er das eindrucksvolle, von John Singer Sargent gemalte Porträt betrachtete, das über dem Kaminsims hing, glaubte Eliot, den Hauch eines Schmunzelns auf dem ernsten Antlitz seines Urgroßvaters aufblitzen zu sehen. Der Kohlen-Magnat hatte mehr als einen Streik mit Prügeln und Pistolen niederschlagen lassen. Anders als Andrew Carnegie, der von einem schlechten Gewissen geplagt worden war, hatte Albert Horatio Hopkins nie eine schlaflose Nacht verbracht, weil er sich über die Misere der Männer sorgte, die ihm sein immenses Vermögen eingebracht hatten. Wie ein wahrer Vandale hatte Albert Hopkins die Berge West Virginias geschändet und sie ihrer Bodenschätze und seine Arbeiter ihrer Würde beraubt.

Lang lebe König Kohle.

Obwohl er der Urenkel von Albert Hopkins war, so war er auch, was in seinen Augen viel wichtiger war, der Enkel von Oliver Hopkins. Damals, in der rauschenden Zeit vor der Großen Depression, als alles möglich war, hatte Ollie Hopkins sich einen wohlverdienten Ruf als Taugenichts erworben. Er hatte dem Familiengeschäft den Rücken gekehrt und speiste stattdessen mit afrikanischen Häuptlingen, ritt auf wilden Pferden mit mongolischen Kriegern und erforschte die unzüchtige Welt des Harems mit arabischen Potentaten.

Nebenbei gab er ein Vermögen auf der Suche nach den Relikten des Exodus aus.

Als kleiner Junge war Eliot stundenlang zu Füßen seines Großvaters gesessen und hatte verzaubert seinen aufregenden Geschichten gelauscht, die es mit jedem Abenteuerroman aufnehmen konnten. Am liebsten hörte er von der Zeit, als sein Großvater sich als Türke verkleidet tief ins Innere des Tempelbergs vorgewagt hatte, nur um von Scheich Khalil, dem Erbwächter des Felsendoms entdeckt zu werden. Nachdem er von einem wütenden Mob durch die Straßen Jerusalems gejagt worden war, gelang es ihm, mit einem im Hafen von Jaffa gekaperten Motorboot zu fliehen.

Da Ollies Vater ihn für einen Verschwender hielt, wurde Oliver schließlich enterbt. Er besaß keinen Cent, als er starb, doch er hinterließ seinem Lieblingsenkel die Früchte all seiner Mühen – eine immense Sammlung von Artefakten und Reliquien, die er im Laufe von gut fünfzig Jahren zusammengetragen hatte. Die Sammlung wurde zum Grundstein des Hopkins-Museums für Kunst des Nahen Ostens, das als Hommage an den Mann gegründet wurde, der Eliot die einzige familiäre Zuneigung geschenkt hatte, die er je erfahren hatte.

Sein Großvater hatte ihm auch eine großartige Obsession vererbt – die Steine des Feuers.

Es hatte Jahrzehnte gedauert, und es waren viele Versprechungen und sehr hohe Bestechungsgelder nötig gewesen, doch am Ende hatte er sie gefunden.

Nur, um sie im Handumdrehen wieder zu verlieren.

Wenn er ein religiöser Mann wäre, hätte er vielleicht glauben können, dass es Gottes Strafe dafür war, das Undenkbare zu wagen. Es war natürlich dumm gewesen, Jonathan Padgham das Artefakt anzuvertrauen. Doch der Mann war ein Experte für Antiquitäten des Nahen Ostens, und Eliot musste sichergehen, dass das, was er in den Sandwüsten des Irak gefunden hatte, tatsächlich die sagenumwobenen Steine des Feuers waren. Blind vor Besessenheit war ihm nie in den Sinn gekommen, dass es auch noch andere geben könnte, die sogar noch versessener darauf waren, die Schätze der Bibel zu finden. Männer, die sich nicht von Gesetzen zurückhalten ließen.

Müde erhob Eliot sich. Er hatte keine Zeit, über die ethischen Aspekte der Situation nachzugrübeln, deshalb ging er zu einer holzvertäfelten Tür auf der gegenüberliegenden Seite der mit Rosenholz ausgekleideten Bibliothek. Mit einem Druck auf einen verborgenen Hebel schwang die Tür auf. Er schaltete das Licht ein, denn der kleine Raum war fensterlos. Der Reihe nach begutachtete er jeden Glaskasten seiner Sammlung antiker Waffen – eine private Leidenschaft von ihm. Aus Rücksicht auf seine dreizehnjährige Tochter Olivia, die eine unnatürliche Angst vor Waffen hatte, hielt er seine Sammlung vor ihr verborgen.

Vor einem mit Samt ausgekleideten Kasten blieb er stehen und zog kurz den Colt in Betracht, der einst dem Revolverheld Buffalo Bill gehört hatte, doch dann entschied er sich für eine Walther PPK aus dem Zweiten Weltkrieg. Die bevorzugte Handfeuerwaffe der SS.

Im Laufe der Jahre hatte er es mit gierigen Händlern, skrupellosen Börsenmaklern und aufgeblasenen Kuratoren zu tun gehabt. Doch gestern Abend war er das erste Mal religiösen Fanatikern gegenübergestanden, und diese Begegnung hatte ihn zutiefst schockiert. Man konnte mit solchen Menschen nicht vernünftig reden, denn sie dienten nur einem einzigen Herrn.

Man konnte sich ihnen nur fügen.

26

»Glauben Sie, dass uns jemand folgt?«, fragte Edie, wobei sie in den Außenspiegel eines geparkten Autos blickte.

Cædmon wartete, bis die Ampel an der Connecticut Avenue gelb wurde, dann nahm er sie beim Ellbogen und drängte sie über die Straße auf den Haupteingang des National Zoo zu. Wenige Sekunden später passierten sie die zwei Bronzelöwen, die am Eingangstor Wache standen.

»Wenn uns jemand folgt, dann verschmelzen unsere Verfolger jedenfalls erfolgreich mit der Landschaft.«

Edie zitterte, denn der Schneefall des gestrigen Tages hatte sich in ein frostiges Nieseln verwandelt. Sie drängte sich enger an Cædmon unter den schwarzen Regenschirm, den sie unterwegs gekauft hatten. Als sie am Besucher-Center vorbeikamen, betrachtete sie das Gelände, das sich in den Glastüren spiegelte. Es überraschte sie nicht, dass der Zoo auf unheimliche Weise verlassen wirkte, denn Tiere zu beobachten war im Dezember nicht gerade der große Renner. Andererseits waren sie auch nicht hier, um die Attraktionen zu sehen. Sie waren hier, um den Mann zu treffen, der illegal die Steine des Feuers gekauft und dadurch die gestrige brutale Folge von Ereignissen in Gang gesetzt hatte.

»Lebt Ihre Familie hier in der Gegend?«, fragte Cædmon beiläufig. Während der gesamten U-Bahnfahrt von Arlington hatte er beständig eine angenehm leichte Konversation aufrechterhalten. Da Edie seine Tricks durchschaute, nahm sie an, dass das Geplauder eher ihr als ihm nutzen sollte. Es war Cædmons Art, ihr ein wenig die allzu offensichtliche Nervosität zu nehmen. Er konnte ja nicht wissen, dass persönliche Fragen bei ihr eine ähnliche Reaktion auslösten.

»Meine Mutter und mein Vater kamen beide bei einem Bootsunfall vor der Küste von Florida ums Leben«, antwortete sie, und die in fünfundzwanzig Jahren häufig benutzte Lüge kam ihr leicht über die Lippen. Als sie sich dem Haus für kleine Säugetiere näherten, deutete sie zu dem Weg auf der rechten Seite. Die Zooanlagen waren ein Irrgarten aus Wegen, die sich durch überraschend hügeliges Gelände wanden. »Es war das Labor-Day-Wochenende, und ein Betrunkener in einem Schnellboot raste direkt in sie hinein. Ich war erst elf Jahre alt, als es passierte.«

Für gewöhnlich schmückte sie die Geschichte noch mit allerlei Einzelheiten aus, etwa, dass der nicht existierende Fahrer des Bootes dafür nur zwei Jahre ins Gefängnis musste. Aber heute fühlte sie sich aus irgendeinem unerklärlichen Grund schuldig wegen dieser Lüge. Obwohl es ihr ein Rätsel war, warum sie sich schuldig fühlen sollte. Scham, ja. Schuld, nein. Schließlich war es nicht ihre Schuld, dass auf ihrer Geburtsurkunde der Vater als »unbekannt« angegeben war. Oder dass ihre Mutter eine Drogensüchtige gewesen war, die nie ihren Hunger nach Heroin verloren hatte. Als ihre Mutter an einer Überdosis starb, war Edie gezwungen, zweieinhalb Jahre bei Pflegeeltern zu verbringen, bis ein gutherziger Sozialarbeiter sich ihres Falls annahm und sich die Mühe machte, ihre Großeltern mütterlicherseits in Cheraw, South Carolina aufzuspüren. Edie sprach nie über diese dreißig albtraumhaften Monate, die sie auf diesem Karussell des Pflegeunterbringungssystems des Staates Florida verbracht hatte. Mit niemandem. Es gab Dinge, die ein Mensch nicht mit einer anderen menschlichen Seele teilen konnte oder sollte.

Als Cædmon eine Dunstwolke näher kommen sah, wartete er, bis ein rotgesichtiger Mann in winterlicher Lycra-Sportkleidung an ihnen vorbeigejoggt war. Dann nahm er sie besorgt am Ellbogen. »Wer hat sich um Sie gekümmert?«

»Oh, ich, äh, lebte dann bei meinen Großeltern in South Carolina. Pops und Granma waren toll. Wirklich, wirklich toll«, sagte sie mit einem breiten, falschen Lächeln. Da sie sich wegen der Lüge unwohl fühlte, täuschte sie ein plötzliches Interesse an den unbelaubten Büschen vor, die an einer niedrigen Stützmauer entlang gepflanzt waren. Der Winter hatte die Landschaft fest in seinen Klauen. Die nahen Bäume und Bepflanzungen waren mit einem Leichentuch aus Eiskristallen bedeckt. Die meisten Tiere hatten sich in ihren Bau zurückgezogen. Als sie am Käfig der Tamarine vorbeikamen, war kein einziger der Primaten zu sehen.

»South Carolina … Wie interessant. Man sollte meinen, dass Sie einen ausgeprägteren Akzent haben sollten. Und wie lange sind Sie schon in Washington?«

Sie wünschte sich, er möge aufhören und es gut sein lassen. »Es sind bald zwanzig Jahre. Welches Jubiläum ist das? Das gläserne? Ich bin mir nicht sicher.«

»Ich glaube, es müsste Porzellan sein«, entgegnete er, wobei er sie aus den Augenwinkeln musterte.

Edie räusperte sich. Vielleicht hatte sie bei Pops und Grandma ein bisschen zu dick aufgetragen. Wie bei allen neuen Bekanntschaften hatte sie Angst, dieser Mann könne sie durchschauen.

Als in der Nähe ein Zweig knackte, hielt Cædmon einen Augenblick lang an, und die Stille wurde von mehreren unbekannten Schreien erfüllt. Nachdem er schließlich überzeugt war, dass die Geräusche nicht von einem Menschen stammten, meinte er: »Ich bin neugierig. Warum haben Sie sich für ein Studium der Frauenforschung entschieden?«

»Warum wollen Sie das wissen? Sie sind doch nicht etwa ein verkappter Chauvinist, oder?«

»Nicht im Geringsten.«

Zufrieden mit seiner Antwort zuckte Edie die Schultern. »Da jemand anderes die Rechnung für meine Ausbildung bezahlte, studierte ich, was mich interessierte. Zu der Zeit interessierte ich mich für die Rolle der Frau in der amerikanischen Gesellschaft.« Was sie ihm nicht sagte, war, dass sie hatte herausfinden wollen, warum Frauen die Entscheidungen trafen, die sie trafen. »Ich machte ein Praktikum bei einer gemeinnützigen Organisation, aber wegen Budgetknappheit wurde nichts aus einer bezahlten Anstellung. Glücklicherweise fand ich einen Job in einem Fotoladen im Zentrum.« Zu dem Zeitpunkt hatte sie nicht die geringste Ahnung von Fotografie gehabt und sich den Job nur mit ihrem Charme geangelt. Doch sie lernte schnell, fasziniert von der Tatsache, dass Fotografie dazu benutzt werden konnte, die wirkliche Welt zu manipulieren, das Hässliche auszulöschen.

»Und wie lange arbeiten Sie nun schon als Fotografin?«

»Herrje, sind Sie von der spanischen Inquisition?«, konterte Edie, entschlossen, der persönlichen Befragung ein Ende zu setzen. »Wissen Sie, normalerweise liebe ich den Zoo, aber heute ist es hier echt unheimlich.«

Cædmon verlangsamte seine Schritte, als sie sich schlängelnd den Weg durch eine scheinbar undurchdringliche Schlucht aus riesigen, sandfarbenen Felsblöcken bahnten, die den Pfad säumten und so hoch wie ein ganzes Stockwerk waren. Sie fragte sich, ob der Mann an ihrer Seite das Gleiche wie sie dachte – nämlich, dass das hier ein ausgezeichnetes Versteck für einen Heckenschützen wäre.

Einige Augenblicke später traten sie zwischen den Felsen hervor und näherten sich dem eingezäunten Hang, der das Gehege für die Mexikanischen Wölfe darstellte und zugleich der vereinbarte Treffpunkt mit Eliot Hopkins war. Rechts von der Umzäunung saß ein einsamer Mann in einen Mantel gehüllt auf einer Bank, einen Becher Starbucks-Kaffee in der behandschuhten Hand.

»Da ist er«, flüsterte Edie leise, aus Angst, Hopkins könnte sie hören. »Ich weiß ja nicht, wie es Ihnen geht, aber ich habe vor, diesen Bastard gehörig in die Mangel zu nehmen.«

Cædmons Kopf ruckte in ihre Richtung.

»Was? Warum sehen Sie mich so an? Das Spiel nennt man guter Cop – böser Cop«, meinte sie.

Cædmon packte sie am Unterarm und zog sie zu sich. »Jetzt ist nicht der richtige Zeitpunkt, dass einer von uns aus der Reihe tanzt«, zischte er ihr ins Ohr. »Wir wollen den Mann nur ein bisschen kitzeln.«

»Ja, bevor wir zum Todesstoß ansetzen.«

27

»Im übertragenen Sinne«, fügte Edie hinzu.

»Das will ich doch hoffen.« Besorgt darüber, dass seine Begleiterin möglicherweise zu viele Fernsehkrimis gesehen haben mochte, verstärkte er seinen Griff um ihren Arm. Wie ein gestresster Vater bei einem ungezogenen Kind.

Verstohlen sah er sich um. Das mit Felsen übersäte, bewaldete und hügelige Gelände bot ideale Verstecke für einen Jäger auf der Lauer. Mit ihrem rot und violett karierten Rock gab Edie ein leichtes Ziel ab. Die Alarmglocken läuteten zwar noch nicht Sturm, doch sie gaben ein leises Klingeln von sich, denn der ganze Ort hatte etwas Bedrohliches an sich.

Als sie sich dem barhäuptigen Mann auf der Bank näherten, schloss Cædmon den schwarzen Schirm, den er über sie gehalten hatte, und hängte ihn sich über den Arm, denn der winterliche Regen war zu einem schwachen Nieseln geworden.

»Ein höchst interessanter Treffpunkt, zwischen diesen beiden wunderschönen räuberischen Geschöpfen«, bemerkte Eliot Hopkins, während er sich langsam erhob. Er deutete erst auf einen einsamen Wolf, der argwöhnisch den eingezäunten Hügel entlangstrich, dann wies er mit einer behandschuhten Hand auf den Weißkopfseeadler, der auf dem gegenüberliegenden Hügel saß. »Wussten Sie, dass der Adler schon seit babylonischen Zeiten ein Symbol des Krieges ist?«

Sein welliger, weißer Schopf, die adeligen Zügen und die geröteten Wangen verliehen Eliot Hopkins ein großväterliches Aussehen, wie Cædmon fand. In dem englischen Tweed, den er trug, wirkte er wie ein Gutsherr, ein harmloser Gimpel, der, wenn man ihn dazu ermunterte, stundenlang über wechselhafte Wetterverhältnisse und die Zucht von Leicester-Schafen schwadronieren konnte.

»Wie wär's, wenn Sie sich den Scheiß sparen?«, erwiderte Edie heftig, Cædmons Warnung ignorierend. »Wegen Ihrer grenzenlosen Gier ist Jonathan Padgham tot! Und kommen Sie mir ja nicht mit dem Quatsch, er wär nach London geflogen, um sich um die Beerdigungsformalitäten zu kümmern. Ich weiß, was gestern im Museum passiert ist.«

»Jonathans Tod ist eine höchst unglückselige Angelegenheit und, ich bedauere sehr, das sagen zu müssen, allein meine Schuld«, gestand der Museumsdirektor bereitwillig mit einem verdrießlichen Ausdruck in den wässrig grauen Augen. »Ich hatte keine Ahnung, dass Jonathan in Gefahr war. Aber nachdem die Tat einmal geschehen war, hatte ich keine andere Wahl, als dabei zu helfen, sie zu vertuschen.«

»Es würde mich interessieren, wie es dazu kam, dass Sie mit einer so blutrünstigen Bande gemeinsame Sache machen«, bemerkte Cædmon. »Es kommt mir nicht so vor, als verkehrten Sie in denselben Kreisen.«

Mit einem kaum merklichen Lächeln nickte Hopkins. »Kurz nachdem ich die Steine des Feuers erwarb, trat ein privates Konsortium an mich heran, das daran interessiert war, den Brustschild zu einem maßlos hohen Preis zu kaufen. Als ich mich weigerte, das Artefakt zu verkaufen, verlegten sie sich auf Erpressung und forderten, dass ich ihnen den Brustschild überlasse, ansonsten würden sie das IARC benachrichtigen.«

»Wer oder was ist das IARC?«, fragte Edie.

»Das Illicit Antiquities Research Center, ein Forschungszentrum, das den internationalen Handel mit gestohlenen oder heimlich ausgegrabenen antiken Kulturgütern überwacht.«

»Und das hätte einen ziemlichen Skandal verursacht«, schloss Edie daraus folgerichtig. »Also, warum haben Sie dem Konsortium die Steine des Feuers nicht überlassen? Warum haben Sie es riskiert, bloßgestellt zu werden?«

»Ich ging davon aus, dass sie nur blufften, weil ich genau wusste, dass das Konsortium, sobald das IARC eingeschaltet würde, jede

Chance verspielen würde, mein kostbares Artefakt in die Finger zu bekommen. Eine tragische Fehleinschätzung, wie sich herausstellte.«

»Was beweist, dass man den Teufel nicht ausstechen kann«, murmelte Cædmon wütend darüber, dass dieses tödliche Spiel seinem alten Freund das Leben gekostet hatte.

»Ich kann Ihnen versichern, wenn ich vor einigen Wochen gewusst hätte, was ich heute weiß, dann hätte ich …«

»Oh, *bit*-te!«, warf Edie ein. »Sie klingen ja wie jemand, der für ein öffentliches Amt kandidiert.« Wütend verschränkte sie die Arme vor der Brust, eine strenge Schuldirektorin in schwarzem Leder. »Ich kapiere es einfach nicht. Warum sollte dieses sogenannte Konsortium kaltblütig jemanden ermorden, nur um an die Steine des Feuers zu kommen? Es sind nur ein paar Brocken Gold mit zwölf Edelsteinen.«

Langgezogenes Schweigen folgte, als der Museumsdirektor augenscheinlich abwog, ob er darauf antworten sollte oder nicht. »An und für sich haben Sie wahrscheinlich recht«, meinte er schließlich. »Aber wenn man sie zusammen mit einer anderen heiligen Reliquie verwendet, werden die Steine des Feuers zu einer direkten Verbindung zu Gott. Was sie zu einem unerlässlichen Requisit für den größeren Schatz macht.«

»… eine andere heilige Reliquie … ein unerlässliches Requisit für den größeren Schatz.«

Cædmon fiel die Kinnlade herunter, als ihn die Erkenntnis mit voller Wucht wie ein Faustschlag in den Magen traf.

»Ich kann es nicht glauben … Sie sind tatsächlich hinter der Lade her.«

»Lade?« Edies Blick schoss zwischen ihm und Eliot Hopkins hin und her. »Wie in Bundeslade?«

»Genau die«, bestätigte Hopkins.

Immer noch in einer Art Schockzustand bohrte Cædmon weiter. »Woher wissen Sie, dass das Konsortium nach der Bundeslade sucht?«

»Ich weiß es, weil ich selbst danach gesucht habe. Zwei Tage vor dem Diebstahl im Museum wurde in mein Haus in Georgetown eingebrochen. Sie können sich sicher vorstellen, wie überrascht ich war, als nichts gestohlen wurde, außer meinen Aufzeichnungen. Gut dreißig Jahre lang habe ich Hinweisen nachgejagt, Ausgrabungsteams in die entlegensten Gebiete des Mittleren Ostens entsandt und die Arbeit fortgeführt, die mein Großvater begann, aber nicht zu Ende führen konnte.«

»Gütiger Gott! Wollen Sie damit sagen, dass Sie Oliver Hopkins' Enkel sind?« Von Wissenschaftlern als dumm wie Bohnenstroh belächelt, hatte Oliver Hopkins Anfang des zwanzigsten Jahrhunderts ein Vermögen auf der Suche nach der Bundeslade durchgebracht. Vergeblich, denn der wohlhabende Abenteurer entkam nur knapp mit heiler Haut aus dem Heiligen Land.

»Ich kam dem Ziel, dieses flüchtige Juwel in der biblischen Krone zu finden, beträchtlich näher als mein Großvater. Und dadurch wusste ich, dass ich, wenn ich den Fluch von Bet-Schemesch vermeiden wollte, zuerst die Steine des Feuers finden musste.«

Edie kicherte spöttisch. »Den Fluch von Bet-Schemesch? Wer sind Sie, eine Figur aus einem Indiana-Jones-Film?«

»Wohl kaum«, entgegnete Cædmon. Der Ton dieser Unterhaltung würde gleich ein paar Nuancen düsterer werden. »Die Strafe für das zufällige Berühren der Bundeslade ist ein sehr qualvoller Tod, denn Jehovah hat ein garstiges Temperament. Abgesehen davon wird im Buch Samuel die warnende Geschichte der Stadt Bet-Schemesch erzählt. Jehovah metzelte als Strafe für die Handvoll Männer, die es von Neugier überwältigt gewagt hatten, in die Bundeslade zu blicken, wahllos fünfzigtausend Bewohner nieder.«

»Verdammt«, fluchte sie leise. »Das hat Gott getan?«

»An anderer Stelle spricht die Bibel davon, dass die Bundeslade ganze Berge dem Erdboden gleichgemacht, Flüsse geteilt, feindliche Armeen vernichtet und befestigte Städte zerstört hat. Jene, die die Macht der Bundeslade anzweifelten, wurden oftmals mit bösartigen Geschwüren oder schmerzhaften Verbrennungen am ganzen Körper geschlagen«, informierte er sie, da er wusste, dass die meisten Menschen es vorzogen, ihren Gott zu verklären und die Brutalität des Alten Testaments unter einen himmlischen Teppich zu kehren.

»Das klingt eher nach einer Waffe als nach einem religiösen Artefakt.«

»Die Bundeslade war, um moderne Terminologie zu verwenden, eine Massenvernichtungswaffe, die es den bunt gemischten israelitischen Stämmen ermöglichte, das Heilige Land zu erobern. Beschützt durch die Steine des Feuers konnte der Hohepriester diese ganze explosive Energie kontrollieren und lenken.«

»Was die Steine des Feuers zu einem ›unerlässlichen Requisit‹ machte, um die Bundeslade zu finden.«

Eliot Hopkins, der die Unterhaltung schweigend verfolgt hatte, ergriff wieder das Wort. »Verstehen Sie nun, warum ich davon überzeugt bin, dass mein geheimnisvolles Konsortium hinter einer größeren Beute her ist? Denken Sie nur an die Macht, die diese kostbare goldene Truhe in sich birgt. Die Lade strahlte göttliche Macht und Herrlichkeit aus. Und wenn man im Sinn hatte, mit den himmlischen Sphären zu kommunizieren, konnte die Bundeslade Engel herbeirufen und sogar den Allmächtigen selbst offenbaren.«

Der entrückte Ausdruck auf Eliot Hopkins' Gesicht war der eines Besessenen. Cædmon kannte diesen Ausdruck gut. Er war einst selbst ein Besessener gewesen, denn seine Faszination für die Tempelritter hatte an Fanatismus gegrenzt – der Grund, warum er vor vielen Jahren von Oxford verwiesen worden war.

»Eine Menge Leute würden behaupten, dass die angebliche Macht der Bundeslade nichts als ein fantastischer Mythos ist, der nur dazu diente, die Hebräer abends am Lagerfeuer zu unterhalten«, warf Edie ein.

»Und es gibt auch Leute, die behaupten, Gott sei tot. Ich allerdings gehöre nicht zu ihnen.«

»Also, was geschah mit der Lade? Wurde sie gestohlen? Ging sie verloren? Wurde sie zerstört?«, feuerte seine Gefährtin ihre Fragen in maschinengewehrartigem Tempo ab.

Eliot Hopkins zuckte beredt mit den in Wolle gekleideten Schultern. »In den Seiten des Alten Testaments findet sich nicht der kleinste Hinweis. Wir wissen nur, dass Moses die Bundeslade im fünfzehnten Jahrhundert v. Chr. schuf. Fünf Jahrhunderte später baute König Salomon einen verschwenderischen Tempel, um die Bundeslade zu beherbergen, und irgendwann vor dem Wiederaufbau des Tempels im Jahr 516 v. Chr. verschwand die Lade, wie es scheint, im Staub der Geschichte.«

»Es gibt doch sicher ein oder zwei Theorien, die ihr Verschwinden erklären«, beharrte Edie.

»Die meisten Bibelhistoriker stimmen darin überein, dass es fünf mögliche Szenarien gibt, die das Verschwinden der Bundeslade erklären«, kam Cædmon dem älteren Mann zuvor. »Die erste betrifft Menelik, den Sohn König Salomons und der Königin von Saba. Die Anhänger dieser Theorie nehmen an, dass Menelik die Bundeslade um das Jahr 950 v. Chr. herum aus dem Tempel stahl und sie nach Äthiopien brachte, wo sie sich bis zum heutigen Tag befindet.«

»Und vergessen wir nicht die Theorie aus *Jäger des verlorenen Schatzes*«, meinte Edie schmunzelnd. »Sie wissen schon, dass die Bundeslade in Ägypten ist.«

»Eine gerechtfertigte Theorie, wie sich herausstellte. Deren Verfechter glauben, dass die Lade wenige Jahre nach Salomons Tod bei einem Überfall durch Pharao Schischak gestohlen und in seine neu errichtete Hauptstadt Tanis gebracht wurde. Dann sind da noch die drei übrigen Theorien – die besagen, dass die Bundeslade entweder von den Babyloniern, den Griechen oder von den Römern geraubt wurde. Suchen Sie sich eine davon aus.«

»Und das tat ich, nachdem ich der Reihe nach jede einzelne dieser Theorien peinlich genau untersucht habe«, setzte Eliot Hopkins sie in Kenntnis. »Wie Sie vielleicht wissen, oder auch nicht, gibt es im Alten Testament beinahe zweihundert Erwähnungen der Bundeslade. Die meisten davon beziehen sich auf den Zeitraum zwischen dem Auszug aus Ägypten und dem Bau des Tempels. Das führte mich zu der Annahme, dass die Bundeslade verschwand, kurz nachdem Salomon dieses sagenhafte Bauwerk errichtete.«

»Dann wurde die Lade entweder von Menelik oder Schischak gestohlen«, stellte Edie fest und bewies so, dass sie eine aufmerksame Schülerin war.

»Ich weiß ganz sicher, dass sich die Bundeslade nicht in Äthiopien befindet«, versicherte der ältere Mann ruhig.

Daraus schloss Cædmon, dass Eliot Hopkins sehr tiefe Taschen haben musste, denn die politische Situation in Äthiopien war heikel, um es gelinde auszudrücken. Es war sicher kostspielig gewesen, die Erlaubnis zu erhalten, eine umfangreiche Suche durchzuführen.

»Also bedeutet das, dass Schischak die Lade gestohlen hat und dass sie im Grab des Pharao verborgen liegt.«

»Nicht unbedingt«, warf der ältere Mann auf Edies Folgerung hin ein. »Vor einigen Jahren, während einer Reise in den Mittleren Osten, erzählte mir eine Gruppe Beduinenhändler die höchst faszinierende Geschichte eines englischen Kreuzritters, der unterwegs zwischen Palästina und Ägypten eine goldene Truhe entdeckte, die im Tal Esdrelon in den Ruinen eines einstigen ägyptischen Tempels begraben lag.«

»Von dieser Geschichte habe ich gehört«, murmelte Cædmon, unvorbereitet von Erinnerungen an seine Zeit in Oxford eingeholt.

»Vorsichtig, Mr. Aisquith. In diesem Spiel kann Halbwissen eine gefährliche Sache sein«, meinte Eliot Hopkins lächelnd wie ein gütiger Mann, der ein weises Wort des Ratschlages anbietet. »Wenn Sie mit der Geschichte vertraut sind, dann haben Sie zweifellos bereits erraten, wo sich die letzte Ruhestätte der Bundeslade befindet.«

Cædmon weigerte sich, den Köder zu schlucken, und ging stattdessen in die Offensive. »Warum sind Sie uns gegenüber so mitteilsam? Jahrelang haben Sie sich alle erdenkliche Mühe gegeben, Ihre Suche nach der Bundeslade geheim zu halten.«

Mit einer Grimasse ließ der Museumsdirektor die behandschuhte Hand unter seinen Mantel gleiten. »Weil es bedeutungslos ist, ob Sie es wissen oder nicht.«

»Und warum ist das so?«

Eliot Hopkins zog seine Hand unter dem Mantel hervor, die Finger um eine Walther PPK geklammert. »Weil mir befohlen wurde, Sie zu töten.«

28

Mit nur einem Wolf und einem Adler als Zeugen für ihren Tod täuschte Cædmon eine Gelassenheit vor, die er nicht empfand. »Ach was. Das ist aber nicht sehr freundlich von Ihnen.«

»Sie sind ein Narr, wenn Sie glauben, dass Sie damit davonkommen, wenn Sie uns umbringen«, zischte Edie in völlig anderer Manier.

Eliot Hopkins verzog den Mund halb zu einem reuevollen Lächeln. »Sie und Ihre charmante Begleiterin zu töten wird das Geringste meiner Verbrechen sein.«

»Sie wollen uns tatsächlich kaltblütig ermorden, nur wegen irgendeines religiösen Kunstgegenstands? Goldenes Zeug! Mehr ist es doch nicht.«

»Keines der biblischen Artefakte, die in der Bibel erwähnt werden, ist mit der Bundeslade vergleichbar«, flüsterte Hopkins, und die Waffe in seiner behandschuhten Hand zitterte. »Die Bundeslade beherbergt den Ruhm und die Herrlichkeit Jehovahs. Sie allein könnte ein ganzes Volk erwecken oder vernichten.«

»Oder zwei unschuldige Menschen«, murmelte Cædmon, da die Bundeslade im Begriff war, ihre nächsten beiden Opfer zu fordern.

Hopkins hob die Waffe noch ein paar Zentimeter höher und richtete sie auf Edies Brust. »Ich hoffe wirklich, Sie vergeben mir, aber wenn ich ihre Befehle nicht befolge, dann werden sie meine Tochter töten.«

»Und mit ›sie‹ meinen Sie Ihr geheimnisvolles Konsortium, auch bekannt als die ›Warriors of God‹«, gab Edie zurück.

Hinter der mutigen Fassade konnte Cædmon sehen, dass ihre Schultern bebten. Obwohl er am liebsten tröstend den Arm um sie gelegt hätte, hielt er sich zurück. Stattdessen meinte er: »Ich kann dafür sorgen, dass Ihrer Tochter kein Leid geschieht.«

»Olivia besucht zurzeit ein Internat in der Schweiz.« Während Eliot Hopkins sprach, traten ihm Tränen in die Augen. »Mir sind die Hände gebunden. Ich habe nur ein einziges Kind. Sie ist meine einzige Hoffnung für die Zukunft. Mein Vermächtnis.«

»Ich kann mich mit Interpol in Verbindung setzen«, ließ Cædmon nicht locker, denn das war der einzige Schachzug, der ihm einfiel. »In nicht einmal einer halben Stunde könnte Ihre Tochter unter Polizeischutz stehen.«

»Meine Tochter fast fünftausend Kilometer weit entfernt irgendwelchen Fremden anvertrauen?« Müde schüttelte der Museumsdirektor den Kopf. »Sie verlangen Unmögliches.«

Cædmon weigerte sich, aufzugeben und setzte ihm noch ein wenig stärker zu. »Gestern Nachmittag wurde in Ihrem Museum Jonathan Padgham sinnlos niedergemetzelt. Lassen Sie uns diesen Wahnsinn beenden, bevor noch jemand getötet wird.«

»Ich kann den Wahnsinn nicht beenden«, krächzte der ältere Mann kaum hörbar. »Es tut mir wirklich leid. Ich habe keine andere Wahl, als …«

In der Ferne brüllte ein Löwe, ein tiefer, kehliger Laut, der durch die laublosen Bäume grollte und von den eisbedeckten Felsen widerhallte. Das Gebrüll brachte den ältlichen Todesengel einen Augenblick lang aus dem Konzept. Nervös blickte Eliot Hopkins um sich.

Ob es göttliches Eingreifen oder glückliche Fügung war, wusste Cædmon nicht. Er wusste nur, dass es der richtige Augenblick war, um zu handeln. Bevor die Gelegenheit unwiderruflich verstrich.

Carpe diem, rief er stumm aus, während er die Muskeln an Oberschenkeln, Gesäß und Armen spannte, den geschlossenen Schirm, der an seinem Unterarm hing, hochriss und ihn wie einen Speer schleuderte. Dann schob er Edie aus der Schusslinie hinter einen wuchtigen Abfallcontainer aus Beton und sah zu, wie der Schirm sein Ziel fand. Die Edelstahlspitze traf Eliot Hopkins mitten in die Brust.

Aus dem Gleichgewicht gebracht ließ Hopkins die Pistole fallen, und die Waffe schlitterte über den eisigen Boden.

Cædmon war schon im Begriff, sich die Pistole zu schnappen, doch plötzlich erstarrte er, als eine Kugel an seinem Ohr vorbeipfiff, sich Eliot Hopkins ins Herz bohrte und ihn auf der Stelle tötete.

Auf dem Hügel steckte ein Scharfschütze!

Es war eine Falle. Keiner von ihnen sollte den Zoo lebend verlassen.

Wer im Kampf zögert, verliert, deshalb hechtete Cædmon hinter den Abfallcontainer, dicht an Edies bebende Rückseite gepresst.

»Langsam fange ich an zu glauben, ›das Land der Freiheit‹ bedeutet, dass es jedem freisteht, auf andere Menschen zu schießen und sie zu töten«, wisperte er ihr ins Ohr.

»Er ist auf dem Hügel über dem Weißkopfseeadler, oder?«

Cædmon nickte. Er nahm an, dass der Mann ein professioneller Auftragskiller war. Wenn sie sich zeigten, würde er zwei tödliche Schüsse abfeuern. Männer, die darauf trainiert waren, auf Distanz zu töten, taten dies ohne Reue oder Erbarmen, so selbstverständlich wie atmen.

Edie sah ihn über ihre Schulter hinweg an, einen betroffenen Ausdruck auf dem Gesicht. »Bitte sagen Sie mir, dass Sie einen Plan haben.«

»Leider nicht«, antwortete er wahrheitsgemäß. *Obwohl ich mir besser verdammt schnell etwas einfallen lassen sollte.* Kurz dachte er daran, zu versuchen, an Hopkins Pistole zu kommen. Doch genauso schnell verwarf er die Idee wieder, da er sicher war, dass ihm diese Mühe eine Kugel in den Kopf einbringen würde.

»Dürfte ich einen Blick in Ihre Tasche werfen?«, fragte er und zupfte an dem großen Leinenbeutel, den sie fest an sich gepresst hielt.

Wortlos gab Edie nach und öffnete die Tasche, damit er sie inspizieren konnte. Es war keine Zeit für Höflichkeiten, deshalb wühlte er sich kurzerhand durch den Inhalt des Beutels, dann zog er ihre khakifarbene Weste heraus.

»Perfekt.« Er griff hinter sich und packte eine Handvoll Schnee.

»Was machen Sie da?«

»Ich mache sie schwerer, damit ich sie in die Luft schleudern kann. Wenn wir Glück haben, sieht der Heckenschütze die plötzliche Bewegung, zielt und schießt. Diese List verschafft uns nur ein paar Sekunden Zeit, aber mehr brauchen wir nicht, um unsere Hintern hinter diese Felsen zu verfrachten.« Mit dem Kinn wies er in Richtung einer Ansammlung verstreuter Felsen knapp zwanzig Meter von ihrer augenblicklichen Position entfernt.

Wenn sie Bedenken hatte, und die hatte sie zweifellos, dann behielt sie sie für sich.

In der Hoffnung, dass sich das Wagnis nicht als tödlicher Fehler erweisen würde, verknotete Cædmon schnell die Enden der Weste um den Schneeklumpen, dann formte er mit den Lippen lautlos »Auf drei!«, zählte bis zwei und schleuderte bei drei die Weste durch die Luft. Ein perfekt ausgeführter Cricket-Wurf.

Es blieb keine Zeit, den Flugbogen des provisorischen Köders zu beobachten, deshalb packte Cædmon Edies Hand und sprintete geduckt, um ein möglichst kleines Ziel abzugeben, auf die Gruppe von Felsbrocken zu. Hinter sich hörte er, wie ein Projektil mit einem *Ping!* von dem Metallgeländer vor dem Gehege des Mexikanischen Wolfes abprallte.

Die List hatte funktioniert.

Mit Edie im Schlepptau duckte er sich hinter einen hüfthohen Felsen, und sie pressten sich kauernd an den Stein. Schnell sah er sich um. In dem hügeligen Gelände über den Weißkopfseeadlern glaubte er, eine Gestalt in einem schwarzen Anorak erkennen zu können. Ein tödliches Raubtier auf der Lauer.

»Es wäre reiner Selbstmord, wenn wir versuchten, wieder zum Haupteingang zurückzulaufen«, meinte er in gedämpftem Ton. Allerdings befürchtete er, dass ihnen das gleiche Schicksal wie dem Museumsdirektor blühte, wenn sie keine andere Fluchtmöglichkeit fanden.

Edie hob den Kopf ein paar Zentimeter, um sich verstohlen umsehen zu können. Sie verzog das Gesicht und wischte sich mit der Handfläche über das Blut, das aus einem Kratzer an ihrer Wange quoll. Mit derselben Hand deutete sie den Hügel hinauf.

»Wenn wir es zum Thinktank-Gebäude oben auf dem Hügel schaffen … Da gibt es einen Weg, der zum Rock Creek hinunterführt. Um diese Jahreszeit müsste der Bach seicht genug sein, dass wir hindurchwaten können.«

»Und der Vorteil dieses Fluchtwegs?«

»Es ist der schnellste Weg hier raus.« Wieder wischte sie über den Kratzer an ihrer Wange. Eine an Blut gewöhnte Jägerin.

Er nahm sich einen Augenblick Zeit, um über die Vorzüge ihres Plans nachzudenken. Der Weg den Hügel hinauf würde zwar ihre Lungen und Beine stärker belasten, doch der Pfad war von dichten Büscheln Bambusschilf gesäumt, die eine hervorragende Deckung boten. Wenn sie sich schnell und vorsichtig bewegten, konnten sie außer Sicht bleiben. Vorausgesetzt, der Scharfschütze hatte keine Freunde bei sich.

Mit einem kurzen Nicken gab Cædmon ihrem Plan den Vorzug.

Wieder packte er sie bei der Hand und übernahm die Führung, während sie den Weg entlangliefen, der den Hügel hinaufführte. Er hielt es für ein gutes Zeichen, dass er keine pfeifenden Kugeln hörte. Das Kreischen des Weißkopfseeadlers allerdings verhieß nichts Gutes. Es bedeutete, dass der Scharfschütze ihnen auf den Fersen war.

Auf halber Strecke den Hügel hoch begann Edie zurückzufallen, und ihre Atemzüge wurden hechelnd und unregelmäßig. Doch es blieb keine Zeit, die Moral der Truppe zu stärken, deshalb zerrte er sie hinter sich her. Er ließ ihre Hand los, schlang ihr den linken Arm um die Schulter, zog sie an seine Seite und zwang sie so, mit ihm Schritt zu halten.

»Verschnaufen können Sie, sobald wir in Sicherheit sind.«

Zweifellos vorwärtsgetrieben von einem angsterfüllten Adrenalinschub schaffte Edie es, Geschwindigkeit aufzunehmen.

Wenige Sekunden später verlief der Pfad wieder eben.

»Der Thinktank ist das steinerne Gebäude direkt vor uns«, keuchte Edie und zeigte auf ein wunderliches Gebilde direkt aus einem Roman von Thomas Hardy.

Cædmon zog sie hinter eine Trockensteinmauer, von der dicke Eiszapfen hingen, und musterte die Umgebung. Bestürzt stellte er fest, dass sie sich den Weg durch ein langes Stück offenes Gelände würden bahnen müssen – keine Bäume, Felsen oder Bambus, die ihre Bewegungen verbergen konnten.

»Das sind dreißig Meter offenes Gelände zwischen hier und dem Thinktank. Werden Sie so weit rennen können?«

Sie nickte. Dann grub sie die Finger in seinen Unterarm und flüsterte: »Cædmon, ich habe Angst. Große, große Angst.«

»Das ist keine Schande. Ich fühle mich selbst auch nicht gerade mannhaft.«

Ungläubig riss sie die braunen Augen auf. »Das ist ein Scherz, oder? Sie sind wie einer dieser Typen der Leichten Brigade.«

»Nun ja, wir wissen ja, was aus denen geworden ist, nicht wahr?«

»Nein, was ist ihnen denn geschehen?«

»Beinahe die Hälfte von ihnen kam bei dem Angriff um.« Doch er gab ihr keine Zeit, über die Bedeutung dieses Stückchens britischer Geschichte nachzudenken, sondern ergriff ihre Hand und spurtete los. Da seine Schritte länger waren, musste sie ihre Beine doppelt so schnell bewegen, um mit ihm mithalten zu können. Ein einsamer Tierpfleger in Gummistiefeln und braunem Overall überholte sie in einem geschlossenen Golfwägelchen, auf dessen Ladefläche mehrere Eimer mit Tierfutter festgezurrt waren.

»Ich bin halbwegs in Versuchung, per Anhalter mitzufahren«, murmelte Edie heftig schnaufend. Kaum in der Lage, den Arm zu heben, deutete sie auf einen grottenähnlichen Bereich. »Dort ist der Weg … auf der anderen Seite des Gebäudes.«

»In Ordnung.« Er bog in die Richtung, die sie ihm gezeigt hatte. Der »Weg« bestand aus einer Reihe hölzerner Stufen, die sich einen sehr steilen Hügel hinunterwanden. Am Fuße der Holzstufen konnte Cædmon einen verlassenen Parkplatz erkennen.

»Rock Creek ist auf der anderen Seite des Parkplatzes«, informierte Edie ihn zwischen zwei geräuschvollen Atemzügen. »Sobald wir den Bach überquert haben, müssten wir zum Beach Drive hochwandern können, wo wir hoffentlich ein Taxi aufhalten können.«

Cædmon richtete den Blick auf die gegenüberliegende Seite des Parkplatzes. Durch eine dichte Gruppe unbelaubter Bäume konnte er einen Bach sehen, der sich zwischen verstreuten Felsen hindurchschlängelte. Und er konnte eine stark befahrene Schnellstraße auf der anderen Seite der Schlucht hören, auf der die Autos mit großer Geschwindigkeit dahinrasten. Irgendwie hatte er seine Zweifel, dass es ihnen gelingen würde, ein Taxi anzuhalten.

Doch er behielt seine Bedenken für sich und führte sie die hölzernen Stufen hinunter. Sie kamen schnell voran. Die Stufen waren in einem Abstand angelegt, der den Abstieg von diesem steilen Hügel leicht machte. Auf ihrem Weg nach unten murmelte Edie eine Entschuldigung, denn ihre Stiefel mit den schweren Absätzen polterten dumpf auf dem verwitterten Holz.

»Es würde helfen, wenn Sie …« Mitten im Vorschlag brach er ab, als er plötzlich die Vibrationen von Schritten bemerkte.

Er spähte über die Schulter und erhaschte eine flüchtige Bewegung oben auf den Stufen. Seine Sicht war durch die dichten Büsche und Bäume auf beiden Seiten der Treppe eingeschränkt, deshalb konnte er nicht ausmachen, ob dieser Dritte im Bunde ein Tierpfleger, ein Zoobesucher oder ein kaltblütiger Killer war.

»Wir haben Gesellschaft«, flüsterte er Edie ins Ohr und bedeutete ihr, still zu sein.

Verzweifelt blickte sie hinter sich. Er war sich nicht sicher, aber er glaubte gesehen zu haben, wie sie mit den Lippen stumm »Oh Gott!« formte.

Wenige Sekunden später erreichten sie den Fuß der Stufen und überquerten eine geteerte Straße. Auf der linken Seite lag der leere Parkplatz, auf der rechten Seite ein verlassenes Gewächshaus, dessen zerrissene Plastikfolien gespenstisch im Wind wehten. Vor ihnen lag wildes Hinterland, das seit vielen Jahren keine Sense oder Klinge mehr gesehen hatte.

»Hier lang«, zischte Edie, schürzte den Rock bis zum Knie und stürzte sich in die Wildnis.

Cædmon folgte ihr auf dem Fuße, wobei er eine Hand ausstreckte, um herunterhängende Zweige beiseitezuschieben. Die Brombeer- und Dornensträucher verfingen sich zwar an Händen, Gesicht und Kleidung, doch das Dickicht bot hervorragende Deckung. Cædmon war sich immer noch nicht sicher, wer ihnen die Stufen hinab gefolgt war, denn der Eindringling hatte sich noch nicht gezeigt.

Sie mussten abrupt anhalten, als sie den Bach erreichten.

»Teufel noch mal«, murmelte er überrascht darüber, dass der Bach weit mehr war als ein Rinnsal. Ein wadentiefer Strom toste vorbei und bildete weiße Schaumkronen, wo er auf eisbedeckte Felsen traf. »Wenn wir versuchen, diesen sogenannten Bach zu überqueren, dann brechen wir uns …«

Genau in dem Moment plumpste ein Ast ins Wasser, den ein Hochgeschwindigkeitsprojektil vom Stamm abgetrennt hatte.

Wie von der Hand Gottes gestoßen stürzten sich die beiden in den eisigen Bach und schoben ihre Bedenken darüber, ob es klug war, sich diesen trügerischen Fluten entgegenzustellen, beiseite.

Innerhalb von Sekunden verlor Edie den Halt und kämpfte mit rudernden Armen darum, das Gleichgewicht wiederzufinden. Cædmon krallte die Finger in den karierten Stoff ihres Rocks, damit sie nicht vornüberkippte, und riss sie hoch. Dann ließ er los und packte sie stattdessen am Rockbund, da das die zweckdienlichste Methode war, um zu verhindern, dass sie ins eisige Wasser fiel, das immer schneller ihre Glieder taub werden ließ. So miteinander verbunden platschten sie durch den felsigen Bach, der seinem Namen alle Ehre machte.

»Oh Gott!«, kreischte Edie auf, als einer der Felsbrocken in der Nähe durch die Wucht einer weiteren Kugel zerschmettert wurde und ihnen Splitter ins Gesicht regneten.

Rückzug stand nicht zur Debatte, und so kletterten sie, Rock und Jeans von eisigem Wasser durchtränkt, aus dem Bach und kämpften sich die Uferböschung hoch. Ihr Ziel war die nahe gelegene Schnellstraße, und nach einem Stolpern und unbeholfenem Gezappel, um nicht wieder zurück in den Bach zu rutschen, erreichten sie den Rand der Böschung. Vor ihnen lag eine vierspurige Straße, auf der die Autos mit siebzig Stundenkilometern an ihnen vorbeisausten.

»Da ist ein Taxi!«, rief Edie und zeigte auf ein leuchtend gelbes Fahrzeug in der Ferne. »Winken Sie mit den Armen, damit der Taxifahrer uns sehen kann.«

Wenige Schritte von ihnen entfernt grub sich ein Projektil in den Asphalt.

Schlagartig aufgescheucht rannte Edie den Seitenstreifen entlang und wedelte wild mit den Armen. Beinahe augenblicklich fingen Autos an zu hupen, und ein Fahrer machte im Vorbeifahren eine unhöfliche Geste. Cædmon blieb keine andere Wahl, als die Verfolgung aufzunehmen. Bis zu den Knien durchnässt und mit Zweigen und Ranken, die an ihrer Kleidung hingen, sahen sie aus, als wären sie gerade aus einer Irrenanstalt geflohen.

In einem waghalsigen Anfall von Heldenmut trat Edie auf die Fahrbahn und winkte hektisch dem sich schnell nähernden Taxi.

Der Fahrer bremste schlitternd und schaffte es nur mit Mühe, das Fahrzeug mit quietschenden Reifen wenige Schritte vor ihr zum Stehen zu bringen.

Sie rannte hin und riss die hintere Tür auf.

Wie ein Schachtelteufelchen tauchte der makellos frisierte Kopf eines Fahrgasts mit weit aufgerissenen Augen in der offenen Wagentür auf. Mit erhobenem Arm hinderte er sie daran, ins Fahrzeug zu steigen.

»Für den Fall, dass Sie es nicht bemerkt haben, dieses Taxi ist schon besetzt.«

Unbeirrt schob Edie die Hand in ihre Tasche. Eine Sekunde später klatschte sie dem Fahrgast einen Hundert-Dollar-Schein in die Hand. »Und jetzt halten Sie die Klappe und rutschen Sie rüber!«

Gehorsam rückte der Mann auf die gegenüberliegende Seite der Rückbank.

29

»Setzen Sie uns an der nächsten Ecke ab«, wies Edie den Taxifahrer an und reichte ihm einen Zehner. Der Fahrer, der bis jetzt noch kein einziges Wort gesagt hatte, hielt vor dem McPherson Square, einem Stadtpark voller Obdachloser, die sich um die Lüftungsschächte der U-Bahn drängelten und ihre weltlichen Besitztümer in Plastiktüten mit sich herumtrugen. Immer noch sauer darüber, dass sie dem ganz offensichtlich wohlhabenden Manager-Typ, der vor einem Konzerngebäude in der K-Street ausgestiegen war, hundert Dollar Bestechungsgeld hatte zahlen müssen, bedeutete Edie dem Taxifahrer mit einer Handbewegung, dass er das Wechselgeld behalten solle.

Kaum hatte Cædmon die Tür des Taxis zugeschlagen, drehte sie sich zu ihm um. Verwirrt, wütend und vor allem entsetzt meinte sie: »Ich kann nicht glauben, dass sie Eliot Hopkins tatsächlich umgebracht haben.«

»Wir konnten nicht vorhersehen, wie sich die Ereignisse des heutigen Tages entwickeln würden.« Er legte ihr den Arm um die Schultern und führte sie zu einer der Bänke, die am Rande des Parks aufgestellt waren. Obwohl sie bis zu den Knien durchnässt waren, schenkte niemand im Park ihrem Aussehen irgendwelche Aufmerksamkeit, denn nicht wenige der Penner auf den Bänken waren in weit schlimmerem Zustand. Es war kein Zufall, dass sie sich McPherson Square ausgesucht hatte, denn der Park in der Innenstadt war ein ausgezeichneter Ort, um in der Stadt unterzutauchen.

»Zweifellos hat Colonel MacFarlane sich für das heutige Blutvergießen etwas ähnlich Cleveres einfallen lassen, so wie sie das mit dem Mord gestern im Hopkins-Museum hingebogen haben«, schnaubte Edie verächtlich. »Ich sehe die Schlagzeilen schon vor mir: Dreiecksbeziehung endet tödlich.«

»Oder irgendeinen ähnlichen Schund.« Cædmon zog die roten Augenbrauen zusammen. »Ich glaube, wir haben beide einen heißen Kaffee nötig«, meinte er und deutete auf eine Filiale der allgegenwärtigen Starbucks-Kette an der nächsten Straßenecke.

»Macht es Ihnen was aus, wenn ich hier sitzen bleibe und auf Sie warte? Um ehrlich zu sein, weiß ich nicht, ob ich überhaupt in der Lage bin, einen nassen Fuß vor den anderen zu setzen.«

Prüfend ließ Cædmon den Blick über den Park schweifen. Nicht nur, dass auf beinahe jeder Bank Obdachlose saßen, sie lagen auch in Schlafsäcken auf dem Boden.

»Ich bin hier absolut sicher. Die sehen vielleicht gefährlich aus, aber diese Kerle sind völlig harmlos«, versicherte sie ihm.

»Schon ironisch, so viele Menschen unter primitivsten Umständen leben zu sehen, während andere im Schoß des Luxus residieren.« Er warf einen Blick zum nahe gelegenen Hilton-Hotel hinüber.

»Nun ja, wenn uns kein sicherer Ort einfällt, an dem wir uns versteckt halten können, dann bleibt uns bei Einbruch der Dunkelheit möglicherweise dieses Schicksal ebenfalls nicht erspart.«

»Ein Umstand, den wir besprechen werden, sobald ich wieder zurück bin.«

Geneigt, Cædmon die Entscheidung zu überlassen, nickte Edie. Ohne seinen flinken Verstand läge sie bereits in einer Pfütze ihres eigenen Blutes, das zweite Opfer des imaginären Dreiecksverhältnisses. Ob sie es sich nun eingestehen wollte oder nicht, sie war auf seinen Schutz angewiesen.

Cædmon machte sich auf den Weg, um Kaffee zu holen.

»Vergessen Sie die Biscotti nicht«, rief sie ihm hinterher, was ihr ein Winken einbrachte.

Da ihre Beine im Begriff waren nachzugeben, setzte Edie sich auf die Bank. Wenige Augenblicke später begann es zu hageln. Kleine Kügelchen aus Eis prasselten auf sie herab, trafen sie an den Wangen, der Nase und der Stirn. Sie kauerte sich nach vorne und zog das Kinn an die Brust, während sie dem unregelmäßigen Trommeln von Hagelkörnern auf die hölzernen Planken der verwitterten Bank zuhörte. Da sie nirgendwo hinkonnte und ihr immer schneller die Orte ausgingen, an denen sie sich verstecken konnte, fühlte sie sich wie eine Gefangene in einem winterlichen Gemälde aus schmutzigem Grau und Weiß. *Wie passend*, dachte sie niedergeschlagen, während ihr Körper langsam in Kältestarre fiel, die Glieder unbeweglich wurden und ihre Gedanken begannen, sich nur noch träge im Kreis zu drehen.

Plötzlich sah sie Rot anstelle neutraler Wintertöne, steckte die Hand in ihre Tasche und zog ihr BlackBerry hervor. Hoffentlich war der Akku noch voll genug für ein Ortsgespräch.

Sie wählte die Nummer der Telefonauskunft.

Da die Zeiten, in denen man noch einen richtigen Menschen an die Leitung bekam, längst vergangen waren, sagte sie langsam »Rosemont Security Consultants«, als die Computerstimme sie dazu aufforderte. Kurz darauf nannte dieselbe Computerstimme eine siebenstellige Telefonnummer. Edie drückte die 1, um direkt verbunden zu werden.

Der Anruf wurde beim ersten Klingeln entgegengenommen.

»Rosemont Security Consultants.«

Im ersten Moment war Edie überrascht, dass keine Frau, sondern ein Mann in der Telefonzentrale saß. »Ich möchte mit Stanford MacFarlane sprechen«, verlangte sie schroff, in der Hoffnung, der Lakai am anderen Ende würde ihr die Leg-dich-nicht-mit-mir-an-Haltung abkaufen.

Er tat es nicht.

»Es tut mir leid, aber der Colonel kann im Augenblick keine Anrufe entgegennehmen. Wenn Sie eine Nachricht hinterlassen …«

»Sagen Sie ihm, dass Edie Miller in der Leitung ist. Glauben Sie mir, er wird den Anruf annehmen.«

Der Telefonist legte sie in die Warteschleife, und sie durfte die Klänge nervtötender Fahrstuhlmusik genießen.

Mitten in Sinatras »My Way« wurde die Verbindung wieder aufgenommen.

»Ah, Miss Miller. Was für eine unerwartete Überraschung.«

Edie durchlief ein Schauer, denn Stanford MacFarlane klang auf unheimliche Weise freundlich.

»Ich hoffe, Sie fühlen sich …«

»Sparen Sie sich den Scheiß, MacFarlane. Was glauben Sie, wie ich mich fühle, nachdem ich mit ansehen musste, wie einer Ihrer Gorillas einen verängstigten alten Mann niederschießt?«

»Nicht allzu gut, vermute ich. Sie wissen hoffentlich, dass Sie sich als höchst schwer zu fassendes Ziel entpuppt haben.« Edie war sich nicht sicher, aber sie glaubte, in seiner Stimme eine Spur widerwilligen Respekts entdeckt zu haben.

Angewidert von der Vorstellung, dass sie und Cædmon zu einer Art perversen Zeitvertreibs geworden waren, stieß sie hervor: »Ich weiß, was Sie vorhaben, Sie kranker Bastard! Eliot Hopkins hat uns alles über Ihren Plan, die Bundesla…«

Aus heiterem Himmel riss ihr eine Hand das BlackBerry vom Ohr.

Als sie überrascht den Kopf drehte, sah sie Cædmon hinter der Parkbank stehen. In der rechten Hand hielt er ihr BlackBerry, in der linken einen Getränkehalter aus Pappe mit Kaffee. Ohne ein Wort steckte Cædmon das Mobiltelefon kurzerhand in seine Jackentasche. Dann, als wäre alles in bester Ordnung, reichte er ihr einen Becher Kaffee.

»Wenn ich mich recht erinnere, nehmen Sie zwei Päckchen Zucker.«

Edies Überraschung verwandelte sich in Wut.

»Wissen Sie eigentlich, warum die Briten nie gegen die Monarchie rebelliert haben? Weil sie Angst davor haben, etwas zu unternehmen! Sie haben Angst davor zu sagen: ›Ich bin stinksauer und werde mir das nicht länger gefallen lassen!‹«

»Im Gegensatz zu Ihnen glaube ich, dass Zurückhaltung besser ist als Nachsicht.«

»Ach, schieben Sie sich doch eine Karosocke in die Klappe, ja? Ich fange langsam an zu glauben, dass Sie einfach nur den Klang Ihrer eigenen Stimme lieben.«

Cædmon straffte die Schultern und reckte sich zu seiner vollen, beeindruckenden Größe von ein Meter zweiundneunzig. »Wegen Ihrer Impulsivität haben wir unseren einzigen Vorteil verloren. Nicht nur, dass Sie die Tatsache preisgegeben haben, dass wir wissen, wer sie sind, Sie haben auch noch idiotischerweise ausgeplaudert, was der nun verstorbene Mr. Hopkins uns erzählt hat.«

»Hören Sie, ich weiß nicht, wie es Ihnen geht, aber ich bin müde und hab es satt, wie ein hilfloses Tier gehetzt zu werden. Und auch wenn es Sie vielleicht einen Dreck interessiert, ich will wissen, warum Colonel MacFarlane Eliot Hopkins befohlen hat, uns zu töten.«

»Die Antwort darauf ist völlig offensichtlich. MacFarlane wollte durch dieses weitere Täuschungsmanöver seine Absichten vertuschen.« Während er sprach, setzte Cædmon sich neben sie. »Der erste Teil des Plans war, dass Hopkins uns tötet. Dann, so vermute ich, wäre der Museumsdirektor vermutlich gezwungen worden, sich die Waffe an den Kopf zu halten und den Abzug zu drücken.«

Edie hob die Hände an die Stirn und rieb sich die Schläfen, dankbar dafür, dass sie noch Schläfen hatte, die sie reiben konnte.

»Das ist verrückt. Alles. Eliot Hopkins hat eine Waffe auf uns gerichtet. Und als er uns nicht sofort tötete, haben sie ihn erschossen. Zwei Menschen sind vor meinen Augen ermordet worden, in genauso vielen Tagen. Und sie hätten uns ebenfalls getötet, wenn wir uns nicht durch diesen Bach gekämpft hätten.« Sie hob den Arm und wies auf den Park. »Also, was jetzt? Ich frage das, weil es nicht so aussieht, als hätten wir einen Plan.«

»Ich bin ebenfalls der Meinung, dass wir die Initiative ergreifen sollten.«

»Die Initiative? Etwa in die Offensive gehen?«

»Wenn Sie so wollen?«

Es folgte eine spürbare Pause, da Cædmon sich weigerte, ausführlicher darauf einzugehen.

»Und wie genau wollen wir das anstellen?«, bohrte Edie weiter.

»Wir wissen, dass Colonel MacFarlane hinter der Bundeslade her ist. Und vorausgesetzt, dass Eliot Hopkins die Wahrheit gesagt hat, weiß ich, wo MacFarlane und seine Bande von Halsabschneidern danach suchen werden.«

Wieder gab Cædmon keine genaueren Einzelheiten preis, was Edie dazu zwang, noch ein wenig stärker nachzubohren. »Und wo genau werden sie also die Schaufel ansetzen?«

Cædmon verzog den Mund leicht zu einem amüsierten Lächeln. »Ausgerechnet in England.«

30

»Wir reden hier von einer ziemlich großen Insel. Wo genau in England könnte die Bundeslade denn versteckt sein?«

»Das ist ein bisschen haarig«, antwortete Cædmon auf Edies Frage. »Wenn Sie sich erinnern, sprach Eliot Hopkins von einem englischen Kreuzritter, der angeblich eine goldene Truhe im Tal Esdrelon entdeckte. Er bezog sich dabei auf einen gewissen Galen of Godmersham, einen jüngeren Sohn, der, wie so viele jüngere Söhne, ins Heilige Land zog, um das Glück zu suchen, das ihm durch die Umstände seiner Geburt verwehrt war.«

»Und hat er sein Glück gefunden?«

»In der Tat, das hat er. Er kehrte im Jahre 1286 als überaus wohlhabender Mann nach England zurück. Jahrhundertelang kursierten Vermutungen und Gerüchte, von denen einige besagten, Galen habe die Heilige Lanze entdeckt, andere behaupteten, er habe das Schweißtuch der Veronika gefunden.« Er beugte sich so nahe zu ihr, dass sich ihre Schultern berührten, und raunte in gedämpftem Ton: »Und dann gibt es noch die, die glauben, dass Galen of Godmersham nicht nur die Bundeslade fand, sondern dass er sie auch mit nach Hause nach Kent nahm und die heilige Reliquie dort sofort vergrub. Zugegeben, es gibt kaum Beweise für diese Theorie, doch das hielt eine ganze Legion von Schatzsuchern nicht davon ab, die ganze Umgebung von Godmersham umzugraben.«

»Kommen Sie, Cædmon. Sogar Sie müssen zugeben, dass die Vorstellung eines englischen Kreuzritters, der rein zufällig über die Bundeslade stolpert, ziemlich schwer zu schlucken ist.«

»Die Steine des Feuers haben Sie mit Ihren eigenen Augen gesehen. Wenn der Brustschild existiert, warum dann nicht auch die Bundeslade?«

»Vielleicht will ich gar nicht, dass die Bundeslade existiert«, antwortete sie mit der für sie typischen Offenheit. »Denn wenn das, was Sie sagen, auch nur ansatzweise wahr ist, dann wären die Konsequenzen ungeheuerlich. Es würde die Geschichte verändern, um genau zu sein.«

»Glauben Sie denn, dass ich darüber nicht auch schon nachgedacht habe?«

»Haben Sie das denn wirklich? Bis jetzt haben Sie doch nichts Handfesteres als ein Gerücht über irgendeinen alten Ritter. Lektion des Tages: Ein verrücktes Gerücht macht noch keine Tatsache.«

»Die Beweise sind dünn, das gebe ich zu, aber viele außergewöhnliche Entdeckungen wurden von Männern gemacht, die von anderen als Spinner bezeichnet wurden. Die meisten hielten Schliemann für verrückt, als er sich auf die Suche nach Troja machte, nur mit einer zerlesenen Homer-Ausgabe als Wegweiser.«

Edie kicherte, und ihr Atem kondensierte in der kühlen Luft. »Nun, Sie kennen ja das Sprichwort: Nur tolle Hunde und Engländer gehen in der Mittagshitze spazieren.«

»Zur Verteidigung meiner Landsleute möchte ich darauf hinweisen, dass Heinrich Schliemann Deutscher war«, gab Cædmon als Retourkutsche zurück. »Da die Bibel nichts davon erwähnt, dass die Bundeslade zerstört wurde, müssen wir annehmen, dass sie immer noch existiert. Obwohl Bibelexperten die Gerüchte um Galen of Godmersham seit langem bestreiten, gibt es einen Gelehrten in Oxford, einen Mann namens Sir Kenneth Campbell-Brown, der sein Leben dem Studium der englischen Kreuzritter des dreizehnten Jahrhunderts verschrieben hat. Wenn an der Behauptung, dass ein englischer Kreuzritter im Tal Esdrelon eine goldene Truhe entdeckt hat, irgendetwas Glaubwürdiges ist, dann weiß Sir Kenneth mit Sicherheit darüber Bescheid. Und in Anbetracht all dessen, was in den letzten vierundzwanzig Stunden geschehen ist, müssen wir akzeptieren, dass Eliot Hopkins' Annahme eine plausible Möglichkeit ist.«

Stur verschränkte Edie die Arme vor der Brust und schüttelte den Kopf. »Was wir tun müssen, ist, uns mit dem IARC in Verbindung zu setzen. Mit dem FBI. Mit irgendjemandem. Und ihnen sagen, was hier vorgeht.«

»Und was genau wollen Sie den Behörden sagen?«, konterte er. »Dass im Hopkins-Museum ein Mord geschehen ist, bei dem es keine Leiche gibt? Oder vielleicht könnten wir die örtliche Polizei mit der Geschichte von den sagenumwobenen Steinen des Feuers ergötzen? Da das Artefakt schon vor mehreren Jahrtausenden verschwand, bezweifle ich irgendwie, dass die Polizei glauben wird, das Artefakt sei der zuvor erwähnten, nicht existierenden Leiche gestohlen worden. Ehrlich gesagt, wenn da nicht der Mord an dem Mann im Zoo wäre, für den man mit höchster Wahrscheinlichkeit Sie verantwortlich machen wird, würde die Polizei Sie als Verrückte abstempeln.«

»Ich könnte mich einem Lügendetektortest unterziehen.«

»Und wenn sich dabei Ihr Puls auch nur einen Hauch beschleunigt, wäre Ihr Schicksal besiegelt.«

Entmutigt ließ Edie die Schultern sinken. »Sie könnten ja zur …«

»Wenn ich meinen Verdacht in Bezug auf die Steine des Feuers oder die Bundeslade vorbringe, würde man mein Motiv sofort infrage stellen. Die Typen beim FBI würden es ohne Zweifel für einen Publicitygag halten, um den Verkauf meines Buches anzukurbeln.«

»Was wollen Sie also damit sagen? Dass uns die Hände gebunden sind?«

»Keineswegs. Wir wissen, dass Colonel MacFarlane und seine Männer auf der Suche nach der Bundeslade sind. Des Weiteren haben wir Grund zu der Annahme, dass sie in England danach suchen werden.«

»Oh, das ist doch wohl ein Scherz!«, rief Edie aus, als ihr die Erkenntnis dämmerte. »Sie wollen doch nicht ernsthaft vorschlagen, dass wir nach England fliegen und Stanford MacFarlane und seine Gorillas aufspüren sollen.«

»Seien Sie versichert, ich erwarte nicht, dass Sie mitkommen.«

»Autsch! Das tut weh«, erwiderte sie scharf. Sie fühlte sich gekränkt, auch wenn das nicht beabsichtigt gewesen war. »Auf die Suche nach der Bundeslade zu gehen, ist eine ziemlich große Sache. Gewaltig. Wie lange haben Sie darüber nachgedacht, bevor Sie zu einer Entscheidung gekommen sind? Ungefähr dreißig Sekunden?«

»Wenn Sie mir vorwerfen wollen, ich würde unüberlegt handeln, dann ist das weit gefehlt.«

»Wenn wir schon von unüberlegt reden, wie sieht's dann damit aus? Haben Sie sich schon überlegt, wie Sie diese kleine Vergnügungsreise bezahlen wollen? Sobald Sie eine Kreditkarte zücken, haben Sie MacFarlane an den Fersen wie der Fuchs die Meute.«

»Ich stimme Ihnen zu, dass elektronische Transaktionen leicht zurückverfolgt werden können.« Er räusperte sich. Da er wusste, dass es nur eine einzige Möglichkeit gab, diese Hürde zu nehmen, preschte er einfach voran. »Weshalb ich dachte, ich könnte Sie um ein Darlehen bitten.« Als Edie ihn nur skeptisch ansah, fügte er hinzu: »Ich stehe auch dafür gerade, wie ihr Yankees gern sagt.«

»Nun, hier ist noch etwas, was wir Yankees gerne sagen: ›Auf meine Weise oder gar nicht.‹ Was bedeutet, Sie nehmen mich mit oder Sie sehen keinen Cent von meinem Geld.«

Kaum war das Ultimatum ausgesprochen, schien plötzlich eine unsichtbare Barriere drohend zwischen ihnen zu stehen. Edie griff in die nun feuchte Starbucks-Tüte und nahm ein Hazelnut Biscotto heraus. Ganz so, als würde er überhaupt nicht existieren, biss sie geräuschvoll hinein.

»Warum das plötzliche Interesse daran, meiner ›verrückten‹ Theorie nachzugehen?«, fragte er schließlich, wenn auch nur, um das an den Nerven zerrende Schweigen zu brechen.

»Ich habe meine Gründe. Schauen Sie, ich bin gut, wenn es um

Details geht. Und vergessen wir nicht die alte Weisheit, dass vier Augen mehr sehen als zwei.«

»Wirklich, Edie, ich denke nicht, dass …«

»Ich könnte Ihre Forschungsassistentin sein«, warf sie mit unerschütterlicher Hartnäckigkeit ein.

»Ich brauche keine Forschungsassistentin. Sobald ich in England angekommen bin, habe ich Beziehungen, die …«

»Ja, da wir gerade von ›Beziehungen‹ sprechen. Sie sagten Eliot Hopkins, dass Sie sich mit Interpol in Verbindung setzen könnten, weshalb ich mich frage, was für zwielichtige Beziehungen Sie dorthin haben.«

Da er nicht wusste, welchen Sinn es haben könnte, ihr das zu verschweigen, meinte er: »Ich war früher Geheimdienstmitarbeiter beim MI5 – dem britischen Geheimdienst.«

Edie riss die Augen auf. »Sie meinen, so wie James Bond?«

»Wohl kaum. Während meiner Dienstzeit beim MI5 verbrachte ich die meiste Zeit im Büro und nur sehr wenig Zeit damit, Verbrecher zu jagen. Und ganz sicher keines mit einem ungewöhnlichen Spitznamen.«

»Nun, das erklärt, warum Sie so gewieft sind«, bemerkte sie. Anscheinend nahm sie sein Geständnis sehr locker auf. »Gestern hat es mich wirklich verblüfft, wie ein Bücherwurm so cool bleiben kann, wenn ihm die Kugeln um die Ohren pfeifen. Ehrlich gesagt, es gab ein paar Momente in der National Gallery, in denen Sie aussahen, als wären Sie in Ihrem Element.«

»Glauben Sie mir, das war nicht der Fall«, entgegnete er, damit sie nicht auf falsche Gedanken kam.

»Ob Sie nun diese Art von Action genießen oder nicht, ich will immer noch mitkommen.«

Irgendetwas in Edie Millers braunen Augen – ein trotziger Ausdruck – ließ ihn nicht mehr los. Er war sich sehr wohl dessen bewusst, dass sie, selbst wenn sie die Flugtickets bar bezahlten, MacFarlane nicht davon abhalten konnten, ihren Zielort herauszufinden. Wenn MacFarlane an die Passagierlisten der Fluggesellschaften herankam, würde er schnell herausfinden, dass sie nach Heathrow geflogen waren.

Er hob das Gesicht zum Himmel. »Es regnet Federn«, bemerkte er im Plauderton, denn der Hagel hatte sich in leichten Schneefall verwandelt. »Zugegeben, das ist kein neuer Gedanke. Herodot prägte diesen Ausdruck vor ungefähr zweitausendvierhundert Jahren.«

»Ich hab auch einen für Sie: ›It's raining men‹ – Es regnet Männer. Die Weathergirls auf dem Höhepunkt der Disco-Ära.«

Cædmon seufzte. Sie waren schon ein seltsames Paar.

»Wie es scheint, sind unsere Schicksale miteinander verbunden«, meinte er kapitulierend. Mehrere Sekunden lang starrte er sie an. In ihren Augen entdeckte er eine argwöhnische Vorsicht, die nicht zu ihrer üblichen herausfordernden Haltung passte, wodurch sich ihm die Ahnung aufdrängte, dass Edie Millers raue Fassade so ähnlich wie Blattgold war. Dem Anschein nach solide, aber hauchdünn.

»Wissen Sie, Cædmon, ich bin ein bisschen unsicher bezüglich des Plans. Haben Sie vor, MacFarlane davon abzuhalten, die Bundeslade zu finden, oder hoffen Sie, ihm zuvorzukommen?«

Er ignorierte den zweiten Teil ihrer Frage. »Fürs Erste müssen wir unsere Bemühungen darauf konzentrieren, MacFarlane davon abzuhalten, die Lade zu finden.«

»Da stimme ich zu. Wenn die Bundeslade, so wie Sie behaupten, eine Massenvernichtungswaffe ist, dann verheißt es nichts Gutes, wenn ein ehemaliger Militär dahinter her ist.«

Er quittierte Edies treffende Bemerkung mit einem schroffen Nicken. »Ebenso beunruhigend ist, dass MacFarlane offenbar sehr finanzkräftig ist. Mit seinem Kapital hat er ein hochentwickeltes Kommunikations- und Versorgungsnetz aufgebaut.«

»Mit anderen Worten, es wird ein Kampf David gegen Goliath.«

Cædmon schwieg, denn er wollte sie nicht darauf aufmerksam machen, dass David zumindest eine Steinschleuder gehabt hatte.

31

»Wenn ich mein blitzendes Schwert schärfe und meine Hand zur Strafe greift, so will ich mich rächen an meinen Feinden und denen, die mich hassen, vergelten.«

Als Mann des Militärs wusste Stan MacFarlane, dass eine weitere Schlacht sich bedrohlich am Horizont abzeichnete. Eine weitere Chance, den Feind zu bezwingen.

Eine Lektion, die er in Panama, in Bosnien und in der Operation Desert Storm gut gelernt hatte.

Und natürlich in Beirut.

Manche sagten, dort habe er zum Glauben gefunden. Er war eher der Ansicht, dass dort seine Beziehung zum Allmächtigen ihren Anfang genommen hatte.

Er hatte immer noch Albträume von diesem tödlichen Oktobertag, an dem zweihunderteinundvierzig Marines von einem Selbstmordattentäter ausgelöscht worden waren, der einen mit Sprengstoff gefüllten Tanklastzug gefahren hatte… Der Gestank nach Schwefel und verbranntem Fleisch… Die Kakophonie von Schmerz und Entrüstung… Die fieberhafte Eile, die Verwundeten zu bergen… Die schmerzliche Aufgabe, die Toten zu finden…

Wie durch ein Wunder hatte er die Explosion überlebt, doch sein Zimmergenosse hatte nicht so viel Glück gehabt.

Rückblickend, mit der klaren Sicht eines Überlebenden, wusste er, dass der Angriff das erste Zeichen gewesen war, dass die Endzeit nahte.

Seine Frau, die verräterische Helen, verließ ihn innerhalb eines Jahres nach seiner Bekehrung wegen ehelicher Gewalt. In den neun Jahren ihrer Ehe hatte er nie Hand an sie gelegt – obwohl er während der Scheidungsverhandlungen in Versuchung gewesen war, ihr mit bloßen Händen den dürren Hals umzudrehen.

Der Richter, ein liberaler Pantoffelheld, hatte Helen das Sorgerecht für ihren Sohn Custis zugesprochen, und Stan durfte seinen Sohn nur noch an den Wochenenden sehen. Aus Angst, Custis könnte zu einem Muttersöhnchen werden, sorgte er dafür, dass sein Sohn noch während der High School das Reserve Officer Trainings Corps besuchte. Er zog ein paar Fäden und sicherte Custis dadurch einen Platz an der United States Naval Academy in Annapolis. Helen behauptete, er zwinge Custis dazu, den Marines beizutreten, doch er wusste, dass er das Richtige für seinen Sohn tat. Das Corps würde einen Mann aus ihm machen.

Wer oder was einen schwachen Feigling aus ihm gemacht hatte, war ihm bis zu diesem Tag ein tiefes, dunkles Rätsel. Der offizielle Bericht besagte, dass Custis nach einem Einsatz in Afghanistan und zwei Einsätzen im Irak an einer posttraumatischen Belastungsstörung gelitten habe. Stan wusste, dass es keine posttraumatische Belastungsstörung gewesen war, die seinen Sohn dazu veranlasst hatte, sich den Lauf eines geladenen Gewehrs in den Mund zu stecken. Stan wusste, dass es die barbarischen Ungläubigen Babylons gewesen waren, die seinen Sohn dazu gebracht hatten, auf Satans verführerischen Ruf zu hören. Es war die Pflicht der Männer Gottes, die Gottlosen unter ihnen zu bekämpfen. Custis hatte sich vor seiner Pflicht gedrückt.

Und würde in den Feuern der Hölle dafür brennen.

Bald nach dem Tod seines Sohnes hatte er die Warriors of God gegründet, überzeugt davon, dass es seine Pflicht war, die Armee der Gerechten anzuführen, so wie König David die Armee der Israeliten zum Sieg über die Jebusiter und die Philister geführt hatte, oder Godefroy de Bouillon die Kreuzritter, als sie die muslimischen Ungläubigen in den Straßen von Jerusalem bekämpften. Und natürlich war da sein persönlicher Held, Thomas »Stonewall« Jackson, ein tiefreligiöser Soldat, der sich geweigert hatte, an einem Sonntag zu kämpfen und seine Männer zum Gebet rief, bevor er sie in die Schlacht führte.

Doch heute, trotz seiner inbrünstigen Gebete, musste die Schlacht erst noch gewonnen werden.

Es war Teil seines Notfallplans gewesen, einen Scharfschützen zu postieren, für den Fall, dass der alte Mann die Nerven verlor. Dass man den Spross einer der größten Industriellenfamilien Amerikas mitten im National Zoo niedergeschossen hatte, war kein Grund zur Beunruhigung. Die Polizei würde zu dem voreiligen Schluss kommen, dass ein Nachahmungstäter die Anschläge jenes Heckenschützen kopierte, der die Hauptstadt des Landes im Herbst 2002 in Angst und Schrecken versetzt hatte.

Zweifellos würden die Grabreden sich poetisch über Eliot Hopkins' Großzügigkeit und Menschenliebe auslassen, ohne die vielen gestohlenen Objekte seiner Sammlung zu erwähnen. Und es würde auch niemand Hopkins' geheime Leidenschaft, die Bundeslade, erwähnen. Dank Stans gründlicher Planung würden all die Bibelgelehrten und archäologischen Wachhunde ahnungslos weiterschlafen.

Erst wenn sich alle Puzzleteile eingefügt hatten, würden sie von Stans göttlich inspirierter Mission erfahren. Im Augenblick folgte die Welt einem Zeitplan, den er vorgab. Es war noch früh, zu früh, um Gottes großen Plan zu enthüllen. Wenn die Ungläubigen allerdings Augen hätten zu sehen, dann wüssten sie, dass die weltweiten Ereignisse Gottes dringlichen Ruf zu den Waffen bekundeten.

Unruhig wegen der bevorstehenden Mission drückte der Colonel auf den Knopf der Gegensprechanlage seines Schreibtischtelefons. »Irgendein Wort über den Flugplan?«

»Ich habe gerade die offizielle Erlaubnis bekommen, Sir. Sie sind um dreizehn Uhr in der Luft.«

»Ausgezeichnet«, sagte er zu seinem Stabschef, bevor er die Verbindung beendete.

Trotz der Tatsache, dass das englische Essen nicht besser war als der Fraß im Offizierskasino, freute er sich darauf, den neuen Tag in London zu begrüßen. Diese Miller hatte seinen Zeitplan um volle vierundzwanzig Stunden zurückgeworfen, und wenngleich das Schlamassel ihn auch verärgerte, so fühlte er sich doch seltsam leicht, bereit und willens für die Aufgabe, die er in Angriff nehmen würde. Davon abgesehen waren Edie Miller und ihr Gefährte im größeren Zusammenhang betrachtet unbedeutend, bloße Nebendarsteller in einem Schauspiel, das der Allmächtige vor sechsundzwanzig Jahrhunderten verfasst hatte.

Er warf einen Blick auf seine Armbanduhr. Ihm blieb noch genug Zeit für seinen täglichen Blog.

Stan MacFarlane setzte sich an den Schreibtisch und tippte mit beiden Zeigefingern die eröffnende Bibelstelle, eine seiner Lieblingsstellen aus Psalm 11.

»Er wird regnen lassen über die Gottlosen Feuer und Schwefel …«

32

»An diesem Punkt sollte ich vielleicht erwähnen, dass ich kein abenteuerlustiger Mensch bin. Ich mag Stabilität. Ich bin berechenbar. Ich sehe jeden Montagabend die gleichen Fernsehsendungen. Das Einzige, was sich in meinem Leben regelmäßig ändert, ist das Datum.«

Cædmon riss den Blick von der Landschaft Oxfordshires los, die verschwommen an dem übergroßen Busfenster vorbeizog. Nachdem sie vor zwei Stunden in Heathrow gelandet waren, befanden sie sich nun auf dem Weg nach Oxford.

»Wie eigenartig. Sie kommen mir wie eine höchst unerschrockene Frau vor.«

»Der Schein kann trügen.«

»Tatsächlich?« Er deutete auf ihr Outfit.

Da ihre Kleidung durch die gestrige Querfeldeinjagd erheblich gelitten hatte, hatten sie sich am Flughafen neu eingekleidet. Er hatte sich für Tweed, Wolle und einen beigen Anorak entschieden. Edie wählte farbenprächtigeres Gefieder und entschied sich für eine gelbe Strickmütze, eine rote Militärjacke mit Epauletten und kniehohe Reitstiefel, in die sie Jeanshosen steckte. Während er wie eine Hälfte eines langweiligen englischen Ehepaares auf Stadtausflug aussah, wirkte sie wie ein zum Leben erwachtes Gemälde von Mondrian. Er hätte sie lieber in Erdtönen gesehen, Farben, die sich in die Winterlandschaft einfügten.

»Glauben Sie, dass MacFarlane und seine Schlägertypen die Bundeslade tatsächlich finden?«

»Das ist bestenfalls eine Außenseiterwette«, antwortete er. »Über die Jahrhunderte haben viele danach gesucht – alle vergeblich. Wenn man sie allerdings finden würde, wäre die Bundeslade der erstaunlichste Fund in der Geschichte der Menschheit.«

Edie klappte die Bibel zu, die sie sich im Souvenirshop des Dulles International Airport gekauft hatten. »Es ist schon eine Weile her, seit ich das Alte Testament zum letzten Mal gelesen habe. Man könnte sagen, ich bin eher der Typ für das Neue Testament.« Sie stopfte die Ausgabe der King-James-Bibel in die Virgin-Airlines-Schultertasche, die sie nun verwendeten, um ihre wenigen Habseligkeiten zu transportieren. »Irgendwie hatte ich praktischerweise all den Tod und die Verwüstung vergessen, die mit der Bundeslade zusammenhängen. Gerade habe ich über die Schlacht von Eben-Eser gelesen.«

»Wenn ich mich recht erinnere, war Eben-Eser der Ort, wo die Philister die Israeliten nicht nur besiegten, sondern es auch schafften, die Bundeslade zu stehlen.«

»Und war das nicht ein Riesenfehler? Nur wenige Stunden, nachdem sie die Lade im Tempel Dagons aufgestellt hatten, fanden die Philister die Statue ihrer Gottheit in tausend Stücke zersprungen. Aber das war natürlich nichts im Vergleich zu der Beulenpest, die plötzlich die ganze Stadt Aschdod befiel. In der anschließend entstehenden Panik entschied der König der Philister weise, dass seine unrechtmäßige Beute den Israeliten zurückgegeben werden sollte.«

»Worauf die Philister die Bundeslade auf einen Wagen luden und sie zu der hebräischen Stadt Bet-Schemesch brachten.«

»Wo, wie Sie gestern erwähnten, fünfzigtausend Einwohner niedergemetzelt wurden, weil ein paar wenige Neugierige es wagten, einen Blick in die Lade zu werfen.« Edie runzelte die Brauen. »Wissen Sie, ich bemühe mich wirklich, aber es geht mir einfach nicht in den Sinn, dass ein liebender, vergebender Gott so etwas tun würde.«

»Ich für meinen Teil glaube nicht, dass Gott überhaupt etwas mit der verheerenden Macht der Bundeslade zu tun hat.« Cædmon lehnte sich in seinem Sitz zurück und schlug die Beine übereinander. »Ich glaube vielmehr, dass die Macht der Bundeslade gänzlich von Menschenhand geschaffen ist. Um ihre angebliche übernatürliche Energie zu verstehen, muss man wissen, wie die Bundeslade aufgebaut war.«

»Sie sagten, dass der Prototyp, den Moses verwendete, höchstwahrscheinlich eine ägyptische Barke war.«

Er nickte. »Da bin ich mir sicher. Zuerst einmal denken Sie an die verwendeten Materialien. Sowohl die Barke als auch die Lade waren aus Gold gefertigt. Aus einer enormen Menge Gold.«

»Nun ja, Gold ist eines der wertvollsten Metalle, die dem Menschen bekannt sind.«

»Was noch wichtiger ist, Gold ist auch ein äußerst dichtes Metall und chemisch nicht reaktiv. Obwohl es nicht bewiesen werden kann, gibt es einige Bibelexperten, die glauben, dass das Gold, das für die Lade verwendet wurde, gut zwanzig Zentimeter dick war.«

»Sie machen Witze, oder? Das wäre ja ein *echt* großer Haufen Gold.«

»In der Tat.« Er wühlte in der Tasche und zog Stift und Papier hervor. Während er sich die genauen Beschreibungen aus dem

Alten Testament in Erinnerung rief, gelang es ihm, eine ziemlich detaillierte Zeichnung der Bundeslade anzufertigen.

»Wie Sie sehen können, war die goldene Truhe mit einem Deckel versehen. Er wurde auch Gnadenthron oder Gnadenstuhl genannt.«

Edie kicherte. »Nicht der heiße Stuhl?«

Cædmon musste über die Bemerkung seiner Begleiterin lächeln. »Der Gnadenstuhl war mit einem Paar goldener Cherubim geschmückt. Das waren keine bezaubernden Putten, wie sie sich in den Gemälden von Peter Paul Rubens tummeln. Die Cherubim, die auf der Bundeslade Wache hielten, waren grimmige, jenseitige Geschöpfe, nicht unähnlich den geflügelten Gestalten von Isis und Nephthys, die viele ägyptische Barken zierten.«

»Unter all dem Gold war die Bundeslade aus Holz, nicht wahr?«

»Akazienholz, um genau zu sein. Ein Baum, der in der Wüste Sinai beheimatet ist. In alten Zeiten hielt man dieses Holz für unzerstörbar. Außerdem dürfte es als Isolator gedient haben.«

Ihre braunen Augen weiteten sich, als ihr die Erkenntnis dämmerte. »Und Gold ist ein ausgezeichneter Leiter. Da die Truhe aus Akazienholz außen und innen mit Gold verkleidet war …«, sie legte die Hände mit ein paar Zentimetern Luft zwischen den Handflächen aneinander, »… müsste die Bundeslade ein unglaublich starker Kondensator gewesen sein. Und bei all der trockenen Wüstenluft im Sinai wette ich, dass das verflixte Ding einen ganz schön starken elektrischen Wumms hatte.«

Trotz ihrer skurrilen Art besaß Edie Miller einen flinken Verstand.

»Die Bundeslade mit bloßen Händen zu berühren, hätte augenblicklich zum Tod geführt«, bestätigte er ihre Theorie. »Darüber hinaus ist das Alte Testament voll von Geschichten darüber, dass die Bundeslade bei Menschen, die in ihre Nähe kamen, Hautläsionen hervorrief. Interessanterweise hat die jüngste Forschung bestätigt, dass Hautkrebs eine Berufskrankheit ist, wenn man in der Nähe von Hochspannungsleitungen arbeitet.«

»Und wie haben die Israeliten sich dagegen geschützt?«

»Der Hohepriester trug spezielle rituelle Kleidung beim Umgang mit der Bundeslade, und die Steine des Feuers waren Teil seiner Schutzkleidung. Da sich in der Bundeslade durch all das Rütteln beim Transport eine elektrische Ladung aufbaute, wurde sie sorgfältig in Leder und Stoff gehüllt.«

»Was als Schutzschild wirkte, damit es die Typen, die sie tragen mussten, nicht aus den Sandalen schleuderte«, bemerkte sie scharfsinnig, wenn auch nicht gerade respektvoll.

»Was nicht bedeutet, dass es keine Unfälle gab. Trotz der unternommenen Vorkehrungen gibt es Berichte von Trägern der Bundeslade, die durch die Luft geschleudert wurden, und manche wurden sogar getötet.« Cædmon deutete auf die Zeichnung. »Nun stellen Sie sich vor, dass die Flügel der Cherubim an Scharnieren aus Leder und Bitumen hingen, durch die sie vor- und zurückgeklappt werden konnten. Die aufgestaute elektrische Ladung hätte nicht nur sichtbare Funken erzeugt, sie hätte starke elektromagnetische Impulse ähnlich Hertzschen Radiowellen ausgestrahlt. Einmal aufgeladen, hätte die Bundeslade Blitze angezogen. Das wiederum hätte hörbares statisches Knistern erzeugt.«

»Wie das Rauschen zwischen den einzelnen Radiosendern, nicht wahr?«

»Genau. Und für die Ohren der alten Israeliten dürfte sich dieses Rauschen wie die Stimme Gottes angehört haben. Wenn man das Alte Testament aufmerksam liest, beweist das, dass die Bundeslade definitiv *kein* Deus ex machina war. Vielmehr war es Moses, der sie ersann und schuf.«

Edie starrte seine Zeichnung an, als sähe sie die Bundeslade in einem neuen und leicht verstörenden Licht. »Nun ja, da gibt es eine ganze Legion von wahren Gläubigen, die mit Ihnen darüber nicht einer Meinung wären.«

Cædmon wusste, dass sie recht hatte, deshalb nickte er nur müde. Er hatte nicht nur flüchtige Bekanntschaft mit Fanatikern gemacht. Blinzelnd kämpfte er eine Welle von Müdigkeit nieder. Er hatte während des Fluges nur kurz geschlafen.

In der Ferne konnte er die honigfarbenen Dörfer und wogenden Schafweiden von Oxfordshire sehen. Hier war Kalkstein gebrochen und nach Oxford befördert worden, wo daraus einige der erstaunlichsten architektonischen Bauwerke Englands errichtet worden waren. So wie die Landschaft nass und verschwommen vorbeizog, so zogen auch seine Erinnerungen an ihm vorbei. Er war als schlaksiger junger Bursche von achtzehn Jahren allein mit dem Bus nach Oxford gereist, da sein Vater zu beschäftigt gewesen war, um ihn zu begleiten. Während sich der Bus der Stadtgrenze genähert hatte, befanden seine Gefühle sich in Aufruhr, angefangen von Nervosität und Aufregung bis zu Scham über die Gleichgültigkeit seines Vaters. Dann, recht unvermittelt, machten diese Gefühle einem unglaublichen Hochgefühl Platz, als sein jüngeres Ich taumelnd vor Staunen in der berühmtesten Universitätsstadt der Welt ankam, »dieser süßen Stadt mit ihren träumenden Türmen«.

»Sie erwähnten, dass Sie in Oxford studiert haben«, bemerkte Edie, worauf er sich fragte, ob sie vielleicht Gedanken lesen konnte. »Das wird für Sie so sein, als würden Sie nach Hause kommen, nicht?«

»Wohl kaum«, murmelte er. Er hatte keine Lust, ihr von seiner schmutzigen akademischen Vergangenheit zu erzählen. Vor allem, weil sie es ohnehin bald genug selbst herausfinden würde.

Wie die meisten Doktoranden hatte er zwei Jahre mit Feldforschung verbracht. Danach hatte er sich auf seine Studentenbude in Oxford zurückgezogen und angefangen, seine Dissertation zu schreiben. »Das Manifest«, wie er es scherzhaft nannte, war eine ausführliche Untersuchung des Einflusses von ägyptischem Mystizismus auf die Tempelritter. Doch zu seinem Entsetzen kanzelte der Leiter der geschichtlichen Fakultät am Queen's College seine Dissertation als »absurde« Vorstellung ab, die nur durch den Genuss von Opium hervorgerufen worden sein konnte. Nicht unähnlich der Dichtung von William Blake.

Derartige Kritik kam einem Todesstoß gleich. Seine akademische Karriere war beendet, und er hatte Oxford mit eingezogenem Schwanz den Rücken gekehrt.

Welche Ironie, dass er nun erneut in die Stadt seiner Jugend unterwegs war. Sicher gluckten die Götter vor Lachen und rieben sich erwartungsvoll die Hände.

Er fragte sich, was Edie wohl sagen würde, wenn er ihr erzählte, dass Moses und die Tempelritter in denselben ägyptischen Geheimkult eingeweiht worden waren. Er verkniff sich ein amüsiertes Lächeln. Sicher würden seine Behauptungen eine hochgezogene Augenbraue und eine geistreiche Antwort zur Folge haben. Doch er genoss ihre kleinen Wortgefechte. Sie konnte harte Treffer landen, aber sie war auch unvoreingenommen.

Er hoffte, dass Sir Kenneth Campbell-Brown ebenso unvoreingenommen sein würde. Falls nicht, dann waren sie vergeblich nach Oxford gekommen.

Während Edie aus dem Fenster starrte, starrte Cædmon wiederum sie an. Die geraden Brauen verliehen seiner Begleiterin einen entschieden ernsten Gesichtsausdruck, der so gar nicht zu ihrer überschäumenden Persönlichkeit passte. Dann waren da ihre weichen Lippen und die blasse, viktorianisch zarte Haut. Als er Edie Miller das erste Mal gesehen hatte, war sie ihm wie eine ungewöhnliche Mischung aus präraffaelitischer Schönheit und skurriler Moderne vorgekommen.

Ohne nachzudenken hob er die Hand, legte sie ihr unters Kinn und drehte langsam ihr Gesicht zu sich herum. Verblüfft starrte sie ihn mit großen Augen und offenem Mund an. *Perfekt*, dachte er, als er sich zu ihr beugte, um festzustellen, ob diese Lippen so weich waren, wie sie aussahen.

Wunderbarerweise waren sie das.

Da er sie nicht um Erlaubnis gefragt hatte, streichelte er ihren Mund nur sanft mit den Lippen, aus Sorge, sie könnte vor seiner Anmaßung zurückscheuen. Einige Augenblicke lang spielte er den Gentleman, übte sanften Druck aus und vertiefte den Kuss nur langsam. Bis sie etwas an seinen Lippen flüsterte. Er hatte keine Ahnung, was es war. Er wusste nur, dass diese unzusammenhängende Äußerung unglaublich erotisch klang, und da die biologische Reaktion eines Mannes ähnlich simpel wie ein Abzugsmechanismus funktioniert, drängte er ihr die Zunge in den Mund, umfasste mit der Hand ihren Nacken und nahm sie regelrecht gefangen. Mit geöffneten Lippen küsste er sie tief und feucht.

Mehrere Augenblicke lang küsste er sie wie ein Verrückter, ließ die Hand von ihrem Nacken hinunter zu ihrem Rücken gleiten und zog sie enger an sich, hörte nicht auf, bis sich ihre Brüste an ihn pressten.

Hörte nicht auf, bis er von der gegenüberliegenden Seite des Mittelgangs hörte, wie jemand empört die Luft einzog.

Abrupt und ein wenig verlegen beendete er den Kuss und räusperte sich, wobei er hoffte, dass sie die sichtbare Beule zwischen seinen Beinen nicht bemerkte.

»Das war nicht geplant und … Ich bitte um Vergebung, wenn ich mich unangemessen verhalten habe.« Seine Wangen röteten sich bei dieser unbeholfenen Entschuldigung.

Feuchte Lippen kräuselten sich zu einem bezaubernden Lächeln. »Das Einzige, was du falsch gemacht hast, ist, dass du mit dem Kuss *viel* zu früh aufgehört hast.« Dann warf Edie einen Blick aus dem Fenster. »Sieht so aus, als wären wir gerade in Oxford angekommen.«

33

Verstohlen musterte Edie die Gebäude entlang der High Street, in der Hoffnung, dass sie dabei nicht zu ehrfürchtig aussah.

Wohin sie auch blickte, überall fanden sich Hinweise auf Oxfords mittelalterliche Vergangenheit. Manche davon dezent, manche auffällig. Zinnen. Tortürme. Erkerfenster. Und Stein. Jede Menge Stein. In allen Schattierungen von fahlem Silber bis zu sattem Gold. All das zusammen ergab eine wundersame Art der Reizüberflutung.

»Wo ist die Universität?«, fragte sie und zog die Schultern ein, um nicht mit einer Gruppe Kunden zusammenzustoßen, die die Mittagszeit zum Einkaufen nutzten und gerade aus einem Bekleidungsgeschäft kamen. Sie und Cædmon waren unterwegs zu einem Pub namens The Isis Room, wo sie Cædmon zufolge anscheinend Sir Kenneth Campbell-Brown finden würden.

Cædmon verlangsamte seine Schritte und deutete auf beide Seiten der geschäftigen Durchgangsstraße. »Die Universität von Oxford ist überall und nirgends. Seit wir die Busstation verlassen haben, sind wir bereits an den Jesus, Exeter und Lincoln Colleges vorbeigekommen.«

»*Ehrlich*?« Verwundert darüber, wie sie drei Hochschulen hatte übersehen können, drehte Edie den Kopf. Sie wusste, dass die Universität von Oxford aus mehreren Dutzend Colleges bestand, die über die ganze Stadt verteilt waren. Da sie selbst ein College in der Innenstadt besucht hatte, nahm sie an, dass die verschiedenen Gebäude mit Schildern gekennzeichnet wären. Ganz offensichtlich hatte sie sich da falsche Vorstellungen gemacht.

»Halt nach den Toren Ausschau«, meinte Cædmon und zeigte auf ein beeindruckendes eisernes Portal, das in eine Steinmauer eingelassen war. »Sie führen oft in einen viereckigen Innenhof. Die meisten der Colleges sind nach dem üblichen mittelalterlichen Schema aufgebaut, mit Kapelle und Halle, flankiert von den Unterkünften.«

Edie spähte durch die eisernen Stäbe. Jenseits des Torhauses erhaschte sie einen Blick auf gewölbte Säulengänge, die alle Seiten eines quadratischen Innenhofs umgaben.

»Das ist schon ein beeindruckender Eingang. Ich schätze, er soll dafür sorgen, dass die kleinen Leute draußen bleiben, was?«

»Da ich übermäßig viel Zeit auf der anderen Seite solcher ›beeindruckender‹ Tore verbracht habe, war ich immer der Meinung, sie sollten dafür sorgen, dass die Studenten drinnen bleiben – die Methode des Colleges, eine sklavische Hingabe der Studenten an ihre Alma Mater zu kultivieren.« Edie war sich nicht sicher, aber sie glaubte, aus seiner Stimme einen Hauch Sarkasmus herauszuhören.

»Klingt wie ein akademisches Nimmerland.«

»In der Tat, das war es.«

»Also, wo sind dann die verlorenen Jungs?«

Seine kupferfarbenen Brauen zogen sich kurz zusammen. »Ach, die Studenten. Das Herbst-Trimester ging letzte Woche zu Ende, deshalb ist der größte Teil der Studenten über die Feiertage nach Hause gefahren.«

»Nun, das erklärt natürlich all die herrenlosen Fahrräder.« Sie deutete mit dem Kinn auf eine große Anzahl Räder, die vor einer Stuckwand abgestellt waren. Über der ordentlichen Reihe angeketteter Fahrräder flatterten alte Plakate im Wind. Debattiergruppen. Theatergruppen. Chorgruppen.

Für einen Moment wurde Cædmons Blick weicher. »An ihren Fahrrädern sollt ihr sie erkennen«, murmelte er, und sein Sarkasmus wich kurzfristig einem Gefühl, das eher an Nostalgie erinnerte.

Überrascht von seinem plötzlichen Stimmungsumschwung musterte Edie ihren Begleiter verstohlen und ließ den Blick von seinem dichten roten Haarschopf bis zu den Spitzen seiner schwarzen Lederschuhe wandern. Langsam wurde ihr bewusst, dass Cædmon Aisquith ein komplizierter Mann war. Oder vielleicht war sie nur schwer von Begriff, wenn es um Männer ging. Mit diesem Hammer-Kuss hatte er sie jedenfalls völlig überrumpelt. Aus irgendeinem idiotischen Grund hatte sie angenommen, dass er, nur weil er so ein Schlaukopf war, auch wie ein Mönch lebte. *War das nicht eine dämliche Vermutung?* Wenn es nach dem leidenschaftlichen Geknutsche im Bus ging, dann würde er einen lausigen Mönch abgeben. *Ich frage mich, wie er wohl als Liebhaber ist.*

Nachdem sie einige Augenblicke lang über diese Frage nachgedacht hatte, kam sie zu dem Schluss, dass das unmöglich zu beurteilen war, denn seine kultivierte Art wirkte wie ein verschleiernder Deckmantel. Obwohl der unerwartete Kuss ganz eindeutig auf tiefere Leidenschaft hinwies.

Nichtsahnend, dass er gerade eindringlich gemustert wurde, wandte Cædmon den Kopf, als sie an einem Bankautomaten vorbeikamen.

»Auch wenn ich schwer in Versuchung bin, den Geldautomaten zu benutzen, würde das Stanford McFarlane geradewegs zu uns führen.«

»Keine Sorge. Als Gralshüterin kann ich dir versichern, dass wir noch genug Bares haben, um flüssig zu sein. Zumindest noch für eine Weile.« Die Flugtickets und die neue Kleidung hatten ihre Reisekasse ein wenig strapaziert, aber beim letzten Nachzählen waren es noch fast dreitausend Dollar gewesen.

»Ausgehalten zu werden, gefällt mir nicht besonders. Verletztes Ego und so.«

Sie setzte eine übertrieben verblüffte Miene auf. »Du machst

Witze, oder? Da haben wir bereits drei Tage miteinander verbracht, und erst *jetzt* erfahre ich, dass du etwas dagegen hast, mein Sexsklave zu sein?« Um die Rolle noch ein wenig mehr auszureizen, seufzte sie theatralisch. »Und da dachte ich, du hättest den Spaß deines Lebens.«

Zu ihrer Überraschung errötete Cædmon; seine Wangen wurden rot wie die Beeren eines Stechpalmenstrauchs. Verlegen hob er die Faust an die Lippen und räusperte sich hüstelnd.

»Hallo-o. Ich mache doch nur Spaß«, versicherte sie ihm, amüsiert über seine Verlegenheit.

»Wie steht es dann damit, dass du mir ein Bier ausgibst?« Cædmon nahm sie am Ellbogen und führte sie zu einer mit Holz vertäfelten Tür. Über der Tür schwang ein leuchtend bunt bemaltes Schild mit dem Namen des Pubs an einer Metallhalterung leicht hin und her.

»Mit Vergnügen, Schatz«, versuchte sie sich an einem Cockney-Akzent.

Sie hatte nicht erwartet, dass das Innere des Pubs so düster wäre, und musste ein paarmal blinzeln, bevor sich ihre Pupillen an das warme, gelbliche Dämmerlicht gewöhnt hatten, das den Raum erfüllte. Alles in allem war das Lokal ziemlich genau so, wie sie sich ein englisches Pub vorgestellt hatte – holzvertäfelte Wände, Holzbalken an der Decke und im Raum verteilte hölzerne Tische und Stühle. An den cremefarbenen Wänden hingen gerahmte Drucke von Seeschlachten; über der Schlacht von Trafalgar steckte ein welker Strauß Mistelzweige.

Ihr Blick fiel auf eine Staffelei mit einer Tafel, auf der das Menü des Tages aufgelistet war: hausgemachte Linsensuppe, Käse-Quiche, Meeresfrüchtesalat. Sie legte sich die Hand auf den Bauch, denn das gummiartige Hähnchen-Cordon-bleu, das ihnen auf dem Transatlantikflug serviert worden war, hatte sie schon längst verdaut.

»Irgendeine Vorstellung, wie dieser Sir Kenneth aussieht?«, fragte sie über ein sehr undamenhaftes Magenknurren hinweg.

»Gerötete Wangen, Adlernase und ein silbergrau gelockter Wuschelkopf. Sieht aus wie ein Schaf vor der Frühjahrsschur. Er ist nicht zu übersehen.«

Mit den Augen suchte Edie das überfüllte Pub ab. »Wie wär's mit Teilen und Herrschen? Du nimmst diese Seite des Raums und ich die andere.«

»Gut.«

Kurz darauf sah Edie einen Mann mittlerer Größe mit lockigem grauem Haar an der Bar stehen und steuerte auf ihn zu, wobei sie die Hand hob, um Cædmons Aufmerksamkeit zu erregen und auf ihren Verdächtigen deutete. Ein paar Augenblicke lang starrte Cædmon den Rücken des Mannes an, und dabei bohrte sich sein Blick beinahe sprichwörtlich in dessen Hinterkopf. Sie war sich nicht sicher, aber es kam ihr so vor, als straffte Cædmon erst die Schultern, bevor er auf die Bar zuging.

Sie erreichte die Zielperson ein paar Sekunden vor Cædmon und tippte dem grauhaarigen Mann auf die Schulter.

»Entschuldigen Sie. Sie sind nicht zufällig Sir Kenneth Campbell-Brown?«

Langsam drehte sich der grauhaarige Mann zu ihr um. Obwohl er eine Bomberjacke aus braunem Leder trug und einen roten Kaschmir-Schal lässig um den Hals geschlungen hatte, erinnerte er wirklich verblüffend an einen wolligen Schafbock.

»Nun, ich bin jedenfalls nicht der verdammte Prince of Wales.«

»Ah! Immer noch der freundliche, von Studenten und Kollegen gleichermaßen geschätzte Oxford-Professor«, sagte Cædmon, der den Wortwechsel mit angehört hatte.

Sir Kenneths Augen, die von Natur aus ohnehin schon glubschäugig waren, wurden noch größer, als er sich zu Cædmon umdrehte. »Gütiger Gott! Ich dachte, Sie wären in ein Erdloch gekrochen und gestorben! Was zum Teufel machen Sie in Oxford? Ich hatte nicht den Eindruck, dass Sie für die ›Boar's Head Gaudy‹ sonderlich viel übrig hätten.«

»Da haben Sie recht. In den dreizehn Jahren, seit ich fortging, habe ich noch kein einziges Mal an dem traditionellen Weihnachtsessen teilgenommen.«

Der ältere Mann kicherte. »Ich vermute, das liegt an Ihrem weichherzigen Mitgefühl für das mit Äpfeln gefüllte Schwein, das dort dem Brauch nach serviert wird. Dann erzählen Sie mal, junger Aisquith: Wenn das Schwein nicht Ihr Anliegen ist, was führt Euch ›an den hohen Strand der Welt‹?«

»Wie es das Schicksal will, sind Sie der Grund, warum ich in Oxford bin.« Äußerlich ruhig – vielleicht zu ruhig angesichts der Herablassung des älteren Mannes – wandte Cædmon den Blick wieder in Edies Richtung. »Entschuldigen Sie. Ich war nachlässig. Edie Miller, darf ich vorstellen: Professor Sir Kenneth Campbell-Brown, leitender Wissenschaftler am Queen's College.«

Sir Kenneth nahm die Vorstellung mit einem leichten Nicken seines wolligen Kopfes zur Kenntnis. »Ich bin außerdem Leiter der geschichtlichen Fakultät, Mitglied der Tutorenkommission, Verteidiger des Königreiches und Schützer von Witwen und Waisen«, informierte er sie in wunderschön getragenem Tonfall. »Darüber hinaus bin ich der Verantwortliche dafür, dass dieser Bauernbursche hier aus Oxford rausgeworfen wurde.«

34

»Bedenken Sie, dass das Jahre her ist«, fügte Sir Kenneth immer noch an Edie gewandt hinzu. Dann, an Cædmon gerichtet: »Wasser unter der Magdalen Bridge, nicht wahr?«

Entschlossen, sich nicht in diese spezielle Unterhaltung hineinziehen zu lassen – man konnte in einer seichten Pfütze ertrinken, wenn man von diesem Professor hineingeführt wurde –, deutete Cædmon mit dem Kinn zur gegenüberliegenden Seite des Pubs.

»Sollen wir die Unterhaltung in diese freie Nische in der Ecke verlegen?«

»Ein ausgezeichneter Vorschlag.« Lächelnd legte Sir Kenneth Edie die Hand an den Ellbogen. »Und was ist Ihr Begehr, meine Liebe?«

»Oh, für mich bitte nur ein Glas Wasser. Es ist noch ein bisschen zu früh für Gerstensaft.«

»Geritzt. Gänsewein für die Dame und ein Kingfisher für den Herrn. Ich bin gleich zurück.« Sir Kenneth drehte sich um und gab bei der Bedienung die Bestellung auf.

Während Cædmon Edie zu der Nische führte, fragte er sich, wie sein ehemaliger Mentor sich nach so vielen Jahren immer noch daran erinnern konnte, dass er gerne Lager trank. *Der alte Bastard hatte schon immer ein Gedächtnis wie ein Fangeisen.*

Was bedeutete, dass er auf der Hut sein musste, um nicht im Sack des Wilderers zu landen.

Während sie einer heiteren Gruppe auswichen, die die Vorzüge des neuen Premierministers diskutierten, stieß Edie ihn mit dem Ellenbogen in die Rippen. »Du hast mir nicht gesagt, dass du Sir Kenneth kennst.«

»Ich bitte, diese Unterlassung zu entschuldigen«, gab er zurück, wobei er es unterließ zu erwähnen, dass dieses Versehen reine Absicht gewesen war.

»Du hast mir auch nicht gesagt, dass du aus Oxford ›rausgeworfen‹ wurdest. Herrje, was verheimlichst du noch vor mir? Du wirst nicht etwa von der Polizei gesucht oder etwas in der Art, richtig?«

»Von der Polizei? Nein.« *Der* RIRA, *ja.* Da er wusste, dass es ihr nur Angst einjagen würde, wenn er ihr diesen kleinen Leckerbissen verriet, hielt Cædmon diesbezüglich den Mund.

»Also, was ist passiert? Wurdest du ›von der Hochschule verwiesen‹, wie sich die Intellektuellen ausdrücken?«

»Nein. Ich ging freiwillig, nachdem Sir Kenneth mir auf schmerzhafte Weise klarmachte, dass mir die Doktorwürde nicht verliehen werden würde.«

Sie warf einen Blick zu dem Professor mit den lockigen Haaren. »Ich schätze, es gab böses Blut zwischen euch beiden, nicht?«

»So ähnlich. Obwohl wir hier in England unsere Fehden auf erschreckend höfliche Weise führen«, entgegnete er, erleichtert darüber, dass sie nicht weiter nachbohrte. In seiner Studentenzeit war er ein großspuriger Bastard gewesen, höchst überzeugt von seinen intellektuellen Fähigkeiten. Er hatte seine wohlverdiente Strafe erhalten. Und zog es vor, nicht darüber zu sprechen.

Er half Edie aus ihrem roten Mantel und hängte ihn an einen Messinghaken an der Seite der hohen Trennwand, die die Nische begrenzte. Dann zog er seinen Anorak aus, hängte ihn neben den Mantel und schob Edie zu dem runden Tisch in der Nische.

»Würde es dir was ausmachen, mir das Körbchen mit Kräckern vom Nebentisch zu bringen?«, fragte Edie, während sie sich setzte, nicht in die Nische, sondern auf den Stuhl vor dem Tisch.

Cædmon befolgte ihre Bitte. Nachdem er das Körbchen in die Mitte des Tisches gestellt hatte, setzte er sich auf einen freien Stuhl, gerade als Sir Kenneth, der ein kleines Tablett balancierte, sich dem Tisch näherte.

»Geht doch nichts über Malz, Hopfen und Hefe, um den Geist brüderlicher Eintracht heraufzubeschwören, nicht wahr?« Als Mann sprunghafter Stimmungsschwankungen hatte Sir Kenneth seine vorherige Herablassung aufgegeben und demonstrierte nun stattdessen plumpe gute Laune. Nachdem er die Getränke verteilt hatte, setzte er sich in die Nische. An drei Seiten von dunklem Holz umgeben wirkte er wie ein Sachsenkönig, der Hof hielt.

Edie hob ihr Wasserglas. »Ich nehme an, dass ich in all diese brüderliche Liebe mit eingeschlossen bin.«

»Aber selbstverständlich, meine Liebe.« Als Edie den Kopf senkte, blinzelte Sir Kenneth Cædmon anzüglich zu, und am liebsten hätte dieser ihm dafür die Nase eingeschlagen.

Auch wenn er aus den höheren Rängen der britischen Gesellschaft stammte, hatte Sir Kenneth nichts dagegen, sich mit dem einfachen Mann abzugeben. Oder der einfachen Frau, denn Sir Kenneth hatte eine besondere Schwäche für das schöne Geschlecht. Der Mann besaß einen unersättlichen sexuellen Appetit, den das Alter offensichtlich nicht gemindert hatte. Gerüchten zufolge hatte der Provost einmal angemerkt, Oxford täte recht daran, zu den Zeiten des Zölibats für Dozenten zurückzukehren, und wenn auch nur aus dem einzigen Grund, marodierende Dozenten wie Sir Kenneth unter Kontrolle zu halten.

»Also, sagen Sie mir, junger Aisquith, was verschafft mir das Vergnügen dieses höchst unerwarteten Besuches?«

»Wir würden Sie gerne etwas über einen Ritter aus dem dreizehnten Jahrhundert namens Galen of Godmersham fragen.«

»Wie eigenartig. Ich hatte gestern ein Treffen mit einem Kerl aus Harvard, einem Professor für mittelalterliche Literatur, der sich für Galen of Godmershams lyrische Bemühungen interessierte.«

In der Tat eigenartig. Cædmon fragte sich sofort, ob der »Kerl aus Harvard« für Colonel Stanford MacFarlane arbeitete. Oder war es bloßer Zufall, dass ein amerikanischer Wissenschaftler sich nach einem unbedeutenden englischen Ritter erkundigte? Da Sir Kenneth Campbell-Brown die führende Koryphäe auf dem Gebiet der englischen Kreuzritter war, konnte es reiner Zufall sein. Obwohl Cædmon da seine Zweifel hatte.

»Was meinen Sie mit Lyrik?«, warf Edie ein. »Sprechen wir von demselben Ritter?«

Da es stets typisch für Sir Kenneths Art zu unterrichten gewesen war, eine Frage mit einer Gegenfrage zu beantworten, tat er genau das. »Wie vertraut sind Sie mit Galen of Godmersham?«

Edie nahm sich mehrere Kräcker aus dem Körbchen. »Ich kenne nur seinen Namen. Oh, und die Tatsache, dass er auf seinem Kreuzzug durch das Heilige Land eine goldene Truhe entdeckte.«

»Ah … die sagenumwobene goldene Truhe.« Sir Kenneths Augen

wurden schmal, und er richtete den Blick auf Cædmon. »Ich hätte wissen müssen, dass es um diesen Unsinn geht.«

»Ich nehme an, der amerikanische Professor hat ein ähnliches Interesse an Galens Schatz gezeigt«, konterte Cædmon, ohne auf die Stichelei einzugehen.

»Wenn Sie es unbedingt wissen wollen, er hat Galens goldene Truhe nie erwähnt. Das Spezialgebiet dieses Kerls war englische Lyrik des dreizehnten und vierzehnten Jahrhunderts. Hat unzählige altertümliche Verse rezitiert. Ich wäre beinahe eingenickt.«

»Auszeit«, rief Edie und formte dabei mit den Händen ein »T«. »Ich bin völlig verwirrt. Wir sprechen von einer goldenen Truhe, und Sie sprechen von Lyrik. Kommt es nur mir so vor, oder reden wir aneinander vorbei?«

Die Frage glättete die gesträubten Federn des alten Gockels wieder, und er lächelte. »Weil Sie ein so bezauberndes Mädchen sind, mit Ihren rabenschwarzen Elfenlocken und der zarten Haut, will ich Ihnen alles erzählen, was ich über Galen of Godmersham weiß. Woraufhin Sie mir erzählen werden, warum Sie hinter toten Rittern herjagen.«

»Okay, das ist nur fair«, antwortete Edie und erwiderte das Lächeln.

Da er nicht wollte, dass Sir Kenneth die ganze Geschichte erfuhr, beschloss Cædmon einzuschreiten, sobald der Zeitpunkt gekommen war, ihm die Gründe für ihr Interesse zu verraten. Wenn dieses Wissen in die falschen Hände geriet, konnte es einen umbringen.

»Wie Ihr Bauernlümmel hier Ihnen vielleicht erzählt hat, oder auch nicht, befand sich während des Mittelalters der gesamte Mittlere Osten einschließlich des Heiligen Landes unter muslimischer Herrschaft. In Anbetracht der Tatsache, dass es das Land der biblischen Patriarchen und der Geburtsstätte Christi war, glaubten die christlichen Europäer, dass das Heilige Land unter ihrer Herrschaft stehen sollte. Das jahrhundertelange Blutbad, das darauf folgte, wurde als Kreuzzüge bekannt.«

»Kaum war Jerusalem von den Armeen der Kreuzritter erobert, baute die Kirche religiöse Milizen auf, um das neue Reich zu überwachen. Die zwei bekanntesten waren die Tempelritter und die Ritter vom Malteserorden.«

»Die Rivalität zwischen diesen Orden ist legendär«, warf Cædmon ein, wobei er seiner Stimme einen möglichst neutralen Klang gab. Die Tempelritter waren Gegenstand bitterer Auseinandersetzungen zwischen ihm und seinem ehemaligen Mentor gewesen.

»Und es sollte nicht außer Acht gelassen werden, dass die Männer, die die Reihen der Templer und der Malteser füllten, alles andere als heilige Brüder waren«, bemerkte Sir Kenneth auf dem Fuße. »Sie waren ausgebildete Krieger, die im Namen Gottes kämpften, und das gnadenlos. Man könnte sogar so weit gehen, die beiden Orden kriegerischer Mönche mit Söldnertruppen zu vergleichen.«

In diesem Punkt gingen die Meinungen von Cædmon und Sir Kenneth weit auseinander. Doch sie wollten etwas über Galen of Godmersham erfahren, und nicht einen alten Disput neu entfachen.

»Wie die Kreuzritter bald herausfanden, war das Heilige Land reich an religiösen Artefakten, und ganze Schiffsladungen von Reliquien wurden nach Europa verfrachtet«, fuhr Sir Kenneth fort und verschränkte die Arme vor der Brust, ein Oxford-Professor in seinem Element.

»Heilige Reliquien waren der Renner im Mittelalter, nicht wahr?«

»Eher eine Obsession. Viele unternahmen Pilgerreisen, um die Knochen oder versteinerten Gliedmaßen der Heiligen zu sehen. Die getrockneten Hoden des heiligen Basilius. Das Steißbein des heiligen Crispinus. Solche Kuriositäten gab es zuhauf.«

Cædmon konnte spüren, wie Edies Schultern vor stummem Gelächter zuckten. Seine Begleiterin amüsierte sich offensichtlich köstlich über Sir Kenneths respektlose Ausdrucksweise.

»Die Christen im Mittelalter waren davon überzeugt, dass Reliquien eine göttliche Macht besaßen, die die Kranken und Sterbenden heilen und die Lebenden vor den übelwollenden Klauen der dämonischen Welt beschützen konnte.«

»Klingt wie ein Haufen abergläubischer Quatsch«, brachte Edie ihre Anklage vor und schob sich einen weiteren Kräcker in den Mund.

Sir Kenneth beobachtete lüstern, wie der Kräcker zwischen ihren Lippen verschwand, bevor er antwortete. »Obwohl es natürlich Aberglauben gab, war die mittelalterliche Faszination für Reliquien mehr als nur kultische Hingabe. Da wir in einer Wegwerfgesellschaft leben, die keinen Gedanken an die Vergangenheit und nur wenige Gedanken an die Zukunft verschwendet, fällt es schwer, die mittelalterliche Denkweise zu verstehen.«

»Schätze, man könnte uns die Hier-und-Jetzt-Generation nennen«, bemerkte Edie, die anscheinend nicht bemerkte, welche Wirkung sie auf den Oxford-Professor ausübte.

»In der Tat. Doch die Generation, die sich auf den Weg ins Heilige Land machte, im Kettenhemd und mit dem Schwert bewaffnet, glaubte aus vollem Herzen, dass es ihr Geburtsrecht war, dieses Land auszuplündern. Für diese treuen Ritter waren biblische Artefakte eine handfeste Verbindung zu der Vergangenheit, der Gegenwart und der unvorhersehbaren Zukunft. Daher diese Obsession hinsichtlich der Schätze aus der Bibel.«

»Und der meistgesuchte Schatz war die Bundeslade«, betonte Cædmon, um das Thema unauffällig anzuschneiden. »Kein geringerer Denker als Thomas von Aquin behauptete: ›Gott selbst wurde durch die Bundeslade symbolisiert.‹ Andere Kirchenväter verglichen die Lade mit der Heiligen Jungfrau, der Mutter Gottes.«

»Ah, ja … *Faederis Arca.*«

Edie zupfte Cædmon am Ärmel. »Übersetzen, bitte.«

Voll insgeheimer Genugtuung, dass Edie sich an ihn gewandt hatte, antwortete er: »Das ist die weibliche lateinische Form der Bundeslade. *Faederis Arca* wurde verwendet, um die religiöse Überzeugung zu vermitteln, dass genauso wie die ursprüngliche

Bundeslade die Zehn Gebote beherbergt hatte, die Jungfrau Maria in ihrem Schoß den Heiland beherbergte.«

»Und wo kommt bei alledem Galen von Godmersham ins Spiel?«, fragte Edie.

»Wie so viele jüngere Söhne ohne Aussicht, den Familiensitz zu erben, beschloss Galen of Godmersham, sich sein Vermögen auf die altmodische Art zu verdienen, in diesem Fall durch das Plündern der Ungläubigen im Heiligen Land.«

»Raub und Zerstörung – der Stoff, aus dem die englische Geschichte gemacht ist«, bemerkte Cædmon sarkastisch.

Grinsend schlug Sir Kenneth mit der Handfläche auf den Tisch, sodass die halbleeren Gläser klirrten. »Ah! Das waren noch Zeiten, nicht wahr?« Dann fuhr er mit merklich gedämpfterer Stimme fort: »Sowohl die Tempelritter als auch die Malteser beteiligten sich aktiv an der Suche nach der Bundeslade. Und als Ritter des Malteserordens dürfte Galen of Godmersham sich der Jagd angeschlossen haben. Letztlich erwies sich die Suche der Ritter als das fruchtloseste Unterfangen der Geschichte, aber hier nimmt unsere Geschichte eine interessante Wendung.« Sir Kenneth beugte sich vor und sagte mit gesenkter Stimme: »Wenn das Unterfangen der Ritter auch fruchtlos war, so fiel doch dem Glückspilz Galen ein fetter, vergoldeter Apfel in den Schoß.«

Edie lehnte sich ebenfalls nach vorne. »Sie sprechen von der goldenen Truhe, richtig?«

Sir Kenneth nickte. »Im Jahre 1289, während er in der Gegend zwischen Palästina und Ägypten patrouillierte, führte Galen of Godmersham ein kleines Aufgebot von Malteserrittern durch das Tal Esdrelon. Dort, in einem Dorf namens Megiddo, fand er …«

»Eine goldene Truhe«, warf Edie ein. »Aber das ist es, was ich nicht verstehe.« Sie brach ab, mit einem verwirrten Ausdruck auf dem Gesicht. »Wenn in beinahe siebenhundert Jahren niemand diese goldene Truhe gesehen hat, woher wollen Sie dann wissen, dass das verflixte Ding jemals existiert hat?«

»Meine Liebe, Sie sind ebenso scharfsinnig wie schön. Ich weiß es, weil die örtlichen Aufzeichnungen von Kent aus den Jahren 1292 bis 1344 es mir sagen.«

»Natürlich … die ›Feet of Fines‹«, murmelte Cædmon. Als Edie sich mit fragendem Blick zu ihm umwandte, erklärte er: »Die ›Feet of Fines‹ waren die mittelalterlichen Aufzeichnungen allen Grundbesitzes und Eigentums in England.«

»Und die ›Feet of Fines‹ besagen ausdrücklich, dass sich in Galen of Godmershams Besitz eine goldene Truhe von eineinhalb mal zwei Ellen Länge befand. Die ›Feet of Fines‹ besagen außerdem, dass die goldene Truhe in Galens eigener Kapelle auf seinem Landbesitz aufbewahrt wurde. Zusätzlich zu der goldenen Truhe besaß Galen ein Vermögen an unterschiedlichen Goldgegenständen. ›*Objets sacrés*‹, wie sie in den offiziellen Berichten aufgelistet sind.«

»Wenn Galen of Godmersham also die goldene Truhe entdeckte, dann wurde er praktisch über Nacht ein reicher Mann, nicht wahr?«

Der Oxford-Professor nickte. »Wie viele Kreuzritter profitierte Galen of Godmersham von seinem Aufenthalt im Heiligen Land. Obwohl er anscheinend eine großzügige Ader hatte. Im Jahre 1340 vermachte er der Kirche St. Lawrence the Martyr mehrere ›*vestiges d'ancien Testament*‹.«

»Reliquien des Alten Testaments«, erklärte Cædmon mit einem schnellen Seitenblick auf Edie. Dann, zu seinem ehemaligen Mentor gewandt: »An seinen Schwur des Zölibats gebunden, hatte Galen keine rechtlichen Nachkommen. Wer erbte die goldene Truhe und all die *objets sacrés*, als Galen starb?«

»Es ist wahr, dass Galen of Godmersham weder Söhne noch Töchter hatte, doch das lag nicht daran, dass er es nicht versucht hätte. Kaum war Galen nach England zurückgekehrt, verließ er den Malteserorden und widmete sich mit Feuereifer den weltlichen Freuden.«

»Also, wer erbte nun die goldene Truhe?«, wollte Edie wissen, wobei sie die Rolle der staunenden Naiven bis zur Perfektion spielte.

»Das, meine Liebe, ist ein Rätsel. Ein Rätsel, das Historiker und Schatzsucher gleichermaßen verwirrt. Vergessen Sie nicht, als die Pest in der Mitte des vierzehnten Jahrhunderts zuschlug, waren ihre Folgen verheerend. Ein Drittel der englischen Bevölkerung wurde dahingerafft. Wie Sie sich unschwer vorstellen können, folgte darauf Chaos, und die Aufzeichnungen gerieten völlig durcheinander. Es wurde behauptet, dass Galen, der sich seinem fünfundachtzigsten Lebensjahr näherte, als die Beulenpest die englische Küste erreichte, vorsorglich seine kostbare goldene Truhe aus der Familienkapelle schaffte, um sie vor den Plünderungen, die auf die Pest folgten, in Sicherheit zu bringen. Generationen von Schatzsuchern haben sich seitdem auf Galen of Godmershams Ausbruch schöpferischer Inspiration auf dem Totenbett konzentriert, denn der gerissene alte Ritter verfasste kurz vor seinem Tod im Jahr 1348 mehrere poetische Vierzeiler.«

»Oh, jetzt kapier ich!«, rief Edie aus und fiel vor Aufregung beinahe vom Stuhl. »Die Hinweise darauf, wo sich die goldene Truhe befindet, sind in den Vierzeilern versteckt.«

»Möglicherweise«, antwortete Sir Kenneth, der sich nicht darauf festlegen lassen wollte. »Obwohl Galens Dichtung sehr kryptischer Natur ist, gibt es in den Quartetten einen Hinweis auf eine *arca.*«

»*Arca* ist das lateinische Wort für Truhe«, erklärte Cædmon und nahm sich einen Augenblick Zeit, um über all das nachzudenken, was Sir Kenneth ihnen gerade enthüllt hatte. Wenn sich in den Vierzeilern tatsächlich Hinweise auf den Verbleib der goldenen Truhe befanden, dann würde das erklären, warum ein Harvard-Wissenschaftler Interesse an diesen speziellen Verszeilen bekundete. Und wenn dieser Wissenschaftler auf Stanford MacFarlanes Gehaltsliste stand, bedeutete das, dass der Bastard vierundzwanzig Stunden Vorsprung hatte, das jahrhundertealte Rätsel zu lösen.

»Besteht irgendeine Chance, dass es sich bei der goldenen Truhe, die Galen of Godmersham entdeckte, um die Bundeslade handelt?«, fragte Edie unvermittelt.

Kaum war die Frage ausgesprochen, fuhr Sir Kenneths wolliger Kopf zu Cædmon herum. »Ist das der Grund, warum Sie mir auf den Zahn fühlen? Damit Sie einem Mythos hinterherjagen können?«

Cædmon öffnete den Mund, um zu antworten, doch Edie kam ihm zuvor.

»Wir dachten, es könnte eine *geringe* Möglichkeit bestehen, dass Galen of Godmersham die Bundeslade entdeckt hat.«

»Vergebliche Mühe, meine Liebe. Das Heilige Land strotzte nur so von goldenem Plunder. Mehr als nur ein verarmter Ritter kehrte nach England als wohlhabender Mann zurück.«

Unbeirrt fuhr Edie fort. »Wenn Galen die Bundeslade nicht entdeckt hat, dann …«

»Ich sagte nicht, dass er es nicht tat.«

»Aber Sie sagten doch gerade …«

»Ich sagte, dass Galen of Godmersham eine goldene Truhe entdeckte. Es gilt erst noch zu beweisen, dass diese goldene Truhe die viel gepriesene Bundeslade war. Ich bin Wissenschaftler, kein Verschwörungstheoretiker, und als solcher befasse ich mich mit Fakten, nicht mit versteckten Andeutungen«, stellte der ältere Mann schroff fest. Während er sprach, starrte er Cædmon fest in die Augen. Dann, mit sanfter werdender Miene, wandte er seine Aufmerksamkeit wieder Edie zu. »Wussten Sie, dass es eine alte irische Legende gibt, die besagt, dass eine Schar unerschrockener Hebräer nicht nur auf der grünen Insel Zuflucht nahm, sondern auch noch die Bundeslade mit sich brachte? Angeblich vergruben sie das verdammte Ding am Fuß eines Hügels in Ulster. Eine beinahe ebenso absurde Geschichte wie die, dass Galen of Godmersham die Bundeslade im Tal Esdrelon entdeckt haben soll.«

In diesem Augenblick öffnete sich die Tür des Pubs, und eine

Schar kichernder Frauen, die einen Geburtstagskuchen emporhielten, trat über die Türschwelle.

»Wie es scheint, hat die Spitzenhöschen-Brigade das Feld übernommen«, bemerkte Sir Kenneth trocken. »Sollen wir unsere Unterhaltung in der Rose Chapel fortsetzen?«

Ohne sich die Mühe zu machen, auf eine Antwort zu warten – es war eher eine Aufforderung als eine Einladung –, erhob Sir Kenneth sich.

Edie beugte sich zu Cædmon und flüsterte ihm ins Ohr. »Er will in die *Kirche* gehen?«

»Nicht so, wie du meinst. Sir Kenneth wohnt in der Rose Chapel.«

»Wie ein mittelalterlicher Mönch, was?«

Cædmon sah zu, wie Sir Kenneth anerkennend den Hintern der Kuchenträgerin begutachtete.

»Wohl kaum.«

35

Nachdem Sir Kenneth sie durch das verschlungene Labyrinth aus engen Gassen geführt hatte, kam er vor einem Hauseingang mit Fächergewölbe zum Stehen. »Nach Ihnen, Miss Miller.«

Edie stieß ein schmiedeeisernes Tor auf, und als sie das durch Mark und Bein gehende Quietschen hörte, meinte sie: »Ein bisschen Caramba, und das Ding wäre wieder ordentlich geschmiert.«

»Meine Liebe, ich habe keine Ahnung, was Sie da gerade gesagt haben, aber es klang äußerst reizvoll.«

Sie zwang sich zu einem knappen Lächeln. *Gott behüte mich vor lüsternen Oxford-Professoren.*

Als sie bemerkte, dass sie einen alten Friedhof mit unzähligen verwitterten, schiefen Grabsteinen betreten hatten, drängte Edie sich unbewusst näher an Cædmon.

»Ziemlich gruselig«, murmelte sie leise, um die Toten nicht zu stören.

»Die Szenerie bessert sich auf der anderen Seite«, versicherte er ihr, wobei er sanft ihre Hand drückte.

Wenige Augenblicke später stieß sie einen Seufzer der Erleichterung aus, als sie sich in einem mittelalterlichen Boskettgarten wiederfand. Sir Kenneth übernahm die Führung und geleitete sie durch die beschnittenen Buchsbaumsträucher, wobei sein roter Kaschmirschal munter im Wind hinter ihm herflatterte. Als Edie sich vorstellte, wie der ältere Mann wohl nach einem Abend im Pub durch den Irrgarten lavierte, musste sie sich ein Lächeln verkneifen.

Nachdem er sie durch den Boskettgarten manövriert hatte, schlenderten sie durch ein kleines Wäldchen aus Zedern und Blutbuchen, und als Edie durch die Äste der Bäume spähte, stockte ihr der Atem.

Rose Chapel war wunderschön anzusehen, selbst im kahlen Kleid des Winters. Die Kapelle war aus grob behauenem Bruchstein erbaut, wunderschön durchsetzt mit Bogenfenstern aus buntem Bleiglas. Neben der Kapelle befand sich ein dreistöckiger normannischer Turm, der mit seiner schlichten Fassade und den Schießscharten irgendwie fehl am Platz wirkte. Turm und Kapelle schienen miteinander verbunden wie das männliche und weibliche Prinzip von Yin und Yang.

Sir Kenneth trat durch eine pietätlos kanariengelb gestrichene Tür und führte sie in eine Empfangshalle. Mit theatralischer Geste nahm er den roten Schal ab und drapierte ihn um die Marmorbüste eines kahlköpfigen Mannes mit Adlernase.

»Wer ist das?«, flüsterte Edie leise.

»Papst Clemens V.«, flüsterte Cædmon ebenso leise zurück.

Eine ältere Frau in schlichtem marineblauem Kleid – Edie schätzte sie auf um die fünfzig – eilte in die Empfangshalle. Jede Vermutung, dass diese Frau Mrs. Campbell-Brown sein könnte, wurde sofort zerstreut, als sie unterwürfig den Kopf senkte und sagte: »Guten Tag, Sir Kenneth.«

Sir Kenneth quittierte ihre Begrüßung mit wenig mehr als einem knappen Nicken, zog die lederne Bomberjacke aus und hielt sie der Frau hin. Mit einer abwesenden Handbewegung bedeutete er Edie und Cædmon, es ihm nachzutun.

»Kurz nachdem Sie gegangen sind, wurde die Fichte geliefert«, informierte die nun mit drei Jacken beladene Haushälterin den Herrn des Hauses höflich.

Sir Kenneth warf einen Blick auf den wunderschönen, aber ungeschmückten Weihnachtsbaum, der auf der anderen Seite des Raumes aufgestellt worden war.

»Mrs. Janus hat die verdrießliche Angewohnheit, auf das Offensichtliche hinzuweisen.« Er wies auf die gestapelten Kartons auf dem Konsolentisch. »Bitte sehen Sie über den Weihnachtskram hinweg. Mrs. Janus hat ebenfalls die verdrießliche Angewohnheit, Rose Chapel mit Stechpalmenzweigen und haufenweise Satinschleifen zu dekorieren.«

Edie, der Sir Kenneths hochmütiger Ton nicht gefiel, ging zum Tisch und hob vorsichtig einen gläsernen Engel aus seinem Bett aus Seidenpapier. Als sie ihn hochhielt, fingen seine goldgesäumten Flügel das winterliche Licht ein. »Das ist wunderschöner Weihnachtsschmuck«, sagte sie lächelnd zu Mrs. Janus.

»Der ist aus Polen.«

Ohne dass sie darauf hingewiesen worden wäre, spürte Edie, dass die Weihnachtsfeiertage für Mrs. Janus besonders schwer waren. Wie viele Einwanderer sehnte sie sich zweifellos nach den Traditionen ihres Heimatlandes. Vorsichtig legte sie den zerbrechlichen Engel wieder in seine Schachtel zurück. »Ich bin sicher, es wird ein wunderschöner Baum.«

»Die Weihnachtszeit ist eine Zeit der Freude und der Erinnerungen«, antwortete die Haushälterin, wobei sie ihrem Arbeitgeber einen schnellen Blick zuwarf.

»Und des heißen Glühweins«, bellte Sir Kenneth laut. »Und bringen Sie uns ein paar von den kleinen Pastetchen, die Sie in den Ofen geschoben haben.«

Nachdem er seine Anweisungen erteilt hatte, führte Sir Kenneth Edie und Cædmon einen Flur entlang, öffnete, ganz Feudalherr, eine getäfelte Tür und stolzierte in einen großen, hohen Raum. Edie wollte ihm schon folgen, doch dann zögerte sie, erschrocken über die steinernen Fratzen, die den Türrahmen flankierten.

»Ist das nur meine Einbildung, oder hat diese grottenhässliche Kreatur gerade ihre Lippen bewegt?«

»Das ist das Spiel von Licht und Schatten«, klärte Cædmon sie auf. »Sir Kenneths Art, Furcht in den Herzen all derer zu säen, die sein *sanctum sanctorum* betreten.« Angesichts der offensichtlich erbitterten Rivalität zwischen den beiden Männern war Edie nicht überrascht über Cædmons sarkastischen Tonfall.

Auf einen Blick erkannte sie, dass das *sanctum sanctorum* ursprünglich die eigentliche Kapelle gewesen war. Das wuchtige Deckengewölbe, der Steinboden und ein dreiteiliges Kirchenfenster waren eindeutige Zeichen. Alles zusammengenommen war es ein beeindruckender Anblick. Vorausgesetzt, man ignorierte das halbe Dutzend Katzen, die überall im Raum verteilt vor sich hin dösten. Ein Stubentiger mit ausgefransten Ohren, der oben auf einem Bücherregal lag, hob schläfrig den Kopf, der Rest der Sippe nahm keinerlei Kenntnis von ihrem Eindringen.

Edie versuchte, nicht mit offenem Mund zu staunen, während sie den Raum musterte. Manches, wie die mittelalterlichen Kandelaber, fügte sich harmonisch ein. Andere Gegenstände, wie das moderne Regal, das mit Schallplatten in durchsichtigen Plastikhüllen vollgestopft war, wirkten auffallend fehl am Platz in der mittelalterlichen Umgebung.

»Ich möchte behaupten, dass Sie hier die beste Sammlung amerikanischer Rock'n'Roll-Musik aus den 50ern in ganz Großbritannien vor sich sehen«, bemerkte Sir Kenneth, der bemerkt hatte, worauf ihr Blick gerichtet war. »Die Musik meiner Jugend, wie Sie zweifellos bereits kombiniert haben.«

Edie hatte ebenfalls bereits kombiniert, dass Musik nicht die einzige Leidenschaft des Professors war. An der Wand, die ihr am nächsten war, hing ein Schwarz-Weiß-Poster von Mae West, der verführerischen Film-Diva der 30er-Jahre, deren kurvige Figur in ein Abendkleid aus Satin gegossen war. Neben dem Poster hing ein mächtiges Tierhorn. Das grässliche Ding hatte eine leuchtend blaue Quaste und war mit graviertem Silber verziert. Nur zu gut konnte sie sich vorstellen, wie Sir Kenneth, in seinen roten Kaschmirschal und die braune Bomberjacke gekleidet, aus diesem Trinkhorn Gin Tonic wie Leitungswasser kippte.

»Meine Liebe, bevor Sie mich wieder verlassen, müssen Sie einen Blick auf meine Sammlung von Inkunabeln werfen.« Sir Kenneth deutete auf ein Bücherregal, das vor ledergebundenen Bänden überquoll.

Edie, die nicht die geringste Idee hatte, wovon er sprach, bedachte das Bücherregal mit einem flüchtigen Blick, wobei ihr wieder ein Philosophieprofessor in den Sinn kam, der sie einst zu sich nach Hause eingeladen hatte, um ihr seine Sammlung von Chagall-Drucken zu zeigen. Sie drängte sich ein wenig enger an Cædmon.

Sir Kenneth deutete auf zwei Polsterstühle, die vor einem mit Papier überhäuften Schreibtisch standen, einer der Papierstapel beschwert von einem rostigen Astrolabium, ein anderer mit einer Schneekugel des Empire State Building. Hinter dem Schreibtisch, wunderschön in Gold gerahmt, hing eine Reproduktion des Gemäldes von Trumbull, das die Unterzeichnung der amerikanischen Unabhängigkeitserklärung darstellte.

»Sir Kenneth hat eine Vorliebe für alles Amerikanische«, flüsterte Cædmon ihr ins Ohr, während er eine dösende Katze von seinem Stuhl vertrieb. »Sei auf der Hut.«

»Dafür bist du ja da, Big Red«, flüsterte sie zurück.

Sir Kenneth schlenderte zu ihnen herüber und schlug Cædmon

jovial auf den Rücken. »Das mittlere Alter steht Ihnen, Aisquith.« Dann wandte er seine Aufmerksamkeit Edie zu. »Als er hier in Oxford ankam, war er ein schlaksiger Junge mit einem Schopf ungebändigter roter Haare.«

Grinsend musterte Edie Cædmon von oben bis unten. »Hmm. Klingt süß.«

»Ah! Die Dame hat eine Schwäche für rothaarige Knaben.« Als Sir Kenneth sich hinter den Schreibtisch setzte, hörte Edie ihn murmeln: »Der glückliche Mistkerl.«

36

Wie er so in Sir Kenneths Arbeitszimmer saß, eingehüllt in den Duft von feuchter Wolle und muffigem Leder, überkam Cædmon eine unerwartete Welle schmerzhafter Nostalgie. Um den Anschein äußerlicher Ruhe bemüht, betrachtete er das bunte Kirchenfenster, das den Raum beherrschte. Das dreigeteilte, wunderschöne Stück mittelalterlicher Kunst zeigte die Verführung im Garten Eden.

Unverhohlen phallische Schlange. Leuchtend roter, saftiger Apfel. Hände schamhaft über mit Feigenblättern bedeckte Genitalien gelegt.

Aus irgendeinem unerfindlichen Grund erinnerte es ihn an seine Studentenzeit in Oxford – vielleicht, weil auch er es gewagt hatte, die Frucht vom Baum der Erkenntnis zu essen. Und wenn er der unglückselige Adam war, dann konnte Sir Kenneth Campbell-Brown nur der hintertriebene Luzifer sein, obwohl er in seiner leicht zu beeindruckenden Jugend seinen Mentor in einer weit erhabeneren Rolle gesehen hatte.

Als brillanter Wissenschaftler, strenger Zuchtmeister und manchmal unberechenbar grausamer Bastard hatte Sir Kenneth von seinen Studenten unerschütterliche Treue verlangt. Im Gegenzug hatte er seinen Schützlingen ein unvergessliches akademisches

Erlebnis geschenkt. Stets mit dem Gedanken daran, dass sich in den Anfängen von Oxford Gruppen junger Studenten um die berühmtesten Lehrer ihrer Zeit geschart hatten, hielt Sir Kenneth die Tradition aufrecht, indem er wöchentliche Tutorien innerhalb der steinernen Mauern von Rose Chapel abhielt.

Beinahe acht Jahre lang hatte Cædmon und Sir Kenneth eine enge Beziehung verbunden. Einer Beziehung zwischen Vater und Sohn nicht unähnlich.

Anfangs hatte Sir Kenneth, fasziniert von der Vorstellung, dass die Tempelritter während ihrer Zeit im Heiligen Land möglicherweise die Grabmäler und Tempel Ägyptens erforscht hatten, das Thema seiner Dissertation befürwortet. Doch als Cædmon es wagte zu behaupten, dass die Tempelritter dem katholischen Glauben den Rücken gekehrt hatten und Anhänger des geheimen Isis-Kults geworden waren, weigerte Sir Kenneth sich nicht nur, diese Behauptung zuzulassen, sondern ging in seiner Zurückweisung sogar noch einen Schritt weiter und verspottete ihn öffentlich dafür, »bereitwillig Gerüchte angenommen und sie als die Wahrheit ausgegeben« zu haben.

Er hatte sich gefühlt, als wäre er mitten in einer dunklen, regnerischen Nacht überfallen und ausgeraubt worden.

Dreizehn Jahre später hatte er sein Unglück in einen Vorteil verwandelt, denn die geschmähte Doktorarbeit legte den Grundstein für *Isis, enthüllt*.

Sich räuspernd schob Cædmon die alten Erinnerungen beiseite und machte sich bereit für etwas, das zweifellos kein heiterer Spaziergang werden würde.

»Betrachten wir einmal die Frage, ob Galen of Godmersham auf seinem Spähtrupp durch das Tal Esdrelon die Bundeslade entdeckt haben könnte«, begann er vorsichtig im Hinblick darauf, dass Sir Kenneth sich mit »Fakten, nicht mit versteckten Andeutungen« befasste. »Gibt es irgendeinen Beleg, der diese Behauptung unterstützt?«

In seinen ledernen Ohrensessel gelehnt, die von blauen Äderchen durchzogenen Finger vor der Brust verschränkt, kniff Sir Kenneth nachdenklich die Augen zusammen. Zweifellos wog der alte Mann ab, ob er antworten sollte oder nicht. Mit spürbarem Mangel an Begeisterung meinte er schließlich: »Es gibt ein paar bruchstückhafte historische Tatsachen, die Ihre Theorie unterstützen.«

»Die da wären?«, meldete Edie sich zu Wort. Feingefühl war nicht gerade ihre Stärke.

»Wie Sie zweifellos wissen, wurden immer wieder Theorien darüber, wann und wo die Bundeslade verschwand, aufgestellt und verworfen. Wenn man die Jahrhunderte biblischen Schweigens sorgfältig durchforstet, könnte man das Verschwinden der Bundeslade dem ägyptischen Pharao Schischak, der die heilige Stadt Jerusalem im Jahre 926 v. Chr. eroberte, in die Sandalen schieben.«

Als sein ehemaliger Mentor zu sprechen begann, wurde Cædmon wieder daran erinnert, dass Sir Kenneth seine Vorlesungen niemals vorbereitete, sondern immer aus dem Stegreif sprach. Und das brillant. Die meisten, die unvorbereitet zu Höhenflügen ansetzten, machten letztlich eine Bruchlandung. Doch nicht so Sir Kenneth Campbell-Brown. Seine Vorlesungen waren legendär.

Cædmon wandte sich zu Edie und ergänzte: »Schischaks Einmarsch ereignete sich nicht lange nachdem Salomons Sohn Rehabeam die Krone Israels geerbt hatte. Da die nördlichen Stämme sich zuvor während eines Machtkampfes abgespalten hatten, war das Königreich Israel verwundbar.«

»Mit anderen Worten, die opportunistischen Ägypter stürzten sich auf sie wie die Aasgeier auf überfahrene Tiere am Straßenrand.«

Deutlich amüsiert lachte Sir Kenneth laut auf. »Sehr schön ausgedrückt, meine Liebe! Wirklich sehr schön ausgedrückt.«

Auf der anderen Seite des Arbeitszimmers öffnete sich plötzlich die Tür. Ohne ein Wort zu sagen trug Mrs. Janus ein mit Wedgewood-Porzellan und Zinn beladenes Tablett zum Teetisch hinüber.

Immer noch schweigend wie ein Grab reichte sie jedem von ihnen einen Becher Glühwein und ein Tellerchen mit zwei kleinen Pasteten. Als Cædmon zusah, wie die Haushälterin den Raum wieder verließ, glaubte er, sich an die Frau zu erinnern, obwohl er sich nicht vorstellen konnte, warum irgendein Hausangestellter Sir Kenneths unberechenbare Launen so viele Jahre freiwillig ertragen würde. Offensichtlich besaß die Frau die Geduld Hiobs.

»Der verfluchte Ofen läuft schon seit dem ersten Dezember ununterbrochen auf Hochtouren. Wenn ich nicht aufpasse, dann nehme ich bis zum Dreikönigstag mindestens fünf Kilo zu.«

Edie ignorierte eine kunstvoll ziselierte Dessertgabel und griff sich mit den Fingern ein winziges Törtchen vom Teller. »Sie wollten uns gerade mit der Geschichte von Schischaks Einfall in Israel erfreuen.«

»Ganz recht.« Sir Kenneth zog Wein dem Gebäck vor und umfasste seinen Becher mit beiden Händen. »Im fünften Jahr der Regentschaft Rehabeams zog dem Buch der Könige zufolge ›Schischak, der König von Ägypten, gegen Jerusalem herauf und nahm die Schätze im Hause des Herrn und die Schätze im Hause des Königs; alles nahm er weg.‹«

»Was bedeutet, dass der Pharao die Bundeslade stahl!« Als ihr Ausruf nur Schweigen erntete, zog Edie die Brauen über der Nase zusammen. »Nun, was könnte es denn sonst bedeuten?«

»Im Alten Testament wird mit keinem Wort erwähnt, Schischak habe die Bundeslade geraubt. Es wird nur berichtet, dass es dem Pharao gelang, mit fünfhundert Schilden aus getriebenem Gold abzuziehen.«

»Salomons berühmte Schilde«, murmelte Cædmon.

»Es gibt ein paar Bibelhistoriker, die die Theorie aufgestellt haben, dass Salomon König Rehabeam die fünfhundert goldenen Schilde freiwillig aushändigte, um eine Ehrenschuld zu begleichen. Jahre früher hatte der Pharao dem ungeratenen hebräischen Prinzen Asyl gewährt, als dessen Vater seine Hinrichtung befohlen hatte. All diese mörderische Rivalität zwischen Familienmitgliedern ist es, was die Bibel zu so einem vergnüglichen Leseerlebnis macht«, bemerkte Sir Kenneth nebenbei, wobei er Edie anzüglich zuzwinkerte.

»Gibt es noch andere historische Berichte, abgesehen vom Alten Testament, die Schischaks Einfall in Israel erwähnen?«, fragte Cædmon und wünschte sich, der andere Mann würde beim Thema bleiben.

»Die einzige andere Erwähnung ist eine Inschrift im Tempel des Amun-Re in Luxor, derzufolge Schischak nach seinem Angriff auf Jerusalem offensichtlich im Tal Esdrelon Halt machte, wo er eine Gedenksäule errichten ließ. Der damalige Brauch forderte, dass Schischak den Göttern seine Dankbarkeit zeigte, indem er ihnen ein ansehnliches Opfer darbrachte. Wie das Finanzamt, so muss man auch immer seinen Gott zufriedenstellen. Und um Ihre nächste Frage zu beantworten: Es gibt keine Aufzeichnungen darüber, was Schischak mit seiner unrechtmäßigen Beute machte, sobald er in seine Hauptstadt Tanis zurückgekehrt war.«

»Ich dachte, die Bundeslade befände sich in Schischaks Grab. Wenigstens ist das die Theorie aus *Jäger des verlorenen Schatzes*«, meinte Edie im Plauderton.

Zu Cædmons Überraschung lächelte Sir Kenneth, anstatt Edie dafür zu tadeln, dass sie die fiktive Handlung eines Kinofilms in die Diskussion einbrachte. »Sie sind absolut bezaubernd, meine Liebe. Aber Sie haben, was Schischak und die Bundeslade betrifft, einen fehlerhaften Schluss gezogen. Wie ich bereits vorhin erwähnte, gibt es keine Belege dafür, dass Schischak die Bundeslade raubte.«

»Es liegt doch nahe, dass Schischak, wenn seine Armee schon Jerusalem einnahm, auch Salomons Tempel geplündert hat«, argumentierte Cædmon. »Schließlich bestand ja der einzige Grund, Israel zu überfallen, darin, so viele Schätze zu rauben, wie sie einsacken konnten.«

»Und welchen Beweis haben Sie, dass Schischak tatsächlich den begehrten Schatz in die gierigen Finger bekam?«

»Wie Sie schon sagten, es gibt keinen direkten biblischen Nachweis darüber. Andererseits legt die Vernunft nahe, dass …«

»Unsinn! Die Vernunft legt das nicht nahe!«, brauste Sir Kenneth auf und unterstrich seine Zurückweisung, indem er die Faust auf die Armlehne seines Stuhls niedersausen ließ. »Ihre Annahmen sind unbegründet. Sie wären gut beraten, junger Aisquith, von fantastischen Folgerungen abzusehen.«

Nachdem er diese Warnung ausgesprochen hatte, sprang der wollköpfige Professor auf und schritt zu einem Fenster in der Nähe hinüber. Trotz der winterlichen Temperaturen stieß er das Fenster auf und ließ einen Schwung kalter Dezemberluft herein. Das jahrhundertealte Glas fing die Mittagssonne ein und hüllte den älteren Mann in einen silbergrauen Heiligenschein.

»*Reginae erunt nutrices tuae!*«, brüllte er den kahlen Bäumen zu, die den Kirchhof säumten.

Edie fiel beinahe das Kinn herunter, so groß war ihr Erstaunen.

Cædmon, der schon viele Male Zeuge dieser Darbietung gewesen war, erhob sich, ging zum Kaffeetisch hinüber und nahm sich zwei Pasteten mit Pekannüssen von einem Porzellanteller. Er reichte Edie eines der Törtchen. »›Königinnen sollen deine Ammen sein‹«, übersetzte er. »Das ist der Wahlspruch des Queen's College, entnommen aus dem Buch Jesaja.«

Während er sein Törtchen verspeiste, blickte Cædmon an dem wolligen Kopf am Fenster vorbei und erspähte die kleine steinerne Terrasse, die auf den Boskettgarten hinausging. In der Blütenfülle des Frühjahrstrimesters versammelte Sir Kenneth gerne seine Lieblingsstudenten auf dieser Terrasse. Aus irgendeinem unerklärlichen Grund war die Erinnerung an diese üppigen Frühlingstage besonders deutlich. Und besonders schmerzhaft.

»Ich weiß, Sir Kenneth wird mich für diesen Vorschlag zur Schnecke machen«, warf Edie ein, »aber was, wenn Schischak die

Bundeslade in Esdrelon zurückließ, so wie die Philister die Lade in Bet-Schemesch zurückließen? Schischak könnte das getan haben, wenn seine Soldaten plötzlich anfingen, über Tumore und Hautläsionen zu klagen. Oder was, wenn der Pharao Zeuge wurde, wie ein oder zwei seiner Soldaten von der durch die Bundeslade erzeugten elektrischen Spannung durch die Luft geschleudert wurden? Ich würde meinen, dass das Grund genug wäre, die Lade zu verstecken, noch schnell ein Gebet zu sprechen, und sich dann so schnell wie möglich aus Esdrelon zu verziehen.«

Das hielt Cædmon für ein plausibles Szenario. Seine rührselige Stimmung verflog schlagartig, und er setzte sich wieder. »Du bist eine Frau ganz nach meinem Herzen.«

Er hielt es auch für wahrscheinlich, dass Jahrhunderte später ein englischer Kreuzritter über Schischaks Opfergabe gestolpert war. Die Maße von Galens goldener Truhe, die in den ›Feet of Fines‹ angegeben waren, stimmten mit den im Alten Testament beschriebenen Maßen der Bundeslade genau überein. Und Esdrelon, wo Galen of Godmersham seine goldene Truhe entdeckt hatte, war der Ort, an dem die Gedenksäule von Schischak errichtet worden war.

»Sir Kenneth sagte etwas davon, dass Galen stolzer Besitzer einer Anzahl von *objets sacrés* war. Glaubst du das Gleiche wie ich? Dass Galen auch über ein paar von Salomons Schilden stolperte?«

»Es liegt nicht außerhalb des Bereichs des Möglichen, dass Schischak eine Reihe Schilde als Friedensangebot für die Götter zurückließ. Obwohl ich unserem Gastgeber diese Vermutung nicht unterbreiten würde.«

»Schon kapiert.«

Sir Kenneth schloss das Fenster wieder und kam zurück zu seinem Schreibtisch.

»Es geht doch nichts über einen Schrei aus vollem Hals, um den Kopf freizubekommen, was? Sie sollten es auch einmal versuchen, meine Liebe. Ich vermute, Sie haben eine sehr gesunde Lunge.« Nach dieser Äußerung wandte er sich Cædmon zu. »Das war zwar eine höchst unterhaltsame Diskussion, junger Aisquith, aber mit Ihrer ursprünglichen Annahme verhält es sich ähnlich wie mit einem Furz in einem Windkanal. Sie ist bestenfalls flüchtig.«

»Und so ist ›eine schreckliche Schönheit geboren‹«, murmelte Cædmon spaßend.

»Sie hatten immer schon etwas für literarische Schnörkel übrig. Wenn Sie mittelalterliche Literatur anstelle von Geschichte studiert hätten, hätten Sie es weit bringen können.«

»Ähm, wo wir gerade von literarischen Bemühungen sprechen. Die Gedichte, die Galen vor seinem Tod geschrieben hat, machen mich neugierig«, warf Edie ein und übernahm die undankbare Aufgabe des Streitschlichters.

»Ja, ich dachte mir, dass Sie beide sich für Galens Dichtung interessieren könnten. Die Originale werden in der Duke Humphrey's Library aufbewahrt und können nicht entliehen werden. Aber zu Ihrem Glück, meine Liebe, habe ich eine Abschrift hier.«

Im Stehen blätterte er durch einen Stapel Blätter auf seinem Schreibtisch. Als er nicht fand, wonach er suchte, wühlte er sich ungeduldig durch den nächsten Stapel. Und dann noch einen, wobei er die ganze Zeit vor sich hin murmelte.

»Das ist unbegreiflich!«, stieß er verärgert aus und schlug mit der Handfläche auf den letzten Stapel. »Jemand hat die verdammten Quartette geklaut!«

37

Vorsichtig nahm Marta Janus, so wie sie es jedes Jahr tat, den in Seidenpapier eingewickelten Weihnachtsschmuck aus der Schachtel. Zuerst wickelte sie die sechs mundgeblasenen gläsernen Engel aus ihrer Heimat Polen aus. Dann holte sie die in Schottenkaro gekleideten Weihnachtsmänner hervor. Wie immer fand sie die grün und blau karierten Porzellanfiguren leicht grotesk, aber Sir Kenneth war über die Maßen stolz auf seine schottischen Vorfahren, also hängte sie diesen kitschigen Baumschmuck alle Jahre wieder an den Baum. Einen karierten Weihnachtsmann für jeden Kristallengel. Sir Kenneth beschwerte sich stets über die Art, wie der Baum geschmückt war, und nannte es ein seltsames Ritual für eine Frau, die behauptete, eine tiefgläubige Katholikin zu sein. Marta stellte sich einfach taub. Nach siebenundzwanzig Jahren in Sir Kenneths Diensten traf seine Herablassung sie nicht mehr. Sie hatte eine Mauer um ihr Herz errichtet, Stein um Stein, mit Mörtel so dick, dass sie undurchdringlich war.

Zuerst hatte sie geglaubt, Sir Kenneth Campbell-Brown wäre ein gütiger und großzügiger Mann. Obgleich viele Intellektuelle Mitgefühl für die Bewegung der polnischen Regimekritiker kundtaten, waren nur wenige bereit, eine Asylantin, die nur ein paar Worte Englisch sprach, bei sich aufzunehmen. Sir Kenneth hatte keine solchen Bedenken. Er deutete; sie putzte. Im ersten Jahr fand keine wie auch immer geartete verbale Kommunikation zwischen ihnen statt. Und dann wachte sie eines Tages auf und fand handgeschriebene Zettel an beinahe jedes Möbelstück geklebt. Ihre Schonzeit war unvermittelt abgelaufen und der Herr von Rose Chapel erwartete, dass sie die englische Sprache erlernte. Zuerst war es nichts weiter als ein albernes Spiel verstümmelter Ausdrücke und abgehackter Sätze, dann wurde aus dem Spiel etwas Tieferes, Komplexeres. Marta war fest entschlossen, dem Mann, der sie aus Angst und Unsicherheit gerettet hatte, ihren Wert zu beweisen.

Sie war eine der wenigen Glücklichen, denen die Flucht gelungen war, indem sie einem Schleuser eine maßlos hohe Gebühr bezahlte, damit er sie im Bauch eines Fischkutters aus Danzig herausschmuggelte. Ihr Ehemann Witold hatte nicht so viel Glück gehabt. Er wurde bei einer Razzia der Kommunisten gefangen genommen und wegen Verbrechen gegen den Staat ins Gefängnis gesteckt. Als gelernter Maurer bestand sein einziges Verbrechen darin, von einem freien Polen zu träumen. Von den zehn Jahren Zwangsarbeit, zu denen er verurteilt worden war, überlebte er drei. Erst als er bereits seit sechzehn Monaten tot und begraben war, erfuhr Marta von seinem Tod. Sie erzählte niemandem davon, nicht einmal Sir Kenneth. Dabei hielt sie sich an eine unausgesprochene Regel in Rose Chapel: Sprich niemals über Angelegenheiten des Herzens.

Sie vermutete, diese Regel war entstanden, weil Sir Kenneth kein Herz hatte. Oder wenn er eines besaß, dann war es kaum erkennbar. In siebenundzwanzig Jahren hatte Sir Kenneth Campbell-Brown nur bei zwei Gelegenheiten irgendeine Art warmherzigen Gefühls gezeigt. Die erste Gelegenheit war, als er, nachdem er in einer örtlichen Tageszeitung von ihrer Notlage gelesen hatte, die katholische Wohltätigkeitsorganisation, die sie gleich nach ihrer Ankunft in England unterstützt hatte, anrief und sie informierte, dass er ihr eine bezahlte Anstellung geben würde. Beinahe zehn Jahre sollten bis zu der zweiten Gelegenheit vergehen.

Obwohl es dazwischen zahllose Vorfälle gab; Vorfälle, die von einem dekadenten und lasterhaften Dasein sprachen. Unzählige Nächte kam Sir Kenneth nicht nach Rose Chapel. Unzählige Nächte verbrachte er mit Trinkgelagen. In einer dieser Nächte traf sie zufällig in der Küche auf zwei nackte, kichernde Mädchen, die sich gegenseitig Butter auf die Brüste schmierten. An einem anderen Abend ging sie in Sir Kenneths Schlafzimmer, um das Bett aufzuschlagen, nur um zu entdecken, wie Sir Kenneth mit einem muskulösen Schwarzen einen unaussprechlichen Akt vollzog. In manchen Nächten hielt sie ihn für den leibhaftigen Teufel. In anderen Nächten für einen schönen Bacchus.

An jenem längst vergangenen Dezemberabend hatte er jedenfalls sehr schön ausgesehen, in seinem knapp geschnittenen schwarzen Smoking und den grauen Locken, die wie poliertes Zinn glänzten. Er war früh von einer Feier zurückgekommen, die, wie er behauptete, »grässlich langweilig« gewesen war. Marta hatte ihm eine Tasse Glühwein angeboten und gefragt, ob er ihr helfen wolle, den Weihnachtsbaum zu schmücken. Er lachte über die Einladung, aber er lockerte seine Fliege und half ihr dennoch. Er hielt ihr sogar den Stuhl fest, damit sie einen blinkenden Stern auf die Spitze des Baumes setzen konnte. Doch der Stuhl wackelte, und sie fiel ihm zufällig in die Arme. Bevor sie sich versah, wälzten sie sich auf dem frisch gesaugten Teppich und zerrten sich gegenseitig die Kleider vom Leib wie zwei wilde Tiere. Seit den zehn Jahren, seit sie ihre Heimat Polen verlassen hatte, war sie mit keinem Mann mehr intim gewesen. In diesem leidenschaftlichen Augenblick hörte Sir Kenneth auf, der Herr von Rose Chapel zu sein. Er war einfach nur ein Mann. Stark. Hart. Fordernd. Sie hatte aufgeschrien, denn der Schmerz war so köstlich, dass sie glaubte, sie würde in Stücke gerissen.

Am nächsten Morgen war das Schweigen nach Rose Chapel zurückgekehrt. Dem ersten Jahr ihrer Anstellung nicht unähnlich, tat Sir Kenneth nicht viel mehr als zu deuten und zu murmeln. Sie tat nichts, als Staub zu wischen und zu saugen. Die Leidenschaft der vergangenen Nacht wurde mit keinem Wort erwähnt. Wären da nicht der zerbrochene Glasengel unter dem Baum und Sir Kenneths in den Zweigen hängende Fliege gewesen, hätte sie beinahe glauben können, dass es nie geschehen war. Der zerbrochene Engel wanderte in den Mülleimer, die Satinschleife in ihr Kästchen mit Erinnerungsstücken.

Eine Woche später, am zweiten Weihnachtsfeiertag, an dem die Herrschaften ihre Bediensteten traditionellerweise beschenken, war eine kleine, in schlichtes, braunes Papier gewickelte Schachtel auf geheimnisvolle Weise auf ihrem Toilettentisch aufgetaucht. Darin befand sich ein mundgeblasener Kristallengel. Keine Karte. Jedes Jahr war der geheimnisvolle Engel das Erste, was sie auspackte. Und jedes Jahr, trotz seiner Proteste und Beschwerden, schmückte Marta einen Weihnachtsbaum und zwang den Herrn von Rose Chapel so dazu, sich an ihre Nacht voller Leidenschaft zu erinnern.

Sie hatte schon lange jede Hoffnung aufgegeben, dass Sir Kenneths Seele noch gerettet werden könnte. Denn um eine Seele zu haben, musste man zuallererst ein Herz haben. Herzloser Mann, der er war, hatte sie Angst, dass der Tag kommen würde, an dem er sie durch eine jüngere Frau ersetzte, eine Frau, deren Haar noch nicht grau geworden, deren Körper noch nicht erschlafft war. Marta hatte Angst davor, was aus ihr werden würde, wenn sie auf die Straße gesetzt wurde, ohne Geld und ohne Rente.

Doch nun hatte sich eine Möglichkeit ergeben, wie sie diesem Schicksal entgehen konnte. Ein amerikanischer Engel war gekommen, um sie vor dem zu retten, was sie am meisten fürchtete. Nun konnte sie Rose Chapel unter ihren eigenen Bedingungen verlassen, das graue Haupt hoch erhoben. Es bedurfte nur eines einzigen Telefonanrufs.

Marta griff in die Tasche ihrer Schürze und zog einen Fetzen Papier heraus, auf den eine Handynummer gekritzelt war. Seit zwei Tagen trug sie das Stück Papier in der Tasche mit sich herum. Zögernd starrte sie die Nummer an. Unschlüssig. Überwältigt von Erinnerungen an jenen längst vergangenen Dezemberabend. Wie eine Frau, die sich in einem Schneesturm verirrt hat, richtete Marta den Blick auf den ordentlich aufgereihten Baumschmuck, der darauf wartete, am Baum befestigt zu werden. In der Küche klingelte ein Küchenwecker.

Zeit, die Brötchen aus dem Ofen zu nehmen.

Marta wandte sich von dem Weihnachtsschmuck ab, doch dabei stieß sie mit der Hüfte an den Tisch und einer der grässlichen blau und grün karierten Weihnachtsmänner rollte über die Kante und fiel auf den Steinfußboden.

Marta starrte auf die zerbrochenen Porzellanscherben.

Nicht länger unschlüssig.

38

»Denkst du, was ich denke?«, fragte Edie mit gesenkter Stimme. »Dass der Harvard-Typ Sir Kenneth die Vierzeiler gestohlen hat?«

»Genau das«, antwortete Cædmon. Die fehlenden Gedichte schienen der Beweis zu sein, dass Stanford MacFarlane glaubte, Galen of Godmersham habe die Bundeslade entdeckt. Es legte auch den dringenden Schluss nahe, dass MacFarlane davon überzeugt war, in diesen Versen Hinweise auf den Verbleib der Bundeslade zu finden. Eine lyrische Schatzkarte, wenn man so wollte. Er und Edie mussten schnell handeln.

»Sir Kenneth, sagten Sie nicht, dass Galens Gedichte in der Universitätsbibliothek aufbewahrt werden?«

Sir Kenneth, der noch immer durch die Papierstapel auf seinem Schreibtisch blätterte, blickte auf. »Wie war das? Äh, ja. Das Original der Vierzeiler befindet sich in der Duke Humphrey's Library.«

Die Duke Humphrey's Library war eine von vierzehn Bibliotheken der Hauptbibliothek der Universität. Wenn sich die Dinge nicht grundlegend geändert hatten, dann wurde nur eingeschriebenen Studenten und Forschern, die eine schriftliche Genehmigung eingeholt hatten, Zugang zur Duke Humphrey's Library gewährt. Für Besucher blieb das Gebäude verschlossen. Um die Einschränkung zu umgehen, hatte MacFarlanes Mann die Kopie von Sir Kenneth gestohlen.

»Gibt es irgendeine Möglichkeit, dass ich die Originalquartette untersuchen könnte?«

Sir Kenneth hielt mitten im Blättern inne. Einige lange Sekunden musterte der ältere Mann Cædmon von der anderen Seite des mit Papier übersäten Schreibtisches, wodurch Cædmon sich wie ein Kind fühlte, das auf die Entscheidung wartete, ob sein Vater ihn zu einem Fußballspiel gehen lassen würde. Nur, dass Sir Kenneth nicht sein Vater war. Allerdings war er einst eine Vaterfigur für ihn gewesen. Vor vielen Jahren.

»Ich könnte den leitenden Bibliothekar anrufen und ihn bitten, dass Sie beide eine Ausnahmegenehmigung erhalten, um die Sammlung der Bibliothek einzusehen. Aber ich warne Sie. Galens Vierzeiler sind sprachliche Rätsel, ein einziger verschlungener gordischer Knoten.«

Respektvoll senkte Cædmon, der nichts Geringeres erwartet hatte, den Kopf. »Ich stehe in Ihrer Schuld, Sir Kenneth.«

»Wussten Sie, meine Liebe, dass der junge Aisquith sein Studium mit Auszeichnung abgeschlossen hat?«, wechselte Sir Kenneth unvermittelt das Thema.

Edie, die gerade ihren Becher an die Lippen führen wollte, hielt mitten in der Bewegung inne. »Ähm, nein. Schätze, das macht Cædmon zu einem echten Schlaukopf, nicht?«

»In der Tat, das tut es. Der Schlaukopf schrieb anschließend eine brillante Magisterarbeit über den heiligen Bernhard von Clairvaux und die Gründung der Tempelritter. Später, als er nach Jerusalem ging, um die Recherchen für seine Dissertation durchzuführen, hatte ich die höchsten Erwartungen, dass er eine ebenso brillante Doktorarbeit abliefern würde.«

Der Kloß in Cædmons Magen zog sich schmerzhaft noch stärker zusammen. *Teufel noch mal.* Das war der Preis des alten Mannes für diesen Gefallen: seine Eingeweide mit glühend heißen Kohlen zu füllen.

»Wie du zweifellos erraten hast, war ich der Herausforderung nicht gewachsen. Ich erfüllte nicht Sir Kenneths hohe Ansprüche«, gestand er, denn er wollte seinen ehemaligen Mentor nicht den Todesstoß ausführen lassen. Besser eine selbst zugeführte Wunde, als widerstandslos zum Schafott geführt zu werden.

»So hätte es nicht sein müssen. Wenn Sie zu mir gekommen wären und Ihre Pläne mit mir besprochen hätten, anstatt einfach loszulegen, hätte ich …«

»War es das, was Sie verärgert hat? Dass ich Sie nicht um Ihre geschätzte akademische Meinung gefragt habe?« *Oder waren Sie verärgert darüber, dass der Sohn den Vater zurückwies?*

Edie sah, dass die Funken kurz davor standen, ein Feuer zu entfachen, und sprang auf die Füße. »Wir sind etwas vom Thema abgekommen, denken Sie nicht auch?« Dann, als ob nichts Ungewöhnliches vorgefallen wäre, ging sie ruhig zum Tablett hinüber und nahm sich noch eine Pastete. »Nun, lassen Sie mich sichergehen, dass ich das richtig verstehe, Sir Kenneth. Sie sagten, dass Galen of Godmersham keine Kinder hatte.«

»Das ist richtig.«

»Aber da er den Malteserorden verließ, nachdem er nach England zurückgekehrt war, nehme ich an, dass er verheiratet war.« Sie hielt das Törtchen zwischen Daumen und Zeigefinger und wedelte damit hin und her, während sie sprach.

»Galen ging nicht nur einmal zum Altar, sondern dreimal. Kaum hatte jedes Eheweib die Mühsal alles Irdischen hinter sich gelassen, nahm Galen sich einen jungen Ersatz. Seine letzte Frau, Philippa Whitcombe, war die Tochter des Friedensrichters von Canterbury. Als Galen starb, trat Philippa umgehend einem Klosterorden bei. Man darf annehmen, dass ihr der Ehestatus nicht sonderlich zugesagt hatte.«

Edie ließ das Törtchen sinken, von dem sie gerade hatte abbeißen wollen. »Also, wer erbte dann die goldene Truhe?«

»Ah! Eine ausgezeichnete Frage, meine Liebe.« Sir Kenneth ging zum Tablett hinüber und nahm sich ein Hackfleischpastetchen von dem fast leeren Teller. »Da die goldene Truhe nach 1348 in keiner Aufzeichnung der ›Feet of Fines‹ mehr auftaucht, kann man daraus schließen, dass sie nie gefunden wurde. Nicht völlig überraschend, wenn man bedenkt, dass kein einziger Bewohner des von Gott verlassenen Dorfes Godmersham die Pest überlebte.«

»Was bedeutet, dass niemand übrig blieb, der sich daran hätte erinnern können, Galens Schätze je gesehen zu haben«, murmelte

Cædmon. »So als hätte Galens goldene Truhe nie existiert, nachdem die Pest zugeschlagen hatte.« Und er wusste, da es für die seitdem verstrichenen Jahrhunderte keine Aufzeichnungen der »Feet of Fines« gab, würde das Rätsel ungleich schwerer zu lösen sein.

»Okay, aber was ist mit den Quartetten? Wie wurden die entdeckt?«, wollte Edie wissen, offensichtlich genauso entschlossen wie er, an Informationen zu kommen.

»Galens Landsitz blieb eine Ruine bis zur Herrschaftszeit Königin Elisabeths. Der neue Besitzer, ein wohlhabender Weinhändler mit Namen Tynsdale, ließ die Kapelle einreißen, um Platz für einen monströsen Bau mit Hammerbalken-Gewölbe zu schaffen. Bei diesen Abbrucharbeiten wurden die Vierzeiler unter dem Altarstein entdeckt. Sir Walter Raleigh, ein guter Bekannter des Weinhändlers, war der Erste, der mutmaßte, dass die in Galens Gedicht erwähnte *arca* die Bundeslade sein könnte. Er und Tynsdale durchkämmten jeden Zentimeter des Grundstücks. Erfolglos, möchte ich hinzufügen. Es vergeht kein Jahrhundert, in dem nicht irgendein trotteliger Schatzsucher versucht …« Als er seine Haushälterin erblickte, die den Kopf durch die Tür des Arbeitszimmers streckte, brach er mitten im Satz ab. »Ja, was ist?«

»Ein Anruf, Sir. Aus dem Büro des Provost.«

Deutlich verärgert über die Störung winkte er sie fort. »Dieses verdammte alte Artefakt funktioniert nicht«, meinte er erklärend, wobei er auf ein antikes, schwarzes Telefon auf seinem Schreibtisch deutete. »In der Empfangshalle ist ein Telefon. Ich bin gleich zurück.«

Cædmon erhob sich. »Wir müssen gehen.«

Er war sich nicht sicher, doch er glaubte, einen Funken Enttäuschung in den Augen des älteren Mannes zu entdecken. Plötzlich verlegen warf er einen Blick auf seine Armbanduhr. »Die Duke Humphrey's Library ist bis um sieben geöffnet. Wenn Sie dort schon einmal anrufen und die notwendigen Vorbereitungen treffen könnten, wären wir Ihnen überaus dankbar.«

»Ja, natürlich. Mit Vergnügen.« Während Sir Kenneth sprach, geleitete er sie zur Eingangshalle.

Aus den Augenwinkeln sah Cædmon etwas Buntes aufblitzen, und als er den Kopf drehte, sah er, dass an der einst ungeschmückten Fichte nun üppig bemalte Glasfiguren funkelten und wie Juwelen zwischen den dunklen Zweigen hervorleuchteten.

»Wussten Sie, dass es Königin Viktorias Ehemann war, der schnurrbärtige Albert, der den Weihnachtsbaum an diesen Gestaden einführte? Er ließ ihn mit Früchten und kleinen Feen aus Wachs schmücken.« Sir Kenneth strich mit den Fingern über einen glänzend grünen Zweig, einen wehmütigen Ausdruck in den Augen. »Ich habe ihr gesagt, sie solle eine Kiefer nehmen, keine Fichte. Verdammtes Weib.«

»Ich finde, er ist umwerfend«, bemerkte Edie.

»Ja, das ist er immer.« Sir Kenneth wandte dem Baum den Rücken zu und räusperte sich. »Die Chorgruppe singt heute Abend um halb acht Händels *Messias*. Vielleicht möchten Sie und Miss Miller mich begleiten? Nichts lässt sich mit dem Klang kristallklarer Stimmen vergleichen, die sich zum Himmel erheben. Ziemlich bewegend. Selbst wenn man nicht an den Weihnachtsmythos glaubt, der uns von machthungrigen Kirchenvätern eingetrichtert wurde, nicht wahr?«

Da Cædmon alles von seinem alten Mentor erfahren hatte, was er brauchte, schüttelte er den Kopf. Für heute hatte er genug von ihm. »Ich danke Ihnen, Sir Kenneth. Unglücklicherweise sind wir …«

»Ja, ja, ich verstehe.« Dann, den Finger gen Himmel streckend wie ein Mann, der gerade eine göttliche Eingebung hat, sagte er: »Ich habe genau das Richtige. Es kam heute Morgen erst an.« Er drehte sich um und durchsuchte die Kartons, die sich auf dem Konsolentisch türmten. »Wo ist nur das verdammte … Ah! Da ist es!« Er griff in eine hölzerne Kiste und zog eine Flasche heraus.

»Fröhliche Weihnachten, junger Aisquith.«

Cædmon zögerte einen Augenblick, denn er erkannte das Etikett auf der Flasche Portwein des Queen's Colleges, die der ältere Mann ihm anbot, sofort. *Collegii Reginae.* Er erinnerte sich noch gut an den Portwein-Dekanter, der von dem leitenden Wissenschaftler an seine kleine Gruppe von Lieblingsstudenten vor vielen Jahren verschenkt worden war. Das waren liebgewonnene, von dem späteren Bruch ungetrübte Erinnerungen.

Mit einem knappen Nicken nahm er die Flasche an. »Und Ihnen ebenfalls ein fröhliches Weihnachtsfest, Sir Kenneth.«

Der andere Mann klopfte sich auf den Bauch. »Ich bin nicht sicher, was das ›fröhlich‹ anbelangt, aber es wird mit Sicherheit sättigend. Mrs. Janus stopft mich sicher mit Weihnachtspudding und Hackfleischpastetchen voll.«

Bei diesen Nettigkeiten fühlte Cædmon sich unwohl, da er wusste, dass sie die bitteren Gefühle verbergen sollten, die vorhin an die Oberfläche gestiegen waren, deshalb nahm er Edie am Ellbogen. »Wir müssen uns auf den Weg machen.«

Zu seiner Überraschung entwand sie sich seinem Griff, trat auf Sir Kenneth zu und küsste ihn auf die rechte Wange. »Ich hoffe, Sie haben ein sehr frohes Weihnachtsfest!«

Grinsend wie ein liebestrunkener Narr folgte Sir Kenneth ihnen zur Tür. »Und im Gegenzug hoffe ich, dass Sie und der junge Aisquith Galens verfluchte Kiste finden. Wenn die goldene Truhe auffindbar ist, dann sind Sie der richtige Mann dafür.« Diese letzte Bemerkung war an Cædmon gerichtet.

Überrumpelt von dieser unerwarteten Unterstützung sagte Cædmon das Erste, was ihm in den Sinn kam.

»Ich danke Ihnen, Sir. Das bedeutet mir sehr viel.«

39

Wütend klappte Stan MacFarlane sein Mobiltelefon zu.

Aisquith und die Frau waren in Oxford.

Der Grund war völlig offensichtlich. Sie hatten herausgefunden, dass Galen of Godmersham während seines Kreuzzugs durch das Heilige Land die Bundeslade entdeckt hatte. Eliot Hopkins musste es ihnen vor seinem Tod verraten haben.

»Wollen Sie, dass ich mich darum kümmere, Sir?«

Stan warf einen Blick über die Schulter. Er wusste, dass der ehemalige Gunnery Sergeant Boyd Braxton darauf brannte, das Debakel in Washington wiedergutzumachen.

»Manchmal wahrt man seine Interessen am besten, wenn man Gnade walten lässt.«

Es dauerte einen Augenblick, bis sich der verwirrte Gesichtsausdruck des anderen Mannes in ein amüsiertes Grinsen verwandelte. »Oh, ich verstehe, Colonel. Sie wollen Ihre Freunde nahe bei sich haben, aber Ihre Feinde noch näher, wie Don Corleone.«

Diese Antwort war so gut wie jede andere, deshalb nickte Stan nur knapp. »Sagen Sie Sanchez, er soll jemanden beauftragen, Aisquith zu beschatten. Ich will über jede Bewegung dieses Briten Bescheid wissen.«

Er drehte sich auf dem Absatz um und stolzierte den Flur mit der niedrigen Decke entlang. Ein ausgetretener persischer Läufer dämpfte den Klang seiner Stiefelschritte. Links und rechts neben ihm hingen goldgerahmte Landschaftsgemälde. »Ein geschmackvoll eingerichtetes Haus für den anspruchsvollen Reisenden.« Als er das Haus über das Internet gemietet hatte, hatte es ihn einen feuchten Dreck interessiert, wie es eingerichtet war. Alles, was ihn interessierte, war, dass das Herrenhaus auf halber Strecke zwischen London und Oxford am Ende einer knapp einen Kilometer langen, von Eichen gesäumten Auffahrt lag. Er brauchte ein Basislager, um seine Operationen zu planen. Oakdale Manor war da genau das Richtige.

Mit einem schroffen Nicken nahm er den bewaffneten Wachmann zur Kenntnis, der in Habtachtstellung neben einem Polsterstuhl stand. Die Heckler & Koch MP5, die der Mann im Arm hielt, war eine Gefälligkeit eines Sergeants der Royal Marines, der sich mit dem illegalen Verkauf von Handfeuerwaffen regelmäßig die Pension aufbesserte.

Als er an den im Laufe der Jahrhunderte dunkel gewordenen Türen vorbeikam, die in den förmlichen Speisesaal führten, warf er einen Blick hinein, um sich zu vergewissern, dass sein hochbezahlter Leiharbeiter eifrig damit beschäftigt war, Galen of Godershams archaische Dichtung zu entschlüsseln. Der Neunundzwanzigjährige mit den schütteren Haaren war ein Doktorand der Mediävistik in Harvard und hatte mit Freuden die Chance ergriffen, die knapp 70 000 Dollar an Studienkredit abzahlen zu können, die wie ein gut geschliffenes Schwert über ihm hingen. Die sanfte Sprechweise und feminine Art des Mannes erinnerten Stan an Durchfall. Wäre da nicht die Tatsache, dass er die seltenen Kenntnisse besaß, die nötig waren, um die Vierzeiler aus dem vierzehnten Jahrhundert zu entziffern, hätte Stan sich des kriecherischen Stubenhockers schon nach dem gestrigen Treffen mit dem Professor aus Oxford entledigt. Für den Augenblick allerdings erfüllte er seinen Zweck.

Befriedigt darüber, den bebrillten Gelehrten eindringlich auf seinen Laptop starren zu sehen, eine achthundert Jahre alte Karte von England auf dem Tisch neben sich ausgebreitet, ging Stan weiter den Gang entlang zur Küche.

Aus irgendeinem Grund erinnerte ihn der Raum mit dem Steinfußboden an die Küche seiner Großmutter zu Hause in Boone, North Carolina. Vielleicht waren es die grün gesprenkelten Tonkrüge, die in den offenen Regalen aufgereiht waren. Oder der vernarbte Holztisch, der die Mitte des Raumes beherrschte. Was auch immer der Grund war, er konnte seine Großmutter beinahe vor sich sehen, wie sie in ihrer Schürze vor dem übergroßen Gasherd stand und Eier mit Speck briet.

Da er mit dem englischen Fraß vorlieb nehmen musste, schnitt er sich eine dicke Scheibe Brot von dem Laib auf dem Tisch ab, beschmierte sie großzügig mit Pflaumenmarmelade und trug sie zu dem Flügelfenster, das auf den Garten hinausblickte. Durch die knorrigen, verdorrten Blauregenzweige, die die Außenseite des Fensters einrahmten, konnte er ein prächtiges weißes Pferd auf einem Feld in der Ferne herumtollen sehen.

Wie viel weiß Aisquith? Vermutlich zu viel. Deshalb ist er in Oxford und spricht mit dem führenden Experten für englische Kreuzritter. Seltsam, dass die beiden Männer sich kannten. Das geheime Dossier über Aisquith hatte nichts von der Bekanntschaft erwähnt.

Zum Glück hatte er in weiser Voraussicht die Haushälterin des Professors rekrutiert. Dennoch war es beunruhigend zu entdecken, dass Aisquith von den Vierzeilern wusste. Doch wenn man bedachte, dass er die einzige Kopie der Vierzeiler außerhalb der Duke Humphrey's Library besaß und die Bibliothek nur für Fakultätsmitglieder und Studenten von Oxford zugänglich war, hatte der Brite nicht den Hauch einer Chance, die Originalschrift zu untersuchen. Ohne diese Gedichte pinkelte Aisquith einfach nur gegen den Wind.

Er warf einen Blick auf seine Armbanduhr.

13:31 Uhr Ortszeit.

Er hatte gehofft, dass die Vierzeiler inzwischen bereits entschlüsselt wären, und seine Aufregung wuchs mit jeder Stunde, die verstrich. Ohne Zweifel hatte Moses sich so gefühlt, als er die Bundeslade schuf und die beiden Steintafeln mit den Zehn Geboten darin verwahrte. Mit der Erschaffung der Bundeslade hatte Moses eine neue Weltordnung eingeleitet. Das Schicksal der Menschheit hatte sich dadurch gewendet. Und es würde sich erneut wenden.

Gelobt sei der Allmächtige Herr! Denn der Krieg ist des Herrn.

Obwohl Stan wusste, dass er einen harten Kampf vor sich hatte, schöpfte er Trost aus dem Wissen, dass er die beste Waffe an seiner Seite haben würde, die ein Soldat haben konnte. Seit fünfundzwanzig Jahren bereitete er sich darauf vor. Die Liebe Gottes. Reinheit des Herzens. Reinheit von Geist und Körper. Das waren die Eigenschaften des Wächters der Bundeslade.

Harliss, ein bulliger Ex-Marine, nun ein »Berater« bei Rosemont Security, streckte den Kopf in die Küche. »Sir, er hat etwas für Sie.«

Er wusste, dass mit »er« der Harvard-Wissenschaftler gemeint war, deshalb machte Stan sich auf den Weg in den Speisesaal.

»Was haben Sie für mich?«, bellte er ohne lange Vorrede, als er den Raum betrat.

Die Stühle waren alle an die Wand geschoben worden, was freien Zugang zu dem großen, ovalen Tisch ermöglichte. Einige gerahmte Gemälde waren ebenfalls an die Wand gelehnt worden. Der Gelehrte ging hinüber und drehte das Licht des Kronleuchters schwächer. Eine Powerpoint-Präsentation erschien an der bilderlosen Wand, und Stan starrte auf die vier Gedichte, die Galen of Godmersham unmittelbar vor seinem Tod verfasst hatte.

The despitous Zephirus rood forth from Salomon's cite
jubilant they sang
But a goost forney followed as a tempest of deeth
Repentaunt for his sins the shiten shepherd yeve penaunce
Thanne homeward he him spedde the ill go treasure on holy stronders

From Jerusalem a companye of knights in hethenesse they ryden out
Ech of hem made other for to winne on the heeth of Esdraelon
They bataille ther to the deeth the vertuous knight the feeld he wonne
And ther-with-al Chivalrye he kepte wel the holy covenaunt

This like worthy knight from sondry londes to Engelond he wende
Arca and gold ful shene he carried to the toun he was born

With opn ye he now did see the blake pestilence he wrought
And what this wrecche knight saugh it was so his deethful
well deserved

Sore weep the goos on whom he truste for oon of hem were deed
I couthe not now the world be served by swich adversitee
But if a manne with ful devout corage seken the holy blissful martir
In the veyl bitwixen worlds tweye ther the hidden trouthe be found

»Genau wie Sie dachten, ist das Wort *arca* der Schlüssel, um die Vierzeiler zu dechiffrieren.« Mit einem Laserpointer deutete der jüngere Mann auf die zweite Zeile des dritten Vierzeilers. »*Arca* ist natürlich das lateinische Wort für Truhe.«

Da der Brille tragende Idiot ihm noch nichts gesagt hatte, was er nicht bereits wusste, gab Stan keine Antwort. Während er seinen Söldner-Gelehrten mit einem Highspeed-Internetzugang versorgt hatte, damit er sich in die besten Bibliotheken der Welt einloggen konnte, hatte er ihn umsichtig eingewiesen, um sicherzugehen, dass der Mann keine Ahnung hatte, was der wahre Grund für seine Suche war.

»Ich erzeige mich heilig an denen, die mir nahe sind.«

Da Stan niemand war, der Gottes Gebot missachtete, gedachte er, alles in seiner Macht Stehende zu tun, um sicherzugehen, dass die Unheiligen ihren Blick nicht auf die Bundeslade warfen. Dem Wissenschaftler war nur gesagt worden, dass Stan und seine Männer ein Konsortium von Kunstsammlern repräsentierten, die auf der Suche nach einer mittelalterlichen Truhe waren, die in der Mitte des vierzehnten Jahrhunderts irgendwo in England vergraben worden sein sollte. Wenn der Harvard-Wunderknabe sich über das Trio bewaffneter Wachmänner wunderte, dann war er schlau genug, es für sich zu behalten. Ungezügelte Gier konnte einen schon dazu veranlassen, sich blind zu stellen.

Als keine Antwort auf seine kurze Einleitung erfolgte, rieb sich der teiggesichtige Mediävist nervös die Hände. »Langsam aber sicher fügt sich alles zusammen. Die ersten drei Vierzeiler habe ich mehr oder weniger entschlüsselt, aber ich kämpfe noch ein wenig mit Nummer vier. Aber macht euch keine Sorgen, Leute. Ich schätze, ich habe dieses Baby in den nächsten paar Stunden geknackt.«

»Sie rätseln an diesen Versen schon seit gestern Nachmittag. Ich hatte eigentlich inzwischen handfeste Ergebnisse erwartet.« Stan gab sich keine Mühe, seine Verärgerung zu verbergen. Der Wissenschaftler wusste nicht, dass er nach einem sorgfältig ausgearbeiteten Zeitplan arbeitete.

»Hey, solche Sachen kann man nicht erzwingen. Obwohl ich Ihnen sagen kann, dass die vier Gedichte ein geradliniges Gleichnis bilden.«

»Was zum Teufel soll das heißen?«, murmelte Boyd Braxton, der den Wissenschaftler anstarrte, als wäre er ein Scheißhaufen unter dem Absatz seines Stiefels.

Grinsend antwortete der Scheißhaufen: »Für diejenigen unter uns, die nie Geometrie hatten: Ich beziehe mich auf die vierseitige geometrische Anordnung, auch bekannt als Quadrat.«

40

Etwas langsamer diesmal las Cædmon Galen of Godmershams Gedicht erneut.

Es war nicht das erste Mal, dass er in diesem holzvertäfelten Lesesaal der Duke Humphrey's Library saß und sich mühsam durch ein kniffliges Rätsel kämpfte. Während seiner Studienzeit hatte er unzählige Stunden in genau diesem Raum an genau diesem Tisch verbracht, mittelalterliche Texte um sich herum aufgestapelt.

Da er der Überzeugung war, dass ein aufgeräumter Arbeitsbereich ähnlich aufgeräumtes Denken förderte, ordnete er die verschiedenen Gegenstände auf dem Lesetisch systematisch. Die Bibliothekarin, die von Sir Kenneth Campbell-Browns informiert worden war, hatte ihnen höchst bereitwillig die gewünschten Materialien an den Tisch gebracht. Zusätzlich zu dem in Leder gebundenen Kodex, der eine Sammlung Gedichte des vierzehnten Jahrhunderts einschließlich Galens Vierzeilern enthielt, hatte sie einen dünnen Band hervorgezaubert, der die Aufzeichnungen der »Feet of Fines« von Godmersham für die Jahre 1300 bis 1350 enthielt. Papier, Bleistifte und Baumwollhandschuhe lagen ebenfalls bereit.

Mit einem verärgerten Gesichtsausdruck richtete Edie den behandschuhten Zeigefinger auf den aufgeschlagenen Kodex. »Das ist ja in Altenglisch geschrieben, in einer toten Sprache.«

Cædmon, der bemerkte, dass einige andere Benutzer der Bibliothek ihr verärgerte Blicke zuwarfen, legte einen Finger an die Lippen, um Edie daran zu erinnern, dass Schweigen innerhalb der Mauern der Duke Humphrey's Library unangefochten an erster Stelle stand. Wenn man schon sprechen musste, dann war ein unterdrücktes Flüstern die bevorzugte Art der Kommunikation.

»Tatsächlich sind diese Quartette, wie man solche Vierzeiler fachsprachlich auch nennt, eher in Mittelenglisch als in Altenglisch verfasst, was mir erlaubt, eine ziemlich genaue Interlinearübersetzung anzufertigen.«

»Du sprichst von einer Übersetzung Zeile für Zeile, richtig?« Ihre Stimme war merklich leiser. »Als ich Studentin im Aufbaustudium war, schrieb ich eine Arbeit über die Frau aus Bath. Du weißt schon, aus *The Canterbury Tales*. Das war eine Arbeit für ein Seminar über Frauen im Mittelalter, und sie hätte mich beinahe fertiggemacht.«

In der Hoffnung, ihr Mut zu machen, tätschelte er ihr die Hand. »Keine Sorge. Ich bin sicher, du überlebst diese Strapaze.« Dann griff er nach einem Bleistift und einem leeren Blatt Papier.

Obwohl es schon einige Jahre her war, seit er zum letzten Mal mittelenglische Texte übersetzt hatte, konnte er sich schnell durch die altertümliche Schreib- und Ausdrucksweise arbeiten, wobei ihm in der ersten Fassung nur wenige Fehler unterliefen.

»Hoffentlich ergeben diese Verse jetzt einen zusammenhängenderen Sinn«, meinte er und schob seiner Begleiterin das Blatt Papier hin.

Edie hob das handgeschriebene Blatt vom Tisch auf und hielt es auf Armeslänge vor sich. Stumm las sie die Übersetzung und bewegte dabei die Lippen.

Der gnadenlose Westwind ritt heraus aus Salomons Stadt
und sang triumphierend.
Aber ein Geisterfeuer folgte wie ein tödlicher Sturm.
Reumütig wegen seiner Sünden tat der befleckte Hirte Buße.
Dann eilte er heimwärts, der unrechtmäßig erworbene Schatz
zurückgelassen auf heiligem Land Ufer.

Von Jerusalem ritt eine Kompanie von Rittern aus
in heidnische Lande.
Jeder von ihnen versuchte, den anderen zu übertreffen
auf dem Heideland Feld von Esdrelon.
Sie kämpften bis zum Tod, der tugendhafte Ritter gewann das Feld.
Und mit dem Beweis seines Heldenmuts
hielt er den heiligen Bund.

Derselbe ehrenwerte Ritter kam aus fremden Ländern nach England.
Er brachte eine Truhe und glänzendes Gold in die Stadt,
wo er geboren war.
Mit offenen Augen sah er nun die schwarze Pest, die er geschaffen.
Und als der bedauernswerte Ritter dies sah,
war sein Tod wohlverdient.

Die vertrauenswerte Gans weinte bitterlich,
denn nun alle waren tot.
Ich weiß nicht, wie der Welt gedient ist mit solcher Not.
Doch wenn ein Mann mit tiefgläubigem Herzen
den gesegneten Märtyrer sucht,
Dort in dem Schleier zwischen zwei Welten
ist die versteckte Wahrheit zu finden.

Als sie wortlos das Blatt Papier auf den Tisch sinken ließ, konnte Cædmon an Edies Stirnrunzeln erkennen, dass die Übersetzung sie ebenso verwirrte wie der Originaltext.

»Ich schlage vor, dass wir uns die allegorischen und symbolischen Bezüge der Reihe nach vornehmen. Formulierungen wie ›der gnadenlose Westwind‹, der ›befleckte Hirte‹ und der ›Schleier zwischen zwei Welten‹ dürften als Teile des Codes gedacht sein, die innerhalb der Quartette strategisch platziert wurden. Der Schlüssel zur Lösung des Rätsels wird davon abhängen, wie wir diese symbolischen Begriffe dekodieren, die in jeder Verszeile enthalten sind.«

»Und was, wenn Galen sein Worträtsel mit einem Bündel irreführender Hinweise vollgepackt hat?«, fragte sie immer noch stirnrunzelnd.

»Oh, ich habe keinen Zweifel daran, dass Galen ganz bewusst semiotische Köder in den Vierzeilern ausgelegt hat. Der mittelalterliche Verstand war recht flink, wenn es darum ging, geheime Botschaften in scheinbar unverfänglichen Texten zu verstecken.«

Edie starrte die Strophen des Gedichts an. »Irgendetwas sagt mir, dass wir einen Code-Knacker vom CIA brauchen werden.«

»Nimm das hier zum Beispiel«, sagte er und deutete auf die erste Textzeile. »›Der gnadenlose Westwind ritt heraus aus Salomons Stadt und sang triumphierend.‹ Das bezieht sich eindeutig auf Schischak, der Jerusalem verlässt, nachdem er erfolgreich Salomons Tempel geplündert hat. Der Tod folgte daraufhin den Spuren der Ägypter, und der erste Vierzeiler endet damit, dass Schischak den geklauten Schatz zurücklässt, während er und seine Armee nach Ägypten zurückeilen.«

Edie kniff argwöhnisch die Augen zusammen. »Wenn ich mich nicht gewaltig irre, dann genießt du das hier tatsächlich.«

»Wer würde denn nicht die Feinheiten eines gut konstruierten Worträtsels genießen?«

»Nun, ich, für den Anfang«, nörgelte seine Begleiterin. »Ich bin eher der Sudoku-Typ. Weißt du, wir sitzen nur deshalb hier in der Duke Humphrey's Library, weil wir *annehmen*, dass Galen of Godmersham beim Verfassen seiner Quartette auch tatsächlich Hinweise auf das Versteck der goldenen Truhe einbaute.«

»Das ist unsere Grundannahme«, bestätigte er mit einem Nicken.

»Dann ist dir schätzungsweise bereits der Gedanke gekommen, jemand könnte die Vierzeiler schon vor Jahren entschlüsselt und den Schatz gefunden haben.«

»Da man den Wagen nicht vors Pferd spannen sollte, werden wir uns mit diesem Fall auseinandersetzen, wenn er eintreten sollte.«

Mit einem neckischen Funkeln in den Augen lächelte Edie. »Ich glaube, an dieser Stelle sollte ich einen unflätigen Vergleich zwischen dir und dem hinteren Ende eines Pferdes anstellen.«

Er konnte nicht anders, als in diesen lebhaften braunen Augen zu versinken. Seit dem Kuss im Bus hatte die Luft zwischen ihnen sich immer mehr mit sexueller Energie aufgeladen. Er fragte sich, ob der Sturm vorübergehen oder das Gewitter sich über ihnen entladen würde.

»Sollen wir weitermachen?« Er tippte mit dem Bleistift auf die Quartette, um ihre Aufmerksamkeit darauf zu lenken.

Edie überraschte ihn, indem sie ihm den Bleistift aus der Hand schnappte. »Das ist jetzt wohlgemerkt nur eine Vermutung, aber ich glaube, Galens Rätsel ist wie ein Quadrat aufgebaut.«

41

»In der Kunst des frühen vierzehnten Jahrhunderts wurde eine Truhe oder Kiste jeglicher Art immer als flaches, zweidimensionales Rechteck dargestellt.« Ohne ein Hehl aus seiner Herablassung zu machen, sah der Wissenschaftler Boyd Braxton über seine Brille hinweg an. »Als während der Renaissance die Perspektive Einzug in das Repertoire der Künstler fand, änderte sich das alles natürlich.«

Arroganter kleiner Pisser, schäumte Stan innerlich, während er die altertümlichen Verse anstarrte, die an die Wand des Speisesaals projiziert waren. Wenn dieses schnittlauchhaarige kleine Wiesel unter seinem Militärkommando stünde, würde er es zusammenstauchen, dass ihm der dürre Arsch zu den Ohren rauskäme. Im Moment allerdings war er auf das Expertenwissen des Gelehrten angewiesen. Und auf dessen Kooperation. Obwohl er ahnte, dass er eine ganze Menge Selbstbeherrschung brauchen würde, um sein Temperament in Zaum zu halten.

»In Galen of Godmershams Vorstellung hätte sich ein flaches, zweidimensionales Rechteck nicht von der dreidimensionalen mittelalterlichen Truhe unterschieden, die Ihr Konsortium zu entdecken hofft. Könnt ihr mir so weit folgen, Leute?«

Stan überlegte, wie man wohl die Bundeslade im vierzehnten Jahrhundert in einer Kirche oder einer Kathedrale dargestellt hätte. Das Wiesel hatte recht: Höchstwahrscheinlich wäre sie als ein flaches Rechteck abgebildet worden.

»Weiter«, befahl er, ohne die Frage des jungen Mannes zu beantworten. Von seinen Männern sagte ebenfalls keiner ein Wort. Er hatte ihnen angedroht, dass er jeden Einzelnen von ihnen mit einem stählernen Pfahl aufspießen würde, sollte auch nur einem das Wort »Bundeslade« über die Lippen kommen.

»Nun, ich denke, der Ausdruck ›Salomons Stadt‹ im ersten Quartett bezieht sich auf Galens Anwesenheit in Jerusalem während des Kreuzzugs. Und für den Fall, dass ihr Jungs das noch nicht selbst herausbekommen habt: Das erste Quartett ist auch die erste Seite unseres metaphorischen Rechtecks.«

Wieder blieb Stan stumm. Tatsächlich scherte er sich einen Dreck um den ersten Vierzeiler, denn er nahm an, dass er sich auf Schischak, nicht auf Galen of Godmersham bezog. Mit diesem Teil der Geschichte war er sehr gut vertraut, denn im Alten Testament, im 1. Buch der Könige, Kapitel 14 stand geschrieben, Schischak zog »herauf gegen Jerusalem und nahm die Schätze aus dem Hause des Herrn«. Was ihn interessierte, waren die verschlüsselten Botschaften, die in den nächsten drei Vierzeilern verborgen waren. Irgendwo in diesen altertümlichen Versen enthüllte Galen of Godmersham das Versteck der Bundeslade, der heiligen Truhe, die es Gott erlaubte, unter den Menschen zu weilen, um in den letzten Tagen der Menschheit seine heilige Armee gegen die Ungläubigen zu führen.

Stan fühlte, wie die Erregung in ihm anschwoll, und warf einen Blick auf die Uhr an seinem Handgelenk.

Vier Tage, neun Stunden und sechsundzwanzig Minuten, bis zum Beginn des Id al-Adha, des höchsten muslimischen Festes.

Was bedeutete, dass ihm noch vier Tage, neun Stunden und sechsundzwanzig Minuten blieben, um die Bundeslade zu finden.

42

»Ah, ja. Ein Quadrat. Genau«, lächelte Cædmon begeistert. »Ein Quartett ist schließlich ein Gedicht mit vier Zeilen.«

»Und Galen verfasste *vier* Quartette«, fügte Edie hinzu.

»Nicht zu vergessen, dass die Bundeslade in der mittelalterlichen Kunst üblicherweise als Rechteck dargestellt wurde.« Immer noch lächelnd zwinkerte Cædmon ihr zu. »Du musst verdammt gut in Sudoku sein. Also, was ist nun mit diesem metaphorischen Quadrat?«

Erfreut darüber, dass Cædmon an ihrer Meinung interessiert war, gab sie ihr Bestes. »Ich glaube, Galen versuchte, einen lückenlosen chronologischen Bericht über die Aufenthaltsorte der Bundeslade zu erstellen. Und er beginnt hier im ersten Quartett damit, dass Pharao Schischak die Bundeslade aus Salomons Tempel raubt. Von dem, was Sir Kenneth uns heute erzählt hat, wissen wir, dass der Pharao ein Opfer – die Bundeslade – im Tal Esdrelon zurückließ.«

»Wo ungefähr zweiundzwanzig Jahrhunderte später eine marodierende Bande Malteserritter, angeführt von Galen of Godmersham, zufällig über sie stolperte.« Er deutete auf das zweite Quartett. »Wie es scheint, kämpften die Ritter um den Schatz auf Leben und Tod miteinander, und nach dem Handgemenge war Galen der einzige Überlebende auf dem Schlachtfeld.«

Mit geschürzten Lippen starrte Edie die letzte Zeile des besagten Vierzeilers an. »Was bedeutet das: ›Und mit dem Beweis seines Heldenmuts hielt er den heiligen Bund‹?«

»Das heißt wahrscheinlich, dass Galen of Godmersham zum selbsternannten Hüter der Bundeslade wurde.«

»Also sind wir eindeutig auf der richtigen Spur, nicht wahr?«

»Das glaube ich auch.«

Edie vermochte ganz ehrlich nicht zu sagen, was sie davon halten sollte. Obwohl sie sich freute, dass sie sich langsam, aber sicher durch die Strophen arbeiteten, hatte sie zugleich ein unbehagliches Gefühl bei der ganzen Sache. Eine kleine innere Stimme flüsterte unaufhörlich: *Lass es sein*. Immer und immer wieder.

»Und aus dem dritten Quartett geht klar hervor, dass Galen die Bundeslade nach England brachte, genauer gesagt nach Godmersham, seinem Geburtsort«, fuhr Cædmon fort, ohne etwas von ihrem Unbehagen zu ahnen. »Was exakt mit den Informationen übereinstimmt, die in den Aufzeichnungen der ›Feet of Fines‹ zu finden sind. Also *das* hier halte ich für ziemlich interessant«, meinte er und deutete auf die dritte Zeile der dritten Strophe. »›Mit offenen Augen sah er nun die schwarze Pest, die er geschaffen.‹«

»Es könnte sein, dass Galen glaubte, die Bundeslade sei für die Pest verantwortlich, die England im Jahr 1348 heimsuchte.«

»Er hatte auch guten Grund, das zu glauben. Die Beulen, die bei der Pest auf Gesicht und Händen ausbrachen, glichen den Hautläsionen und Blasen, die die Philister bekamen. Gottes Strafe für den Diebstahl der Bundeslade.«

Bei Cædmons letzter Bemerkung fragte Edie sich unwillkürlich, welche Strafe wohl das *Auffinden* der Bundeslade zur Folge hatte. Normalerweise war sie nicht der Typ, der an Flüche oder Verwünschungen glaubte, doch die Beweislast war vernichtend. Im wahrsten Sinne des Wortes. Sowohl die Geschichten des Alten Testaments als auch Galens Quartette trugen fett und bedrohlich die Aufschrift GEFAHR. Inklusive Totenkopf und gekreuzter Knochen.

»Vielleicht hat Galen das verflixte Ding in der Hoffnung versteckt, dass das der Pest ein Ende setzen würde. Zu schade, dass er nicht die Steine des Feuers besaß, um sich zu schützen.« *Zu schade, dass* sie *nicht die Steine des Feuers besaßen*, fügte Edie im Stillen hinzu. In ihr Unbehagen mischte sich nun Angst, die Art von Angst, die einen alle Türen doppelt kontrollieren und nur bei brennendem Nachtlicht einschlafen ließ.

»Die letzte Zeile des dritten Vierzeilers wurde wahrscheinlich verfasst, als Galen auf dem Totenbett lag«, fuhr Cædmon unbekümmert fort und goss dadurch unabsichtlich noch Öl ins Feuer.

Da die einzige Möglichkeit, ihre Angst zu bekämpfen, darin bestand, etwas zu unternehmen, schnappte Edie sich ein leeres Blatt Papier.

»Okay, dann nehmen wir mal unsere Quadrat-Analogie.« Mit dem Bleistift zeichnete sie sorgfältig ein Quadrat. »Und dann tragen wir die Aufenthaltsorte der Bundeslade ein, so wie Galen sie in den Strophen beschreibt.«

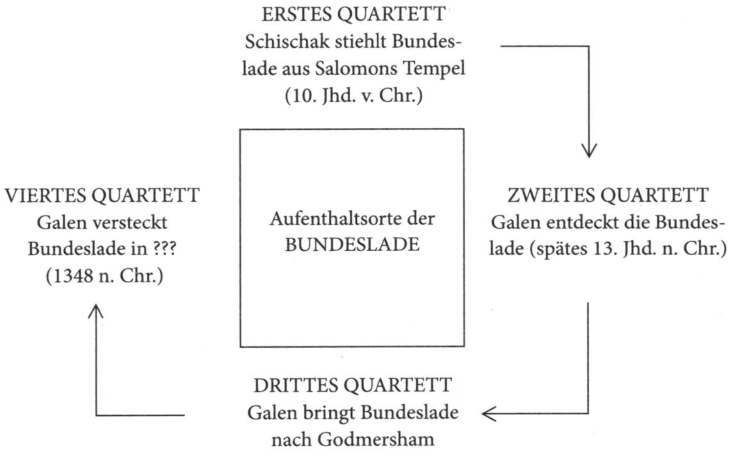

»Das ist ausgezeichnet.« Gewohnt, sich in einer Bibliothek aufzuhalten, gelang es Cædmon, seine Begeisterung nur mit einem gedämpften Flüstern zum Ausdruck zu bringen. »Du hattest vollkommen Recht. Galen *hat* die vier Quartette als poetisches Kryptogramm angelegt. Der gegenwärtige Aufenthaltsort der Bundeslade muss demnach in den Zeilen des vierten Quartetts verschlüsselt sein.«

Sie starrte auf die rätselhafte vierte Strophe.

Die vertrauenswerte Gans. Ein Mann mit tiefgläubigem Herzen. Und der *Schleier zwischen zwei Welten.*

»Das alles wäre viel einfacher, wenn Galen einfach eine verflixte Schatzkarte mit einem Kreuz drauf gezeichnet hätte«, murmelte sie.

»Wenn er das getan hätte, dann wäre die Bundeslade schon vor Jahrhunderten ausgegraben worden. Sir Kenneth erwähnte etwas davon, dass sich an den verschlüsselten Quartetten schon mehr als ein Schatzsucher die Zähne ausgebissen hat.«

»Wo wir gerade bei dem Thema sind. Ich mache mir langsam

Sorgen darüber, dass Colonel MacFarlane den Brustschild in seinem Besitz hat. Du hast es selbst gesagt: die Steine des Feuers waren nicht nur ein Schutzschild, sondern sie wurden auch zur Weissagung verwendet und erlaubten es ihrem Träger, mit Gott zu kommunizieren. Wie mit einem Funksprechgerät. Wenn MacFarlane die Bundeslade findet, dann besitzt er nicht nur das beste Spionagegerät, das der Welt bekannt ist – die Steine des Feuers –, sondern auch eine unglaublich mächtige Waffe. Du kannst nicht von der Hand weisen, dass das ein tödliches Duo ergibt.«

Einige lange Sekunden sah Cædmon ihr unverwandt in die Augen. »Dann werden wir alles tun, was in unserer Macht steht, damit das nicht geschieht.« Obwohl er die Worte leise aussprach, strahlte er eine grimmige Entschlossenheit aus. Einen kurzen, verschwommenen Augenblick lang sah sie ihn vor sich, in ein Kettenhemd gekleidet, wie er im Tal Esdrelon einen Kampf auf Leben und Tod ausfocht.

Cædmon richtete seine Aufmerksamkeit wieder auf Edies Zeichnung und tippte mit dem Zeigefinger auf die vierte Seite des Quadrats. »Das hier ist die Stelle, an der wir wirklich im Trüben fischen.«

»Ehrlich gesagt ist das hier die Stelle, an der wir es für heute gut sein lassen sollten«, verkündete sie nüchtern. Der Jetlag ließ sich nicht eine Sekunde länger im Zaum halten.

Cædmon klopfte ihr aufmunternd auf den Rücken. »Komm schon. Zeit für ein bisschen Brainstorming. Gruppendynamik und so.«

Trübsinnig schüttelte sie den Kopf. »Ich muss wieder auftanken. Wie wär's, wenn wir im Pub was futtern gehen? Wenn ich mich richtig erinnere, dann gibt es heute Meeresfrüchtesalat und Linsensuppe im ›Isis Room‹.«

»Äh, gut. Ein ausgezeichneter Vorschlag.«

Edie ließ sich nicht eine Sekunde etwas vormachen. Sie konnte die Enttäuschung in Cædmons blauen Augen lesen. Er mochte vielleicht in der Lage sein, die ganze Nacht durchzuarbeiten, aber bevor sie das vierte Quartett in Angriff nehmen konnte, brauchte sie erst mal dringend Nahrung. Gefolgt von dringend benötigtem Schlaf.

Während Cædmon der ernst dreinblickenden Bibliothekarin die ledergebundenen Bücher und die Baumwollhandschuhe zurückgab, stopfte Edie die Bleistifte und das Papier in ihre Flugzeugtasche.

Wenige Minuten später eilten sie den überfüllten Bürgersteig entlang. Einheimische hasteten wegen des nasskalten Windes mit gesenkten Köpfen an ihnen vorbei. Als Edie einen kurzen Blick in eine dunkle Seitengasse warf, überkam sie plötzlich das Gefühl, dass etwas Böses, sogar Tödliches, ganz in der Nähe auf sie lauerte.

43

»... fiel Galen of Godmersham dem schwarzen Tod zum Opfer, der großen Pest im Jahre 1348.«

Mit seinem Laserpointer unterstrich Marshall Mendolson die letzte Zeile des dritten Quartetts. Er hatte nachgegeben und angefangen, die Verse zu entschlüsseln. Diese Typen waren ein knallharter Haufen, und der ältere Kerl mit dem kurzrasierten Schädel war der Furchteinflößendste von allen. Er wollte etwas für sein Geld haben, daran ließ er keinen Zweifel. Marshall bezweifelte, dass der Typ überhaupt seinen Namen kannte. Vorhin hatte er zufällig mit angehört, wie einer seiner mit Steroiden aufgepumpten Leibwächter ihn als »kleinen Harvard-Arsch« bezeichnet hatte.

»Und das vierte Quartett, was ist damit?«, drängte ihn sein Wohltäter, ohne seine Ungeduld zu verbergen.

Marshall nahm eine nachdenkliche Pose ein, wobei er einen seiner Lieblingsprofessoren in Harvard imitierte. »Hmm ... gute Frage.« Und eine, die er nicht wahrheitsgemäß zu beantworten gedachte.

Glaubten diese Neandertaler denn wirklich, dass sie einen Harvard-Absolventen austricksen konnten?

Schon beim flüchtigen Überfliegen von Galens Versen war ihm klar geworden, dass die *arca* in der dritten Strophe ein versteckter Hinweis auf die Bundeslade war. Und *nicht* auf eine mittelalterliche Truhe, wie er sie für den Obermotz angeblich finden sollte. Diese Typen wollten, dass er die Bundeslade für sie ausfindig machte, damit sie das große Geld machen konnten, und er sollte nur mit mickrigen siebzigtausend Dollar abgespeist werden. Wenn er damit seinen Studienkredit abgezahlt hatte, dann blieb nicht einmal genug übrig, um sich bei McDonalds ein Happy Meal zu gönnen.

Ja nun, da habt ihr euch aber getäuscht.

Himmel. Die Scheiß-Bundeslade. Wenn man der Bibel glaubte, dann konnte man mit der Bundeslade befestigte Städte auslöschen, Meere teilen und jemandem so richtig in den Arsch treten. Und wer *das* glaubt, der kauft auch einen Kühlschrank in der Arktis. Allerdings musste man kein Bibelfuzzi sein, um zu wissen, dass die Bundeslade ein Schatz von unermesslichem Wert war. Praktisch mehr Geld, als er je würde zählen können.

Hallo Tahiti und ein Leben voll süßen Nichtstuns, umgeben von barbusigen Inselschönheiten.

Wenn man bedachte, dass seine Mutter einst die Schulbehörde von Fairfax County wegen der Zeile »eine Nation unter Gott« im amerikanischen Treueeid verklagt hatte – was eine Welle der religiösen Empörung ausgelöst hatte –, dann wäre es gelinde gesagt eine Ironie, wenn er die Bundeslade finden würde.

Das ist für dich, Mutter.

»Der Verweis auf die ›goos‹ – die Gans – in der vierten Strophe ist ziemlich eindeutig«, antwortete er nach einer langgezogenen Pause, da er es für angebracht hielt, Klartext zu reden. Eine gute Lüge verpackte man am besten in Wahrheit.

»Sie sprechen von der Gans, die goldene Eier legt, richtig?« Das kam von dem Muskelprotz namens Boyd, der rittlings auf einem umgedrehten teuren Sheratonstuhl saß wie eine Stripperin beim Lapdance auf dem Schoß eines zahlenden Kunden.

»Sehr gut, Mr. Rambo. Setzen, Note Eins.« Einen wohlbemessenen Augenblick später rief er spöttisch: »*Falsch!*« Im Augenblick wünschte er sich nichts sehnlicher, als dem muskelbepackten Goliath das Gesicht in die Fußbodenbretter zu drücken. So wie es in den vergangenen Jahren unzählige Schulhofschläger mit ihm gemacht hatten.

Doch da er wusste, dass er es nicht übertreiben durfte, schaltete er einen Gang zurück und gab wieder den gebildeten Harvard-Absolventen. »In der mittelalterlichen Sprache steht die Gans symbolisch für Wachsamkeit. Und in Anbetracht der Tatsache, dass Galen seine Quartette unmittelbar vor seinem Tod verfasste, bedeutet das hier Wachsamkeit *im* Tode.«

Marshall lächelte. Das hörte sich gut an. Soeben hatte er herausgefunden, wie er seinen Wohltäter ausmanövrieren konnte. »Die zweite Zeile des letzten Quartetts heißt nur so viel wie ›Wehe mir!‹ angesichts der Pest«, fuhr er fort, wobei es ihm kaum gelang, ein aufgeregtes Grinsen zu unterdrücken. »Das bringt uns zu Zeile drei, was kurz gesagt ein Hinweis auf den heiligen …«

»Ich will wissen, wo Galen seine Truhe versteckt hat«, zischte der ältere Typ und starrte ihn mit schmalen Augen an.

»Nun, *das* ist die 64000-Dollar-Frage, nicht wahr?« Oder 64-Millionen-Frage.

Er musste sich regelrecht zusammenreißen, um nicht vor Freude anzufangen zu singen. Wie der bärtige Tewje in *Anatevka*. Nur dass er wirklich reich wäre. Ohne »wenn«.

Marshall trat zu seinem Laptop und projizierte mit ein paar Tastenklicks die nächste Folie der Präsentation – eine Seite aus einem beinahe siebenhundert Jahre alten Dokument – an die Wand. »In den Chroniken der ›Feet of Fines‹ entdeckte ich, dass Galen eine gehörige Anzahl goldener Objekte spendete, und zwar der …«, er schnappte sich seine handschriftlichen Aufzeichnungen vom Tisch, »Kirche St. Lawrence the Martyr in Godmersham. Das dürfte der ›holy blissful martir‹ – der glückselige Märtyrer – aus dem vierten Quartett sein. Wie die meisten Menschen im Mittelalter glaubte Galen zweifellos, dass er sich seinen Platz im Himmel erkaufen konnte.« *Oder durch Bestechung ergaunern, alles eine Frage des Standpunkts.* »Nimmt man nun alles zusammen, dann schätze ich, dass Galen die *arca* sprichwörtlich mit ins Grab nahm.«

Der ältere Typ brütete darüber ein paar Sekunden lang nach, dann, offensichtlich ein Pedant, der immer eine Bestätigung brauchte, meinte er: »Wollen Sie damit sagen, dass die goldene Truhe in Galen of Godmershams Grab in der Kirche St. Lawrence the Martyr ruht?«

»Yepp. Diese Hypothese ist genauso gut wie jede andere.« Als er das verärgerte Aufblitzen im Gesicht seines Wohltäters sah, fügte er hastig hinzu: »Es war zu der Zeit Brauch, die Toten in Leinen zu wickeln. Das wäre dann der ›veyl bitwixen worlds tweye‹. Auch bekannt als der Schleier zwischen zwei Welten.«

Marshall stieß innerlich einen Seufzer der Erleichterung aus. Obwohl er sich die Lüge unvorbereitet aus den Fingern gesogen hatte, klang sie recht glaubhaft. In Wirklichkeit hatte vor der Bundeslade, als sie in Salomons Tempel im Allerheiligsten aufbewahrt worden war, ein Schleier gehangen, der sie vor den Blicken verbergen sollte. Der Schleier in Galens letztem Vierzeiler bezog sich also auf die Bundeslade, nicht auf ein mittelalterliches Leichentuch.

Die Hinweise in den Quartetten waren nur dürftig, aber er vermutete, dass sich die Bundeslade in Wahrheit im Innern der Kirche unter einer Statue des Märtyrers befand, dem die Kirche geweiht war, dem heiligen Laurentius. Oder vielleicht auch hinter einer Gedenktafel oder einem Wandrelief. Weshalb er auch die Aufmerksamkeit des alten Knaben und seiner drei großen, bösen Buben von der Kirche weg und stattdessen auf den angrenzenden Friedhof lenken wollte. Dann, sobald sein Wohltäter die Suche aufgegeben hatte, würde er heimlich zu St. Lawrence the Martyr zurückkehren und sich seine Beute holen.

Trommelwirbel, bitte …

»Galen of Godmershams Grab – sind Sie da absolut sicher?«

»Sicher genug«, gab er zurück, da es ihm nicht gefiel, so darauf festgenagelt zu werden.

Der ältere Mann, der es ganz offensichtlich gewohnt war, Befehle zu erteilen, deutete schroff auf den mit Papier überladenen Tisch. »Packen Sie ein. Wir brechen in zehn Minuten auf.«

44

»Ich weiß nicht, wie es dir geht, aber ich bin kein großer Fan von düsterem, trübem Wetter«, murmelte Edie. Die letzten paar Minuten hatte sie am Fenster ihres Hotelzimmers Wache gestanden und den Hof unten aufmerksam beobachtet, erleichtert darüber, dass sie kein Zimmer im Erdgeschoss hatten.

Erleichtert, weil ihr sechster Sinn ihr sagte, dass sie beobachtet wurden.

Wenn man allerdings bedachte, dass sie absolut keine übersinnlichen Fähigkeiten hatte, dann konnte sie die Möglichkeit nicht ausschließen, dass ihre Intuition nichts weiter war als irrationale Angst.

Cædmon, der damit beschäftigt war, Bleistifte und Papier auf dem kleinen runden Tisch auszubreiten, der bei dem Erkerfenster auf der anderen Seite des Raumes stand, sah zu ihr hinüber. »Kein Wunder, dass wir Engländer so ein schwermütiger Haufen sind.«

»Mahler ist auch keine große Hilfe.« Edie wandte sich vom Fenster ab und warf einen bedeutsamen Blick zu dem kleinen Radio auf dem Nachttisch. Das unablässige Geräusch von Regen auf Kopfsteinpflaster wetteiferte mit den getragenen Klängen der 6. Sinfonie in a-Moll.

»Ach, aber er schadet auch nicht.« Cædmon hatte sie vorhin bereits darüber informiert, dass sentimentale klassische Musik ihm beim Denken half. Irgendetwas über Musiknoten und höhere Mathematik.

Edie, die Rhythm and Blues bevorzugte – Macy Grey war ihre Lieblingssängerin –, ließ es dabei bewenden. Es gab Schlimmeres als einen fragwürdigen Musikgeschmack.

Mit einem Ruck zog sie die Damastvorhänge vor dem Fenster zu. Dann sah sie sich in dem kleinen Hotelzimmer um. Zum wiederholten Mal, seit sie eingecheckt hatten, fiel ihr Blick auf das King-Size-Bett mit der rot gestreiften Bettdecke. Anscheinend hatte man in England von Hotelzimmern mit zwei großen Einzelbetten noch nie etwas gehört, denn als sie an der Rezeption danach gefragt hatte, hatte der Mann sie angestarrt, als wäre sie übergeschnappt.

Edie wandte den Blick ab.

Wenn sie einmal über das Bett hinwegsah – und das war verflixt schwierig –, dann hatte das Zimmer etwas Warmes und Einladendes an sich. Elfenbeinfarbene Wände, unterbrochen von dunklen Holzbalken, und jede Menge geblümter Plissee-Stoff. Passend zur Weihnachtszeit hing eine mit Schleifen besetzte Tannengirlande über der Tür.

Wieder sah sie zum Bett hinüber.

»Ja, ich weiß«, sagte Cædmon, der bemerkt hatte, wohin ihr Blick gerichtet war. »Ziemlich beeindruckend, nicht wahr?«

»Es ist nur, weil wir nicht… Du weißt schon.« Sie kämpfte gegen den Impuls an, den Blick abzuwenden. Das unausgesprochene Thema Sex hob sein verführerisches Haupt.

Cædmon hielt ihren Blick eine Sekunde zu lange fest, und sie hatte deutlich den Eindruck, dass er ihr eine stumme Frage stellte. Als keine Antwort von ihr kam, trat er zum Fuß des Bettes. Mit angespannter Miene legte er eine Hand auf jede Seite der Matratze und …

… schob das Doppelbett zu zwei Einzelbetten auseinander.

»Ich weiß allerdings nicht genau, was wir mit dem Bettzeug machen sollen.« Er deutete auf die rote Bettdecke, die nun zwischen den beiden Betten durchhing.

Einer Ahnung folgend ging Edie zum Schrank, öffnete ihn und holte zwei Einzeldecken heraus. »Wir haben Glück. Da sind Ersatzdecken für genau diesen Notfall vorhanden.« Sie warf die zusammengefalteten Decken aufs Bett. »Keine Sorge. Darum kümmere ich mich später.«

Wenn er enttäuscht war, dann verbarg er es gut.

»Fürchte, wir müssen uns das Bad teilen. Meine Macht erstreckt sich leider nicht über das Teilen des Bettes hinaus.« Er wandte sich vom Bett ab und griff nach der Flasche Portwein. »Aus irgendeinem Grund fühle ich mich durch unseren heutigen Fortschritt seltsam beschwingt. Wie ein mittelalterlicher Mönch, der seine Pflichten erfüllt hat und sich nun im vollen Bewusstsein, dass er sich diese einfache Freude verdient hat, bei einem Krug Wein entspannen kann.« Während er sprach, drehte er einen Korkenzieher, den er an der Rezeption besorgt hatte, in den Flaschenhals.

Mit einem feuchten *Plopp!* glitt der Korken aus der Flasche.

Er goss ein und schlenderte mit einem Glas in jeder Hand zu ihr hinüber. »Ich entschuldige mich dafür, dass der Wein nicht dekantiert ist, aber da wir primitiv hausen, muss es auch so gehen.« Dann, mit einem Lächeln: »Vorsicht. Dieses Zeug ist gefährlich süffig.«

Edie nahm das ihr angebotene Glas und erwiderte sein Lächeln, bevor sie einen Schluck von der rubinroten Flüssigkeit nahm. »Mmh. Das Zeug ist *wirklich* süffig.«

Cædmon lachte. Das Lachen klang tief, voll und einladend, und wie der Portwein brachte es sie zum Lächeln.

»Und nun zu der vor uns liegenden Aufgabe!« Er deutete auf das

Erkerfenster und den kleinen, runden Tisch. »Hoffentlich schaffen wir es, das letzte Quartett zu knacken.«

Nicht sicher, ob sie dabei eine große Hilfe sein würde, da ihr Verstand durch den Jetlag immer noch in Zeitlupe arbeitete, setzte Edie sich in einen der beiden Ohrensessel, die in den Erker gezwängt waren. Mit dem komischen Gefühl, dass ihr der Portwein zu Kopf stieg, starrte sie auf die letzten Zeilen des übersetzten Textes.

Die vertrauenswerte Gans weinte bitterlich,
denn nun alle waren tot.
Ich weiß nicht, wie der Welt gedient ist mit solcher Not.
Doch wenn ein Mann mit tiefgläubigem Herzen
den gesegneten Märtyrer sucht,
Dort in dem Schleier zwischen zwei Welten
ist die versteckte Wahrheit zu finden.

Mit dem Zeigefinger unterstrich sie die erste Zeile. »Zweifellos ein nur schwach verschleierter Hinweis auf die Weihnachtsgans.« Scherzhaft zwinkerte sie ihm zu.

Ganz auf die Aufgabe konzentriert, kreiste Cædmon »Gans« mit dem Bleistift ein. »Die Worte ›Gans‹ und ›Schwan‹ waren in der Sprache des Mittelalters austauschbar. Die Gans steht symbolisch für Wachsamkeit. In Hinblick auf alles, was wir bereits wissen, ergibt das durchaus Sinn.«

»Ach ja? Tut mir leid, aber ich kann dir nicht folgen.«

»Vergiss nicht, dass Galen die Rolle des Wächters der Bundeslade übernahm. Und Wachsamkeit ist die wichtigste Eigenschaft eines Wächters.«

»Und vergessen wir auch nicht, dass die Quartette dazu noch Galens Schwanengesang waren.«

Cædmon warf einen Blick auf ihr Glas, als wollte er fragen: Wie viel hattest du eigentlich schon von dem Zeug?

Edie schob das Glas beiseite. »Sir Kenneth erwähnte, dass jeder in Godmersham bis auf Galens Frau der Pest zum Opfer fiel. Also schätze ich, dass das die wesentliche Aussage von Zeile zwei ist.«

»Das sieht mir wie eine korrekte Annahme aus. Was die dritte Zeile betrifft …«, Cædmon hob sein Glas und nahm einen kleinen Schluck, »… das ist eine typische Ermahnung, die man in jeder mittelalterlichen Erzählung findet.«

»Nur ein Ritter mit reinem Herzen kann den Heiligen Gral finden, richtig?«

»Mmmm, so ungefähr.«

Gedankenverloren trommelte er mit den Fingern langsam auf den Tisch.

Ein paar Augenblicke später wurde das Trommeln zu einem schnellen *tap-tap-tap-tap*.

»Ich nehme an, das ist ein gutes Zeichen.«

»So gut, dass mir die Eier kribbeln«, antwortete er anzüglich und schlug mit der Handfläche auf den Tisch. »Wenn ich mich nicht völlig irre, dann ist der verfluchte ›gesegnete Märtyrer‹ kein anderer als der heilige Laurentius – St. Lawrence the Martyr.«

Angestrengt durchforstete Edie ihre Datenbanken, da der Name ihr irgendwie bekannt vorkam. Es dauerte einen Augenblick, bis sie an die richtige Erinnerungsdatei kam, diejenige darüber, dass Galen eine Menge »heiliger Reliquien« der Ortskirche gespendet hatte. »AchdulieberGott! Galen versteckte die Bundeslade in der …«

»Kirche St. Lawrence the Martyr!«, riefen sie beide gleichzeitig aus und grinsten sich breit an.

»Den Berichten im Alten Testament zufolge«, fuhr Cædmon aufgeregt fort, wobei er die letzte Zeile der Strophe mit dem Finger unterstrich, »hängte man, als die Bundeslade ins Allerheiligste von Salomons Tempel gebracht wurde, einen Schleier vor den Eingang, um diesen heiligen Ort abzuschirmen. Das prägte den Ausdruck ›hinter dem Schleier‹, da niemand, nicht einmal die Priester, diesen heiligen Ort betreten durften.«

»Was bedeutet, dass die letzte Zeile ein direkter Hinweis auf die

Bundeslade ist.« Als er nickte, wechselte sie unvermittelt die Gangart. »Okay, wann brechen wir auf?«

»Wir haben keinen Busfahrplan. Aber ich vermute, wir können morgen am frühen Nachmittag in Godmersham sein. Schneller, wenn wir ein Auto mieten.«

»Herrje, ich bin überrascht, dass du nicht gleich heute Abend noch aufbrechen willst. Es gießt doch nur in Strömen draußen«, neckte sie.

»So sehr mir auch die Vorstellung zuwider ist, dass MacFarlane sich die Beute doch noch schnappt, wir brauchen unseren Schlaf.«

Was dieses Thema betraf, waren sie völlig einer Meinung.

»Glaubst du, die Kirche steht noch?«

»Schwer zu sagen. Viele Kirchen und Klöster wurden während der Reformationszeit und des Bürgerkriegs zerstört. Morgen ist noch früh genug, um festzustellen, ob St. Lawrence the Martyr noch steht.«

»Selbst wenn die Kirche noch da ist, haben wir keine Ahnung, *wo* die Bundeslade in der Kirche oder in ihrer Nähe versteckt ist.«

»Ich habe nie behauptet, dass dieses Abenteuer einfach werden würde.« Cædmon schob den Stuhl zurück und erhob sich. Während er zu dem geteilten Bett hinüberging, ertönte eine von Bachs melancholischen Suiten für Cello aus dem Radio. Für Edie klang es wie ein Trauermarsch.

Sie ignorierte die Musik und sah zu, wie Cædmon eine Schachtel Kekse vom Nachttisch nahm. Ohne Zweifel war Cædmon Aisquith ein sehr eigenständiger Mensch, und sein spitzfindiger Intellekt wirkte seltsam anziehend. Als er mit den Keksen in der Hand zum Erker zurückkam, konnte Edie sehen, dass etwas nicht stimmte. Sein Gesichtsausdruck war nicht annähernd mehr so überschwänglich, wie er noch wenige Sekunden zuvor gewesen war.

»Oh-oh. Was ist passiert? Du bist nicht mehr in munterer Marschmusik-Stimmung.«

Cædmon reichte ihr die Packung Schokoladenkekse. »Hier, hau rein.«

»Willst du denn keine?«

Mit einer ablehnenden Handbewegung setzte er sich wieder an den Tisch. »Etwas an der Lösung kommt mir zu glatt und einfach vor. Zu verdammt offensichtlich.«

»Vielleicht wollte Galen, dass die Lösung einfach sein sollte.«

»Wenn er das gewollt hätte, dann hätte er sich nie die Mühe gemacht, die Quartette zu schreiben.«

Ihr war der Appetit auf Süßes ebenfalls vergangen, deshalb schob sie die Kekse beiseite.

»Ja, ich verstehe, was du meinst.« Sie starrte den Vierzeiler an. »Vielleicht fällt dir morgen früh eine nicht ganz so glatte Lösung ein.«

»Oder dir. Deine Idee mit den Aufenthaltsorten der Lade zeugt von einem ausgeprägten Talent für analytisches Denken.«

Edie lächelte. »Das gefällt dir, nicht?«

»Das ist eines von vielen Dingen, die mir an dir gefallen.«

Cædmons Antwort ließ sie sofort bedauern, dass er das rote Bett geteilt hatte.

»Nun, was soll man da sagen? Ich mag dich auch.« Sehr sogar. Vielleicht mehr, als sie sollte, wenn man bedachte, dass sie so wenig von ihm wusste. Abgesehen davon, dass er in Oxford studiert, für den MI5 gearbeitet und vor kurzem ein Buch geschrieben hatte, wusste sie nichts über Cædmon Aisquith. Ein geheimnisvoller Mann war eine Sache. Ein Mann ohne Vergangenheit war etwas völlig anderes.

Andererseits war sie auch nicht allzu mitteilsam gewesen.

»Cædmon, da gibt es etwas, das ich dir sagen möchte«, platzte sie ohne große Vorrede heraus.

Seine blauen Augen senkten sich in ihre.

Edie holte tief Luft und wappnete sich gegen die Folgen.

»Ich habe dich angelogen.«

45

»Hier ist nichts außer einem Haufen alter Knochen.«

Stan MacFarlane leuchtete mit seiner Stablampe in das offene Grab, in dem Braxton bis zur Brust stand und auf dessen Boden verstreut sich die sterblichen Überreste von Galen of Godmersham befanden. Und eine ganze Menge Schlamm, denn das Grab füllte sich schnell mit Wasser. Vor einer Weile hatte der Nachthimmel seine Schleusen geöffnet, und es goss in Strömen.

Als Nächstes leuchtete Stan mit der Taschenlampe in das Gesicht des Harvard-Absolventen, der bibbernd auf der anderen Seite des Grabes stand, und der Strahl warf ein goldenes Licht auf den herabströmenden Regen.

»Sie sagten mir, die Truhe würde hier sein.«

»Aufgrund der Quartette dachte ich, es bestünde eine gute Wahrscheinlichkeit, dass die goldene Truhe in Galens Grab zu finden wäre.« Sein bezahlter Mittelalterexperte, der langsam wie eine nasse Ratte auszusehen begann, zuckte mit den Schultern. »Was soll ich sagen? Wir habens riskiert und verloren.«

»Könnte es sein, dass Sie die Quartette falsch gedeutet haben?«

Der Gelehrte rieb sich den Nacken. »Hmm … das kann sein, aber … ich dachte wirklich, dass ich sie richtig entschlüsselt habe. Das ist das Knifflige am Mittelenglischen, die meisten Begriffe haben eine vielschichtige Bedeutung. Hey, macht es euch Jungs was aus, wenn ich im Range Rover warte? Ich hol mir sonst noch den Tod, wenn ich hier draußen noch länger rumstehe.«

Stan blendete das jämmerliche Gewinsel des Mannes aus und dachte sorgfältig über seinen nächsten Schritt nach, einen Schritt, den zu machen es mehr als fünfundzwanzig Jahre gebraucht hatte. Denn es war fünfundzwanzig Jahre her, dass ihm die Erzengel Michael und Gabriel erschienen waren, kurz nach der Explosion in Beirut. Gesandt von Gott, um ihn aus den Trümmern zu retten.

Der Terrorangriff auf die Behausungen der Marines war das erste Zeichen dafür gewesen, dass die letzten Tage der Menschheit nahe waren.

Sein Körper, und noch wichtiger, sein Geist waren errettet worden, und daraufhin hatte er sein Leben Gottes Werk gewidmet. Nicht ein einziges Mal war er vor seiner Pflicht zurückgeschreckt, betraut mit der Aufgabe, Gottes heilige Armee hier auf Erden auf die Beine zu stellen. Was im zweiten Golfkrieg als ungezwungene Gebetsgruppe begonnen hatte, war elf Jahre später, als die Panzer in Bagdad einrückten, zu einer zwanzigtausend Mann starken, auf dem Glauben basierenden Streitmacht geworden.

Fünfundzwanzig Jahre waren gekommen und vergangen, und immer noch war seine Mission nicht erfüllt.

Gott hatte etwas Großes und Ruhmreiches mit ihm vor.

Doch *nur*, wenn er die Bundeslade entdeckte.

Die Bundeslade war der Schlüssel, der die Tore des tausendjährigen Königreichs aufschließen würde.

Die Bundeslade war die Waffe, die die muslimischen Ungläubigen vernichten würde.

Genauso wie sie die Kanaaniter vernichtet hatte, und die Hethiter, und die Jebusiter.

»Wissen Sie, ich bin genauso ratlos wie Sie.« Der Gelehrte hatte sich offenbar entschieden, nicht zum Range Rover zurückzugehen.

Aus seinen Gedanken gerissen, fiel Stan auf, dass die Bemerkung des anderen Mannes nicht aufrichtig klang. Zu glatt. Zu eingeübt. Als würde er mit einer Pistole auf kurze Distanz zielen, hielt Stan dem dürren Mann die Taschenlampe ins Gesicht und dessen Pupillen zogen sich blitzschnell zu schwarzen Punkten zusammen. »Wie kommt es, dass ich Ihnen plötzlich nicht glaube?«

»Sie machen Witze, oder?« Der andere Mann heuchelte einen theatralischen Ausdruck staunender Ungläubigkeit. »Welchen Grund hätte ich denn zu lügen? Ich brauche Geld, um meinen Kredit abzuzahlen.«

»Mir fallen da eine ganze Reihe von Gründen ein, warum Sie mich anlügen könnten.« Stan leuchtete dem Mann immer noch mit der Stablampe ins Gesicht. Als wollte er ihm ein Loch mitten durch die Stirn bohren.

»Hören Sie, ich war mir wirklich sicher, dass die Lad... äh, Truhe in Galens Grab wäre.«

»Was haben Sie da gerade gesagt?« Der Lichtstrahl bohrte sich noch tiefer.

»Truhe. Ich sagte Truhe. Dass die Truhe in Galens Grab wäre.«

Nun, da die Wahrheit ans Licht gekommen war, starrte Stan den Gelehrten an, und Verachtung spülte in Wellen über ihn hinweg.

Als der Harvard-Wissenschaftler spürte, dass der Wind sich plötzlich gedreht hatte, warf er nervös einen Blick zum Auto. Zweifellos versuchte er sich zu erinnern, ob die Schlüssel noch im Zündschloss steckten.

»Einer Kugel kannst du nicht davonlaufen«, feixte Boyd Braxton, der aus dem Grab geklettert war.

Richter und Geschworene in einer Person, hob Stan anklagend den Finger. »›Und dann wird der Böse offenbart werden. Ihn wird der Herr umbringen mit dem Hauch seines Mundes und wird ihm ein Ende machen durch seine Erscheinung.‹«

Überraschend kampflustig zeigte der andere Mann ebenfalls mit dem Finger auf ihn. »Sie sind ein verdammter Irrer, das sind Sie!«

»Unfreundliche Worte für den Mann, der dein Schicksal in den Händen hält.«

Der Harvard-Absolvent warf einen Blick auf die in Israel hergestellte Desert-Eagle-Halbautomatik, die der Gunnery Sergeant nachlässig in der rechten Hand hielt, und seine Kampfeslust wich Angst. Feiger, winselnder Angst.

»Du hast recht, Mann. Das war der Eifer des Augenblicks. Tut mir leid. Und um zu beweisen, dass ich immer noch zum Team gehöre: Ich glaube, ich weiß, wo die Lade versteckt ist.« Der Gelehrte deutete mit dem Kinn in Richtung der kleinen Kirche auf der anderen Seite des Friedhofs. »Als ihr Jungs vorhin euren Sicherheitscheck in der Kirche gemacht habt, ist mir eine *sehr* große Marmortafel aufgefallen, die das Martyrium des heiligen Laurentius darstellt.« Er breitete die Arme aus und deutete eine Größe von gut über einem Meter an. »Ich schätze, wenn wir dieses Baby von der Wand stemmen, finden wir dahinter die Bundeslade.«

»Bete besser, dass es so ist.«

46

»In Washington«, stellte Edie klar, denn sie wollte nicht, dass Cædmon glaubte, sie hätte ihn erst vor Kurzem angelogen.

»Eine Lüge würde natürlich deine Verlegenheit erklären.«

»Ehrlich gesagt verstehst du das falsch. Ich bin überhaupt nicht verlegen darüber, dass ich gelogen habe. Ich schäme mich dafür.«

»Hast du mich in Bezug auf Padges Ermordung angelogen?«

»Was?!« Edie schüttelte heftig den Kopf, als das Bild von Dr. Padghams ausgestrecktem, leblosem Körper vor ihrem inneren Auge aufblitzte. »Nein, natürlich nicht. Ich habe in Bezug auf meinen, ähm, familiären Hintergrund gelogen.«

Cædmon verschränkte die Beine über dem Knie und wartete schweigend, dass sie die Lücken füllte. Wenn er darüber wütend oder enttäuscht war, angelogen worden zu sein, dann ließ er es sich nicht anmerken.

»Erinnerst du dich daran, wie ich dir erzählt habe, dass meine Eltern bei einem Bootsunfall vor der Küste Floridas ums Leben gekommen sind? Diese Geschichte war … nun, sie war eine glatte Lüge. Was meinen Vater angeht, so kann ich nichts sagen, aber meine Mutter hat nie auch nur den Fuß auf irgendetwas gesetzt, das auf dem Wasser schwimmt.«

Sie nahm sich eine Mandarine aus der Obstschale auf dem Tisch und begann sie mit zitternden Fingern zu schälen, wenn auch nur aus keinem anderen Grund, als ihren plötzlich schweißnassen Händen eine Beschäftigung zu geben. *Gott, ich fühle mich lausig.* Unglaublicherweise hatte sie Cædmon Aisquith gerade mehr über ihre Kindheit erzählt als jemals einer Menschenseele zuvor.

»Hast du mich angelogen, um mein Mitgefühl zu wecken?«

Edie hörte auf zu schälen.

»Nein! Absolut nicht!«

Sie wusste, warum sie die Lüge erzählt hatte, aber sie war sich nicht wirklich sicher, warum sie plötzlich die Wahrheit sagen wollte, also ließ Edie die Mandarine sinken und stand vom Tisch auf. Vielleicht war sie es einfach leid, mit Männern unter falschen Voraussetzungen ins Bett zu gehen. Langsam, bemüht, ihre Gedanken zu ordnen, schritt sie vor den geteilten Matratzen auf und ab. Aus den Augenwinkeln bemerkte sie, dass Cædmon sein Glas Portwein leerte.

Sie blieb stehen. Dann wandte sie sich ihm zu und sagte: »Wenn sie noch leben würden, gäbe es kein einziges Mitglied meiner Familie, das ich dir gerne und mit Stolz vorstellen würde. Ich wollte … Ich wollte einfach nur eine normale, geistig gesunde, liebende Familie. War das so falsch?«

Cædmon schüttelte den Kopf. »Danach sehnen wir uns alle.«

»Ja, das tun wir, nicht wahr? Aber das waren nicht die Karten, die mir das Schicksal zugeteilt hat.« Als ihr bewusst wurde, wie klischeehaft und melodramatisch das klang, entschloss sie sich, einfach nur bei den nackten Tatsachen zu bleiben. Keine Gefühle. Kein hysterisches Gehabe.

»Okay, hier kommt es. Die ungeschönte Version der Geschichte ist, dass meine Mutter Melissa süchtig nach Heroin, den falschen Männern und nach den Losen der staatlichen Lotterie war. Und damit du nicht den falschen Schluss ziehst, dass sie ein schrecklicher Mensch war, es war nicht allein ihre Schuld. Sie wuchs in einer sehr strengen evangelikalen Familie auf. Unglücklicherweise verliebte sie sich in einen jüdischen Jungen aus ihrer Klasse. Pops war damit nicht einverstanden. Also warf er sie aus dem Haus. Sie war sechzehn Jahre alt.«

»Ich vermute, der unglückliche Liebhaber war dein Vater?«

Edie schnaubte verächtlich. »Hmpf! Das hätte ich gern.« *Vielleicht hätte sich manches anders entwickelt, wenn Jacob Steiner mein Vater gewesen wäre.*

»Laut meiner Mutter gab es einen ungewöhnlichen Autounfall. Durch einen heftigen Windstoß kam das Fahrzeug ins Schleudern und prallte an einen Baum. Jacob starb, sie überlebte.«

»Hat deine Mutter da angefangen, Drogen zu nehmen?«

Edie nickte. »Der Kummer brachte sie beinahe um. Wenigstens war das die Entschuldigung, die sie vorbrachte, warum sie nichts mehr auf die Reihe bekam. Oh, ab und zu kam sie wieder ganz gut zurecht. Tatsächlich kam sie richtig gut zurecht. Doch dann …«, Edie schnippte mit den Fingern, »… einfach so fing sie wieder an, nach abgestandenem Bier und Kotze zu riechen.«

Das war ungefähr zur selben Zeit gewesen, als immer häufiger seltsame Männer auftauchten, und die dünnen Wände des Wohnwagens das Grunzen und Stöhnen nicht hatten dämpfen können.

»Ich nehme an, ich sollte an dieser Stelle erwähnen, dass meine Mutter keine Ahnung hatte, wer mich gezeugt hat. Sie glaubte, es könnte ›der Typ mit der Harley‹ gewesen sein.« Edie zeichnete mit den Fingern ein Paar Anführungszeichen in die Luft. »Aber das ist reine Spekulation.«

Nachdem sie gerade eingestanden hatte, dass sie ein uneheliches Kind war, starrte Edie auf den ausgetretenen Teppich unter ihren Füßen. Sie konnte sich gar nicht vorstellen, was Cædmon wohl von ihr dachte. Er stammte sicher aus einer versnobten englischen Familie. Ungefähr so wie in der Serie *Das Haus am Eaton Place*.

»Das klingt, als hätte deine Mutter ein tragisches Leben gehabt«, meinte er leise.

»Wohl eher auf tragische Weise zum Scheitern verurteilt. Jedenfalls war es kein langes Leben. Sie starb an ihrem achtundzwanzigsten Geburtstag an einer Überdosis. Ich fand sie auf dem Fußboden unseres Wohnwagens, der Song ›Sweet Melissa‹ von den Allman Brothers lief noch auf einem gebrauchten Kassettenrekorder. Es heißt ja, nur die Guten sterben jung, aber…« Sie wischte den Gedanken beiseite. »Egal. Ich bin mir gar nicht sicher, was ich eigentlich sagen wollte.« Sie setzte sich auf den Rand des Bettes, plötzlich unglaublich müde.

»Wie alt warst du, als deine Mutter starb?«

»Hmm?« Verspätet wurde ihr bewusst, dass Cædmon ihr eine Frage gestellt hatte. »Oh, elf.« *Elf oder bald vierzig.*

»Wenn es dir nichts ausmacht, dass ich das frage: Was geschah mit dir, als deine Mutter starb?«

Edie kaute auf ihrer Unterlippe, während sie mit sich rang, ob sie es ihm erzählen sollte. Doch wie eine führerlose Lokomotive, deren Bremsen nicht funktionierten, war sie nicht mehr aufzuhalten und beantwortete die Frage, die ihr gestellt worden war.

»Ich wurde in eine Pflegefamilie gesteckt. Wir waren fünf. Ein paar waren älter, ein paar jünger. Die Älteren wussten schon, was abging, die Jüngeren waren ahnungslos.«

Cædmon runzelte die Brauen. »Was ging ab? Ich verstehe nicht.«

»Lonny Wilkerson, mein Pflegevater, der Mann, der sich dem Staat Florida gegenüber vertraglich verpflichtet hatte, mir ein sicheres, sauberes und gesundes Zuhause zu geben, hatte eine Schwäche für kleine Mädchen.«

»Der verfluchte Bastard! Erzähl mir nicht, dass er…«

»Ich muss es dir erzählen«, unterbrach sie ihn. *Bitte, Cædmon. Lass mich meine Geschichte erzählen. Lass mich diese grauenhafte Erinnerung ans Licht der Welt bringen. In der Hoffnung, dass ich mich dann endlich von ihr befreien kann.*

»Eines Nachts kam Lonny in das Zimmer, das ich mir mit den zwei älteren Kindern teilte, und er… er legte mir die Hand auf den Mund, zog mir die Unterhose runter und er… er vergewaltigte mich.« Während sie sprach, hielt sie den Blick gesenkt. Sie wollte Cædmons Mitleid nicht. Sie wollte auch seine Entrüstung nicht. Sie wollte nur einen Zeugen. »Bis heute kann ich mich nicht an die Einzelheiten erinnern. Es war zu viel, um es verarbeiten zu können. Alles, woran ich mich erinnere … Es war schmerzhaft, es ging schnell, und ich hatte Angst, dass ich ersticke.«

Sie holte tief Luft und sah zu ihm hoch. Genau, wie sie vermutet hatte, war sein Gesichtsausdruck eine Mischung aus Wut und Schmerz.

»Das ist alles, woran ich mich erinnere«, sagte sie mit einem Schulterzucken. »Das, und die Tatsache, dass es von da an zwei Monate lang einmal die Woche passierte. Als Lonny sich an ein neues Mädchen heranmachte, erzählte sie dem Sozialarbeiter, was passiert war, und wir wurden alle in andere Pflegefamilien gesteckt.«

Edie hielt inne, als die alten Schuldgefühle wieder auf sie einstürmten.

»Ich hätte diejenige sein sollen, die das Monster anzeigt, aber …«, sie lachte bitter, »… ich hatte Angst davor, wieder im Stich gelassen zu werden. Davor, wieder von vorne anfangen zu müssen.« *Wieder einmal.*

»Du warst noch ein Kind«, beharrte Cædmon.

Sie schüttelte den Kopf, da sie über dieses Thema nicht diskutieren wollte. »Jedenfalls, um es einigermaßen kurz zu machen, ein paar Jahre später nahm sich ein Sozialarbeiter meiner an und machte meine Großeltern mütterlicherseits ausfindig. Ich blieb bei ihnen, bis ich volljährig war.« Und dann, wie bereits ihre Mutter vor ihr, war sie in den ersten Greyhoundbus gestiegen, der Cheraw verließ. Um niemals wieder zurückzukehren.

Cædmon stand vom Tisch auf und ging zu ihr hinüber. Wortlos setzte er sich neben sie auf die Bettkante, wobei ihre Hüften sich berührten.

»Versteh mich jetzt bitte nicht falsch. Ich bin kein emotional verkorkster Mensch, der nicht mit dem richtigen Leben zurechtkommt«, stellte sie nüchtern klar. »Ich komme sehr gut zurecht.«

»Ja, ich weiß. Aber Erinnerungen neigen dazu, einen zu überfallen, wenn man am allerwenigsten damit rechnet.«

Etwas in seiner Stimme ließ Edie vermuten, dass er aus eigener Erfahrung sprach. Vielleicht war seine Kindheit ja doch nicht wie in *Eaton Place* gewesen.

»Du musstest in zartem Alter bereits durch die Hölle gehen, aber irgendwie hast du es in all deinem Schmerz geschafft zu überleben.« Während Cædmon sprach, nahm er ihre Hand. »Du bist eine bemerkenswerte Frau, Edie Miller.«

»Bemerkenswert genug, um mit mir schlafen zu wollen?« Edie wandte den Kopf und sah ihm offen in die Augen. »Denn deshalb habe ich dir alles erzählt, weißt du? Jede Beziehung, die ich bisher hatte, war auf Lügen aufgebaut. Dieses Mal möchte ich einen sauberen Neuanfang machen.«

Cædmon ließ ihre Hand sinken. »Bist du sicher, dass es das ist, was du willst? Dass wir miteinander schlafen?«

Edie konnte an Cædmons Gesicht ablesen, wie seine Gefühle in Widerstreit lagen. Manchmal, und gerade eben war so ein Moment, war er einfach zu sehr Gentleman.

»Ich war letzte Nacht schon sehr kurz davor, zu dir ins Bett zu klettern. Und nur, damit du es weißt, das hier ist kein Rätsel, durch das du dich durchgrübeln musst. Es ist nur Sex, okay?«

Als Edie sah, wie die Unsicherheit in seinen Augen Verlangen wich, erhob sie sich und trat zum Nachttisch.

Cædmon packte sie am Handgelenk und hielt sie mitten in der Bewegung auf.

»Wo gehst du hin?« Seine sonst so kultivierte Stimme hatte einen merklich heiseren Klang.

»Ich dachte, ich schalte die Lampe aus.«

Er zog sie auf seinen Schoß.

»Lass das Licht an.«

47

Nachdem Stan sich vergewissert hatte, dass das gähnende Loch in der Kirchenwand tatsächlich leer war, setzte er sich müde auf die nächste Kirchenbank. Der kräftige Strahl der Stablampe verlieh der kleinen Dorfkirche einen überirdischen Schein. Von den Kirchenfenstern blickten Heilige aus buntem Glas stumm und strafend auf ihn herab. Seine beiden Männer, der eine mit einem Vorschlaghammer in der Hand, der andere mit einer Spitzhacke, standen bereit und warteten auf seine Befehle.

Zum ersten Mal seit fünfundzwanzig Jahren machte Stan sich ernsthafte Sorgen, dass er seine Verpflichtung Gott gegenüber vielleicht nicht würde erfüllen können. Wenn er im Besitz der Bundeslade war, konnte er das Schicksal der Welt nach Gottes heiligem Plan verändern. Doch dazu musste er sie erst einmal finden.

Ich muss die Bundeslade finden.

Diese fünf Wörter hallten in seinem Kopf wider wie eine Katastrophenwarnung in Endlosschleife.

Er stemmte sich aus der Kirchenbank hoch. Ein Krieger Gottes durfte nicht aufgeben.

Während er auf seine Männer zuging, stieß er mit den Füßen zerbrochene Marmorstücke zur Seite. Das jahrhundertealte Relief, das das Leben des heiligen Laurentius dargestellt hatte, war zerstört. Doch die dicke, sächsische Mauer hatte nicht kampflos nachgegeben. Beinahe eine ganze Stunde Arbeit war nötig gewesen, um die gähnend leere Höhle freizulegen.

Bereit, die nächste Schlacht zu schlagen, straffte Stan die Schultern. Ausruhen konnte er sich, sobald die Mission erfüllt war.

»Sieht so aus, als wären wir hier wieder einmal in einer Sackgasse gelandet, was?«

Stan wandte seine Aufmerksamkeit dem Harvard-Wissenschaftler zu. Bibbernd und mit hängenden Schultern stand er neben dem Haufen zertrümmerter Steine.

»Ja, genau.«

Plötzlich wurde dem Wissenschaftler klar, in welcher Gefahr er schwebte, und er blickte gehetzt von einem zum anderen.

»Hey, Leute! Warum so verbissen? Die Hinweise sind da, versteckt in den Quartetten. Wir müssen einfach nur noch mal zurück zum Reißbrett.« Als er keine Antwort bekam, streckte er nacheinander jedem von ihnen die Hände entgegen. »Einer für alle und alle für einen, richtig?« Als auch das keine Reaktion zeigte, versuchte er es auf eine andere Weise. »Ich schlage vor, wir diskutieren das aus. Alle, die für Friedensgespräche sind, heben die Hand.«

Wortlos starrte Stan den Wissenschaftler an. Dieser winselnde Schlappschwanz wollte den Ärger vergessen machen und von vorne anfangen.

»Da gibt es nichts mehr zu sagen.«

Intuitiv wusste der Gelehrte, dass er gerade sein Todesurteil gehört hatte, und wirbelte auf dem Absatz herum. Wie eine durch die Schatten huschende Kirchenmaus rannte er auf die Türen des Portals am Ende des Kirchenschiffs zu.

»Du kleiner Wichser!« Boyd Braxton ließ die Spitzhacke fallen und griff nach der 357 Desert Eagle, die er im Holster unter dem Arm trug.

Stan schlug dem Gunnery Sergeant die Hand auf den erhobenen Unterarm. »Nicht im Haus des Herrn«, befahl er streng.

»Ja, Sir!«

Mit gezogenen Waffen stürmten seine Männer aus der Kirche und hinter dem Wissenschaftler her, der sie betrogen hatte.

Ohne große Eile, da er wusste, dass sie die Beute bald gestellt haben würden, ging Stan zu den Flügeltüren auf der Rückseite der Kirche. Morgen früh würden sich die Bewohner des kleinen Dörfchens Godmersham über das Chaos wundern. Man würde jugendlichen Vandalen die Schuld geben. Zweifellos würden eine ganze

Reihe von Kirchenbasaren abgehalten werden, um Geld für die Reparatur des Schadens zu sammeln.

Er klemmte sich die Stablampe unter den Arm, fasste in die Hosentasche und holte eine goldene Geldklammer hervor. Schnell zog er drei Hundert-Dollar-Scheine heraus und steckte sie in den Schlitz des hölzernen Opferstocks.

Nachdem er seine Wiedergutmachung geleistet hatte, trat er ins Freie, wo er erfreut feststellte, dass der Regen endlich in ein erträgliches Nieseln übergegangen war. Auf dem angrenzenden Friedhof sah er einen roten Lichtpunkt tanzen, die Laser-Zielvorrichtung der Pistole des Gunnery Sergeant, und ging darauf zu.

Gefangen auf seinem Weg zum Range Rover stand der Gelehrte nun mit kapitulierend erhobenen Händen vor Galen of Godmershams offenem Grab.

»Die Frevler fängt Gott schnell«, murmelte Stan.

Boyd Braxton setzte dem Mann den Lauf seiner Desert Eagle an die Schläfe. »Ich glaube, wir müssen ihn umbenennen, in Meister Hasenfuß.«

»Wisst ihr Typen eigentlich, welche Strafe auf Mord steht?«, keuchte der Gelehrte, und seine hochgereckten Arme schlotterten wie Bettlaken, die im Wind flattern.

»Ich gehorche nur Gottes Gesetz«, entgegnete Stan. Dann, um dem Gelehrten die Gelegenheit zu geben, Abbitte für seine verderbte Existenz zu leisten, fuhr er fort: »Der Herr sprach: ›Wenn ihr nicht Buße tut, werdet ihr sterben in euren Sünden!‹«

»Hey, ich habe nichts Unrechtes getan! Ihr seid diejenigen, die herumschleichen, in Kirchen einbrechen und mit Pistolen herumfuchteln. Ich bin nur ein verschuldeter Doktorand, der sich ein bisschen redlich verdientes …«

»Haltung, Mann! Denn du wirst gleich deinem Schöpfer gegenübertreten.«

»Herr im Himmel! Tut das nicht! Ich flehe euch an …« Das Flehen erstarb zu einem kläglichen Wimmern.

»Puh! Hier braucht wohl jemand eine frische Windel«, murmelte Boyd Braxton, als der Gelehrte sich vor Angst in die Hosen machte.

Angewidert nickte Stan dem ehemaligen Gunnery Sergeant kurz zu. »Tötet ihn. Er ist dem Herrn ein Gräuel.«

Ein einzelner Schuss hallte durch die Nacht.

Wie das Läuten einer Kirchenglocke.

»*Das* nenn ich praktisch«, meinte Braxton und deutete mit dem Lauf seiner Waffe auf die beinahe kopflose Leiche, die zusammengesunken am Boden des Grabes lag. Er steckte die mächtige Pistole wieder zurück in das Holster, bückte sich und hob eine Schaufel auf. »Keine besondere Sache, was, Sir?«

»Gott ergötzt sich nicht am Tod eines Frevlers, Gunny. Und das sollten Sie auch nicht.«

Stan war erfüllt von frischem Glauben. Noch vier Tage bis Id al-Adha. Zeit genug, um die Bundeslade zu finden. Als guter Marine hatte er einen Alternativplan.

»Hat Sanchez schon eingecheckt?« Sanchez war der Mann, der mit der Überwachung in Oxford beauftragt war.

»Ungefähr vor drei Stunden, Sir. Aisquith und die Frau haben sich in ein Hotel verkrochen. Sanchez hat sich das Zimmer gleich neben dem ihren geschnappt. Da es eine Zwischentür zwischen den beiden Räumen gibt, behält er die beiden mit einer Spionkamera im Auge.«

»Lösen Sie Sanchez ab«, sagte er zu Braxton. »Ich will einen stündlichen Bericht. Wenn dieser Brite auch nur in sein Taschentuch rotzt, dann will ich darüber informiert werden.«

48

»Lass das Licht an.«

Seine Bitte, nicht ihre.

Da sie der Überzeugung war, dass Sex eine Sache des Gebens und Nehmens war, war sie der Bitte wortlos nachgekommen.

Der goldene Schein der Nachttischlampe hatte jede ihrer Bewegungen beleuchtet. Sie hatten sich gegenseitig ausgezogen, mit leicht zitternden Händen. Beide verspürten eine nervöse Unsicherheit, einen verschämten Voyeurismus, als mehr und mehr nackte Haut entblößt wurde. *Oberkörper. Brust. Becken. Schenkel.* Bis sie sich schließlich gegenüberstanden, vollständig und auf entwaffnende Weise nackt. Edie war sich ihres eigenen Körpers überdeutlich bewusst. Ihrer Brüste, die die Innenseite ihrer Arme streiften. Ihrer aufgerichteten Brustwarzen. Des leichten Zitterns ihrer Knie. Es war drei Jahre her, seit sie zum letzten Mal mit einem Mann geschlafen hatte. Sie fragte sich, ob sie die Erwartungen erfüllen konnte.

»Du bist bezaubernd.«

Erfreut über das Kompliment trat Edie einen Schritt auf ihn zu und legte ihm die Hände auf die Brust. Als ihre Finger über seine Haut glitten, stellte sie überrascht fest, dass er den schlanken, festen Körperbau eines jüngeren Mannes hatte. Sie drängte sich enger an ihn und presste die Lippen auf die pulsierende Stelle in seiner Halsgrube. Sie konnte fühlen, wie ihm das Blut mit jedem schnellen Schlag seines Herzens durch die Adern strömte.

Er war nervös.

Aus irgendeinem seltsamen Grund erregte sie das.

Als sie den Kopf senkte und leicht mit der Zunge über seine Brustwarze strich, wankte Cædmon leicht und stöhnte ihren Namen, von seinem kultivierten Akzent war keine Spur mehr übrig. Sie biss ihn in die Brust.

»Ich habe dir gerade mein Zeichen aufgedrückt«, raunte sie und legte den Kopf schief, um ihr Werk zu bewundern.

»Was du kannst, kann ich auch«, drohte er spielerisch, ließ die Hand zwischen ihre Schenkel gleiten und umfasste besitzergreifend ihren Venushügel. Einen Augenblick später lächelte er. Sie war bereits feucht.

Vielleicht doch gar nicht so nervös.

Als Edie eine drängende Berührung an ihrem Bauch spürte, sah sie nach unten und starrte ihn einige Sekunden lang schamlos an. *Na, wer hat nun allen Grund zu lächeln?* Mit seinem hochaufgerichteten Glied und den roten Locken erinnerte er sie an einen lüsternen Wikinger.

Einen lüsternen Wikinger, der Beethoven mochte, denn die Klänge eines Klavierkonzerts aus dem Radiowecker erfüllten den Raum. Mit dem Gedanken, dass sie Cædmon dringend mit Rhythm and Blues bekannt machen musste, übernahm sie die Führung, legte ihm die Hände auf die Schultern und drängte ihn langsam rückwärts auf das geteilte Bett zu. Als seine Kniekehlen die Matratze berührten, drückte sie ihn aufs Bett und setzte sich rittlings auf seinen Schoß.

Cædmons Hände glitten über ihre Oberschenkel, seitlich an ihrem Oberkörper empor, bis sie schließlich auf ihren Brüsten ruhten. Eine ihrer Brustwarzen lugte zwischen seinen zu einem V gespreizten Fingern hervor. Es war ein seltsam schöner Anblick. Sie war froh, dass sie das Licht angelassen hatten.

Er ahnte, was sie wollte, und ließ die Hände wieder zu ihrer Taille sinken. Seine Augen nahmen eine schillernd blaue Schattierung an, als er ihr half, den richtigen Winkel zu finden.

»Bereit?«

»Jederzeit«, antwortete sie, dann umfasste sie ihn mit der Hand und senkte sich auf ihn, wobei sie sich Zeit ließ. Als ihr Körper sich dehnte und weitete, musste sie ein Aufkeuchen unterdrücken. Die langsame, stetige Dehnung grenzte an Schmerz.

»Leg dich zurück aufs Bett«, befahl sie. Einen Augenblick später, die Hände auf seine Brust gelegt, fing sie an sich zu bewegen. Stöhnend umfasste Cædmon ihre Schenkel, der kehlige Laut wetteiferte mit den durchdringenden Klavierakkorden im Hintergrund.

Edie zog ihre Muskeln zusammen. Und entspannte sie wieder. Diese Bewegung rief ein weiteres Stöhnen hervor. Cædmons Griff verstärkte sich. *Schneller.*

Sie beherzigte die stumme Bitte und beschleunigte ihren Rhythmus, mit jeder Abwärtsbewegung klatschte ihr Hintern heftig gegen seine Leiste. Sie begann heftiger zu atmen und versank in einem Taumel der Sinne. *Wippende Brüste. Angespannte Muskeln. Pulsierende Adern auf seinen Handrücken.* All das begleitet von einem furiosen Klavier-Crescendo.

Sie krallte ihm die Finger in die Schultern. Die schmerzliche Fülle zwischen ihren Beinen nahm zu.

Bis…

Sie kam. Schnell. Heftig. Cædmon hielt ihren Blick gefangen und flehte sie stumm an, sich weiter zu bewegen. Sie griff hinter sich und berührte ihn. Und sah dann zu, wie er die Augen verdrehte und erschauderte.

Edie fiel nach vorne und landete erschöpft auf seinem Oberkörper. Mit Tränen in den Augen kämpfte sie darum, wieder zu Atem zu kommen. Die feuchte Wange an seine geschmiegt, lachte sie leise.

»Ich weiß ja nicht, wie es dir geht, aber ich weiß jetzt klassische Musik wirklich zu schätzen.«

49

Cædmon hielt sich die Hand vor den Mund und unterdrückte ein Gähnen.

»Tut mir leid. Ich bin ein bisschen geschafft. Die letzte Nacht war…« Er lachte leise. »Das brauche ich dir ja nicht zu erzählen. Du warst ja dabei.«

Edie, die neben ihm die High Street entlangging, stieß ihn in die Rippen. »Und ob.«

Sofort nach dem Frühstück hatten sie ihre dürftigen Habseligkeiten in die Virgin-Airlines-Schultertasche gestopft und aus dem Hotel ausgecheckt. Da ihr Plan vorsah, einen Bus nach Heathrow zu nehmen und dort ein Auto für die Fahrt nach Godmersham zu mieten, waren sie im Moment auf dem Weg zur Gloucester-Green-Bushaltestelle. Vom Empfangsportier wussten sie, dass die Busse zum Flughafen alle zwanzig Minuten abfuhren. Nichtsdestoweniger waren Cædmon und Edie darin einer Meinung, dass sich die Kirche St. Lawrence the Martyr genauso gut als falsche Fährte herausstellen konnte.

Cædmon warf einen Blick auf seine Armbanduhr. Halb acht. Das erklärte, warum die High Street beinahe menschenleer war. Lächelnd drängte Edie sich enger an ihn. Er erwiderte das Lächeln, wobei er sich wie die meisten Männer in den anfänglichen Wehen der Verliebtheit fragte, ob er Edie vielleicht ein bisschen *zu* gern hatte, denn seine Gedanken kehrten immer wieder zu ihr zurück.

Am vergangenen Abend hatte sich alles so schnell entwickelt, dass er sich die Ereignisse nur noch wie Momentaufnahmen in Erinnerung rufen konnte. Das leise Geräusch des Regens, der an die Fensterscheiben trommelte. Das nicht ganz so leise kehlige Stöhnen und lustvolle Seufzen. Runde eins hatte in einem erschöpften Gewirr verschlungener Glieder geendet. Runde zwei war zärtlicher, verführerischer gewesen. Sie hatten Mandarinen im Bett gegessen, und dabei hatte Edie Saft auf seinen Bauch geträufelt und ihn dann mit der Zunge wieder abgeleckt, wobei ihm ihr üppiges, lockiges Haar um die Hüften gefallen war. Nicht in der Lage, sich zu beherrschen, hatte er ihren Kopf gepackt und sie nach unten geschoben. Das Vergnügen, das darauf folgte, war beinahe unerträglich gewesen.

»Du lächelst. Übers ganze Gesicht, möchte ich hinzufügen. Woran zum Teufel denkst du wohl gerade?«

»Hmm?« Er betrachtete seine Begleiterin, und sah Brüste wie reife Melonen vor sich, Beine, die sich öffneten und eine überreife Feige darboten. »Ich betrachte gerade die sinnlichste Obstschale, die man sich vorstellen kann«, antwortete er.

Edie, nicht gerade prüde, lachte. »Ich habe gehört, ihr Kerle habt solche Gedanken alle zehn Sekunden. Schon erstaunlich, dass ihr überhaupt irgendetwas auf die Reihe bekommt.«

»Eine Liste zu führen ist da eine große Hilfe.«

Sie lachte noch herzhafter.

Wie er bereits herausgefunden hatte, war es eine Sache, Edie Miller zu verstehen, ihr zu helfen etwas völlig anderes. Ihre Jugend war ein Leben voller Misshandlung und Verrat gewesen. Und voll unermesslicher Qual. Und doch hatte sie es irgendwie durchgestanden. Er bewunderte ihre Stärke.

»Was ist, wenn wir in der Kirche wirklich die Bundeslade finden?«, fragte Edie aus sprichwörtlich heiterem Himmel. »Hast du dir schon irgendwelche Gedanken darüber gemacht, was wir damit tun würden?«

Er hatte darüber noch kaum nachgedacht, da er sich stattdessen darauf konzentriert hatte, die Quartette zu entschlüsseln.

»Ich meine, übergeben wir sie dann einem Museum? Oder stiften wir sie einer Kirche oder einer Synagoge?«

»Vielleicht sollten wir abwarten, bis wir die Bundeslade tatsächlich finden«, antwortete er ausweichend.

»Oder vielleicht hast du vor, sie selbst zu behalten«, bohrte sie nach, nicht willens, das Thema fallen zu lassen. »Futter für dein nächstes Buch.«

»Teufel noch mal! Ich muss wohl im Schlaf geredet haben.«

»Ich meine es ernst, Cædmon. Bisher hast du dich geweigert, mir irgendeine Antwort darauf zu geben, warum wir uns auf diese irrsinnige Gralssuche begeben haben.«

»Ich glaube, damit hast du den Nagel auf den Kopf getroffen. Es ist wirklich ein Art Gralssuche, nicht wahr? Wie ein Ritter aus alten Zeiten suche ich nach Wissen und Erleuchtung.«

»Oh, *bit*-te!« Ihre Stimme troff geradezu vor Spott. »Fürderhin, Sir Gawain, würde ich es begrüßen, wenn Ihr mir eine ehrliche Antwort anstelle eines flotten Spruches gebt.«

Cædmon krümmte sich innerlich bei diesem Vergleich. In späteren Gralslegenden war es Sir Gawain, besessen von seiner einzigartigen Arroganz, nicht gelungen, die Heiligkeit der Gralssuche zu begreifen. Er vermutete, dass Edie diesen Namen absichtlich aus den Reihen der Tafelrunde ausgesucht hatte.

»Ich will damit nur sagen, dass wir die Sache erst einmal ein bisschen durchdenken sollten, bevor wir uns Hals über Kopf ins Ungewisse stürzen. Und was ist mit MacFarlane und seinen heiligen Kriegern?« Offensichtlich besorgt starrte sie ihn an. »Was passiert, wenn wir ihnen in die Arme laufen, während wir in Godmersham herumspazieren?«

Obwohl die meisten Randgruppen nur eine große Klappe hatten und nichts dahintersteckte, wusste er, dass MacFarlanes Truppe da eine Ausnahme war.

»Konzentrieren wir uns lieber darauf, diese verflixte Bundeslade zu finden, anstatt in angstvollen Vorstellungen zu versinken.«

Ein ausgeprägtes Schweigen folgte. Unbehaglich tat er so, als habe er großes Interesse für die Schaufenster, an denen sie vorbeikamen.

»Wir können immer noch zur Polizei gehen«, schlug Edie vor und brach als Erste die an den Nerven zerrende Stille.

»Um sofort zweier Morde beschuldigt zu werden, die wir nicht begangen haben?« Heftig schüttelte er den Kopf. »Wir können nicht zu den Behörden gehen, es sei denn, die Situation macht es unerlässlich.«

»Und wer wird dann diesen Anruf machen, du oder ich?«

»Wir sind ein Team, nicht wahr?« Während er sprach, legte er ihr den Arm um die Schulter, sodass sie sich an Oberkörper, Hüfte und Schenkel berührten. »›Dort überwintert sie und hält wohl warm ihr Lied‹«, flüsterte er ihr eine Zeile aus einem alten englischen Lied ins Ohr.

Edie schlang ihm den Arm um die Taille und wandte ihm lächelnd das Gesicht zu. »Ja, ich bin an deiner Seite. Ich mache viel lieber Liebe als Krieg.«

50

Oh Mann, er wollte sie ficken.

So sehr, dass sein Schwanz seit Stunden knüppelhart gegen den Stoff seiner Hose drückte. Seit er an der Spionkamera im Schlüsselloch der Verbindungstür einen Platz in der ersten Reihe einer Vorstellung eingenommen hatte, die sich als unglaubliche Fickorgie entpuppt hatte.

Zuerst war Boyd stinksauer gewesen, dass er zur Überwachungsschicht eingeteilt worden war. Kein Wunder, dass Sanchez so gegrinst hatte, als Braxton ihn ablöste. Wer zum Teufel hätte auch gedacht, dass die Schlampe mit den lockigen Haaren sich wie eine erfahrene Hure benahm? Es hatte ihn seine ganze Selbstbeherrschung gekostet, sich nicht an der Verbindungstür einen runterzuholen wie irgendein Kameltreiber in einer Gasse in Islamabad.

Der Colonel pflegte zu sagen: »Wenn die Begierde empfangen hat, gebiert sie die Sünde; die Sünde aber, wenn sie vollendet ist, gebiert den Tod.« Der Bibelvers half ihm, seine Lust zu zügeln. Normalerweise.

Boyd Braxton legte eine Hand in den Schritt und rückte seine Ausrüstung zurecht.

Eine Verkäuferin, die in einem Schaufenster einen Eimer voll Blumen hochhievte, starrte ihn böse an. Er starrte ebenso böse zurück und ging munter weiter seines Wegs. Aisquith und die Frau waren etwa einen Häuserblock vor ihm, und da praktisch keine Fußgänger auf den Straßen unterwegs waren, war es ein Kinderspiel, sie zu beschatten. Außerdem war der rothaarige Brite viel zu versessen darauf, der Schlampe Süßholz ins Ohr zu flüstern, um überhaupt zu bemerken, dass er einen Verfolger hatte.

Da er sie belauscht hatte, wusste er, dass sie auf dem Weg zur nächsten Bushaltestelle waren, und seine Aufgabe war es, ihnen den Weg abzuschneiden. Dankbar für die Chance, wiedergutmachen zu können, was er vor vier Tagen in Washington verbockt hatte, beschleunigte er seine Schritte.

Das Herz pochte ihm aufgeregt gegen das Brustbein.

Er konnte es gar nicht erwarten zuzuschlagen.

51

Als Edie den Kopf reckte, um die Auslage in einem Schaufenster zu betrachten, erhaschte sie eine plötzliche Bewegung, die sich im Glas widerspiegelte.

Sie wandte den Kopf. Zuerst verblüfft, dann geschockt.

Es war Dr. Padghams Mörder. Keine zehn Schritte hinter ihnen.

Ohne nachzudenken wirbelte sie auf dem Stiefelabsatz herum und schubste Cædmon mit beiden Händen, so hart sie konnte, vom Bürgersteig.

»Cædmon, lauf!«, schrie sie aus vollem Hals, als sie zu spät erkannte, dass sie ihn direkt vor ein näher kommendes Fahrzeug gestoßen hatte.

Autos hupten. Reifen quietschten.

Sie kam zu dem Schluss, dass Cædmon auf der Straße sicherer als in der Schusslinie war; deshalb fing sie an zu rennen, wobei sie noch einen schnellen Blick über die Schulter warf.

Wie sie gehofft hatte, entschloss sich der Killer, der nun gezwungen war, zwischen den beiden zu wählen, lieber sie statt Cædmon zu verfolgen.

Ein Stück vor sich erblickte Edie einen Mann mit einer Schürze, der eine mit Pappkartons beladene Karre vor sich herschob. Eine Sekunde später verschwand er in einem Gebäude. Ohne lange nachzudenken, folgte sie ihm und stellte überrascht fest, dass es sich um eine Einkaufspassage handelte, von der aus mehrere enge Gänge in verschiedene Richtungen führten. Als wäre er in einem großen schwarzen Loch verschwunden, war von dem Lieferanten nirgends etwas zu sehen.

Ganz anders Padghams Killer, denn der Goliath war ihr in die Einkaufspassage gefolgt.

Edie zwang ihre Beine, noch schneller zu laufen, und schlitterte um die Ecke in einen verlassenen Korridor. Die Läden, deren dunkle Fenster mit Weihnachtsgirlanden geschmückt waren, waren alle geschlossen. *Haustierbedarf. Wohnaccessoires. Schmuck. Lederwaren.* Alles flog verschwommen an ihr vorbei.

Als Edie schwere Schritte direkt hinter sich hörte, packte sie verzweifelt einen Verkaufsständer, der im Türeingang eines geschlossenen Geschenkeladens stand, riss ihn hinter sich zu Boden und rannte weiter.

Eine Sekunde später hörte sie einen unterdrückten Fluch. Dann ein Krachen. Offensichtlich hatte ihr Verfolger Bekanntschaft mit ihrer kleinen Straßensperre gemacht.

Gut. Sie hoffte, der Mistkerl hatte sich das Genick gebrochen.

Als sie aus den Augenwinkeln gerupftes und verschnürtes Geflügel erblickte, rannte sie in diese Richtung. Die Kursänderung führte sie einen anderen Gang entlang, der hell erleuchtet war. Mehrere Geschäfte – ein Gemüsehändler, ein Kaffeeladen und eine Metzgerei – hatten tatsächlich geöffnet, obwohl noch kaum Kunden unterwegs waren. Und die wenigen nahmen keine Notiz von der gehetzten Frau, die an ihnen vorbeirannte.

Am Rand ihres Bewusstseins nahm sie eine beinahe übelkeiterregende Wolke vermischter Gerüche wahr – Stilton-Käse, gemahlener Kaffee, frisches Fleisch. Als ob hundert Jahre an Gerüchen zu einem einzigartig merkwürdigen Geruch verschmolzen wären. Sie öffnete den Mund und sog gierig einen tiefen Atemzug frischer Luft ein.

Und prallte frontal in einen pickelgesichtigen, tätowierten Teenager, der eine hölzerne Kiste mit in Eis gekühltem Fisch trug.

»Blöde Kuh!«, brüllte der Teenager, als schillernder Fisch und weiße Eisbrocken durch die Luft segelten und ihm auf Kopf und Schultern regneten. Sofort folgte eine ausführliche Schimpftirade voll bildhafter Fäkalausdrücke.

Edie schaffte es, sich auf den Beinen zu halten, und murmelte eine Entschuldigung, während sie davonspurtete. Langsam ließ ihre Kraft nach, und die Muskeln ihrer Beine protestierten bei jeder Bewegung. Und sie brauchte sich nicht umzusehen, um zu wissen, dass ihr Verfolger schnell aufholte, denn der Zusammenstoß mit dem Fischhändler hatte sie beinahe ihren Vorsprung gekostet.

Keine zehn Meter von sich entfernt erblickte Edie etwas, das wie ein Ausgang aussah. Der Stangengriff, der quer über die Stahltür verlief, verriet, dass es ein Notausgang war. Sie rannte darauf zu, drückte mit beiden Händen die Metallstange herunter und warf sich gegen die Tür, so fest sie konnte.

Sie schwang auf, und einen Herzschlag später befand Edie sich in einer engen Gasse. Auf einen Blick sah sie, dass keine Menschenseele in Sicht war, nur eine Reihe geparkter Lieferwagen.

»Denk nicht einmal dran, Miststück!«

Edie wirbelte herum. In dem Moment, als sie den Mund öffnete, um zu schreien, legte ihr Angreifer ihr eine Hand über den Mund, packte sie mit der anderen an den Haaren und riss sie an sich. Sie prallte gegen seine Brust und versuchte, sich loszureißen, doch er hatte ihre Bewegung vorausgesehen, ließ ihr Haar los und umklammerte ihre Handgelenke. Mit einem boshaften Lächeln riss er ihr die Arme über den Kopf und zerrte sie daran hoch, sodass sie nur noch auf den Zehenspitzen stand. Da sie kaum eine andere Möglichkeit mehr hatte, versuchte Edie, ihn in die Hand zu beißen, mit der er ihr den Mund zuhielt. Blut strömte ihr in den Mund. Immer noch grinsend schob er sie zwischen zwei geparkte Lieferwagen und stieß sie gegen eine steinerne Wand.

Da sie ihre Hände nicht benutzen konnte, versuchte Edie, ihm das Knie in den Leib zu rammen, aber sie konnte den Unterkörper nicht bewegen, denn ihr Angreifer presste seine Hüften und Oberschenkel fest gegen ihre. Unfähig, sich zu bewegen, war sie zwischen ihm und der Wand gefangen.

Oh Gott!

»Ich hab ein kleines Geschenk für dich«, zischte der Gorilla, während er sich grob an ihrem Becken rieb. »Das gefällt dir, nicht wahr?«

Edie starrte ihm ins Gesicht, sah den dunklen Bartschatten, die geblähten Nasenflügel, die wulstigen Lippen, konzentrierte sich auf jedes Detail in dem verzweifelten Versuch, dadurch auszublenden, was er mit ihr machte.

Während er weiter mit den Hüften stieß, leckte er ihr über das Gesicht, vom Kinn hoch bis zu ihrer Schläfe. »Baby, ich werd dich richtig spalten.«

Plötzlich blitzten alte Erinnerungen vor ihrem inneren Auge auf.

Entsetzen verwandelte sich in Wut. Dieses Mal würde sie sich wehren. Sie würde verdammt noch mal auf keinen Fall zulassen, dass dieses Tier sie vergewaltigte. Edie zappelte und wand sich und versuchte mit aller Macht, sich zu befreien.

»Du bist schon richtig scharf drauf, nicht wahr, du Schlampe?«

Verspätet erkannte sie, dass ihre Anstrengungen ihn nur noch weiter erregten, und hörte auf, sich zu bewegen.

Innerhalb von Sekunden hörte das Stoßen gegen ihr Becken auf.

»Verdammte Fotze!« Gezackte Adern traten an seinen Schläfen hervor. Kurz davor, jeden Augenblick zu platzen.

Edie konnte fühlen, dass er erschlafft war, und schnaubte verächtlich unter seiner Hand. Ihr Möchtegernvergewaltiger nahm die Hand von ihrem Mund, ballte sie zur Faust und holte aus.

Edie schloss die Augen und wappnete sich gegen einen, wie sie vermutete, knochenzerschmetternden Schlag.

Der niemals kam.

Stattdessen grunzte ihr Angreifer laut und ließ von ihr ab. Als Edie die Augen öffnete, sah sie überrascht Blut an seinem Gesicht herabströmen, das aus diesen gezackten Adern quoll. Noch überraschter war sie, als sie Cædmon wenige Schritte entfernt mit einer zerbrochenen Flasche in der rechten Hand stehen sah. Sie machte einen Satz und rannte an seine Seite.

Die Patt-Situation dauerte nur wenige Sekunden. Dann hastete der blutende Hüne durch die Gasse davon. Aus seinem Hosenbund ragte etwas, das wie eine Pistole aussah.

Schweigend sahen Edie und Cædmon ihm hinterher. Als er das Ende der Gasse erreicht hatte, verschwand er um die Ecke.

»Hast du das gesehen? Er hatte eine Waffe! Warum hat er sie nicht benutzt?«

»Das tut er vielleicht noch.« Cædmon schleuderte die zerbrochene Flasche zur Seite, und Edie konnte sehen, dass er wütend war.

»Wie hast du mich gefunden?«

»Ich bin einfach deinem Pfad der Zerstörung gefolgt.« Während er sprach, blickte er die Gasse entlang, dann fiel sein Blick auf einen Lieferanten, der gerade aus dem Laden gekommen war.

»Die Sache mit dem Fisch war ein Unfall.«

»Erzähl das dem Fischhändler. Komm! Wir verschwenden unsere Zeit.« Er packte sie am Ellbogen und steuerte sie auf einen schwarzen Lieferwagen zu, auf dessen Seitenwand in schnörkeliger Schrift *Morton & Sons* geschrieben stand. Abgaswolken quollen aus dem Auspuff.

Cædmon griff nach dem Türgriff der Hintertür.

»Steig ein!«, befahl er schroff. »Bevor er losfährt!«

Edie warf einen Blick hinein und sah überrascht gerupftes Geflügel von einer Metallstange hängen.

»Du machst Witze, oder? Auf keinen Fall fahre ich per Anhalter mit einem Haufen toter Vögel.«

»Zwing mich nicht dazu, meinen Fuß mit deinem Hintern bekanntzumachen.«

Da sie für heute schon oft genug grob behandelt worden war, hielt Edie den Mund und kletterte in den Lieferwagen.

52

Cædmon setzte sich in den hinteren Teil des Lieferwagens und klemmte den Fuß zwischen eine der Doppeltüren, um sicherzugehen, dass sie nicht in dem Kühlwagen eingeschlossen wurden. Als der Wagen anfuhr, prallte die Tür leicht gegen die Sohle seines Schuhs.

»Wie lange müssen wir denn in diesem Hühnermobil eingepfercht bleiben?«, brummte Edie, Kopf und Schultern eingezogen, um zu verhindern, dass sie von dem über ihr baumelnden Geflügel getroffen wurde. Sie hielt sich sein zusammengefaltetes Taschentuch an den Mund und tupfte sich das Blut von der aufgeplatzten Lippe.

»Wir bleiben in dem Lieferwagen, solange ich es für nötig halte. Und die besagten Vögel sind Gänse.« Für Weihnachtstische in der ganzen Grafschaft bestimmt.

Immer noch wütend über ihren tollkühnen Spurt durch die Einkaufspassage warf er Edie einen schnellen Blick zu. Die Frau war wendiger als eine Tänzerin des Bolschoi-Balletts.

Teufel noch mal. Sie wäre beinahe getötet worden. Wenn ich nicht rechtzeitig gekommen wäre …

»Ich dachte, dass er dich zuerst töten wollte«, erklärte Edie. »Deshalb habe ich dich auf die Straße gestoßen. Um Verwirrung zu stiften.«

Und um sicherzugehen, dass der Gorilla hinter ihr herjagte, und nicht hinter ihm.

Ich sollte sie erwürgen.

»Du bist flink auf den Beinen, aber das bedeutet nicht, dass das eine kluge Entscheidung von dir war«, tadelte er sie, nicht gerade in Vergeberlaune. Dann, voll Angst davor, was ihre Antwort sein könnte: »Hat er dir etwas angetan?«

»Ich möchte nicht so weit gehen zu sagen, dass er mir Gewalt angetan hat, aber er hat sich ein paar Freiheiten herausgenommen.«

»Elender Bastard!«

»Es war nichts. Glaub mir. Abgesehen von einer aufgeplatzten Lippe geht es mir gut.«

Cædmon sah Edie Miller in die braunen Augen und konnte darin das verängstigte, verletzliche Kind sehen, das sie einst gewesen war. Er kämpfte gegen den Wunsch an, sie an sich zu ziehen, aus Angst, er könnte vielleicht etwas völlig Idiotisches sagen.

Edie, die offensichtlich keine derartigen Bedenken hatte, kroch zu ihm herüber. Dabei verlor sie fast das Gleichgewicht, als der Lieferwagen unerwartet eine Linkskurve machte. Er packte die Unterseite der Tür mit der Hand, damit sie nicht weit aufschwang. Trotz seines Ärgers streckte er den freien Arm aus und strich ihr über das Gesicht.

»Es ist kalt hier drin«, beschwerte sie sich, während sie sich an ihn schmiegte.

Sanft strich Cædmon ihr mit dem Daumen über die geschwollene Lippe. »Gott sei Dank geht es dir gut.«

»Und was jetzt?«

»Irgendeine Art von öffentlichen Verkehrsmitteln zu benutzen, steht nicht zur Debatte, weil MacFarlanes Männer zweifellos die

Bus- und Bahnstationen überwachen werden. Also bleiben wir im Lieferwagen, bis wir Oxford sicher verlassen haben. Hoffentlich finden wir einen freundlichen Autofahrer, der uns nach London mitnimmt.«

»Vielleicht sollten wir die Behörden informieren.«

»Es ist nicht so, als könnten wir irgendetwas beweisen. Und in Anbetracht deines Amoklaufs in der Einkaufspassage würdest du, wenn du zur Polizei gehst, wahrscheinlich als Übernachtungsgast in einer Zelle enden.«

»Also, was heißt das dann für uns?«

»Dass wir in der Luft hängen und zappeln wie zwei …«

»Gänse«, warf sie ein und starrte auf die Vögel, die über ihr hin- und herschwangen.

»Ich wollte eigentlich sagen wie zwei gestrandete Makrelen, aber ich nehme an, ein paar verängstigte Gänse tuns auch.«

»Nein. Ich spreche von der ersten Zeile des vierten Quartetts.« Sie schnappte sich die Umhängetasche, zog den Reißverschluss auf und holte das zusammengefaltete Blatt Papier mit den übersetzten Vierzeilern heraus. »Da ist es«, sagte sie und fuhr mit dem Finger über die Zeile, während sie laut vorlas. »›Die vertrauenswerte Gans weinte bitterlich, denn alle waren tot.‹ Erinnerst du dich noch daran, wie ich dir erzählt habe, dass ich einmal eine Seminararbeit über die Frau aus Bath aus Chaucers *Canterbury Tales* geschrieben habe?«

Er nickte, wobei er sich fragte, worauf dies wohl hinauslaufen würde.

»Nun, die Gänse haben mich an eine Zeile aus dem Prolog dieser besagten Geschichte erinnert. Es ist über zehn Jahre her, wohlgemerkt, also zitiere ich ziemlich frei, aber Chaucer schrieb: ›Es schwimmt im See kein' einz'ge Gans, die, wie du siehst, ohne Gefährten bleibt.‹ Tatsächlich war die ganze Prämisse meiner Arbeit, dass Frauen im Mittelalter heiraten *mussten*. Oder einem Kloster beitreten. Das waren die zwei einzigen Möglichkeiten.«

Zugegebenermaßen verblüfft zog er eine Augenbraue hoch. »Und worauf willst du hinaus?«

»Mir ist eben eingefallen, dass in der mittelalterlichen Literatur die ›Gans‹ sich immer auf die gute Hausfrau bezieht. Gestern sagtest du, die Gans sei ein Symbol für Wachsamkeit. Und da hast du recht. Wer in der mittelalterlichen Welt war wachsamer als die gute Hausfrau? Ich vermute, niemand hat je die Möglichkeit in Betracht gezogen, dass die Vierzeiler von *Mrs.* Galen of Godmersham geschrieben wurden und Philippa die ›vertrauenswerte Gans‹ ist.« Sie verschränkte die Arme über der Brust und verdrehte theatralisch die Augen. »Männlicher Chauvinismus von seiner akademischsten Seite.«

»Ich gebe zu, dass deine Theorie Potenzial hat. Dennoch ...«

»Denk darüber nach, Cædmon. Wie könnte ein fünfundachtzigjähriger Mann eine schwere, goldene Truhe verstecken? Was willst du wetten, dass es Galens letzter Wunsch an seine viel jüngere Frau war, seine kostbare *arca* vor den Plünderern zu verstecken, die das Land während der Pest durchstreiften? Sir Kenneth erzählte uns, dass jeder in Godmersham an der Pest starb.«

»Bis auf Philippa«, murmelte er. Edies Theorie begann immer plausibler zu klingen. »Und als ihr Ehemann tot war, versteckte Philippa die goldene *arca* irgendwo auf dem Kirchengelände von St. Lawrence the Martyr.«

»Ehrlich gesagt habe ich dazu auch eine Theorie«, konterte Edie und überraschte ihn aufs Neue.

»Schlau *und* schön. Ich bin völlig hingerissen.«

Edie schlug ihm spielerisch auf den Arm. »Hey, du hast vergessen, meine Muskeln zu erwähnen.« Dann fuhr sie in ernsterem Ton fort: »Ich fange an zu glauben, dass wir den Märtyrerteil der Vierzeiler völlig falsch ausgelegt haben.«

»Ich nehme an, du beziehst dich auf die dritte Zeile der letzten Strophe?«

»Ganz recht. ›Doch wenn ein Mann mit tiefgläubigem Herzen

den gesegneten Märtyrer sucht‹ bezieht sich *nicht* auf den heiligen Laurentius. Zumindest glaube ich das. Ich glaube, es bezieht sich wieder auf die Gans.«

»Ich kann dir nicht ganz folgen.« Ihm war es egal, wer die Wahrheit entdeckte, solange sie nur entdeckt wurde.

»Okay, wir wissen jetzt, dass die Gans sich auf Philippa, die gute Hausfrau, bezieht«, sagte Edie und zählte dabei den ersten Punkt an ihrem kleinen Finger ab. Dann ging sie weiter zum Ringfinger. »Sir Kenneth zufolge war Philippa die Tochter des Friedensrichters von Canterbury.« Beim Mittelfinger stellte sie fest: »Und Canterbury, wie du ja weißt, da du Chaucer gelesen hast, ist der Ort, an den die mittelalterlichen Pilger reisten …«

»Um den Ort zu sehen, wo der heilige Thomas Becket im Jahre 1170 von den Handlangern Heinrichs II. ermordet wurde«, beendete Cædmon den Satz, denn er war mit dem Vorfall gut vertraut. Der ermordete Erzbischof war ein Opfer des Konfliktes zwischen Kirche und Staat gewesen. »Innerhalb weniger Wochen nach dem Mord machten wilde Gerüchte in ganz England die Runde. Diejenigen, die mit dem blutigen Gewand des toten Erzbischofs in Berührung kamen, berichteten von allen möglichen erstaunlichen Wundern. Bald darauf sprach die katholische Kirche Thomas Becket als *Märtyrer* heilig.«

»Und so entstand die Verehrung des heiligen Thomas.«

Mit großer Klarheit erkannte Cædmon, dass Edie absolut recht hatte. Beim Entschlüsseln des vierten Quartetts hatten sie einen Hinweis falsch gedeutet. So wie Philippa es zweifelsohne beabsichtigt hatte.

Edie lehnte sich an die Wand des Lieferwagens, ein zufriedenes Lächeln auf den Lippen. »Das ergibt einwandfrei Sinn, nicht wahr? Philippa, damit betraut, die Bundeslade zu verstecken, bringt sie zu dem einzigen Ort, den sie abgesehen von Godmersham kennt: ihren Geburtsort Canterbury.«

»Mmmm.« Er grübelte darüber nach und ging die einzelnen

Teile noch einmal durch. »Wir wissen nicht, ob Philippa die Bundeslade tatsächlich in Canterbury versteckt hat«, meinte er, sich völlig darüber im Klaren, dass Edie dazu neigte, voreilige Schlüsse zu ziehen.

»Natürlich wissen wir, dass Philippa die Bundeslade in Canterbury versteckt hat. Es steht eindeutig in den Quartetten. ›Dort in dem Schleier zwischen zwei Welten …‹«

»›… ist die Wahrheit zu finden.‹ Die Wahrheit, nicht die *arca*«, betonte er ruhig. »Was möglicherweise eine verschlüsselte Art ist zu sagen, dass wir unseren nächsten Hinweis in Canterbury finden.«

Offensichtlich verstimmt seufzte Edie. »Und da dachte ich, das würde einfach werden. Okay, irgendwelche Ideen, wo wir in Canterbury suchen sollen?«

Diese neue Herausforderung akzeptierte er eher, deshalb hielt er sich nicht lange mit verdrießlichen Beschwerden auf, da ihm bereits von Anfang an klar gewesen war, dass sie einem sich windenden Pfad folgten.

»Thomas Becket wurde in der Kathedrale ermordet. Ich schlage vor, dass wir dort unsere Suche starten.« Während er sprach, wurde der Lieferwagen langsamer und hielt an.

Cædmon spähte aus der Hintertür und sah, dass der Fahrer auf den Parkplatz eines Restaurants am Straßenrand gebogen war. Mit etwas Glück würden sie hier eine Mitfahrgelegenheit nach London in einem der Dutzend Fahrzeuge ergattern, die auf dem Parkplatz standen.

»Ich glaube, das hier ist unsere Haltestelle.«

53

»Es interessiert dich vielleicht, dass diese mittelalterlichen Mauern auf römischen Fundamenten erbaut wurden. Der Name der ursprünglichen Siedlung lautete Durovernum Cantiacorum.«

Während sie die altertümlichen steinernen Festungsmauern entlangschlenderten, die die Stadt Canterbury umgaben, fühlte Edie sich erleichtert darüber, dass sie und Cædmon wieder zu ihrer früheren Kameradschaft zurückgekehrt waren. Sie war sich nicht ganz sicher, denn das männliche Wesen war nicht einfach zu entschlüsseln, aber sie glaubte, dass Cædmon deshalb in der Gasse so wütend gewesen war, weil er sie nicht vor MacFarlanes Gorilla hatte beschützen können.

Der Typ hatte eine Waffe, warum hat er sie nicht benutzt?

Als sie vor ihrem inneren Auge wieder diese massigen Schultern, den angsteinflößenden rasierten Schädel und das blutige Rinnsal, das im Zickzack über die pulsierende Schläfe geströmt war, vor sich sah, durchlief sie ein Schauer.

»Kalt?«, fragte Cædmon besorgt und legte ihr den Arm um die Schulter.

Wortlos schmiegte sie sich enger an ihn und schob das furchterregende Bild beiseite. Auch wenn sie sich nicht hundertprozentig sicher war, glaubte sie nicht, dass sie verfolgt wurden. Sie waren per Anhalter nach London gefahren, dann hatten sie an der Victoria Station einen Zug nach Canterbury genommen. Die Fahrt hatte nur neunzig Minuten gedauert. Da der Bahnhof im Außenbezirk der Stadt lag, waren sie nun unterwegs zur Kathedrale.

Zum Schutz gegen den nasskalten Wind schlug Edie den Kragen ihrer Jacke hoch. Über ihnen hingen die Wolken tief am Himmel, als hüllten sie die Stadt in ein düsteres Leichentuch.

Nachdem sie einen kurzen Blick auf den Stadtplan geworfen hatten, den sie am Bahnhof gekauft hatten, führte Cædmon sie nach links, an den Überresten eines alten Turms vorbei, der, wie sie vermutete, einst zu einer ebenso alten Kirche gehört haben musste.

»Das ist alles, was von der St. George's Church übrig ist«, bemerkte er. »Der Turm hat es irgendwie geschafft, die Mühsale der Geschichte zu überstehen.«

»Obwohl es so aussieht, als wäre es dem größten Teil der Stadt ziemlich gut ergangen.« Sie deutete auf die ordentliche Reihe von Fachwerkhäusern, die die enge Straße säumten. »Ich komme mir vor, als würde ich durch ein lebendiges Mittelaltermuseum laufen.«

»In der Tat. Seit den Tagen Chaucers hat sich Canterbury wenig verändert.«

Die Stadt trug, genau wie Oxford, ihr Weihnachtskleid, und in den Schaufenstern blinkten fröhlich die Lichterketten. Allerdings hatte Canterbury etwas Zauberhaftes an sich, das Oxford fehlte.

Als sie die Mercery Lane entlanggingen, wimmelte es auf dem Bürgersteig nur so von Touristen. Moderne Pilger, die sich nicht von dem kalten Wetter abschrecken ließen. Bei jedem Schritt war Edie sich deutlich bewusst, dass sie auf den Spuren einer anderen Frau wandelte, keiner anderen als Philippa of Canterbury. Wie bei den meisten Frauen im Mittelalter stand Philippas Lebensgeschichte schon vom Augenblick ihrer Geburt an fest. Der Lauf des Lebens eines Mannes im vierzehnten Jahrhundert wurde auf Pergament festgehalten und erlaubte es, Änderungen vorzunehmen, doch das Leben einer Frau war in Stein gemeißelt. Unabänderlich.

Je näher sie dem Kern der Stadt kamen, umso mehr dominierten die spitzen Türme der Kathedrale die Silhouette der Stadt. Zu Edies Erstaunen verspürte sie ein wachsendes Gefühl der Unruhe. Cædmon fühlte es offensichtlich auch, denn er ergriff ihre Hand, als sie sich einem massiven, dreistöckigen Torhaus näherten. In der Mitte thronte, geschmückt mit Reihen von geschnitzten Schilden und einem Aufgebot an steinernen Engeln, der Heiland und begrüßte Heilige und Sünder gleichermaßen.

Cædmon führte sie durch das gewölbte Portal. »Christ Church

Gate, die physische Grenze zwischen dem Weltlichen und dem Heiligen.«

Als sie aus dem Portal heraustrat, konnte Edie zum ersten Mal einen richtigen Blick auf die Kathedrale von Canterbury werfen. »Wow«, flüsterte sie. Die Kathedrale, eines dieser zum Himmel strebenden gotischen Bauwerke, wirkte regelrecht einschüchternd. Wohin sie auch blickte, sah sie Türme, spitze Fialen und Statuen. »Wow«, murmelte sie erneut, immer noch gefangen in ehrfurchtsvollem Staunen.

»Natürlich«, bemerkte Cædmon, »ist die Großartigkeit Canterburys nicht überraschend, denn diese Kathedrale ist praktisch die Mutter der anglikanischen Kirche.«

»Eher so etwas wie das Mutterschiff«, murmelte Edie, die immer noch ganz überwältigt von den schieren Ausmaßen dieses Ortes war. »Das hier wird Tage dauern. Insbesondere, da wir nicht einmal wissen, wonach wir eigentlich suchen.«

»Aber wir wissen, dass es sich, was immer es auch ist, in der Kathedrale befindet. Und ich vermute, der Hinweis hat irgendetwas mit der Bundeslade zu tun.«

»Aber der Hinweis könnte alles Mögliche sein. Eine Skulptur, ein Gemälde, ein Relief. *Irgendetwas.* Er könnte sogar etwas mit Thomas Becket zu tun haben«, fügte sie hinzu. »Schließlich ist er der ›gesegnete Märtyrer‹, nicht wahr?«

»Ich glaube, Thomas Becket ist nur ein Nebendarsteller, nicht viel mehr als ein Hinweis, um uns nach Canterbury zu führen. Denn dieser Koloss aus Stein und Glas war es«, Cædmon hob den Arm und deutete auf die Kathedrale, »um den sich das tägliche Leben von Philippa drehte, bevor sie nach Godmersham ging. Darüber hinaus war sie …«

Mitten im Satz und mitten im Schritt hielt Cædmon inne. Wortlos starrte er die Fassade der Kathedrale an. Wie versteinert.

»Was ist los?«, fragte sie und packte ihn am Arm.

Mit einem seligen Lächeln auf den Lippen drehte er sich zu ihr um. »Der Hinweis ist aus Glas. Buntglas, um genau zu sein. Die bunten Kirchenfenster waren eine der größten künstlerischen Errungenschaften der mittelalterlichen Welt, das erste moderne Massenkommunikationsmedium.« Sein Lächeln wurde breiter. »Ganz zu schweigen davon, dass die Kirchenfenster einen ›Schleier zwischen zwei Welten‹ bilden.«

Edie starrte die Fenster in der südlichen Fassade der Kathedrale an.

»Bunte Kirchenfenster sollten eine Barriere zwischen der profanen Welt auf den Straßen der Stadt und der heiligen Welt innerhalb der Kathedrale darstellen«, fuhr Cædmon fort. »Wenn sie vom Licht, Gottes erster Schöpfung, durchflutet werden, dann können Kirchenfenster buchstäblich vor unseren Augen lebendig werden.«

Wie eine Bestätigung des Himmels erklang ein tönender Glockenschlag.

»Kommen Sie, Miss Miller. Das Schicksal ruft«, sagte Cædmon bedeutungsschwer und geleitete sie zum Eingang.

Sie folgten einer amerikanischen Gruppe von Touristen und traten durch die mit kunstvollen Schnitzereien verzierten Tore am westlichen Ende der Kathedrale. Sofort schlugen ihnen die gepaarten Gerüche von Weihrauch und Blumen und die Geräusche klickender Kameras sowie der näselnde Akzent des amerikanischen mittleren Westens entgegen.

»Über Ihnen, im sogenannten Westfenster, sehen Sie ein glanzvolles Beispiel mittelalterlicher Bleiglaskunst«, erklärte der amerikanische Reiseführer in seiner offensichtlich auswendig gelernten Rede. »Diese dreiundsechzig Glasbilder, die zahlreiche Heilige, Propheten und Könige zeigen, sind nur ein Bruchteil dessen, was Sie auf dieser Tour sehen werden, denn die Kathedrale rühmt sich einiger hundert solcher Kunstwerke. Zweifeln Sie nicht daran, liebe Leute, *das hier* ist eine der kulturellen Kostbarkeiten Europas.«

Wie alle anderen in der Gruppe sah Edie nach oben.

»Oh, Gott«, stöhnte sie fassungslos. »Das wird wie die Suche nach einer geweihten Nadel in einem heiligen Heuhaufen.«

Cædmon fasste sie am Ellbogen und führte sie von der Gruppe fort. »Zugegeben, wir haben eine gewaltige Aufgabe vor uns.«

Edie reckte den Hals und warf einen weiteren Blick auf die dreiundsechzig Bilder des Westfensters.

»Ach, echt?«

54

Mit in den Nacken gelegtem Kopf starrte Cædmon zu den obersten Bildern des Kirchenfensters empor. Die leuchtenden Farben blendeten ihn und warfen ein Muster aus Licht, das man nur als psychedelisch beschreiben konnte, auf die düsteren Wände des gotischen Inneren der Kathedrale.

Les belles-verrières, sinnierte er stumm. Zweifelsohne mehr schönes Glas, als ein Mann und eine Frau an einem einzigen Tag verarbeiten konnten. Doch in Anbetracht der Möglichkeit, dass MacFarlane die Quartette richtig entschlüsselt hatte, kämpften er und Edie sich weiter durch die Bilder.

Nach etwa zwei Stunden Suche standen sie in der Corona, der halbrunden Kapelle, die ursprünglich erbaut worden war, um die Gebeine von Thomas Becket zu beherbergen. Trotz der Tatsache, dass sie bereits Dutzende von Glasbildern, die vor der Mitte des vierzehnten Jahrhunderts geschaffen worden waren, methodisch untersucht hatten, hatten sie bis jetzt noch keine Hinweise auf die Bundeslade entdeckt.

Während er leicht schwankend hochblickte – das bunte Licht wirkte beinahe hypnotisierend –, kamen ihm mehrere Zeilen eines Bibelverses in den Sinn. »›Ich will deine Mauern auf Edelsteine stellen und will deinen Grund mit Saphiren legen und deine Zinnen aus Kristallen machen und deine Tore von …‹«

Edie hob die Hand und unterbrach ihn mitten im Satz. »Es reicht. Ich bekomme sonst noch einen absoluten Bibelkoller. Diese Fenster zu entziffern, ist so, als würde man eine fremde Sprache erlernen. Nur, dass wir kein Lexikon haben. Und wenn du auch noch mit Versen aus der Bibel um dich wirfst, macht das die Sache nicht gerade leichter.«

»Verstanden«, antwortete er reumütig.

Während seiner Zeit in Oxford hatte Cædmon mittelalterliche Ikonografie studiert, aber für viele moderne Betrachter war die Symbolik, die in den Fenstern der Kathedrale von Canterbury steckte, wie eine fremde Sprache. Doch diese Sprache war vor achthundert Jahren sehr gut verstanden worden. Da die meisten Menschen im Mittelalter weder lesen noch schreiben konnten, ermöglichten es die Kirchenfenster den Gläubigen, durch Bilder von den Erzählungen in der Bibel zu erfahren.

Cædmon ignorierte den schmerzhaften Stich in seinem Nacken und fuhr damit fort, die Bilder zu untersuchen, wobei er sich zwang, sich nur auf die Darstellungen des Alten Testaments zu konzentrieren. *Moses, wie er Aaron weiht. Elijas Himmelfahrt. Samson und Delilah.*

Als sie zur nächsten Gruppe von Bildern weitergingen, fiel ihm aus den Augenwinkeln eine in Leder gekleidete Gestalt auf. In Größe und Statur ähnelte sie ihrem Angreifer in Oxford, deshalb verlangsamte er seine Schritte. Beinahe sofort schlug sein Herz schneller, und Gänsehaut bildete sich auf seinen Armen. Cædmon kannte dieses Gefühl. Er hatte es schon viele Male verspürt, während er für den MI5 gearbeitet hatte. Etwas im Staate Dänemark stank gewaltig zum Himmel.

Mit angespannten Muskeln drehte er sich langsam um, um sich dem Feind zu stellen.

Es dauerte einen Augenblick, um festzustellen, dass der Mann nur ein Tourist war. Auch wenn er den gleichen robusten Körperbau hatte, waren seine Gesichtszüge doch völlig anders.

Teufel noch mal.

»Ist irgendetwas?«, fragte seine Begleiterin. »Du hast plötzlich einen schrecklich angespannten Zug um den Mund.«

»Nein, nein, es ist nichts«, versicherte er ihr, während er ihr die Hand an den Ellbogen legte und sie zum Mittelgang des Chors der Kathedrale steuerte. Auf einer Seite ruhten Steinbögen auf massigen Säulen, auf der anderen Seite leuchteten die Kirchenfenster.

»Ah! Die berühmten Typologiefenster«, verkündete er, wirkungsvoll das Thema wechselnd. Er wusste, dass die Typologiefenster vor dem dreizehnten Jahrhundert angefertigt worden waren, deshalb legte er den Kopf in den Nacken, um die oberen Glasbilder zu untersuchen, und ignorierte dabei den stechenden Schmerz, der ihm vom Nacken durch das ganze Rückgrat fuhr.

Edie stieß ihn in die Rippen. »Erklärung, bitte. Für den Fall, dass du es vergessen hast, ich bin in Kunstgeschichte noch eine Anfängerin.«

»Typologie ist eine Methode, die im Mittelalter oft verwendet wurde, um die Legitimität des Neuen Testaments durch Geschichten aus dem Alten Testament zu bestätigen«, erklärte er. »Ein typisches Beispiel ist die Erzählung von Jonas und dem Wal. Dem Alten Testament zufolge verbrachte Jonas drei Tage und drei Nächte im Bauch des Wales.«

»Und prophezeite dadurch, dass Jesus genauso lange im Grab verbringen würde«, bemerkte sie scharfsinnig.

»Genau. Normalerweise wurden die Geschichten paarweise zusammengefasst, und durch diese Manipulation mittels biblischer Zeichensprache bekräftigte man bestimmte theologische Standpunkte.«

»Gedankenkontrolle in höchster Form.«

Er zwinkerte ihr zu. »Wie sonst soll man denn die Massen kontrollieren?«

»He, schau mal, da ist Noah und die Arche!«, rief sie aus und deutete auf ein halbrundes Fenster. Sie legte die Hand auf den Mund und unterdrückte ein Kichern. »Nicht gerade eine ägyptische Barke und ganz sicher keine Bundeslade, aber inzwischen bin ich schon so weit, dass ich mich über jedes Bild einer größeren Holzkiste freue.«

Nicht halb so amüsiert darüber wie sie ging Cædmon zum nächsten Bild über. Wieder begann er mit dem langsamen Prozess, jede einzelne biblische Figur zu identifizieren, indem er den Blick systematisch von oben nach unten wandern ließ. Das monumentale Fenster war in sieben horizontale Bereiche unterteilt, jeder davon zeigte drei eigenständige Szenen. Als er zum fünften Bereich kam, stutzte er und betrachtete eines der Bilder noch einmal genauer.

»Teufel noch mal! Ich glaube, ich habe es gefunden!«

Edies Augen wanderten suchend über das Fenster nach unten und weiteten sich plötzlich, als sie das verräterische Bild fanden. »AchdulieberGott! Das ist eine goldene Kiste.«

»Tatsächlich ist es *die* goldene Kiste. Keine andere als die Bundeslade.« Kaum in der Lage, seine Aufregung im Zaum zu halten, hätte er am liebsten laut aufgelacht, die Stimme zum Himmel erhoben und einen Freudenschrei ausgestoßen. Stattdessen riss er Edie in die Arme und drückte sie fest an sich. »Wir haben es gefunden«, flüsterte er ihr ins Ohr. »Wir haben das verdammte Ding tatsächlich gefunden.«

Edie befreite ihren rechten Arm aus der Umarmung und zeigte auf das fragliche Fenster. »Hast du die beiden Gänseküken in dem Korb bemerkt?«

Er nickte, überzeugt davon, dass sie genau jenes Bild gefunden hatten, das Philippa gemeint hatte. Das Motiv, die Darstellung Jesu im Tempel, zeigte die wohlbekannte Geschichte aus dem Neuen Testament von Maria und Josef, die den Knaben Jesus in den Tempel von Jerusalem vor den Hohepriester bringen. Zwei scheinbar unverfängliche Elemente in der Szene sprangen ihm förmlich ins Gesicht: Josef trug einen Korb, in dem sich zwei Gänseküken befanden, und Maria, die das Jesuskind emporhielt, stand vor der Bundeslade.

»Gestern habt ihr, du und Sir Kenneth, doch lang und breit von dem mittelalterlichen Vergleich zwischen Maria und der Bundeslade geschwafelt. War es das, wovon ihr gesprochen habt?«

Er entschied, nicht auf den Begriff »schwafeln« einzugehen, und nickte. »Das religiöse Konzept, bekannt als *Faederis Arca.* Es war kein geringerer Theologe als der heilige Bernhard von Clairvaux, der den Schoß von Maria ausdrücklich mit der Bundeslade verglich. Denn so wie die Bundeslade die Zehn Gebote beherbergte, so trug Maria Jesus in ihrem Schoß.«

»Wodurch die Symbolik des Alten Testaments das Neue Testament bekräftigte.«

»Exakt.«

Spürbar aufgeregt riss sich Edie die Umhängetasche von der Schulter, zog den Reißverschluss auf und wühlte sich durch den Inhalt. Doch als sie ihre Digitalkamera herausholte, machte die Aufregung schnell einem niedergeschlagenen Gesichtsausdruck Platz. »Der Saft ist alle«, murmelte sie und zeigte ihm das dunkle Display. »Die Digitalkamera muss erst erfunden werden, die es schafft, trotz leerer Batterien zu funktionieren.« Sie warf einen Blick zum Ausgang, der sich am gegenüberliegenden Ende des Kirchenschiffs befand. »Ich könnte schnell loslaufen und in einem der Souvenirläden neue Batterien kaufen.«

Cædmon sah auf seine Armbanduhr. »Ich glaube nicht, dass du dazu noch genug Zeit hast. Die Kathedrale schließt in zwanzig Minuten. Das Foto wird wohl bis morgen warten müssen.«

»Willst du *wirklich* so lange warten? Wir haben zwar das Fenster gefunden, aber jetzt müssen wir herausfinden, was es bedeutet. Und dazu brauchen wir ein Foto.«

»Da stimme ich dir zu. Aber ...«

Sie legte ihm die Hand auf die Brust. »Bleib, wo du bist. Ich bin gleich zurück.«

Er sah Edie nach, wie sie auf das nordwestliche Querschiff zulief, und als sie aus seinem Blickfeld verschwand, richtete er sein Augenmerk wieder auf das bunte Kirchenfenster. Während er es wie hypnotisiert anstarrte, wehte der eindringliche Duft von Weihrauch durch die kühle Luft, und plötzlich kam ihm der Gedanke, dass hier, innerhalb der Mauern einer der großartigsten Kathedralen der Welt, wo von Menschenhand gebackenes Brot täglich zum Leib Gottes wurde, alles möglich war.

Als er sich wieder von dem Bild abwandte, sah er Edie neben einem jungen Mann mit Brille und langen Haaren zurückkommen. »Das ist William. Er hat sich bereit erklärt, eine schnelle Bleistiftzeichnung von dem Fenster zu machen.«

William, kein Mann vieler Worte, zog einen Zeichenblock aus seiner Umhängetasche, lehnte sich nachlässig an eine neunhundert Jahre alte Säule und begann zu zeichnen.

»Ich hatte ihn vorhin bemerkt, wie er das Denkmal des heiligen Thomas im Querschiff zeichnete«, erklärte Edie.

»Ein geschäftiger Künstler also.«

»Eher ein künstlerischer Geschäftsmann«, entgegnete sie, wobei sie die Stimme zu einem Flüstern senkte. »Er hat sich geweigert, den Bleistift für weniger als fünfzig Mäuse aufs Papier zu setzen. Aber da wir ein Bild brauchen, um das Fenster entschlüsseln zu können, habe ich zugestimmt.«

Die Stille verstrich quälend langsam. Erschöpft sah Cædmon auf die Uhr, in der Hoffnung, der junge Künstler möge sein Meisterwerk fertigstellen, bevor die Wärter sie nach draußen scheuchten.

»Was geschieht, wenn wir die Bundeslade tatsächlich finden?«, fragte Edie und starrte auf die goldene Kiste in dem Glasfenster.

Diese Frage schon wieder…

Und immer noch hatte er keine Antwort darauf. Nur ein wachsendes Gefühl der Erregung.

Die Bundeslade.

Wahrhaftig der Stoff, aus dem Träume gemacht sind.

Der Künstler, der bis jetzt noch kein einziges Wort gesprochen hatte, riss das Blatt aus seinem Zeichenblock. Mit dem Papier in der Hand ging er zu ihnen hinüber und händigte Edie stumm die Zeichnung aus, die er angefertigt hatte. Im Gegenzug händigte sie ihm dafür ein kleines Bündel Dollarscheine aus. Nachdem die Transaktion abgeschlossen war, bedankte sie sich höflich bei ihm.

»Das ist hoffentlich fünfzig Dollar wert«, murmelte sie leise, als William sich wortlos von ihnen verabschiedete.

Zufrieden mit dem Ergebnis musterte Cædmon die Zeichnung.

»Ich würde sagen, es ist perfekt getroffen.« Begeistert darüber, dass alles so reibungslos lief, sagte er ohne nachzudenken das Erste, was ihm in den Sinn kam. »Lust auf eine schnelle Nummer?«

Edie riss die Augen auf. »Was? Hier? Mitten in der Kathedrale von Canterbury?«

»Wir sind vorhin an einer schlecht beleuchteten Nische auf der anderen Seite des Chors vorbeigekommen.«

»Bist du verrückt? Für den Fall, dass du es noch nicht bemerkt hast, oh du Lüsterner, wir sind hier in einer Kirche.«

Er lächelte. Das war der Stoff, aus dem Fantasien gemacht waren. »Nichts, was der Allmächtige nicht schon unzählige Male gesehen hätte. Komm schon, Edie. Du kannst doch sicher einen Augenblick deiner Zeit erübrigen?«

»Nicht mit all den Engeln und Heiligen, die uns von oben zusehen, nein, das kann ich nicht.« Sie blickte demonstrativ zu einer Gestalt mit Heiligenschein auf einem der bunten Glasbilder in der Nähe. »Aber nur, damit du mich nicht für eine Spielverderberin hältst, wäre ich eventuell einer Nummer in einem Hotelzimmer nicht abgeneigt.«

Cædmon ergriff ihre Hand und zog sie zum nächsten Ausgang. »Wir sind auf der Mercery Lane an einem Gästehaus vorbeigekommen. Wenn wir uns beeilen, dann können wir uns schon in einer halben Stunde zwischen den Laken wälzen.«

55

»Nicht gerade das Savoy, aber auch nicht das Armenhaus«, bemerkte er scherzend, während er die bescheidene Unterkunft musterte.

Edie warf einen Blick auf das eiserne Bettgestell. »Und was jetzt?«

»Einen Drink, denke ich. Nein, überspringen wir die Höflichkeiten und gehen wir es gleich an, wollen wir? Im Liegen oder im Stehen? Du hast die Wahl, Liebes.«

Nach einem kurzen Augenblick der Überlegung entschied sie sich für Letzteres …

Cædmon knöpfte sich die Hose wieder zu, bückte sich und hob einen Spitzenslip vom fadenscheinigen Teppich auf. Ein wenig verlegen reichte er ihn Edie. Seine Verlegenheit entstammte einem deutlichen Mangel an Finesse. Er warf einen Blick auf das unberührte Bett.

Er konnte es besser machen. Er würde es besser machen.

Bisher hatte er sich immer für einen rücksichtsvollen Liebhaber gehalten, aber aus irgendeinem unerklärlichen Grund hatte er seinen animalischen Instinkten freien Lauf gelassen und sich benommen wie ein testosterongetriebener Tölpel.

»Ich muss mich nur schnell etwas, äh, du weißt schon, frisch machen.« Mit geröteten Wangen deutete Edie auf das angrenzende Badezimmer.

»Äh, ja.«

Ein paar Augenblicke später hörte man das Geräusch eines laufenden Wasserhahns, gefolgt von einer gemurmelten Beschwerde darüber, dass kein heißes Wasser kam. Da sie kein freies Zimmer in einer anständigen Frühstückspension hatten finden können, waren sie gezwungen, den einzig verfügbaren Raum in einem kleinen Gästehaus zu nehmen. In dem Versuch, dem klaustrophobischen Dachzimmer ein wenig Charme zu verleihen, waren die Wände und die stark geneigte Decke mit tanzenden Jungfern in Reifröcken und traurig dreinblickenden Pierrots geradewegs aus einem Gemälde von Watteau tapeziert.

»Sollen wir uns einmal das Bild von dem Kirchenfenster vornehmen?«, fragte er, als Edie zurückkam.

»Klingt wie ein guter Plan. Da wir hier keinen Tisch haben, wie wär's, wenn wir diese Kiefernholzbank neben das Bett ziehen?«

Gehorsam holte Cædmon besagte Bank, und sie setzten sich Seite an Seite auf die Matratze, sodass sich ihre Schultern leicht berührten. Vor ihnen auf der Bank ausgebreitet platzierte Edie die Zeichnung des Fensters, die handgeschriebene Übersetzung von Philippas Quartetten, ein leeres Blatt Papier und zwei gespitzte Bleistifte.

»Wenn man einen Code entschlüsseln will, dann ist die beste Faustregel, dass man keine Möglichkeit unversucht lassen sollte«, erklärte er. »Gefängnisse sind voller Diebe und Mörder.«

»Kein Witz? Worauf willst du hinaus?«

Er lächelte über ihre Frage, die ihm langsam vertraut wurde. »Such nach dem Offensichtlichen. Jedes Glied in der Kette ist irgendwie von Bedeutung.«

»Nun, die Gänse in dem Korb sind ziemlich eindeutig, findest du nicht?«

»Das ist wahr. Aber welche Bedeutung hat es, dass es ein Paar ist? Wir wissen, dass eine der Gänse die gute Hausfrau Philippa repräsentiert. Aber was ist mit der anderen?«

Edie zuckte die Schultern. »Ich habe keine Ahnung. Aber die Tatsache, dass Philippa uns nach Canterbury geführt hat, lässt mich glauben, dass sie die Bundeslade möglicherweise der Kathedrale gespendet hat. Die fragliche Szene zeigt ja die heilige Familie im Tempel von Jerusalem.«

Cædmon dachte einige Sekunden lang über diesen Gedanken nach. Obwohl die Vorstellung etwas für sich hatte, erschien ihm irgendetwas daran nicht plausibel.

»›Ich weiß nicht, wie der Welt gedient ist mit solcher Not‹«, las er laut die Zeile der vierten Strophe. »Es ist klar, dass Philippa die Pest dem unrechtmäßig erworbenen Schatz ihres Gemahls zuschreibt. Als gute Katholikin hätte Philippa die Kirche sicher nicht mit derselben Not belasten wollen.«

Edie stand vom Bett auf, ging zu dem einzigen Stuhl im Zimmer, der klobigen Reproduktion eines antiken Sessels. Sie hob die Umhängetasche auf, holte eine metallene Nagelfeile aus dem Reißverschlussfach und setzte sich.

»Ich hab mir einen Nagel abgebrochen.«

Cædmon erkannte, dass sie nicht in der Stimmung war, die Zeichnung zu entschlüsseln, und starrte mürrisch vor sich auf die Holzbank. Im Grunde überraschte ihn ihr Mangel an Begeisterung nicht im Geringsten, denn die Ereignisse des Tages hatten ihr zweifellos schwer zugesetzt.

»Wirst du die Weihnachtsfeiertage mit deiner Familie verbringen?«

Cædmons Kopf fuhr hoch. Edies unerwartete Frage traf ihn unvorbereitet. Auch wenn ihm klar gewesen war, dass sie ihn irgendwann nach seinem Privatleben fragen würde, war er so töricht gewesen zu glauben, dass sie es nicht so bald tun würde.

»Mein Vater starb vor einigen Jahren. Aber sogar als er noch lebte, haben wir Familienfeste nie großartig gefeiert. Weihnachten blieb meist auf der Strecke, als ich ein Kind war. Meine Mutter starb bei meiner Geburt«, fügte er hinzu, da er ihre nächste Frage vorhersah.

»Das ist das erste Mal, dass du deine Familie erwähnst.«

»Die Beziehung, die ich zu meinem Vater hatte, könnte man als angespannt bezeichnen. Er war streng und hatte keine Zeit für Nichtigkeiten.«

»Klingt wie ein ziemlicher Kotzbrocken.«

»Eigentlich war er Rechtsanwalt.«

Edie lachte laut auf. »Tut mir leid. Das war nur wegen der Art, wie sich das angehört hat. Es klang so …«

»Absurd?« Die alten Wunden schmerzten nicht annähernd so sehr wie früher, und er brachte sogar ein schiefes Lächeln zustande. »Ja, unser Verhältnis hatte eine gewisse Absurdität an sich.«

»Von der Absurdität einmal abgesehen, ich wette, dein Vater war stolz auf dich. Weil du in Oxford studiert hast und all das.«

Cædmon schnaubte verächtlich. »Vielleicht. Als ich Oxford verließ, hat ihn jedenfalls die Schande umgebracht.«

»Glaubst du nicht, dass du da ein *klitze*kleines bisschen übertreibst?« Mit Daumen und Zeigefinger deutete sie »klitzeklein« an.

Er schob die Bank zur Seite und stand auf. Da er nicht viel Platz zum Auf- und Abgehen hatte, ging er zum Kamin hinüber. Die Beichte war eine unangenehme Angelegenheit, deshalb wandte er ihr den Rücken zu.

»Wenige Tage nach meinem Oxford-Debakel wurde ich ins Krankenhaus gerufen, wo sich mein Vater einer Untersuchung unterzog, weil er Unterleibsbeschwerden hatte.« Der sterile, weiße Raum erschien vor seinem inneren Auge, und er runzelte die Stirn, denn die Lebhaftigkeit der Erinnerung brachte ihn aus der Fassung. »Mein Vater trug ein hellblaues Krankenhausnachthemd. Es war das erste Mal, dass ich ihn je in Kleidung sah, die nicht ordentlich gebügelt war.« Er sah über die Schulter zu ihr hinüber. »Ein sehr ehrwürdiger Mann, mein Vater.«

Obwohl sie keine Antwort gab, konnte er sehen, dass er ein gebanntes Publikum hatte, denn Edie neigte sich in ihrem Stuhl nach vorne.

»Die Morgensonne schien durch das Fenster neben dem Bett meines Vaters. Er sah wie ein freundlicher alter Herr aus. Wie eine in die Jahre gekommene Putte, dachte ich damals respektlos.«

»Und was ist passiert?«

»Etwas, das sich über Jahre hinweg entwickelt hatte.« Er drehte sich um, bereit, die Beichte abzulegen. »An diesem Punkt sollte ich erwähnen, dass ich die ersten dreizehn Jahre meines Lebens damit zugebracht habe, den Bastard zu fürchten, und die nächsten dreizehn Jahre damit, ihn wegen dieser Furcht zu verabscheuen.«

»Hat er dich geschlagen?«

Er schüttelte knapp den Kopf. »Nein. Um die Wahrheit zu sagen, seine Hand hat mich nie berührt, weder im Zorn noch aus Zuneigung. Es war eine seelische Misshandlung, ein systematisches Ausschließen, das wenig Zweifel daran ließ, dass er den Tag bereute, an dem ich geboren wurde. Bei den wenigen Gelegenheiten, bei denen er Notiz von mir nahm, tat er es nur, um mich zu kritisieren.«

»Ich vermute, das alles spitzte sich zu, als du ihn im Krankenhaus besuchtest.«

Cædmon nickte. »Kaum war ich dort angekommen, sagte er mir exakt, wie viel es ihn gekostet hatte, mich in Oxford finanziell zu unterstützen. Dann sagte er mir rundheraus, dass er von mir erwartete, dass ich es ihm zurückzahle. Mit Zinsen.«

»Du machst Witze, oder?« Ihr verblüffter Gesichtsausdruck wirkte beinahe komisch.

»Ich sagte dem alten Bastard, er solle mir den Buckel runterrutschen, und ging davon, auf perverse Art stolz, dass ich es endlich geschafft hatte, mich ihm gegenüber zu behaupten. Zwölf Stunden später rief das Krankenhaus an, um mir mitzuteilen, dass mein Vater unerwartet an einer Embolie gestorben war.«

»Wie hast du dich da gefühlt?«

Die Frage war so typisch amerikanisch, dass er eigentlich damit hätte rechnen sollen. Hätte, doch er hatte es nicht.

»Wenn du mich fragst, ob ich mich am Tod meines Vaters mitschuldig gefühlt habe, nein, das habe ich nicht. Obwohl ich übermäßig viel Zeit damit verbracht habe, seine Beweggründe zu verstehen.« Er zuckte mit den Schultern. »Alles, was ich weiß, ist, dass mein Vater nicht fähig war zu lieben.«

Gütiger Gott! Habe ich das gerade wirklich gesagt?

Entsetzt räusperte er sich und vermied es verlegen, Edies entwaffnend offenem Blick zu begegnen.

»Vielleicht hat er dich geliebt und wusste nur nicht, wie er es dir zeigen sollte.«

»Wenn man den Mann kannte, dann wusste man es besser.«

Edie stand von ihrem Sessel auf und ging zu ihm hinüber. »Ich glaube, dein Vater war ein Idiot, dass er sein Leben so verschwendet hat. Das ist es, was Herman Melville den ›Schrecken eines halb gelebten Lebens‹ nannte. Also, was ist mit dem Rest deines Lebens? Warst du je verheiratet? Hast du Kinder?«

Cædmon starrte auf den fadenscheinigen Teppich, denn die Unterhaltung hatte plötzlich eine unangenehme Wendung genommen. Der Geist seiner verstorbenen Liebe war nahe. Wenn er Edie von Juliana erzählte, dann würde er ihr auch von seiner mörderischen Rache in den Straßen von Belfast erzählen müssen.

Mit vor der Brust verschränkten Armen lauschte er dem unablässigen Ticken der Uhr auf dem Kaminsims, das auf traurig unausweichliche Weise die verstreichenden Sekunden zählte.

Sanft legte Edie ihm die Hand auf den Arm. »Schau, was immer es ist, was du dich nicht getraust, mir zu erzählen, ich werde es verstehen. Wirklich, das werde ich.«

Wütend darüber, dass sie ihn in die Ecke gedrängt hatte, wich er von ihr zurück. »Du wirst es verstehen? Korrigier mich bitte, wenn ich falsch liege, aber wir haben uns erst vor vier Tagen kennengelernt. Kaum genug Zeit, um zu wissen, wie ich meinen Tee trinke, geschweige denn, um mich zu verstehen.« Er riss seinen Anorak vom Haken. »Da gibt es ein indisches Restaurant unten an der Straße. Ich werde uns was zu essen holen.«

56

Edie zerrte sich den schwarzen Rollkragenpullover über den Kopf und schleuderte ihn auf den hölzernen Toilettendeckel. Dann hielt sie die Hand in die auf Löwenfüßen stehende Badewanne und fuhr damit durch das schaumige Wasser, um sich zu vergewissern, dass es die richtige Temperatur hatte. Offensichtlich musste es den Briten erst noch in den Sinn kommen, dass ein einziger Wasserhahn eine ganze Ecke praktischer war als je ein Wasserhahn für heißes und für kaltes Wasser. Aber wie sie schnell begriffen hatte, waren die Briten ein seltsamer Haufen.

Sie hakte den BH auf und ließ ihn auf den Linoleumfußboden fallen. Als sie den kleinen Fleck neben ihrer Brustwarze sah, lächelte sie. Cædmon hatte sie mit seiner Leidenschaft überrascht, denn kaum hatte er sich seiner Woll- und Tweedkleidung entledigt, hatte er sich in ein wollüstiges Alphamännchen verwandelt. Viele Dinge an Cædmon überraschten sie. Die Art, wie er einen Keks in seinen Kaffee tunkte und sich dann sofort dafür entschuldigte, als hätte er die unverzeihlichste Sünde begangen. Seine fast jungenhafte Überschwänglichkeit, wenn es um etwas auch nur ansatzweise Esoterisches ging. Sein Bestehen darauf, ihr Türen zu öffnen und vor ihr Stufen hinunterzugehen. Seine Liebenswürdigkeit. Seine Zärtlichkeit. Seine unerbittliche Entschlossenheit, wenn es um die Bundeslade ging.

Gott, aber er konnte auch so ein Kotzbrocken sein. Sie vermutete, dass er seinem Vater mehr ähnelte, als ihm bewusst war. Ja, sie hatte ihn bedrängt. Aber er hatte sie noch härter zurückgestoßen. Bis auf einen kaltblütigen Mord würde sie jedes tiefe, dunkle Geheimnis verstehen, das er so unter Verschluss hielt.

Das Beste war, wenn sie ihn in Ruhe ließ. Sobald er dazu bereit war, sobald er sich in Bezug auf ihre Beziehung wohler fühlte, würde er sich schon öffnen.

Nachdem sie sich ihrer Kleider entledigt hatte, ging sie zur Wanne und drehte die Wasserhähne zu. Vorsichtig streckte sie eine große Zehe ins Wasser. Dann, die Hände links und rechts um den Rand der Wanne mit Löwentatzen geklammert, ließ sie sich langsam ins schaumige Wasser sinken. Sie hatte eine halb aufgebrauchte Flasche Schaumbad gefunden, und der Raum füllte sich mit leichtem Zitronenduft.

»Perfekt«, gurrte sie, als sich ihre verkrampften Muskeln endlich entspannten. Sie starrte an die stark geneigte Decke und beobachtete, wie das Licht aus dem angrenzenden Raum der Oberfläche einen hübschen bonbonrosafarbenen Ton verlieh.

Dann griff sie nach dem Waschlappen, den sie sich vorher am geschwungenen Wannenrand zurechtgelegt hatte.

»Deck the halls with boughs of holly, fa-la-la-la, la-la-la-la-la.«

Sie stellte fest, dass das eines der Weihnachtslieder war, die sich nach ein paar Gläsern Glühwein besser anhörten, und ging stattdessen dazu über, »The Little Drummer Boy« zu summen, während sie den Waschlappen einseifte.

Dann hob sie das rechte Bein aus dem Wasser und wusch es von den Zehenspitzen bis zum Knie.

Wieder kehrten ihre Gedanken zu Cædmon zurück. Weihnachten musste eine schwierige Jahreszeit für ihn sein, wenn man bedachte, dass sein Vater …

»Machst dich wohl sauber für all die schmutzigen Schweinereien, was?«

Als Edie die tiefe Stimme hörte, fuhr ihr Kopf zur offenen Badezimmertür herum.

Oh Gott! Er war es!

57

Fassungslos sah Edie ihren Angreifer aus Oxford lässig im Türrahmen lehnen und glaubte, das Herz bliebe ihr stehen. Völlig von Angst überwältigt klammerte sie sich hilflos an den Wannenrand.

»Und für den Fall, dass du auf die Idee kommst zu schreien, zu kreischen oder dich beim Management zu beschweren, dann solltest du es dir besser noch einmal überlegen«, meinte der Eindringling gedehnt, während er langsam eine Pistole aus dem Bund seiner militärartigen Cargo-Hose zog. »Wir zwei machen das hier schön leise.«

Edie starrte auf den dunklen Stahl, den seine fleischige Hand umklammert hielt. Sie wusste nicht viel über Feuerwaffen, aber sie erkannte einen Schalldämpfer, wenn sie einen sah. Er würde sie kaltblütig umbringen und niemand im Gästehaus würde auch nur das Geringste davon mitbekommen. Genauso wie er Dr. Padgham im Museum umgebracht hatte. Genauso wie er wahrscheinlich Gott weiß wie viele Leute umgebracht hatte.

Mit der Waffe in der Hand schlenderte er herüber und hob ihren BH vom Fußboden auf, dabei bemerkte Edie den Verband an seiner Schläfe. Offensichtlich hatte er genäht werden müssen, nachdem Cædmon ihn mit der Flasche angegriffen hatte. Als ob er nicht schon furchterregend genug aussah, verlieh ihm das weiße Pflaster das Aussehen eines turbogeladenen Frankensteins.

Er hielt sich den BH vor die Nase und las das Etikett. »75 C. *Fein.* Die werden gerade richtig in meine Hände passen.«

Edie hätte sich am liebsten übergeben.

»W-wie h-haben Sie mich gefunden?«, stammelte sie, in der Hoffnung, dass sie, wenn sie vom Thema ablenkte, ihn dadurch auch von seinen Absichten ablenken konnte.

Grinsend ließ er den BH fallen. »Schon erstaunlich, wie man jemanden nur mit einem Peilsender und einem PDA überall auf der Welt ausfindig machen kann. Und das Tolle daran? Es kostet nicht mehr als zweihundert Dollar. Das ist das Gute an den Schlitzaugen und daran, wie sie alles auf Gottes grüner Erde massenhaft produzieren. Hält die Überwachungskosten niedrig.«

»Sie haben mich in Oxford angegriffen, damit Sie mir einen Peilsender anstecken können?«

»Was bist du doch für eine clevere kleine Schlampe!« Sein Blick glitt langsam über ihren mit Schaum bedeckten Körper und verharrte auf ihren bebenden Brüsten.

Edie ließ sich tiefer in den Seifenschaum sinken, sodass nur noch ihr Kopf aus dem Wasser ragte. Wenn sie gekonnt hätte, hätte sie sich am liebsten durch den Abfluss gequetscht.

»Er wird gleich zurückkommen. Jede Minute. Also verschwinden Sie besser, solange Sie noch können.« Sie warf einen bedeutungsvollen Blick auf die Naht an seinem Schädel, in der Hoffnung, ihren Standpunkt klarzumachen.

»Ooh, mir schlottern schon die Knie. Außerdem hab ich meine Zweifel, dass dein rothaariger Loverboy bald zurückkommt. Als ich ihn das letzte Mal gesehen habe, saß er in der Bar an der Ecke und zischte ein kühles Bierchen. Sieht so aus, als wären nur du und ich hier, Süßbacke. Aber nach dem, was ich gestern Nacht gesehen habe, glaube ich, du kannst damit umgehen.« Lüstern zwinkerte er ihr zu. »Ich hab die Fickorgie von letzter Nacht auf Video. Heiß. *Echt* heiß.« Er griff sich mit der freien Hand in den Schritt und schürzte die wulstigen Lippen zu einem übertriebenen Luftkuss.

»Ich glaub, mir wird schlecht«, stöhnte Edie und beugte sich würgend über den Rand der Wanne.

»Einen Scheißdreck wird dir!«

Der Gorilla stürzte auf sie zu und packte sie an den Haaren. Nach Zitronen duftendes Badewasser schwappte auf den Fußboden, als er sie hochriss und aus der Wanne zerrte. Mit wild um sich schlagenden Armen rammte Edie ihm reflexartig die Faust gegen die Wunde an seiner Schläfe.

»Verfluchte Scheiße!«, brüllte er und ließ sie sofort los.

Edie ergriff ihre Chance und rannte ins Schlafzimmer.

Eine Waffe. Sie musste eine Waffe finden.

Gehetzt schoss ihr Blick von der Stehlampe zum Bett und weiter zum Sessel.

Die Nagelfeile.

Ohne sich dessen bewusst zu sein, dass sie splitterfasernackt war, hechtete sie auf den Stuhl zu.

Da habe ich gesessen, als ich mir die Nägel gefeilt habe.

Hinter sich hörte sie das dumpfe Poltern seiner Stiefel.

Wo zum Teufel war die Nagelfeile?

Sie schob die Hand in die seitliche Ritze des Sitzpolsters, doch ihre Suche fand ein jähes Ende, als sich ihr ein muskulöser Arm um die Taille schlang und sie vom Stuhl wegriss. Panisch versuchte sie sich aus seinem Griff herauszuwinden, doch es war, als steckte ihr Körper in einem riesigen Schraubstock.

»Vergiss es, Nutte«, knurrte er, hob sie hoch und schleuderte sie aufs Bett, dass der eiserne Rahmen scheppernd gegen die Wand stieß. Sofort rollte sich Edie nach rechts, doch das hatte er erwartet. Grob packte er sie am Knöchel und zog sie wieder in die Mitte des Bettes.

»Halt still«, befahl er und zielte mit der Pistole auf ihr Herz. »Oder von deiner linken Titte wird nicht viel übrig bleiben.«

Ohne auch nur mit einem Muskel zu zucken machte Edie sich darauf gefasst, dass er ihr jeden Augenblick eine Kugel in die Brust jagen würde.

Als das nicht geschah, stieß sie langsam den angehaltenen Atem aus, während sie stumm beobachtete, wie ihr angehender Vergewaltiger seine Waffe sicherte und sie auf den Kaminsims legte. Absolut außerhalb ihrer Reichweite.

Dann ging er wieder zum Bett, wobei er seine Fingergelenke knacken ließ. »Nur für den Fall, dass du dich fragst: Ich kann dich mit bloßen Händen genauso schnell umbringen, wie ich dich erschießen kann.«

Edie zweifelte nicht eine Sekunde daran, dass er die Wahrheit sagte.

Eindringlich starrte er sie an und platzierte ein Knie am Fuß des Bettes. Im nächsten Augenblick lag er auf ihr und nagelte sie mit seinem Gewicht fest. Sein scharfer Atem traf sie ins Gesicht. Sie schätzte, dass er knapp fünfzig Pfund schwerer war als sie.

Unfähig, sich zu bewegen, kaum in der Lage zu atmen, starrte sie stumm zu ihren Angreifer hoch.

Sie hatte nur zwei Möglichkeiten: aufgeben oder kämpfen. So oder so, letzten Endes würde sie aller Wahrscheinlichkeit nach tot sein. Bei dem Gedanken fing es in ihren Ohren an zu rauschen, und das unrasierte Gesicht ihres Vergewaltigers verschwamm vor ihren Augen.

Gib auf, Edie.

Gib auf und du überlebst vielleicht.

Wenn du überlebst, kommst du vielleicht an seine Waffe.

Wenn du an die Waffe kommst, kannst du ihn wegpusten.

Als sie ihre Entscheidung getroffen hatte, biss Edie die Zähne zusammen und starrte an die Decke.

Das Monster schob eine Hand zwischen ihre Schenkel und

knöpfte sich mit der anderen die Hose auf. Im selben Moment vibrierte sein Handy. Edie konnte die Vibrationen an ihrer nackten Hüfte spüren.

»Verfluchte Scheiße!«

Er zog die Hand zurück und griff nach dem Handy, das er an den Hosenbund geklemmt hatte. »Kein Wort«, warnte er, während er sich auf die Ellbogen stützte.

Erleichtert darüber, dass ein wenig Gewicht von ihr genommen wurde, nickte Edie gehorsam.

»Braxton … Ja, Sir, ich hab sie.« Er runzelte die Stirn, sodass sich seine Augenbrauen in der Mitte trafen. »Nein, Sir, ihr fehlt nichts … Ja, Sir … Ich bin in fünfzehn Minuten mit ihr da.«

Er beendete das Gespräch und klappte das Handy zu, dann steckte er es wieder an seinen Hosenbund. Ein paar der übelsten Schimpfwörter murmelnd, die sie je gehört hatte, richtete er sich auf und packte dabei mit einer Hand ihren Oberarm. Ohne Erklärung, was er vorhatte, zog er sie vom Bett.

Edie hatte keine Ahnung, wer am anderen Ende der Leitung gewesen war. Und es war ihr auch egal. Sie wusste nur, dass ihr eine Atempause gewährt worden war.

Die Hand immer noch um ihren Oberarm gekrallt, zog er sie zum Kamin, nahm seine Pistole und schob sie dann durch die offene Badezimmertür.

»Zieh dich an!«, befahl er und zeigte gestikulierend auf den Kleiderhaufen auf dem Toilettendeckel.

Edie bückte sich und hob ihren abgelegten BH auf. »Kann ich mich wenigstens abtrocknen? Ich bin immer noch nass.«

»Seh ich vielleicht so aus, als würde mich das interessieren, du Schlampe?«

58

Cædmon, ganz ohne Zweifel hast du dich gerade wie ein Riesenarschloch aufgeführt.

Beschämt hoffte Cædmon, dass eine von Herzen kommende Entschuldigung die Wogen wieder glätten würde. Und wenn das nicht half, dann würde er versuchen, sich mit Lamm-Jalfrezi und Kardamompudding wieder bei Edie einzuschmeicheln. Er sah die braune Papiertüte in seiner Hand an und hoffte, dass das Friedensangebot in Form von Essen zum Mitnehmen die angespannte Beziehung zwischen ihnen wieder verbesserte. Und dass die Verbesserung zu etwas entschieden Intimerem führte. Etwas Romantischerem.

Während er die ausgetretenen Stufen emporstieg, die zu ihrem Dachzimmer führten, fragte er sich, ob der Tag jemals kommen würde, an dem er ein volles Geständnis ablegen konnte. An dem er Edie offen und frei von dem Schmerz einer verlorenen Liebe erzählen konnte. Davon, wie er Rache gesucht und genommen hatte und wie er schließlich aus einem Alkoholnebel wieder erwacht war. Er glaubte, dass sie ihn aufgrund des eigenen Leids, das sie durchgemacht hatte, verstehen würde. Vielleicht sogar annehmen würde.

»Und eine weiche, warme Umarmung wäre auch nicht schlecht«, meinte er laut und musste lachen.

Immer noch glucksend erreichte er das obere Ende der Treppe, und das Lachen blieb ihm im Hals stecken.

Die Tür zu ihrem Zimmer stand halb offen.

Voller Angst davor, was er auf der anderen Seite finden würde, stieß er langsam die Tür ganz auf und betrat den Raum. Mit einem Blick konnte er feststellen, dass eine Art Kampf stattgefunden haben musste. Und beinahe sofort fiel sein Blick auf den großen, dunklen Fleck auf der zerwühlten Bettdecke. Er stellte die braune Tüte auf der Kommode ab und ging zum Bett hinüber. Mit schmerzhaft in der Brust pochendem Herzen legte er die Hand auf die feuchte Stelle. Erleichtert stieß er den angehaltenen Atem aus. Es war kein Blut.

Edie war noch am Leben.

Vielleicht nicht so wohlauf, wie sie sein sollte, aber eindeutig am Leben.

Gott sei Dank.

Aus den Augenwinkeln erblickte er die Umhängetasche auf dem Fußboden neben dem Bett, umgedreht und ihres Inhalts beraubt. Als Nächstes ließ er den Blick auf der Suche nach einer Erpressermitteilung durchs Zimmer wandern. Es gab keine, andererseits brauchte er keine auf einen Fetzen Papier gekritzelte Bestätigung dafür, dass Edie gekidnappt worden war, weil sie ihn wollten.

Immer noch wie betäubt von der Entführung ging er ins Badezimmer und geradewegs aufs Waschbecken zu, drehte das kalte Wasser auf und klatschte es sich ins Gesicht.

Er wusste, wie es lief: auf weitere Anweisungen warten. Irgendwann würden sie sich mit ihm in Verbindung setzen. Wenn es ihre Absicht gewesen wäre, Edie zu töten, dann hätten sie ihm ihre Leiche als Warnung zurückgelassen. Aber hier war keine hingestreckte, blutüberströmte Leiche. Ihre Entführung war nur ein Mittel zum Zweck.

Cædmon griff nach dem ordentlich gefalteten Handtuch und trocknete sich das Gesicht ab.

Tief und kontrolliert atmend ging er zurück ins Schlafzimmer. Erneut suchte er das Zimmer ab, nach irgendetwas, das er als Waffe benutzen konnte. Wenn der Moment kam, an dem er seinen Feinden gegenübertreten musste, dann wollte er ihnen nicht völlig wehrlos ausgeliefert sein. Sein Blick fiel auf den Polstersessel. Den Stuhl, auf dem Edie vorhin gesessen und sich einen abgebrochenen Nagel gefeilt hatte.

Da er sich nicht daran erinnern konnte, dass sie die Nagelfeile wieder in die Schultertasche zurückgelegt hatte, ging er zum Stuhl hinüber. Die Feile war nirgends zu sehen, deshalb fuhr er mit der

Hand die Ritze des Sitzkissens ab, und nachdem diese Suche nichts zutage förderte, hob er das Sitzkissen hoch.

Dort, zwischen zwei zerdrückten Kartoffelchips und einem geschmolzenen Bonbon glänzte die Nagelfeile matt im Licht der Lampe. Nicht gerade ein scharf geschliffenes Breitschwert, aber es musste genügen.

Er legte das Sitzkissen wieder auf seinen Platz zurück.

Teufel, er wollte einen Drink. Brauchte einen Drink, um …

Auf keinen Fall. Du brauchst einen klaren Kopf. Sie gehört zu dir, und sie braucht dich.

Cædmon ließ sich in den schweren Sessel sinken und sog tief den exotischen Duft von Kardamom und Cumin vermischt mit dem bodenständigeren Geruch von nach Zitrone duftendem Badewasser ein.

Warte.

59

»Ich will Ihnen kein Leid zufügen«, sagte Stanford MacFarlane, während er sie ins Zimmer führte.

Edie schnaubte verächtlich, denn die Erinnerung an ihre Beinahevergewaltigung stand ihr noch zu lebhaft vor Augen. »Ja genau, und britisches Rindfleisch kann man bedenkenlos essen. Schätze, Sie sind sich der Tatsache nicht bewusst, dass Ihr Handlanger mich vergewaltigen wollte.«

MacFarlane starrte sie an. Aufgrund der verräterischen Geheimratsecken in seinem ergrauenden Bürstenhaarschnitt schätzte sie ihn auf Mitte bis Ende fünfzig. Früher mochte er einmal gut aussehend gewesen sein, aber die Jahre in der Sonne hatten kleine Altersfältchen in tief eingegrabene Furchen verwandelt, die ihm ein strenges, gnomenhaftes Aussehen verliehen. Er war von mittlerer

Größe, mit einer aufrechten militärischen Haltung und einer befehlsgewohnten Ausstrahlung, die an Selbstherrlichkeit grenzte.

»Sie lügen«, stellte er wegwerfend fest.

»Ich hätte wissen müssen, dass Sie zu Ihrem Mann halten.«

»Ich halte immer zu einem Mann Gottes.«

So viel dazu, Zwietracht zu säen.

Entmutigt sah Edie sich um. Sie schienen sich in einer alten Mühle zu befinden, denn auf der anderen Seite des Raumes waren noch die metallenen Zahnräder des ursprünglichen Mühlenmechanismus zu sehen. Unter den Bodenbrettern hörte sie Wasser rauschen, deshalb vermutete sie, dass sich die Mühle über einem Fluss oder Bach befand.

Sie wandte ihren Blick wieder dem Mann zu, der ihr gegenüberstand. »Beantworten Sie mir nur eine Frage: Was werden Sie tun, wenn Sie die Bundeslade tatsächlich in die Finger bekommen?«

»Das geht nur mich und den Allmächtigen etwas an«, entgegnete MacFarlane.

»Und was ist, wenn sich herausstellt, dass die Bundeslade nichts weiter als eine mit Gold überzogene Kiste ist?«

MacFarlane lächelte. »Und Gott sprach zu Moses: ›Sie sollen mir ein Heiligtum machen, dass ich unter ihnen wohne‹.«

Ganz offensichtlich hielt er die Bundeslade für eine Art Gott-in-einer-Kiste, deshalb beschloss Edie, eine andere Vorgehensweise zu versuchen. »Ich hege keinen Zweifel, dass Sie ein gottesfürchtiger Mann sind. Was bedeutet, dass wir viel gemeinsam haben. Sie wissen das vielleicht nicht, aber ich gehe jeden Sonntag in die Kirche und … Nun, ich brauche Ihnen ja wohl nicht zu sagen, was in der Bibel über Gnade und Mitgefühl steht. ›Selig sind, die reinen Herzens sind; denn sie werden Gott schauen‹«, zitierte sie selbst ebenfalls einen Bibelvers, um Feuer mit Feuer zu bekämpfen.

MacFarlanes Blick wurde schmal. »Wie so viele von Ihrer Sorte verbiegen Sie die Heilige Schrift, damit Sie Ihre linken Wohlfühlansichten verbreiten können. Wenn man Leuten wie Ihnen glaubt, dann stiehlt ein Autodieb Ihr Auto nicht, wenn Sie ihm ein bisschen Mitgefühl zeigen, und der Mörder drückt den Abzug nicht, weil er im tiefsten Innern ein guter Mensch ist.«

MacFarlane wandte ihr den Rücken zu und ging hinüber zur Küchenzeile. Das Zimmer, in dem sie sich befanden, war ein großer, offener Raum mit gemauerten Wänden und einer Couchgarnitur auf einer Seite, einem Esstisch in der Mitte und einem Küchenbereich auf der gegenüberliegenden Seite. Sie sah ihm zu, wie er zwei Tassen von einem Regal nahm und dann zwei Päckchen mit löslichem Kakao öffnete. Aus einem Wasserkocher goss er heißes Wasser dazu und reichte ihr dann eine der Tassen. Selbst dabei starrte er sie noch voller Wut an. Einer dunklen, leidenschaftlichen Wut, die ihr einen Schauer den Rücken hinunterjagte. Sie wagte es nicht, den Kakao abzulehnen.

»Ich kenne Sie und Ihresgleichen, Miss Miller. Sie glauben, wenn Sie mit Ihrem Hintern jeden Sonntag die Kirchenbank drücken, dann ist Gott Ihnen wohlgesonnen, und dass regelmäßiges In-die-Kirche-Gehen ein Freifahrtschein zur Erlösung ist.«

»Da verwechseln Sie mich mit jemandem. Ich persönlich glaube, dass es wichtig für …«, sie suchte nach dem richtigen Wort, »… die *Besserung* der Seele ist, gute Werke zu tun. Christliche Nächstenliebe ist der Prüfstein …«

»Ersparen Sie mir Ihre weltliche Predigt. Als ob die freiwillige Tätigkeit in irgendeiner Suppenküche der Innenstadt Ihnen den Weg in den Himmel ebnet. Der Glaube, und nicht Taten, wird Ihnen einen Platz unter den Gerechten sichern.«

»Sie meinen wohl unter den Selbstgerechten?«, gab sie zurück.

»Sie und Ihresgleichen sind dem Herrn ein Gräuel.«

»Dann beten wir offensichtlich zu zwei verschiedenen Göttern.«

»Endlich etwas, worin wir übereinstimmen.«

Und Edie wusste nur zu gut, dass diese Übereinstimmung auf einer bitteren Kluft beruhte.

Sie war bestürzt darüber, wie sehr Stanford MacFarlane sie an

Pops erinnerte, denn ihr Großvater mütterlicherseits hatte die Bibel ebenfalls sehr konservativ ausgelegt. Zu der Zeit hatte sie diese Auslegung für erdrückend gehalten. Doch gepaart mit einem Mann wie MacFarlane wandelte sich diese Einschätzung von erdrückend zu furchteinflößend. Wenn man ihn in eine schwarze Kutte steckte, gäbe Stanford MacFarlane einen perfekten spanischen Inquisitor ab.

»Wo wir gerade vom Weg ins Himmelreich sprechen … Wenn Sie glauben, dass Ihre Fahrkarte darin besteht, die Bundeslade zu finden, dann sollten Sie besser noch einmal darüber nachdenken«, sagte sie, nicht gewillt, widerspruchslos auf den Scheiterhaufen zu gehen.

MacFarlane, der gerade die Tasse an die Lippen führte, ließ sie wieder sinken. Mehrere Sekunden lang – Sekunden, die das Bild von brennenden Körpern heraufbeschworen – starrte er sie an.

»Im Gegensatz zu Ihnen werde ich mit den Heiligen des Alten Testaments auferstehen.« Dann, als ob er nur eine beiläufige Bemerkung über das Wetter gemacht hätte, nahm er ruhig einen Schluck von seinem Kakao.

Edie blieb stumm.

Mit einem Fanatiker kann man nicht diskutieren. Die Jahre, die sie mit Pops verbracht hatte, waren ihr eine Lehre gewesen, und die Erinnerung daran wog immer noch schwer. Wie ein gewaltiger Mühlstein auf ihrem Herzen.

Aus den Augenwinkeln sah sie ein hauchzartes Spinnennetz von der mit Holzbalken durchzogenen Decke hängen. Während sie es anstarrte, fühlte sie sich plötzlich wie eine Fliege, die sich in dieser trügerisch schönen Falle verfangen hatte.

Doch im Gegensatz zu der gefangenen Fliege gab es für sie noch einen Ausweg. *Cædmon.*

Sie wusste, dass er kommen würde. Wenn schon nicht, um sie zu retten, dann zumindest, um die Bundeslade zu finden.

60

Als er ein Klopfen hörte, wandte Cædmon in seinem Sessel den Kopf. Der Eigentümer des Gästehauses, ein rotgesichtiger Waliser, stand in der Tür. Zweifellos wunderte er sich, warum sie offen gelassen worden war. Doch Cædmon hatte schlicht keinen Grund gesehen, sie zu schließen.

»Da ist ein Anruf für Sie«, verkündete der Mann, offensichtlich verärgert darüber, dass er vier Treppen hatte hochsteigen müssen, um die Botschaft zu überbringen. »Sie können ihn unten entgegennehmen.« Nach dieser Bekanntgabe verschwand er wieder.

Cædmon erhob sich. Während er auf die Tür zuging, fielen ihm die Zeichnung aus der Kathedrale von Canterbury und die handgeschriebene Übersetzung der Vierzeiler auf der hölzernen Bank ins Auge. Eine heftige und schmerzhafte Erinnerung daran, dass Edies Entführung nur mit der Bundeslade zu tun hatte. Da er wusste, dass er beides noch brauchen würde, nahm er die zwei Blätter, die einzigen Gegenstände, die in diesem Zimmer von Nutzen waren, und steckte sie in die Tasche seines Anoraks. Dann folgte er dem Eigentümer und schloss die Tür hinter sich.

Wenige Augenblicke später stand Cædmon vor der grob gezimmerten Theke, die sich als Rezeption ausgab, und hob den schweren Hörer eines altmodischen Telefons ans Ohr. »Schießen Sie los. Ich höre«, sagte er, nicht gewillt, eine höfliche Begrüßung zu heucheln.

»Ich hoffe, Sie hatten einen angenehmen Abend«, sagte eine männliche amerikanische Stimme glatt und sarkastisch am anderen Ende der Leitung.

»Zum Teufel mit Ihnen! Lebt sie noch?«

»Sie wissen, dass sie noch lebt.«

»Ich weiß gar nichts. Wenn wir diese Unterhaltung weiterführen wollen, dann verlange ich einen Beweis.«

»Sie befinden sich schwerlich in der Position, Forderungen zu stellen.«

»Ich stelle keine Forderung«, entgegnete Cædmon in ruhigerem Ton und zügelte seine Gefühle ein wenig. »Ich bitte Sie, als Zeichen des Vertrauens, dass Sie mir einen Beweis dafür liefern, dass Miss Miller Ihre Gefangene ist.«

Cædmon konnte hören, wie ein unterdrückter Befehl ausgesprochen wurde. Dann, ein paar Sekunden später: »Cædmon, ich bin's. Mir … Mir geht es gut.«

Sie lebte.

»Haben sie dir irgendetwas angetan?«

»Nein, sie …«

»Zufrieden?«, knurrte ihr Kidnapper ins Telefon.

»Ja, ich bin zufrieden. Was muss ich tun, damit Sie sie wohlbehalten wieder freilassen?«

Der andere Mann lachte glucksend, ganz eindeutig amüsiert über die Frage. »Natürlich die Bundeslade für mich finden.«

Cædmon wurde stumm.

Als er diese Bedingung so ausdrücklich und unumwunden ausgesprochen hörte, wurde ihm überdeutlich bewusst, dass MacFarlane sehr wahrscheinlich Unmögliches von ihm verlangte. Seit beinahe dreitausend Jahren war die Bundeslade verschollen. Nichts weiter als eine Legende. Viele vor ihm hatten schon versucht, sie zu finden, und waren gescheitert. Irgendwie, trotz unüberwindbarer Widrigkeiten, musste es ihm gelingen.

Sein Magen krampfte sich schmerzhaft zusammen. Da er wusste, dass die Verhandlungen ein jähes Ende nehmen würden, wenn er nicht völlig überzeugt klang, bemühte er sich um eine Gelassenheit, die er nicht empfand. »Habe ich Ihr Wort, dass Edie Millers Leben verschont wird, wenn ich die Bundeslade finde?«

»Das haben Sie. Und ich stehe zu meinem Wort«, antwortete der andere Mann sofort. »Sobald wir das Telefonat beenden, möchte ich, dass Sie dieses Rattenloch von einem Hotel verlassen und drei

Blocks nach Süden gehen. An der Telefonzelle an der Ecke gehen Sie nach links. Da ist eine Gasse auf halber Strecke die Straße runter. Meine Männer warten dort auf Sie. Kommen Sie nicht auf irgendwelche Dummheiten, sonst stirbt die Frau. Und, glauben Sie mir, das wird kein angenehmer Tod sein.«

Nachdem diese Anweisungen erteilt worden waren, wurde der Anruf kurzerhand beendet.

Einige Sekunden lang starrte Cædmon auf den Hörer in seiner Hand. Die Ereignisse entwickelten sich schneller, als ihm lieb war.

Mit der Hand schlug er hart auf die silberne Glocke auf dem Tresen. Als der Waliser auftauchte, steckte Cædmon die Hand in die Jackentasche und zog seine Brieftasche heraus. »Ich würde gerne auschecken.«

Der Eigentümer starrte ihn misstrauisch an. »Wo ist denn die bessere Hälfte?«

»Sie ist schon ohne mich vorgegangen.«

Nachdem er die Rechnung beglichen hatte, verließ er das Gästehaus und wandte sich wie befohlen nach Süden.

Zu seiner Rechten kam er an einem Pub vorbei, aus dem gelbes Licht auf den Bürgersteig fiel. Früher an diesem Abend hatte er mürrisch in genau diesem Pub gesessen und in sein Glas Lager gestarrt. Da ihm klar war, dass Alkohol ihm bei der ungeklärten Auseinandersetzung mit Edie nicht helfen würde, hatte er das unangetastete Glas einem alkoholisierten Einheimischen in die Hand gedrückt und war wortlos davongeschlichen. Wenn er sich nicht diesem Augenblick der Schwäche ergeben hätte, dann wäre er vielleicht in der Lage gewesen, die Entführung zu verhindern.

Entschlossen schob Cædmon den Gedanken beiseite. Er konnte die Vergangenheit nicht ändern. Er konnte nur das Hier und Jetzt beeinflussen. Wenn man sie richtig zu benutzen wusste, dann konnte die metallene Nagelfeile, die er unter der ledernen Innensohle seines rechten Schuhs versteckt hatte, eine tödliche Waffe sein. Er hatte bereits getötet, er konnte es wieder tun. Vor seinem inneren Auge spielte er seinen Plan durch. *Ein Stich ins Auge. Ein tiefer Stoß in den Nacken.*

Er näherte sich einer roten Telefonzelle und wandte sich wie geheißen nach links, dann bog er erneut nach links in die verlassene Gasse, an deren Ende er zwei Männer erblickte, die an einem geparkten Range Rover lehnten.

MacFarlanes Schlägertypen.

Obwohl er es nicht mit Sicherheit sagen konnte, nahm Cædmon an, dass MacFarlane seine Söldner geradewegs aus dem US-Militär rekrutierte. Noch wahrscheinlicher aus den Spezialeinheiten.

»Guten Abend, Gentlemen«, sagte er und legte dabei die Finger an eine imaginäre Hutkrempe.

Keiner der Männer erwiderte den Gruß, obwohl einer von ihnen sich vom Fahrzeug abstieß und auf ihn zu trat. Ohne darum gebeten worden zu sein, hob Cædmon die Arme und verschränkte die Hände hinter dem Kopf. Der Mann tastete ihn unpersönlich ab und suchte dabei jede Stelle ab, an der eine Waffe versteckt sein könnte.

Nach beendigter Suche ließ Cædmon langsam die Arme sinken.

»Ziehen Sie die Kleider aus.«

»Wie bitte?«

»Sie haben mich schon verstanden. Ziehen Sie die Kleider aus.« Um sicherzugehen, dass der Befehl auch befolgt wurde, öffnete der Mann die Jacke und enthüllte ein Schulterholster mit einer Waffe.

Das war's dann wohl mit dem Klugscheißer-Plan mit der Nagelfeile. Er hatte nicht damit gerechnet, bis auf die Haut gefilzt zu werden.

Da ihm nichts anderes übrig blieb, als zu gehorchen, zog Cædmon den Anorak aus und ließ ihn zu Boden fallen. Dann, ganz den Eindruck erweckend, dass er nichts zu verbergen hatte, zog er den rechten Schuh aus und kickte ihn absichtlich in Richtung seiner Eskorte. Die List funktionierte. Sein Schuh erntete nicht viel mehr als einen desinteressierten Blick.

So schnell wie möglich entledigte er sich des Restes seiner

Kleidung, bis er nackt vor seinen Geiselnehmern stand. Er konnte sich nicht erinnern, wann er sich je so verletzlich gefühlt hatte. »Ich weiß. Ich sollte öfter mal wieder ins Fitnessstudio gehen.«

Keiner der beiden Männer antwortete, doch derjenige mit der Waffe im Holster griff in seine Jackentasche, zog einen dunklen Streifen Stoff heraus und schleuderte ihn gegen Cædmons nackte Brust.

»Legen Sie die Augenbinde an.«

»Das ist ein bisschen drakonisch, finden Sie nicht?«

Eindeutig nicht drakonisch genug, denn die Reaktion des Mannes war schnell und skrupellos. Er zog die Waffe aus dem Holster, trat vor und hieb Cædmon den Knauf des Revolvers ins Gesicht.

Sofort blitzten Myriaden von Farbklecksen wie bei einem abstrakten Gemälde von Jackson Pollock vor seinen Augen auf. Einen Sekundenbruchteil später flossen die Farben ineinander und verschmolzen zu einem tiefen, dunklen, tintigen Schwarz.

61

Immer noch nicht wieder völlig bei Bewusstsein, wurde Cædmon in das Zimmer geschleift. Er hörte sich etwas murmeln. George Eliot und *The Mill on the Floss*. Oder irgendsolchen Unsinn.

Er versuchte sich zu konzentrieren, aber er konnte seine flüchtigen Gedanken nicht zusammenhalten. Konnte das Klingeln in seinen Ohren nicht abstellen.

Teufel noch mal, mein Schädel tut weh.

»Cædmon! Geht es dir gut?«

Mit immer noch verschwommenem Blick wandte er den Kopf.

»Mir gehts gut«, log er, nicht sicher, mit wem er da sprach.

Er blinzelte mehrmals und zwang die unscharfen Formen, Gestalt anzunehmen. Bruchstückhaft stellte sein Blick sich scharf.

Zwei parallele Sorgenfalten zwischen zwei ähnlich besorgten Augen. Langes lockiges Haar. Ein roter Bluterguss auf einer blassen Wange.

»Edie ... Gott sei Dank! Geht es dir gut?« Sofort erkannte er, dass das eine idiotische Frage war, denn er konnte deutlich sehen, dass es nicht so war.

»Es geht mir gut.«

Sein Blick wurde klarer, und er schaute sich um. Überall um sich herum sah er die solide Bauweise des achtzehnten Jahrhunderts. Mit Fensterläden verschlossene Fenster. Holzfußboden. Dicke Steinmauern. Es war ein Gefängnis, aus dem es kein Entkommen gab, selbst wenn es ihm irgendwie gelingen sollte, seine Kidnapper auszuschalten, von denen er vier Stück zählte. Er fragte sich, welcher des Quartetts für den Bluterguss auf Edies Wange verantwortlich war. Jeder dieser Bastarde schien dazu fähig zu sein, eine wehrlose Frau zu schlagen.

»Cædmon, was haben sie dir angetan?«, rief Edie, die von einem älteren Mann, der sie am Oberarm gepackt hatte, daran gehindert wurde, zu ihm zu eilen.

Als wäre er in einem dieser bizarren Träume gefangen, in denen er nackt und alle anderen vollständig bekleidet waren, bemerkte er erst verspätet, dass er Hose, Hemd und Schuhe trug und seinen Pullover, die Unterhose und die Socken in der Hand hielt. Glücklicherweise war der Reißverschluss seiner Hose geschlossen, aber sein Hemd war vollständig aufgeknöpft.

»Ich wurde einer etwas gründlichen Leibesvisitation unterzogen. Überflüssig zu erwähnen, dass ich mich ein wenig misshandelt fühle.«

»Ich hoffe, meine Männer sind nicht allzu grob mit Ihnen umgesprungen«, bemerkte der ältere Mann mit humorlosem Lächeln. »Ich hatte ihnen befohlen, schonend mit Ihnen umzugehen.«

Cædmon vermutete, dass der grauhaarige Mann kein anderer als Stanford MacFarlane war, und rang sich ein ebenso humorloses Lächeln ab. Mit der Hand wischte er sich über die blutige Nase, die ihm seine verdammte Eskorte beinahe gebrochen hatte. »Ich werde es wohl überleben.«

»Wie Sie sich vermutlich vorstellen können, habe ich einige Fragen, die Sie mir hoffentlich beantworten können.«

»Ich glaube, das ist die Stelle, an der ich sagen sollte: ›Ich will meinen Anwalt sprechen.‹«

Cædmons witzige Bemerkung ignorierend, fragte MacFarlane ruhig: »Zuallererst einmal: Wo ist die Bundeslade?«

Da er wusste, dass Edies Leben auf dem Spiel stand, antwortete er so aufrichtig wie möglich. »Ich habe keine Ahnung. Obwohl ich mir sicher bin, dass wir, wenn wir unsere Denkermützen aufsetzen, herausfinden können, wo sie sich befindet.«

»Das hat mir der letzte Wissenschaftler auch gesagt … unmittelbar vor seinem Tod.«

Aus den Augenwinkeln sah Cædmon, wie Edie entsetzt die Hand an den Mund presste. Auch er fühlte sich ein wenig mulmig.

»Ich bin kein verdammter Hellseher, ich bin Wissenschaftler. Und als solcher muss ich darauf bestehen, dass Sie der Logik eine Chance geben. In der Tasche meines Anoraks finden Sie eine Zeichnung, von der ich glaube, dass sie Sie interessieren könnte.«

MacFarlane ging zu dem Schlägertyp, der seinen Anorak in der Hand hielt. Nachdem er die zwei zusammengefalteten Blatt Papier aus der Tasche gezogen hatte, untersuchte er zuerst die übersetzten Quartette und dann die Bleistiftzeichnung der Darstellung Jesu im Tempel.

»Bevor ich zu der Zeichnung komme, sollte ich Ihnen sagen, was wir bisher in Erfahrung gebracht haben. Wir glauben nun, dass die Quartette nicht von Galen of Godmersham geschrieben wurden.« Offensichtlich wie vom Donner gerührt fuhr MacFarlanes Kopf herum. »Vielmehr wurden sie von Galens dritter Frau Philippa of Canterbury geschrieben.«

»Sind Sie sich da sicher?«

»Völlig ohne jeden Zweifel.«

Auf diesem Bissen kaute MacFarlane einige Sekunden lang herum. »Und was ist mit dem heiligen Laurentius und der St. Lawrence the Martyr?«

»Ein Ablenkungsmanöver«, antwortete Cædmon, der vermutete, dass es diese spezielle Fehlinterpretation gewesen war, die das Schicksal des »letzten Wissenschaftlers« besiegelt hatte. »Der ›gesegnete Märtyrer‹, um den es geht, ist Thomas Becket. Was uns zur Kathedrale von Canterbury führte, wo wir ein Bild in einem Kirchenfenster entdeckten.«

MacFarlane starrte die Zeichnung an wie ein Süchtiger eine aufgezogene Spritze.

»Was die Besonderheiten des Bildes angeht, muss man berücksichtigen, dass es von einem Künstler mit völlig anderen kulturellen Bezügen geschaffen wurde. Von einem semiotischen Standpunkt aus gesehen, blickt man beim Entschlüsseln des Fensters wie durch eine dunkle Linse. Komplexe theologische Dogmen, historische Fakten und archaische linguistische Strukturen, all das steckt bunt zusammengewürfelt in dieser scheinbar unverfänglichen Darstellung. Es wird eine Weile dauern, die verschiedenen Stränge auseinanderzusortieren.« Als er das Stirnrunzeln auf MacFarlanes Gesicht bemerkte, fügte er hastig hinzu: »Allerdings haben wir Grund zu der Annahme, dass die beiden Gänse in dem Korb von Bedeutung sind.«

»Und was bringt Sie zu der Annahme?«

»Eine der beiden Gänse repräsentiert Philippa selbst, in der mittelalterlichen Gestalt der guten Hausfrau. Unglücklicherweise müssen wir erst noch entschlüsseln, was die zweite Gans bedeutet.«

»Und wann werden Sie das herausgefunden haben?«

»Nicht bevor ich mich wieder erholt habe.« Cædmon ließ sich nicht die Butter vom Brot nehmen, denn er wusste, wenn er das tat, dann gab es keine Hoffnung mehr. Dann deutete er auf Edie und sagte: »Wir müssen beide etwas essen und uns ausruhen.«

An Edies angespanntem Gesichtsausdruck konnte er erkennen,

dass sie völlig erschöpft war. Sollte sich eine Gelegenheit zur Flucht ergeben, dann musste sie ausreichend ausgeruht sein, um diese Gelegenheit auch nutzen zu können.

Ungeduldig tippte MacFarlane mit dem Finger auf seine Armbanduhr. »Wenn ich die Bundeslade nicht in sechzehn Stunden in Händen halte, dann werde ich die Frau töten.«

Obwohl die Verhandlungen bislang halbwegs gesittet verlaufen waren, kam Cædmon das alte Sprichwort in den Sinn, das dem arglosen Gast nahelegt, einen langen Löffel zu benutzen, wenn er mit dem Teufel zu Abend isst.

»Ich werde alles tun, was in meiner Macht steht, um die Bundeslade zu finden«, versicherte er seinem Widersacher.

MacFarlane sah ihm fest in die Augen, und unter seiner beherrschten Miene lauerte eine kaum verhohlene Böswilligkeit. »Verhalten Sie sich wie ein Gast, dann werden Sie auch weiterhin wie ein solcher behandelt. Habe ich mich klar ausgedrückt?«

»Glasklar.«

62

»Ich weiß ja nicht, wie es dir geht, aber ich hatte heute schon genug Pommes frites für einen Tag«, murrte Cædmon.

»Außerdem genug Typen mit Kanonen und andere gruselige Sachen.« Edie kniff die Augen zusammen, denn unter der verschlossenen Tür fiel nur ein schwacher Lichtschein in den Raum. MacFarlanes Vorstellung von Essen und Ausruhen bestand aus einem großen Schrank und ein paar Tüten mit fettig frittierten Kartoffeln.

»Aber wir werden von dem murmelnden Bächlein, das unter der Mühle durchfließt, in den Schlaf gelullt.«

Edie gab keine Antwort, denn aufgrund besagten Bächleins

drang zwischen den Bodenbrettern eine feuchte Kälte empor. Sie konnte bereits die Schmerzen in ihren Gelenken spüren.

»Übrigens, ich habe deine Nagelfeile unter der Innensohle meines Schuhs versteckt.«

»Da kann ich noch einen draufsetzen. Ich habe tausend Dollar in meinen Stiefel gestopft. Nach dem Angriff in Oxford hatte ich Angst, dass jemand die Umhängetasche stehlen könnte.« Unvermittelt wechselte sie das Thema. »Da ist etwas, das ich dir erzählen muss: Ich kenne Stanford MacFarlane durch und durch.«

»Tatsächlich?«

»Natürlich nicht persönlich«, fügte Edie schnell hinzu. »Aber ich kenne seine intimsten Gedanken.«

»Und wie das?« Das Interesse in seiner Stimme war nicht zu überhören.

»Mein Großvater mütterlicherseits war so was wie ein religiöser Fanatiker. Pops war zwar vielleicht nicht aus demselben, aber doch aus einem ziemlich ähnlichen Holz geschnitzt wie MacFarlane.« Sie lachte bitter, denn die Erinnerung war keine angenehme. »Mein Großvater glaubte, dass die religiöse Freiheit sich nur auf andere evangelikale Christen erstreckte.«

»Da du noch ein junges Mädchen warst, wundert es mich, dass dir diese Überzeugung nicht, äh …«

»Eingetrichtert wurde? Dass ich von einer Mutter aufgezogen worden war, die mir immer wieder versichert hatte, dass sie sich ändern würde, und dabei immer wieder versagt hatte, machte mich nicht gerade zu jemandem, der leicht zu überzeugen war. Tief verwurzelte Vertrauensprobleme, nehme ich an.« Vorsichtig brachte sie die Beine in eine andere Position, denn in dem dunklen Schrank war es recht eng für sie beide. »Nachdem ich mir all diese Sonntagspredigten anhören musste, weiß ich, dass Männer wie Pops und Stanford MacFarlane nachts wach liegen, völlig verzehrt von Visionen weltweiter Gottesherrschaft.«

Sie hielt einen Augenblick lang inne, um sich ihre Unterhaltung mit MacFarlane wieder in Erinnerung zu rufen. »Allerdings bekomme ich den Eindruck, dass MacFarlane sich im Gegensatz zu Pops für eine Art Patriarchen des Alten Testaments hält.«

»Einen dieser Bastarde, die beten, bevor sie Blut vergießen, hmm?«

Edie erschauderte. »Er betet wahrscheinlich gerade in diesem Augenblick, wo wir darüber sprechen.«

Cædmon legte ihr den Arm um die Schulter und zog sie an sich. »Solange wir noch eine Hoffnung haben, die Bundeslade zu finden, bist du in Sicherheit. MacFarlane weiß, dass ich mich weigern würde, seine Forderungen zu erfüllen, wenn er dir auch nur ein Haar krümmt.«

»Du vertraust doch nicht wirklich darauf, dass er sein Wort hält, oder?«

Da es in dem Schrank zu dunkel war, um Cædmons Gesichtsausdruck deuten zu können, spürte sie sein höhnisches Lächeln eher, als dass sie es sah.

»Meiner Erfahrung nach ist es eine große Kunst zu entscheiden, inwieweit man seinem Feind vertrauen kann.«

So wie sie sein Lächeln gespürt hatte, ahnte sie auch, dass es wieder verschwunden war.

»Es ist meine Schuld, dass du in diesen Schlamassel hineingezogen wurdest. Ich hätte nie zulassen sollen, dass du …«

Edie legte ihm die Hand auf den Mund, um ihn zum Schweigen zu bringen. »Seit ich dir in der National Gallery of Art begegnet bin, habe ich alles, was ich getan habe, und ich meine *alles* – dass ich nach England mitgekommen bin, mit dir geschlafen habe, im Laderaum dieses Kühlwagens mitgefahren bin – aus freien Stücken getan. Wir stehen diese Sache gemeinsam durch, Cædmon. Und daran darfst du nicht eine Sekunde lang zweifeln. Keiner von uns konnte auch nur ahnen, dass MacFarlanes Gorilla mir einen Peilsender angesteckt hatte.«

»Willst du damit sagen, dass die Prügelei in der Gasse nur ein

Vorwand war? Teufel noch mal! Von Anfang an war mir MacFarlane immer einen Schritt voraus.«

Als sie den Selbstvorwurf in seiner Stimme hörte, hielt sie einen Themawechsel für angebracht. »Wir haben noch sechzehn Stunden, um herauszufinden, was diese zwei Gänse in dem Korb bedeuten. Wir wissen nur, dass eine davon für Philippa steht.« Sie stieß einen Seufzer aus. Sechzehn Stunden waren plötzlich eine sehr kurze Zeitspanne. »Ich wünschte, wir wüssten mehr über Philippa. Abgesehen von der Tatsache, dass sie Galen geheiratet und in ein Kloster eingetreten ist, haben wir herzlich wenig Hinweise.«

»Das Kloster … Das *Kloster*! Das ist es! Du, Edie Miller, bist verdammt noch mal wunderbar!«

Cædmon begann, mit der Faust gegen die Tür des Schranks zu hämmern.

»Was zum Teufel ist da drinnen los?«

»Sagt MacFarlane, dass ich weiß, wo die Bundeslade versteckt ist.«

63

Vorwärts, Streiter Christi, sinnierte Cædmon stumm, als er bemerkte, dass jeder der vier bewaffneten Männer, die sich um den Tisch versammelt hatten, einen Ring mit dem Jerusalemkreuz an der rechten Hand trug.

»Und Sie sind absolut sicher, dass die zwei Gänse, die in dem Kirchenfenster abgebildet sind, uns zu der Bundeslade führen?« MacFarlane deutete auf die Zeichnung auf dem Tisch.

Cædmon, der vor einem Laptop saß, hörte auf zu tippen und nahm sich einen Augenblick Zeit, seinen Gegenspieler zu mustern. Er wusste, dass er diesem Mann nur für einen einzigen Zweck diente. Sobald er diesen Zweck erfüllt hatte, war er nicht mehr länger in der Lage, Edie zu beschützen.

Verstohlen warf er einen Blick zu der verschlossenen Schranktür auf der anderen Seite des Zimmers.

Irgendwie musste er sich einen geeigneten Anreiz einfallen lassen, ein Druckmittel, das er einsetzen konnte, um Edies Freilassung zu erreichen. Bis dahin würde er gerade so viel preisgeben, um MacFarlanes gierigen Appetit anzuregen, aber nicht genug, um seinen Wert zu mindern. Stanford MacFarlane musste weiterhin glauben, dass er die Bundeslade ohne ihn niemals finden würde.

»Wie ich bereits erwähnte, symbolisiert eine der Gänse Philippa in ihrer Rolle als die gute Haus- und Ehefrau für ihren Gemahl Galen of Godmersham. Nach Galens Tod trat Philippa in ein Nonnenkloster ein, wo sie den Rest ihre Tage verbrachte. Im Hinblick darauf glaube ich, dass die zweite Gans ebenfalls Philippa repräsentiert, denn Nonnen werden oft als die Bräute Christi bezeichnet. Philippa war also sozusagen auch die gute Haus- und Ehefrau von Christus.«

MacFarlane nahm sich einen Augenblick Zeit, diesen Bissen zu verdauen, der ihm vorgesetzt worden war. »Was hat die Tatsache, dass Galens Witwe Nonne wurde, mit dem Ganzen zu tun?«, fragte er mit argwöhnisch schmalen Augen. Er war schon einmal von jemandem auf einen falschen Pfad gelockt worden. Ganz offensichtlich würde er diesmal nicht ohne ausführliche Straßenkarte vorgehen.

»Es ist möglich, dass Philippa die Bundeslade mit ins Kloster nahm.« Cædmon deutete mit dem Kinn auf die Suchmaschine der Universität von Oxford, die er im Internet aufgerufen hatte. »Hoffentlich kann ich herausfinden, welchem Orden Philippa beitrat. Das kann allerdings eine Weile dauern, denn im vierzehnten Jahrhundert gab es mehrere Dutzend Orden, die inzwischen nicht mehr existieren.«

»Zeit ist das Einzige, das wir nur eingeschränkt zur Verfügung haben.«

Während er auf die Suchergebnisse wartete, konnte Cædmon nicht umhin, sich über MacFarlanes Ungeduld zu wundern. Es ließ ihn vermuten, dass die »Warriors of God« von einer Art Frist getrieben wurden. *Aber eine Frist wofür?* Auch wenn das altertümliche Geheimnis, das schon solche Lichtgestalten wie Newton und Freud verlockt hatte, ihn reizte, war sich Cædmon deutlich bewusst, dass deswegen Menschenleben rücksichtslos geopfert worden waren. MacFarlanes Besessenheit von der Bundeslade kannte eindeutig keine Grenzen.

»Ah! Wir haben einen Treffer«, verkündete er und deutete auf den Computerbildschirm. »Laut einem Dokument aus dem vierzehnten Jahrhundert namens *Regestrum Archiepiscopi* …«

»Sparen Sie sich das Latein«, knurrte MacFarlane.

»In Ordnung.« Cædmon entschied, sich einfacher auszudrücken. »Was Sie hier sehen, ist die Liste des Erzbischofs von Canterbury, in der alle Klöster im Jahr 1350 erfasst wurden. Da das zwei Jahre nach der Pest war, vermute ich, dass der Erzbischof ziemlich erpicht darauf war, seine Schäfchen zu zählen. Da die meisten Menschen im Mittelalter sich kaum jemals weiter als fünfzig Kilometer von ihrem Geburtsort entfernten, suche ich zuerst in den Listen von Kent nach Philippa.«

Während Cædmon die Auflistung durchging, war ihm klar, dass seine Suche auf nicht viel mehr als einer starken Vermutung basierte. Einer Vermutung, die, wenn sie sich als falsch erweisen sollte, tragische Konsequenzen haben würde.

»Da ist sie«, murmelte er. »Philippa, verwitwete Ehefrau von Galen of Godmersham, ist als Mitglied des Priorats der gesegneten Jungfrau Maria aufgelistet. Dem Eintrag zufolge trat sie dem Kloster mit einer Mitgift von ungefähr …«

»Sagen Sie mir einfach, wo das Kloster liegt«, unterbrach MacFarlane ihn.

»Es liegt bei dem kleinen Weiler Swanley, südöstlich von London.«

MacFarlane drehte sich zu dem Goliath mit der genähten Kopfwunde um. »Rufen Sie das auf dem GPS-System auf.«

Mit einem Eingabestift, der in seiner übergroßen Hand geradezu lächerlich wirkte, gab der Hüne den Namen auf einem PDA ein.

»Ich hab's. Es liegt am Autobahnkreuz der M20 und der M25«, verkündete er und reichte das Gerät seinem Vorgesetzten.

MacFarlane studierte die vom Computer erzeugte Straßenkarte. »Sie haben recht. Swanley liegt ziemlich genau fünfzig Kilometer von Canterbury entfernt. Was bedeutet, dass wir innerhalb einer Stunde dort sein können.«

Cædmon schüttelte den Kopf und wies ihn ruhig auf das Offensichtliche hin. »Wenn wir mitten in der Nacht in einem mittelalterlichen Kloster herumschleichen, dann haben wir ziemlich schnell die örtliche Polizei am Hals, ganz besonders, wenn das Kloster Eigentum des National Trust für Denkmalpflege ist. In Anbetracht der Wichtigkeit der Aufgabe sollten wir besser bis Tagesanbruch warten.«

MacFarlane starrte ihn an, lang und fest.

»Wir brechen bei Tagesanbruch auf«, meinte er schließlich. Dann, Cædmon immer noch mit seinem Blick durchbohrend, zischte er: »Wenn Sie vorhaben sollten, mich auszutricksen wie dieser Wichser aus Harvard, dann überlegen Sie sich das lieber noch einmal genau, Junge.«

Obwohl Cædmon Anstoß daran nahm, Junge genannt zu werden, hielt er sich zurück. »Denken Sie daran, dass wir in Swanley möglicherweise einfach nur den nächsten Hinweis finden werden.«

»Was wollen Sie damit sagen, dass das hier eine Art Schnitzeljagd wird?«

»Wenn man einen Baum verstecken will, dann stellt man ihn am besten in einen Wald. Wir wissen nicht, ob das Priorat der gesegneten Jungfrau Maria der Wald ist, bevor wir den Ort nicht gründlich untersucht haben.«

»Nun, dann beten Sie besser zu Gott, dass es der richtige Wald ist.«

Cædmon fragte sich, was wohl geschehen würde, wenn sie die Bundeslade nicht fanden. Er vermutete, dass durchschnittene Kehlen und an der Niedrigwassermarke verscharrte Leichen dabei eine gewisse Rolle spielten.

64

Die Dämmerung kam, feucht und grau, und die Fensterscheiben des Range Rovers waren an den Rändern immer noch mit Eis überzogen. Die Kälte drang Edie durch und durch; ihre Zähne klapperten. Allerdings hatte sie den Verdacht, dass dies mehr mit Angst als mit der Außentemperatur zu tun hatte.

Vor einer kleinen Weile waren sie und Cædmon unsanft geweckt und auf den Rücksitz des wartenden Fahrzeugs bugsiert worden. Vor ihnen auf dem Fahrersitz saß Sanchez, ein mürrischer Mann, der dazu neigte, auf Spanisch vor sich hin zu murmeln, und sein Copilot Harliss, ein Südstaatler mit einem so starken Akzent, dass er genauso gut Spanisch hätte sprechen können. Beide Männer waren bewaffnet. Und beide hatten absolut deutlich gemacht, dass sie nicht zögern würden, von ihren Waffen Gebrauch zu machen.

Anführer der Meute in einem zweiten Range Rover war Stanford MacFarlane mit seiner rechten Hand Boyd Braxton. Zu Edies Erleichterung hatte sie seit der versuchten Vergewaltigung so gut wie keinen Kontakt mehr mit dem massigen Hünen gehabt, und da sie wusste, dass Cædmon ohnehin schon genug am Hals hatte, hielt sie es für angebracht, nichts davon zu erwähnen.

»Sagtest du nicht irgendetwas darüber, dass Schwäne und Gänse im mittelalterlichen Wortschatz austauschbar waren?«

»Hmm?« Eindeutig in Gedanken versunken riss Cædmon seinen Blick vom Fenster los. »Äh, ja, das sagte ich.«

»Das macht es umso wahrscheinlicher, dass dieses Swanley der Ort ist, an dem wir die Bundeslade finden werden.«

»Ich habe keine Ahnung, ob die Bundeslade im Kloster versteckt ist. Im Priorat der gesegneten Jungfrau Maria finden wir vielleicht nur den nächsten Hinweis.«

Neidisch sah sie zu, wie Harliss Sanchez eine mit heißem Kaffee gefüllte Thermoskanne reichte.

»Meine Füße fühlen sich an wie zwei Eiszapfen«, beschwerte sie sich mit gedämpfter Stimme, wobei sie einen bedeutungsvollen Blick auf das Paar grüne Gummistiefel warf, mit denen sie ausgestattet worden war.

Cædmon, der ein identisches Paar Stiefel trug, konnte es ihr nachfühlen. »Der englische Wellington-Gummistiefel ist nicht dazu gedacht, die Füße warm, sondern trocken zu halten. Allerdings werden wir noch froh über sie sein, wenn wir durch ein nasses Feld laufen müssen.«

Edie machte sich nicht die Mühe, ihn darauf hinzuweisen, dass in diesen klobigen Stiefeln ein Spurt durch besagtes nasses Feld nahezu ein Ding der Unmöglichkeit sein würde.

Nach zwanzig Minuten Fahrt durch das trübe morgendliche Dämmerlicht erblickte Edie das erste Straßenschild nach Swanley, und als sie sich der Stadtgrenze näherten, stellte sie überrascht fest, dass Swanley mit seinen von Autohändlern und Schnellrestaurants durchzogenen Außenbezirken stark einem typischen amerikanischen Vorort ähnelte.

Wie sollen wir die Bundeslade in diesem ganzen Vorstadtdurcheinander nur finden?

»Das Kloster liegt etwas außerhalb auf dem Land«, bemerkte Cædmon, als könnte er ihre Gedanken lesen.

Wie aufs Stichwort nahm Sanchez die nächste Abzweigung und bog von der Hauptstraße in eine schmale Landstraße ein. Während sie aus dem Fenster sah, wurde ihr bewusst, dass sie ganz vergessen hatte, wie ein paar einfache Dinge – Bäume in der Ferne, Weiden, Viehzäune – eine schlichte filmische Schönheit erschaffen konnten. Der Kontrast zwischen Land und der nahen Stadt war wie der Unterschied zwischen Mitternacht und helllichtem Tag.

Vor ihnen wurde MacFarlanes Range Rover langsamer und kam dann am Straßenrand zum Stehen. Sanchez hielt ein paar Meter dahinter an.

»Sind wir da?«, fragte sie, denn sie konnte in der ländlichen Umgebung nichts erkennen, das auch nur annähernd nach einem mittelalterlichen Kloster aussah.

»Ich glaube schon«, gab Cædmon zur Antwort. »MacFarlane hat die Route mit einem Satellitennavigationssystem berechnet. Allerdings werden wir wahrscheinlich noch durch ein oder zwei Felder marschieren müssen.«

Harliss öffnete die hintere Tür. »Aussteigen.« Mit der Waffe in der Hand geleitete er sie zu dem anderen Fahrzeug, während Sanchez einige große und voluminöse Leinensäcke aus dem Kofferraum des Range Rovers lud.

Edie und Cædmon mussten in einigem Abstand warten, während MacFarlane seine Männer instruierte. Sie konnte sehen, dass Harliss einen tragbaren GPS-Empfänger in der Hand hielt, den die vier Männer eingehend betrachteten. Obwohl sie sich anstrengte, etwas zu verstehen, konnte sie nur ein paar Fetzen davon aufschnappen, was sie sagten – »Marschrichtung … Besonderheiten des Geländes … Hindernisse … Erkundung«.

»Die behandeln das wie eine Art Militäroperation«, flüsterte sie Cædmon zu.

»Scheint so.«

»Das macht uns dann wohl zum Feind, was?«

Cædmon war zu beschäftigt damit, die Umgebung zu mustern, um darauf zu antworten.

»Bringt sie raus«, befahl MacFarlane unwirsch.

Eingekeilt zwischen zwei bewaffneten Männern wurden sie und Cædmon in nordöstliche Richtung dirigiert. Vor ihnen in ungefähr zweihundert Meter Entfernung befand sich eine dichte Baumgruppe. Während sie über das Feld stapften, fragte sich Edie, ob Philippa of Canterbury irgendeine Ahnung gehabt hatte, welch tödliche Kette von Ereignissen sie mit ihren Quartetten eines Tages auslösen würde.

Sehr wahrscheinlich hatte sie das geahnt. Warum sonst sollte sich die adelige Nonne solche Mühe gemacht haben, die goldene *arca* ihres toten Gemahls zu verstecken? Philippa hatte die Schrecken der Pest überlebt und glaubte zweifellos, die Bundeslade wäre für die tödliche Seuche verantwortlich, die England heimgesucht hatte.

Letzte Nacht hatte Cædmon ihr erzählt, dass Philippa den Gilbertinern, einem in England gegründeten Orden, angehört hatte. Innerhalb von nur sechs Jahren war Philippa schnell aufgestiegen und hatte schließlich den Rang der Kellermeisterin des Klosters inne, die für die wirtschaftlichen Belange und die Vorratshaltung zuständig war. Als fähige Frau mit einem Händchen fürs Management hätte sie es leicht bewerkstelligen können, die Bundeslade nach Swanley bringen zu lassen. Vielleicht hatte sie ihre Ordensschwestern in das Geheimnis eingeweiht. Da sie ein Leben führten, das ganz dem Gottesdienst und dem gemeinschaftlichen Gebet gewidmet war, stand kaum zu befürchten, dass das Geheimnis neugierigen Außenstehenden enthüllt werden könnte.

Mit dem GPS-Empfänger in der rechten Hand führte Harliss sie durch die dicht stehenden Bäume, deren knorrige, unbelaubte Äste wie arthritisch gekrümmte Finger wirkten.

Plötzlich erhaschte Edie jenseits der kahlen Zweige einen flüchtigen Blick auf eine Steinmauer.

»Ich sehe es!«, rief sie aus und deutete aufgeregt. »Dort drüben ist es.«

»Verstanden«, antwortete Harliss und führte sie nach rechts.

Wenige Augenblicke später betraten sie eine Lichtung.

Edie sah sich nach allen Seiten um.

»Oh Gott … Es wurde zerstört!«

65

Betäubt standen sie alle sechs wie angewurzelt.

»Was zum Teufel ist hier passiert?«, murmelte Braxton und drückte damit aus, was zweifellos jeder der Gruppe dachte, denn alles, was vom Priorat der gesegneten Jungfrau Maria noch übrig war, bestand aus drei steinernen Mauern. Aus den glaslosen Bogenfenstern rankte sich abgestorbener Efeu.

»Es sieht aus, als wäre es unter Mörserbeschuss geraten.« Das kam von MacFarlane, dessen wettergegerbte Wangen von, wie Edie vermutete, nur mühsam zurückgehaltenem Zorn gerötet waren.

»Meine Vermutung ist, dass das Kloster während der Reformation zerstört wurde«, meinte Cædmon ruhig. »Im Jahr 1538 erließ das Parlament auf Geheiß Heinrichs VIII. ein Edikt mit dem Ziel, alle Klöster aufzulösen. Das Gesetz erlaubte es Heinrich, alle Besitztümer der klösterlichen Orden zu konfiszieren. Unterstützt von vielen aus der gemeinen Bevölkerung, die hofften, sich dabei etwas von den Reichtümern der Kirche unter den Nagel reißen zu können, wurden viele Klöster abgerissen und die Steine zum Bau weltlicher Gebäude wiederverwendet.«

Edie starrte auf die unheimlichen Überreste: ein aufgebrochenes gotisches Skelett gen Himmel geöffnet, mit Raureif überzogene Grashalme, die wie Juwelen schimmerten. Vielleicht war es nur der frühe Morgennebel, aber sie hätte schwören können, dass ein gespenstischer Hauch von Weihrauch, Kerzen und Gebeten noch über dem Ort hing.

Sie drehte sich um und warf Cædmon einen Blick zu, der die

stumme Frage stellte: *Was, wenn der nächste Hinweis in einem Kirchenfenster versteckt war, das vor Jahrhunderten zerschlagen wurde?* Mit beinahe unmerklichem Kopfschütteln warnte er sie davor, diese Frage laut auszusprechen. Dann warf er einen demonstrativen Blick auf Stanford MacFarlane. Edie verstand die Botschaft klar und deutlich. Wenn MacFarlane glaubte, dass das Spiel aus war, dann würden sie und Cædmon auf der Stelle getötet werden. Was auch geschah, sie mussten um jeden Preis den Anschein aufrechterhalten, dass das Spiel noch nicht verloren war.

Aufgeschreckt von einem Schrei fuhr Edie herum.

Auf dem kahlen Ast eines Baumes hockte ein Rabe.

Und obwohl sie nicht gerade abergläubisch war, hielt sie den Raben für ein *sehr* schlechtes Omen.

66

»Keine Sorge«, verkündete Cædmon in einem Tonfall, der Zuversicht vortäuschen sollte. »Die Tatsache, dass das Kloster zerstört wurde, behindert unser Vorankommen nicht im Geringsten. Tatsächlich dürfte das unsere Aufgabe sogar noch viel einfacher machen.«

»Glauben Sie denn, ich bin auf einen Schlag zum Idioten geworden? Hier ist nichts!«, warf MacFarlane ein und deutete gestikulierend auf die leere Fläche innerhalb der drei Steinmauern.

»Ah! ›Sie haben Augen und sehen nicht‹.«

»Und was hat König David mit der ganzen Sache zu tun?«

Da Cædmon klar war, dass er möglichst schnell einen Hasen aus dem Hut zaubern musste, antwortete er: »Die Beobachtung des Königs ist äußerst zutreffend. Denn während für das ungeübte Auge hier nichts als wucherndes Gras und drei steinerne Mauern zu sehen sind, sieht das geübte Auge das Kloster, wie es einst stand.«

Einige Sekunden verstrichen in Schweigen.

»Schießen Sie los. Ich höre«, knurrte MacFarlane reichlich widerwillig.

Erleichtert darüber, dass er es in die zweite Runde geschafft hatte, warf Cædmon Edie einen schnellen, beruhigenden Blick zu.

Mach dir keine Sorgen, Liebes. Ich kann es schaffen. Ich kann uns die Zeit verschaffen, die wir brauchen.

Er deutete auf die Wiese, die an die Mauern grenzte. »Wenn Sie mich bitte zu etwas begleiten würden, das die Archäologen eine Feldbegehung nennen. Da wir leider keine Luftaufnahme zur Verfügung haben, versuchen wir, leichte Abweichungen und Anomalien der Erdoberfläche zu entdecken, indem wir das Gelände langsam abschreiten. Diese Abweichungen und Anomalien ermöglichen es uns, den Grundriss des ursprünglichen Klosters zu rekonstruieren. Sobald wir das getan haben, sind wir besser in der Lage zu beurteilen, wo wir mit der Suche beginnen sollen.«

Obwohl MacFarlane nickend seine Zustimmung gab, enthielt sie einen stummen Zusatz: *Besser, Sie finden schnell etwas.*

Cædmon fuhr mit seinem Vortrag fort. »Zuerst eine kurze Einführung zum Aufbau eines Klosters. Die Mehrheit der Klöster im Mittelalter folgte dem typischen Schema aus drei Gebäuden, üblicherweise zwei Stockwerke hoch, die in Form eines Us angeordnet waren. An diese U-förmige Anordnung grenzte eine Kirche.« Er deutete auf die drei steinernen Mauern. »Wie Sie sehen können, ist die zerstörte Kirche alles, was vom Priorat der gesegneten Jungfrau Maria übrig blieb.«

»Wenn ich mir das also richtig vorstelle, dann umschlossen die Kirche und die U-förmigen Gebäude eine Art Hof«, bemerkte Edie.

»Ganz recht. Der Klosterhof war eine große, offene Fläche, umgeben vom Kreuzgang und den ihn umschließenden Gebäuden und wurde hauptsächlich zum Anbau von Gemüse und zum Bestatten der Verstorbenen genutzt.«

In MacFarlanes Augen flackerte ein deutlicher Funken Interesse auf, denn offensichtlich erkannte er gerade, welche Möglichkeiten der Klosterhof bot. »Ich vermute, dass sich niemand darüber gewundert hätte, wenn jemand ein tiefes Loch im Hof ausgehoben hätte.«

»Genau. Darüber hinaus durften nur Nonnen und Novizinnen den Klosterhof betreten, was ihn für Philippa zum perfekten Ort machte, um die Bundeslade dort zu vergraben.« Mit weit ausgebreiteten Armen wies Cædmon auf die offene Wiese, die MacFarlane noch vor wenigen Augenblicken so vorschnell abgetan hatte. »Hier konnte Philippa die Bundeslade vor der Welt verbergen und dennoch ein Auge auf sie haben. Sollen wir nun mit unserem Rundgang durch den Klosterhof beginnen?«

Er übernahm die Führung und ging zur anderen Seite der kleinen Wiese, MacFarlane dicht an seinen Fersen, Edie und den Rest im Schlepptau.

»Hier, glaube ich, müsste sich das Refektorium befunden haben«, sagte er und deutete auf einen Bereich, der mit Gras und Unkraut überwuchert war. »Das Refektorium war, wie Sie zweifellos wissen, der Saal, in dem alle Speisen eingenommen wurden.«

»Praktisch das Offizierskasino der Pinguine«, kicherte einer von MacFarlanes Handlangern.

Cædmon ignorierte diesen Beitrag und marschierte ungefähr fünfzehn Schritte vorwärts. »Und hier dürfte das *lavatorium* gewesen sein.«

»Der Waschraum, stimmt's?«

Er nickte Edie zu. »Ganz recht.« Dann ging er weitere fünfzehn Schritte. »Hier befand sich die Küche.«

»Und woher genau wissen Sie das alles?«, fragte MacFarlane misstrauisch, wobei er den Blick zwischen den letzten beiden bezeichneten Bereichen hin- und herschweifen ließ.

Cædmon lächelte wissend, bevor er zu der Enthüllung ansetzte. »Wenn Sie genau hinsehen, erkennen Sie hier eine leicht erhöhte Stelle.« Er deutete zu Boden. »Das bezeichnet man als Küchenkehricht. Oder als Abfallhaufen, wie der Laie sagen würde. Und wenn Sie das *lavatorium* untersuchen, finden Sie anstelle einer Erhöhung eine leichte Senke.«

»Hervorgerufen durch jahrhundertelang fließendes Wasser«, schloss Edie folgerichtig.

»Zufrieden?« Diese Frage war an den Mann gerichtet, der ihr Schicksal in Händen hielt.

Erneut schweifte MacFarlanes Blick zwischen der »Küche« und dem »*lavatorium*« hin und her, dann deutete er besänftigt mit einem Kopfnicken zu der kleinen Wiese. »Gehen Sie weiter.«

Cædmon setzte seine Tour fort. »Gegenüber von uns, auf der anderen Seite des Klosterhofs müsste sich der Schlafraum der Ordensschwestern befunden haben. Und direkt gegenüber der Kirche das Kapitelhaus und die Räume der Priorin.« Er hob den Arm und deutete in alle vier Richtungen. »Da wir nun alle Gebäude des Klosters identifiziert haben, können wir davon die Ausmaße des Klosterhofs ableiten.«

MacFarlane musterte die fragliche Fläche. »Und Sie sind sicher, dass die Bundeslade irgendwo innerhalb des Klosterhofs vergraben wurde?«

Cædmon zögerte. »Es sprechen triftige Gründe dafür, dass Philippa den Klosterhof für den sichersten Ort hielt, um die Bundeslade zu verstecken. Allerdings wo genau im Klosterhof, darüber kann ich nicht einmal spekulieren.«

Zu seiner Überraschung erntete dieses Geständnis nur ein unbeteiligtes Schulterzucken. An seine Männer gewandt, fing MacFarlane an, Befehle zu erteilen.

»Sanchez, Sie will ich am Metalldetektor haben. Gunnery Sergeant, Sie haben das GPR. Und Harliss, Sie haben Wachdienst.« Ein diensteifriger Chor war die Antwort auf diese Befehle.

Da seine Meinung nicht länger gefragt war, wurde Cædmon zusammen mit Edie dem wachsamen Auge des unverständlichen Südstaatlers unterstellt. Harliss, ein Mann mit Hang zu einem breiten Grinsen voll dunkler Böswilligkeit, ließ sie wissen, dass er seine MP5-Maschinenpistole entsichert hatte. »Was heißt, dass ich euch umso schneller abknallen kann«, informierte er sie bereitwillig.

Unauffällig musterte Cædmon die Umgebung, doch er sah keinen Fluchtweg, kein Bauernhaus, zu dem Edie und er laufen konnten, denn das Priorat der gesegneten Jungfrau Maria lag sehr abgelegen. Wenn sie es irgendwie zurück zu der Landstraße schafften, wo die Range Rover geparkt waren, konnten sie vielleicht einen vorbeifahrenden Autofahrer anhalten. Aber die Chance, mitten in einem Kugelhagel dorthin zu gelangen, war im besten Fall verschwindend gering. Was nur eine einzige andere Möglichkeit übrig ließ: Er musste einen von MacFarlanes Männern entwaffnen – kein leichtes Unterfangen angesichts der Tatsache, dass alle drei robust gebaut waren und sich ganz offensichtlich zu verteidigen wussten.

»Was macht er da?«, fragte Edie und stieß ihn mit dem Ellbogen an. Sanchez hatte seine Suche bereits begonnen, und der Boden des Klosterhofes war mit zahlreichen kleinen Markierungsfähnchen übersät.

»Jedes Mal, wenn der Metalldetektor auf vergrabenes Metall stößt, piept er. Die Stelle wird dann mit einem Fähnchen markiert. Ich vermute, die Farbe der Fähnchen zeigt an, um welche Art Metall es sich handelt.«

»Oh, kapiert. Also … Grau ist für Silber, Orange für Bronze, Schwarz für Blei und Gelb für Gold?«

Er nickte. »Ich glaube schon. Da ein Metalldetektor nicht zeigen kann, was das vergrabene Objekt für ein Gegenstand ist, wird Braxton mit seinem Bodenradar alle Stellen untersuchen, die Gold anzeigen. Unter der Annahme, dass die Bundeslade tatsächlich aus purem Gold gemacht war.«

Fragend zog Edie eine Augenbraue hoch. »Radar? Meinst du so wie am Flughafen?«

»Nicht ganz. Anstatt Radiowellen durch die Luft zu schicken, werden sie in den Boden gerichtet. Das elektronische Signal wird dann zu einem Empfänger zurückgeworfen.« Er nickte in Richtung Laptop, das Braxton auf dem GPR-Empfänger installiert hatte. »Im Computer wird anhand der Dichte und Position der zurückgeworfenen Signale eine Karte erzeugt, die es ihnen erlauben sollte, die Größe und Tiefe jedes vergrabenen Gegenstandes zu bestimmen.«

»Normalerweise würde ich ja sagen ›echt abgefahren‹, aber irgendwie habe ich das komische Gefühl, dass dieses Bodenradar uns Kopf und Kragen kosten kann.«

Cædmon gab keine Antwort, denn er war zu demselben Schluss gekommen. Wortlos betrachtete er Edie. Ihre Locken, die in einen Brautschleier aus Morgennebel gehüllt waren. Den gesprenkelten, violetten Bluterguss auf ihrer rechten Wange. Er fand, dass sie einem schmuddeligen Gassenkind ähnelte. Geradewegs wie aus einem Roman von Dickens. Tapfer und verletzlich im Angesicht der Gefahr.

»Ich habe etwas!«, schrie Braxton plötzlich.

Als Cædmon das hörte, stieß er innerlich einen Seufzer der Erleichterung aus. »Ich würde sagen, wir liegen richtig.« Dann gewann sein Interesse die Oberhand, und er rief: »Kann ich es mir ansehen?«

Als MacFarlane zustimmend nickte, eskortierte Harliss sie hinüber zum Laptop, wobei er sie mit seiner Maschinenpistole vorwärtsstupste.

»Ich hab hier einen ganzen Haufen kleiner Objekte«, sagte Braxton und deutete auf den Bildschirm.

Eindringlich musterte Cædmon das computergenerierte Bild auf dem Monitor, das aussah wie eine Schwarz-Weiß-Aufnahme des Mondes. Und zwar von der dunklen Seite des Mondes.

Er tippte mit dem Zeigefinger auf ein paar kleine Flecken auf dem Bildschirm. »Das hier sind wahrscheinlich nur Steine, Reste des zerstörten Klosters. Aber das hier sieht vielversprechend aus«, meinte er und zeigte auf etwas, das ein großer, solider Gegenstand zu sein schien, der ungefähr zwei Meter tief unter der Erde vergraben war.

»Was immer das auch ist, das ist ein ganz schöner Brummer. Sir, wollen Sie, dass ich es ausgrabe?«

Mit einem eindeutigen Leuchten in den Augen nickte MacFarlane.

Augenblicke später begann der Hüne wie ein Pirat auf der Suche nach Golddublonen die Spitzhacke zu schwingen, ohne auch nur den entferntesten Gedanken daran zu verschwenden, den Ausgrabungsort ordentlich auszuheben und vorsichtig Schicht um Schicht abzutragen, um eventuell in der Erde befindliche historische Artefakte zu bergen. Für diese Männer gab es nur *ein einziges* Artefakt von Bedeutung.

Während Braxton mit seiner Spitzhacke angriff, assistierte Sanchez mit einer Schaufel; die beiden Männer leisteten ganze Arbeit. MacFarlane zog sich ein Paar Knieschoner über und kniete sich an den Rand des Lochs. Mit angespanntem Blick spähte er in die tiefer werdende Grube und erinnerte Cædmon dabei an einen großen Raubvogel, der kurz davor war, sich auf seine Beute zu stürzen.

Über ihnen zogen sich die Wolken zusammen, und ein kaltes Nieseln ging auf ihre ungeschützten Köpfe nieder. Der leichte Regen durchnässte MacFarlanes graues Haar und die stacheligen Strähnen klebten ihm wie ein Helm am Kopf. Im Profil gesehen sah er aus wie ein zum Leben erwachter grimmiger keltischer Krieger.

»Jaa, Mann! Wir haben es!«, rief Braxton triumphierend.

Sanchez hievte sich aus dem Loch, lief zu einer der leinenen Ausrüstungstaschen und holte ein Seil. Dann warf er das aufgewickelte Tau seinem Ausgrabungskollegen zu.

Edie suchte Cædmons Hand und hielt sich daran fest. »Ich kann es nicht glauben … Sie haben sie tatsächlich gefunden«, flüsterte sie.

Als Sanchez und Braxton ihren Fund an die Oberfläche zogen,

hielt Cædmon den Atem an, denn gleich würden seine Augen das meistgesuchte Artefakt in der Geschichte der Menschheit erblicken.

Sie hätte mir gehören können, dachte er neiderfüllt, *wenn ich meine Karten anders ausgespielt hätte.*

Nach mehreren lauten Grunzern und einem unterdrückten Fluch wurde eine Kiste aus dem Loch gehievt.

Ihr Anblick löste fassungsloses Schweigen aus.

»Ich glaube nicht, dass sie aus Gold ist«, meinte Edie schließlich, und diese Bemerkung brachte ihr einen sengenden Blick von Stanford MacFarlane ein.

»Nein, sie ist nicht aus Gold«, pflichtete Cædmon ihr bei. »Ein geringeres Metall. Bronze möglicherweise. Schwer zu sagen unter all dem Schmutz.« Die Kiste war an der Außenseite mit einem großen Schloss gesichert.

Immer noch vor Anstrengung keuchend wischte sich Braxton mit dem Handrücken über die dreckverschmierte Stirn. »Vielleicht ist die Bundeslade im Innern der Kiste.«

»Macht sie auf«, befahl MacFarlane.

Ein einziger mächtiger Hieb mit der Spitzhacke, und der Hüne hatte das Schloss aufgebrochen.

Mit zusammengebissenem Kiefer und entschlossenem Blick schlug MacFarlane den Deckel zurück. Mit weit aufgerissenen Augen starrten alle auf den entdeckten Schatz.

Alle außer Stanford MacFarlane.

»Was ist das für *Zeug*?« MacFarlane zeigte anklagend mit dem Finger auf die goldenen Gegenstände, mit denen die Kiste gefüllt war.

Cædmon streckte die Hand aus und hob einen kunstvoll geschmiedeten Kerzenleuchter aus der Truhe. Als Nächstes untersuchte er einen juwelenbesetzten goldenen Kelch.

»Das sind die Altargegenstände aus der zerstörten Kirche«, sagte er, während er mit der Hand über einen erlesen gearbeiteten

Hostienteller strich. »Zweifellos waren die Nonnen gewarnt worden, dass die Männer des Königs auf dem Weg zum Kloster waren. Ich kann mir vorstellen, dass sie die Sachen versteckten, damit sie nicht konfisziert wurden.« Er deutete auf die goldenen Gegenstände. »Nicht gerade ein Vermögen, das muss ich zugeben, aber dennoch wertvoll. Sie dürften kein Problem damit haben, einen Käufer dafür zu …«

»Ich bin nicht an weltlichem Profit interessiert«, unterbrach ihn MacFarlane. »Meine Belohnung werde ich im nächsten Leben erhalten.« Er wandte den Kopf und sah Edie bedeutungsvoll an. Dann, wie ein Patriarch des Alten Testaments, sagte er sehr leise und ruhig: »Tötet sie.«

Der Hüne hob die Spitzhacke.

Cædmon machte einen Satz nach vorne, aber Harliss und Sanchez hatten es vorhergesehen und hielten ihn zurück.

»Nein!«, schrie er laut und versuchte heftig, sich loszureißen.

Nicht so! Gott im Himmel, nicht so!

67

»Gestern Abend haben Sie mir sechzehn Stunden Zeit gegeben um die Bundeslade zu finden! Mir bleiben noch vierzig Minuten!«, brüllte Cædmon, während er sich wand und darum kämpfte, sich zu befreien.

Wortlos starrte MacFarlane ihn an, während er über diesen Appell nachdachte. Als wäre der streng blickende Moses Michelangelos zum Leben erwacht.

»Colonel MacFarlane, ich weiß, dass Sie ein Mann sind, der sein Wort hält«, stieß Edie erstickt hervor, die Augen tränenüberströmt und am ganzen Körper zitternd vor Angst. »Bitte geben Sie Cædmon eine Chance. Ohne ihn werden Sie die Bundeslade nie finden.«

Als Cædmon später darüber nachdachte, kam er zu dem Schluss, dass diese letzte Bemerkung von Edie den Ausschlag gegeben hatte. MacFarlane nickte knapp. »Sie haben exakt vierzig Minuten. Wenn Sie nicht mit ansehen wollen, wie Miss Millers Kopf aufplatzt wie eine reife Wassermelone, dann *finden* Sie die Bundeslade.« Er warf einen geringschätzigen Blick auf die schimmernden Altargefäße in der noch immer geöffneten Truhe. »Ich bin nicht daran interessiert, noch mehr goldenen Schnickschnack auszugraben.«

Da die Hinrichtung aufgeschoben war, ließ Braxton die Spitzhacke sinken. Cædmon sah Edie an und kämpfte den übermächtigen Drang nieder, sich vornüberzubeugen und sich zu übergeben.

Das war knapp gewesen. Mit einem einzigen Hieb hätte der Hüne ihr ein klaffendes Loch in den Schädel geschlagen.

»Ich finde Ihre verdammte goldene Kiste«, murmelte er und sah auf seine Armbanduhr. Der Countdown hatte bereits begonnen.

Herr im Himmel. Vierzig Minuten, um etwas zu finden, das vor Jahrhunderten vergraben worden war.

Die Uhr tickte, deshalb ignorierte er den entsetzten Ausdruck, der immer noch auf Edies Gesicht lag. Sie mussten sich auf die Aufgabe konzentrieren, die vor ihnen lag. Langsam drehte er sich um und musterte die winterliche Landschaft, die das Kloster umgab. Kahle Bäume. Totes Gras. Die eingefallenen Mauern der Kirche.

Irgendetwas hier übersah er. Aber was?

In der Ferne erklang ein lauter Schrei. Ein Schwan, der nach seinem Gefährten rief.

Teufel noch mal!

»Schwäne und Gänse«, murmelte er und fragte sich, ob die Lösung zu Philippas Rätsel wirklich so einfach sein konnte. Er wandte sich an MacFarlane. »Im mittelalterlichen Sprachgebrauch sind die beiden Wörter austauschbar. Und wenn Sie sich erinnern, dann waren zwei Gänse auf dem Fenster in Canterbury abgebildet, die die Tatsache symbolisieren, dass Schwäne und Gänse mit ihren Gefährten ein Leben lang zusammenbleiben.«

Der ältere Mann runzelte die Stirn. »Ich kann Ihnen nicht folgen.«

»Der Name dieses Ortes ist Swanley. Im Mittelenglisch des vierzehnten Jahrhunderts war *ley* das Wort für eine Wiese.«

»Ich verstehe den Hinweis!«, rief Edie aus, als sie erkannte, welche Bedeutung der Name des Ortes hatte. »›Swanley‹ heißt übersetzt ›Schwanenwiese‹. Was bedeutet, dass wir nach einer Wiese suchen müssen. Oder Schwänen. Oder vielleicht sogar beidem.«

Die Furche auf MacFarlanes Stirn wurde tiefer. »Was für eine Art Mist versuchen Sie hier abzuziehen? Schwäne schwimmen auf dem Wasser. Sie flattern nicht auf einer grünen Wiese herum.« Er deutete auf die sie umgebende bewaldete Senke.

»Ich gebe zu, dass das eine unsinnige Wortkombination ist. Aber das ändert nichts an der Tatsache, dass sie äußerst bedeutsam ist. In den Quartetten nennt Philippa sich selbst die ›vertrauenswerte Gans‹. In Canterbury entdeckten wir ein Kirchenfenster, auf dem die Bundeslade zusammen mit zwei Gänsen in einem Korb dargestellt ist. Und nun finden wir uns hier in Swanley wieder. Vertrauen Sie mir. Es *hat* etwas zu bedeuten.« Er wandte sich an Harliss, den Hüter des GPS-Navigationssystems. »Ist hier ein See oder ein Teich in der Nähe?«

Nachdem sein Kommandant ihm grünes Licht gegeben hatte, befragte der muskelbepackte Lakai sein Gerät. »Ja, ich hab hier eine Wasserfläche, etwa zweihundert Meter östlich von hier.«

»Dann schlage ich vor, wir machen uns schnellstens dorthin auf den Weg.«

Als kein Widerspruch kam, bedeutete er Harliss, ihnen den Weg zu zeigen. Sanchez blieb beim Kloster zurück, um die Ausrüstung zusammenzupacken. Braxton, die Spitzhacke lässig über die linke Schulter geschwungen, eine mächtige Desert Eagle Pistole in der rechten Hand, bildete das Schlusslicht.

Während sie auf ihren neuen Bestimmungsort zumarschierten, raschelten nackte Zweige in der feuchten Brise. Flüsternd. Warnend.

»Bitte sag mir, dass ich noch länger als gute dreißig Minuten zu leben habe«, raunte Edie mit gedämpfter Stimme, wobei sie verstohlen zu MacFarlane hinübersah.

»Halt durch«, antwortete Cædmon in ebenso gedämpftem Ton, da er nicht wollte, dass sie ins Grübeln geriet. Er wusste aus Erfahrung, dass es am besten war, sich mit den Variablen zu befassen, die man kontrollieren konnte, anstatt sich zwanghaft mit etwas zu beschäftigen, das man nicht fassen konnte.

»Ja, ja, ich weiß. Ich muss standhaft bleiben. Darf mich nicht unterkriegen lassen. Oder irgend so ein albernes Klischee.« Obwohl sie gefasst wirkte, vernahm Cædmon eine Spur von Panik in ihrer Stimme.

Er griff nach ihrer Hand und drückte sie. »Es wird sich eine Gelegenheit ergeben. Das tut es immer. Und wenn das geschieht, dann müssen wir den Augenblick nutzen. Keine Zeit zu zögern, okay?«

Sie nickte, mit einem rachedurstigen Glimmen in den braunen Augen. Cædmon vermutete, dass sie sich gerade eine blutrünstige Szene vorstellte, die mit einem gewissen Hünen und einer sehr scharfen Spitzhacke zu tun hatte.

Wenige Augenblicke später erreichten sie einen Fischteich, dessen Fläche er auf gut vierzig Morgen schätzte. Etwa in der Mitte des Teichs befand sich eine kleine Insel. *Die Schwanenwiese.* In der Mitte der Insel war ein schlichtes Steinkreuz errichtet worden. Es schien dort schon seit Jahrhunderten zu stehen.

»Das sieht wirklich, *wirklich* gut aus«, meinte Edie deutlich erleichtert beim Anblick des grob behauenen Kreuzes. »Als Kellermeisterin war Philippa natürlich auch für den Fischteich verantwortlich. Glaubst du, sie hat das Kreuz in der Mitte der Insel als Zeichen aufstellen lassen?«

Cædmon schüttelte den Kopf. »Ich vermute, das Kreuz wurde schon vor dem Bau des Klosters errichtet. Wie auch immer, Philippa hat sicherlich dessen Bedeutung erkannt. Genauso wie die Bundeslade ist das Kreuz ein Mittel zur direkten Kommunikation zwischen Himmel und Erde.« Er warf einen schnellen Seitenblick auf MacFarlane, der das einsame Kreuz eindringlich anstarrte. Als wäre es eine Art mystisches Leuchtfeuer.

Er hatte ihn überzeugt. *Gott sei Dank.*

»Es könnte gut sein, dass das hier sogar schon eine religiöse Stätte war, bevor das Kloster gebaut wurde«, fuhr er fort. Dann deutete er auf die überraschend glatte Oberfläche des Teichs. »Zweifellos wird der Teich von einer natürlichen Quelle gespeist. Solche Quellen wurden oft einem örtlichen Heiligen geweiht.«

»Was das hier zu einem heiligen Ort macht, richtig?«

Cædmon nickte. »Und dadurch wäre die Insel für Philippa ein geeigneter Ort, um die heiligste Reliquie der Christenheit zu verstecken.« Er wies auf vier kleine Ruderboote, die am nahe gelegenen Ufer vertäut waren. »Ich bezweifle, dass die ortsansässigen Angler es uns übelnehmen werden, wenn wir uns ihre Boote ausborgen.«

MacFarlane ging hin und inspizierte die Boote, die auf dem Wasser schaukelten. »Gunnery Sergeant, ich will, dass Sie mit der Frau hinüberrudern. Harliss, Sie warten auf Sanchez mit der Ausrüstung. Aisquith und ich werden als Erste hinüberrudern.« Nachdem er seine Befehle erteilt hatte, band er eines der Boote los und bedeutete Cædmon schroff, vor ihm in das Gefährt zu steigen.

»Hoffentlich ist es noch seetüchtig«, murmelte Cædmon, während er sich die Ruder schnappte und mit der mühevollen Aufgabe begann, das Boot zu der Insel zu rudern.

MacFarlane gab keine Antwort. Sein Blick war unverwandt auf die Loreley aus Kalkstein gerichtet, die in der Mitte der Insel Wache hielt.

Während der nächsten Minuten waren die einzigen Geräusche das Quietschen und Ächzen der Ruder, die gleichmäßig ins kalte Wasser tauchten, und das gelegentliche Rufen der Schwäne. Der Regen hatte aufgehört. Flüchtige weiße Dunstschwaden schwebten über der Wasseroberfläche.

Kaum stieß der Bug bei der kleinen Insel auf Grund, sprang MacFarlane aus dem Boot und watete hastig durch das fast kniehohe Wasser, das ans grasbewachsene Ufer schwappte. Offensichtlich ungeduldig bedeutete er Cædmon, das Boot an einem kleinen Busch in der Nähe festzumachen. Wenige Augenblicke später legten Edie und der Hüne neben ihnen an, und zusammen machten die vier sich auf den Weg zum Kreuz.

Sich deutlich der Tatsache bewusst, dass ihm nur noch achtzehn Minuten blieben, befühlte Cædmon den verwitterten Stein. Wenn ein Hinweis in den Stein eingemeißelt gewesen war, dann hatten die Götter des Regens und des Windes schon lange dafür gesorgt, dass er ausgelöscht worden war.

Unbeirrt ging er um das Kreuz herum zu dessen Rückseite, und als er auf etwas Hartes trat, fiel er auf die Knie und schob das lange Gras zur Seite.

»Was machen Sie da?«, zischte MacFarlane und ging neben ihm in die Hocke.

»Da ist etwas in den Boden eingelassen. Ich glaube, es ist eine … Ja, es ist eine Art Gedenktafel. Haben Sie ein Taschentuch oder so etwas? Ich muss die Oberfläche abwischen.«

MacFarlane befahl dem Hünen mit einer Geste, ihm die schwarze Strickmütze zu geben, die er auf dem Kopf trug.

Mit der Mütze in der Hand begann Cædmon, heftig über die etwa fünfundzwanzig Zentimeter breite quadratische Gedenktafel aus Bronze zu reiben, auf deren gravierter Oberfläche sich über die Jahre Erde angesammelt hatte. Während er arbeitete, fiel ein Schatten über ihn. Als er den Blick hob, sah er, dass Edie sich mit aufgeregtem Gesichtsausdruck über seine rechte Schulter beugte. Sie wusste, dass es von dieser Bronzeplakette abhing, ob sie leben oder sterben würde. Angst ist eine mächtige Antriebskraft, deshalb rieb Cædmon umso stärker.

Es waren einige Minuten entschlossenen Polierens nötig, um eine einzelne Zeile in lateinischer Schrift freizulegen.

Mit wild in der Brust klopfendem Herzen starrte Cædmon auf die Tafel, völlig überwältigt von dieser einen Zeile in Latein. Wie ein Mann, dem soeben ein Geist erschienen war.

»*Hic amicitur archa cederis*«, murmelte er, als wäre es eine magische Beschwörungsformel.

»Was bedeutet das?«, forderte MacFarlane und drängte ihn mit der Schulter zur Seite, um die Tafel selbst untersuchen zu können.

Cædmon holte ein paarmal tief Luft, um sich wieder zu fassen. »Da steht: ›Hier liegt verborgen die Bundeslade‹.«

68

»Gleich wird das *corpus delicti* enthüllt. Aber nicht von mir«, murmelte Cædmon, der so nahe bei Edie stand, dass sie seine Körperwärme spüren konnte.

Sie rückte noch ein Stück näher, denn ein kalter Windstoß ließ ihre Zähne klappern.

Sie standen wenige Schritte von der Stelle entfernt, wo Braxton und Sanchez einträchtig hackten und schaufelten. Die Ausgrabung war bereits in vollem Gange. Das Steinkreuz war in der hektischen Raserei, die entstanden war, nachdem Cædmon die Bronzetafel übersetzt hatte, umgestoßen worden. In der Überzeugung, dass die Tafel nichts anderes als ein großes X auf einer Schatzkarte war, hatte MacFarlane sich nicht lange damit aufgehalten, den Boden mit dem Bodenradar zu scannen, sondern war fest davon überzeugt, dass die Bundeslade unter dem Steinkreuz vergraben war.

»Nicht zu glauben, dass es beinahe siebenhundert Jahre her ist, seit zum letzten Mal jemand die Bundeslade zu Gesicht bekommen hat«, bemerkte sie, wenn auch aus keinem anderen Grund, als ihre Angst im Zaum zu halten. Nach ihrer Armbanduhr blieben noch sechs Minuten. »Ich weiß jetzt, wie Galen of Godmersham sich fühlte, als er die Bundeslade im Tal Esdrelon fand.«

»Wenn du dich erinnerst, musste er auf Leben und Tod um den Besitz des Artefakts kämpfen.« Genau wie sie starrte Cædmon angespannt auf das tiefer werdende Erdloch. »Wie auch immer, wenn wir dadurch mit dem Leben davonkommen, verzichte ich mit Freuden auf jeglichen Anspruch an dem Schatz.«

»Irgendwie glaube ich nicht, dass du in der Sache allzu großes Mitspracherecht haben wirst. Was bedeutet, dass wir um den Kampf gegen MacFarlane und das teuflische Trio nicht herumkommen.« Da sie minutenlang Braxtons Drohungen hatte ertragen müssen, während er sie zur Insel hinübergerudert hatte, war sie sich nur zu deutlich bewusst, dass ihnen die Männer zahlen- und waffenmäßig haushoch überlegen waren. »Ich bin kein großer Militärtaktiker, aber ich schätze, es ist nicht gerade zu unserem Vorteil, dass wir uns hier draußen buchstäblich am Ende der Welt befinden. Selbst wenn es uns gelingt, zu den Booten zu schleichen und eines davon loszumachen, können wir niemals schnell genug ans Ufer hinüberrudern.« Zumindest nicht schnell genug, um den Kugeln auszuweichen.

»Ich befürchte genauso wie du, dass Philippas Fischteich ein nasses Grab für uns wird, wenn wir einen Fluchtversuch wagen.«

»Also, was bedeutet das dann für uns?«

»Dass wir richtig tief in der Klemme stecken«, antwortete Cædmon ruhig, ohne die Wahrheit zu beschönigen.

Aus dem Augenwinkel bemerkte Edie, dass MacFarlane bedächtig einige Gegenstände aus dem Leinensack geholt hatte, den Sanchez mit der Ausrüstung auf die Insel gebracht hatte. Nachdem er den Reißverschluss einer Tasche aus wasserdichtem Material geöffnet hatte, zog er eine lange, weiße Robe und so etwas wie eine gestreifte Schürze hervor. Ohne sich darüber Gedanken zu machen, dass er zwei neugierige Zuschauer hatte, zog er seinen Regenmantel aus, hob die Arme und zog sich die Robe über seine Cargo-Hose und den Militärpullover. Darüber legte er die Schürze an und band sie in der Taille.

In dieses seltsame Gewand gekleidet, öffnete er als Nächstes einen gepolsterten Behälter, aus dem er einen juwelenbesetzten Gegenstand holte, den Edie sofort wiedererkannte.

Sie stieß Cædmon in die Rippen. »Schau, das sind die Steine des Feuers.«

Mit einstudierter Feierlichkeit legte Stanford MacFarlane den goldenen Brustschild an.

»Was in aller Welt macht er da?«, zischte sie aus dem Mundwinkel, denn mit einem Mal fragte sie sich, ob ihr Widersacher möglicherweise nicht nur gefährlich, sondern auch noch geistesgestört war.

»Wenn ich mich nicht völlig täusche, dann bereitet er sich darauf vor, die Bundeslade zu sehen. Deshalb kleidet er sich in das traditionelle Gewand des hebräischen Hohepriesters.«

Edie blinzelte. Der Brustschild war nicht so, wie sie ihn in Erinnerung hatte. »Sieht aus, als habe MacFarlane die zwölf Steine neu einfassen lassen. Vielleicht funktionieren sie nicht, und er wird in die flammenden Tiefen der Hölle geschleudert. So wie die Nazis in *Jäger des verlorenen Schatzes.*«

»Der Bibel zufolge sind es die zwölf Steine und nicht der goldene Brustschild, die dem Hohepriester beim Umgang mit der Bundeslade den nötigen Schutz verleihen.«

MacFarlane kam mit einem herablassenden, höhnischen Lächeln auf sie zu.

»Unerschütterlicher Glaube und die Steine des Feuers werden meine Sicherheit gewährleisten«, verkündete er, da er anscheinend Cædmons letzte Bemerkung gehört hatte. »Denn der Brustschild wurde wie die Bundeslade von Moses nach Gottes genauer Anweisung geschaffen. Und wie Sie zweifellos wissen, waren die zwölf Steine Gottes Geschenk an Moses, den ersten Hüter der Bundeslade.«

»Was bedeutet, dass Sie sich selbst zum neuen Hüter der Bundeslade ernannt haben«, gab Cædmon zurück.

»Ich wurde zum Hüter der Bundeslade *bestimmt.*«

»Wie interessant.« Mit einem freudlosen Lächeln verschränkte Cædmon die Arme vor der Brust, und Edie konnte spüren, dass er gleich die einzige Waffe einsetzen würde, die ihm noch blieb, seinen überlegenen Verstand. »Wussten Sie eigentlich, dass die Steine des Feuers einst Luzifer gehörten?«

MacFarlanes Augen wurden schmal, und sein wütender Gesichtsausdruck wirkte beinahe komisch.

»Ah! Wie ich sehe, ist Ihnen die Geschichte vertraut«, fuhr Cædmon ungeniert fort. »Dann wissen Sie zweifellos auch, dass in den Apokryphen – den zwölf Büchern, die nicht in die protestantische Bibel aufgenommen wurden – die Geschichte erzählt wird, wie Gott seinem Liebling, dem schönen und arroganten Luzifer, die Steine des Feuers schenkte. Stolz trug Luzifer den Brustschild als Zeichen seines erhöhten Ranges unter den Himmlischen Heerscharen.« Mit zur Seite geneigtem Kopf musterte Cædmon das mit Edelsteinen verzierte Artefakt. »Schon ein merkwürdiger Gedanke, dass genau dieser Brustschild, den Sie jetzt tragen, einst den Fürsten der Finsternis zierte.«

Alle drei Untergebenen MacFarlanes starrten die Steine des Feuers an. Edie konnte deutlich sehen, dass Cædmons Bemerkung mehr als einen von ihnen aus der Fassung gebracht hatte.

Wenn sie nur einen Einzigen von ihnen auf ihre Seite ziehen konnten, dann hätten sie vielleicht eine Chance, mit dem Leben davonzukommen.

Braxton war geradezu übertrieben loyal, aber bei Harliss oder Sanchez konnte sie sich vorstellen, dass sie dazu überredet werden könnten, die Lager zu wechseln. Vorausgesetzt dass sie und Cædmon die richtigen Knöpfe drückten.

In der Hoffnung, dass der ruchlose Vorbesitzer des Artefakts Uneinigkeit in den Reihen säte, fragte Edie das Naheliegende.

»Was geschah mit den Steinen des Feuers, nachdem Luzifer aus dem Himmel verbannt wurde?« Während sie sprach, entging ihr nicht, dass alle drei von MacFarlanes Handlangern aufmerksam die Ohren spitzten.

»Die Steine des Feuers wurden den Erzengeln Michael und Gabriel übergeben. Sie waren nicht nur die gemeinsamen Hüter des Brustschilds, sondern es sind auch ihre Abbilder, die angeblich den Deckel der Bundeslade zieren.« Cædmon hatte Edies Absicht erkannt und warf Braxton, Harliss und Sanchez einen bedeutungsvollen Blick zu, bevor er sich wieder an MacFarlane wandte. »Glauben Sie, dass es für die Jungs sicher ist, wenn sie sich in so großer Nähe der Bundeslade aufhalten? Schließlich sind sie im Gegensatz zu Ihnen ungeschützt, wenn ein Unfall geschehen sollte.«

»Ja, wie ich höre, ist mit Hautkrebs nicht zu spaßen«, warf Edie ein. »Und soweit ich weiß, gibt es noch kein Heilmittel gegen die Pest.« Beim Anblick von Sanchez' fassungslosem Gesichtsausdruck beschloss sie, noch ein wenig stärker auf den Angstknopf zu drücken. »Oh, und nicht zu vergessen, was mit diesen armen Typen in Bet-Schemesch passiert ist. Keine hübsche Geschichte, das muss ich schon sagen.«

Cædmon reckte den Hals und spähte in das nun etwa eineinhalb Meter tiefe Loch, dann richtete er seine Worte direkt an Braxton und Sanchez. »Hat euer Befehlshaber erwähnt, dass die Bundeslade in Wirklichkeit eine Massenvernichtungswaffe ist, die einst dazu benutzt wurde, die Feinde Israels niederzumetzeln? Meine Theorie ist, dass die Zehn Gebote auf Tafeln aus radioaktivem …«

»Lügen! Jedes einzelne Wort davon!«, brüllte MacFarlane, dessen Gesicht eine entschieden ungesunde purpurrote Schattierung angenommen hatte.

Nervös hielt Sanchez die Schaufel umklammert und hörte auf zu graben. »Aber Sir, was ist, wenn …«

»Weitergraben!«

»Ja, Sir!«, antwortete Sanchez und trieb die Schaufel mit neuer Kraft in die Erde.

Als ihr klar wurde, dass das Pendel soeben in die andere Richtung ausgeschlagen hatte, ließ Edie die Schultern sinken. »So viel dazu, einen der Gläubigen zu konvertieren.«

»Es hat schon seinen Grund, warum man sie die wahrhaft Gläubigen nennt«, antwortete Cædmon. Auch wenn er es nicht zeigte, wusste sie, dass er genauso betroffen wie sie über ihr knappes Scheitern war.

Beim Geräusch eines lauten, metallischen *Klonk*! hastete MacFarlane zum Erdloch.

»Sir, wir sind gerade auf eine Art Kiste aus Metall gestoßen«, verkündete Braxton aufgeregt.

Edie schluckte einen Kloß der Angst hinunter.

»Ich glaube, sie könnten tatsächlich die verflixte Bundeslade gefunden haben.« Wie hypnotisiert starrte Cædmon angespannt in das Erdloch, während Sanchez die Prozedur vom Klosterhof wiederholte und das aufgewickelte Seil holte. Nachdem sie noch ein wenig gegraben hatten, konnten er und Braxton das Seil an dem vergrabenen Gegenstand festmachen.

Mit einem nachsichtigen Lächeln richtete MacFarlane seine Aufmerksamkeit auf Cædmon. »Ist Ihnen zufällig bekannt, was die Worte ›Apokalypse‹ und ›Große Trübsal‹ bedeuten?«

Wenn Cædmon diese Frage für merkwürdig hielt, ließ er es sich nicht anmerken. »Apokalypse leitet sich von dem griechischen Wort *apokalupsis* ab, was so viel wie Offenbarung bedeutet. Und Trübsal von dem griechischen *thlipsis*, was Bedrängnis bedeutet. Habe ich bestanden?«

MacFarlanes Lächeln wurde breiter. »Nein, haben Sie nicht. Denn so wie die meisten haben Sie kein Verständnis von der *Macht*, die diesen Worten innewohnt, der prophetischen *Wahrheit*, die diese Worte enthüllen. Die meisten Menschen halten den Tag des Jüngsten Gerichts für ein Märchen.«

»Ich nehme an, Sie denken anders darüber?«

»›Und ich will ihn richten mit Pest und Blutvergießen und will Platzregen mit Hagel, Feuer und Schwefel über ihn und sein Heer und über die vielen Völker kommen lassen, die mit ihm sind.‹«

Während Edie diesem Schlagabtausch mit Worten lauschte, beschlich sie ein sehr unangenehmes Gefühl in der Magengrube.

Apokalypse. Große Trübsal. Jüngstes Gericht.

Sie hatte diese Worte schon einmal gehört. Vor vielen Jahren, als sie stillsitzen und zuhören musste, während ihr Großvater abends laut aus der zerlesenen Familienbibel vorlas.

Endzeitprophezeiungen.

Die Bibel, sowohl das Alte als auch das Neue Testament, war voll davon. Als kleines Mädchen hatten diese Geschichten von Krankheit, Hungersnot und weltweitem Krieg ihr schreckliche Angst gemacht.

Aber was haben die Endzeitprophezeiungen mit der Bundeslade zu tun?

69

»Ich kenne diesen Bibelvers … Er ist aus dem Buch Ezechiel«, murmelte Edie.

Da Cædmon wusste, dass die Heilige Schrift Edie während ihrer Jugend regelrecht eingetrichtert worden war, wandte er sich zu ihr um und erkannte auf einen Blick, dass MacFarlanes Zitat sie erschütterte.

»Ich hätte Sie nicht für eine Frau gehalten, die in den Prophezeiungen bewandert ist«, antwortete MacFarlane geringschätzig.

Edie zuckte die Schultern. »Mein Großvater vertrat denselben Endzeitglauben. Er war absolut sicher, dass Ezechiels Krieg, wie er ihn nannte, am Horizont lauerte.«

»Dann wissen Sie ja ohne Zweifel, dass die alten Prophezeiungen ein Geschenk Gottes sind. Ein Licht inmitten des spirituellen Siechtums, das in unserer heutigen Zeit vorherrscht. Vor vielen Jahrhunderten beschrieb Ezechiel ausführlich Gottes Schlachtplan zur Erlösung der Menschheit von den Mächten des Bösen.« MacFarlane sprach mit einer Art Besitzerstolz. Als ob er ein großes und wundersames Geheimnis preisgab.

»Was nur beweist, was ich schon die ganze Zeit glaube: dass biblische Prophezeiungen zu oft dazu benutzt werden, die hasserfüllten Pläne von Kriegstreibern wie Ihnen zu rechtfertigen.« Edies normalerweise blassen Wangen überzog eine lebhafte Röte, was Cædmon deutlich zeigte, dass diese Diskussion für sie von persönlicher Bedeutung war. »Es gibt viele fundamentalistische Christen, die glauben, dass die Verse Ezechiels einen detaillierten Plan für die Invasion Israels durch eine Allianz fremder Länder enthalten«, fuhr sie an ihn gerichtet fort. »Sie ist als die Schlacht von Gog und Magog bekannt. Darüber hinaus glauben sie, dass diese Schlacht während der letzten Tage ausgefochten wird.«

Die letzten Tage.

Damit, so vermutete er, bezog Edie sich auf die vielzitierte Apokalypse. Auf das Ende des Lebens, so wie wir es kannten. Nach dem Motto: Fall auf die Knie und sag der Welt Lebewohl.

Hatte MacFarlanes Besessenheit von der Bundeslade irgendetwas mit einer apokalyptischen Vision zu tun? Gott möge ihnen beistehen, wenn es so war, denn die Geschichte war voll von Männern, die behauptet hatten, das Ende der Welt wäre nahe. Und in beinahe jedem Fall hatten solche Propheten nichts als Leid und Elend hinterlassen.

»Diese Schlacht von Gog und Magog interessiert mich.« Wenn er während seiner Zeit beim MI5 etwas gelernt hatte, dann dass Informationen eine Form der Macht waren, manchmal die einzige Macht, die man über seine Feinde hatte. »Wo genau soll dieser Konflikt stattfinden?«

»Die große Schlacht wird in den Bergen von Israel ausgetragen werden.«

»Ich verstehe. Und wer wird daran beteiligt sein?«

»Der Prophet Ezechiel beschreibt eine Allianz von Völkern aus weit entfernten Gegenden im Norden, bekannt als ›das Land Magog‹. Diese Allianz kämpft unter der Führung des Herrschers von Magog…«

»Alias Gog«, warf Edie ein.

»… und schließt die Fürsten von Rosch, Meschech und Tubal mit ein.«

Cædmon sann eine Weile über das nach, was sich für uneingeweihte Ohren nach einer Menge unsinnigem Geschwafel anhören musste. »Ich nehme an, dass Rosch sich auf den Volksstamm Ros bezieht, der angeblich in der Region der heutigen Ukraine und Russland beheimatet war.« Als MacFarlane nickte, fügte er hinzu: »Also wird sich diese nördliche Allianz aus Ländern zusammensetzen, die ehemals Teil der Sowjetunion waren.«

»Viele davon, wie Kasachstan und Tadschikistan, sind islamische Nationen«, betonte Edie.

Islamische Nationen, die eine verhängnisvolle Schlacht innerhalb der Grenzen von Israel ausfechten.

Die Geschichte verdichtete sich zusehends.

»Ezechiel zufolge wird Gogs Armee von den Völkern Persiens, Kuschs und Puts unterstützt.« Das kam ebenfalls von Edie, die sich zunehmend als biblische Informationsquelle entpuppte.

»Iran, Sudan und Libyen, wenn mich mein geschichtliches Wissen nicht im Stich lässt.« Cædmon nahm sich einen Augenblick Zeit, um darüber nachzudenken, was er bis jetzt gehört hatte. Dann, als er eine Ungereimtheit in dem prophezeiten Szenario entdeckte, meinte er: »Nehmen wir einmal um der Diskussion willen an, dass die Prophezeiung Ezechiels tatsächlich eine von Russland angeführte Invasion Israels vorhersagt. Welchen möglichen Grund könnte Russland haben, einen solchen Krieg zu beginnen?«

MacFarlane starrte ihn an, als hätte er eine völlig idiotische Frage gestellt. »Ökonomische und politische Instabilität sind Grund genug, denken Sie nicht auch? Schließlich ist Israel das Silicon Valley des Mittleren Ostens.«

»Und vergiss nicht den Reichtum an Bodenschätzen in der Gegend um das Tote Meer sowie die ungenutzten Ölreserven innerhalb der Grenzen Israels«, warf Edie ein, worauf Cædmon sich nicht mehr sicher war, ob sie diese apokalyptische Geschichte glaubte oder nicht. »Wenn man bedenkt, dass sowohl Russland als auch Israel über Nuklearwaffen verfügen, wäre das Resultat katastrophal.«

»Ich muss gestehen, dass das kein völlig unwahrscheinliches Szenario ist, da der Mittlere Osten so instabil ist«, gab Cædmon als Antwort auf Edies letzte Bemerkung zu. »Sollte dieser spezielle Konflikt allerdings je ausbrechen, dann wird er von Menschenhand begonnen werden, und nicht von Gott. Der weltweite Durst nach Öl ist unstillbar, und Russland ist zweifellos besorgt darüber, dass die USA in der arabischen Welt Fuß gefasst hat. Der eiserne Vorhang mag zwar Geschichte sein, aber die Rivalität besteht noch immer.«

»Der Prophet Ezechiel beschreibt die kommende Schlacht mit klaren, eindeutigen Aussagen«, sagte MacFarlane mit einem manischen Leuchten in den Augen. »Man braucht nur die Tageszeitung zu lesen, um zu wissen, dass die prophezeite Schlacht von Gog und Magog jederzeit kommen kann.«

»Mich würde interessieren, wer Ihrer Meinung nach der Sieger sein wird, wenn diese Schlacht ausbricht.«

»Selbstverständlich Israel. Und dieser Sieg wird Juden und Christen gleichermaßen versichern, dass Gott immer noch in ihrer Mitte ist, so wie in alten Tagen, als er unter ihnen weilte, während die Israeliten vierzig Jahre durch die Wüste irrten. Nach diesem Sieg wird ein neuer Tempel in Jerusalem errichtet werden. Und sobald er erbaut ist, wird die Bundeslade wieder an ihren rechtmäßigen Platz zurückkehren.«

Die Bundeslade. Endlich schloss sich der Kreis.

Cædmon warf einen Blick auf die drei Männer, die damit beschäftigt waren, den Schatz aus dem Erdloch zu hieven. Die Zeit war nicht auf seiner und Edies Seite. Und sie war ganz sicher gegen sie, wenn sich der ausgegrabene Gegenstand als irgendetwas anderes als der gesuchte Schatz erwies.

»Warum erzählen Sie mir all das? Lassen Sie damit nicht die Katze aus dem biblischen Sack?«

MacFarlane trat einen Schritt auf ihn zu, und Cædmon war überrascht, einen flehenden Ausdruck auf seinem Gesicht zu sehen.

»Ich habe einen Grund, warum ich Ihnen von der Prophezeiung erzähle: Ich möchte, dass Sie sich unserer heiligen Sache anschließen. Der Herr hat stets Bedarf an guten, unerschütterlichen Männern, die bereit sind, seine Schlachten zu schlagen.«

70

»Wie Paulus auf der Straße nach Damaskus haben Sie die Chance, sich zu läutern. Lesen Sie die Prophezeiungen selbst, und Sie werden sehen, dass ich die Wahrheit spreche.«

Verblüfft über dieses Angebot blieb Cædmon mehrere Sekunden lang stumm. Zumindest bis sein Zynismus die Oberhand gewann.

»Ah, ja, ›umso fester haben wir das prophetische Wort‹«, zitierte er munter einen anderen Kirchenvater, den heiligen Petrus.

»Ich weiß, dass Sie ein Mann sind, der in seinem eigenen Leben nach einem Sinn sucht.«

»Das mag zwar stimmen, aber ich bin keine beeinflussbare Seele, die sich dem erstbesten Kerl anschließt, der ein vorgefertigtes Heilmittel für die Mühsal des Lebens anbietet.« Er musste MacFarlane hinhalten, denn wenn er zu schnell nachgab, würde er ihn durchschauen.

»Ihre Worte zeugen von einer tief sitzenden Furcht. Ich kann Ihnen diese Furcht nehmen.« Ausladend wies MacFarlane auf die drei geschäftig arbeitenden Männer. »Meine Gotteskrieger kennen keine Furcht.«

»Er erzählt dir nur Mist«, rief Edie aus und packte Cædmon am Arm, als befürchte sie, er könnte die unsichtbare Linie überschreiten, die zwischen ihnen und ihrem Feind stand. »Ich habe die Prophezeiungen von Ezechiel gelesen, und weißt du, was ich glaube? Ich glaube, Ezechiel war ein Verrückter, ein Weltuntergangsprophet, den man im einundzwanzigsten Jahrhundert unter Medikamenten und an einer sehr kurzen Leine gehalten hätte. Eine seiner sogenannten Visionen erzählt davon, wie er in der Wüste zu einem Haufen vertrockneter Knochen kam, diesen Knochen Leben einhauchte und so eine mächtige Armee schuf. Vielleicht bin ich ja die Verrückte hier, aber das klingt für mich wie die Art von wahnhafter Prophezeiung, die irgendein einkaufswagenschiebender Obdachloser vor sich hinbrabbelt.«

Mit schmalen Augen funkelte Stanford MacFarlane Edie verächtlich an.

In der Hoffnung, die Wogen glätten zu können, räusperte Cædmon sich. »Obwohl ich nicht so weit gehen möchte, Vermutungen über Ezechiels Geisteszustand anzustellen, weiß ich doch, dass viele Verfasser des Alten Testaments metaphorisch schrieben und nie beabsichtigten, dass ihre Verse von späteren Generationen wörtlich ausgelegt würden.«

»Eines weiß ich mehr als alles andere«, konterte MacFarlane in beißendem Tonfall. »Nicht nur wird sich die göttliche Offenbarung, die Ezechiel zuteilwurde, erfüllen, sondern auch die Schlacht von Gog und Magog *wird* ausgefochten werden. Nur jene, die auf den Allmächtigen vertrauen, werden dem drohenden Untergang entkommen. Und jene, die gegen die Soldaten von Magog zu den Waffen greifen, werden zweifach gesegnet sein. Sobald die Schlacht geschlagen und gewonnen ist, wird die Bundeslade wieder ihren rechtmäßigen Platz im neuen Tempel einnehmen. Bereut, und ihr werdet ewig leben. Wendet euch von Gott ab, und ihr werdet verdammt sein.«

»Aber warum bitten Sie mich, dass ich mich Ihnen anschließe? Es ist Jahre her, seit ich das letzte Mal den Fuß in eine Kirche gesetzt habe.«

»Wir können einen Mann mit Ihren speziellen Fähigkeiten brauchen.«

Etwas an dem unbedacht geäußerten Kompliment ließ Cædmon aufhorchen und gab ihm das Gefühl, dass MacFarlane über seine Zeit beim MI5 Bescheid wusste. Seine Fähigkeiten wären für einen Mann wie MacFarlane sehr nützlich. Obwohl ihm eine kleine Armee zur Verfügung stand, lagen Welten zwischen einem Soldaten und einem ausgebildeten Geheimagenten.

»Nun gut. Ich werde mich Ihnen anschließen. Allerdings gibt es da eine Bedingung: Sie müssen Miss …«

»Tu das nicht, Cædmon!«, schrie Edie.

»… Miller freilassen. Es versteht sich wohl von selbst, dass dieser Punkt nicht verhandelbar ist«, fügte er hinzu in der Hoffnung MacFarlane dadurch Schachmatt zu setzen. Und Edie ebenso. Er warf ihr einen Blick zu, mit dem er sie wortlos anflehte, die Klappe zu halten.

»Die Frau weiß zu viel. Man kann ihr nicht trauen«, gab der Colonel zurück.

»Ich vertraue ihr völlig. Ist das nicht genug?«

»Sie ist ein ›zerbrochenes Gefäß‹ und Ihrer Beachtung nicht würdig. Mein Angebot schließt die Frau nicht ein.« Geradezu starr vor Verachtung durchbohrte MacFarlane Edie mit seinem Blick. Fleischgewordener Abscheu.

Cædmon dachte darüber nach, dass Männer wie Stanford MacFarlane Frauen zu allen Zeiten der Geschichte immer wieder und voller Eifer für die Übel der Welt verantwortlich gemacht hatten. Er war immer der Überzeugung gewesen, dass ihr Hass von einer tief sitzenden Angst vor der angeborenen Weisheit der Frau herrührte. Da er wusste, dass solche Monster in ihrem Herzen ohne Gnade waren, antwortete er: »Ihr Angebot erinnert mich an einen mittelalterlichen Inquisitor, der versucht, einen Ketzer zu bekehren. Ganz gleichgültig, ob der Ketzer bereute oder nicht, das Ganze ging üblicherweise schlecht aus. Jedenfalls für den Ketzer.«

»Wie ich sehe, sind Ihre Augen verblendet, und Sie sind nicht würdig, Gottes Herrlichkeit zu sehen.« MacFarlanes Verachtung verwandelte sich in finstere Wut, und er wandte sich an seine Männer. »Harliss, bereiten Sie den Tabernakel vor!«

»Ja, Sir.« Wie eine Marionette zog Harliss den Reißverschluss einer der übergroßen Ausrüstungstaschen auf.

Vor Scham darüber, dass es ihm nicht gelungen war, Edies Leben zu retten, konnte er ihr nicht in die Augen sehen, deshalb war er überrascht, als sie den Kopf an seine Schulter lehnte.

»Wenn das Ende kommt, dann werden wir wenigstens zusammen sein«, flüsterte sie.

»Ja … das werden wir.«

»Irgendeine Ahnung, was sie vorhaben?« Sie deutete mit dem Kinn auf die zusammengefalteten Stapel verschiedener Materialien, die Harliss aus der Tasche geholt hatte.

»Der Bibel zufolge wurden traditionellerweise ein Dachsfell, ein blaues Tuch und ein dicht gewebter Schleier um die Bundeslade gewickelt, wenn sie transportiert wurde. Ich vermute, die drei Schichten ergaben eine primitive Form von nichtleitender Isolierung. Offensichtlich geht MacFarlane streng nach Lehrbuch vor.«

»Im wahrsten Sinne des Wortes, hm?«

»In der Tat. Auch wenn die Worte der Heiligen Schrift dazu neigen, bis zur Unkenntlichkeit verfälscht zu werden, wenn ein Mann wie MacFarlane sie ausspricht.«

Seine Neugierde überwog die Furcht, deshalb sah Cædmon zu, wie die beiden anderen Mitglieder des Trios schließlich eine große Metallkiste aus dem Erdloch zogen. Schnell überschlug er im Kopf die Maße und kam zu dem Schluss, dass die Kiste groß genug war, um die Bundeslade zu beherbergen. So wie er es bereits im Klosterhof gemacht hatte, zerschmetterte Braxton mit einem mächtigen Hieb seiner Spitzhacke das Schloss.

Langsam und ehrfürchtig öffnete Stanford MacFarlane den Deckel.

Obwohl Cædmon den Hals reckte, konnte er nichts als den matten Schimmer von etwas Goldenem erkennen. *Was* es war, konnte er nicht sagen. Doch er konnte den von Ehrfurcht ergriffenen Ausdruck auf den Gesichtern jedes Einzelnen der vier Männer erkennen, die sich um die offene Kiste versammelt hatten. Als wären sie gerade in Aladins Höhle gestolpert.

»›Und der Tempel Gottes im Himmel wurde aufgetan, und die Lade seines Bundes wurde in seinem Tempel sichtbar; und es geschahen Blitze und Stimmen und Donner und Erdbeben und ein großer Hagel‹«, intonierte Stanford MacFarlane laut.

»Nicht zu vergessen der Nieselregen«, murmelte Edie tonlos. »Und der Nebel«, fügte sie einen Augenblick später hinzu, als Harliss eine Rauchbombe zündete und dadurch die Vorgänge ihren Blicken entzog.

»Die hebräischen Priester hüllten die Bundeslade in dichte Schwaden aus Weihrauch, um sie vor neugierigen Beobachtern zu verbergen.« Während Cædmon sprach, blinzelte er angestrengt, aber der Rauch war undurchdringlich.

Ein paar Sekunden später tauchte Harliss aus der Rauchwolke auf. Zwei Paar Plastikhandschellen baumelten von seinen Fingern. »Ich habe einen Haftbefehl für euch zwei.«

»Sagen Sie uns wenigstens, ob es wirklich die Bundeslade ist?«, fragte Cædmon.

»Oh ja«, antwortete der andere Mann gedehnt, und der verzauberte Ausdruck kehrte auf seine unrasierten, grobknochigen Züge zurück. »Die zwei Engel oben auf der goldenen Kiste waren der entscheidende Hinweis.«

Das zu hören war wie ein unerwarteter Donnerschlag, und Cædmon schwankte leicht.

Sie haben tatsächlich die Bundeslade gefunden.

Da es sinnlos war, sich zu wehren, ließ er sich bewegungslos von Harliss die Handschellen anlegen. Sein Verstand war immer noch nicht in der Lage, das ungeheuere Ausmaß des Fundes zu erfassen.

Leise summte Harliss eine fröhliche Melodie vor sich hin, während er ein Stück Klebeband von einer Rolle abriss. »Wir wollen doch nicht die Nachbarn stören«, meinte er mit einem boshaften Kichern, als er Cædmon den Mund damit zuklebte. Dann fesselte und knebelte er Edie auf die gleiche Weise.

»Wir haben den Befehl, euch ans Ufer zu rudern und an einen abgelegenen Ort zu bringen. Der Colonel sagt, es wäre nicht richtig, euch an dem Ort, an dem wir die Bundeslade gefunden haben, zu töten.«

71

Zum zweiten Mal an diesem Morgen schwebte das Gespenst des Todes über Edie. Doch im Unterschied zu den vor Entsetzen erstarrten Augenblicken, als sie zitternd unter Braxtons Spitzhacke stand, hatte sie dieses Mal Zeit, sich auf ihren Tod vorzubereiten. Harliss und Sanchez hatten sie in den Range Rover geladen und waren in östliche Richtung gefahren – irgendwo in Richtung Meer, denn Edie konnte langsam einen Hauch Salz in der Luft riechen.

In der Ferne hörte sie den erbosten Schrei einer Seemöve. Das schwache Brummen eines Düsentriebwerks. Vertraute Geräusche. Vielleicht die letzten Geräusche, die sie hören würde.

Wenigstens hatte sie länger gelebt als ihre Mutter.

Sie wandte den Kopf und sah Cædmon an, der, Klebeband über

dem Mund und die mit Handschellen gefesselten Hände im Schoß, stoisch die vorbeiziehende Landschaft betrachtete. Sie fragte sich, ob er ebenfalls die Zeit genutzt hatte, um eine Bilanz seines Lebens zu ziehen. Er hätte sich dort auf der Insel selbst retten können. Doch er hatte es nicht getan. Stattdessen hatte er versucht, ihre Freiheit zu erwirken. Noch dazu von einem Wahnsinnigen. Auch wenn sie wütend auf ihn war, weil er seine einzige Chance, sich zu retten, hatte verstreichen lassen, dachte sie bei sich, dass es gut möglich war, dass sie diesen tapferen, ritterlich-idealistischen Engländer liebte.

Harliss, wieder einmal zum Kopiloten verdonnert, lugte über die Kopfstütze hinweg. »Bald schlaft ihr zwei bei den Engeln. Der Colonel sagt gern: ›Die Befehle des Herrn sind richtig und erfreuen das Herz … Sie sind köstlicher als Gold … und süßer als Honig und Honigseim.‹«

Ja, klar. Eine Kugel in den Hinterkopf. Wie süß ist das denn?

Immer noch über die Rückenlehne gebeugt, griff Harliss in seine Jackentasche und zog eine Packung Camel heraus. »Ich würd euch ja eine anbieten, aber …« Er kicherte und schüttelte eine Zigarette heraus, dann klappte er ein silbernes Feuerzeug auf. Er nahm einen Zug und blies Edie einen perfekten Rauchring ins Gesicht.

Da sie den Rauch durch die Nase einatmen musste, würgte Edie. Neben ihr wand sich Cædmon, und sein erstickter Protest klang, als versuche er, unter Wasser zu sprechen.

Sanchez bog mit dem Geländewagen auf eine Art Feldweg, und der Range Rover schwankte, während sie langsam den holprigen Weg entlangfuhren. Sie hatten ungefähr etwas weniger als einen Kilometer zurückgelegt, als Sanchez auf die Bremse trat und den Motor abstellte.

Edie und Cædmon wandten sich zugleich um und sahen sich an.

Es tut mir leid, Cædmon.

Harliss sah sich nach allen Seiten um, dann nickte er zustimmend. »Der Platz hier sieht so gut aus wie jeder andere. Auf der

Straße hier ist schon lange keiner mehr vorbeigekommen.« Er wandte sich an seinen Kollegen. »Was glaubst du?«

»Ich glaub, ich muss erst mal kacken«, platzte Sanchez heraus und öffnete den Sicherheitsgurt.

»Herrgott! Nach deinem Darm könnte man die Uhr stellen.«

»Halt's Maul und gib mir die Taschentücher aus dem Handschuhfach.«

Ein paar Sekunden später trottete Sanchez mit der Packung in der Hand auf eine kleine Baumgruppe zu. Harliss, die halb gerauchte Camel im Mundwinkel, öffnete die Beifahrertür und stieg aus dem Range Rover. Nachdem er die Tür zugeschlagen hatte, streckte er sich und ging dann zur Vorderseite des Fahrzeugs, lehnte sich mit dem Rücken zu ihnen an die Motorhaube und rauchte seine Zigarette.

Kaum waren sie allein, stieß Cædmon sie drängend mit dem Ellbogen an. Nachdem er so ihre Aufmerksamkeit gewonnen hatte, wies er nickend auf seinen Anorak und warf ihr einen vielsagenden Blick zu.

Die Nagelfeile.

Als sie am Morgen die Gummistiefel bekommen hatten, war es Cædmon gelungen, die Feile von seinem Schuh in die Jackentasche zu schmuggeln. Da er bereits einmal gründlich gefilzt worden war, hatte er vermutet, dass sie ihn nicht noch ein zweites Mal durchsuchen würden. Doch da seine Hände mit Handschellen gefesselt waren, kam er nicht an die Feile heran. Ihre Hände waren zwar ebenso gefesselt, aber viel kleiner.

Schnell schlug sie die Klappe der Tasche zurück, schob die Finger hinein und zog einen Augenblick später die Feile aus Cædmons Tasche.

Und jetzt?, fragte sie mit den Augen.

Cædmon deutete an, dass er die Feile wollte.

Wenige Sekunden später hielt er die Feile fest umklammert und bedeutete ihr, sie solle ihre Plastikhandschellen damit durchsägen.

Einige lange Augenblicke hektischen Sägens waren nötig, bis das Plastik nachgab.

Nun, da sie die Hände frei hatte, griff sie sofort nach dem Klebeband über ihrem Mund, doch neben ihr schüttelte Cædmon knapp den Kopf. Nicht ganz sicher, warum er nicht wollte, dass sie das Klebeband abzog, nahm sie ihm die Feile aus der Hand. Sie hatten nur wenig Zeit, und sie wollte nichts davon verschwenden, indem sie seine Entscheidungen anzweifelte.

Sie nahm die Feile in die geballte Faust und hielt still, während Cædmon seine Handschellen durchsägte und sich im selben Moment befreite, in dem Harliss seine Zigarettenkippe fortschnippte. Cædmon nahm ihr die Feile wieder ab. Dann starrte er, die Hände tatenlos in den Schoß gelegt, stur geradeaus. Jetzt verstand Edie, warum er nicht gewollt hatte, dass sie das Klebeband entfernte, und nahm eine ähnliche Haltung ein. Solange sie noch mit dem Klebeband geknebelt waren, erweckten sie den Anschein, sie wären noch gefesselt.

Leise vor sich hinsummend ging Harliss um den Range Rover herum. Mit einer Hand zog er die Waffe, die hinten in seinem Hosenbund steckte, mit der anderen griff er nach Cædmons Türgriff.

Edie verkrampfte sich. Sie wusste nicht, was Cædmon vorhatte, und ihr Herz schlug einen schmerzhaften Trommelwirbel.

Einen Augenblick später riss Harliss Cædmons Tür auf.

»Okay, Jungs und Mädels. Zeit, dem Henker Hallo zu …«

Cædmon rammte Harliss mit der Schulter die Hand gegen den Türrahmen, worauf der überrumpelte Südstaatler die Waffe fallen ließ.

»Verfluchte Scheiße! Ich bring dich …«

Die Nagelfeile in der Hand, hob Cædmon den Arm. Einen Sekundenbruchteil später spritzte Blut auf das Seitenfenster. Ein großer, roter Rorschach-Klecks. Dann ein grauenerregender Todesschrei.

Harliss fiel zu Boden, und seine Beine zuckten krampfhaft. Einmal. Zweimal. Dann lag er unheimlich still, die Beine unbeholfen ausgestreckt.

Cædmon riss sich das Klebeband vom Mund. »Sieh nicht hin!«

Die Warnung kam eine Sekunde zu spät.

Entsetzt über die Nagelfeile, die aus der Augenhöhle des auf dem Boden ausgestreckten Mannes ragte, riss Edie sich das Klebeband vom Mund und bespritzte die Rückseite des Vordersitzes mit ihrem Mageninhalt.

»Schnell! Steig aus dem Auto!«, befahl Cædmon. »Sanchez wird jede Sekunde wieder hier sein.«

Wie ferngesteuert griff Edie nach dem Türgriff und stolperte ungelenk aus dem Geländewagen. Als sie den Kopf drehte, sah sie, dass Cædmon ausgestiegen war und auf den Boden gekauert nach Harliss' Waffe suchte.

Genau in dem Moment durchsiebte ein Kugelhagel den Range Rover.

Edie schrie und warf sich instinktiv zu Boden. Als sie unter dem Fahrzeug hindurchspähte, sah sie, wie Sanchez ein neues Magazin in die Maschinenpistole rammte, während er auf sie zulief. Sie sah ebenfalls, wie Cædmon Harliss bei den Schultern packte und den leblosen Mann als Schutzschild benutzte.

Das *Rat-a-tat-tat* einer weiteren Salve erklang.

Heftig biss Edie sich auf die geballte Faust und hoffte, betete, dass Cædmon …

Er erreichte ihre Seite des Range Rovers und ließ sofort die von Kugeln zersiebte Leiche los. Der menschliche Schutzschild hatte ihm ohne Zweifel das Leben gerettet. Hinter die Motorhaube gekauert feuerte er Harliss' Waffe ab.

»Such in seinen Taschen nach einem Magazin!«

Edie kroch zu dem toten Südstaatler hinüber und schob die Hand in seine Jackentasche, dabei zwang sie sich, nicht die Nagelfeile anzusehen, die in seiner Augenhöhle steckte.

»Alles, was ich habe, sind der GPS-Empfänger und ein Feuerzeug!«, zischte sie Cædmon zu, wobei sie sich fragte, wie lange er ihnen Sanchez noch vom Leib halten konnte. Ein schneller Blick über die Motorhaube verriet ihr, dass der andere Mann eine Schussposition hinter den eingefallenen Überresten einer Ziegelmauer bezogen hatte.

»Verdammt! Ich habe keine Munition mehr«, murmelte Cædmon und schleuderte die Pistole fort.

Plötzlich stieg ihr ein sehr bekannter Geruch in die Nase, und als sie nach unten sah, bemerkte sie eine Flüssigkeit, die zu ihren Füßen eine Pfütze bildete. »Oh Gott! Er hat den Benzintank getroffen! Wir müssen hier weg!«

Cædmon schnappte sich den GPS-Empfänger und das Feuerzeug aus ihrer Hand und schob sie in die Tasche seines Anoraks.

»Bleib unten!«, flüsterte er und packte sie am Ellbogen. »Wir wollen nicht, dass Sanchez weiß, dass wir abhauen. Hoffentlich bleibt er lange genug in seiner Deckung, damit wir fliehen können.«

Aber wohin?, fragte Edie sich, denn in jeder Richtung waren nichts als überwucherte Felder zu sehen.

Sie hatten keine zwanzig Schritte zurückgelegt, als Sanchez das Feuer wieder aufnahm. Cædmon legte ihr eine Hand auf die Schulter und stieß sie zu Boden.

»Auf den Bauch«, befahl er und warf sich neben sie.

Seite an Seite lagen sie versteckt im hohen Gras.

Am ganzen Körper zitternd beobachtete Edie, wie Cædmon das Stück Klebeband, mit dem er geknebelt gewesen war, aus der Jackentasche zog. Zusammen mit Harliss' silbernem Feuerzeug.

»Was hast du …«

»Schhh!«

Wie gelähmt vor Angst sah Edie zu, wie Cædmon das Feuerzeug anzündete und die blaue Flamme munter hin- und herzüngelte. Dann wickelte er das gebrauchte Klebeband um den Hebel der Gaszufuhr, damit die Flamme nicht ausging. Edie bemerkte, dass »USMC« auf einer Seite des Feuerzeugs eingraviert war.

Cædmon legte einen Finger an die Lippen und warnte sie wortlos, leise zu sein, eine Warnung, die völlig unnötig war, da sie vor Angst ohnehin sprachlos war.

Mit zusammengekniffenen Augen beobachtete sie Sanchez, wie er von der Mauer fortkroch. Tief gebückt, beide Hände an der Waffe, näherte er sich langsam dem Range Rover.

Plötzlich erkannte sie, was Cædmon vorhatte, und hielt den Atem an.

Ohne erkennbare Eile wartete er, bis Sanchez nur noch wenige Schritte vom Geländewagen entfernt war. Dann richtete er sich mit unerschütterlichem Gesichtsausdruck auf die Knie auf, hob den Arm und schleuderte das Feuerzeug auf den Range Rover zu.

Einen Augenblick später hüllte ein Feuerball den Wagen ein.

Jubelnd umklammerte Edie seine Knie. »Oh Gott! Glaubst du, wir schaffen es tatsächlich?«

Cædmon lächelte schief. »Um es frei nach diesem amerikanischen Typen zu sagen: Wir sind noch nicht erledigt, bis die fette Lady singt.«

»Ich hab es noch nie geschafft, eine ganze Wagner-Oper durchzustehen.«

»Ich auch nicht. Aber auf die unwahrscheinliche Möglichkeit hin, dass Sanchez überlebt hat, müssen wir einen sicheren Unterschlupf finden.«

Eher auf Geschwindigkeit als auf Heimlichkeit bedacht, eilten sie durch das trockene Wintergras davon.

72

Sie hatten ungefähr eineinhalb Kilometer zurückgelegt, als sie an ein verlassenes Bauernhaus kamen. Seiner heruntergekommenen Erscheinung nach stand das Haus schon seit Jahren leer, denn es fehlten mehr als nur ein paar Fensterscheiben.

»Und was jetzt?«, fragte Edie, als sie sich auf dem Hof umsah und nichts als ein Durcheinander aus Unkraut und hohem Gras erblickte.

Cædmon musterte die Umgebung aufmerksam. »Such in dem Haus nach Waffen. Messer, Scheren, was immer du auch in die Finger bekommst. Ich suche in den Außengebäuden nach einem Fahrzeug.«

»Du weißt, wie man ein Auto kurzschließt?«

»Theoretisch. Vorausgesetzt ich finde eines.«

Schnell stellte Edie sich auf die Zehenspitzen und küsste ihn auf die Wange, dann eilte sie zur vorderen Veranda. Die Tür war verzogen, deshalb bedurfte es einiger heftiger Rüttler am Türgriff und einer entschlossenen Schulter, um sie aufzustoßen. Sie ignorierte die Staubmilben, Spinnweben und den starken Geruch nach Schimmel, ließ den Blick durch den Flur wandern und entdeckte einen einsamen Golfschläger, der aus einer großen metallenen Milchkanne ragte. In der Meinung, dass es eine brauchbare Waffe abgab, schnappte sie sich das Achter-Eisen.

Dann tastete sie sich den dunklen Flur entlang, da der Lichtschalter nichts als ein dumpfes Klicken erzeugte, und fand sich bald in einer primitiven Küche wieder. Das schmierige Fenster über der Spüle ließ genug Licht herein, dass sie das Ungeziefer erkennen konnte, das sich hier ungehindert ausgebreitet hatte. Mehr als eine Schranktür stand offen und Schachteln und Packungen mit Lebensmitteln waren aufgerissen worden. Eine Tüte Zucker und eine Schachtel Salz lagen zerfetzt auf der Küchenzeile.

Hastig begann sie in der Hoffnung, ein Küchenmesser zu finden, die Schubläden zu öffnen, doch zu ihrer Bestürzung förderte die Suche nichts Tödlicheres als einen Eiskugelportionierer und einen rostigen Dosenöffner zutage.

Als sie ein altmodisches Telefon an der Wand entdeckte, lief sie hin und schnappte sich den schweren Hörer.

Verdammt. Tot.

Als sie den Hörer auflegte, knarrten die Bodenbretter in der Nähe der Tür.

»Du hast doch wohl nicht geglaubt, dass jemand ein Haus aufgibt und das Telefon angeschlossen lässt?«

Als sie die Stimme mit dem breiten Akzent hörte, wirbelte Edie auf dem Absatz herum; der Golfschläger entglitt ihren Fingern und fiel klappernd auf den Holzfußboden.

Das Herz schlug ihr bis zum Hals.

Ihr gegenüber, eine Pistole auf ihre Brust gerichtet, stand Sanchez. Sein Gesicht und die Kleidung waren schwarz vor Ruß, und Blut strömte aus einer gezackten Wunde an der Wange, wo ihm die Autoexplosion die Haut aufgerissen hatte.

Edie war wie erstarrt.

»Die Hoffnung stirbt zuletzt«, sagte sie im Bemühen um eine Ruhe, die sie nicht empfand. Um ihre Hände am Zittern zu hindern, griff sie hinter sich und klammerte sich an der Kante der Küchenzeile fest.

»Wo ist denn dein rothaariger Loverboy?«

»Wir wurden bei der Explosion getrennt«, log Edie, da sie wusste, dass Sanchez auf Rache aus war. Die Redewendung *Auge um Auge* nahm dabei eine völlig neue Bedeutung an.

Das Geräusch einer Autotür, die zugeschlagen wurde, hallte über den Hof.

Sanchez spitzte die Ohren, dann zuckte er die Schultern. »Man kann eben kein Auto anlassen, wenn die Batterie leer ist. So ’ne Scheiße, was?«

Während er sprach, bewegte Edie die Hand langsam auf das Salz zu, das sie vorhin auf der Küchenzeile gesehen hatte. »Ja, so 'ne Scheiße«, zischte sie und schleuderte ihm eine Handvoll Salz in die offene Wunde in seinem Gesicht.

Sanchez brüllte laut auf und riss den Kopf herum.

Hastig stieß Edie sich von der Küchenzeile ab und stürzte den Flur entlang auf die offene Haustüre zu.

Kaum war sie aus der Tür, prallte sie frontal in Cædmon, der in der rechten Hand eine kleine Axt hielt und in der linken etwas, das wie eine langstielige Gartenharke aussah.

»Sanchez ist in der Küche!«, keuchte sie atemlos. »Und er hat eine Pistole!«

Sie sah, wie die Muskeln in Cædmons Kiefer sich rhythmisch anspannten, sah das wilde Glühen in seinen Augen. Das war der Mann, der gnadenlos einen Gegner ausgeschaltet hatte, indem er ihm eine Nagelfeile in den Schädel rammte.

Wortlos schob er die Axt in die Tasche seines Anoraks, dann packte er sie am Arm und rannte los. Edie war kaum in der Lage, mit seinen langen Beinen Schritt zu halten.

Sie hatten nicht mehr als hundert Meter zurückgelegt, als Schüsse fielen, ein halbes Dutzend in schneller Folge. Im Zick-Zack lief Cædmon auf ein großes Außengebäude zu, trat eine Holztür auf und schob Edie ins Innere.

Blinzelnd starrte sie auf eine gewaltige Kette mit einem bedrohlichen Haken am Ende, die von einem Deckenbalken hing.

»Das hier sieht aus wie eine Art Folterkammer.«

»So ähnlich«, murmelte Cædmon und zog sie durch den schwach erleuchteten Raum. »Das ist ein altes Schlachthaus.«

73

Der Ort besitzt wirklich eine auffallende Leichenhausatmosphäre, dachte Cædmon, während er Edie durch das Schlachthaus bugsierte.

Hoffentlich kein Omen für kommende Ereignisse.

Mit der Schulter stieß er eine wackelige Tür auf und schob Edie hindurch. Eine Sekunde später befanden sie sich in einem weiteren schwach beleuchteten Raum, dieser allerdings mit einer hohen, spitzen Decke und einem Bogenfenster im Giebel. Von den Dachsparren und an den Wänden hingen noch mehr schwere Ketten und Haken. Kunstvoll gesponnene Spinnweben zierten alle vier Ecken. Über ihren Köpfen flogen ein paar Spatzen durch das zerbrochene Fenster hinaus. An diesem bedrohlichen Ort hätte sich ein Inquisitor in schwarzer Kutte ganz wie zu Hause gefühlt.

Da er nur wenige Augenblicke Zeit hatte, um die Falle aufzustellen, schob er Edie schnell auf den einzigen größeren Gegenstand im Raum zu, einen rostigen Wagen aus Metall.

»Versteck dich hinter dem Wagen. Und um Gottes willen, beweg dich nicht.«

Nachdem er sich vergewissert hatte, dass sie nicht mehr zu sehen war, legte er die Gartenharke mit den Zinken nach oben auf den Fußboden nahe der Tür, auf den Weg, den Sanchez hoffentlich nehmen würde. Dann zog er die Axt aus der Tasche, bezog Stellung in einer dunklen, mit Spinnweben übersäten Ecke, und wartete.

Er wusste, dass er mit der stumpfen Axt nur einen einzigen Versuch hatte.

Einige Sekunden verstrichen in angespannter Stille. Dann, wie nach Drehbuch, öffnete sich quietschend die Tür.

Langsam betrat Sanchez, der wie ein mitgenommener Kaminkehrer aussah, den dunklen, leeren Raum, die Pistole fest in der rechten Hand. Die mächtige Waffe konnte einem Mann den Kopf regelrecht von den Schultern blasen. Sanchez trat zwei Schritte in den Raum, dann hielt er inne und lauschte auf die winzigste verräterische Bewegung.

Nicht bewegen, Edie. Um des Himmels und der Liebe willen, denk nicht einmal daran, dich zu bewegen.

Mit angehaltenem Atem hoffte Cædmon, dass der andere Mann nicht nach unten sah, denn die Harke lag keine zwei Meter von seinem rechten Stiefel entfernt.

Sein Griff um den Stiel der Axt verstärkte sich, während er sich den Angriff vor seinem geistigen Auge vorstellte. Ein mentaler Übungsdurchgang. Er hatte während seiner Zeit in Oxford sehr viel Cricket gespielt, deshalb dachte er zuerst daran, die Axt mit gestrecktem Arm zu werfen. Doch dabei würde er nicht die gewünschte Höhe erzielen, deshalb spielte er das Szenario vor seinem inneren Auge erneut durch, diesmal jedoch mit gebeugtem Ellbogen.

Flüchtig gestattete er sich einen Seitenblick auf den Metallwagen und stellte erleichtert fest, dass Edie mit den Schatten verschmolz. Dann schoss sein Blick wieder zurück zu Sanchez, der einen vorsichtigen Schritt nach vorne gemacht hatte.

Er war ungefähr noch drei Schritte von den aufgerichteten Zinken der Harke entfernt.

Dann zwei Schritte.

Einen Schritt.

Wie geplant schnellte der Stiel der Harke hoch, als Sanchez' Stiefel auf den Zinken landete, und traf ihn mitten ins Gesicht. Sanchez schwankte wie ein Kreisel. Das Überraschungselement auf seiner Seite, trat Cædmon aus dem Schatten und schleuderte die Axt auf die Brust des anderen Mannes zu.

Ein staubiger Lichtstrahl vom Fenster her blitzte auf der wirbelnden Klinge auf.

Instinktiv fuhr Sanchez herum, riss schützend den Arm vor sein Herz und wehrte den Hieb ab, so gut er konnte.

Die stumpfe Klinge traf ihn am rechten Oberarm und drang tief hinein. Aber nicht tief genug. Mit einem Grunzen packte Sanchez die Axt am Stiel und riss sich die Klinge aus dem Arm. Dann suchte er, die Pistole in der einen Hand, die blutige Axt in der anderen, mit glasigen, aber immer noch wachsamen Augen den Raum ab.

Als er Cædmon in der Ecke sah, wurde sein Blick schmal.

Langsam, ohne erkennbare Eile, seine Beute zu töten, zielte Sanchez mit der mächtigen Waffe auf eine Stelle ungefähr in der Mitte von Cædmons Herz.

Da er nichts mehr tun konnte, um die Kugel aufzuhalten, wich Cædmon trotzig nicht von der Stelle.

Mit einem Lächeln drückte Sanchez den Abzug.

Es gab ein dumpfes Klicken.

Das Lächeln verschwand von Sanchez' Lippen, und er drückte den Abzug ein zweites Mal. Wieder war das einzige Geräusch das hohle Klicken des Schlagbolzens.

Er hatte keine Munition mehr.

Mit einem unterdrückten Fluch ließ Sanchez die Pistole fallen. Dann stürzte er sich mit einer blitzschnellen Bewegung auf Cædmon, schwang die Axt und zielte damit auf seinen Bauch, eindeutig in der Absicht, ihn auszuweiden. Cædmon machte einen Satz zur Seite, und die Klinge verfehlte ihn nur um Millimeter.

Aus dem Augenwinkel sah er, dass Edie auf die Füße sprang.

»Du Bastard!«, kreischte sie. Mit wild aufgerissenen Augen packte sie eine Kette, die in der Nähe an einem Haken von der Wand hing, und schwang sie über ihrem Kopf wie einen mittelalterlichen Morgenstern.

Sanchez, der mit beneidenswert schnellen Reflexen ausgestattet war, wirbelte zu Edie herum, und genau in diesem Moment riss Cædmon den linken Fuß hoch und rammte Sanchez seinen Gummistiefel in die Nieren. Der gut gezielte Tritt schleuderte den Mann ein, zwei Meter durch den Raum, und er prallte mit dem Kopf gegen die Wand. Die Axt glitt ihm aus den Fingern und fiel zu Boden.

Um seinem Feind nicht die Gelegenheit zu geben, sich wieder zu fangen, stürzte Cædmon vorwärts, packte Sanchez mit einer Hand am Hinterkopf und mit der anderen am Rücken und rammte den Schädel des Mannes gegen den Metallwagen.

Die Wände des Schlachthauses erzitterten unter der Wucht des Aufpralls.

Mit einem betäubten Ausdruck in den weit aufgerissenen Augen krümmte Sanchez sich wie ein Fötus zusammen. Einen Augenblick später öffnete er die Lippen. Um zu sprechen oder um zu schreien, das wusste Cædmon nicht. Das Einzige, was aus seinem aufgerissenen Mund kam, war ein leuchtend rotes Rinnsal Blut. Dann schüttelte ein heftiger Krampfanfall seinen Körper, und seine Beine zuckten wild. Cædmon vermutete, dass das Gehirn des Mannes weiterkämpfte, immer noch Kampf-oder-Flucht-Impulse an seine Gliedmaßen sendete und sich weigerte, das Unausweichliche zu akzeptieren, sich weigerte, aufzugeben und zu sterben.

Außerstande, Sanchez in seinem Todeskampf zuzusehen, wandte Edie das Gesicht ab.

Wenige Augenblicke später legte Cædmon ihr tröstend die Hand auf die Schulter.

»Es ist vorbei. Er ist gegangen. Wohin, kann ich nicht sagen. Obwohl ich vermute, dass ihm der Zutritt zum Himmel verwehrt wird.«

Edie warf einen Blick auf den ausgestreckten Leichnam. Dieses belebenden Hauchs, den man Seele nennt, beraubt, waren die kräftigen Muskeln erschlafft und die Augen zu einem gespenstischen Starren aufgerissen.

»Ich muss hier raus.« Edie stieß ihn zur Seite und taumelte auf die Tür zu.

Cædmon kniete sich neben Sanchez und durchsuchte schnell dessen Taschen, dann folgte er Edie nach draußen.

Stumm standen sie da und betrachteten den verfallenen Bauernhof. In der feuchten Brise konnte Cædmon verrottendes Holz riechen. Irgendwo klapperte ein maroder Fensterladen gegen einen ebenso maroden Fensterrahmen.

»Und was jetzt?«

»Keine Ahnung«, gestand er.

»Hätte dir da nicht etwas Positiveres einfallen können?«

»Tut mir leid. Mein Gehirn ist gerade ein bisschen matschig.« Er zeigte ihr das Mobiltelefon, das er in Sanchez' Jackentasche gefunden hatte.

»Glaubst du, MacFarlane nimmt die Verfolgung auf?«

Cædmon dachte nur einen Augenblick lang darüber nach, bevor er den Kopf schüttelte. »Er hat die Bundeslade. Das ist alles, was ihn interessiert.«

74

»Wahrlich, zu der Zeit wird ein großes Erdbeben sein im Lande Israels, dass vor meinem Angesicht erbeben sollen die Fische im Meer, die Vögel unter dem Himmel, die Tiere auf dem Felde und alles, was sich regt und bewegt auf dem Lande, und alle Menschen, die auf der Erde sind. Und die Berge sollen niedergerissen werden und die Felswände und alle Mauern zu Boden fallen.«

Stanford MacFarlane öffnete das Handschuhfach im Armaturenbrett des Range Rovers und legte die zerlesene Bibel hinein. Die Worte des Propheten Ezechiel inspirierten ihn immer wieder aufs Neue.

Neben ihm auf dem Fahrersitz murmelte sein Gunnery Sergeant tonlos vor sich hin und beschwerte sich wieder einmal darüber, dass er auf der linken Straßenseite fahren musste. Stan schenkte ihm keine Beachtung. Sie würden bald genug in Margate sein. Ein kleines Fischerboot, das am Hafen festgemacht war, würde es ihnen erlauben, die britischen Zollbehörden zu umgehen.

Wieder reckte er den Hals, um die gut eingepackte Kiste hinten im Range Rover zu betrachten.

Die Bundeslade.

Er hatte mehr als zwanzig Jahre gebraucht, um diese heiligste aller Reliquien zu finden. Während dieser von Gott gewollten Suche war er jeder Spur gefolgt, jedem Gerücht, jeder verrückten Theorie. Seine Suche hatte ihn an die entlegensten Orte der Welt geführt. *Äthiopien. Irak. Frankreich.* Eine Theorie nach der anderen wurde verworfen, bis schließlich nur die Quartette von Galen of Godmersham übrig blieben.

Erneut warf er einen Blick auf die Kiste, und ein prickelndes Gefühl durchflutete ihn, als wäre sein ganzer Körper in ein elektromagnetisches Feld gehüllt.

Der Herr war nahe! Er konnte es fühlen!

Denn es war die Bundeslade gewesen, durch die Gott sich manifestiert hatte und Moses erschienen war. Die Bundeslade verkörperte nicht nur den Allmächtigen, sie war auch das Symbol für Gottes Versprechen an sein auserwähltes Volk. Es war heute so, wie es damals gewesen war. Geschmückt mit den Steinen des Feuers würde er in der Lage sein, mit dem Allmächtigen zu sprechen. Genauso wie Moses mit Gott in der Wüste gesprochen hatte. Bei diesem berauschenden Gedanken konnte Stan das Schmettern der Trompeten und den Klang der Zimbeln hören, die Schreie und Jubelrufe, das verzückte Hosianna. Als ob dreieinhalbtausend Jahre in nur einem Wimpernschlag vorübergegangen wären.

Preiset den allmächtigen Herrn!

Er wusste sehr wohl, dass Gottes Plan für die Menschheit im Garten Eden begonnen worden war, und dass er mit einem neuen Paradies enden würde, in dem jene, die seines Segens würdig waren, tausend Jahre des Friedens und des Wohlstands genießen würden. Endlich würden die Krieger, die sich ihre Rast redlich verdient hatten, die blutigen Waffen beiseitelegen und Seite an Seite mit dem sanften und demütigen Lamm liegen.

Der Prophet Ezechiel hatte die blutrote Zukunft, die dieser goldenen Morgendämmerung vorangehen würde, mit erstaunlicher Klarheit vorhergesehen. Stan zweifelte nicht daran, dass Ezechiels Prophezeiung sich bald erfüllen und eine unvorbereitete Welt wie im Sturm überrollen würde. Die Zukunft war bereits festgeschrieben, und die Prophezeiung war Gottes Geschenk, um den Menschen in den dunklen und gewalttätigen Nächten, die ihnen bevorstanden, die Angst zu nehmen. Und wenn der von Ezechiel vorhergesagte Krieg kam, dann würden die sündigen Menschen keinen Zweifel mehr an Gottes Existenz haben.

Es würden dunkle Tage werden. Tage, die die Menschen an die Grenzen dessen treiben würden, was sie ertragen konnten. Doch jene, die sich weigerten, sich mit dem Feind einzulassen, würden in dieser neuen Welt, die da kommen wird, wiedergeboren werden. Es würde eine Zeit des Friedens für das Volk Gottes werden. Eine Zeit, in der die Wüsten der Erde fruchtbar und das Tote Meer nicht länger tot sein würden. Ezechiel hatte vorhergesagt, dass diese Wasser voll der Fische sein würden, die das neue Königreich Gottes ernähren würden.

Tausend Jahre Frieden. Zeit für ein altes Schlachtross, sich nach langer Zeit endlich auszuruhen.

Stan griff in die Jackentasche, zog sein BlackBerry hervor und tippte schnell mit den Daumen einen Zahlencode ein. Er prüfte jede Ziffer noch einmal, dann schickte er die Nachricht ab, die alle in Europa und dem Mittleren Osten stationierten Gotteskrieger gleichzeitig erreichen würde. Nachdem er den Gefechtsbefehl erteilt hatte, steckte er das Gerät wieder in die Tasche.

Während sie sich den Außenbezirken von Margate näherten, dachte Stan an den Engländer und seine Hure. Sie hatten ihre Hinrichtung verdient, deshalb fühlte er kein Mitleid. Stattdessen spülte eine Woge des Hasses über ihn hinweg. Hass war gut. Reinigend sogar. Hass ermöglichte es einem Mann, die Sünder zu erschlagen und die Ungläubigen hinzumetzeln.

Er würde seinen Hass in den kommenden Tagen gut zu nutzen wissen.

75

»Ich weiß, das klingt jetzt verrückt, aber ich bin tatsächlich traurig«, gestand Edie, während sie den Kaffeebecher annahm, den Cædmon ihr entgegenstreckte. »Wütend, aber traurig. Ich meine, die zwei Kerle waren menschenverachtende Irre, die dringend eine Therapie benötigt hätten, aber sie sterben zu sehen, war…« Sie brach ab und starrte auf die schmale Straße vor der Bank, auf der sie saß.

Cædmon setzte sich mit seinem Kaffeebecher neben sie und starrte ebenfalls bedrückt auf die Hauptdurchgangsstraße, die mitten durch das kleine Hafenstädtchen Gilchrist führte.

Da die örtliche Polizei mit Sicherheit von den schwarzen Rauchwolken der Explosion des Range Rovers angelockt und daraufhin zu mindestens einer Leiche geführt worden war, hatte er mit Hilfe des geklauten GPS-Navigationsgeräts einen Weg in die entgegengesetzte Richtung gesucht. Obwohl sie völlig erschöpft waren, hatten sie sich durch verlassene Felder geschlagen und waren schließlich an ihrem gegenwärtigen Aufenthaltsort angekommen. Gilchrist wirkte abweisend, wie Kleinstädte es zuweilen sind, und roch nach Salz und totem Fisch. Die einzige versöhnliche Eigenschaft der Stadt war, dass sie einen Busbahnhof hatte. Vorausgesetzt, man konnte eine Bank aus Metall in einem Unterstand an der Straße einen Busbahnhof nennen.

Cædmon setzte den Pappbecher an die Lippen und nahm einen Schluck des scheußlich schmeckenden Gebräus, das er an dem Fish 'n' Chips-Laden gegenüber gekauft hatte. Dem schweigsamen Kerl hinter dem Tresen zufolge sollte der Nachmittagsbus nach London in vierzig Minuten kommen.

»Es ist niemals leicht mit anzusehen, wenn ein Mensch stirbt«, antwortete er. Der Tod von Harliss und Sanchez beschäftigte ihn ebenfalls. »Egal, wie sehr man versucht, die Erinnerung auszulöschen, sie hinterlässt Spuren in der Seele.«

»Nicht bei MacFarlane oder seinen Leuten.« Edie hob den Plastikdeckel ihres Bechers ab und nahm ein paar Schlucke, nur um Sekunden später bei dem bitteren Nachgeschmack das Gesicht zu verziehen. »Die glauben, wenn sie den Abzug drücken, dann verrichten sie Gottes Werk.«

»Irgendwie bezweifle ich, dass MacFarlanes Gott viel für diejenigen übrig hat, die sich nach Frieden sehnen.«

Seufzend schlang Edie ihm den freien Arm um die Taille und lehnte den Kopf an seine Schulter. »Ich weiß nicht, wie es dir geht, aber ich könnte dringend eine Umarmung gebrauchen.«

Ich auch, Liebes. Ich auch.

Er hoffte, dass das Grauen des heutigen Tages schnell aus ihrem Gedächtnis verschwand und dass sie ihm vergeben konnte, was sie ihn heute hatte tun sehen. Er hatte vor, sofort bei ihrer Ankunft in London einen alten Kollegen beim MI5 um einen Gefallen zu bitten und sie in einen abgelegenen Unterschlupf bringen zu lassen. Wo Stanford MacFarlane und seine Killer sie niemals finden würden.

Edie hob den Kopf von seiner Schulter. »Was glaubst du, wird MacFarlane tun, jetzt, da er die Bundeslade hat?«

»Das Erste wird sein, dass er sie aus Großbritannien rausschafft. Wenn er mit der Bundeslade auf englischem Boden entdeckt wird, wird das verflixte Ding nicht nur konfisziert, sondern sofort ins Britische Museum gebracht.« Wo sie größere Menschenmassen anlocken würde als der Stein von Rosetta, die Elgin Marbles und der Schatz von Sutton Hoo zusammen.

Er zog den GPS-Empfänger aus der Anoraktasche. »Er wird eine kleine Weile brauchen, bis er sich initialisiert hat«, informierte er sie, während er den Einschaltknopf drückte. Er hielt den Empfänger hoch, um per Satellit ihre Position zu orten. Wenige Sekunden später meinte er mit einem Blick auf das kleine Display und einem neckenden Lächeln: »Ah, wir sind genau da, wo wir sein sollten.«

Halbherzig erwiderte Edie das Lächeln. »Da ich es bis jetzt noch nicht geschafft habe, die Fernbedienung meines Fernsehers richtig zu programmieren, muss ich dir in der Beziehung wohl einfach vertrauen. Aber ist das GPS nicht etwas überflüssig? Ich meine, wir sind ja schon hier und wissen, wo hier ist.«

»Im Gegenteil. Das hier ist ein tragbarer Computer mit Satellitenfunktion und gespeicherten Informationen.« Mit der »Nav«-Taste rief er die Datei mit den gespeicherten Karten auf. »Na, wenn das nicht interessant ist? Kürzlich wurde eine ganze Reihe von Karten heruntergeladen. Da sind Karten von Oxford, Oxfordshire, Godmersham, Swanley und …« Er starrte die Liste an.

»Komm schon, Cædmon. Ich kann meinen Atem nicht ewig vor Spannung anhalten.«

»Und Malta«, antwortete er, während er ihr den GPS-Empfänger hinhielt.

»Malta?« Nachdenklich tippte sie sich mit dem Finger auf die gespitzten Lippen, während sie den Bildschirm musterte. »Auch wenn Erdkunde nicht gerade meine Stärke ist, glaube ich mich zu erinnern, dass Malta eine klitzekleine Insel im Mittelmeer ist. Glaubst du, dass MacFarlane dorthin unterwegs ist?«

»Wenn man bedenkt, dass diese Liste von Karten exakt mit MacFarlanes bekannten Bewegungen der letzten zweiundsiebzig Stunden übereinstimmt, dann müssen wir davon ausgehen, dass Malta sein Ziel ist.« Wie ironisch in Anbetracht der Tatsache, dass die winzige Insel einst die Heimat der Ritter des Malteserordens gewesen war, genau jenes Ordens kriegerischer Mönche, dem Galen of Godmersham angehört hatte.

»War es nicht Malta, wo der heilige Paulus auf dem Weg nach Rom Schiffbruch erlitten hatte?«

»Hmm? Äh, ja«, antwortete er, aus seinen Gedanken gerissen.

»Da die Insel mitten zwischen Afrika und Europa liegt, wurde sie von vielen berühmten und berüchtigten Menschen besucht.«

»Aber warum sollte MacFarlane die Bundeslade nach Malta bringen?«

Ratlos zuckte Cædmon die Schultern. »Die Träume eines Wahnsinnigen sind schwer zu entschlüsseln.«

»Ich schätze, es wird schwierig sein, die Bundeslade aus England herauszubekommen, da die Flughafenkontrollen so streng sind.«

»Weshalb Stanford MacFarlane zweifellos ein Boot benutzen wird. Ein unverdächtiger Fischkutter, der mitten in der Nacht den Hafen verlässt, klingt recht plausibel.« Während er sprach, fing plötzlich das Mobiltelefon in seiner Tasche an zu klingeln.

»Was ist das?«

Cædmon schob die Hand in die Tasche seines Anoraks, zog das Handy heraus, das er Sanchez abgenommen hatte, und warf einen Blick auf das Display.

»Wenn ich mich nicht gewaltig täusche, dann hat Stanford MacFarlane uns gerade seinen nächsten Schachzug mitgeteilt«, meinte er und zeigte ihr die Nachricht: »43-2-28-70-113-63-52-87-31-6-129-101-75-46-135-95-72-141«.

»Schau sich das einer an! Das ist eine Art Textnachricht von Rosemont Security Consultants. Obwohl ich nicht weiß, ob ich das überhaupt eine Textnachricht nennen würde. Das ist nichts als eine Zahlenreihe.«

»Ein Zahlen*code*, würde ich sagen.« Cædmon vermutete, dass Stanford MacFarlane über solche Kurzmitteilungen via Mobiltelefon mit seinen Männern Kontakt hielt, eine brillante Kommunikationsmethode im Satellitenzeitalter, die es MacFarlane ermöglichte, seine Befehle simultan um die ganze Welt zu senden.

»Wenn wir nur den Chiffrierschlüssel hätten«, murmelte er.

»Glaubst du, es hat irgendetwas mit der Karte von Malta auf dem GPS-Empfänger zu tun?«

»Hmmm … schwer zu sagen.« Sein Blick flog zwischen dem

Empfänger und dem Mobiltelefon hin und her. »Vermutlich nicht – Harliss war der Einzige von MacFarlanes Leuten, der einen Satellitenempfänger bei sich hatte. Ich vermute, dass MacFarlane seine Schachfiguren sehr vorsichtig bewegt und seinen Masterplan nur häppchenweise preisgibt.«

»Und wo fangen wir mit der Jagd an?«

»Auf Malta. Allerdings gibt es von diesem Augenblick an kein ›wir‹ mehr.«

Edies braune Augen funkelten wütend. »Also willst du mich abservieren und MacFarlane alleine hinterherjagen.«

»Ich habe vor, die Bundeslade zurückzuholen, ja.« Er stand von der Bank auf, ging zu einem Abfalleimer und warf seinen Kaffeebecher hinein.

Er machte sich keine Illusionen über die Schwierigkeit der Aufgabe, die er sich gestellt hatte. MacFarlane aufzuspüren und die Bundeslade zurückzuholen, würde sich aller Wahrscheinlichkeit nach als unmögliches, wenn nicht sogar tödliches Unterfangen erweisen. Doch versuchen musste er es. Der GPS-Empfänger hatte sich als ein Geschenk Gottes herausgestellt. Nun wusste er wenigstens, wo er nach seinem Erzfeind suchen musste.

Edie packte ihn am Handgelenk und zog ihn zurück auf die Bank. »Ich weiß, dass du dir Sorgen um mich machst, aber die Bundeslade zurückzuholen ist kein Ein-Mann-Job. Du wirst jede Hilfe brauchen, die du kriegen kannst, wenn du MacFarlane und seine Gotteskrie…«

»Ich kann dich nicht mitnehmen.«

»Warum nicht?«

»Weil ich nicht die Zeit habe, dir erst beizubringen, allein aufs Töpfchen zu gehen.«

»Du arroganter Mistkerl!« Sie sprang auf die Füße. »Ich bin kein hilfloses Bondgirl, das nur nettes Beiwerk ist. Ich bin deine Partnerin. Und für den Fall, dass du es nicht mitbekommen hast: Ich bin eine absolut gleichwertige und gleichberechtigte Partnerin.«

Cædmon starrte sie an, außerstande, den Blick von ihren langen Korkenzieherlocken zu lösen, die um ihr gerötetes Gesicht tanzten. Und außerstande, das Bild von ihr unter der erhobenen Spitzhacke zu verdrängen.

»›Denn es *wird* dann eine große Bedrängnis sein, wie sie nicht gewesen ist vom Anfang der Welt bis jetzt‹«, fuhr sie fort. »Matthäus, Kapitel 24. Ein Bibelvers, der Stanford MacFarlane zweifellos sehr am Herzen liegt.«

»Eine beängstigende Aussicht.«

»Ja, das ist beängstigend. Und deshalb werde ich mit dir nach Malta fahren. Denn im Gegensatz zu dir verstehe ich MacFarlane und das, woran er glaubt. Fünf Jahre lang wurden mir Ezechiel und seine Endzeitprophezeiungen eingetrichtert.«

»Nach der heutigen Einführung in die apokalyptischen Überzeugungen sollte ich eigentlich allein zurechtkommen.«

»Was du gehört hast, war nur die Spitze des Eisbergs. Sieh mich einfach als deine persönliche Expertin für christlichen Fundamentalismus. Außerdem sind wir ein Team. Das waren wir schon von Anfang an. Also, es gibt nichts, was du tun kannst, um mich aufzuhalten, außer mich bewusstlos zu schlagen.«

»Na schön«, murmelte er.

Wenn sie sich darüber wunderte, dass er so schnell nachgegeben hatte, dann ließ sie es sich nicht anmerken. »Okay, nachdem wir das geklärt hätten, wie sieht unser Plan aus?«

»Einfach ausgedrückt, MacFarlane beim Alten Testament zu packen und *richtig* fest zuzudrücken.«

76

Tief atmete Cædmon die erfrischende Seeluft ein. Die Hände auf die Reling gestützt, starrte er auf die wogenden blauen Wellen des Mittelmeers, die im fahlgelben Licht des frühen Morgens tanzten. Es war dasselbe Meer, über das Odysseus auf seinem Weg in den Krieg um Troja gesegelt war.

Neben ihm, die Wangen vom Wind gerötet, stand Edie und atmete ebenfalls tief ein. »Abgesehen von einer Dinnerfahrt auf dem Potomac ist das das erste Mal, dass ich auf einem Schiff bin. Ich glaube, es gefällt mir, auf dem offenen Meer zu sein.« Ein schelmisches Lächeln spielte um ihre Lippen, und sie zwinkerte ihm zu. »Vielleicht war ich in einem früheren Leben eine Piratin, was glaubst du?«

»Ich glaube, ich wäre lieber in einem Flugzeug hoch *über* dem Meer«, brummte er. »Zu viele von diesen Fähren sind in den letzten Jahren gesunken. Ganz zu schweigen davon, dass Seereisen eine verdammt langsame Art sind, von Punkt A nach Punkt B zu kommen.« Wobei Punkt A Neapel und Punkt B ihr endgültiges Reiseziel Malta war.

»Ja, aber mitten im Winter gibt es nur wenige Flüge nach Malta. So kommen wir sogar noch sechs Stunden früher dort an als wenn wir auf den nächstmöglichen Flug gewartet hätten. Also hör auf zu meckern.«

»Das hab ich in letzter Zeit ziemlich häufig getan, oder?«

»Verständlicherweise. Du stehst unter sehr viel Stress.«

Wahrhaftig eine Untertreibung. Schon hatte der alte Verfolgungswahn wieder eingesetzt. Die nagende Angst, dass ein unsichtbarer Feind in den Schatten lauerte. Und Gefahr und Verrat nur einen Herzschlag entfernt waren. Wenn man ihr freien Lauf ließ, dann konnte die Angst schnell zum schlimmsten Feind eines Menschen werden. Gefährlicher als ein Killer mit einer Waffe.

Durch seine Ausbildung als Geheimagent wusste er, wie es lief – immer bar bezahlen, niemals seinen richtigen Namen verwenden und niemals, niemals zwei Tage hintereinander im selben Bett schlafen. Einfach genug, aber Edies präraffaelitische Schönheit erregte Aufmerksamkeit, wo immer sie hinkamen.

Es gibt nichts, was du tun kannst, um mich aufzuhalten, außer mich bewusstlos zu schlagen.

»Du hast zwei richtig tiefe Sorgenfalten zwischen den Augenbrauen. Lust, mir deine Sorgen mitzuteilen?«

»Ich dachte gerade an die Bundeslade und die armen Typen in Bet-Schemesch«, schwindelte er.

»Und du hast Angst, wenn wir MacFarlane die Bundeslade abjagen, könnte sie uns in einem Stück verschlucken.«

»Mach dich ruhig über mich lustig, wenn du willst, aber die Bundeslade *wurde* einst als Massenvernichtungswaffe benutzt«, antwortete er, immer noch hoffend, dass sie es sich anders überlegen würde.

»Vor Ewigkeiten. Was bedeutet, dass keiner mehr da ist, der weiß, wie man die antike elektromagnetische Technologie aktiviert, die sie einst mit Energie versorgt hat. Um eine Maschine bedienen zu können, braucht man eine Bedienungsanleitung. Und diese Anleitung, ob sie nun niedergeschrieben oder mündlich von Vater zu Sohn weitergegeben wurde, ist seit langer Zeit verschwunden. Mit anderen Worten, die Bundeslade hat ihr Potenzial verloren. Also, kein Grund zu der Befürchtung, dass uns das Ding um die Ohren fliegt oder irgendetwas in der Art.«

»Das ist es nicht, was ich befürchte. Die Bundeslade könnte dazu benutzt werden, um Millionen gottesfürchtiger Menschen davon zu überzeugen, dass die Endzeit wirklich bevorsteht.«

Den Blick auf die munteren Wellen in der Ferne gerichtet, seufzte sie. »Ja, das beunruhigt mich auch«, gab sie zu. »Auch wenn Gott sich nicht von MacFarlanes falscher Frömmigkeit täuschen lässt, eine Menge guter, wohlmeinender Menschen könnte sein Geschwafel schlucken. Aber genug von diesem Thema, hm?«

Edie wandte sich vom Wasser ab, lehnte sich gegen die Reling und starrte ihn mit vor der Brust verschränkten Armen an. Schamlos. Obwohl sie von anderen Reisenden umgeben waren, hatten der Wind, das Wasser und die Wärme, die von ihren beiden Körpern ausging und auf die seidige Kühle des Wintertages traf, etwas Intimes an sich.

Cædmon rückte näher.

Nach Jules hatte er nur ein paar flüchtige Beziehungen gehabt, da er niemanden zu nahe an sich heranlassen wollte. Weshalb es jetzt, da die Bundeslade wie ein Damoklesschwert über ihren Köpfen hing, keinen Sinn hatte, genau das zu wollen, was er so sorgfältig vermieden hatte.

Teufel noch mal. Er war ein Idiot, wenn er glaubte, dass es mit ihnen tatsächlich funktionieren könnte. Sie lebten ja nicht einmal auf demselben Kontinent.

Hin- und hergerissen zwischen apollinischer Vernunft und dionysischem Verlangen, dem uralten Konflikt zwischen Herz und Verstand, wusste er einfach nicht, was er tun sollte.

Und er wusste auch nicht wirklich, was er für Edie Miller empfand. Er hatte keine Zeit gehabt, seine Gefühle zu analysieren. Er wusste nur, dass es sich anfühlte, als käme er aus einer U-Bahnstation und müsse sich plötzlich an einem unbekannten Ort zurechtfinden.

»Himmel! Ich brauche einen Stadtplan«, murmelte er.

»Wie bitte?«

»Ach, nichts.« Er wischte den Gedanken beiseite. »Nur Quatsch.«

Und es war Quatsch. Er war vierzig. Im mittleren Alter. Den Gedanken, mit einer Frau glücklich bis ans Ende seiner Tage zu leben, hatte er längst aufgegeben. *Und doch …*

Edie legte ihm die Hand in den Nacken und zog ihn zu sich. »Weißt du was? Ich bin in der Stimmung für einen Kuss, ohne Quatsch«, verkündete sie, stellte sich auf die Zehenspitzen und ließ ihm keine Zeit, Ja oder Nein zu sagen.

Es dauerte nur eine Sekunde, bis der unerwartete Kuss entschieden leidenschaftlicher wurde. Voll sinnlicher Hingabe saugte Edie an seiner Zunge und presste ihr Becken an seine Leiste. Mit einem Brummen nahm Cædmon ihr Gesicht zwischen die Hände und neigte ihren Kopf, um den Kuss zu vertiefen, plötzlich verzehrt von dem überwältigenden Verlangen, seine Lust an ihr zu stillen. Wie einer seiner wilden schottischen Vorfahren. Zum Teufel mit der Schicklichkeit.

Der Kuss war so unglaublich erregend, dass sie, als er schließlich endete, beide um Atem rangen.

»Man zerreißt sich sicher die Mäuler über uns«, keuchte er heiser, während er die Stirn an ihre lehnte und ein paarmal tief durchatmete.

»Das will ich doch hoffen.« Lächelnd streichelte Edie ihm über die stoppelige Wange, was ihn daran erinnerte, dass er noch keine Zeit gehabt hatte, den Einmalrasierer zu benutzen, den er in Neapel gekauft hatte. »Als vielgereister Mann hast du doch sicher schon vom ›Mile-High-Club‹ gehört.« Während sie sprach, zeichnete sie die Kontur seiner Lippen mit der Fingerspitze nach.

»Äh, ja. Obwohl ich leider kein Mitglied bin.«

»Wie würde es dir denn stattdessen gefallen, ein waschechtes, eingetragenes Mitglied des ›High-Seas-Club‹ zu werden?«

Er hielt ihren Blick fest und übermittelte ihr stumm eine sündige und leicht skandalöse Fantasie. Eine, die ihren süßen, runden Hintern und die gepolsterte Bank beinhaltete, die er vorhin in ihrer Kabine gesehen hatte.

»Ich glaube, das würde mir sehr gut gefallen«, antwortete er.

»Und natürlich versteht es sich von selbst, dass die Mitgliedschaft gewisse Vorzugsleistungen bietet.« Sie zwinkerte ihm zu. Unmittelbar bevor sie hinuntergriff und schamlos seine Hoden umfasste.

Besorgt darüber, dass sie die öffentliche Unschicklichkeit zu weit getrieben hatte, warf er verstohlen einen Blick über die Schulter und stellte erleichtert fest, dass sie alleine an Deck waren.

»Wie schnell, glaubst du, können wir in der Kabine sein?«

»Nicht schnell genug«, murmelte er, wobei er mit der Hand über den Schritt seiner Cordhose fuhr und sich so gut wie möglich zurechtrückte.

Dann nahm er sie am Arm und eilte die Gangway hinunter, sodass Edie Mühe hatte, mit ihm Schritt zu halten. Es dauerte nur ein paar Augenblicke, bis sie ihre Kabine erreicht hatten, und seine Hand zitterte, als er den Schlüssel ins Schloss steckte. Er verschwendete keine unnötige Zeit, zog sie hinein und warf die Tür hinter ihnen zu.

Keiner von beiden sprach, das einzige Geräusch waren ihre heftigen Atemzüge. Ein orangefarbener Lichtstrahl fiel aus der kleinen Toilette auf der anderen Seite des Zimmers, und wenngleich das auch nicht gerade romantisch war, so spendete er doch einen warmen Schimmer.

Sein Verlangen nach ihr war geradezu schmerzlich. Cædmon hatte die Hände zu Fäusten geballt an den Körper gepresst, aus Angst, die Heftigkeit seiner Leidenschaft könnte ihn überwältigen.

Er wollte sich Zeit lassen. Einfühlsam sein. Jeden einzelnen Moment auskosten.

Er fürchtete, dass das vielleicht nicht möglich war.

»Du hast mich verhext«, murmelte er heiser und zog sie an sich, nicht in der Lage, sich noch eine Sekunde länger zurückzuhalten.

Er legte ihr die Hände um den Hintern, hob sie auf sie Zehenspitzen und presste sie an seine harte Erektion. Sinnlich wiegte er sich vor und zurück und vergrub dabei das Gesicht in der üppigen Fülle brauner Locken. Er konnte sich nicht erinnern, wann er jemals so starke Gefühle für eine Frau gehabt hatte. Es war Jahre her. Jahrzehnte sogar. Das hier fühlte sich so stark und drängend an wie in seiner Jugend.

Aus Sorge, er könnte anfangen zu knurren wie ein Tier in der Brunft, suchte er ihre Lippen und küsste sie heftig, verschmolz seinen Mund mit ihrem.

Es war Edie, die sich schließlich lachend von ihm löste. »Ohne Kleider diesmal, okay?«

»In Ordnung.«

Schuldbewusst, weil sie auf den Steh-Quickie in Canterbury anspielte, löste Cædmon seinen Griff von ihrem Hinterteil und begann sofort, seine Schuhe auszuziehen und die Hemdknöpfe zu öffnen.

Immer noch kichernd tat Edie es ihm nach, zog ihre Jacke aus und schleuderte sie auf die gepolsterte Bank. Ihre Jeans und der Rollkragenpullover folgten. Dann erwies sie sich als selbstbewusste Frau, indem sie den BH auszog und ihn wie ein Lasso über dem Kopf schwang, bevor sie ihn durchs Zimmer segeln ließ. Als er die kleine Hummel sah, die auf ihre rechte Schulter tätowiert war, musste er lächeln.

»Ein impulsiver Augenblick jugendlicher Unbesonnenheit, vermute ich.«

Edie reckte den Hals und warf einen Blick auf die Jugendsünde. »Zu deiner Information: Ich habe viele Jahre lang jede Gelegenheit genutzt, mit meinem Tattoo anzugeben. Was ist mit dir? Irgendwelche Leichen im Keller?«

»Wenn du wissen willst, ob ich je einen grünen Irokesenschnitt oder zerrissene Union-Jack-Hosen getragen habe, dann ist die Antwort Nein.«

»Es ist nie zu spät«, gab sie zurück, kaum in der Lage, ein Kichern zu unterdrücken. Während sie sprach, ließ sie die Hände unter den Bund seiner Hose gleiten und streifte sie ihm von den Hüften. Dann umfasste sie seine Erektion und bewegte die Hand an seinem pulsierenden Schaft auf und ab. Er hielt es für das Beste, nicht zu erwähnen, dass Bienen das uralte Symbol für keusche Weiblichkeit waren.

»Wenn du so weitermachst, verursachst du noch eine Explosion«, stöhnte er, wie gebannt von dem Anblick ihrer Hand, die schamlos sein Glied massierte.

»Oje. Die Briten kommen! Die Briten kommen!«

Er packte ihre Hand und zog sie heftig an sich, sodass sich ihre nackten Brüste an ihn pressten, und drängte sie rückwärts Richtung Bett. Sanft schubste er Edie auf den Rand der Matratze und kniete sich vor sie. Er spreizte ihre Beine und küsste sich langsam an der Innenseite ihrer Schenkel nach oben. Sein unrasiertes Gesicht rieb über ihre warme, weiche Haut. Dann teilte er sanft mit den Daumen die weichen Falten, und dabei rauschte ihm das Blut in schmerzhaften Stößen aus dem Herzen in seine Erektion.

»Der Stoff, aus dem Träume sind«, flüsterte er hypnotisiert von ihrer üppigen Schönheit.

Er wusste nicht, was der morgige Tag bringen würde. *Aber jetzt bist du mein.* Er presste seinen Mund gegen sie und liebkoste sie mit der Zunge.

»Mmm … genau richtig«, gurrte Edie zurückgelehnt auf die Hände gestützt und hob ihm die Hüften einige Zentimeter entgegen. Was erneut bewies, dass die Hummel eine unglückliche Wahl für ihr Tattoo gewesen war. Ein paar Augenblicke später entzog sie sich ihm. »Das ist *viel* mehr, als ich ertragen kann. Noch ein wenig mehr, und ich falle über Bord.«

Doch so schnell ließ er sie nicht davonkommen. Er kletterte aufs Bett, bedeckte sie mit seinem Körper und nahm saugend eine ihrer prallen Brustwarzen in den Mund. Und während er das tat, stieß er in sie. Tief. Heftig. Ihre Körper verschmolzen zu einer Einheit.

Wer in diesem Augenblick wen besaß, konnte er nicht sagen.

Cædmon hob den Oberkörper von ihren Brüsten und stützte sich auf die Unterarme. Ungeniert sah Edie zu, wie sein Glied hinein- und herausglitt.

»Also *der* Anblick wäre einen Schnappschuss wert«, meinte sie mit einem heiseren Lachen.

»Wenn du jetzt eine verdammte Kamera rausholst, dann gehe ich.«

»Ich hätte dich eigentlich nicht für den schüchternen Typ gehalten«, lachte sie erneut, »Big Red.«

Besitzergreifend schob er die Hand unter ihre Hüften und hob sie leicht an. »Für die Farbe kann ich nichts, und die Größe ist ganz allein deine Schuld.«

»Oh Gott, ja, das ist…«

»Besser«, stöhnte er und drückte ihre Oberschenkel gegen ihre Brust, um die Reibung noch zu steigern.

»Mmm…. genau so… *perfekt.*« Lächelnd umklammerte sie seine Schultern. »Ist das hier total verrückt, oder was?«

Obwohl er sich immer schneller dem Höhepunkt näherte, schaffte er es noch zu sagen: »Eigentlich ist es das einzig Normale in einer verrückt gewordenen Welt.«

77

Es war ein Augenblick stiller Intimität. Gemurmelter Zärtlichkeiten. Das Leben reduziert auf seine einfachste, wundervollste Facette.

Mitten in diesem Frieden fühlte Edie, dass ein Funke übergesprungen war. Sie kuschelte sich enger an Cædmon und schmiegte den Kopf in die Mulde seiner nackten Schulter. Da das nicht das erste Mal war, dass sie diesen Funken gespürt hatte, fragte sie sich, ob etwas daraus werden würde.

Konnte etwas daraus werden?

Rational betrachtet traute sie ihrer Beziehung keine längere Haltbarkeit als einer Tüte Milch zu. Wenn überhaupt. Sie waren einfach zwei sexuell gesunde Menschen, die sich der Erregung des Augenblicks hingaben. Obwohl, wenn sie auf die kleine Uhr an der Wand sah, konnte sie sehen, dass die Erregung einige Stunden gedauert hatte.

»Du weißt, dass diese… diese Anziehung nichts weiter als ein primitiver Trieb ist«, sagte sie, den Kopf auf seine Brust gestützt.

»Vielleicht muss er primitiv sein, damit wir unsere vorgefassten Meinungen davon, was sein sollte und was nicht, vergessen.«

Hmm… Das klang, als hätte er ihrer Beziehung mehr als nur einen flüchtigen Gedanken gewidmet.

»Und vielleicht hatte Freud recht – dass es so etwas wie reine, unverfälschte Liebe nicht gibt. Vielleicht gibt es sexuelles Verlangen und sonst nichts«, stellte sie ihn auf die Probe.

»Ich vermute, Freud war ein impotenter Saftsack, der Liebe nicht erkannt hätte, wenn sie ihn in sein bärtiges Gesicht geschlagen hätte. Analysieren wir es nicht. Akzeptieren wir es, was immer es ist, einfach als einen Anfang. Zaghaft und zart vielleicht, aber nichtsdestoweniger ein Anfang.«

Sie lächelte. Cædmon hatte den Test mit fliegenden Fahnen bestanden.

»Einverstanden. Aber wenn du glaubst, dass ich eine der Frauen bin, die sich schon mit einem Mann zufriedengeben, nur weil er die Klobrille runterklappt, dann bist du schief gewickelt.«

»Schon begriffen. Obwohl ich hoffe, dass ich ein paar Bonuspunkte dafür bekomme, dass ich rücksichtsvoll bin.«

»Themawechsel«, verkündete sie. »Mich würde interessieren, was geschehen wäre, wenn du in Oxford geblieben und deinen Doktor gemacht hättest?«

»Du meinst, wie sich mein Leben entwickelt hätte?« Als sie nickte, meinte er: »Auf sehr konventionelle Weise, zweifellos. Ich hätte eine Stelle an einem College bekommen, höchstwahrscheinlich am Queen's College. Dann wäre mein Leben ein steter Fluss aus Seminaren, Ausschusssitzungen und Universitätsveranstaltungen geblieben.«

»Weißt du, ich bin einer von den Menschen, die glauben, dass nichts ohne Grund geschieht. Ich persönlich glaube nicht, dass du dazu bestimmt warst, ein behütetes Leben zu führen. Schau dir nur Sir Kenneth Campbell-Brown an. Okay, der Mann ist ein Genie, aber er ist auch ein eingefleischter alkoholsüchtiger Junggeselle. Du warst für ein besseres Leben bestimmt.«

Lächelnd streifte Cædmon ihre Lippen mit einem Kuss. »Irgendwie bin ich froh, dass ich diesen Weg nicht genommen habe.«

»Ich auch.«

»Teufel noch mal«, rief er einen Sekundenbruchteil später aus. »Wie kommunizieren Terroristen miteinander?«

Überrascht von der unerwarteten Frage zuckte sie die Schultern. »Da bin ich überfragt. Obwohl ich vermute, die Antwort lautet nicht Brieftauben.«

»Ganz recht. Sie kommunizieren über das Internet«, informierte er sie, und seine blauen Augen glänzten. »Was es ihnen erlaubt, Nachrichten an Zellen und Agenten auf der ganzen Welt weiterzuleiten. Vermutlich halten es MacFarlane und seine ›Warriors of God‹ nicht anders.«

»Okay, nehmen wir einmal an, dass das stimmt. Wie passt dann die Nachricht auf Sanchez' Handy da rein? Ich dachte, *das* wäre die Art, wie MacFarlane mit seinen Männern kommuniziert.«

»Als wir die Nachricht erhalten hatten, dachte ich zuerst, dass es eine Botschaft wäre, die in Zahlen umgewandelt worden war, und dass man einen Chiffrierschlüssel braucht, um die Botschaft zu entschlüsseln. Aber was, wenn die Zahlenreihe der Chiffrierschlüssel *ist*?«

»Tut mir leid, aber ich kann dir nicht folgen.« Edie stützte den Kopf auf die Hand.

»MacFarlane weiß, dass man nicht vorsichtig genug sein kann, wenn man Botschaften um den Globus schickt, und könnte sich deshalb eine zweiteilige Art der Kommunikation ausgedacht haben. Der erste Teil ist die Zahlenreihe, die auf Sanchez' Mobiltelefon geschickt wurde.«

»Und der zweite?«

»Nicht vergessen, das hier ist reine Vermutung, aber das zweite Stück des Puzzles könnte die Website der ›Warriors of God‹ sein.«

»Du redest von der Website, die wir uns in Washington angesehen haben, stimmt's?«

Cædmon zuckte mit den Schultern. »Wie ich schon sagte, es ist nur eine Theorie.«

»Ich möchte nur noch einmal sichergehen, ob ich das richtig verstehe«, sagte sie. »Du glaubst, dass auf der Website der ›Warriors of God‹ eine Nachricht verschlüsselt ist, und dass diese Nachricht nur mit der Zahlenreihe aus der Textnachricht *entschlüsselt* werden kann.«

»Es gibt nur eine einzige Möglichkeit, das rauszufinden. Wenn ich mich nicht irre, dann ist dieses Schiff mit Inmarsat ausgestattet.«

»Was ist das?«

»Ein mobiles Kommunikationssystem, das auf See einen Internetzugang ermöglicht.«

Edie schlug das Laken zurück und schwang die Beine aus dem Bett »Also, worauf warten wir dann noch?«

78

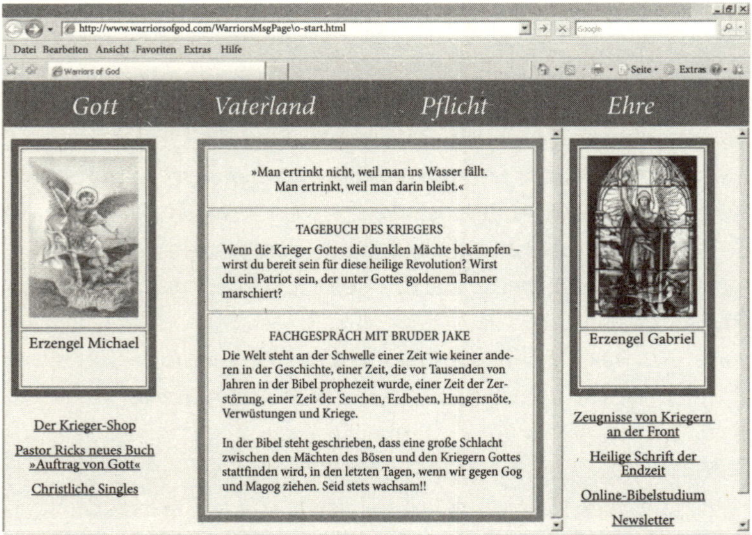

»Untergang und Verderben der schlimmsten Sorte, was?«

Edie und Cædmon saßen Seite an Seite vor dem Bildschirm des Schiffscomputers und starrten auf die Homepage der »Warriors of God«.

Erschüttert über ihren apokalyptischen Inhalt, erschauderte Edie. »Du glaubst doch nicht wirklich, dass da irgendwo eine geheime Botschaft versteckt ist, oder?«

Cædmon lehnte sich auf seinem Stuhl zurück und tippte sich nachdenklich mit dem Zeigefinger ans Kinn. Einige Sekunden verstrichen in gedankenversunkenem Schweigen, bevor er schließlich sagte: »Meine Vermutung ist, dass MacFarlane einen einfachen alphanumerischen Substitutionscode verwendet hat. Da die Nachricht zur massenhaften Verbreitung gedacht war, bezweifle ich, dass er einen zu ausgefeilten Code benutzen würde.«

»Das alte KISS-Prinzip, was?« Als sie Cædmons fragenden Gesichtsausdruck bemerkte, musste sie lächeln. »KISS wie ›Keep it simple, stupid‹. Also so einfach halten wie möglich.«

Cædmon lachte glucksend. »Hoffen wir, dass du recht hast. Wenn wir das KISS-Prinzip hier anwenden, dann schlage ich vor, wir nummerieren jeden Buchstaben und jedes Satzzeichen in MacFarlanes Hetzrede der Reihe nach durch.«

Mit einem Bleistift notierte er sorgfältig den Text aus dem »Tagebuch des Kriegers« auf einem Blatt Papier. Dann nummerierte er der Reihe nach jeden Buchstaben und jedes Satzzeichen.

Während Cædmon mit dem Code beschäftigt war, sah Edie sich nervös um, denn der Internetcomputer des Schiffs befand sich im öffentlichen Salon. Ein paar Tische entfernt spielten vier Männer mittleren Alters Karten. Nach dem von Zigarettenkippen überquellenden Aschenbecher auf dem Tisch zu schließen, spielten sie schon seit geraumer Zeit. Gut fünf Meter entfernt standen ein gut angezogener älterer Mann und sein viel jüngerer männlicher Begleiter vor einem Getränkeautomat. Und auf der anderen Seite des Salons stillte eine gestresste Mutter freimütig ihr Kind.

»Ich möchte dich nur darauf hinweisen, dass das derselbe Verschlüsselungscode ist, der euch Yankees eure Unabhängigkeit einbrachte.«

Edies Augen weiteten sich erstaunt. »Du machst Witze, oder?«

»Nicht im Geringsten. Dieser besondere von Benjamin Franklin kreierte alphanumerische Code wurde verwendet, um Nachrichten zwischen dem Kontinentalkongress und sympathisierenden französischen Diplomaten zu verschlüsseln. Würdest du gern die Ehre haben?« Cædmon bot ihr den Bleistift an.

Zuerst warf Edie einen Blick auf die alphanumerische Tabelle, die er anhand MacFarlanes Website erstellt hatte.

Wenn die Krieger Gottes die

1 2 3 4 5 6 7 8 9 10 11 12 13 14 15 16 17 18 19 20 21 22 23

dunklen Mächte bekämpfen –

24 25 26 27 28 29 30 31 32 33 34 35 36 37 38 39 40 41 42 43 44 45 46

wirst du bereit sein für

47 48 49 50 51 52 53 54 55 56 57 58 59 60 61 62 63 64 65 66

diese heilige Revolution?

67 68 69 70 71 72 73 74 75 76 77 78 79 80 81 82 83 84 85 86 87 88 89

Wirst du ein Patriot sein,

90 91 92 93 94 95 96 97 98 99 100 101 102 103 104 105 106 107 108 109 110 111

der unter Gottes goldenem

112 113 114 115 116 117 118 119 120 121 122 123 124 125 126 127 128 129 130 131 132 133

Banner marschiert?

134 135 136 137 138 139 140 141 142 143 144 145 146 147 148 149 150

Dann betrachtete sie die Zahlenreihe der Textnachricht: 43-2-28-70-113-63-52-87-31-6-129-101-75-46-135-95-72-141.

»Wünsch mir Glück!«

Da Cædmon bereits die ganze Arbeit geleistet hatte, brauchte sie nur wenige Augenblicke, um die verschlüsselte Nachricht zu dechiffrieren: »*Felsendom Id al-Adha*«.

Keiner von beiden sagte ein Wort. Edie war sich nicht ganz sicher, was die Botschaft – wenn überhaupt – bedeutete.

»Der Felsendom ist der große, vergoldete islamische Schrein auf der Spitze des Tempelbergs, richtig?«

»Die berühmteste Silhouette der Skyline von Jerusalem«, bestätigte er, und Edie registrierte seinen heiseren Tonfall.

»MacFarlanes Botschaft sagt dir etwas, nicht wahr?«

Cædmon, der immer noch auf die entschlüsselte Botschaft starrte, nickte langsam. »Ich weiß jetzt, warum Stanford MacFarlane und alle seine Männer einen Ring mit dem Jerusalemkreuz tragen. Wie du dich zweifellos erinnerst, war das Jerusalemkreuz das Symbol der mittelalterlichen Kreuzritter, die die Heilige Stadt im Jahre 1099 eroberten.« Während der ganzen Zeit wandte er den Blick nicht von der entschlüsselten Nachricht.

»Und warum denkst du, dass das von Bedeutung ist?«, bohrte sie nach, nicht ganz sicher, ob sie die Antwort wissen wollte. »Weil Jerusalem ihnen nicht einmal hundert Jahre lang gehörte. Die Muslime unter Saladin eroberten die Stadt im Jahr 1187 wieder zurück.« Cædmon, der plötzlich wie ein trauriger Kreuzritter aus einem mittelalterlichen Holzschnitt aussah, wandte den Kopf. »Ich glaube, MacFarlane hat die Mission der Kreuzritter wiederaufgenommen.«

»Welche Mission?«

»Wie die mittelalterlichen Kreuzritter beabsichtigen MacFarlane und seine Männer, die Heilige Stadt zu erobern, und ihr erstes Ziel ist der Felsendom.«

Edie fiel die Kinnlade herunter. »Wann? Wie?«

»Ich habe keine Ahnung, wie. Aber was das Wann angeht, wollen sie anscheinend am islamischen Feiertag Id al-Adha angreifen. Der in diesem Jahr, wenn ich mich nicht gewaltig irre, auf den 8. Dezember fällt.«

»Aber das ist ja schon in zweieinhalb Tagen!«

79

»Was uns sehr wenig Zeit lässt.«

»Also willst du damit sagen, dass MacFarlane vorhat, am 8. Dezember den Felsendom zu zerstören?«

»Es passt jedenfalls zu seinem apokalyptischen Getue. Und dass er diesen Tag gewählt hat, zeigt auch eine gewisse Ironie, denn Id al-Adha ist das muslimische Opferfest, das an den Tag erinnert, an dem Abraham seinen geliebten Sohn Ismael opfern wollte, um damit seine Liebe zu Allah zu beweisen. Der Felsendom steht exakt auf der Stelle, an der das Opfer stattfinden sollte. Es ist auch die Stelle, an der der Prophet Mohammed in den Himmel auffuhr. Was den Felsendom zur drittheiligsten Stätte des Islam macht.«

»Gleich nach Mekka und Medina.«

Er nickte, erschüttert von MacFarlanes dunkler Vision. *Id al-Adha. Das Opferfest. Der Tempelberg wäre überfüllt mit muslimischen Gläubigen. Mit Tausenden.*

»Vielleicht dürfen wir nicht schwarzsehen. Ich meine, die verschlüsselte Botschaft erwähnt ja nicht ausdrücklich die *Zerstörung* des Felsendoms«, nahm Edie die Rolle des *Advocatus Diaboli* ein.

»Aber MacFarlane hat eindeutig erklärt, dass er vorhat, die Bundeslade im neu erbauten Tempel aufzustellen«, konterte er. »Und es ist sicher kein Zufall, dass der Felsendom sich genau an der Stelle befindet, an der einst Salomons Tempel stand.«

»Salomons Tempel?« Mit einem langen, wortlosen Blick sah Edie ihn an, und ihre Pupillen hatten sich zu winzigen Punkten verengt. »Oh Gott … Das wusste ich nicht«, murmelte sie. »Das ändert alles.«

»Das Schreckliche an der Wahrheit ist, dass man sie manchmal findet. Da der Tempelberg ein heiliger Ort für jede der drei bedeutendsten Weltreligionen ist, war er jahrhundertelang eine der am meisten umkämpften Stätten weltweit.«

»Ich weiß, dass der Tempelberg 1967 während des Sechstagekriegs von den Israelis erobert wurde.«

»Das ist richtig. Allerdings gestatteten es die Israelis in einem Versuch, die Muslime zu besänftigen, einer Waqf, einer islamischen Stiftung, weiterhin als offizielles Verwaltungsorgan der Stätte zu fungieren.«

»Also haben die Israelis zwar die Staatshoheit darüber, aber die Muslime behalten die Kontrolle.«

»Und wie du zweifellos weißt, ist diese Regelung seitdem Ursprung vieler Auseinandersetzungen.« Ein schwermütiges Gefühl gab ihm seine Worte ein. »Ich habe mich oft gefragt, ob die Welt nicht ein besserer Ort wäre, wenn Salomons Tempel nie erbaut worden wäre. Der Tempelberg ist einer der brisantesten Plätze auf diesem Planeten.«

Edie ließ sich auf ihrem Stuhl zurücksinken und starrte das harmlose Blatt Papier an, das vor ihr lag.

Auch Cædmon musterte die entschlüsselte Nachricht. »Und nun tritt auch noch ein Wahnsinniger auf den Plan, der darauf aus ist, den Felsendom zu zerstören, damit er einen dritten Tempel bauen kann. Mit der Bundeslade in seinem Waffenarsenal und einer gut ausgebildeten Streitmacht könnte er leicht ähnliche Ereignisse auslösen, wie sie im Alten Testament vorhergesagt wurden. Und dadurch Ezechiels Prophezeiung erfüllen.«

»Das dürfen wir nicht zulassen«, flüsterte Edie wie gelähmt von der Heftigkeit ihrer Emotionen. »Ich weiß nicht, ob du dir dessen bewusst bist, aber seit einiger Zeit gibt es ein wachsendes Bündnis zwischen jüdischen und christlichen Fundamentalisten.«

»Gleich und Gleich gesinnt gesellt sich gern.«

»Beide Gruppierungen glauben an die Prophezeiungen des Alten Testaments, was bedeutet, dass MacFarlane möglicherweise Verbündete in Israel hat, die ihm helfen würden, den Felsendom zu zerstören.«

Fassungslos schüttelte Cædmon den Kopf, denn das Szenario wurde immer beängstigender.

»Fanatische Christen, die mit fanatischen Juden zusammenarbeiten, um die Muslime anzugreifen. Du musst nur eine der drei Gruppen aufhetzen, dann hast du globale Instabilität. Hetze alle drei auf, und du hast die Voraussetzungen für den nächsten Weltkrieg.«

Cædmon wandte den Kopf und starrte hinaus auf die aufgewühlte See, die durch das Panoramafenster an der gegenüberliegenden Seite des Salons zu sehen war.

Wir können gar nicht schnell genug nach Malta kommen.

80

Cædmon sah von der Karte hoch, die er vor sich auf dem Bartresen ausgebreitet hatte.

Da in letzter Minute noch ein Zimmer frei geworden war, saßen er und Edie nun an der Bar des Dragonara Hotels und warteten darauf, dass das Zimmermädchen ihre Suite sauber machte. Zu seiner Überraschung war Valletta, die Hauptstadt Maltas, ein ziemlich beliebter Tagungsort. So beherbergte ihr am Meer gelegenes Hotel gerade eine große Zusammenkunft britischer Schönheitschirurgen. Da Malta einst zum britischen Weltreich gehört hatte, war es bei seinen Landsleuten ein beliebtes Reiseziel. Er hatte bewusst das Dragonara ausgewählt, damit sie in der Menge nicht auffielen. Sollte ein Rezeptionist oder ein Hotelpage gefragt werden, ob ein Engländer im Hotel eingecheckt hatte, dann würde er sagen: »Ja, das Hotel hat zurzeit zweihundert englischen Gäste.«

Bevor Cædmon seine Aufmerksamkeit wieder der Karte widmete, musterte er den Raum verstohlen über die verspiegelte Wand hinter der Bar. Auf alte Tricks zurückgreifend, sah er sich jeden einzelnen Bargast genau an, spielte im Kopf verschiedene Szenarien durch, versuchte zu entscheiden, wer von ihnen möglicherweise feindlich gesinnt sein könnte. Ein unauffälliger Tisch im hinteren Teil des Raumes wäre ihm lieber gewesen, aber durch die Horde von Aperitifs kippenden Schönheitschirurgen waren sie gezwungen, zwei Hocker an der Bar zu nehmen.

»Was ich noch fragen wollte: Woher hat der Felsendom eigentlich seinen Namen? Es ist ja eigentlich kein Dom im herkömmlichen Sinne.«

Cædmon nickte. »Stimmt, der Name leitet sich von dem englischen *dome* für Kuppel ab. Der Felsendom ist eine Kuppel, die über dem Felsen erbaut wurde, von dem man glaubt, dass er der Grundstein der Welt ist, der *shetiyah*, wie er auf hebräisch genannt wird. Die Bundeslade ruhte auf dem *shetiyah,* bevor sie von Schischak gestohlen wurde.«

Der dunkelhäutige Barmann stellte ihnen ein Tonic Water und eine Cola hin. Dann präsentierte er Edie mit eingeübt schwungvoller Geste eine Platte mit frittiertem Tintenfisch und ein Tellerchen mit geviertelten Zitronen.

»*Grazzi*«, bedankte sie sich auf Maltesisch; sie hatte ein paar der wichtigsten Redewendungen aus dem Reiseführer, den sie aus der Hotellobby mitgenommen hatten, auswendig gelernt. Die Antwort brachte ihr ein breites Lächeln ein.

Aus dem Augenwinkel sah Cædmon Edie dabei zu, wie sie eine Zitrone ausdrückte, nicht über ihrem Tintenfisch, sondern in ihre Cola. Er beobachtete sie weiter, wie sie die Lippen um das Ende des fuchsienfarbenen Strohhalms schloss. Er konnte sich noch gut erinnern, wie ihre Lippen ihn heute Morgen umschlossen hatten.

Beruhige dich. Jetzt ist nicht die richtige Zeit für lüsterne Gedanken und pubertäre Sehnsüchte.

Mit neuer Konzentration fuhr er damit fort, die Koordinaten, die er im Datenspeicher des GPS-Empfängers entdeckt hatte, auf eine topografische Karte der Umgebung zu übertragen. Für den Fall, dass der Akku des GPS-Empfängers plötzlich den Geist aufgeben sollte, wollte er sicherheitshalber eine Kopie in Papierform haben.

»Also, wenn ich mir das von hier aus ansehe, scheint Malta ja nicht gerade eine große Insel zu sein.«

»Knapp zweihundertfünfzig Quadratkilometer. Ungefähr so groß wie die Isle of Wight.« Er trug die letzten Koordinaten ein. »Ah!

Ich glaube, ich habe einen Ort.« Begeistert darüber, dass er es so schnell geschafft hatte, zeigte er auf eine kleine Landzunge an der Südwestküste.

Edie spähte auf die Karte. »Calypso's Point«, las sie laut. »Herrje, das ist ja nicht größer als mein Vorgarten. Was bedeuten diese Wellenlinien?« Sie deutete auf die Höhenlinien, die eine topografische Karte von der gewöhnlichen Touristenkarte unterscheiden.

»Das bedeutet, dass wir an einer Klippe hochklettern müssen. Es gibt zwar eine Straße, die dort hinaufführt, aber wir müssen davon ausgehen, dass MacFarlane die bewachen lässt.«

Er winkte den Barmann zu sich, und als der junge Mann herkam, drehte Cædmon die Karte zu ihm um. »Kennen Sie vielleicht zufällig einen Ort namens Calypso's Point?«

Der Barmann warf nur einen flüchtigen Blick auf die Karte. »*Iva*, den kenne ich gut. Er war früher ein Versteck der Barbareskenpiraten, bis die Ritter sie besiegten. Aber …«, er zuckte die Schultern, »warum wollen Sie dorthin? Da ist nichts. Nur Seevögel und die Ruinen des St. Paul's *torri*.«

Ein verlassener Turm … Wie interessant. Zweifelsohne ein Signalturm, der einst von den Rittern des Malteserordens benutzt worden war.

»Tatsächlich sind es die Vögel, die ich sehen möchte«, log er aalglatt und drehte die Karte wieder zu sich herum. »Ich bin so etwas wie ein Vogelbeobachter. Kennen Sie zufällig jemand, der uns mit dem Boot dorthin bringen würde?«

»Mein Schwager hat ein Fischerboot. Ich bin mir sicher, er könnte sich überreden lassen, Sie dorthin zu fahren. Vorausgesetzt, der Preis stimmt.«

»Er braucht nur zu sagen, wie viel er haben möchte, allerdings würde ich gerne noch heute am späten Abend losfahren.«

Wenn der junge Mann es eigenartig fand, dass jemand mitten in der Nacht Vögel beobachten wollte, dann ließ er es sich nicht anmerken. Er kritzelte die Telefonnummer seines Schwagers auf eine

Papierserviette, dann wandte er sich einem korpulenten Chirurgen zu, der von den »mächtig leckeren Pasteten« schwärmte.

Erleichtert darüber, dass die Logistik geregelt war, faltete Cædmon die Karte zusammen und schob sie in die Tasche seines Anoraks. Da er noch eine Sache zu erledigen hatte, warf er einen Blick durch die Glastüren der Bar in das sogenannte »Business-Center«. Einer der Vorzüge des Hotels bestand nämlich darin, dass man Computer, Faxgerät und einen Farbkopierer kostenlos benutzen konnte. Während der letzten zwanzig Minuten war der Computer besetzt gewesen.

»Ist er noch da?«

»Wenn du wissen willst, ob ich immer noch seinen Glatzkopf sehen kann, dann lautet die Antwort Ja.«

»Warum brauchst du überhaupt einen Computer? Wir haben doch alles, was wir brauchen, an dem Computer auf der Fähre erfahren. Oder zumindest dachte ich das.«

»Ich brauche den Computer, weil ich ein Dossier für das britische Konsulat zusammenstellen will. Wenn wir bis morgen früh nicht ins Hotel zurückgekehrt sind, dann wird das Dossier an das Konsulat hier in Valletta geschickt. Und von dort aus wird es an den britischen Geheimdienst weitergeleitet. Dann sind hoffentlich die Jungs im Thames House erfolgreich, wenn wir scheitern.«

»Du redest von deinen alten Kumpels beim MI5, stimmt's?«

Er nickte. »Man braucht kein Hellseher zu sein, um zu wissen, dass Stanford MacFarlane die Bundeslade nicht ohne Kampf wieder hergeben wird.«

»Nicht ohne tödlichen Kampf«, murmelte Edie. Cædmon konnte sehen, dass sie immer noch erschüttert über die Botschaft war, die sie entschlüsselt hatten. Einige Sekunden lang starrte sie in ihr Colaglas, und das einzige Geräusch war ein dumpfes *Kling-kling*, während sie mit dem Strohhalm darin herumrührte.

Unvermittelt hörte sie damit auf.

»Ich muss ständig an dieses Sprichwort denken: ›Alles hat einmal ein Ende.‹ Und ich kann nicht anders, ich muss mich einfach fragen, ob das der Anfang vom Ende ist.«

Cædmon, dessen Gedanken in eine ähnliche Richtung gingen, sah durch das zweite Paar Glastüren, die auf eine Terrasse führten, nach draußen. Das Hotel lag auf einer malerischen Anhöhe mit Blick aufs Wasser. Die Sonne war bereits dabei, im Meer zu versinken, und schuf eine herrliche Farbexplosion aus Orange und Magenta, so wunderschön, dass es beinahe schmerzte. Zu seiner Rechten erhob sich die barocke Stadt Sliema, ein glänzendes Gewirr steinerner Fassaden, als hätte das Meer sie hervorgebracht.

Wie bin ich da nur hineingeraten? Was noch wichtiger war: Wie hatte er Edie da so tief mit hineingezogen?

Zuerst war es einfach nur schlichte akademische Neugier gewesen. Die Bundeslade. Wenn er sie finden könnte, wenn er sie in Händen halten könnte, dann könnte er sich dadurch vor dem Mann beweisen, der seine akademische Karriere beendet hatte. Und seinem längst verstorbenen Vater beweisen, dass …

»Ich habe Angst«, durchbrach Edies zitternde Stimme seine Gedanken. »Was, wenn wir ihn nicht aufhalten können? Wir konnten ihn nicht daran hindern, sich die Bundeslade zu schnappen.«

Er wandte den Kopf und sah Edie tief in die traurigen braunen Augen. »MacFarlane kann uns zwar schlagen, aber Wissen hat eine ganz eigene Macht.«

»Es sind die Waffen und die Kugeln, die mich beunruhigen.«

»Die können einen nur töten. Aber das Wissen lebt weiter.«

Sie legte ihm eine Hand aufs Knie und beugte sich zu ihm. »Das hier auch«, flüsterte sie und streifte seine Lippen mit einem Kuss.

81

Wie ein Geizhals, der sein Geld zusammenhält, warf die Mondsichel ihr fahles Licht knauserig auf die rauen Wellen. Mit gelöschten Lichtern näherte sich das kleine Fischerboot langsam dem kahlen Kalksteinfelsen in der Ferne. Calypso's Point. Der Kapitän, ein runzeliger Seebär, der kein Wort Englisch sprach, stand am Steuer. Er war für seine Gefälligkeit reichlich entschädigt worden, deshalb kümmerten ihn die Eigentümlichkeiten dieser Fahrt nicht im Geringsten.

Cædmon saß Edie gegenüber und schaute sie an. In der tintenschwarzen Dunkelheit war nur das blasse Oval ihres Gesichts zu sehen; sie trugen beide Taucheranzüge mit passenden schwarzen Hauben.

»Weißt du, vielleicht sollten wir das *wirklich* dem britischen Geheimdienst überlassen«, flüsterte sie mit gedämpfter Stimme. »Noch ist es nicht zu spät.«

Er beugte sich vor und stützte die Ellbogen auf die Oberschenkel. »Die Geheimdienste werden zwar alles in ihrer Macht Stehende tun, um einen Terroranschlag am Tempelberg zu verhindern, aber sie können erst eingreifen, wenn sie einen handfesten Beweis haben, dass MacFarlane diese undenkbare Tat auch tatsächlich durchführen will. Allerdings bin ich solchen Vorschriften nicht mehr verpflichtet.«

»Ja, aber außer MacFarlane zu töt…« Sie schlug sich die Hand vor den Mund. Eine Sekunde später ließ sie sie wieder sinken. »Das ist es, was du vorhast, nicht wahr?«

»Um eine Schlange zu töten, muss man ihr den Kopf abschlagen.«

»Aber was ist, wenn die Schlange sich umdreht und dich beißt?«

Anstatt ihre Frage zu beantworten, meinte er: »Ich denke, du solltest mit dem Kapitän nach Valletta zurückfahren.«

»Ich habe es dir schon einmal gesagt, du wirst mich schon bewusstlos schlagen müssen, um mich daran zu hindern, mit dir nach Calypso's … Was ist passiert?«, zischte sie erschrocken.

»Kein Grund zur Aufregung. Der Kapitän hat nur den Motor abgestellt.«

»Also ist das hier unsere Endstation, was?« Sie starrte den abweisenden Felsvorsprung an, der vor dem kleinen Boot aufragte.

Cædmon spähte nach oben. Das Kalksteinkliff erhob sich nahezu zweihundert Meter über den Meeresspiegel. »Ja, ich weiß. Es sieht ziemlich schauerlich aus.« Er trat an den Rand des Bootes, und seine Neoprenschuhe machten leise schmatzende Geräusche auf dem Deck. Edie folgte ihm auf dem Fuße und zerstörte damit jede Hoffnung, dass sie es sich noch einmal anders überlegt hatte.

»Gut. Gehen wir es an«, sagte er, schwang das Bein über die Bordkante und ließ sich in das kalte Wasser fallen, dankbar dafür, dass sie nur eine kurze Strecke schwimmen mussten.

Wassertretend sah er zu, wie Edie ihm folgte, wobei sie sich als geübte Schwimmerin erwies.

Wenige Minuten später erreichten sie zitternd vor Kälte und schwer atmend vor Anstrengung einen schmalen Streifen Strand, der mit vom Kliff abgebrochenen Felsbrocken übersät war. Das Fischerboot hatte bereits wieder die Fahrt heimwärts aufgenommen; der Kapitän schien sich offenbar nicht die Mühe gemacht zu haben sicherzugehen, dass sie heil an Land gelangt waren.

Edie zog sich die Haube vom Kopf und deutete mit dem Kinn auf die beeindruckende Klippe. »Ohne Kletterausrüstung glaube ich nicht, dass wir da raufkommen.«

»Ich weiß aus sicherer Quelle, dass es einen schmalen Pfad nicht weit von hier gibt.« Diese Quelle war niemand anderes als der Barmann, der behauptet hatte, dass er als Jugendlicher schon oft die Klippe hochgeklettert war. So etwas wie eine örtliche Mutprobe.

Cædmon schwang einen gummierten Rucksack von der Schulter, aus dem er eine weitere wasserdichte Tasche zog, aus der er wiederum ein aufgewickeltes Kabel, ein Tauchermesser in einer Scheide, eine grüne Laserleuchte, zwei Taschenlampen, das GPS-Gerät, die Karte und zwei Paar Turnschuhe holte. Nachdem er die Ausrüstung noch einmal sorgfältig überprüft hatte, zog er seinen Taucheranzug aus. Wie Edie trug er schwarze Wanderkleidung unter seinem Anzug.

»Schätze, der Augenblick der Abrechnung ist gekommen, was?« Auch wenn Edie sich Mühe gab, ein tapferes Lächeln aufzusetzen, versagte sie dabei jämmerlich.

»Ja, ich fürchte, der Augenblick ist da.«

Mit geballter Faust holte er aus und versetzte Edie einen schnellen, präzisen Hieb gegen die Schläfe.

Sofort verdrehte sie die Augen, und er fing sie auf, als sie bewusstlos nach vorne sackte. K. o. geschlagen von der unsichtbaren Faust, die sie nicht hatte kommen sehen.

Sehr sanft bettete er sie auf ein Büschel Salzkraut und legte ihr den leeren Rucksack als Kissen unter den Kopf. Dann drückte er ihr eine Taschenlampe in die schlaffe Hand. Wenn er nicht zurück war, bevor sie wieder zu sich kam, oder wenn er überhaupt nicht zurückkehrte, dann würde sie damit Zeichen geben können, dass sie Hilfe brauchte.

Immer noch kniend, beugte er sich über sie und küsste sie sanft auf die Lippen.

»Es tut mir leid, Liebes. Aber du hast mir keine andere Wahl gelassen.«

82

Beinahe zwanghaft starrte Stanford MacFarlane immer wieder zu der unauffällig aussehenden Transportkiste auf der gegenüberliegenden Seite des Turmzimmers hinüber.

Schon bevor die Bundeslade für den Transport verpackt worden war, hatte er Stunden damit zugebracht, sie zu fixieren. Von Ehrfurcht ergriffen. Für jemanden, der die strenge Nüchternheit einer Baptistenkirche gewohnt war, besaß die Bundeslade eine nahezu heidnische Schönheit. Von dem grimmigen geflügelten Cherubimpaar auf dem goldenen Deckel bis zu den unverständlichen Symbolen, die an allen vier Seiten eingraviert waren, zeugte die Lade von einem alten und heiligen Erbe. Von einer Zeit, als Moses die Kinder Israels in das Land führte, das Gott ihnen versprochen hatte.

Nervös schob er seinen Klappstuhl zurück, griff nach dem Nachtsichtfernglas auf dem Campingtisch und ging zu der Fensteröffnung auf der anderen Seite des runden Raums. Der Turm war einst von den Rittern des Malteserordens dazu benutzt worden, den Schifffahrtsverkehr zu beobachten. Heute Nacht erfüllte er denselben Zweck, denn Stan hielt Ausschau nach der Luxusjacht, die diese Woche von Israel aus in See gestochen war. Ihr Eigentümer Moshe Reznick war Mitglied der Knesset, des israelischen Parlaments, und Mitbegründer der »Bewegung des Dritten Tempels«, und seine Jacht würde kurz in der Bucht vor Anker gehen, ihre kostbare Fracht aufnehmen und nach Haifa zurückkehren. Von dort würde die Bundeslade nach Jerusalem gebracht werden. Stan und Gunnery Sergeant Boyd Braxton würden die Lade auf ihrer Seereise begleiten. Der Rest seiner Männer flog zum Ben-Gurion-Flughafen, christliche Touristen auf einer Pilgerreise nach Jerusalem.

Die Jacht sollte noch in dieser Stunde ankommen.

Viele würden sich dafür aussprechen, dass die wiederentdeckte Bundeslade in einem Museum ausgestellt werden sollte, aber es gab nur einen einzigen Ort für sie, den Ort, den Gott für sie bestimmt hatte, den noch zu errichtenden Dritten Tempel in Jerusalem. Sobald er erbaut war, würde er tausend Jahre bestehen. Wie von dem Propheten Ezechiel vorhergesagt. Stans Verbündete, die »Bewegung des Dritten Tempels«, waren Juden, die glühend an die

Prophezeiungen Ezechiels glaubten und sicher waren, dass aus der Asche der großen Schlacht von Gog und Magog ein neuer Messias auferstehen würde.

Während manche Christen die Juden dafür verachteten, dass sie Christus getötet hatten, wusste Stan, dass Jesus selbst Jude gewesen war. Ebenso wie seine Eltern. Und all seine Vorfahren. Jedes einzelne Mitglied der ursprünglichen Kirche war Jude gewesen. Die Juden waren das erwählte Volk, die Hüter des ersten und des zweiten Tempels, die ursprünglichen Hüter der Bundeslade. Und in der kommenden großen Schlacht würden die Juden siegreich sein und das Schicksal erfüllen, das Ezechiel ihnen vorhergesagt hatte.

Als sein Laptop einen Signalton von sich gab, ließ Stan das Nachtsichtglas sinken und ging zurück zum Tisch.

Gelobt sei der Herr. Die heiß ersehnte E-Mail seiner Mitstreiter von der »Bewegung des Dritten Tempels«.

Er setzte sich vor den Computer, rief schnell die Nachricht auf und öffnete den Anhang.

»Wunderschön«, flüsterte er, als er die Entwurfzeichnung des Dritten Tempels betrachtete. »Einfach wunderschön.«

Basierend auf Ezechiels exakter Beschreibung – die Ellen waren in Metermaße umgerechnet worden – würde der Tempel auf derselben Stelle erbaut werden, auf der schon der erste und zweite Tempel einst gestanden hatten. Sobald er fertiggestellt war, würde seine Schönheit selbst Salomons sagenhaftes Wunderwerk in den Schatten stellen.

Nur noch zwei Tage.

Zwei Tage bis Id al-Adha. Dem muslimischen Opferfest. Zwei Millionen Muslime würden in Mekka versammelt sein. Und wenn diese zwei Millionen Muslime erfuhren, dass der Felsendom in Jerusalem zerstört worden war, dann würden sie gegen die Christen und Juden zu den Waffen greifen. Um zur grimmigen und blutdürstigen Armee von Gog zu werden. Wie von dem Propheten Ezechiel vorhergesagt.

Eine Schlacht zwischen Gut und Böse würde entbrennen.

Aber dieses Mal würden die Kreuzritter siegreich sein.

Sobald der Felsendom aus der Skyline Jerusalems verschwunden war, würden die Kinder Gottes endlich von der islamischen Tyrannei erlöst werden. Zum ersten Mal in achthundert Jahren würde der Tempelberg wieder ein Ort heiliger Verehrung sein.

Die Zerstörung des pompösen und heidnischen Felsendoms war bis ins kleinste Detail geplant, und die Muslime hatten diese Aufgabe sogar noch erleichtert. Seit Jahren ignorierten die islamischen Verwalter des Tempelbergs eine knapp zweihundert Meter lange Auswölbung in der südlichen Mauer. Mit Hilfe einiger sorgfältig platzierter Sprengsätze würde die antike Mauer einstürzen und die neu erbaute al-Marawani-Moschee mit sich reißen, die sich am südlichen Ende des Tempelbergs befand. Das darauf folgende Chaos würde es seinen Abrissexperten erlauben, einen Ring hochexplosiver Sprengsätze um die Außenmauer des üblicherweise streng bewachten Felsendoms zu legen.

Die Ungläubigen werden gar nicht wissen, wie ihnen geschieht.

Mit der zweiten Explosion wäre der Weg buchstäblich frei für die Erbauung des Dritten Tempels.

Erst dann konnte die Bundeslade an ihren angestammten Platz im Allerheiligsten zurückkehren. Erst dann konnte die Bundeslade das Mittel zur Vereinigung von Himmel und Erde werden. Und erst dann konnte ein neuer Bund zwischen Gott und den Menschen geschlossen werden, der den Weg für ein heiliges Königreich ebnete, das tausend Jahre blühen würde. Eine wahre Gottesherrschaft, in der über Ungläubige schnell und hart gerichtet werden würde. Eine christliche Nation unter Gott.

»Sir, die Wachen haben gerade ihre Runde gemacht und melden, dass alles klar ist.«

Stan blickte zu Gunnery Sergeant Boyd Braxton hinüber, der in der Tür stand, doch der Lagebericht konnte seine Befürchtungen nicht mildern. Bisher hatte sich der schlaksige Engländer als würdiger Gegner erwiesen, der es irgendwie geschafft hatte, zwei seiner besten Männer zu töten. Zwar konnte Aisquith unmöglich wissen, dass die Bundeslade nach Malta gebracht worden war, aber er konnte auch nicht vergessen, dass dem Mann gelungen war, woran viele vor ihm kläglich gescheitert waren – er hatte die Bundeslade gefunden.

»Halten Sie mich auf dem Laufenden.«

Stan schnappte sich wieder das Nachtsichtgerät und ging zum Fenster. Die Ellbogen auf den Kalksteinsims gestützt, richtete er den Blick hinaus aufs Meer.

Eine, wenn vom Land, zwei, wenn vom Wasser.

Er kicherte amüsiert, als ihm diese berühmte Gedichtzeile über das Signal der amerikanischen Unabhängigkeitskämpfer in den Sinn kam. Wie Paul Revere stand auch er kurz davor, eine Revolution zu entfachen. Eine Revolution von biblischen Ausmaßen.

83

Dankbar für das schwache Licht der Sterne über sich, kämpfte Cædmon sich den tückischen Pfad hoch, der in die Wand des Kalksteinkliffs gehauen war. Er konnte es nicht riskieren, die Taschenlampe zu benutzen, zumindest nicht, bis er den Gipfel erreicht und die Gegend überprüft hatte. MacFarlane hatte zweifellos Wachen aufgestellt. Männer, die nicht zögern würden, auf ein verdächtiges Licht zu schießen.

Seine vierzig Jahre alten Knie schmerzten vom Aufstieg, und er war sich nur zu deutlich der Tatsache bewusst, dass er weder die Mittel noch den Einfluss der britischen Regierung zu seiner Unterstützung hatte. Er war völlig auf sich allein gestellt. *Ein einsamer und hungriger Wolf.*

Amüsiert prustete er bei dem Gedanken los.

Im Schafspelz.

Leicht schnaufend erreichte er das baumlose, felsige Plateau. Ungefähr zweihundert Meter nordwestlich konnte er den Umriss des St. Paul's Tower erkennen, der einzigen sichtbaren Landmarke auf der kargen Klippe. Er wünschte sich, er hätte ein Nachtsichtfernglas, dennoch glaubte er, neben dem Turm etwas zu erkennen, das wie ein großer Militärlastwagen aussah.

Möglicherweise lagerte MacFarlane die Bundeslade im Turm. Außerhalb der Reichweite neugieriger Blicke. Oder sie befand sich transportbereit im Lastwagen.

Er scannte das Gelände, suchte nach dem leisesten Geräusch oder der Ahnung einer Bewegung. Irgendetwas, das ihm zeigte, dass er nicht allein war. Dass noch andere in den Schatten lauerten.

Gut zwei Minuten verstrichen, bevor er ein schwaches Aufflackern bemerkte, kaum mehr als ein stecknadelkopfgroßer Lichtpunkt.

Eine brennende Zigarette.

Das Ziel im Visier, hielt er darauf zu.

Während er sich den Weg über das mit Brombeersträuchern übersäte Plateau bahnte, kehrten seine Gedanken zu den Malteserrittern zurück, die fast drei Jahrhunderte lang auf dieser Felshöhe patrouilliert und ihre Domäne vor türkischen Korsaren beschützt hatten. Während der großen Belagerung von 1565 hatten sechzig standhafte Ritter das Fort St. Elmo gegen eine achthundert Mann starke türkische Streitmacht verteidigt. Vielleicht würde sich in dieser Nacht die Geschichte wiederholen.

Gott, das hoffe ich!

Bei dem Gedanken, dass er Edie Millers Gesicht vielleicht nie wieder sehen würde, fühlte er sich leer, doch er verdrängte diese Vorstellung und wandte seine Aufmerksamkeit dem Mann zu, der lässig an einem großen Brocken Kalkstein lehnte, mit einer brennenden Zigarette im Mundwinkel. Und einer MP5-Maschinenpistole im Arm. Obwohl er dies in der Dunkelheit unmöglich erkennen konnte, vermutete Cædmon, dass der Finger des Mannes am Abzug lag und die Waffe entsichert war.

Er hielt sich im Schatten, den der Kalksteinfelsen warf, und zog das zwölf Zentimeter lange Tauchermesser aus der Scheide. Die rechte Hand fest um den Griff geschlossen, bewegte er sich millimeterweise vorwärts und hoffte, der Wachposten würde sich nicht plötzlich umdrehen, betete, dass er nicht aus Versehen auf einen losen Stein trat. Zu seiner Bestürzung sah er, dass der Mann ein Headset am Ohr trug.

Wenn der Wachposten auch nur das kleinste Wimmern von sich gab, wäre das Spiel aus, bevor es überhaupt angefangen hatte.

Cædmon verlangsamte seine Atemzüge. Ein uralter Trick, um die Nerven zu beruhigen.

Dann, als er nur noch weniger als einen Meter von dem Mann entfernt war, sprang er vorwärts.

Mit einer geschmeidigen, sicheren Bewegung, die ihm durch seine lange zurückliegende Ausbildung in Fleisch und Blut übergegangen war, packte er den Mann von hinten, legte ihm die Hand über den Mund und riss seinen Kopf nach hinten, wodurch er Schlagader und Drosselvene entblößte. Zuerst ein Schlitzen. Dann ein Reißen.

Warmes Blut schoss aus der geöffneten Arterie.

Ein lautloses Töten.

Als der Wachposten zu Boden sank, schob Cædmon schnell den Finger in den Abzugsbügel der MP5 und riss dem Sterbenden die Waffe aus der Hand, da ein Schuss seinen Untergang bedeuten würde. Dann schlang er sich die Maschinenpistole am Schulterriemen über die Schulter, ging neben dem toten Wachposten in die Hocke und nahm ihm das Sprechfunkgerät ab, das Segen und Fluch zugleich war. Er konnte damit zwar die Bewegungen der Wachposten in und um den Turm herum verfolgen, aber wenn der Mann keine Meldung mehr machte, würden MacFarlane und seine Handlanger wissen, dass sie einen Feind in ihrer Mitte hatten.

84

Edie setzte sich auf und hustete trocken, denn die kalte Seeluft schmerzte in ihrer Lunge.

Verdammter Cædmon Aisquith.

Der Kopf tat ihr weh. Der Körper tat ihr weh. Und – was nicht überraschend war- das Herz tat ihr weh, weil Cædmon ihr nicht zugetraut hatte, das Ihrige zu leisten. *Was hatte er also getan?* Er hatte sie abgesägt. Ohne Warnung. Ohne Diskussion. Einfach nur *Peng*, das war's, Lady!

Sie rollte sich auf alle viere und kam unbeholfen auf die Füße. Dann sah sie auf ihr Handgelenk. *Keine Uhr.* Da die billige Timex nicht wasserdicht war, hatte sie sie im Hotel gelassen.

Wie lange war sie wohl weggetreten? Hoffentlich nicht zu lange.

Mit einem Ächzen bückte sie sich und hob die Taschenlampe auf.

»Wie rücksichtsvoll«, murmelte sie und wünschte sich, ihr unentschuldigt abwesender Partner hätte ihr stattdessen lieber eine Schachtel Aspirin dagelassen.

Da ihr klar war, dass ihre Wut sie nicht von diesem schmalen Streifen Strand wegbringen würde, legte Edie den Kopf in den Nacken und spähte nach oben. Die Klippe wirkte wie eine uneinnehmbare Festung. Eine Festung, die sie zu erklimmen gedachte. Erst vor wenigen Monaten hatte sie die Kletterwand in einem der größten Sportartikelläden Washingtons bezwungen.

Also, ich bin startklar.

Cædmon hatte etwas von einem Pfad erwähnt, also suchte sie die felsige Küstenlinie ab, schaltete die Taschenlampe ein und folgte den Fußspuren, die er im Sand hinterlassen hatte, gute zehn Meter weit.

Geradewegs bis zum Fuß des Pfades.

Aus Angst, dass die Taschenlampe Aufmerksamkeit erregen

könnte, schaltete sie sie aus und befestigte sie an einer der Gummischlaufen am Bund ihrer Hose. Nun hatte sie die Hände frei und begann vorsichtig mit dem Aufstieg über die in den Fels gehauenen Steinstufen. Sie fragte sich, ob es die Korsaren oder die Malteserritter gewesen waren, die diese Art Treppe in den Felshang gemeißelt hatten. Zweifellos könnte Cædmon diese unbedeutende Information mühelos aus dem Hut zaubern. Wenn er hier wäre.

Soll ihn doch der Teufel holen. Der Mann glaubte doch tatsächlich, dass er es mit diesem Weltuntergangspropheten ganz alleine aufnehmen konnte. MacFarlane würde sich mit Händen und Füßen wehren. Und seine treuen Anhänger würden noch weitaus tödlichere Waffen einsetzen.

Dieser Gedanke spornte sie an, und sie warf einen Blick hinter sich, nur um festzustellen, dass sie erst die Hälfte des Weges zurückgelegt hatte. Ihr Atem ging zusehends schwerer, und sie stellte fest, dass sie jämmerlich außer Form war, doch sie kämpfte sich weiter nach oben, und schließlich erreichte sie durch schiere Willenskraft das Plateau; ihre Beinmuskeln hatten sich längst in Gummi verwandelt. Sie hatte sich die Handfläche aufgerissen, doch da sie nichts hatte, um sie zu verarzten, wischte sie sich das Blut einfach am Hosenbein ab.

Sie befand sich auf einem flachen Felsrücken, einem unbarmherzigen Ort, der bei Tageslicht wohl wie die kahle Oberfläche eines Asteroiden wirken musste. Nur der schwache Duft nach Rosmarin ließ erahnen, dass es hier tatsächlich eine Art von Vegetation gab.

In der Ferne konnte sie einen hohen Turm erkennen. Da das das einzige Gebäude in Sicht war, wandte sie sich in diese Richtung.

Als sie näher kam, sah sie einen großen, mit einer Plane geschlossenen Lastwagen vor dem Turm parken, die Art von Fahrzeug, die man in einem Militärcamp findet. In der Hoffnung, dass er nicht voller bewaffneter Soldaten war, hielt sie darauf zu. Sie versuchte, möglichst weit unten zu bleiben, und rannte tief gebückt. So wie die Leute in den Filmen immer herumhuschten.

Doch sie war noch nicht weit gekommen, als sie einen Bär von einem Mann aus dem Turm kommen und auf den Lastwagen zugehen sah.

Boyd Braxton.

Entsetzt kam Edie abrupt zum Stehen. Sie brauchte schnellstens irgendeine Waffe, also hob sie einen scharfkantigen Felsbrocken vom Boden auf.

Gott, gib mir Kraft.

Die Art von Kraft, die es Samson ermöglicht hatte, tausend Feinde mit dem Kieferknochen eines Esels zu erschlagen.

Edie warf einen Blick auf den erbärmlichen Stein, den sie umklammert hielt.

Wenn sie doch nur den Kieferknochen eines Esels hätte!

85

Cædmon starrte den Wachturm an, der drohend in knapp hundert Meter Entfernung aufragte, und sann über seinen nächsten Schritt nach. Abwesend streichelte er das glatte Metall der MP5 und fragte sich, ob nicht vielleicht ein kleiner Überraschungsangriff angebracht wäre. Das würde selbstverständlich MacFarlanes Aufmerksamkeit wecken.

Und zweifellos obendrein dafür sorgen, dass er umgebracht wurde. Ohne jemals die Bundeslade zu Gesicht bekommen zu haben.

Nein, er brauchte eine weitaus subtilere Taktik. Etwas, das MacFarlanes Männer vom Turm, wo sich seiner Vermutung nach die Bundeslade befand, weglockte und es ihm ermöglichte, sich hineinzuschleichen und der Schlange den Kopf abzuschlagen. Und vielleicht, wenn er Glück hatte, konnte er entkommen, ohne dass einer der Schlägertypen der Schlange davon etwas bemerkte. Der schlaue Fuchs, der die wilde Hundemeute austrickst.

Aber wie für ein Ablenkungsmanöver sorgen?

An jedem anderen Ort der Welt hätte er ein Feuer gelegt. Hier allerdings war, abgesehen von ein paar windzerzausten Brombeersträuchern, nichts Brennbares zu finden. Er hatte noch die Laserleuchte, die er in letzter Minute gekauft hatte. Vielleicht konnte er damit etwas anstellen.

Wie jemand, der von einem Pendel hypnotisiert war, hörte er nicht auf, den Turm anzustarren. Die Bundeslade war zum Greifen nahe. Und dennoch völlig unerreichbar.

Hatte Stanford MacFarlane ihre Geheimnisse bereits entschlüsselt? Hatte er die Steine des Feuers angelegt, vor der Bundeslade gestanden und direkt mit Gott gesprochen?

»Wir haben einen Eindringling im nordwestlichen Planquadrat. Jemand hat den Sicherheitslaser ausgelöst.«

Als Cædmon die körperlose Stimme in seinem Headset vernahm, schnürte es ihm die Kehle zu.

Edie.

Angestrengt suchte er mit den Augen die Landspitze nach der vertrauten, gelockten Silhouette ab, denn er wusste, dass er sie finden musste, bevor MacFarlane es tat.

86

Starr wie eine griechische Statue beobachtete Edie, wie Boyd Braxton die Segeltuchplane des Militärlastwagens zurückschlug und die hintere Ladeklappe öffnete. Sie vermutete, dass er dabei war, etwas auszuladen. Oder dass er andererseits etwas *in* den Lastwagen laden wollte. Was immer es auch war, es musste etwas mit der Bundeslade zu tun haben. Davon war sie überzeugt.

Mit tiefen, kontrollierten Atemzügen beobachtete sie Braxton weiter und wunderte sich, warum er plötzlich den Finger ans Ohr presste. Unmittelbar bevor er die Pistole aus dem Schulterholster zog, auf dem Absatz kehrtmachte und davonlief.

Irgendetwas hatte dem Mann Feuer unter dem Hintern gemacht. Aber was konnte das nur …

Oh Gott! Cædmon.

Sie drehte den Kopf nach links und rechts, blinzelte in die Dunkelheit, um besser sehen zu können, und suchte das felsige Plateau ab. Es war genauso, als wollte sie die dunkle Seite des Mondes absuchen. Als ihr bewusst wurde, dass es hier, ähnlich wie auf dem Mond, nirgends einen Platz zum Verstecken gab, begann sie zu zittern.

Wenige Augenblicke später kamen vier Männer aus dem Turm, die etwas trugen, das wie eine große Holzkiste aussah. Zwei weitere Männer, die kurzen Maschinenpistolen griffbereit, folgten ihnen auf dem Fuße.

Sofort war Edie klar, dass sich die Bundeslade in der Kiste befand.

Das Herz schlug ihr schmerzhaft gegen die Rippen, während sie zusah, wie sie auf den Lastwagen geladen wurde. Dann bezogen die zwei bewaffneten Wachen zu beiden Seiten des Fahrzeugs Stellung und die vier Träger kehrten in den Turm zurück.

Langsam zog sie sich von ihrem Beobachtungsposten zurück, doch sie hatte nicht mehr als drei zaghafte Schritte getan, als sich ihr eine große Hand über den Mund legte und ein unsichtbarer Angreifer sie regelrecht vom Boden hochriss.

87

»Klappe halten!«, zischte ihr eine eindeutig englische Stimme ins Ohr. »Wir wollen nicht, dass sie uns hören.«

Cædmon nahm die Hand von ihrem Mund und trat vor sie.

Überrascht sah Edie, dass er eine Maschinenpistole umhängen hatte. Er nahm ihr den Felsbrocken, den sie noch immer umklammert hielt, aus der Hand.

»Dazu müssten sie erst einmal wissen, dass wir hier …«

»Das wissen sie!«

Er packte sie am Arm und zog sie kurzerhand zu Boden, wo sie sich kampfbereit in der Hocke gegenüberkauerten.

»Hast du eigentlich deinen verdammten Verstand verloren?« Sein warmer Atem streifte ihr Gesicht.

»Ich bin nun einmal hier. Komm damit klar.«

»Ich kann dich jederzeit wieder bewusstlos schlagen, also sag mir bitte nicht, was ich tun soll.«

»Dabei fällt mir ein … Musstest du mich so fest schlagen?«

»Sei dankbar, dass ich es war, der dich geschlagen hat, und nicht MacFarlanes Schlägertypen. Und bevor du weiter auf mich losgehst: Ich hatte keine andere Wahl.« Einige Sekunden lang sah er ihr in die Augen. Dann hob er die Hand und streichelte ihr sanft über die Wange. »Es tut mir wirklich leid, dass ich dir wehtun musste, Edie.« Sowohl seine Züge als auch seine Stimme waren merklich weicher geworden.

»Mehr als alles andere sind meine Gefühle verletzt. Vor allem, weil du mir nicht genug vertraust, um …«

»Ich würde dir mein Leben anvertrauen. Und ich werde alles tun, was in meiner Macht steht, um deines zu beschützen.« Er zog seine Hand zurück, nahm sie beim Ellbogen und zog sie mit sich hoch. »Du tust, was ich sage. Keine verrückten Heldentaten, oder ich stopfe dir mein Taschentuch in den Mund und fessle dich an Händen und Füßen.«

»Wenn du das tust, dann kann ich dir aber nicht sagen, dass sie die Bundeslade hinten in diesen großen Lastwagen geladen haben. Oh, und wie wärs, wenn du mir eine Waffe gibst?«

Er griff in seine Tasche und zog etwas heraus, das ein wenig wie ein Füllfederhalter aussah. »Hier.«

»Und was soll ich damit?«

»Leuchte damit einem Angreifer direkt in die Augen. Ich habe jetzt nicht die Zeit, dir die Einzelheiten zu erklären, ich sage nur so viel, dass es sofort einen Zustand vorübergehender Blindheit verursacht. Also vergewissere dich besser, dass das gefährliche Ende von dir wegzeigt, wenn du das Licht einschaltest.«

Edie nahm den Laser an sich. »Ich hatte eigentlich gehofft, du gibst mir dein Tauchermesser, da du es ja offensichtlich geschafft hast, dir eine Maschinen…«

In diesem Moment hörte sie das Geräusch – Gummi auf Stein – eines gestiefelten Fußes.

Panisch sah sie Cædmon an.

Erstaunlich ruhig legte dieser den linken Zeigefinger zum Schweigen mahnend an die Lippen, während er gleichzeitig den rechten Zeigefinger an den Abzug der Maschinenpistole legte.

Urplötzlich, mit einer Geschwindigkeit, die Edie erstaunte, machte Cædmon eine blitzschnelle Kehrtwende.

»Waffe fallen lassen und runter mit dem Headset! Sofort!«

Boyd Braxton, der erkannte, dass seine Pistole mit Cædmons mächtigerer Waffe nicht mithalten konnte, legte gehorsam die Pistole auf den Boden und schob sie mit dem Fuß in Cædmons Richtung. Dann nahm er das Headset ab und schleuderte es mit einem abfälligen Lächeln mehrere Schritte weit weg. »Das wolltest du doch nicht haben, oder?«

Aus Sorge, das Mikrofon des Headsets könnte eingeschaltet sein, lief Edie hin und ließ den Absatz ihres Schuhs auf das Gerät niederschmettern.

Sofort verschwand das Lächeln vom Gesicht des Unholds. Als sie an ihm vorbeiging, bemerkte Edie das Pflaster an Braxtons Schläfe, das in der Dunkelheit unwirklich leuchtete. Eine Wunde, die er Cædmon und einer gut gezielten Flasche zu verdanken hatte. Sie erwiderte das abfällige Lächeln.

Braxton trat auf sie zu, die rechte Hand zur Faust geballt.

»Fass sie an, und ich jage dir mit Freuden ein Pfund Blei in den Leib.«

Auf einen Blick sah Edie, dass das keine leere Drohung war. Tatsächlich fing sie an zu begreifen, dass Cædmon Aisquith niemals leere Drohungen aussprach.

»Sie hat dich richtig um den kleinen Finger gewickelt, nicht?«, kicherte Braxton. »Schätze, du weißt inzwischen, dass sie ein richtig geiles kleines Stück ist, was? Teufel, ich hab einen Steifen, seit ich die lockige Schlampe zum ersten Mal gesehen hab.«

Cædmons Schultern entspannten sich sichtbar, und er lächelte Braxton anzüglich zu … bevor er ihm hart in den Schritt trat.

Der Hüne klang wie ein brüllender Esel, als er auf die Knie fiel und sich mit beiden Händen die Hoden hielt.

»Ich hoffe, das hat dir etwas Erleichterung verschafft.« Dann wandte Cædmon sich zu Edie. »Bitte entschuldige.«

Gerade wollte sie antworten: »Was denn?«, doch stattdessen fiel ihr entsetzt die Kinnlade herunter, als sie vier Männer erblickte, die plötzlich und völlig lautlos wie aus dem Nichts aufgetaucht waren. Schulter an Schulter standen sie drei Meter hinter Cædmon.

Die fleischgewordenen vier Reiter der Apokalypse.

Bevor sie noch eine Warnung rufen konnte, flammte ein Flutlicht auf und erhellte die ganze Umgebung.

»Sie wären gut damit beraten, Mr. Aisquith, die Waffe auf den Boden zu legen. Sehr, sehr langsam.«

Völlig ruhig, ohne auch nur über die Schulter zu blicken, löste Cædmon den ledernen Schulterriemen der Maschinenpistole. Die Waffe in der linken Hand, die rechte Hand in die Höhe haltend, sodass sie gut zu sehen war, bückte er sich langsam und legte die Maschinenpistole auf den Boden.

Stanford MacFarlane trat vor, hob die Waffe auf und reichte sie Boyd Braxton.

»Hier, Junge. Sie sehen aus, als könnten Sie die hier gebrauchen.«

Immer noch gekrümmt und um Atem ringend richtete Braxton

sich gerade genug auf, um die Waffe direkt auf Cædmons Brust zu richten.

Ohne nachzudenken packte Edie MacFarlane am Arm, da er der einzige Mann war, der Braxton davon abhalten konnte, den Abzug zu drücken.

»Von Christ zu Christ… lassen Sie nicht zu, dass er das tut«, flehte sie, bereit, sich ihm vor die gestiefelten Füße zu werfen, wenn das nötig war, um Cædmons Leben zu retten.

»Sie sind keine Christin!«, brüllte MacFarlane, das Gesicht zu einer hässlichen Fratze verzerrt. »Sie sind eine Hure!«

88

»Und Sie sind ein widerlicher Schandfleck auf einem schneeweißen Laken«, zischte Cædmon MacFarlane an, da ihm als Waffe nur noch Worte blieben.

Der Colonel, der ungehorsame Worte oder Taten nicht gewohnt war, sah aus, als bekäme er einen Schlaganfall. Wie ein Prophet des Alten Testaments kurz vor einem Hirnschlag.

»Ich will, dass er durchsucht wird, bevor er getötet wird«, bellte MacFarlane einen seiner Männer an.

Cædmon, dem die Situation völlig entglitten war, stand bewegungslos da, während ein Muskelprotz mit rasiertem Schädel ihn grob nach Waffen abtastete. Die Taschenlampe warf er beiseite, das GPS-Gerät und das Tauchermesser gab er seinem Anführer. MacFarlane musterte die beschlagnahmten Gegenstände kurz, bevor er sie einem anderen seiner Männer anvertraute.

Immer noch nach Atem ringend erhob Braxton sich zu voller Größe und verwandelte sich von einem verwundeten Bären in einen furchteinflößenden Berg von einem Mann. »Sagen wir einfach, ich werd dich nicht vermissen, wenn du weg bist.«

Cædmon hatte immer gewusst, dass es einmal so enden würde, deshalb starrte er seinem Henker trotzig ins Gesicht. Dabei tauchte Goyas berühmtes Gemälde *Die Erschießung der Aufständischen* vor seinem inneren Auge auf. Blutvergießen und Gewalt waren das Glied, das eine Epoche unausweichlich mit der nächsten verkettete.

»Wende das Gesicht ab, Weib«, befahl MacFarlane. »Es sei denn, du hast eine Vorliebe für Blutvergießen.«

»Sie töten ihn, Sie töten den Boten!«

Als Cædmon das hörte, ruckte sein Kopf in Edies Richtung.

Den Boten?

Was in Gottes Namen hatte sie vor? Eindeutig eine List, aber er hatte keine Ahnung, was sie mit der Lüge meinte oder bezwecken wollte. Damit, dass sie ihm die Rolle eines glücklosen Boten übertrug.

Edie verblüffte jeden Anwesenden einschließlich Cædmon, als sie fortfuhr: »Und irgendetwas sagt mir, dass Sie hören wollen, was der MI5 zu sagen hat. Sie wissen alles über Ihren geplanten Terroranschlag auf den Felsendom. Gut für Sie, dass sie die Bundeslade wollen, was der Grund ist, warum sie sich auf einen Deal einlassen wollen. Aber alle Angebote sind vom Tisch, wenn Sie Cædmon Aisquith niederschießen. Die Jungs der Queen haben es nicht gern, wenn man einen von ihnen umbringt. Ehrlich gesagt würden sie es sehr persönlich nehmen, wenn ihm etwa zustoßen sollte.«

Obwohl MacFarlanes Gesicht im Schatten lag, konnte Cædmon sehen, dass der ältere Mann nicht im Geringsten überrascht schien, von seiner Verbindung zum MI5 zu hören.

Teufel noch mal! Edies List könnte tatsächlich funktionieren. Zweifellos hatte Stanford MacFarlane, wie die meisten Amerikaner, Ehrfurcht vor dem Mighty Five.

Mit einer schroffen Handbewegung bedeutete MacFarlane Boyd Braxton, sich zurückzuhalten. Mit schmalen Augen ließ der Hüne die Maschinenpistole sinken. Dann knurrte er wie ein tollwütiges Tier und wackelte dreist mit dem Zeigefinger vor dem Abzug.

Die wortlose Botschaft war deutlich – mit nur einem Fingerdruck konnte er augenblicklich Cædmons Leben ein Ende setzen.

Da er über Braxton keine Kontrolle hatte, wandte Cædmon seine Aufmerksamkeit stattdessen dem Befehlshaber des Riesen zu. Und er wusste genau, dass die besten Lügen aus der Wahrheit geschmiedet wurden. Also sagte er die Wahrheit. »Seit unserer letzten Begegnung habe ich meine Zeit weise genutzt. Mit Miss Millers Hilfe habe ich ein ausführliches Dossier zusammengestellt.«

»Komplett mit Fotos und Karten«, spann Edie eine weitere haarsträubende Lüge auf ihrem improvisierten Webstuhl.

»Da müssen Sie schon ein wenig deutlicher werden.« MacFarlanes Kiefermuskeln zuckten angespannt.

»Wie Edie bereits erwähnte, ist das Thames House über Ihren Plan, den Felsendom in zwei Tagen am Id al-Adha zu zerstören, informiert«, antwortete Cædmon, der sich schnell ein, wie er hoffte, plausibles Szenario zusammengeschustert hatte. »Und, um Ihre nächste Frage zu beantworten: Five hat bereits Kontakt mit seinen israelischen Kollegen aufgenommen. In dem Augenblick, in dem Sie Israel betreten, wird der Mossad Ihnen die Schlinge um den Hals legen. Die Israelis haben nicht gerade viel übrig für Terroristen.«

»Und der Deal?« Abgesehen von einem angespannten Zug um den Mund gab MacFarlane keinerlei sichtbares Zeichen, ob er die Geschichte glaubte oder nicht.

»Der Deal ist einfach: Ergeben Sie sich den britischen Behörden und Sie erhalten eine humane und höfliche Behandlung. Lehnen Sie das Angebot ab, werden Sie dem Mossad ausgeliefert. Meines Wissens sind dessen Verhörmethoden reichlich brutal.«

»Für den Fall, dass Sie es vergessen haben sollten, ich bin amerikanischer Staatsbürger«, stellte MacFarlane fest, als würde ihm das eine Art Blankovollmacht verleihen.

»Glauben Sie, dass das die Israelis interessiert? Für die sind Sie nur ein Terrorist, der beabsichtigt, die heiligste Stätte in ganz Jerusalem zu zerstören.«

Das Zucken in MacFarlanes Kiefer wurde deutlicher. »Und was ist mit der Bundeslade?«

Langsam begann Cædmon zu glauben, dass das hier möglicherweise tatsächlich ein Coup ohne Blutvergießen werden könnte. »Sie muss der Regierung ihrer Majestät übergeben werden. Wäre da nicht die Tatsache, dass Sie die Bundeslade in Ihrem Besitz haben, hätte man Sie bereits den Israelis ausgeliefert.« Cædmon sah auf seine Armbanduhr. 22:20 Uhr. »Wenn Sie sich nicht bis dreiundzwanzig hundert dem britischen Konsulat ergeben, ist der Deal null und nichtig.« Natürlich hatte er keine Ahnung, ob das Konsulat um diese Zeit überhaupt besetzt war. Doch darüber würde er sich erst den Kopf zerbrechen, wenn es nötig war.

Eine angespannte Stille folgte, und das einzige Geräusch war das leise Trommeln von Braxtons Fingern auf dem Schaft seiner MP5. Cædmon vermied es bewusst, Edie anzusehen, denn jede Kommunikation, sogar ein stummer Blickwechsel, würde bemerkt werden, während MacFarlane dabei war, bei der Geschichte die Spreu vom Weizen zu trennen.

»Von Anfang an habe ich mich gefragt, ob Sie den britischen Geheimdienst kontaktieren würden«, sagte MacFarlane schließlich nach einer scheinbar unendlichen Pause. »Aber da ich weiß, welche Macht die Bundeslade birgt, sagt mir irgendetwas, dass Sie den MI5 gern aus der Angelegenheit heraushalten würden. Warum? Weil ich annehme, dass Sie wie die meisten Menschen die Bundeslade für sich selbst wollen. Das ist der Grund, warum Galen of Godmersham seinen Brüdern, den Rittern des Malteserordens, gegenüber nichts von seinem außergewöhnlichen Fund erwähnte, obwohl es seine Pflicht gewesen wäre. Stattdessen schleppte er die Bundeslade nach England, wo er sie sofort versteckte.« MacFarlane trat ein paar Schritte auf Cædmon zu und das Zucken in seinem Kiefer war nicht mehr zu sehen. »Also stellt sich mir die Frage … Warum sollten Sie ein besserer Mensch sein als dieser tapfere Ritter?«

Cædmon zuckte mit den Schultern. »Weil ich mit einem gravierenden Problem konfrontiert wurde, mit dem Galen of Godmersham sich nicht auseinandersetzen musste.«

»Und was für ein Problem wäre das?«

»Wie man am besten die Zerstörung des Felsendoms verhindert. Ich mag zwar tapfer sein, aber ich bin auch nur eine Ein-Mann-Armee«, fügte er witzelnd hinzu, in der Hoffnung, der Geschichte wieder glaubhaften Schwung zu verleihen. »Deshalb hatte ich keine andere Wahl, als das Thames House zu kontaktieren. Besser, das Britische Museum hat die Bundeslade als ein Mann, der darauf versessen ist, die Welt zu zerstören.« Schon in dem Moment, als Cædmon die Worte über die Lippen kamen, wusste er, dass sie der Wahrheit entsprachen, und er verfluchte sich insgeheim dafür, dass er sich nicht an seine ehemalige Dienststelle gewandt hatte. Dass er, wie Galen of Godmersham, gedacht hatte, er könnte die Bundeslade selbst behalten.

»Und als der bedauernswerte Ritter dies sah, war sein Tod wohlverdient.« Endlich ergab die rätselhafte Zeile aus den Quartetten für ihn einen Sinn.

»Merken Sie sich meine Worte, der Tag des Jüngsten Gerichts steht uns bald bevor. Und wenn er angebrochen ist, dann werden wir mit göttlicher Offenbarung die Bestie der Niedertracht erschlagen.« Während Stanford MacFarlane sprach, drehte er zwanghaft an dem silbernen Ring mit dem Jerusalemkreuz, den er am rechten Ringfinger trug, und Cædmon hatte den Verdacht, dass der Ring für ihn eine Art Anker darstellte. Beim Anblick dieser unablässigen Bewegung befürchtete er, dass sich die Waagschale gerade geneigt hatte. Und zwar in die falsche Richtung.

Edie, die bislang geschwiegen hatte, deutete auf eine Reihe von Lichtern draußen in der Bucht. »Der Tag des Jüngsten Gerichts ist bereits im Anmarsch. In schwarzen Kampfanzügen und mit recht beeindruckender Feuerkraft. Ihr Typen habt nur noch ein paar Minuten, um euch zu ergeben«, tönte sie mit einem großspurigen Lächeln und trug ihre aufgesetzte Tapferkeit zur Schau wie ein neues Kleid.

Gütiger Gott. Die Frau klang wie ein Hollywood-Drehbuch.

Ohne Vorwarnung packte MacFarlane Edie an den Haaren und riss sie an sich. Obwohl sie sich verzweifelt wand, um freizukommen, wickelte er sich ihre Locken um die Faust, zog ihr den Kopf in den Nacken und entblößte ihre Kehle. Dann streckte er die Hand aus, mit der Handfläche nach oben. »Gebt mir das Tauchermesser.«

Cædmon machte einen Satz, doch einer von MacFarlanes Männern holte ihn mit einem Schlag seines Pistolenlaufs gegen die Schläfe wieder zurück.

Da ihm klar war, dass er Edie als Toter nicht würde retten können, blieb er bewegungslos stehen. Edie spürte offensichtlich, dass sie nicht entkommen konnte, und hörte auf, sich zu wehren.

»Wissen Sie, mein Junge, ich habe das komische Gefühl, dass Sie und Ihre lockenköpfige Hure mich anlügen.« Mit einem höhnischen Lächeln sah MacFarlane ihm fest in die Augen. »Ich weiß, dass Sie ein ausgebildeter Geheimagent sind. Also nehme ich an, Sie haben die mentale Stärke, um zuzusehen, wie ich Ihrer hübschen Freundin eine Waffe an den Kopf halte.« Während er sprach, fuhr er leicht mit der Klinge Edies an Wange entlang. »Aber haben Sie auch einen starken Magen, um zuzusehen, wie ich ihr das Fleisch in langen, blutigen Streifen von den Knochen schneide?«

Obwohl ihr Hals überdehnt war wie eine straff gespannte Bogensehne, versuchte Edie dennoch, den Kopf zu schütteln. Versuchte, ihn dazu zu bringen, nicht zu verraten, dass keine schwarzgekleidete Kommandotruppe zu Hilfe eilte.

Eine tapfere Frau. Aber was noch wichtiger war, eine geliebte Frau.

»Wie ich vorhin bereits sagte, habe ich tatsächlich ein Dossier zusammengestellt, das alles beschreibt, was seit Jonathan Padghams Ermordung vor sechs Tagen geschehen ist«, gestand er. Die Partie war verloren, seine Dame war ihm genommen worden. »Der Bericht beinhaltet zudem eine detaillierte Bedrohungsanalyse Ihres geplanten Attentats auf den Felsendom.«

»Wo befindet sich das Dossier?«

»Im Safe des Dragonara-Hotels.« Cædmon hatte sich sorgsam auf einen solchen Augenblick vorbereitet, und nun spielte er die Karte aus, von der er hoffte, dass es ihre Du-kommst-aus-dem-Gefängnis-frei-Karte war. »Wenn Edie und ich nicht bis um acht Uhr morgens ins Dragonara-Hotel zurückgekehrt sind, dann wird das Dossier umgehend zum britischen Konsulat gebracht. Von dort wird es an den MI5 weitergeleitet. Sie sind klug genug, um zu erkennen, dass es von Vorteil wäre, uns am Leben zu lassen. Also, würden Sie nun bitte Miss Millers Haar loslassen?«

MacFarlane lockerte seinen Griff und wickelte eine Handbreit von Edies Haar ab. Gerade genug, damit sie den Kopf bewegen konnte, aber nicht genug, um zu entkommen.

»Woher weiß ich, dass Sie die Wahrheit sagen?«

»Wie bei Ihrem Glauben an die Prophezeiungen des Alten Testaments werden Sie mir ebenfalls einfach glauben müssen.«

MacFarlane ließ Edies Haar los, murmelte etwas von »verlogenen Huren« und stieß sie weg. Mit offenen Armen fing Cædmon sie auf und drückte sie an die Brust.

»Sie und die Hure haben eine Gnadenfrist.«

Cædmon war sofort klar, dass er und Edie von mindestens einem von MacFarlanes Männern zum Dragonara eskortiert werden würden. Dort angekommen würde man sie zwingen, das Dossier aus dem Hotelsafe zu holen und es ihnen auszuhändigen. Und dann würden sie höchstwahrscheinlich exekutiert werden. Alles in allem würde die Gnadenfrist nicht mehr als ein paar Stunden betragen. Es war so, als würde man von einem Glasbodenboot aus einen Killerhai beobachten, während man genau weiß, dass das Boot ein großes Leck hat.

Das Mobiltelefon an MacFarlanes Gürtel klingelte. Der Colonel nahm den Anruf entgegen und drehte der Gruppe dabei den

Rücken zu. Kurz darauf beendete er das Gespräch und wandte sich an Boyd Braxton.

»Rufen Sie die Truppen zusammen. Wir sind bereit, in See zu stechen.«

Hektisch zupfte Edie Cædmon am Ärmel. »Das Schiff, das gerade in die Bucht gefahren ist… Ich wette, so bekommen sie die Bundeslade aus Malta raus«, zischte sie ihm ins Ohr.

»Ich glaube, du hast recht.«

»Die Hure hat recht«, bestätigte MacFarlane, der die Unterhaltung mit angehört hatte. »Nicht nur, dass ich vom Allmächtigen mit dieser Mission beauftragt wurde, Gott handelt auch durch mich. Wie sonst erklärten Sie sich, dass die Bundeslade nach dreitausend Jahren wieder zurückerobert wurde?« Er lächelte, und in seinen Augen glühte ein inneres Feuer, was Cædmons Verdacht bestätigte, dass Stanford MacFarlane verrückt war. Der Mann litt an einem ausgewachsenen Messias-Komplex.

»Na ja, ich würde an Ihrer Stelle noch nicht die Vorhänge ausmessen«, spottete Edie. »Wenn Sie auch nur eine Sekunde lang glauben, dass die guten, geistig gesunden, anständigen Leute dieser Welt tatenlos zusehen, wie Sie und Ihre fehlgeleiteten Anhänger den nächsten Weltkrieg anzetteln, dann sind Sie schief gewickelt.«

»Gott sprach durch den Propheten Ezechiel, damit sein Wille der Welt mitgeteilt werde. Ich werde dafür sorgen, dass seine Befehle ausgeführt werden.«

»Es gibt kein größeres Sakrileg, als Gottes Platz einzunehmen«, sagte Cædmon ruhig. »Menschen wie Sie entwürdigen nicht nur die menschliche Seele, Sie entwürdigen das Wesen Gottes.«

»Bald werden Sie und Ihre Hure erfahren, was die Strafe dafür ist, sich mit dem Teufel einzulassen«, versetzte MacFarlane. Dann deutete er mit anklagendem Finger auf sie. »›Mit den bösen Menschen aber und Betrügern wird's je länger, desto ärger: Sie verführen und werden verführt‹. Gallagher, bringen Sie sie fort!«

Ein kahlköpfiger Untergebener trat einsatzbereit mit einer Automatikpistole in der Hand auf sie zu.

»Wenigstens konnten wir ein wenig Zeit für uns herausschlagen«, flüsterte Edie.

Cædmon sah zu den Lichtern in der Bucht hinaus. »Ja, aber was ist mit dem Rest der Welt? Für den tickt der Weltuntergangs-Countdown weiter.«

89

»›Warnst du aber den Gottlosen vor seinem Wege, dass er von ihm umkehre, und er will von seinem Wege nicht umkehren, so wird er um seiner Sünde willen sterben‹«, zitierte Gallagher, während er Edie und Cædmon anwies, sich auf einen Kalksteinfelsen in der Nähe zu setzen.

Erschöpft ließ Cædmon sich auf den Felsen fallen. »Langsam habe ich wirklich genug von diesem apokalyptischen Geschwafel.«

Wortlos setzte Edie sich neben ihn, während sich knapp hundert Meter weiter MacFarlane und sein Team in den Militärlastwagen quetschten. Den Lastwagen, in den sie vorhin die Bundeslade geladen hatten. Der Plan war vermutlich, mit dem Lastwagen zum Ufer zu fahren und die Bundeslade dann mit einem kleinen Boot zur Jacht überzusetzen.

Von da an ginge es geradewegs nach Israel.

Dieser Gedanke machte sie wütend und ängstlich zugleich. Doch es war eine ohnmächtige Wut. Und eine ebenso ohnmächtige Angst. Es gab nichts, was sie oder Cædmon tun konnten, um zu verhindern, dass die alten Prophezeiungen sich erfüllten. Da die Endzeit drohend über ihnen hing, war die Stimme der Vernunft auf unheimliche Weise verstummt. Stattdessen hatte Edie sich wieder in das verängstigte Kind zurückverwandelt, das sich vor dem Tod und der Zerstörung fürchtete, die ein wesentlicher Bestandteil von Gottes Zorn waren.

»Cædmon, ich habe Angst. Ich will nicht, dass es zu Ende geht. Nicht mit der Welt. Und nicht mit uns«, murmelte sie.

Cædmon legte ihr den Arm um die Schulter und zog sie eng an sich. »Wie die Iren so gerne sagen: ›Wenigstens hatten wir diesen Tag.‹« Edie vermutete, dass er davon sprach, wie sie sich an Bord der Fähre geliebt hatten.

Sie wusste, dass ihnen nicht mehr viel Zeit blieb, deshalb versuchte sie, sich alles an ihm einzuprägen. Das dichte rote Haar. Die schlanke, hochgewachsene Statur. Die wunderschönen blauen Augen. Ihre Beziehung endete, bevor sie überhaupt richtig begonnen hatte.

»Ich habe viel darüber nachgedacht, und ich bin zu dem Schluss gekommen, dass es mehr ist als nur körperliche Lust«, teilte sie ihm mit einem leisen Flüstern mit.

»Vernehme ich da etwa eine Beichte auf dem Sterbebett?«

»Weißt du, Galgenhumor habe ich noch nie verstanden.«

»Dann sollten wir vielleicht das Schafott verlassen und ein wenig Licht in die Sache bringen.«

»Ja, aber …« Sie brach ab, als ihr plötzlich klar wurde, worauf Cædmon anspielte.

Der Laserpointer.

Cædmon hatte gesagt, dass man damit jemanden vorübergehend blenden konnte.

Verstohlen fuhr Edie mit der Hand über ihre Jackentasche. Das kugelschreiberähnliche Gerät war noch da. In dem ganzen Chaos hatte niemand daran gedacht, sie nach Waffen zu durchsuchen.

»Halt dich bereit«, flüsterte sie mit gedämpfter Stimme. Wenn es so weit war, würde Cædmon wissen, was zu tun war.

Wenige Augenblicke später griff Gallagher in die Brusttasche und zog eine zerdrückte Schachtel Marlboro hervor. Als Nächstes klopfte er die Taschen seiner Cargo-Hose ab, auf der Suche nach

Zündhölzern. Oder einem Feuerzeug. Was keinen großen Unterschied machte, aber es gab Edie die Gelegenheit, unauffällig die Hand in ihre Jackentasche gleiten zu lassen, wobei sie die ganze Zeit betete, dass ihr Wächter es nicht bemerkte.

Ihre Finger schlossen sich um den Laser. Schnell fand sie den kleinen Einschaltknopf – an derselben Stelle, an der man den Clip eines Füllfederhalters vermuten würde. Als sie den Stift aus der Tasche zog, riss Gallagher den Kopf plötzlich zu ihr herum.

»He, Schlampe! Was zum Teufel machst du da?«

»Ich zeig dir Jesus!«, rief sie, und zielte mit dem Ende, von dem sie hoffte, dass es das »gefährliche« war, in Gallaghers Gesicht.

Ein schmaler, grüner Lichtstrahl schoss hervor und traf Gallagher zuerst in ein Auge, dann in das andere. Instinktiv riss er sich schützend den Arm vors Gesicht.

»Schnell! Schalt ihn aus!«, zischte Cædmon und packte sie am Arm, um ihre Aufmerksamkeit zu erregen. Die unvermittelte Bewegung ließ den Laserstrahl himmelwärts schießen, wodurch es aussah, als ob das grüne Licht tatsächlich den gelben Mond berührte, der tausende Kilometer über ihnen schwebte, bevor Edie ihn schnell ausschaltete.

Wie eine zuschlagende Viper schnellte Cædmon vor und schlang die Finger um den Lauf von Gallaghers Waffe. Mit einer schnellen, kräftigen Drehbewegung hatte er dem Mann die Pistole aus der Hand gerissen und ließ sie auf Gallaghers kahlen Schädel niedersausen. Einen Sekundenbruchteil später sank er zu Boden, und Cædmon packte ihn am Kragen und schleppte ihn außer Sicht hinter den Kalksteinfelsen, nachdem er ihm noch das Mobiltelefon abgenommen hatte, das an seinem Gürtel befestigt war. Edie musterte angestrengt die Umgebung, aus Angst, das Handgemenge, das nur ein paar Sekunden gedauert hatte, wäre womöglich beobachtet worden.

Glücklicherweise gab es keinen Alarm. In einigem Abstand waren MacFarlanes Männer immer noch dabei, in den Lastwagen zu klettern.

»Ist er…?«, fragte sie mit einem Kopfnicken in Richtung des Mannes, der ausgestreckt auf der anderen Seite des Kalksteinbrockens lag.

Cædmon schüttelte knapp den Kopf. »Aber bete lieber, dass der Bastard nicht so bald wieder aufwacht«, antwortete er, fasste sie am Ellbogen und lief mit ihr auf den Lastwagen zu. Sie hielten sich tief geduckt in den Schatten, und knapp fünfzig Meter vom Truck entfernt zog Cædmon sie hinter ein karges Büschel toter Vegetation.

»Unser Ziel, unser *einziges* Ziel ist es zu verhindern, dass die Bundeslade auf diese Jacht in der Bucht gebracht wird. Wenn das geschieht, dann ist sie für immer verloren. Ich meine es ernst, Liebes – keine Heldentaten.« Bei seinen Worten hatte er ihr sanft die Hand unter das Kinn gelegt.

»Glaubst du denn, wir haben tatsächlich eine Chance?«

»Solange unsere Flucht unentdeckt bleibt…«

»Aber wenn sie Gallagher finden, dann werden sie uns hetzen wie ein Rudel Wölfe.«

Cædmon hielt immer noch ihr Kinn und sah ihr fest in die Augen. Dann holte er tief Luft und sagte: »Wenn es dazu kommt, wird das Blutvergießen erheblich sein. Und gnadenlos.«

90

»Ich weiß nicht, wie es Ihnen geht, Sir, aber ich kann es gar nicht erwarten, den Felsendom wegzupusten.« Vollständig von der Attacke zuvor erholt, schwang Boyd Braxton sich hinter das Lenkrad des 6x6-Allrad-Lastwagens.

»›Die Rache ist mein; ich will vergelten, spricht der Herr‹«, antwortete Stan, denn im elften Jahrhundert hatten die muslimischen Ungläubigen versucht, das Grab Jesu zu zerstören, deshalb war die

Vergeltung schon lange überfällig. »Gunny, wissen Sie, was das Wort ›Islam‹ bedeutet?«

»Nein, Sir. Nicht, dass ich wüsste.«

»Es bedeutet ›Unterwerfung‹.«

Unterwerfung oder Tod.

Wie stets, wenn er über den muslimischen Glauben nachdachte, fühlte Stan heißen Zorn in seinem Innern aufwallen, und das Blut pulsierte ihm in den Schläfen vor übermächtigem Hass.

»Und Gott ist mein Zeuge, ich werde mich niemals von diesen Leuten unterwerfen lassen. Niemals.«

»Jawohl, Sir!«, rief Braxton und hieb mit der Faust gegen das Lenkrad. »Wir werden diesen Kameltreibern eine Lektion erteilen! Jedem einzelnen!«

Der Enthusiasmus seines Untergebenen freute Stan, denn der Herr sah stets mit Wohlgefallen auf jene, die ihre Pflicht mit frohem Herzen erfüllte. Zufrieden schlug er die Beifahrertür zu. Auf der Ladefläche des Lastwagens wurde die Bundeslade von neun seiner Männer gut bewacht. Jeder einzelne von ihnen würde ohne mit der Wimper zu zucken sein Leben geben, um die heilige Reliquie zu beschützen. Obwohl es zweifelhaft war, dass sie überhaupt auf Widerstand stoßen würden. Der Engländer hatte zugegeben, dass der britische Geheimdienst nichts von ihren Plänen wusste. Und dem Kapitän der Jacht zufolge war die Reise von Haifa hierher ereignislos verlaufen.

Bald schon würde er in Gottes Namen siegreich sein. Dann würde er auf den Schlachtfeldern des Heiligsten Landes triumphieren. Die Bundeslade war der Schlüssel zum Sieg. Wie vor langer Zeit, als sie dazu benutzt worden war, die Mauern des mächtigen Jericho zum Einsturz zu bringen. »Und so soll es geschehen.« Die Prophezeiungen von Ezechiel waren seine Karte zum Erfolg.

Nichts konnte ihn aufhalten. Nicht diese verdammten Pazifisten. Und auch nicht die linken Säkularisten, die gegen die Religion wetterten. Auch nicht die passiven UN-Waschlappen. Nicht einmal der standhafte Engländer, der sich als so respekteinflößender Gegenspieler erwiesen hatte.

Doch auch der Respekt für Feinde hatte Grenzen. In der Hölle gab es einen besonderen Ort für Männer wie Cædmon Aisquith und seine verkommene Hure. Bald würden sie entdecken, dass das Feuer Gottes unauslöschlich war. Die Flammen der Hölle brannten ewig hell.

»Und die Schlange, der Satan, wird in den Abgrund geworfen… damit er die Völker nicht mehr verführen sollte, bis vollendet würden die tausend Jahre.«

Aus dem Augenwinkel bemerkte Stan einen Schatten näher kommen. Der Schatten gehörte Rostov, seinem Kommunikationsexperten. Er kurbelte das Fenster herunter.

»Was ist?«

Mit einem nervösen Flackern in den Augen sagte der Mann: »Wir haben ein Problem, Sir. Gallagher geht nicht an sein Handy.«

Stans Bauchmuskeln verkrampften sich, und mit einem tiefen Atemzug zwang er sich zu einer Ruhe, die er nicht empfand.

Während er stumm um göttliche Führung bat, sah er plötzlich vor seinem inneren Auge den Baum der Erkenntnis, den seit der Vertreibung aus dem Paradies niemand mehr erblickt hatte, blühend auf dem Tempelberg stehen.

Mit dieser beruhigenden Vision gesegnet, wandte er sich an seinen Kommunikationsexperten. »Steigen Sie hinten auf den Wagen.« Dann, an seinen zuverlässigen Untergebenen gewandt: »Wir werden sie finden und sie zur Strecke bringen.«

»Jawohl, Sir!«

91

Cædmon ignorierte das vibrierende Mobiltelefon, das er an den Hosenbund geklemmt hatte, und drängte Edie weiter vorwärts. Der Lastwagen stand keine dreißig Meter vor ihnen.

»Vielleicht solltest du rangehen«, flüsterte Edie, die der Anruf deutlich aus der Fassung brachte. »Sonst wissen sie, dass etwas nicht stimmt.«

Da das Endergebnis dasselbe wäre, egal ob er den Anruf annahm oder nicht, gab er keine Antwort, sondern kroch unvermindert schnell, aber vorsichtig weiter. Wenige Augenblicke später befanden sie sich vor dem Turm, dessen hölzerne Tür weit offen stand. Da die Zeit knapp war, zerrte Cædmon Edie in den schützenden Schatten des Gebäudes und kauerte sich neben sie. Dann spähte er um die Ecke, um sich zu vergewissern, dass der Lastwagen immer noch auf der anderen Seite des Turms parkte.

»Ich möchte, dass du reingehst und dich, wenn möglich, in einem Zimmer einsperrst. Dann möchte ich, dass du mit Gallaghers Handy die Behörden verständigst. Verstanden?« Als sie nickte, reichte er ihr das inzwischen verstummte Telefon. »Sag ihnen, dass du eine amerikanische Touristin bist und aus deinem Hotelzimmer entführt wurdest. Erwähn mit keinem Wort die Bundeslade.«

»Und was ist mit dir?«

»Ich gehe den Drachen töten.« Während er sprach, überprüfte er das Magazin der Glock-Automatik. Sechzehn Patronen. Er brauchte nur drei. Eine, um einen Reifen des Trucks zu zerschießen. Eine, um Stanford MacFarlane auszuschalten. Und eine dritte, um den Hünen zu fällen.

Wenn er diese drei Ziele traf, hätte das ein Chaos zur Folge und alle von MacFarlanes wohldurchdachten Plänen wären zunichte.

Er deutete auf die Tür des Turms. »Rein mit dir!«

»Aber …«

»Kein Aber«, unterbrach er sie, legte ihr eine Hand auf den Mund und schob sie mit der anderen Hand sanft ins Innere des Turms. Dann, in der Hoffnung, dass sie seine Anweisungen befolgen würde, schloss er die Tür.

Bleib in Sicherheit.

Die Glock schussbereit in der Hand schlich Cædmon um den Turm herum. Sein Plan war es, sich dem Lastwagen von vorne zu nähern, wodurch er in der Lage wäre, den Beifahrer, den Fahrer und einen der vorderen Reifen zu treffen. In dieser Reihenfolge. Und sehr schnell hintereinander. Er vermutete, dass wieder Braxton am Steuer sitzen würde, und der Colonel neben ihm.

Der Plan war gewagt. Sogar tollkühn. Aber es war die einzige Möglichkeit, die er noch hatte. Unter keinen Umständen konnte er zulassen, dass MacFarlane Malta lebend verließ. Zu viel stand auf dem Spiel. Zu viele Leben lagen in der Waagschale.

Er verdrängte seine Furcht und kroch weiter. Der Lastwagen war nur noch zwanzig Meter entfernt, nur noch ein kleines Stück um das Gebäude herum.

Plötzlich heulte der Motor auf. Der Truck fuhr los. Cædmon kämpfte den instinktiven Impuls nieder, seine Waffe abzufeuern.

Er brauchte einen sauberen Schuss. Wenn er es verbockte, dann war alles verloren.

Da ihm nur noch Sekunden blieben, stürmte er aus den Schatten und lief in einem schrägen Winkel auf den Lastwagen zu, um nicht von den Scheinwerfern erfasst zu werden. Die Arme in Schussposition ausgestreckt fand er sein erstes Ziel – Stanford MacFarlane – zielte und drückte den Abzug.

»Verdammt!« Die Glock hatte Ladehemmung.

Im selben Moment brach rund um ihn herum ratterndes Maschinengewehrfeuer los.

Gefangen in einer Korona aus Projektilen, zog Cædmon den Schlitten der Pistole zurück und warf die blockierte Patrone aus der Kammer, während Schock und Wut ihn gleichermaßen erfassten.

Doch einen Herzschlag später mutierte der Schock zu nackter Angst, als er sah, wie ein zitternder grüner Lichtstrahl die Windschutzscheibe des Lastwagens traf.

92

»Gottverfluchte Scheiße! Ich kann nichts sehen!«, schrie Boyd Braxton und riss die Arme hoch, um den blendenden grünen Laserstrahl abzuwehren. »Ich kann verdammt noch mal nichts …«

Der Lastwagen brach aus. Scherte nach rechts. Dann nach links. Er verlor an Geschwindigkeit.

»Treten Sie aufs Gas!«, brüllte Stan über die unflätigen Schreie des Gunnery Sergeant hinweg. »Wir *müssen* die Prophezeiung erfüllen! Geben Sie Ihren Ängsten nicht nach!«

Stan drehte das Gesicht von dem brennenden Licht weg, lehnte sich zu Braxton hinüber und packte das Lenkrad, denn er wusste, dass Angst das Werkzeug des Teufels war. Angst war es, was er in jener längst vergangenen Nacht in Beirut verspürt hatte. Als sein bester Freund, seine Kameraden, sein befehlshabender Offizier von einer Bombe der Islamisten in Stücke gerissen worden waren. Als er zitternd unter der Nachwirkung der Bombe dagestanden hatte, ihm Rotz aus der Nase und Pisse die Beine hinuntergelaufen waren. Voller Angst davor, seine Waffe zu nehmen und etwas zu tun. Angst davor, irgendetwas anderes zu tun, als auf die Knie zu fallen und Gott um Gnade anzuflehen.

Das war der Augenblick, als die Engel zu ihm gekommen waren. Gabriel und Michael. Jene zwei Engel, die auch den Deckel der Bundeslade zierten. Sie nahmen ihm die Angst und baten ihn nur, dass er den Kampf des Herrn aufnehmen solle.

Und seitdem hatte er an jedem Tag genau das getan.

Dieser Tag würde nicht anders sein.

Denn er kannte keine Angst.

Er besaß einen absoluten und unerschütterlichen Glauben an die Heiligkeit seiner Mission.

Denselben Glauben, der Abraham und Moses in ihrer dunkelsten Stunde geführt hatte. Denselben Glauben, der es David ermöglicht hatte, dem mächtigen Goliath gegenüberzutreten.

»Du kommst zu mir mit Schwert, Lanze und Spieß, ich aber komme zu dir im Namen des Herrn!«

Das waren die Worte, nach denen er leben, die Worte, mit denen er sterben wollte.

»Die Schlacht um den Tempel wird bald über uns hereinbrechen! Gepriesen sei der Herr!«, rief er frohlockend, brachte den Lastwagen wieder unter Kontrolle und steuerte ihn genau auf den grünen Lichtstrahl zu.

93

Cædmon rannte auf das bleistiftdünne, zitternde grüne Licht zu.

»Schalt es aus!«, schrie er, als er sah, dass MacFarlane das schlingernde Fahrzeug wieder unter Kontrolle gebracht hatte und der Lastwagen direkt auf den Ursprung des Lichtstrahls zuraste.

Edie wandte den Kopf in seine Richtung. Mit ihrem lockigen Haar, das sie wild umwehte, sah sie aus wie eine der Furien, die die Frevelhaften unter den Menschen verfolgt.

Mit entschlossenem Gesichtsausdruck schüttelte sie den Kopf und weigerte sich, dem auf sie zurasenden Lastwagen auszuweichen.

Cædmon rannte schneller, voller Angst, dass er sie nicht mehr rechtzeitig erreichte. Angst, dass sie auf schreckliche Weise ihr Ende finden würde. *Angst.*

Ihm blieben nur noch ein paar Sekunden. Die ganze Welt reduzierte sich auf sein rasendes Herz, das *Rat-a-tat-tat* des Maschinengewehrfeuers, das Brüllen des mächtigen Motors.

Sie war nur noch wenige Schritte entfernt.

Er konnte es schaffen.

Er konnte sie …

Mit ausgestreckten Armen und Beinen und wild pochendem Herz flog Cædmon auf Edie zu, riss sie von den Beinen und aus der Fahrbahn des Lastwagens. Der Laser flog ihr aus der Hand und der Lichtstrahl tanzte wild über den Nachthimmel, bevor er verschwand, als das Gerät zur Erde fiel.

In einem Gewirr ineinander verknoteter Gliedmaßen rollten sie über das felsige Terrain, dessen unwirtliche Oberfläche keinerlei Gras oder Vegetation bot, um die Wucht des Aufpralls zu mildern.

Doch Cædmon hatte keine Zeit, sie zu fragen, ob sie sich verletzt hatte. Mit dem Finger am Abzug der Glock rollte er sich auf die Knie, streckte die Arme schussbereit in Position und betete, dass er die Ladehemmung erfolgreich beseitigt hatte.

Da der Lastwagen an ihnen vorbeigerast war, zielte Cædmon auf die hinteren Reifen und erlaubte sich einen einzigen tiefen, beruhigenden Atemzug, bevor er in schneller Abfolge sechs Schüsse abfeuerte.

Er hatte gut gezielt und beide Hinterreifen auf der Fahrerseite getroffen. Sofort brach der Lastwagen seitlich aus und schlingerte wild hin und her. Stanford MacFarlane verlor die Kontrolle über das mächtige zweieinhalb Tonnen schwere Fahrzeug, und der Truck schleuderte auf die Klippen über dem Meer zu.

Die Pistole schlaff in der Hand, sah Cædmon ungläubig und erstarrt zu, wie der Lastwagen den Rand der Klippe erreichte. Einen Sekundenbruchteil lang funkelten die roten Rücklichter noch auf gespenstische Weise in der Dunkelheit, bevor sie aus ihrem Blick verschwanden. Eine grelle Explosion, begleitet von einem dröhnenden Donnerschlag, erhellte den Himmel. Ein unwirklicher Schwanengesang für einen Verrückten und die legendäre Bundeslade.

»Da war es alles eitel und Haschen nach Wind.«

Edie rannte auf ihn zu und warf sich ihm in die Arme.

»Oh Gott! Ich kann nicht glauben, was ich da gerade gesehen habe!«

»Ich auch nicht«, flüsterte er und hielt sie fest im Arm.

94

Als wäre er in einem Traum gefangen, aus dem er nicht erwachen konnte, betrachtete Cædmon die Trümmer. Die Explosion war meilenweit zu sehen gewesen, und Rettungskräfte, Marinepersonal, Polizei und ortsansässige Fischer waren wie ein aufgeregter Schwarm über den felsenübersäten Strand hergefallen.

Wie so viele Explosionsorte, die er über die Jahre gesehen hatte, bot auch dieser den vertrauten Anblick – gelbes Absperrband, schwarzer Rauch, qualmende Trümmer aus verbogenem Metall. Mit einem Blick erkannte er, dass kein Mensch diese Explosion überlebt haben konnte. Allerdings hielt das die Taucher der örtlichen Polizei nicht ab, von der Steuerbordseite ihres Bootes ins Wasser zu plumpsen. Die kräftigen Unterwasserscheinwerfer, die ihre Suche unterstützten, verliehen dem dunklen Meer ein unwirkliches Leuchten.

»Er glaubte, er könne übers Wasser laufen«, murmelte Edie neben ihm. »Junge, da hat er sich aber getäuscht.«

»Es ist vorbei. Zumindest für den Augenblick. Vielleicht werden nun die Stimmen der Toleranz und des Mitgefühls gehört werden.«

»Oder um es anders auszudrücken: Gottes Wege sind unergründlich.«

»Mmmm«, brummte er, da er nicht erkennen konnte, wo Gott seine Hand bei dem gewalttätigen Geschehen im Spiel gehabt hatte.

Er und Edie hatten sich sehr im Hintergrund gehalten, zwei neugierige, aber unbeteiligte Zuschauer. Sie hatten der Polizei erzählt, sie wären ein Flitterwochenpaar, das sich die »verrückte Idee in den Kopf gesetzt hatte, eine romantische Nacht an dem alten Turm zu verbringen«. Und obwohl sie eine gewaltige Explosion gehört hatten, hätten sie »keine Ahnung, was sie verursacht hatte«. Coitus interruptus und so. Die Polizei hatte die Lüge geschluckt und sie nicht einmal eines zweiten Blickes gewürdigt.

»*Deheb! Deheb!*«, rief ein grauhaariger Fischer, während er durch die Brandung lief und aufgeregt auf ein Rinnsal aus geschmolzenem Gold deutete, das im rußfarbenen Sand zu sehen war.

Als Cædmon das Rinnsal sah, fühlte er sich wie ein kriegsmüder und besiegter Ritter, der aus der Schlacht heimkehrt.

Die Bundeslade hatte der Explosion nicht standgehalten. Er hatte versagt. Was von der heiligen Bundeslade der alten Israeliten noch übrig war, wurde langsam vom Meer fortgespült. Reuevoll sah er zum Himmel. *Ich habe mein Bestes gegeben.* Aber sein Bestes war nicht gut genug gewesen.

Als er das Brennen von Tränen fühlte und der Explosionsort albtraumhaft vor seinen Augen zu verschwimmen begann, kehrte er Edie abrupt den Rücken zu. Sie hatte schon genug gesehen. Sie musste nicht auch noch sehen, wie er zusammenbrach und zu weinen begann. »Ich muss mich kurz erleichtern«, murmelte er. Mit einem kurzen Winken ging er auf das gegenüberliegende Ende des felsigen Strandes zu, weg von dem Gewühl und den verbogenen, qualmenden Schrottteilen.

Da seine Sicht an den Rändern immer noch ein wenig verschwommen war, schaltete er seine Taschenlampe ein. *Damit ich mir nicht den verdammten Hals breche*, dachte er gereizt, während er über die verstreuten Felsbrocken stieg, die im Laufe der Jahre von dem beeindruckenden Kliff abgebrochen waren. Wie verwaiste Kinder.

Emotional und körperlich völlig ausgelaugt, setzte er sich auf einen flachen Felsen, stützte die Ellbogen auf die Oberschenkel und den Kopf in die Hände und starrte mürrisch auf die sanft wogenden Wellen.

»Wie konnte ich nur so arrogant sein zu glauben, dass …« Mitten in seiner Selbstgeißelung brach er ab.

Er sprang von seinem Sitzplatz, kletterte über einige große Felsen und legte sich auf den Bauch, damit er den goldenen Gegenstand besser sehen konnte, der zwischen zwei riesigen Kalksteinbrocken eingeklemmt war.

Vorsichtig leuchtete er mit der Taschenlampe in den Spalt, und der Atem stockte ihm.

»Teufel noch mal!«

Dort lag ein kunstvoll gefertigter goldener Deckel, der gut einen Meter lang und einen dreiviertel Meter breit war.

Der Deckel der Bundeslade. Das, was die alten Hebräer den Gnadenthron genannt hatten.

Auf dem Deckel befanden sich zwei geflügelte Figuren mit strengen Gesichtern. Die Cherubim Gabriel und Michael. *»Dann will ich dir dort begegnen und mit dir reden von der Deckplatte herab zwischen den zwei Kerubim hervor, die über der Lade des Zeugnisses sind.«*

Es war ohne Zweifel das Eindrucksvollste und Schönste, was er je gesehen hatte.

»Gottes Wege sind wahrlich unergründlich«, murmelte er, als er daran dachte, dass die Cherubim traditionellerweise mit dem Element Feuer assoziiert wurden.

Welche Ironie.

Völlig geblendet streckte er die Hand aus. Und ebenso schnell zog er sie wieder zurück, als ihm plötzlich das Schicksal der unglückseligen Männer von Bet-Schemesch wieder einfiel. Aus Sorge, dass noch ein Restfunken der ehrfurchtgebietenden Macht der Bundeslade in dem goldenen Deckel stecken könnte, rollte er sich auf den Rücken und bat, *flehte* stumm um Erlaubnis.

Doch statt himmlischer Vergebung sah er die Sünden seines

Lebens in rascher Folge vor seinem inneren Auge vorbeiziehen wie Stichwortkarten.

»Verdammter Mist!« Er rollte sich wieder auf den Bauch und leuchtete erneut mit der Taschenlampe in die Höhlung, dann schob er mit zusammengebissenen Zähnen die Hand in den felsigen Spalt und tat das Undenkbare – er legte die Hand an den Deckel der Bundeslade.

Als nichts Außergewöhnliches geschah, tastete er langsam mit den Fingern über den Rand und entdeckte dabei eine Art Verzierung. Er veränderte den Winkel der Taschenlampe, wodurch er eine kleine eingravierte Figur erkennen konnte, die den Körper eines Menschen und den Kopf eines Falken hatte.

»Ich glaube es nicht!«

»Was machst du da?«

Kerzengerade setzte er sich auf. »Sieh es dir an.« Er streckte Edie die Hand hin, um ihr auf den Felsen zu helfen. Dann richtete er die Taschenlampe auf den goldenen Deckel.

»Das ist der Deckel der Bundeslade!«, rief sie und wäre beinahe rückwärts von dem Felsen gekippt.

»Ja, das dachte ich zunächst auch«, entgegnete er, wohl wissend, dass er gleich eine ziemlich große Illusion zerstören würde. »Siehst du diese Reihe von Zeichen am Rand?«

Sie robbte näher an den Spalt. »Mm-hm.«

»Das sind ägyptische Hieroglyphen.« Er langte in die Öffnung und deutete auf eine Reihe eingravierter Zeichen. »Das ist wohlgemerkt nur eine grobe Übersetzung, aber ich glaube, die Inschrift lautet: ›Horus, oberster Herrscher des Himmels‹.«

Sofort riss Edie ihm die Taschenlampe aus der Hand und richtete sie in den Spalt, weil sie es mit eigenen Augen sehen musste. »Aber das verstehe ich nicht … Warum sind denn ägyptische Hieroglyphen auf der Bundeslade?«

»Weil es nicht die Bundeslade ist. Es ist eine ägyptische Barke.«

»Eine ägyptische Barke«, wiederholte sie wie betäubt. »Aber …

bist du dir *absolut* sicher?«, wollte sie wissen. Die Frau war wirklich schwer zu überzeugen. »Und was ist mit den beiden Engeln oben drauf?«

»Isis und ihre Schwester Nephthys, vermute ich. Wie du dich vielleicht erinnerst, waren die alten Ägypter die Erfinder einer Art heiligen Schreins, bekannt als Barke. Darüber hinaus glaube ich, dass eine ägyptische Barke das Vorbild war, nach dem Moses die berühmte Bundeslade schuf.« Er nahm ihr die Taschenlampe aus der zitternden Hand. »Wie es scheint, hat Galen of Godmersham eine ägyptische Barke entdeckt, und nicht die hebräische Bundeslade.«

Tränen strömten Edie über die Wangen. Bald gefolgt von einem rauen Lachen.

»Teufel noch mal!«, bellte sie.

Als Cædmon diese treffende Imitation hörte, musste er grinsen.

»Komm her, Liebes.«

95

Edie zog den Bademantel enger um sich, als sie auf den Balkon ihres Hotelzimmers hinaustrat, denn die Luft war feucht, aber erfrischend kühl. Es war kurz vor der Morgendämmerung, und am Himmel waren ein paar Sterne sichtbar, schimmernde Lichtpunkte, die wahllos über das Firmament verstreut waren. Als sie hinaufsah, seufzte sie, wie immer überwältigt von der atemlosen Erwartung, die den Beginn eines neuen Tages ankündigte.

»Zauberhaft, nicht wahr?«, sagte Cædmon, als er zu ihr auf den Balkon hinaustrat. Er kam gerade aus der Dusche und trug einen ähnlichen weißen, flauschigen Bademantel. Stumm reichte er ihr eine Tasse mit Untertasse.

Als sie einen kräftigen Hauch Bergamotte wahrnahm, musste

sie lächeln. »Earl Grey. Wunderbar. Ja, es ist zauberhaft«, stimmte sie ihm zu, während sie sich an den kleinen Tisch in der Ecke des Balkons setzte.

So zauberhaft, dass sie sich nicht sicher war, ob sie von hier fortwollte. Zumindest noch nicht sofort. Nach den Gewalttätigkeiten der vergangenen Nacht brauchte sie ein wenig Zeit, um wieder runterzukommen. Ein wenig stressfreie Schuhe-ausziehen-, Bis-Mittag-schlafen- und Ich-geh-nicht-ans-Telefon-Zeit. Allerdings wusste sie noch nicht, ob Cædmon ihr dabei Gesellschaft leisten würde. Abgesehen von einer kurzen Diskussion darüber, wann das Frühstücksbuffet des Hotels öffnete, war kein Wort über die Zukunft gewechselt worden.

Cædmon setzte sich neben sie. Mit einem Mal nervös, starrte Edie auf den Horizont, wo der Himmel sich nun zart rosa färbte. Wie das Innere einer Muschel. Am Kai waren schon ein paar geschäftige Fischer unterwegs und warfen riesige Netze auf skurril bemalte Boote.

»Als ich noch klein war, stellte ich mir immer vor, dass die Sterne sich verstecken, sobald die Sonne aufgeht. Jetzt natürlich, wo ich älter und weiser bin … Nun, eigentlich bin ich mir gar nicht sicher, was mit den Sternen bei Tagesanbruch geschieht, also vergiss einfach, dass ich davon angefangen habe«, meinte sie, und verdrängte den albernen Gedanken, als sie merkte, dass sie dummes Zeug redete.

»Als ich ein Junge war, habe ich mich immer gefragt, wie ein Regenbogen entsteht«, bemerkte Cædmon, dessen englischer Akzent härter als gewöhnlich klang. Was Edie veranlasste, sich zu fragen, ob er selbst nicht vielleicht auch ein wenig nervös war.

»Die Geheimnisse des Universums. Scheint so, als hätten sie uns beide schon in jungen Jahren fasziniert.«

»Ach übrigens, ich habe eine E-Mail an meinen alten Gruppenleiter beim MI5 geschrieben«, wechselte Cædmon das Thema. »Ich habe ihm erzählt, dass ich von einer Verschwörung erfahren habe, die die Zerstörung des Felsendoms am kommenden muslimischen

Feiertag plant. Trent ist ein guter Mann. Er wird dafür sorgen, dass der Mossad und der israelische Minister für öffentliche Sicherheit kontaktiert werden.«

»Du glaubst doch nicht, dass …«

»Nein, nein«, versicherte er schnell. »Ich will nur auf Nummer sicher gehen. Es besteht die geringe Wahrscheinlichkeit, dass MacFarlane einen Alternativplan hatte. Er schien ziemlich detailbesessen gewesen zu sein.«

Edie fingerte an dem zarten Henkel ihrer Teetasse herum, da sie zögerte, das nächste Thema anzusprechen. »Du hast noch nichts gesagt, aber ich weiß, dass du enttäuscht bist … dass es nicht die Bundeslade war.«

Einige lange Augenblicke starrte Cædmon auf die frühmorgendliche Geschäftigkeit in der Bucht, sodass Edie seine Gedanken nicht einschätzen konnte. Oder seine Stimmung, denn bei dem leichten Runzeln seiner Brauen fragte sie sich, ob er wohl nach einem Weg aus einer Zwickmühle suchte.

Schließlich, mit einem tiefen Ich-bin-zu-einer-Entscheidung-gelangt-Atemzug, sah er sie an. »Du vermutest, dass ich nicht weiter nach der Bundeslade suchen möchte.«

»Aber ich dachte, dass …« Um Worte verlegen starrte sie ihn an.

»Sie ist immer noch da draußen. Da bin ich mir sicher. Und sie wartet immer noch darauf, entdeckt zu werden. Wartet immer noch darauf, heiliges Zeugnis von einer ewigen Wahrheit abzulegen, die den Sterblichen unbegreiflich ist.«

»›*Du Stille, die uns aus dem Denken schreckt wie Ewigkeit*‹.«

Lächelnd nahm Cædmon einen Schluck Tee. »Woher wusstest du, dass Keats mein Lieblingsdichter ist?«

Sie zuckte die Schultern. »Das wusste ich nicht. Es schien nur so …«, wieder zuckte sie die Schultern, »… passend. Also, Gott, das ist … Wow. Schätze, man merkt, dass ich irgendwie sprachlos bin, was?« Niedergeschlagen verspürte sie den plötzlichen Wunsch, eine dieser kleinen Flaschen Scotch aus der Minibar zu leeren.

»Die Tempelritter glaubten, Äthiopien wäre die geheime Ruhestätte der Bundeslade; und dass die Reliquie von Menelik aus Jerusalem herausgeschmuggelt worden war.«

»Menelik?«

»Ja, Salomons illegitimer Sohn mit der Königin von Saba. Es gibt einige Stellen in Wolframs *Parzival*, die das andeuten. Der Stoff, aus dem Legenden sind, was?«

»Wie ich hörte, ist das äthiopische Hochland recht bezaubernd.« Sie fragte sich, ob sie ihm gleich ein glückliches Leben wünschen oder noch warten sollte, bis das Taxi kam, um ihn zum Flughafen zu bringen. »Und natürlich würde das ein interessantes Thema abgeben. Du weißt schon, für dein nächstes Buch.«

»Genau meine Gedanken. Obwohl …« Er verzog den Mund zu einem schiefen Lächeln; offensichtlich amüsierte er sich über irgendetwas. »Ich werde eine Fotografin brauchen. Du kennst nicht zufällig jemanden, der an der Anstellung interessiert wäre?«

»Nun, jetzt, wo du es erwähnst, ich kenne tatsächlich eine Fotografin, die zurzeit verfügbar ist. Wäre das denn, nun ja, eine rein geschäftliche Beziehung oder …?« Sie schlug die Beine übereinander, sodass ihr Bademantel aufklaffte und ein von regelmäßigem Pilates wohlgeformtes Bein enthüllte.

Freimütig starrte Cædmon sie an und bewies ihr so, was sie bereits wusste, nämlich dass unter der englischen Fassade ein Mann voll tiefer Leidenschaft lauerte.

»Du weißt sicher, dass ich von tapferen Frauen schon immer fasziniert war.«

»Eine tapfere Frau und ein abenteuerlustiger Mann. Wir sind schon ein ziemlich interessantes Paar, nicht wahr?«

»Ziemlich.« Dann wurde sein Kinn hart, und er ging buchstäblich auf Konfrontationskurs. »In Anbetracht deines Verhaltens mit diesem Laser sollte ich dich übers Knie legen und dir ordentlich den Hintern versohlen. Du hättest dich damit um ein Haar umgebracht.«

»Komisch, du wirkst auf mich nicht wie jemand, der auf SM steht.«

»Den Mann will ich sehen, dem es nicht gefällt, wenn eine schöne Frau ihm den Hintern versohlt.«

Edie schlug sich die Hand vor den Mund, um nicht laut loszuprusten und einen ganzen Mundvoll Tee durch die Gegend zu spucken.

Cædmon stützte die Ellbogen auf die Oberschenkel und beugte sich zu ihr. »Was wünscht du dir vom Leben, Edie?«

Diese unerwartete und präzise Frage überraschte sie. »Nun, wie die meisten Leute wünsche ich mir Sicherheit, Glück, das Gefühl, zu jemandem zu gehören.«

»Ich kann dir das geben.«

»Bist du dir sicher? Ich meine, unsere Wege haben sich einfach so gekreuzt.«

Mit funkelnden blauen Augen grinste Cædmon. »Ich bin mir ziemlich sicher.«

Edie beschloss, ebenfalls ins kalte Wasser zu springen. »Da wir schon beim Thema sind, nehme ich an, dass es an der Zeit ist, dir zu gestehen, dass ich absolut verrückt nach dir bin. Du bist intelligent, witzig, kultiviert und rücksichtsvoll. Alles, was eine Frau sich von einem Mann nur wünschen kann.«

»Darf ich dich darauf aufmerksam machen, dass du ›gut aussehend‹ nicht in deine Liste meiner Eigenschaften mit aufgenommen hast?«

»Das Beste hab ich mir für den Schluss aufgehoben.« Edie hielt ihre Tasse hoch und stieß mit seiner an. »Darauf, dass wir die Bundeslade finden.«

»Und wenn nicht die Bundeslade, dann das Geheimnis der Tempelritter.«

»Und wenn nicht das Geheimnis der Tempelritter, dann …« Sie warf einen demonstrativen Blick auf das übergroße Bett in der Mitte des Zimmers.

Cædmon sah ebenfalls zum Bett, dessen Bettdecke einladend zurückgeschlagen war. Er stand auf, nahm sie am Ellbogen und zog sie auf die Füße.

»Möge das Abenteuer beginnen.«